A NOIVA LADRA

Margaret Atwood

A NOIVA LADRA

Tradução de
Débora Landsberg

Rocco

Título original
THE ROBBER BRIDE

Copyright © O. W. Toad Ltd., 1993

Todos os direitos reservados. Nenhuma parte desta obra pode
ser reproduzida ou transmitida por qualquer forma ou meio eletrônico
ou mecânico, inclusive fotocópia, gravação ou sistema de armazenagem
e recuperação de informação, sem a permissão escrita do editor.

Direitos para a língua portuguesa reservados
com exclusividade para o Brasil à
EDITORA ROCCO LTDA.
Av. Presidente Wilson, 231 – 8º andar
20030-021 – Rio de Janeiro – RJ
Tel.: (21) 3525-2000 – Fax: (21) 3525-2001
rocco@rocco.com.br
www.rocco.com.br

Printed in Brazil/Impresso no Brasil

preparação de originais
SÔNIA PEÇANHA

CIP-Brasil. Catalogação na fonte.
Sindicato Nacional dos Editores de Livros, RJ.

A899n	Atwood, Margaret, 1939-
	A noiva ladra/Margaret Atwood; tradução de Débora Landsberg. – Rio de Janeiro: Rocco, 2012.
	14x21cm
	Tradução de: The robber bride.
	ISBN 978-85-325-2696-0
	1. Ficção canadense. I. Landsberg, Débora. II. Título.
11-4762	CDD–813 CDU–821.111(73)-3

Uma cascavel que não morde nada ensina.

– JESSAMYN WEST

Somente aquilo que está inteiramente perdido provoca
com paixão um infinito nomear, esta mania de chamar tantas
vezes o objeto desaparecido pelo nome até que ele apareça.

– GÜNTER GRASS

A ilusão é o primeiro de todos os prazeres.

– OSCAR WILDE

AGRADECIMENTOS

Eu gostaria de agradecer às seguintes pessoas pela ajuda: meus agentes Phoebe Larmore e Vivienne Schuster; meus editores Ellen Seligman, Nan A. Talese e Liz Calder; David Kimmel, por ajudarem com alguns dos detalhes históricos; Barbara Czarnecki, Judi Levita, Marly Rusoff, Sarah Beale e Claudia Hill-Norton; Joan Sheppard, Donya Peroff e Sarah Cooper; Michael Bradley, Garry Foster, Kathy Minialoff, Gene Goldberg e Alison Parker; Rose Tornato. Muito obrigada também a Charles e Julie Woodsworth, a Dorris Heffron e a John e Christine O'Keeffe, por premissas prestadas.

Os livros de John Keegan, *The Face of Battle* e *The Mask of Command* foram extremamente úteis para me dar subsídios e contexto, do mesmo modo foram *None Is Too Many* de Irving Abella e Harold Troper e *The War Against the Jews*, de Lucy S. Dawidowicz; e também com relação a batalhas e acontecimento específicos, o livro de Richard Erdoes, *A.D. 1000* e *The Unknown South of France*, de Henry e Margareth Reuss. O assassinato do perito de balística Gerald Bull é relatado em *Bull's Eye*, de James Adams, e em *Wilderness of Mirrors*, de Dale Grant.

A imagem do corpo como abajur é cortesia de Lenore Mendelson Atwood; a expressão "cérebro de meleca" é cortesia de E.J.A. Gibson. As pegadas vermelhas e brancas recordam uma história que me foi contada por Earle Birney; o incidente do tobogã e o apartamento pintado de preto são de Graeme Gibson; o fantasma como arroz seco foi sugerido por um episódio relatado por P.K. Page; a ideia de um vestido de carne veio do poema de James Reaney, "Doomsday, or the Red-Headed Woodpecker"; o conto da heroica tia alemã foi sugerido em parte por Thomas Karl Maria Schwarz; e o professor que proibia ensaios de tópicos militares para mulheres vem de uma anedota que me foi relatada por Susan Crean.

Zenia é pronunciado como um "*ii*"; *Charis* com um "c" como em *carma*. Os teutones (século II a.C.) são distintos dos teutônicos (século X d.C.)

Para Graeme e Jess,
e para Ruth, Phoebe, Rosie e Anna.

E amigos ausentes.

SUMÁRIO

Início 13

O Toxique 17

Esmalte preto 133

Noites evasivas 229

A noiva ladra 335

O Toxique 459

Desfecho 531

INÍCIO

1

A história de Zenia deve começar por onde começou Zenia. Deve ter sido em algum lugar muito tempo atrás e muito distante no espaço, pensa Tony; algum lugar sofrido e bastante confuso. Uma tipografia europeia, colorida à mão, de uma cor ocre, com a luz do sol cinzenta e muitos arbustos – arbustos com folhas grossas e raízes emaranhadas e antigas, atrás dos quais, fora do alcance da visão, na vegetação rasteira, e aludida apenas por uma bota protuberante, ou a mão solta de alguém, algo corriqueiro mas apavorante está acontecendo.

Ou essa foi a impressão com que Tony ficou. Mas tanto já foi apagado, tanto já foi enfaixado, tanto já foi propositalmente entrelaçado que Tony já não sabe mais com certeza qual dos relatos de Zenia a respeito de si mesma é verdadeiro. Ela dificilmente poderia perguntar agora, e, mesmo se pudesse, Zenia não responderia. Ou mentiria. Ela mentiria com seriedade, com um tremor na voz, uma vibração de tristeza contida, ou mentiria com hesitação, como se fizesse uma confissão; ou mentiria com uma raiva impassível, desafiadora, e Tony acreditaria nela. Acreditara antes.

"Escolha um fio qualquer e corte, e a história se desenreda." É assim que Tony começa uma de suas palestras mais intricadas, a que diz respeito à dinâmica dos massacres espontâneos. A metáfora é com tecelagem ou talvez com tricô, e com tesouras de costura. Ela gosta de usá-la: ela gosta do leve choque no rosto de seus ouvintes. É a mistura de imagem doméstica e derramamento de sangue em massa que causa isso; uma mistura que teria agradado a Zenia, que apreciava essa turbulência, essas contradições violentas. Mais do que apreciava: criava. O *porquê* ainda é obscuro.

Tony não sabe por que se sente compelida a saber. Quem se importa com o porquê, a essa altura? Um desastre é um desastre; aqueles que foram feridos por ele continuam feridos, os que foram mortos continuam mortos, os escombros continuam a ser escombros. Falar das razões é irrelevante. Zenia era um mau negócio e deve ser deixada de lado. Para que tentar decifrar seus motivos?

Mas Zenia também é um enigma, um nó: se Tony simplesmente achasse uma ponta solta e puxasse, muita coisa seria descoberta, para todos os envolvidos, e também para ela mesma. Ou era isso o que ela esperava. Ela tem a crença dos historiadores no poder salutar das explicações.

O problema é por onde começar, pois nada começa quando começa, e nada acaba quando acaba, e para tudo é necessário um prefácio: um prefácio, um pós-escrito, um gráfico de acontecimentos simultâneos. A história é um constructo, ela diz a seus alunos. Qualquer ponto de entrada é possível, e todas as escolhas são arbitrárias. Porém, há momentos definitivos, momentos que usamos como referência, pois eles quebram nosso senso de continuidade, mudam a direção do tempo. Podemos olhar para esses acontecimentos e dizer que depois deles nada foi como antes. Eles nos dão começos, e também finais. Nascimentos e mortes, por exemplo, e casamentos. E guerras.

São as guerras que interessam a Tony, apesar de suas golas enfeitadas com rendas. Ela gosta de resultados claros.

Zenia também, ou era isso o que Tony imaginava antigamente. Agora, ela não sabe ao certo.

Uma escolha arbitrária, portanto, um momento definitivo: 23 de outubro de 1990. É um dia radiante, quente de forma atípica para a estação. É uma terça-feira. O bloco soviético está desmoronando, os mapas antigos se dissolvendo, as tribos orientais novamente se movimentam pelas fronteiras que se alteram. O Golfo passa por problemas, o mercado imobiliário está em queda, e um buraco enorme se formou na camada de ozônio. O Sol entra em escorpião, Tony almoça no Toxique com duas amigas, Roz e Charis, uma brisa leve sopra sobre o lago Ontário, e Zenia retorna do mundo dos mortos.

O TOXIQUE

O Téxtoul

2

Tony

Tony acorda às seis e meia, como sempre. West continua a dormir, roncando um pouco. É provável que em sonhos ele esteja gritando; nos sonhos, os sons são sempre mais altos. Tony examina seu rosto adormecido, o maxilar anguloso relaxado e suavizado, os olhos de ermitão, absurdamente azuis, fechados com tanta delicadeza. Está feliz por ele ainda estar vivo: as mulheres vivem mais que os homens, e os homens têm coração fraco, às vezes eles simplesmente desmaiam, e embora ela e West não estivessem velhos – não estavam nem um pouco velhos – ainda assim, mulheres de sua idade já tinham acordado de manhã e encontrado homens mortos a seu lado. Tony não considera tal pensamento mórbido.

Ela é feliz também em um sentido mais geral. Ela é feliz, de qualquer modo, por West estar nesse mundo, e nessa casa, e por ele dormir todas as noites ao lado dela e não em algum outro lugar. Apesar de tudo, apesar de Zenia, ele ainda está ali. Parece um milagre, na verdade. Há dias em que ela não consegue se esquecer disso.

Em silêncio, para não acordá-lo, ela procura os óculos tateando a mesa de cabeceira, depois desliza para fora da cama. Põe o roupão Viyella e as meias de algodão e, sobre elas, a meia de lã cinza, e empurra os pés agasalhados para dentro das pantufas. Sofre de frio nos pés, um sinal de pressão baixa. As pantufas são em forma de guaxinim e lhe foram dadas por Roz, muitos anos atrás, por motivos mais conhecidos por Roz. São duplicatas das pantufas que Roz deu a suas gêmeas de oito anos na época; inclusive, o número é igual. Os guaxinins agora já estão bastante rotos, e um deles perdeu um olho, mas Tony nunca foi boa em jogar coisas fora.

Com os pés protegidos, ela desce furtivamente até a sala e entra em seu escritório. Prefere passar uma hora ali todas as manhãs, antes de fazer qualquer outra coisa; acha que isso lhe deixa a mente concentrada. Tem vista para o leste, então ela assiste ao alvorecer quando ele acontece. Hoje ele aconteceu.

O escritório tem uma nova cortina verde com estampa de palmeiras e frutas exóticas, e uma poltrona com almofadas combinando. Roz a ajudou a escolher a estampa e a convenceu a pagar o preço, mais caro do que Tony teria pago se estivesse sozinha. *Ouça bem, querida,* disse Roz. *Isso aqui – isso! é uma pechincha. De qualquer forma, é para o lugar onde você pensa! É o seu ambiente mental! Livre-se daqueles veleiros azul-marinho antiquados! Você deve isso a você mesma.* Há dias em que Tony se sente oprimida pelas trombetas e as mangas laranja, ou seja lá o que forem; mas fica intimidada pela decoração de interiores e acha difícil resistir à experiência de Roz.

Ela se sente mais em casa com o resto do escritório. Livros e papéis estão amontoados em pilhas no tapete; na parede, há uma gravura da Batalha de Trafalgar, e uma outra de Laura Secord, num branco improvável, conduzindo sua lendária vaca pelas fronteiras americanas para advertir os britânicos durante a guerra de 1812. Braçadas de memórias de guerra marcadas com dobras no canto das páginas e coleções de cartas e tomos mofados de reportagens da linha de frente escritas por jornalistas há muito esquecidos se abarrotam na estante verde-oliva, junto com vários exemplares dos dois livros publicados por Tony, *Cinco emboscadas* e *Quatro causas perdidas*. "Fruto de uma pesquisa meticulosa; uma nova interpretação revigorante", dizem as resenhas citadas nas brochuras de qualidade. "Sensacionalista; excessivamente digressivo; arruinado pelo detalhamento obsessivo", dizem aquelas não citadas. O rosto de Tony, com olhos de coruja e nariz de elfo e mais jovem do que é agora, salta da quarta capa dos livros, franzindo levemente as sobrancelhas em uma tentativa de parecer importante.

Além da escrivaninha, ela tem uma prancheta de arquiteto com uma banqueta giratória que a deixa imediatamente mais alta. Tony a usa para dar nota aos trabalhos finais dos alunos: gosta de se empoleirar na banqueta, balançando as pernas curtas, com os trabalhos inclinados diante de si, e corrigi-los com um distanciamento criterioso, como se estivesse pintando. A verdade é que, além da miopia que sempre teve, ela está começando a ficar com hipermetropia. Bifocais logo serão seu destino.

Ela corrige com a mão esquerda, usando canetas de cores diferentes, que segura entre os dedos da mão direita como pincéis: vermelha para comentários ruins, azul para os bons, laranja para erros ortográficos e roxa para dúvidas. Às vezes, ela inverte as mãos. Quando cada trabalho é terminado, joga-o no chão, causando uma agitação gratificante. Para combater o tédio, de vez em quando lê algumas frases em voz alta, de trás para frente. *Setnerrocnoc saigoloncet sad aicnêic a é arreug ad aicnêic a.* É uma grande verdade. Ela mesma já disse isso, diversas vezes.

Hoje ela corrige com rapidez, hoje ela está sincronizada. A mão esquerda sabe o que a direita está fazendo. Suas duas metades estão sobrepostas: há apenas uma leve penumbra, um leve grau de deslize.

Tony corrige papéis até quinze para as oito. A luz do sol inunda o ambiente, que fica dourado pelas folhas amarelas do lado de fora; um jato sobrevoa a casa; o caminhão de lixo se aproxima na rua, tinindo como um tanque. Tony escuta, desce a escada correndo e entra na cozinha, levanta a sacola de plástico da cesta, fecha-a torcendo uma tira de arame, corre até a porta da frente com ela e dispara pelos degraus da entrada, erguendo o roupão. Só precisa correr uma curta distância até alcançar o caminhão. Os homens lhe sorriem: não era a primeira vez que a viam de roupão. Tirar o lixo era função de West, mas ele sempre se esquece.

Ela volta à cozinha e prepara o chá, esquentando o bule, medindo as folhas com muito cuidado, marcando o tempo da infusão com o relógio de pulso de números grandes. Foi a mãe de Tony quem lhe ensinou a fazer chá; uma das poucas coisas úteis ensinadas por ela. Tony sabia como preparar chá desde os nove anos. Ela se lembra de ficar de pé no banco da cozinha, medindo, servindo, levando a xícara para o segundo andar, balançando-a com ternura. Ali a mãe estava deitada sob as cobertas, um montículo redondo, branco como neve acumulada. *Que gracinha. Deixe aqui.* Mais tarde, achava a xícara, fria, ainda cheia.

Fora, mãe, ela pensa. *Eãm, arof.* Ela a expulsa, não pela primeira vez.

West sempre bebe o chá que Tony prepara. Sempre aceita suas ofertas. Quando ela sobe com a xícara, ele está de pé diante da janela dos fundos, contemplando o negligenciado e abandonado jardim de outono. (Ambos dizem que vão plantar coisas ali, em breve, depois. Nenhum dos dois o faz.) Ele já está vestido: jeans e uma camiseta de moletom azul onde está escrito *Scales & Tails* e há uma estampa de tartaruga. Alguma organização dedicada à proteção de anfíbios e répteis, que – imagina Tony – não possui um grande número de adeptos, por enquanto. Há tantas outras coisas, hoje em dia, que precisam de proteção.

– Aqui está o seu chá – ela diz.

West se dobra em vários lugares, como um camelo se sentando, a fim de beijá-la. Ela se levanta na ponta dos pés.

– Desculpe pelo lixo – ele diz.

– Não tem problema, não estava pesado. Um ovo ou dois?

Uma vez, durante a corrida matinal do lixo, ela tropeçou no roupão e mergulhou na escada da entrada. Por sorte, caiu em cima da própria sacola, que estourou. Ela não mencionou isso a West, entretanto. Sempre é cuidadosa com ele. Sabe o quanto ele é frágil, o quanto está sujeito a se quebrar.

3

Enquanto cozinha os ovos, Tony pensa em Zenia. Seria uma premonição? De forma alguma. Ela pensa em Zenia com frequência, mais frequência do que quando Zenia estava viva. Zenia morta é ameaça menor, e não precisa ser empurrada para longe, empurrada de volta para o canto aranhoso onde Tony guarda suas sombras.

Embora até o nome de Zenia seja suficiente para evocar a velha sensação de ultraje, de humilhação e dor imbuída de confusão. Ou pelo menos um eco disso. A verdade é que em certas horas – começo das manhãs, o meio da noite – ela acha difícil de acreditar que Zenia realmente esteja morta. Apesar de si mesma, apesar de sua parte racional, Tony continua esperando que ela apareça, entre por alguma porta destrancada, pule uma janela que tenha sido esquecida aberta. Parece improvável que ela tenha simplesmente evaporado, sem deixar nada para trás. Havia muito dela: todo aquele vigor maligno deve ter ido parar em algum lugar.

Tony põe duas fatias de pão na torradeira, em seguida examina o armário em busca da geleia. Zenia *está* morta, é claro. Sumida e ausente para sempre. Morta como cinzas. Toda vez que Tony pensa nisso, o ar entra em seu pulmão e depois sai em um longo suspiro de alívio.

O funeral de Zenia aconteceu cinco anos atrás, ou quatro e meio. Foi em março. Tony se recorda perfeitamente do dia cinzento e úmido que mais tarde se tornou um dia com chuva e neve. O que a surpreendeu na época foi a pouca quantidade de pessoas presentes. Em sua maioria, homens, com a gola dos casacos virada para cima. Eles evitavam a fileira da frente e a toda hora tentavam ficar atrás uns dos outros, como se não quisessem ser vistos.

Nenhum desses homens era o marido foragido de Roz, Mitch, observou Tony com interesse e um pouco de decepção, apesar de ter ficado contente por Roz. Ela percebia Roz esticando o pescoço, procurando entre os rostos: ela devia esperar que ele estivesse lá, e depois, o que aconteceria? Depois haveria uma cena.

Charis também procurava, de uma forma menos intrusiva; mas, se algum daqueles homens era Billy, Tony não seria capaz de dizer, pois ela nunca o conhecera. Ele chegou, depois desapareceu, durante o período em que ela não tinha contato com Charis. Verdade, Charis havia lhe mostrado uma fotografia, mas, além de desfocada, o topo da cabeça de Billy estava cortado, e na época ele usava barba. O rosto dos homens mudava mais com o tempo que o das mulheres. Ou talvez eles pudessem mudá-lo mais, se tivessem vontade. Acrescentar pelos faciais e subtraí-los.

Não havia absolutamente ninguém que Tony conhecesse; à exceção de Roz e Charis, é claro. Elas não perderiam aquele evento por nada desse mundo, disse Roz. Queriam ver o fim de Zenia, ter certeza de que agora ela estava completamente (palavra de Tony) inoperante. A palavra de Charis foi *pacata*. A de Roz foi *acabada*.

O funeral foi perturbador. Parecia um evento remendado, feito na capela de uma casa funerária com uma deselegância granulosa, magenta, que teria enchido Zenia de escárnio. Havia vários buquês de flores, crisântemos brancos. Tony se indagava quem poderia tê-los mandado. Ela mesma não tinha mandado flor nenhuma.

Um homem de terno azul, que se identificou como advogado de Zenia – o mesmo homem, portanto, que tinha ligado para Tony para avisá-la sobre o funeral –, leu em voz alta uma curta homenagem às boas qualidades de Zenia, dentre as quais a coragem foi a primeira listada, embora Tony não achasse que a maneira como Zenia morrera fosse especialmente corajosa. Zenia tinha explodido durante algum atentado terrorista, no Líbano; ela não era o alvo, simplesmente estava no meio do caminho. Uma observadora inocente, disse o advogado. Tony encarou ambas as palavras com ceticismo: *inocente* nunca foi o adjetivo preferido de Zenia para si mesma, e observar não era sua atividade típica. Porém, o advogado não disse o que ela realmente estava fazendo lá, naquela rua inominada de Beirute. Em vez disso, disse que seria lembrada por muito tempo.

– É verdade, vai mesmo – Roz sussurrou para Tony. – E com *coragem* ele quis dizer *peitos grandes*. – Tony achou o comentário de mau gosto, pois o tamanho dos peitos de Zenia com certeza não era mais um problema. Na sua opinião, às vezes Roz ia longe demais.

A própria Zenia só estava presente em espírito, disse o advogado, e também em forma de cinzas, que agora eles levariam ao Mount Pleasant Cemetery para enterrar. Ele realmente disse *enterrar*. Era o desejo de Zenia, como declarado em seu testamento, que as cinzas fossem enterradas debaixo de uma árvore.

Enterrar não era nem um pouco do feitio de Zenia. Assim como a árvore. De fato, parecia não ser do feitio de Zenia fazer um testamento, ou sequer ter tido um advogado. Mas nunca se sabe, as pessoas mudam. Por que, por exemplo, Zenia colocara as três na lista de pessoas a serem informadas caso ela morresse? Era por remorso? Ou para meio que rir por último? Caso fosse, Tony não conseguiu captar a ideia.

O advogado não ajudou em nada: tudo o que tinha era uma lista de nomes, ou era isso o que alegava. Tony dificilmente podia esperar que ele lhe explicasse Zenia. Na verdade, deveria ser ao contrário.

– Você não era amiga dela? – ele indagou, em tom de acusação.

– Sim – disse Tony. – Mas isso foi há tanto tempo.

– Zenia tinha uma memória excelente – declarou o advogado, e depois suspirou. Tony já tinha ouvido suspiros como aquele antes.

Foi Roz quem insistiu para que fossem ao cemitério após o funeral. Ela as levou em seu carro, o maior que tinha.

– Quero ver onde vão colocá-la, assim posso levar meus cachorros para passear por lá – ela esclareceu. – Vou treiná-los para urinar na árvore.

– A culpa não é *da árvore* – disse Charis, indignada. – Você não está sendo nem um pouco caridosa.

Roz riu.

– Tudo bem, querida! Estou fazendo isso *por* você!

– Roz, você não tem cachorro nenhum – disse Tony. – Estou curiosa para saber que tipo de árvore vai ser.

– Eu vou ter, só para isso – afirmou Roz.

– Amoreira – disse Charis. – Estava no vestíbulo, com uma etiqueta.

– Não entendo como ela vai crescer – declarou Tony. – Está frio demais.

– Ela vai crescer – esclareceu Charis –, contanto que os botões ainda não tenham brotado.

– Espero que seque – disse Roz. – Não, é sério! Ela não merece uma árvore.

As cinzas de Zenia estavam em uma lata de metal lacrada, como uma pequena mina terrestre. Tony conhecia tais latas, e elas a deixavam deprimida. Não tinham o esplendor dos caixões. Pensava nas pessoas dentro delas como se tivessem sido condensadas, assim como leite condensado.

Imaginou que fosse haver um espalhar do que o advogado chamou de restos cremados, mas a lata não foi aberta, e as cinzas não foram espalhadas. (Mais tarde – depois do funeral, e também depois de cozinhar ovos naquela manhã de outubro –, Tony teve motivos para se perguntar o que realmente havia ali dentro. Areia, provavelmente, ou alguma coisa nojenta, como bosta de cachorro ou camisinhas usadas. Esse seria o tipo de gesto que Zenia faria, uma época, quando Tony a conheceu.)

Elas ficaram de pé na agradável garoa fria enquanto a lata era plantada, e a amoreira em cima dela. A terra foi socada. Nenhuma palavra final foi dita, nenhuma palavra de despedida. O chuvisco começou a virar gelo, e os homens com os sobretudos hesitaram, depois se dirigiram aos carros estacionados.

– Estou com aquela sensação incômoda de que nos esquecemos de alguma coisa – disse Tony, ao se afastarem.

– Bem, ninguém cantou – palpitou Charis.

– Então, que tipo de coisa esquecemos? – disse Roz. – Uma estaca no coração dela?

– Talvez o que Tony queira dizer é que ela era um *ser* humano como nós – sugeriu Charis.

– Ser humano como nós, porcaria nenhuma – declarou Roz. – Se ela era um ser humano como nós, eu sou a rainha da Inglaterra.

O que Tony queria dizer era menos benevolente. Ela estava pensando que durante milhares de anos, quando as pessoas morriam – principalmente pessoas poderosas, principalmente pessoas temidas –, os sobreviventes já tinham passado por muitos problemas. Eles cortavam o pescoço de seus melhores cavalos, enterravam vivos os escravos e as esposas preferidas, derramavam sangue na terra. Não se tratava de luto, e sim de conciliação. Queriam demonstrar boa vontade, por mais que fosse falsa, pois sabiam que o espírito do morto os invejaria por ainda estarem vivos.

Talvez eu devesse ter mandado flores, pensou Tony. Mas flores não bastariam, para Zenia. Ela teria zombado das flores. O necessário era um cálice de sangue. Um cálice de sangue, um cálice de dor, algumas mortes. Então talvez ela permanecesse enterrada.

Tony não contou a West sobre o funeral. Ele poderia ter ido, e desabado. Ou poderia não ter ido e depois sentir culpa, ou ficar chateado por ela ter comparecido sem ele. Entretanto, ele sabia que Zenia estava morta, ele vira no jornal: um retângulo pequeno, escondido no centro. *Canadense morta em uma explosão terrorista.* Quando eram jovens, "explosão" era o nome dado a uma festa. Ele não disse nada a Tony, mas ela achou a folha com o anúncio recortado. Tinham um acordo tácito de nunca mencionar Zenia.

Tony apresenta os ovos em dois oveiros de cerâmica em forma de galinha que ela comprou na França alguns anos antes. Os franceses gostavam de produzir louças no formato das comidas que seriam servidas nelas; no que dizia respeito à alimentação, raramente usavam de rodeios. Seus cardápios eram o pesadelo de qualquer vegetariano – corações disso, miolos daquilo. Tony gosta dessa objetividade. Ela também tem uma travessa francesa para peixe, em forma de peixe.

Compras em geral não são de seu interesse, mas tem um fraco por suvenires. Comprou os oveiros perto do local do campo de batalha onde o general Mário de Roma exterminou uma centena de milhares de teutões – ou duas centenas de milhares, dependendo de quem estava registrando o desenrolar dos fatos – um século antes do nascimento de Cristo. Ao balançar uma pequena prévia do contingente de seu exército perante os inimigos como uma isca, ele os atraiu ao local que escolhera como matadouro. Depois da batalha, três centenas de milhares de teutões foram vendidas como escravos, e outros noventa mil podem ter sido ou não jogados em uma fossa em Mont Sainte Victoire por insistência de uma profetisa possivelmente síria, cujo nome pode ter sido ou não Martha. Diz-se que ela usava túnicas roxas.

Esse detalhe da vestimenta foi transmitido através dos séculos como uma verdade absoluta, apesar da falta de precisão quanto às outras partes da história. A batalha em si, porém, com certeza aconteceu. Tony inspecionou o terreno: uma planície reta, com três lados margeados por montanhas. Um péssimo lugar para lutar se você estivesse na defensiva. Pourrières é o nome da cidade vizinha; ainda se chama assim, devido ao odor dos cadáveres em putrefação.

Tony não menciona (e nunca mencionou) essa ligação com os oveiros a West. Ele ficaria espantado, menos por causa dos teutões apodrecidos do que por ela. Uma vez comentou com ele que entendia aqueles reis da Antiguidade que transformavam as caveiras dos inimigos em taças de vinho. Foi um erro: West gosta de vê-la como uma pessoa amável e caridosa. E disposta a perdoar, é claro.

Tony tinha feito café, moendo os grãos por conta própria; ela o serve com creme, desafiando o colesterol. Mais cedo ou mais tarde, quando as artérias forem bloqueadas por sedimentos, eles terão de abrir mão do creme, mas não por enquanto. West se senta e come o ovo; fica absorto nisso, como uma criança feliz. As cores primárias e vivas – as xícaras vermelhas, a toalha de mesa amarela, os pratos laranja – dão à cozinha um ar de playground. O cabelo grisalho dele parece uma flecha, uma transformação inexplicável que aconteceu com ele da noite para o dia. Quando ela o conheceu, ele era louro.

– Ovo bom – ele elogia. Coisas pequenas como ovos bons o alegram, coisas pequenas como ovos ruins o deprimem. Ele é fácil de agradar, difícil de proteger.

West. Tony repete para si mesma. Ela diz seu nome de vez em quando, em silêncio, como se fosse um talismã. Ele não era West. Antigamente – trinta? trinta e dois anos atrás? – era Stewart, até que ele lhe disse o quanto odiava ser chamado de *Stew*, por isso ela o inverteu, e desde então ele se tornou West. Todavia, ela trapaceou um pouquinho: a rigor, ele deveria ser *Wets*. Mas é isso o que acontece quando você ama alguém, pensa Tony. Você trapaceia um pouquinho.

– Quais são seus planos para hoje? – pergunta West.

– Quer mais torrada? – oferece Tony.

Ele assente, e ela se levanta para cuidar da torrada, parando para beijar o topo da cabeça dele, inalando o cheiro familiar de couro cabeludo e xampu. Seu cabelo ali está rareando; em breve ele terá uma coroa, como a de um monge. Por um instante, ela fica mais alta que ele: não é sempre que ela tem essa vista aérea, como a de um pássaro.

Não há necessidade de dizer a West com quem ela vai almoçar. Ele não gosta de Roz e Charis. Elas o deixam nervoso. Ele sente – com razão – que elas sabem muito a seu respeito.

– Nada muito animador – ela diz.

4

Depois do café da manhã, West sobe ao seu escritório no terceiro andar para trabalhar, e Tony tira o robe, veste um jeans e um pulôver de algodão e corrige mais trabalhos. De lá de cima, ela ouve um batuque ritmado, pontuado pelo que soa como um coro misto de hienas acasalando, vacas levando pancadas com martelos e pássaros tropicais sentindo dor.

West é musicólogo. Algumas das coisas que faz são tradicionais – influências, variações, derivações –, mas também está envolvido em um daqueles projetos interdisciplinares que se tornaram tão populares ultimamente. Ele se uniu a um monte de neurofisiologistas da universidade de medicina; juntos, estudam os efeitos da música no cérebro humano – estilos diferentes de música, e estilos diferentes de ruídos, pois algumas das coisas que West cria mal podem ser chamadas de música. Eles querem saber que parte do cérebro está ouvindo, e principalmente qual das metades. Acham que tal informação pode ser útil para vítimas de derrames, e para pessoas que perdem partes do cérebro em acidentes de carro. Eles conectam o cérebro das pessoas, tocam a música – ou os ruídos – e observam os resultados em uma tela de computador colorida.

West está muito animado com tudo isso. Diz que ficou claro para ele que o próprio cérebro é um instrumento musical, que é possível até compor música nele, no cérebro de outra pessoa; ou seria possível, se você tivesse rédea solta. Tony acha essa ideia aflitiva – e se os cientistas quiserem tocar algo que o dono do cérebro não queira escutar? West diz que isso não passa de teoria.

Porém, ele tem uma grande ânsia de conectar Tony, devido ao fato de ela ser canhota. A tendência a usar uma das mãos em vez da outra é uma das coisas que eles estudam. Querem grudar eletrodos na cabeça de Tony e depois pedir a ela que toque piano, pois o piano requer as duas mãos e ambas funcionam ao mesmo tempo, mas em notas diferentes. Por enquanto, Tony evitou isso dizendo que se esqueceu de como se toca, o que é quase verdade; mas ela também não quer West perscrutando nada do que possa estar lhe passando pela cabeça.

Ela termina a série de trabalhos e volta ao quarto para se trocar para o almoço. Examina o closet: não há muitas opções e, não importa o que ela vista, Roz vai olhá-la de cima a baixo e sugerir que façam compras. Roz acha que Tony exagera no uso de estampas florais que parecem papéis de parede, embora Tony já tenha lhe explicado com muito cuidado que se trata de tecido camuflado. De qualquer forma, o conjunto de couro preto que Roz uma vez tentou convencê-la de que era sua verdadeira personalidade fez apenas com que ela parecesse um porta-guarda-chuva italiano *avant-garde*.

Por fim, ela se decide por uma roupa de raiom verde-floresta com bolinhas brancas que comprou na seção infantil da Eaton's. Compra várias roupas lá. Por que não? Elas cabem, e os impostos são menores; e, como Roz nunca se cansa de comentar, Tony é sovina, principalmente no que diz respeito a roupas. Ela preferiria muito mais economizar o dinheiro e gastá-lo em passagens de avião para visitar os locais das batalhas.

Nessas peregrinações, ela coleta relíquias: uma flor de cada local. Ou melhor, alguma erva daninha, pois o que ela colhe são coisas comuns – margaridas, cravos, papoulas. Sentimentalismos desse tipo pareciam ser reservados, dentro dela, a pessoas desconhecidas. Ela prensa as flores entre as páginas das Bíblias deixadas por seitas proselitistas na gaveta das cômodas dos hotéis baratos e das *pensões* onde ela se hospeda. Se não tiver nenhuma Bíblia, ela as alisa sob os cinzeiros. Sempre há cinzeiros.

Depois, quando chega em casa, cola-as com fita adesiva em seus álbuns de recortes, em ordem alfabética: *Agincourt. Austerlitz. Bunker Hill. Carcassonne. Dunkirk.* Não toma partido: todas as batalhas são batalhas, todas contêm valentia, todas envolvem morte. Ela não fala sobre esse hábito com os colegas, pois nenhum entenderia por que faz isso. Ela mesma não tem muita certeza. Não sabe ao certo o que está realmente colecionando, ou em homenagem a quê.

No banheiro, ela dá um jeito no rosto. Pó no nariz, mas nada de batom. Batom fica alarmante nela, excessivo, como aquelas bocas de plástico vermelhas que as crianças põem em batatas. Penteia o cabelo.

Ela corta o cabelo em Chinatown porque eles não cobram os olhos da cara e sabem como cortar um cabelo liso, curto e preto com algumas mechas esparsas de franja caindo na testa, sempre da mesma forma. Corte repicado, era como costumavam chamá-lo. Com os óculos grandes e os olhos grandes por trás deles e o pescoço magro demais, o efeito é uma mistura de moleque de rua com um pássaro que acabou de sair do ovo. Sua pele ainda é boa, boa o bastante; compensa os fios grisalhos. Ela parece uma pessoa velha muito jovem, ou uma pessoa jovem muito velha; no entanto, tem essa mesma aparência desde os dois anos.

Enfia os trabalhos finais na imensa sacola de lona e corre escada acima para se despedir de West com um aceno. *Ventos contrários*, diz a placa na porta de seu escritório, e é isso o que também diz sua secretária eletrônica – *Terceiro andar, ventos contrários*. Seria assim que ele chamaria seu estúdio *high-tech*, caso tivesse um. West agora está com os fones de ouvido, concentrado no toca-fitas e sintetizador, mas a vê e acena de volta. Ela sai pela porta da frente, trancando-a. É sempre cuidadosa com a porta. Não quer nenhum viciado em drogas entrando enquanto ela está fora, e incomodando West.

A varanda de madeira precisa de reparos; há uma tábua apodrecendo. Vai providenciar o conserto na próxima primavera, ela promete a si mesma; vai precisar de pelo menos esse tempo todo até organizar algo assim. Alguém enfiou uma circular embaixo do capacho: outra venda de ferramentas. Tony se pergunta quem compra todas essas ferramentas – todas aquelas serras circulares, furadeiras sem fio, raspadeiras e chaves de fenda – e o que fazem realmente com elas. Talvez ferramentas sejam armas substitutas; talvez seja a isso que os homens dedicam o tempo quando não estão travando guerras. Contudo, West não é do tipo que usa ferramentas: o único martelo da casa pertence a Tony, e, para qualquer outra coisa que não seja martelar um prego, ela recorre às Páginas Amarelas. Para que arriscar sua vida?

Há uma outra circular sobre ferramentas jogada no minúsculo gramado da frente, que está coberto de ervas daninhas e precisa ser aparado. O gramado é a desgraça do bairro. Tony sabe disso, e fica envergonhada de vez em quando, e jura que vai revolver a grama e substituí-la por alguns arbustos coloridos mas resistentes, ou então por cascalho. Nunca entendeu para que servem os gramados. Se pudesse escolher, preferiria um fosso, com uma ponte levadiça e crocodilos facultativos.

Charis sempre solta miados vagos sobre refazer o gramado da frente para Tony, transformando-o em um milagre florido, mas Tony já se defendeu dela. Charis faria um jardim como o da cortina do escritório de Tony, a qual ela chama de "acalentadora" – flores exuberantes, videiras entrelaçadas, vagens espalhafatosas –, e isso seria demais para Tony. Ela viu o que aconteceu com a faixa de terra que há ao lado do caminho nos fundos da casa de Roz quando esta se rendeu a apelos similares. Por Charis tê-lo feito, Roz não pode mandar refazê-lo, portanto agora há um pedacinho do quintal de Roz que sempre será Charis.

Na esquina da rua, Tony se vira para olhar sua casa, como faz com frequência, admirando-a. Mesmo depois de vinte anos, ainda parece ser uma ilusão ser proprietária de tal casa, ou de qualquer casa. Ela é de tijolos aparentes, do final da era vitoriana, alta e estreita, com telhas verdes e finas parecidas com escamas de peixe sobre o terceiro andar. A janela de seu escritório sai da torre falsa à esquerda: os vitorianos gostavam de pensar que estavam vivendo em castelos. É uma casa grande, maior do que parece da rua. Uma casa sólida, reconfortante; um forte, um bastião, uma fortaleza. Dentro dela está West, criando um caos auditivo, à prova de danos. Quando Tony a comprou, na época em que o bairro era mais decadente e os preços estavam baixos, não esperava que alguém além dela um dia fosse habitá-la.

Ela desce a escadaria do metrô, enfia a ficha na catraca, embarca no trem e senta-se no banco de plástico, com a sacola de lona sobre os joelhos como uma enfermeira visitante. O carro não está cheio, portanto não há cabeças de pessoas altas bloqueando sua visão, e ela pode ler os anúncios. *Hcnurc!*, diz uma barra de chocolate. *Raduja edop êcov?*, implora a Cruz Vermelha. *Oãçadiuqil! Oãçadiuqil!* Se ela dissesse estas palavras em voz alta, as pessoas imaginariam tratar-se de outra língua. É uma outra língua, uma língua arcaica, uma língua que ela conhece bem. Poderia falá-la dormindo, e às vezes fala.

Se os fundamentalistas a flagrassem, acusariam-na de cultuar Satã. Eles tocam canções populares ao contrário, afirmando achar blasfêmias escondidas nelas; pensam que se pode invocar o Diabo ao pendurar uma cruz de ponta-cabeça ou dizendo o Pai-Nosso de trás para a frente. Tudo bobagem. O Diabo não requer essas invocações, esses rituais infantis e teatrais. Nada tão complexo.

A outra língua de Tony não é diabólica, entretanto. Só é perigosa para ela mesma. É a sua sutura, é onde suas partes se costuram, é onde poderia se romper. Porém, ela ainda cede à vontade. Uma nostalgia arriscada. *Aiglatson*. (Um chefe tribal viking na Idade das Trevas? Um laxante para consumidores sofisticados?)

Ela salta na estação St. George e pega a saída de Bedford Road, passa pelos homens que distribuem folhetos, e o vendedor de flores da rua, e o garoto que está tocando flauta na esquina, consegue evitar que seja atropelada ao atravessar no sinal verde e segue passando ao lado do Varsity Stadium e depois o círculo coberto de grama do campus principal. Sua sala fica no final de uma das ruas laterais sujas e antigas, na esquina, em um edifício chamado McClung Hall.

McClung Hall é uma construção sombria de tijolos vermelhos, que se tornaram marrom-arroxeados pelo clima e a fuligem. Ela morou nele uma época, quando estudante, ao longo de seis anos inteiros, quando ainda era um dormitório feminino. Disseram-lhe que seu nome era uma homenagem a alguém que ajudou a conquistar o direito de voto para as mulheres, mas ela não ligou muito para o assunto. Ninguém ligava, naquela época.

As primeiras recordações que Tony tem do edifício antigo é de que ele era um perigo em caso de incêndio, era superaquecido, mas frio, com assoalhos que rangiam e um monte de madeira gasta mas impassível: balaústres grossos, assentos pesados embutidos às janelas, portas com painéis espessos. Tinha o cheiro – ainda tem – de uma despensa úmida tomada por carunchos, com brotos de batata esquecidos lá dentro. Na época, ele também tinha um odor persistente, nauseante, que saía da sala de jantar: repolho morno, sobras de ovos mexidos, gordura queimada. Ela costumava se esquivar das refeições ali e contrabandear pão e maçãs para o quarto.

O pessoal de Religiões Comparadas se apossou dele na década de 1970, mas desde então suas salas viraram escritórios improvisados para o excedente de vários departamentos valiosos, mas empobrecidos – pessoas que, imagina-se, usam mais as mentes que equipamentos reluzentes, e que não contribuem muito para a indústria moderna, e que por isso são consideradas naturalmente adaptadas à miséria. A Filosofia estabeleceu uma cabeça de ponte no térreo, a História Moderna reivindicou o segundo andar. Apesar de algumas tentativas pouco entusiasmadas de pintar o prédio outra vez (já no passado, já desbotando), McClung ainda é o mesmo edifício austero e circunspeto de sempre, virtuoso como mingau de aveia frio e modesto.

Tony não se importa com sua decadência. Mesmo quando estudante gostava do prédio – em comparação, claro, com o lugar onde poderia ter ficado. Um quarto alugado, uma quitinete anônima. Alguns dos outros estudantes, mais *blasés*, o chamavam de McFungus, um nome que foi passado de geração em geração, mas, para Tony, ele era um refúgio, e ela continua lhe sendo grata.

Sua própria sala fica no segundo andar, apenas a algumas portas de seu antigo quarto. O antigo quarto foi transformado em cafeteria, um lugar intencionalmente melancólico com uma mesa lascada de cartão prensado, algumas cadeiras descombinadas e sem braços e um pôster amarelado da Anistia que retrata um homem amarrado com arame farpado e preso por um monte de pregos tortos. Há uma cafeteira que cospe e baba, e uma prateleira onde todos eles devem pôr suas canecas laváveis, benéficas ao meio ambiente, com suas iniciais pintadas para não pegarem as doenças gengivais uns dos outros. Tony se esmerou com relação à sua caneca. Ela usou esmalte de unhas vermelho sobre o fundo preto: está escrito *Ridavni odibiorp*. Às vezes, as pessoas usam as canecas de outras, por engano ou por preguiça, mas ninguém usa a dela.

Ela para na cafeteria, onde dois de seus colegas, vestidos com roupas de corrida felpudas, se servem de leite e biscoitos. Dr. Ackroyd, especialista em agricultura do século XVIII, e dra. Rose Pimlott, a historiadora social e canadianista, que com outro nome ainda seria uma mala sem alças. Ela se pergunta se Rose Pimlott e Bob Ackroyd estão tendo *alguma coisa*, como diria Roz. Eles têm trocado ideias com muita frequência nas últimas semanas. No entanto, é mais provável que seja apenas uma intriga palaciana. O departamento inteiro é como uma corte renascentista: sussurros, ataques em bando, pequenas traições, irritações e ressentimentos. Tony tenta ficar de fora disso, mas só às vezes é bem-sucedida. Não tem nenhum aliado em especial e, por isso, todos suspeitam dela.

Principalmente Rose. Tony ainda se ressente pelo fato de que, dois anos atrás, Rose acusou uma das disciplinas de pós-graduação de Tony de ser eurocêntrica.

– É óbvio que é eurocêntrica! – disse Tony. – O que você espera de uma matéria chamada Estratégia de Cerco Merovíngia?

– Eu acho – respondeu Rose Pimlott, tentando defender sua opinião –, que você poderia dar o curso do ponto de vista das vítimas. Em vez de marginalizá-las.

– Que vítimas? – retrucou Tony. – Todos eles são vítimas! Eles revezavam! A bem da verdade, eles revezavam na tentativa de evitar serem vítimas. É exatamente esse o objetivo das guerras!

O que a dra. Rose Pimlott sabe sobre guerras não dá nem para iniciar uma conversa. Mas sua ignorância é proposital: essencialmente, ela só quer que as guerras saiam de seu caminho e parem de incomodar tanto.

– Por que você *gosta* disso? – ela perguntou a Tony há pouco tempo, franzindo o nariz como se estivesse falando de meleca ou peidos: algo sem importância e nojento, sobre o qual é melhor se calar.

– Você pergunta aos pesquisadores da Aids por que eles gostam da Aids? – indagou Tony. – A guerra *existe*. Não vai acabar tão cedo. Não é que eu goste. Quero entender por que tantas pessoas gostam. Quero entender como ela funciona. – Mas Rose Pimlott preferia virar o rosto, preferia deixar que outras pessoas escavassem as covas coletivas. Ela poderia quebrar a unha.

Tony pensa em falar para Rose que Laura Secord, cujo retrato nas caixas de chocolate antigas que ostentavam seu nome havia se revelado, sob raios X, ser de um homem de vestido, tinha realmente sido um homem de vestido. Nenhuma mulher, ela diria a Rose, poderia ter mostrado tanta agressividade, ou – se preferir – tanta coragem. Isso deixaria Rose entre o martelo e a bigorna! Ela teria de defender que as mulheres poderiam ser tão boas na guerra quanto eram os homens, e, portanto, tão ruins quanto eles, ou então que todos eram uns maricas covardes. Tony está morrendo de curiosidade de saber para qual lado Rose pularia. Mas hoje não dá tempo.

Ela acena com a cabeça para Rose e Bob, e eles olham-na com desconfiança, aquele olhar entre pares ao qual está habituada. Historiadores homens pensam que ela está invadindo o território deles e deveria deixar as lanças, flechas, catapultas, arpões, espadas, armas, aviões e bombas em paz. Acham que ela deveria estar escrevendo a história da sociedade, como, por exemplo, quem comia o quê e quando, ou sobre a vida na família feudal. Mulheres historiadoras, que não existem em grande quantidade, pensam do mesmo jeito, mas por outras razões. Acham que ela deveria estar estudando o nascimento; não a morte, e, com certeza, não planos de batalha. Não derrotas e *débâcles*, não carnificinas, não massacres. Acham que ela está deixando as mulheres na mão.

De modo geral, ela se dá melhor com homens, quando eles conseguem superar as incômodas preliminares; se são capazes de evitar chamá-la de "mocinha", ou dizer que não esperavam que ela fosse tão feminina, o que significava baixinha. Embora só os mais decrépitos ainda agissem dessa forma.

Se não fosse tão pequenina, entretanto, ela nunca escaparia impune. Se tivesse 1,80 metro de altura e corpo de uma fortaleza; se tivesse quadril. Então ela seria ameaçadora, então seria uma amazona. É a incongruência o que lhe garante a licença. *Um respiro poderia soprá-la para longe*, eles lhe sorriem, olhando-a de cima, em silêncio. *Você bem que queria*, pensa Tony, sorrindo, olhando para cima. *Muitos já sopraram.*

Ela destranca a porta de sua sala, em seguida a tranca por dentro para disfarçar o fato de que está ali. Não está no horário do expediente, mas os alunos tiram proveito. Conseguem descobri-la pelo cheiro, como cães farejadores; eles se agarram a qualquer oportunidade de puxar seu saco ou se lamuriar, ou tentar impressioná-la, ou impingirem a ela suas versões de provocação ressentida. *Sou um mero ser humano*, Tony tem vontade de lhes dizer. Mas claro que não é. Ela é um ser humano com poder. Não é muito, mas é poder mesmo assim.

Há mais ou menos um mês, um deles – robusto, de jaqueta de couro, olhos vermelhos, aluno de uma disciplina introdutória do segundo ano da graduação – cravou um canivete no meio de sua mesa.

– Preciso de conceito A! – ele berrou.

Tony ficou tanto com medo quanto com raiva. *Me mata e nem passar você vai!*, ela quis berrar de volta. Mas ele podia estar sob o efeito de algo. Drogado ou louco, ou ambos, ou imitando aqueles outros selvagens, alunos que massacram professores que ele vira nos noticiários. Por sorte, era apenas um canivete.

– Aprecio a sua objetividade – ela lhe disse. – Agora, por que você não se senta naquela cadeira ali, e nós discutimos o assunto?

– Graças a Deus existe a Assistência Psiquiátrica – ela comentou com Roz ao telefone, depois que ele foi embora. – Mas o que há com eles?

– Escute, querida – disse Roz. – Tem uma coisinha só que eu quero que você se lembre. Sabe essas substâncias químicas que as mulheres têm quando estão na TPM? Bem, os homens têm essas mesmas substâncias *o tempo todo*.

Talvez seja verdade, pensa Tony. Caso contrário, de onde surgiriam os sargentos?

A sala de Tony é grande, maior do que seria em um edifício moderno, com a escrivaninha em tamanho padrão arranhada, o quadro de avisos de cortiça padrão, a veneziana padrão cheia de poeira. Gerações de percevejos carcomeram a tinta verde-clara; restos de celofane brilham aqui e ali, como mica em uma caverna. O segundo melhor processador de textos de Tony está na escrivaninha – é tão lento e obsoleto que ela pouco se importa se alguém irá roubá-lo – e na sua estante há alguns livros confiáveis, que ela às vezes empresta aos alunos: *Fifteen Decisive Battles of the World*, de Creasy, uma bobagem necessária; Liddell Hart; Churchill, é claro; *The Fatal Decisions*; e, um de seus prediletos, *The Face of Battle*, de Keegan.

Em uma das paredes, há uma péssima reprodução de *A morte do general Wolfe*, de Benjamin West, um retrato lúgubre, na opinião de Tony, Wolfe pálido como a barriga de um bacalhau, com os olhos voltados piamente para cima e vários *voyeurs* necrofílicos em trajes extravagantes agrupados ao seu redor. Tony o mantém em sua sala como um lembrete, tanto para si quanto para seus alunos, da vanglória e da martirização a que, às vezes, estão propensos aqueles que partilham de sua profissão. Ao lado dele, está Napoleão, atravessando os Alpes com ponderação.

Na parede oposta, ela pendurou uma caricatura amadora feita a bico de pena intitulada *Wolfe mijando*. O general é retratado de costas para o observador, com apenas seu perfil de queixo pequeno visível. Está com uma expressão irritada no rosto, e o balão que sai de sua boca diz: Fodam-se esses botões. A caricatura foi desenhada por um de seus alunos, dois anos atrás, e lhe foi dada de presente pela classe inteira no final do semestre. Via de regra, a maioria de seus alunos são homens: poucas mulheres sentem atração por disciplinas tais como Erros Táticos na Baixa Idade Média ou História Militar como Artefato, que são os nomes de suas matérias de pós-graduação, dessa vez.

Enquanto ela desembrulhava a embalagem, todos a observavam para ver como ela reagiria à palavra "fodam-se". Homens da idade deles parecem pensar que mulheres da idade dela nunca ouviram palavras como essa. Ela acha isso tocante. Ela tem de fazer o esforço consciente de se conter para não chamar os alunos de "meus meninos". Se não se policiar, vai se transformar em uma mãezona cordial, divertida; ou, pior ainda, em uma velha sábia, caprichosa. Vai começar a dar piscadelas e apertar bochechas.

A caricatura em si é uma homenagem à sua aula sobre a tecnologia dos fechos de braguilhas, a qual – ela ouviu dizer – recebeu o apelido de "Doces Botões" e normalmente atrai uma multidão. *Os escritores que falam sobre guerras* – ela começa – *tendem a se concentrar nos reis e generais, em suas decisões, em suas estratégias, e negligenciam fatores mais corriqueiros, porém igualmente importantes, que podem colocar, e já colocaram, os soldados – aqueles que estão à margem – em risco.* Piolhos e pulgas que transmitiam doenças, por exemplo. Botas defeituosas. Lama. Germes. Camisas de baixo. E fechos de braguilhas. O cordão, o envoltório, o fecho abotoável, o zíper, todos eles tiveram um papel na história militar no decorrer dos séculos; sem mencionar o *kilt*, sobre o qual, de certo ponto de vista, há muito a ser dito. *Não riam*, ela lhes diz. *Em vez de rir, imaginem-se no campo de batalha, com o chamado da natureza, como acontece com frequência em momentos de estresse. Agora se imaginem tentando abrir todos aqueles botões.*

Ela levanta um croqui dos botões em questão, um conjunto do século XIX, que certamente exigiam pelo menos dez dedos e dez minutos cada.

Agora imaginem um franco-atirador. Menos engraçado?

Um exército marcha com o estômago, mas também com os fechos das braguilhas. Não que o zíper – apesar de aumentar a velocidade da abertura – não tivesse culpa alguma. *Por que não? Usem a cabeça: zíper emperra. E faz barulho!* E os homens desenvolveram o hábito perigoso de riscar fósforos nele. *No escuro! Dá para acender uma chama.*

Muitos foram os crimes cometidos – ela prossegue – contra os indefesos homens alistados pelos estilistas de roupas militares. Quantos soldados britânicos morreram desnecessariamente devido à vermelhidão de seus uniformes? E não pensem que esse tipo de descuido acabou junto com o século XIX. A incapacidade criminosa de Mussolini de fornecer sapatos – sapatos! – para as próprias tropas é apenas um dos casos. E na opinião de Tony, o responsável pela invenção daquelas calças de náilon para a Coreia do Norte deveria ter sido julgado pela corte marcial. Era possível ouvir pernas roçando a quilômetros de distância. E os sacos de dormir – eles também farfalhavam, e era difícil abri-los por dentro, e eles congelavam fechados! Em ataques noturnos pelo inimigo, esses homens eram massacrados como gatinhos presos em uma sacola.

Assassinato por estilista! Ela fica muito exaltada com isso.

Todos os exemplos, com mais sobriedade e em forma de notas de rodapé, serão bons para ao menos um capítulo de seu livro-em-processo-de-escritura: *Vestimentas mortais: uma história da ineficiente couture militar.*

Charis diz que é ruim para Tony gastar tanto tempo em algo negativo como as guerras. Ela diz que é carcinógeno.

Tony revira seu arquivo sanfonado em busca da lista de chamada, localiza-a na letra B, de Burocracia, e lança a nota de cada trabalho no respectivo quadradinho. Ao terminar, joga os trabalhos corrigidos no grosso envelope de papel-manilha cravado do lado de fora de sua porta, onde os alunos podem recolhê-los mais tarde, como prometido. Depois, vai até o final do corredor, verifica se chegou correspondência no sórdido cubículo da secretaria do departamento, onde às vezes há uma secretária, não acha nada além de um aviso de renovação da assinatura de *Jane's Defence Weekly* e o último exemplar de *Big Guns*, e enfia os dois na bolsa.

Em seguida, faz uma parada no superaquecido lavatório feminino, que tem cheiro de sabão líquido, cloro e cebola parcialmente digerida. Um dos três vasos está entupido, como é de hábito há muito tempo, e nas outras duas cabines falta papel higiênico. Há um pouco escondido no inoperante, entretanto, então Tony o confisca. Na parede do cubículo que ela prefere – mais próximo à janela de vidro granulado –, alguém rabiscou uma nova mensagem, acima de *Herstory* Not History** e *Hersterectomy Not Hysterectomy*: *A DESCONSTRUÇÃO FEMINISTA NÃO ESTÁ COM NADA*. O subtexto do recado, como Tony sabe muito bem, é que há um movimento em andamento para que McClung Hall seja declarado um edifício histórico e entregue aos Estudos Sobre as Mulheres. *HISTORIC NOT HERSTORIC*, alguém acrescentou na lateral. Presságios de uma contenda vindoura que Tony espera evitar.

Ela deixa um recado na mesa da secretária: *O vaso está entupido. Obrigada. Antonia Fremont*. Ela não acrescenta *de novo*. Não há motivo para ser desagradável. O recado não vai dar resultado nenhum, mas ela cumpriu sua obrigação. Em seguida, sai do prédio às pressas e volta ao metrô, e ruma na direção sul.

---

* "Herstory" é um termo cujo primeiro registro escrito data de 1970. Refere-se à História escrita sob o ponto de vista feminino, utilizando-se do fato de o vocábulo *history* iniciar-se por *his*, pronome possessivo masculino na língua inglesa, e trocando-o por *her*, possessivo feminino. No entanto, etimologicamente, *history* não tem a ver com o pronome. O mesmo recurso foi usado nos outros dois trocadilhos. (N. da T.)

5

O almoço é no Toxique, portanto Tony desembarca em Osgoode e anda na direção oeste, pela Queen Street, passa pelo Dragon Lady Comics, o Queen Mother Café, o BamBoo Club com seus grafismos incríveis. Ela poderia aguardar um bonde, mas nas multidões do bonde ela quase sempre é espremida, e às vezes esmagada. Já fez pesquisas suficientes sobre botões de camisas e fivelas de cinto para se conformar por um tempo, então escolhe os riscos mais casuais oferecidos pela calçada. De qualquer forma, não está muito atrasada; não mais que Roz sempre está.

Ela se mantém na beira da calçada, longe dos muros e das figuras maltrapilhas que se encostam contra eles. Aparentemente só querem um trocado, mas Tony os vê sob uma luz mais sinistra. São todos espiões, reconhecendo o terreno antes de uma invasão em massa; ou, se não, são refugiados, os feridos de guerra, recuando antes do ataque violento que está por vir. De qualquer modo, ela fica afastada. Pessoas desesperadas a assustam, ela cresceu com duas assim. Elas atacam de repente, elas se agarram a qualquer coisa.

Essa parte de Queen se tornou um pouco mais sossegada. Alguns anos atrás era mais violenta, mais arriscada, porém os aluguéis subiram, e muitos dos sebos e dos artistas sujos se foram. A mistura ainda segue o estilo da periferia, delicatéssen do Leste Europeu, mobílias para escritórios no atacado, bares onde se bebe cerveja ao som de música country; mas agora há lojas de doces muito bem iluminadas, casas noturnas badaladas, roupas com etiquetas importantes.

A recessão, contudo, está se agravando. Há mais edifícios à venda; há mais butiques liquidando, e vendedoras espreitam na entrada daquelas ainda abertas, lançando olhares de derrota e súplica aos passantes, os olhos dominados por uma ira desnorteada. *Corte nos preços*, anunciam as vitrines: isso seria impensável nesta mesma época do ano passado, a dois meses do Natal. Os vestidos brilhosos nos manequins de rostos pálidos ou sem cabeça não são mais o que pareciam ser, a encarnação do desejo. Agora parecem os restos de uma festa. Guardanapos de papel amassados, o entulho deixado por multidões fazendo arruaça ou exércitos depois de pilhagens. Embora ninguém os tenha visto e não seja possível dizer ao certo quem eram, os godos e os vândalos haviam passado por ali.

Assim pensa Tony, que de qualquer modo nunca poderia ter usado aqueles vestidos. Eles são para mulheres de pernas compridas, torsos compridos, braços graciosos e compridos.

– Você não é baixinha – Roz lhe diz. – Você é mignon. Olha, eu seria capaz de matar para ter uma cintura como a sua.

– Mas eu sou igualmente fina da cintura para baixo – explica Tony.

– Então, o que nós precisamos é de uma batedeira – diz Roz. – A gente junta sua cintura com as minhas coxas e divide o que sobrar. Está bom para você?

Se fossem mais jovens, tais conversas talvez apontassem para o descontentamento sério em relação ao próprio corpo, anseios sérios. A esta altura, já fazem parte do repertório. Mais ou menos.

Lá está Roz agora, acenando para ela do lado de fora do Toxique. Tony vai ao seu encontro e Roz se inclina, Tony estica o pescoço, e as duas beijam o ar em ambos os lados da cabeça uma da outra, como ultimamente virou moda em Toronto, ou em certas camadas da cidade. Roz parodia o ritual sugando as bochechas para que a boca pareça a de um peixe, e envesgando os olhos.

– Pretensiosa? *Moi?* – ela diz. Tony sorri, e elas entram juntas.

O Toxique é um dos lugares prediletos delas: não muito caro, e com certa agitação; embora seja um pouco arcaico, um pouco sujo. Pratos são servidos com texturas estranhas grudadas na parte de baixo, os garçons podem usar sombra nos olhos ou brinco no nariz, as garçonetes tendem a usar polainas fluorescentes e shorts curtos de couro. Um enorme espelho de vidro escurecido em um dos lados, resgatado de algum hotel destruído. Há pôsteres de eventos teatrais alternativos e antiquados grudados às paredes, e pessoas com a pele pálida e correntes pendendo das roupas sombrias, ornadas com metais, se arrastam pelos inacessíveis quartos dos fundos ou se reúnem nos degraus lascados que levam aos toaletes. Os pratos especiais do Toxique são um sanduíche de queijo de cabra e pimenta assada, bolo de bacalhau da Terra Nova, e uma salada gigantesca, às vezes pegajosa, com montes de nozes e raízes picadas. Há *baklava* e *tiramisù*, e um expresso forte, viciante.

Elas não vão ali à noite, é claro, quando as bandas de rock e os decibéis altos dominam o local. Mas é bom para almoçar. Deixa-as alegres. Faz com que se sintam mais jovens, e mais ousadas, do que realmente são.

Charis já está lá, sentada no canto, ocupando uma mesa de fórmica vermelha com gotinhas douradas de enfeite e pernas de alumínio, que ou é uma autêntica peça da década de 1950 ou uma réplica. Ela já pediu uma garrafa de vinho branco e uma garrafa de água Evian. Ela as vê e abre um sorriso, e beijos aéreos se seguem em torno da mesa.

Hoje, Charis está usando um vestido largo de algodão lilás, com um cardigã felpudo cinza e um lenço laranja e turquesa com o desenho de flores do prado em volta do pescoço. O cabelo longo e liso é louro grisalho e partido ao meio; está com os óculos de leitura presos no alto da cabeça. O batom pêssego poderia ser seus lábios verdadeiros. Ela lembra um anúncio um pouco desbotado de xampu de ervas – saudável, mas quase obsoleto. A aparência que Ofélia teria caso não tivesse morrido, ou a Virgem Maria na meia-idade – séria e distraída, e com uma luz interior. É a luz interior que lhe causa encrencas.

Roz está embrulhada em um terninho que Tony reconhece da vitrine de uma das grifes mais careiras de Bloor. Ela faz compras com munificência e prazer, mas muitas vezes na correria. O paletó é azul elétrico, a saia está justa. O rosto foi retocado de forma cuidadosa, e o cabelo acabou de ser pintado novamente. Agora está castanho-avermelhado. A boca está framboesa.

Seu rosto não combina com a roupa. Não é despreocupado e magro, mas sim rechonchudo, com bochechas de um rosa macio como as de uma leiteira e covinhas quando ela sorri. Os olhos, inteligentes, compassivos e tristes, parecem pertencer a outro rosto, mais magro; mais magro, e mais endurecido.

Tony se acomoda na cadeira, pousando a enorme sacola sob ela para usá-la de escabelo. Houve uma época em que reis baixinhos tinham almofadas especiais para os pés, assim as pernas não ficavam balançando quando se sentassem no trono. Tony os compreende bem.

– Então – diz Roz após as preliminares –, estamos todas acomodadas, com rostos alegres e luminosos. Quais as novidades? Tony, vi uma roupa fofíssima na Holt's, ficaria tão bem em você. Uma gola laranja... golas laranja voltaram à moda!... e botões de metal na frente. – Ela acende seu cigarro habitual, e Charis dá a tossidela de hábito. Nessa parte do Toxique não é proibido fumar.

– Eu ficaria parecendo uma mensageira – diz Tony. – De qualquer forma, não ia caber.

– Você já pensou em salto agulha? – indaga Roz. – Você ficaria com dez centímetros a mais.

– Fale sério – retruca Tony. – Eu quero poder andar.

– Você podia fazer um implante de pernas – sugere Roz. – Um *aumento* de pernas. Bem, por que não? Fazem de todo o resto.

– Acho o corpo da Tony adequado do jeito que ele é – intercede Charis.

– Não estou falando do corpo dela, estou falando do guarda-roupa – explica-se Roz.

– Como sempre – diz Tony.

Todas riem, com um pouco de exagero. A garrafa de vinho agora está pela metade. Tony só tomou alguns goles de vinho misturado com água Evian. É cautelosa com álcool em qualquer forma.

As três almoçam juntas uma vez por mês. Passaram a depender disso. Não têm muito em comum, à exceção da catástrofe que as uniu, se é que Zenia pode ser chamada de catástrofe; mas com o tempo desenvolveram lealdade umas às outras, um *esprit de corps*. Tony passou a gostar dessas mulheres; passou a considerá-las amigas íntimas, ou o que há de mais próximo a isso. Elas têm coragem, têm cicatrizes de guerra, elas sobreviveram ao fogo; e cada uma delas sabe coisas sobre as outras, a essa altura, que ninguém mais sabe.

Portanto, elas continuaram a se encontrar com regularidade, como viúvas de guerra ou veteranos envelhecendo, ou as esposas dos desaparecidos. Assim como nesses grupos, há mais pessoas presentes em volta da mesa do que aquelas que se podem contar.

Porém, elas não falam de Zenia. Não mais, não desde que a enterraram. Como diz Charis, falar sobre ela pode segurá-la nesse mundo. Como Tony diz, ela faz mal à digestão. E como Roz diz, por que lhe dar tempo no ar?

Ela está aqui à mesa mesmo assim, pensa Tony. Ela está aqui, nós a estamos segurando, estamos lhe dando tempo no ar. Não conseguimos esquecê-la.

A garçonete chega para anotar o pedido. Hoje é uma garota cujo cabelo tem presilhas de dente-de-leão, usa meia-calça de estampa de leopardo e botas prateadas de amarrar que cobrem as panturrilhas. Charis pede o Coelho Deleite – para os coelhos, não deles – com cenoura ralada, queijo cottage e salada de lentilha fria. Roz pede o sanduíche *gourmet* de queijo torrado cortado em fatias grossas, em pão de ervas e sementes de cominho, com picles poloneses; e Tony pede o especial do Oriente Médio, com *falafel* e *shashlik* e cuscuz e húmus.

– Por falar em Oriente Médio – diz Roz –, o que está acontecendo por lá? Aquela coisa com o Iraque. Sua especialidade, eu imagino, Tony.

As duas olham para Tony.

– Na verdade, não é – responde Tony.

O principal objetivo de ser historiadora, ela já tentou lhes explicar, é que você pode evitar com sucesso o presente, na maior parte do tempo. Embora fosse óbvio que estivesse acompanhando a situação: ela a acompanhava há anos. Alguma nova tecnologia interessante seria testada, isso era uma certeza.

– Não seja modesta – diz Roz.

– Você está querendo perguntar se vai haver uma guerra? – indaga Tony. – A resposta curta para isso é sim.

– Que horror – comenta Charis, consternada.

– Não matem o mensageiro – diz Tony. – Não sou eu quem está cuidando disso, só estou falando.

– Mas como é que você *sabe*? – contesta Roz. – Algo pode mudar.

– Não funciona que nem o mercado de ações – explica Tony. – A decisão já foi tomada. Foi tomada assim que Saddam cruzou a fronteira. Assim como o Rubicão.

– O quê? – pergunta Charis.

– Deixa para lá, querida, é só um dado histórico – diz Roz. – Então a situação é bem ruim mesmo, não é?

– Não a curto prazo – esclarece Tony. – A longo prazo... bem, vários impérios caíram por terem se estendido além da conta. Isso vale para ambos os lados. Mas neste momento os Estados Unidos não estão pensando nisso. Eles adoram a ideia. Vão ter a chance de testar os brinquedos novos, criar alguns negócios. Não pense nisso como uma guerra, mas sim como uma expansão de mercado.

Charis espeta o garfo na cenoura ralada; está com um pedaço grudado ao lábio superior, um encantador bigode de gato laranja.

– Bem, de qualquer forma, não somos *nós* que vamos fazer guerra – ela diz.

– Somos, sim – retruca Tony. – Vão exigir a nossa presença. Se você ganha dinheiro do rei por cada pessoa alistada, tem que puxar o saco dele. Nós estaremos lá, nós e nosso velho exército enferrujado, caindo aos pedaços. *Isso* sim é uma desgraça. – Tony está de fato indignada com o assunto: se for para fazer com que os homens lutem, que pelo menos eles recebam equipamentos decentes.

– Talvez ele recue – diz Roz.

– Quem? – indaga Tony. – O Tio Sam?

– Tio Saddam, perdão pelo trocadilho – diz Roz.

– Ele não pode – esclarece Tony. – Ele já foi longe demais. Sua própria turma o mataria. Não que já não tenham tentado.

– Que deprimente – solta Charis.

– Sem dúvida – concorda Tony. – A cobiça por poder vai prevalecer. Milhares de pessoas vão morrer desnecessariamente. Cadáveres vão apodrecer. Mulheres e crianças vão definhar. Pragas vão se alastrar. A fome vai varrer o país. Fundos para assistência social vão ser criados. As autoridades vão embolsar o dinheiro deles. Nem tudo é ruim, contudo... o índice de suicídios vai cair. Sempre cai durante as guerras. E talvez as soldadas tentem participar do combate na linha de frente, dando uma ajuda ao feminismo. Embora eu duvide. Elas provavelmente vão só ficar fazendo as bandagens de sempre. Vamos pedir outra garrafa de Evian.

– Tony, você é tão sangue-frio – diz Roz. – Quem vai vencer?

– A batalha ou a guerra? – questiona Tony. – A batalha, com certeza, vai ser a tecnologia. Quem tiver superioridade aérea. E quem poderia ser?

– Os iraquianos têm uma espécie de arma gigante – comenta Roz. – Eu li alguma coisa sobre isso.

– Só parte de uma arma – esclarece Tony, que sabe bastante sobre o tema porque é de seu interesse. Seu, e da *Jane's Defence Weekly*, e de pessoas desconhecidas. – O supercanhão. Teria mesmo sido um grande avanço tecnológico; acabaria com as aeronaves de médio alcance e mísseis caros, cortaria os custos. Adivinhem só como o chamaram? Projeto Babilônia! Mas o cara que estava criando o canhão foi assassinado. Um gênio louco das armas... Gerry Bull. Melhor homem em balística do mundo... um dos nossos, aliás. Ele meio que já tinha sido avisado. Coisas ficavam se mexendo dentro do seu apartamento quando ele não estava. Mais do que um indício, eu diria. Mas ele continuou montando o canhão, até que bang... cinco tiros na cabeça.

– Que história horrorosa – disse Charis. – Odeio isso.

– Faça a sua escolha – declara Tony. – Imagine quantas pessoas o supercanhão não teria matado.

– Bem, de qualquer forma, ouvi dizer que eles já cavaram trincheiras – anuncia Roz. – Soube que eles têm abrigos de cimento bem fundos. À prova de bombas.

– Só para os generais – corrige Tony. – Espere para ver.

– Tony, você é tão cética – diz Charis, com um suspiro penalizado. Ela ainda tem esperança de que Tony avance espiritualmente, o que consistiria, sem dúvida, na descoberta de vidas passadas, uma lobotomia parcial e um elevado interesse em jardinagem.

Tony olha para ela, sentada diante de sua bela sobremesa, sorvetes sortidos, uma bola rosa, uma bola vermelha, uma bola violeta de groselha, colher em punho como uma criança em uma festa de aniversário. Tal inocência causa dor a Tony, de duas formas ao mesmo tempo. Ela tem vontade de consolar Charis; também de sacudi-la.

– O que você quer que eu diga? Que todos nós deveríamos adotar uma atitude mais otimista?

– Isso pode ajudar – diz Charis, com seriedade. – Nunca se sabe. Se todo mundo adotasse.

Às vezes, Tony gostaria de tomar a mão branca como um lírio de Charis e conduzi-la em meio a pilhas de caveiras, às covas escondidas cheias de corpos, às crianças famintas com seus braços de graveto e barrigas de balão, às igrejas trancadas e depois incendiadas com os prisioneiros chamuscados urrando lá dentro, às cruzes, fileira após fileira após fileira. Século depois de século, voltando e voltando, o quanto fosse possível. *Agora me diga*, ela diria a Charis. *O que você vê?*

Flores, Charis responderia.

Zenia não teria dito isso.

Tony sente frio. A porta deve ter sido aberta. Ela olha para cima e depois para o espelho.

Zenia está parada ali, atrás dela, na fumaça, no espelho, nesse salão. Não alguém parecido com Zenia: Zenia em pessoa.

Não é uma alucinação. A garçonete de pele de leopardo também a viu. Ela está assentindo, está indo ao seu encontro, está indicando uma mesa nos fundos. Tony sente o coração apertar, apertar como um punho, e despencar.

– Tony, o que há? – pergunta Roz. Ela aperta o braço de Charis.

– Vire a cabeça bem devagar – instrui Tony. – Não grite.

– Ah, merda – solta Roz. – É ela.

– Quem? – indaga Charis.

– Zenia – responde Tony.

– Zenia morreu – retruca Charis.

– Meu Deus – exclama Roz –, é ela mesma. Charis, não fique encarando, ela vai vê-la.

– E depois de nos fazer aguentar todo aquele funeral idiota – dispara Tony.

– Bem, *ela* não estava lá – diz Roz. – Só havia aquela lata, lembra?

– E aquele advogado – completa Tony. Após o choque inicial, ela descobre que não está surpresa.

– É – diz Roz. – Advogado, porcaria nenhuma.

– Ele parecia ser advogado – diz Charis.

– Ele parecia muito ser advogado – confirma Roz. – Vamos encarar os fatos: fomos enganadas. Foi mais um dos números que ela faz.

Elas estavam sussurrando, como conspiradoras. Por quê?, pensa Tony. Não temos nada a esconder. Devíamos ir até ela e interpelar – o quê? Como tinha a tremenda cara de pau de ainda estar viva?

Elas precisam continuar falando, fingindo que não a viram. Em vez disso, ficam olhando fixo para o tampo da mesa, onde os resquícios de seus sorvetes sortidos desfizeram-se em manchas rosa e framboesa, boiando em pratos brancos como a prova de um ataque de tubarão. Elas se sentem flagradas, se sentem presas, se sentem culpadas. Era Zenia quem deveria se sentir assim.

Mas Zenia passa perto da mesa delas como se elas não estivessem ali, como se não houvesse ninguém. Tony sente que todas murcham sob o clarão emanado por ela. O perfume que está usando é irreconhecível: algo denso e sombrio, taciturno e agourento. Aroma de terra queimada. Ela vai até o fundo do salão, e se senta, e acende um cigarro, e fixa o olhar acima da cabeça delas, em algum lugar do outro lado da janela.

– Tony, o que ela está fazendo? – sussurra Roz. Tony é a única que tem uma visão clara de Zenia.

– Fumando – diz Tony. – Esperando alguém.

– Mas o que ela está fazendo *aqui*? – indaga Roz.

– Misturando-se com pessoas inferiores – responde Tony. – Que nem nós.

– Não estou acreditando – diz Charis, de um jeito melancólico. – Eu estava gostando do dia até agora.

– Não, não – exclama Roz. – Quer dizer, esta cidade. Caramba, eu quero dizer este país *inteiro*. Ela queimou todas as pontes. Que alternativas ela ainda tem?

– Não quero falar sobre ela – diz Tony.

– Eu não quero nem *pensar* nela – afirma Charis. – Não quero que ela confunda a minha cabeça.

Mas não resta esperança de pensar em outro assunto.

Zenia está linda como nunca. Está vestida de preto, uma roupa justa com um decote arredondado que mostra o começo de seus seios. Ela parece, como sempre pareceu, uma foto, uma foto de alta-costura feita com luz quente para que todas as suas sardas e rugas fossem clareadas e só permanecessem os traços essenciais: no caso dela, a boca carnuda vermelho-arroxeada, altiva e triste; os olhos enormes e profundos, as sobrancelhas belamente arqueadas, as maçãs saltadas tingidas de terracota. E o cabelo, uma nuvem densa de cabelo, voando em volta da cabeça por causa do vento imperceptível que a acompanha por todos os lados, moldando-lhe as roupas em torno do corpo, mexendo esporadicamente nos cachos escuros que lhe caem sobre a testa, preenchendo o ar perto dela com o som do murmúrio. Em meio a essa comoção invisível, ela se senta, impassível, imóvel como se fosse esculpida. Ondas de hostilidade emanam dela como radiação cósmica.

Ou isso é o que Tony vê. É um exagero, claro, é excessivo. Mas são essas as emoções que Zenia suscita, em geral: emoções excessivas.

– Vamos embora – diz Charis.

– Não deixe que ela a amedronte – retruca Tony, como se falasse para si.

– Não é medo – explica Charis. – Ela me deixa com nojo. Ela me deixa com nojo de mim mesma.

Roz confirma, pensativa:

– Ela realmente causa esse efeito.

As outras duas pegam a bolsa e iniciam o ritual de divisão da conta. Tony ainda está olhando para Zenia. É verdade que ela está linda como nunca; mas agora Tony consegue detectar um leve embotamento poeirento, como uma flor numa videira – uma leve contração dos poros, um encolhimento, como se um pouco de seu sumo tivesse sido chupado de debaixo de sua pele. Tony acha isso reconfortante: Zenia é mortal, afinal, como todas as outras.

Zenia exala a fumaça, abaixa o olhar. Fixa-o em Tony. Olha direto para ela. Mas a vê com satisfação. Vê as três. Sabe como elas se sentem. Ela está se divertindo.

Tony para de olhar. O coração, dentro dela, é gélido e denso, comprimido como uma bola de neve. Ao mesmo tempo, ela está animada, tensa, como se aguardasse uma palavra breve, um comando, entrecortado e fatal. *Avante! Atirar! Fogo!* Ou algo do tipo.

Mas ela também está cansada. Talvez não tenha mais energia para Zenia. Pode não estar à altura dela, dessa vez. Não que um dia tenha estado.

Ela se concentra no tampo vermelho e brilhante da mesa, o cinzeiro preto com as guimbas amassadas. O nome do restaurante está gravado em letras prateadas: *Toxique*.

Euqixot. Parece asteca.

O que ela está tramando?, pensa Tony. O que ela quer?

O que está fazendo aqui, neste lado do espelho?

6

As três saem em bando pela porta, uma por uma. Batendo em retirada. Tony contém o ímpeto de sair andando de costas: a taxa de acidentes aumenta quando você dá as costas.

Não é como se Zenia tivesse uma arma. Ainda assim, Tony é capaz de sentir o insolente olhar ultramarino perfurando a parte de trás de seu frágil vestidinho de seda com bolinhas como um laser. *Patética*, Zenia deve estar pensando. Ela deve estar rindo; ou sorrindo, com os cantos da boca suculenta curvados para cima. Elas três não são importantes o bastante para uma risada. *Decepada*, Tony murmura para si. Como se diz de uma armadura, da dignidade, de um cabelo.

Tony se sentia segura esta manhã, bastante segura. Mas não se sente segura agora. Tudo foi posto em dúvida. Mesmo no melhor dos tempos o mundo cotidiano é tênue para ela, uma pele fina e iridescente mantida no lugar pela tensão da superfície. Ela se esforça muito para mantê-la no lugar, sua ilusão proposital de conforto e estabilidade, as palavras fluindo da esquerda para a direita, as rotinas do amor; mas embaixo há escuridão. Perigo, caos, cidades em chamas, torres desmoronando, a anarquia dos problemas sérios. Ela toma fôlego para se equilibrar e sente o oxigênio e a fumaça dos carros entrando no crânio. Suas pernas estão fraquejando, a fachada das reverberações da rua, trêmula como um reflexo no lago, o fraco raio de sol sopra para longe como um vapor.

Contudo, quando Roz se oferece para levá-la para casa, ou para qualquer lugar para onde esteja indo, Tony diz que vai caminhando. Ela precisa do entreato, ela precisa de espaço, ela precisa se preparar para West.

Dessa vez, as três não beijam o ar. Elas se abraçam. Charis está trêmula, apesar da tentativa de serenidade. Roz está petulante e desdenhosa, mas contém as lágrimas. Ela vai se sentar no carro e chorar, sujando de lágrimas a manga do paletó claro, até que esteja pronta para voltar à cobertura onde fica seu escritório. Charis, por outro lado, vai andar sem pressa até o embarcadouro de Island, examinando as vitrines das lojas sem se preocupar com as leis do trânsito. Na balsa, vai observar as gaivotas e visualizar-se como uma delas, e tentar tirar Zenia da cabeça. Tony sente vontade de proteger as duas. O que elas sabem a respeito de escolhas difíceis e sombrias? Nenhuma delas vai ser de grande ajuda na luta iminente. No entanto, não têm nada a perder. Nada, nem ninguém. Tony tem.

Ela caminha pela Queen, depois dobra na Spadina, indo na direção norte: permite que os pés se movam, permite que o sol brilhe. *Ou ele teme demais seu destino, Ou são poucos seus desertores, Que não se expõem ao perigo, Nem de vencer, nem de perder*, ela repete em pensamentos. Um verso fortalecedor, uma preferência geral, uma preferência dos generais. Ela precisa é de um pouco de perspectiva. Um pouco de *avitcepsrep*. Uma palavra medicinal.

Aos poucos, o coração se acalma. É reconfortante estar em meio a desconhecidos, que não exigem dela nenhum esforço, nenhuma explicação, nenhum apoio. Ela gosta da mistura nas ruas dali, a mistura de peles. Chinatown dominou quase tudo, embora ainda existam algumas delicatéssen judaicas e, mais longe, numa lateral, as lojas portuguesa e caribenha de Kensington Market. Roma no segundo século, Constantinopla no décimo, Viena no décimo nono. Uma encruzilhada. Aqueles que são de outros países parecem estar se esforçando para esquecer-se de algo, aqueles que são daqui como se fizessem um grande esforço para se lembrarem. Ou talvez seja o contrário. De qualquer forma, há um aspecto absorto, preocupado em seus olhos, um olhar de esguelha. Música de alhures.

A calçada está lotada de gente que faz compras na hora do almoço; elas evitam se esbarrar sem parecer estar olhando, como se seus corpos fossem cobertos de bigodes de gatos. Tony costura o caminho, passando pelas quitandas com carambolas, lechias e longos repolhos crespos expostos nas bancas da frente, os açougueiros com patos avermelhados e lustrosos pendendo nas vitrines, as lojas de artigos de cama e mesa com toalhas de mesa rendadas, quimonos de seda com dragões de boa sorte bordados nas costas. Em meio a chineses, ela tem a sensação de possuir a altura certa, apesar de não ter ciência de como deve ser vista por alguns deles. Um demônio estrangeiro, branco e cabeludo; embora não seja muito cabeluda nem muito diabólica. Estrangeira, sim. Estrangeira ali.

Está quase na hora de ela cortar o cabelo, no Liliane's, que fica a dois quarteirões e uma esquina dali. Eles a tratam com euforia: admiram, ou fingem admirar, seus pés pequenos, as minúsculas mãos de toupeira, a bunda reta, a boca em forma de coração, tão antiquada dentre os amuados lábios picados por abelhas das revistas de moda. Dizem-lhe que ela é quase chinesa.

Só quase, entretanto. *Quase* é o que ela sempre se sentiu; aproximada. Zenia nunca foi *quase*, nem em seu momento mais fraudulento. Sua falsidade era simulada com intensidade, e até seus disfarces mais superficiais eram totais.

Tony caminha e caminha, sobe Spadina, passa pelo antigo Victory Burlesque – qual vitória, vitória de quem, ela se pergunta – agora impregnado de pôsteres anunciando filmes em chinês, passa pela Grossman's Tavern e atravessa a College Street, onde a Scott Mission distribui sopa cristã a cada vez mais pessoas com cada vez menos dinheiro. Ela pode ir andando até chegar em casa, não tem aulas hoje. Precisa reunir forças, precisa ponderar, precisa planejar sua estratégia. Porém, quantas estratégias você pode planejar com tão poucos dados? Por exemplo, por que Zenia resolveu ressuscitar? Por que se deu ao trabalho de se explodir, para início de conversa? Por suas próprias razões, talvez; nada a ver com as três. Ou com os dois, com ela e West. Ainda assim, é uma falta de sorte Zenia tê-la visto no Toxique.

Talvez a essa altura Zenia já tenha se esquecido completamente de West. *Ele é caça miúda*, Tony roga em silêncio. *Um peixe pequeno. Para que se dar ao trabalho?* Mas Zenia gosta de caçar. Gosta de caçar qualquer coisa. Ela tem prazer com isso.

Imagine o seu inimigo, dizem os especialistas. *Ponha-se no lugar dele. Finja que é ele. Aprenda a prever seus passos.* Infelizmente, é complicado prever os passos de Zenia. É como na velha brincadeira infantil – pedra, papel, tesoura. A tesoura corta o papel, mas é quebrada pela pedra. O truque é saber o que seu oponente está escondendo, que punho ou surpresa desagradável ou arma secreta está escondendo atrás das costas dele. Ou dela.

O sol se põe, e Tony anda por sua rua sossegada, arrastando os pés em meio às folhas caídas dos bordos e castanheiros, voltando para a própria casa. Seu baluarte. Sob a luz que se esvaece, a casa não é mais densa, sólida, incontestável. Parece provisória, como se estivesse prestes a ser vendida, ou a zarpar. Vacila um pouco, oscila sobre as amarras. Antes de destrancar a porta, Tony passa a mão pelos tijolos, certificando-se de sua existência.

West ouve quando ela entra e a chama lá de cima. Tony confere o rosto no espelho da entrada, deixando-o do jeito que ela espera que seja sua expressão normal.

– Ouça só isso – diz West, depois que ela sobe os três lances de escada.

Tony ouve: é outro ruído, quase o mesmo – na medida em que consegue diferenciá-los – de ontem. Pinguins machos fazendo o cortejo carregam pedras, seguradas entre os pés de botas de borracha; West carrega ruídos.

– É maravilhoso – ela diz. É mais uma de suas mentiras sem importância.

West sorri, o que significa que sabe que ela não consegue ouvir o que ele ouve mas gosta dela por não dizê-lo. Ela sorri de volta, analisando seu rosto com ansiedade. Ela confere cada ruga, cada elevação e curvatura. Está tudo como de hábito, pelo que pode ver.

Nenhum dos dois está a fim de cozinhar, então West vai até a esquina buscar comida japonesa – enguia grelhada, olho-de-boi e sushi de salmão – e comem sentados em almofadas, diante do televisor instalado no escritório de West no terceiro andar, de pés descalços, lambendo os dedos.

West tem uma tevê ali para poder ver os vídeos nos quais os sons são reproduzidos como cores e linhas onduladas, mas também a usam para assistir a filmes antigos e seriados ordinários de fim de noite sobre crimes. Em geral, West prefere os filmes, mas esta noite é a vez de Tony escolher, e se decidem pela reprise de um programa policial, com alto grau de sequências ofensivas e cafonas e pontuado por arroubos de violência gratuita.

Os alunos de Tony sorririam se a flagrassem fazendo isso; vivem com a ilusão de que não é possível que os mais velhos e os professores sejam tão fúteis e preguiçosos quanto eles mesmos são. Tony observa quando uma mulher escova o cabelo recém-lavado, e uma outra, inclinada para apanhar os pingos, louva um novo lenço sanitário. Ela continua assistindo quando, pela centésima, pela milésima vez, um homem se prepara para matar outro.

Homens assim sempre têm algo adequado a dizer antes de atirar a faca ou quebrar o pescoço, ou puxar o gatilho. Pode ser apenas um fenômeno das telas, uma fantasia dos roteiristas; ou talvez os homens realmente digam essas coisas, sob tais circunstâncias. Como Tony poderia saber? Existe o ímpeto de avisar, de tripudiar, de intimidar o adversário, de se incitar à ação? *Dieu et mon droit. Noli me impune lacessit. Dulce et decorum est pro patria mori. Não mexa comigo.* Desafios, brados de guerra, epitáfios. Adesivos para colar no carro.

Este homem diz: "Você agora é história."

Tony coletou uma lista mental desses sinônimos televisivos para a morte. *Você está ferrado, você está frito, você está acabado, você virou presunto, você é carne morta.* É estranho como muitos deles têm a ver com comida, como se ser reduzido a nutrientes fosse a derradeira indignidade. Mas *você agora é história* há muito é um de seus preferidos. Faz uma equação tão exata entre o passado – qualquer passado, todo o passado – e um esquecimento merecido e ordinário. *Isso é história*, anuncia a juventude, com um desdém farisaico. *Este é o agora.*

Há um *close-up* do medo de olhos arregalados no rosto do homem que em breve passará para a história se a situação continuar como está, e então a cena muda para uma visão da passagem nasal, com bolhas medicinais laranja como broches de carinhas sorridentes a impregnando.

– Isso é um horror – comenta West. Tony não sabe se ele está falando sobre o programa policial ou o nariz cortado na transversal. Ela tira o som da tevê e pega sua mão grande, segurando dois de seus dedos molhados de soja.

– West – diz ela. O que é que ela gostaria de comunicar? *Você é tão grande?* Não. *Eu não sou sua dona?* Não. *Por favor, não vá embora?*

Mutt e Jeff, é como ele os chama de vez em quando. *Ttum e Ffej*, Tony responde. Corta essa, pede West. Quando saem para caminhar juntos, sempre parece que um deles está de coleira; mas quem? Um urso e seu treinador? Um poodle e seu treinador?

– Quer uma cerveja? – oferece West.

– Suco de maçã – pede Tony –, por favor. – E West se levanta da almofada e desce a escada com os pés dentro das meias.

Tony fica sentada, vendo um carro novo correr guinchando, em silêncio, no deserto montanhoso, sob montes de cumes achatados. Bom lugar para uma tocaia. Ela tem apenas uma decisão a tomar agora: contar ou não a West. Como ela poderia contar? *Zenia está viva.* E depois? O que West faria? Fugiria de casa, sem o casaco, sem os sapatos? É possível. A cabeça das pessoas altas fica longe demais do chão, o centro de gravidade é alto demais. Um choque e elas tombam. Como Zenia disse uma vez, West é moleza.

Com um presentimento, ela se levanta e vai na ponta dos pés até a escrivaninha de West, onde fica o telefone. Ele não possui nada tão coerente como um caderno de telefones, mas no verso de uma folha descartada com notações musicais ela acha o que temia: *Z. – A. Hotel. Ext. 1409.*

O Z flutua na folha como se fosse um rabisco num muro, como se fosse arranhado numa janela, como se fosse gravado numa rama. Z de Zorro, o vingador mascarado. Z de hora zero. Z de Zap.

É como se Zenia já tivesse estado ali, deixando uma assinatura zombeteira; mas a letra é de West. Que amável, ela pensa; ele simplesmente deixou aqui para que qualquer um pudesse ver, ele nem tem discernimento para jogar o papel no vaso e dar descarga. O que não é tão amável é o fato de que ele não lhe contou. Ele é menos transparente do que pensara, menos franco; mais pérfido. O inimigo já está dentro de casa.

O que é pessoal não é político, pensa Tony: o que é pessoal é militar. A guerra é o que acontece quando a linguagem falha.

Zenia, ela sussurra, fazendo um teste. *Zenia, você agora é história. Você é carne morta.*

7

Charis

Charis acorda ao amanhecer. Arruma a cama de um jeito impecável, pois ela respeita essa cama. Depois de se esforçar ao longo do tempo para progredir de uma cama para outra – um colchão no chão, ou vários colchões em vários chãos, uma cama com boxe de segunda mão cujas pernas de madeira afuniladas, presas com parafuso, sempre quebravam, um futon que acabava com a coluna, uma camada de espuma que cheirava a substâncias químicas –, ela finalmente conquistou uma cama que lhe agrada: dura, mas não dura demais, com um estrado de ferro forjado pintado de branco. Comprou-a barato de Shanita, do trabalho, que estava se desfazendo dela em uma de suas transformações periódicas. Tudo que vem de Shanita traz boa sorte, e esta cama também. É limpa, fresca, como uma bala de menta.

Charis cobriu a cama com uma bela coberta estampada, folhas rosa-escuras e uvas e videiras com fundo branco. Um visual vitoriano.

Muito espalhafatoso, diz sua filha Augusta, que tem olho bom para poltronas de couro tão macias quanto a parte de trás dos joelhos, para mesinhas de centro de vidro e cromo tubular, para sofás de grife feitos de nódulos de algodão, com almofadas em tom cinza e bege e marrom-claro: fartura minimalista como a dos escritórios de advogados corporativos. A filha recorta das revistas fotos dessas poltronas, mesas e sofás intimidantes e as cola em um álbum de móveis, e o deixa pela casa, aberto, como forma de reprovar Charis e seu jeito desleixado.

A filha é uma menina dura de se lidar. Dura de agradar, ou dura de ser agradada por Charis. Talvez seja porque ela não tem pai. Ou não *não tem pai*: um pai invisível, um pai que nem um contorno pontilhado, que tem de ser preenchido por Charis, que não teve muito no que se basear, então não é de espantar que seus traços tenham permanecido meio indistintos. Charis se pergunta se teria sido melhor para a filha ter um pai. Ela não sabe, pois ela mesma nunca teve um. Talvez Augusta pegasse mais leve com Charis se tivesse também um pai para achar incapaz, e não apenas a mãe.

Talvez Charis mereça. Talvez tenha sido a matrona de um orfanato numa vida passada – um orfanato da era vitoriana, com mingau para os órfãos e uma lareira aconchegante e uma cama de quatro colunas quentinha com colcha de penas de ganso para a matrona; o que explicaria seu gosto em matéria de colchas.

Ela se recorda da própria mãe chamando-a de *dura de se lidar*, antes que ela virasse Charis, quando ainda era Karen. *É duro, é duro lidar com você*, ela berrava, batendo nas pernas de Karen com um sapato ou um cabo de vassoura ou o que estivesse à mão. Mas Karen não era dura, ela era suave, suave demais. Um toque suave. O cabelo era suave, o sorriso era suave, a voz era suave. Era tão suave que não impunha resistência. Coisas duras a penetravam, passavam através dela; como se tivesse feito um grande esforço, saíam pelo outro lado. Assim, não tinha de ver ou escutá-las, nem mesmo tocá-las.

Talvez parecesse dureza. *Você não tem como ganhar essa briga*, disse o tio, colocando a mão musculosa no braço dela. Ele achou que ela estava brigando. Talvez estivesse. Por fim, virou Charis e desapareceu, e ressurgiu em outro lugar, e esteve em outro lugar desde então. Depois que se tornou Charis, ela ficou mais dura, dura o bastante para sobreviver, mas continuou a usar roupas suaves: tecidos indianos leves, saias compridas, xales floridos, lenços amarrados.

Já a filha optou pelo brilho. Unhas pintadas, cabelos castanhos presos com gel em um capacete lustroso, embora não um visual punk: eficiente. Ela é jovem demais para ser tão reluzente, tem apenas dezenove. É como uma borboleta endurecida em um broche esmaltado sem ter saído totalmente do casulo. Como ela vai *se desenvolver*? Seus conjuntinhos frágeis, as botas militares pequenas e asseadas, as listas organizadas feitas no computador e impressas em folhas de papel simplesmente deixam Charis de coração partido.

August, Charis a nomeou, pois ela nasceu no mês de agosto. Brisas quentes, talco infantil, calor extenuante, o aroma de relva cortada. Um nome tão suave. Suave demais para a filha, que acrescentou um *a*. *Augusta*, ela é agora – uma ressonância bem diferente. Estátuas de mármore, narizes aquilinos, bocas mandonas de lábios selados. Augusta está no primeiro ano do curso de administração de Western, com bolsa de estudos, por sorte, pois Charis jamais conseguiria pagálo; sua falta de clareza no que diz respeito a dinheiro é outro motivo de reclamações para Augusta.

Mas, apesar da falta de dinheiro, Augusta sempre foi bem alimentada. Bem alimentada, bem nutrida, e toda vez que Augusta volta para casa para visitá-la, Charis prepara uma refeição nutritiva, com folhas verdes e proteínas balanceadas. Ela dá presentinhos a Augusta, sachês cheios de pétalas de rosas, biscoitos de sementes de girassol para levar para a escola. Mas parece que nunca são as coisas certas, parecem nunca bastar.

Augusta diz a Charis para endireitar os ombros, senão ela vai virar uma mendiga na velhice. Ela revira os armários e gavetas de Charis e joga fora os restos de velas que ela vem juntando para fazer outras velas, quando tiver tempo para isso, e os sabonetes usados parcialmente que ela planeja transformar em outros sabonetes, e os fios de lã destinados à decoração da árvore de Natal que, por engano, estão cheios de traças. Ela pergunta a Charis quando foi a última vez que ela limpou o banheiro, e ordena que ela se livre do entulho que há na cozinha, o que quer dizer os montes de ervas secas cultivadas com carinho por Charis todos os verões, e penduradas – um pouco empoeiradas, mas ainda usáveis – nos pregos de diversos tamanhos cravados no alto da moldura da janela, e a cesta de arame suspensa para cebolas e ovos onde Charis joga suas luvas e lenços, e as luvas para forno Oxfam feitas por camponesas, em algum lugar muito distante, em forma de coruja vermelha e gatinho azul-marinho.

Augusta franze a testa ao ver a coruja e o gatinho. A sua própria cozinha será branca, ela diz a Charis, e muito funcional, com tudo guardado em gavetas. Ela já recortou uma foto dela da *Architectural Digest*.

Charis ama Augusta, mas resolve não pensar nela neste instante. Está muito cedo. Em vez disso, vai aproveitar o nascer do sol, uma forma mais neutra de começar o dia.

Vai até a janelinha do quarto e puxa a cortina, que é do mesmo tecido estampado que cobre a cama. Ainda não teve tempo de fazer a bainha dela, mas fará isso mais tarde. Alguns dos percevejos que a prendem à parede se soltam e ficam espalhados pelo chão. Agora ela vai ter de se lembrar de evitar pisar neles com os pés descalços. Devia arrumar um varão, ou algo assim, ou dois ganchos com um pedaço de barbante: isso não sairia muito caro. De qualquer modo, a cortina tem de ser lavada antes que Augusta volte para casa outra vez.

– Você nunca *lava* essa coisa? – ela perguntou da última vez que esteve lá. – Parece cueca de gente pobre. – Augusta tem um jeito pitoresco de expressar as coisas, que faz com que Charis estremeça. É muito ríspido, muito vívido, muito afiado: figuras cortadas em lata.

Deixa para lá. A vista da janela do quarto está ali para acalmá-la. Sua casa é a última da fileira, e depois vem o gramado, e depois as árvores, bordo e salgueiro, e através de um buraco entre as árvores o porto, em cuja água o sol está começando a tocar, e de onde, hoje, se ergue uma névoa vaporosa. Tão rosa, tão branca, de um azul tão claro, com uma fatia de lua e as gaivotas circulando e mergulhando como os voos das almas; e na névoa a cidade flutua, torre e torre e torre e espiral, as paredes de vidro de cores diversas, preto, prateado, verde, cobre, refletindo a luz e jogando-a de volta, com ternura, a esta hora.

Daqui de Island, a cidade é misteriosa, como uma miragem, como a capa de um livro de ficção científica. Uma brochura. É assim também durante o pôr do sol, quando o céu fica com um tom laranja queimado e depois o carmesim do inconsciente, e depois índigo, e as luzes nas muitas janelas passam das trevas à gaze; e então, à noite, o néon surge contra o céu e emite um brilho, como um parque de diversões ou algo pegando fogo de um jeito seguro. A única hora em que Charis não faz questão de contemplar a cidade é ao meio-dia, sob a luz ofuscante do dia. Fica nítida demais, metida e autoconfiante demais. Simplesmente, ela se impõe. São apenas vigas, nessa hora, e blocos de concreto.

Charis prefere olhar a cidade a estar nela, mesmo no luscofusco. Uma vez que esteja dentro dela, não pode mais vê-la; ou a vê apenas em detalhes, e ela se torna desagradável, esburacada, gradeada, como uma fotografia microscópica da pele. Tem de ir até ela todo dia, entretanto; ela tem de trabalhar. No que diz respeito a empregos, este é aceitável, mas é um emprego, e todos os empregos trazem consigo as algemas. Colchetes. Portanto, ela tenta planejar um pequeno alívio para cada dia, uma pequena alegria, algo além.

Hoje ela vai almoçar no Toxique, com Roz e Tony. De certa forma, não são as amigas adequadas para ela. É estranho pensar que ela já as conhece há tanto tempo, desde o McClung Hall. Bem, não exatamente conhece. Ela não conhecia ninguém de fato naquela época, só as aparências. Mas agora Roz e Tony são suas amigas, isso é indubitável. Fazem parte de seu padrão, para esta vida.

Ela se afasta da janela e para a fim de tirar um percevejo do pé. Não dói tanto quanto ela esperava. Visualiza por um instante a imagem de uma cama de pregos, com ela deitada em cima. Demoraria um tempo para se acostumar, mas seria um bom exercício.

Ela tira a camisola branca de algodão, bebe o copo d'água que deixa ao lado da cama todas as noites para se lembrar de tomar bastante água e faz os exercícios de ioga apenas de calcinha. A malha de ginástica está na roupa suja, mas quem se importa? Ninguém pode vê-la. Existem coisas boas em se viver sozinha. O quarto está frio, mas o ar frio tonifica a pele. Um dos aspectos bons de seu trabalho é que ele só começa às dez, o que lhe dá uma manhã longa, tempo de seu dia crescer gradualmente.

Ela trapaceia um pouco nos exercícios porque não está com vontade de se deitar no chão nesse momento. Em seguida, desce a escada e toma banho. O banheiro fica junto à cozinha, pois foi acrescentado depois que a casa já estava construída. Muitas casas em Island são assim; no começo, tinham banheiro externo, pois na época eram apenas casinhas de veraneio. Charis pintou o banheiro de um tom de rosa bem alegre, mas isso não ajudou em nada a melhorar o piso inclinado. É possível que o banheiro esteja se afastando do resto da casa, o que explicaria as fendas e as correntes de ar no inverno. Talvez seja preciso escorá-lo.

Charis se ensaboa com o sabonete em gel da Body Shop com perfume de amora: os braços, o pescoço, as pernas com as cicatrizes quase invisíveis. Gosta de estar limpa. Existe ser limpa por fora e existe ser limpa por dentro, sua avó costumava dizer, e limpa por dentro é melhor. Mas Charis não está totalmente limpa por dentro: partículas de Zenia ainda se aderem a ela, como musselina suja decorada com lantejoulas. Ela vê o nome *Zenia* em sua mente, brilhando como um arranhão, como lava, e traça uma linha no meio dele com um lápis de cor preto e de ponta grossa. Está cedo demais para pensar em Zenia.

Ela esfrega o cabelo no chuveiro, depois sai, seca com a toalha e o parte ao meio. Augusta está amolando-a para que o corte. E pinte também. Augusta não quer uma mãe desbotada. *Desbotada* é expressão dela.

– Gosto de mim do jeito que eu sou – Charis lhe diz, mas se questiona se é mesmo verdade. No entanto, se recusa a pintar o cabelo, pois, quando você começa a fazê-lo, não para mais, e essa vira apenas mais uma algema pesada a carregar. Veja só Roz.

Ela faz o autoexame de mama diante do espelho do banheiro – tem de fazer todos os dias, se não ela se esquece e não faz nunca – e não encontra nenhum caroço. Talvez devesse começar a usar sutiã. Talvez sempre devesse ter usado; aí ela não teria se tornado tão flácida. Ninguém fala sobre o envelhecimento com antecedência. Não, não é isso. As pessoas falam, mas você não lhes dá ouvidos.

– A mamãe está em um outro canal – August dizia às amigas, antes de acrescentar o "a".

Charis tira o pêndulo de quartzo do saquinho azul de seda chinesa – a seda conserva as vibrações, diz Shanita – e segura-o sobre a cabeça, observando-o através do espelho.

– Este será um dia bom? – ela pergunta a ele.

Rodar e rodar significa que sim, para frente e para trás significa que não. O pêndulo hesita, começa a balançar: uma espécie de elipse. Não consegue se decidir. *Normal*, pensa Charis. Em seguida, ele dá meio que um pulo e para. Charis fica confusa: nunca viu o pêndulo fazer isso antes. Resolve perguntar a Shanita; Shanita sabe. Enfia o pêndulo de volta no saquinho.

Para obter um outro ponto de vista, pega a Bíblia da avó, fecha os olhos e remexe as páginas com um alfinete. Há tempos que ela não faz isso, mas não perdeu o jeito. Desce a mão, abre os olhos e lê: *Porque agora vemos como por espelho, em enigma, mas então veremos face a face.* Primeiro Coríntios, e, como previsão do dia, não foi de grande ajuda.

De café da manhã, ela come musli misturado com iogurte e meia maçã picada. Quando Billy estava lá, costumavam comer ovos, das galinhas há muito desaparecidas, e bacon. Ou Billy comia o bacon. Ele gostava.

Charis apaga rápido de sua mente – *Apague! Como se fosse uma fita de vídeo!*, diz Shanita – a imagem de Billy e das coisas que ele gostava. Então, pensa no bacon. Parou de comer bacon aos sete anos, mas com os outros tipos de carne ela parou mais tarde. *O livro de receitas salve sua vida* a aconselhou, naquele lugar, naquela época, a visualizar como ficaria qualquer pedaço de gordura dentro de seu estômago. Quinhentos gramas de manteiga, quinhentos gramas de toucinho, uma tira de bacon, cru, branco e mole e achatado como uma tênia. Charis é muito boa em visualizar; ela não conseguiu parar de comer gordura. Tem a propensão de ver a comida com todas as cores todas as vezes que põe alguma coisa na boca, à medida que desce pelo seu esôfago até o estômago, onde ela se mexe de um jeito desagradável e depois avança devagar pelo trato digestivo, que tem a forma de uma mangueira enrolada e comprida cujo interior é coberto por dedinhos borrachudos, como sandálias massageadoras. Mais cedo ou mais tarde, ela sairá pelo outro lado. É a isso que sua concentração na alimentação saudável a leva: ela vê tudo que tem no prato com o aspecto de um futuro cocô.

Apague o bacon, ela diz a si mesma, com severidade. Agora faz sol lá fora, devia pensar nisso. Senta-se à mesa da cozinha, uma mesa de carvalho redonda que tem desde que August nasceu, vestida com o quimono japonês de algodão com estampa de bambus, e come o musli, mastigando a quantidade de vezes recomendável e olhando para fora da janela. Dali, ela conseguia ver o galinheiro. Billy mesmo o construiu, e ela o manteve ali como uma espécie de monumento, embora já não houvesse galinhas lá dentro, até que August virou Augusta e a obrigou a derrubá-lo. As duas fizeram isso com pés de cabra, e ela chorou depois, sobre a colcha branca com videiras. Se ao menos ela soubesse para onde ele tinha ido. Se ao menos soubesse para onde levaram-no. Ele deve ter sido levado para algum lugar, à força, por alguém. Ele não teria ido embora assim, sem lhe dizer, sem escrever...

A dor atinge o pescoço, bem na traqueia, antes que ela tenha tempo de impedi-la. *Apague a dor.* Mas às vezes ela simplesmente não consegue. Bate a testa com delicadeza na beirada da mesa.

– Às vezes eu simplesmente não consigo – ela diz em voz alta.

Tudo bem, então, diz a voz de Shanita. *Deixe que ela te banhe. Deixe que ela simplesmente te banhe por completo. É apenas uma onda. É como água. Pense de qual cor é a onda.*

– Vermelha – Charis diz em voz alta.

Muito bem, diz Shanita, sorrindo. *Essa cor também pode ser bonita, não é? Simplesmente se agarre a ela. Se agarre a essa cor.*

– Sim – responde Charis, obediente. – Mas dói.

É claro que dói! Quem foi que disse que não ia doer? O fato de doer significa que você ainda está viva! Agora me diga – de que cor é a dor?

Charis inspira, expira, e a cor desvanece. Também funciona com dores de cabeça. Uma vez, ela tentou explicar isso a Roz, quando Roz estava com uma dor profunda, mais profunda e mais recente do que a de Charis. Apesar de que talvez não fosse mais profunda.

– Você pode se curar – ela disse para Roz, mantendo o tom de voz e a autoconfiança, assim como Shanita. – Você pode controlá-la.

– Que bando de merda *de cavalo* – disse Roz, com raiva. – Não tem utilidade *nenhuma* dizer que você deve parar de *amar* alguém. Não funciona assim!

– Bom, você devia, se sabe que te faz mal – retrucou Charis.

– Fazer mal não tem nada a ver com isso – disse Roz.

– Eu gosto de hambúrguer – exemplificou Charis –, mas não como.

– Hambúrguer não é um *sentimento* – soltou Roz.

– É, sim.

Charis se levanta para pôr a chaleira no fogo. Vai preparar um chá Morning Miracle, uma fusão especial do trabalho. Para acender o fogão a gás, ela fica de lado, pois há alguns momentos – e este é um deles – em que não gosta de dar as costas para a porta da cozinha.

A porta tem um painel de vidro na altura da cabeça. Um mês atrás, ao vir para casa para passar o fim de semana, Augusta deu um susto em Charis. Não de manhã, mas sim à noite, no lusco-fusco. Estava chuviscando, uma bela neblina forte; a cidade e parte do lago estavam encobertas, e o pôr do sol escondido não emitia nenhuma luz. Charis esperava que Augusta chegasse só mais tarde, ou talvez no dia seguinte; esperava que ela telefonasse do continente, apesar de não saber exatamente a que horas. Augusta havia se tornado bastante espontânea quanto a suas idas e vindas.

Mas, de repente, um rosto feminino foi emoldurado pelo painel de vidro da porta. Um rosto branco, indistinto no nevoeiro, no ar nebuloso. Charis desviou o olhar do fogão e o vislumbrou, e sua nuca ficou arrepiada.

Era apenas Augusta, mas não foi isso o que Charis imaginou. Ela pensou que fosse Zenia. Zenia, com o cabelo escuro alisado pela chuva, molhada e trêmula, parada no degrau de trás como fizera uma vez, muito tempo antes. Zenia, que estava morta havia cinco anos.

A pior coisa, pensa Charis, foi ela ter confundido a filha com Zenia, com quem não é nada parecida. Que horror ela ter feito isso.

Não. A pior coisa foi ela não ter ficado surpresa de verdade.

8

Não ficou surpresa, pois as pessoas não morrem. Ou é nisso que Charis acredita. Tony lhe perguntou uma vez o que ela queria dizer com *morrer*, e Charis – que fica nervosa com a forma como Tony a imprensa contra a parede e muitas vezes escapa fingindo não ter ouvido a pergunta – tem de admitir que eles realmente passam por um processo que todo mundo tem o hábito de chamar de *morte*. Sem dúvida, algumas coisas razoavelmente terminais aconteciam ao corpo, coisas a respeito das quais Charis prefere não se estender, pois ainda não resolveu se seria melhor misturar-se com a terra ou – por meio de cremação – com o ar. Cada uma dessas possibilidades é atraente como uma espécie de ideia geral, mas, ao analisar a questão a fundo, ao pensar nas especificidades, tais como os próprios dedos das mãos, dos pés, e a boca, elas a atraem menos.

Mas a morte era apenas uma etapa, ela tentou explicar. Era apenas uma espécie de circunstância, uma transição; era – bem, um aprendizado.

Ela não é muito boa em explicar coisas a Tony. Em geral, ela gagueja, principalmente com os olhos grandes e um pouco frios de Tony fixos nela, amplificados por aqueles óculos, e com a boquinha com dentes perolados de Tony um pouco aberta. É como se Tony ficasse admirada com tudo o que Charis diz. Mas admiração não é – ela suspeita – o que está se passando pela cabeça delicada de Tony. Embora Tony nunca ria dela, não na sua frente.

– O que se aprende? – indagou Tony.

– Bem, se aprende... a como ser melhor da próxima vez. Você encontra a luz – explicou Charis. Tony se inclinou para frente, demonstrando interesse, então Charis se atrapalhou. – Pessoas têm experiências pós-morte, e é isso o que elas dizem, é assim que sabemos. Quando elas voltam à vida.

– Elas voltam à vida? – perguntou Tony, os olhos enormes.

– Pessoas apertam o peito delas. E respiram na boca delas, e as esquentam, e, e, as trazem de volta – disse Charis.

– Ela está querendo dizer *"quase morte"* – interveio Roz, que muitas vezes explica a Tony o que Charis quer dizer. – Você já deve ter lido esse tipo de matéria. Há várias hoje em dia. Supostamente, você tem uma espécie de *son et lumière*. Túneis e fogos de artifício e música barroca. Meu pai teve uma dessas experiências quando sofreu o primeiro infarto. Seu ex-gerente de banco apareceu, iluminado como uma árvore de Natal, e disse ao meu pai que ele ainda não podia morrer porque tinha negócios pendentes.

– Ah – soltou Tony. – Negócios pendentes.

Charis teve vontade de esclarecer que não era isso o que queria dizer, ela qeria dizer *pós*-morte.

– Algumas pessoas não chegam até a luz – ela disse. – Elas se perdem. No túnel. Algumas nem sabem que estão mortas. – Ela não chegou a dizer que essas pessoas podem se tornar bastante perigosas, pois podem entrar no seu corpo, meio que se mudar para dentro dele, como colonizadores, e depois pode ser difícil tirá-las. Ela não chegou a dizer isso, pois seria inútil: Tony é viciada em evidências.

– Certo – disse Roz, que ficava muito desconfortável com esse tipo de conversa. – Conheço pessoas assim. O *meu* gerente de banco, por exemplo. Ou o governo. Estão mortinhos, mas será que eles sabem disso? – Ela riu e perguntou a Charis o que poderia estar acontecendo com as esporas de seu jardim, pois estavam ficando pretas.

– É mofo – anunciou Charis. Era assim que Roz lidava com a vida após a morte: bordas perenes. Era o único assunto sobre o qual Charis tinha bem mais dados quantitativos que Tony.

Mas quando Zenia apareceu na porta dos fundos de sua casa, sob a chuva, foi nisso que Charis pensou. Ela pensou, Zenia está perdida. Ela não consegue encontrar a luz. Talvez nem saiba que está morta. O que poderia ser mais natural do que ela aparecer na casa de Charis para pedir ajuda? Foi ajuda o que ela quis, a princípio.

Então, é claro, descobriu que Zenia nem de longe era Zenia, mas sim Augusta, chegando para passar o fim de semana em casa e um pouco aflita, pois – Charis suspeitou – algum outro plano tinha dado errado, algo relacionado a um homem. Existem homens na vida de Augusta, Charis pressente; embora não sejam frutos de sua imaginação, não são apresentados a Charis. O mais provável é que também estejam no curso de administração, empresários inexperientes que olhariam de relance para Charis em sua casa ainda não totalmente arrumada e sairiam correndo feito loucos. É mais provável que Augusta os impeça. Talvez lhes diga que sua mãe está doente, ou que está na Flórida, ou algo do gênero.

Porém, Augusta ainda não está completamente envernizada; ela tem seus momentos de culpa branda. Daquela vez, levou um pão de cereais como oferta de paz, e alguns figos secos. Charis lhe deu um abraço extra e fez alguns muffins de abobrinha, e, uma garrafa de água quente para a cama dela, assim como fazia quando Augusta era pequena, pois estava se sentindo muito grata por Augusta não ser Zenia, no final das contas.

Contudo, era quase como se Zenia realmente tivesse estado ali. Como se tivesse vindo e ido embora sem conseguir o que queria. Como se fosse voltar.

Da próxima vez que ela se materializar, Charis estará aguardando-a. Zenia deve ter algo a lhe dizer. Ou não. Talvez seja Charis quem tem algo a dizer; talvez seja isso o que está segurando Zenia neste mundo. Porque Zenia está por perto, ela está em algum lugar, Charis sabe disso desde aquele funeral. Ela olhou a lata onde estavam as cinzas de Zenia e soube. As cinzas podiam até estar ali, mas cinzas não são uma pessoa. Zenia não estava dentro daquela lata, nem estava com a luz. Zenia estava vagando, vagando no ar mas amarrada ao mundo das aparências, e a culpa é toda de Charis. É Charis quem precisa que ela esteja ali, é Charis quem não a liberta.

Zenia vai aparecer, o rosto branco pairando no retângulo de vidro, e Charis abrirá a porta. *Entre*, ela dirá, pois os mortos não podem entrar na sua casa sem que sejam convidados. *Entre*, ela dirá, arriscando o próprio corpo, já que Zenia estará procurando uma nova roupa de carne e osso. *Entre*, ela dirá, pela terceira e decisiva vez, e Zenia flutuará pela porta, os olhos cavernosos, os cabelos como uma fumaça fria. Vai ficar parada na cozinha, e a luz se tornará turva, e Charis sentirá medo.

Mas ela não se deixará abater, não se deixará abater dessa vez. *O que eles fizeram com Billy?*, ela lhe perguntará. Zenia é a única que sabe.

Charis sobe a escada e se veste para ir para o trabalho, tentando não olhar por cima do ombro. Às vezes ela acha que não é uma boa ideia morar sozinha. Entretanto, no resto do tempo ela gosta. Pode fazer o que quer, pode ser quem ela é, e se falar consigo mesma em voz alta ninguém vai ficar encarando. Ninguém para reclamar das bolas de poeira, talvez à exceção de Augusta, que pega a vassoura e as varre.

Ela pisa num percevejo e dessa vez a dor é maior, então calça os sapatos. Depois que termina de se vestir, sai à procura dos óculos de leitura, pois precisará deles no trabalho, quando estiver emitindo faturas, e para ler o cardápio do Toxique.

Está ansiosa pelo almoço. Ela se permite ansiar por isso, apesar de haver algo a puxando, uma intuição... uma inquietação. Não algo violento, como uma explosão ou incêndio. Outra coisa. Ela tem essas sensações com frequência, mas já que metade das vezes nada acontece, não são confiáveis. Shanita diz que isso ocorre porque ela tem a Cruz de Salomão na palma da mão, mas ela é toda coberta; muitas linhas pequenas.

– Você está captando muitas estações – é o que Shanita diz. – Estática cósmica.

Acha os óculos de leitura sob o abafador de bule de chá, na cozinha; não se lembra de tê-los deixado ali. Objetos têm vida própria, e os de sua casa se movimentam durante a noite. Têm feito isso com mais frequência, ultimamente. É a camada de ozônio, provavelmente. Energias desconhecidas estão penetrando.

Ela tem vinte minutos para chegar à balsa. É mais do que suficiente. Sai pela porta dos fundos por uma questão de hábito; a da frente está vedada com pregos, com forro de plástico do lado de dentro como isolante e uma colcha indiana feita à mão por cima, com estampa verde e azul. O isolamento é para o inverno. No verão, ela o tira, à exceção do último, em que não chegou a fazê-lo. Há sempre um bando de mosquitos mortos debaixo do plástico, e ela não gosta muito deles.

O ar de Island é tão bom. Isto é, em comparação. Pelo menos, geralmente há uma brisa. Ela para do lado de fora da porta de casa, inspirando o ar comparativamente bom, sentindo sua vivacidade preencher-lhe o pulmão. Sua horta ainda conserva a acelga, ainda há cenouras e tomates verdes; um crisântemo laranja-enferrujado brota num canto. O solo ali é fértil; rastros de merda de galinha ainda subsistem, e ela põe adubo toda primavera e outono. Está quase na hora de fazer isso, agora, antes que venha a primeira geada.

Ela ama o jardim; adora se ajoelhar na terra, com as duas mãos escavando o solo, remexendo as raízes com as minhocas escapando de seus dedos tateantes, envolvida pelo aroma de fatias de barro e fermentação retardatária e pensando em nada. Ajudando as coisas a crescerem. Ela nunca usa luvas de jardinagem, para o desespero de Augusta.

Shanita diz que sua avó tinha o hábito de comer terra, uma mancheia ou duas a cada primavera. Ela dizia que fazia bem. (Embora tenha sido impossível para Charis identificar exatamente de qual avó ela estava falando: Shanita parece ter mais de duas.) Mas comer terra é o tipo de coisa que a avó da própria Charis pode ter feito, pois essa avó, por mais imunda e apavorante que fosse, era uma mulher que sabia dessas coisas. Charis ainda não chegou a tentar, mas está se preparando para isso.

Na entrada da casa, há mais a ser feito. Ela retirou o gramado na última primavera e tentou obter o efeito de uma espécie de chalé inglês, que ela imaginou que combinaria bem com a casa em si, com suas tábuas brancas e a leve aparência de que está caindo aos pedaços; mas plantou espécies demais e não as espalhou, nem arrancou a quantidade de ervas daninhas que deveria, e o resultado foi meio que uma briga. No cômputo geral, as bocas-de-leão venceram; elas ainda estão florindo, algumas das espigas mais altas caíram (ela devia tê-las estacado), com ramos de pernas longas surgindo delas. No ano que vem, ela vai pôr as coisas altas na parte de trás e ter menos cores.

Isso se houver ano que vem. No ano que vem, ela pode nem ter mais casa. A guerra de Island contra a cidade ainda está em andamento. A cidade quer derrubar todas essas casas, nivelar tudo, transformar o terreno em um parque. Muitas das casas aqui se foram assim, anos atrás, antes de as pessoas fincarem os pés. Charis acha que é inveja: como as pessoas da cidade não podem viver aqui, não querem que ninguém mais viva. Bom, isso manteve os preços das propriedades baixos. Se não fosse por isso, o que seria de Charis?

E se ninguém morasse em Island, quem poderia contemplar a cidade a distância, como faz Charis todas as manhãs, na hora do nascer do sol, e achá-la tão bela? Sem tal visão de si, de seu encanto e suas melhores possibilidades, a cidade entraria em decadência, se partiria, se desintegraria em escombros inúteis. Ela é sustentada somente pela crença; crença e meditação, a meditação de pessoas como ela. Charis tem certeza disso, mas, por enquanto, ainda não foi capaz de expressar-se exatamente dessa forma, nas cartas frequentes que escreve aos membros da câmara municipal, dos quais apenas para dois ela realmente enviou correspondência. Mas só pôr no papel já ajuda. Isso lança a mensagem, que chega à cabeça dos vereadores sem que tenham consciência. Como ondas de rádio.

Ao chegar à doca, a balsa já está embarcando. As pessoas estão entrando, sozinhas ou aos pares; há um toque de procissão na forma como entram, no modo como saem da terra para a água. Foi bem ali que ela viu Billy pela última vez; e Zenia também, em carne e osso. Já tinham embarcado, e, enquanto Charis corria pesadamente, ofegando, as mãos na barriga para mantê-la presa ao corpo, era perigoso para ela correr assim, ela poderia ter caído e perdido o bebê, os balseiros içavam o passadiço, a balsa buzinava e recuava, a água profunda se agitava, formando redemoinhos. Ela não poderia ter pulado.

Billy e Zenia não se tocavam. Havia dois homens desconhecidos com eles; ou havia dois homens desconhecidos parados perto deles. Homens de sobretudo. Billy a viu. Não acenou. Virou o rosto. Zenia não se mexeu. Sua aura estava vermelho-escura. O cabelo esvoaçava em volta de sua cabeça. O sol estava atrás dela, portanto ela não tinha rosto. Era um girassol negro. O céu estava enormemente azul. Os dois diminuíam, se afastando.

Charis não se lembra de qual som emitiu. Não quer se lembrar. Ela tenta se agarrar à imagem dos dois desaparecendo, um instante no tempo imóvel e desprovido de conteúdo, como um cartão-postal sem nada escrito no verso.

Ela caminha até o embarcadouro principal e se prepara para a transição. No bolso do cardigã, guarda uma crosta de pão; alimentará as gaivotas, que já estão cercando-a, observando-a, berrando como espíritos famintos.

Talvez não se chegue à luz por meio de um túnel, ela reflete. Talvez seja por barco, como afirmavam os povos da Antiguidade. Você paga a passagem, atravessa, bebe das águas do Rio do Esquecimento. Então, renasce.

9

O lugar onde Charis trabalha chama-se Radiance. Vende cristais de todos os tipos, grandes e pequenos, como pingentes e brincos ou simplesmente brutos, e conchas; e óleos essenciais importados do Egito e do Sul da França, e incensos da Índia, e cremes hidratantes e géis de banho orgânicos da Califórnia e da Inglaterra, e sachês de cascas de árvores e ervas e flores secas, principalmente da França, e cartas de tarô em seis baralhos diferentes, e joias afegãs e tailandesas, e fitas de música New Age com muitos sons de harpas e flautas, e CDs de ondas do mar, cachoeiras e pios de aves, e livros sobre a espiritualidade dos índios nativos e os segredos de saúde dos astecas, e palitinhos orientais marchetados em madrepérola e vasos laqueados do Japão, e esculturas miúdas de jade chinês, e cartões comemorativos feitos à mão com papel reciclado com arranjos de ervas secas grudados, e pacotes de arroz silvestre, e chás sem cafeína de oito países, e colares de cauri, sementes de plantas secas, pedras polidas e contas de madeira entalhada.

Charis lembra-se do lugar dos anos 1960. Naquela época, chamava-se The Blown Mind Shoppe e tinha cachimbos de haxixe e pôsteres psicodélicos e piteiras, e regatas, e *dashikis* com estampas *tie-dye*. Nos anos 1970, se chamava Okkult e vendia livros de demonologia, bem como de religiões femininas da Antiguidade, e Wicca, e os reinos perdidos de Atlântida, e Mu, e alguns artefatos de ossos repulsivos, e fedorentos – e, na opinião de Charis, fraudulentos – pacotes de membros triturados de animais. Na época, havia um jacaré empalhado na vitrine, e por um tempo chegaram a vender perucas grotescas e kits para criar maquiagens pavorosas, com sangue falso e adesivos de cicatrizes. Ficou meio decadente, apesar de popular com o público punk.

Ela mudou outra vez no começo da década de 1980. Foi quando Shanita assumiu o comando, quando ainda era Okkult. Ela logo se livrou do jacaré empalhado, dos ossos e dos livros de demonologia – para que pegar problemas emprestados, ela diz, e ela não queria briga com o pessoal dos direitos dos animais, nem com cristãos esquisitões pichando a vitrine. Foi ideia dela começar com os cristais e alterar o nome para Radiance.

Foi o nome que atraiu Charis. De início, era apenas cliente: ela comprava chás de ervas. Mas depois abriu uma vaga de vendedora, e já que estava cansada do trabalho de arquivar relatórios no Ministério de Recursos Naturais – impessoal demais, pressão demais, fora o fato de que ela não era muito boa na função –, ela se candidatou. Shanita a contratou porque tinha a aparência certa, ou pelo menos foi o que Shanita lhe disse.

– Você não vai incomodar os clientes – disse Shanita. – Eles não gostam de ser pressionados. Eles gostam de simplesmente ficar circulando por aqui, entende o que estou querendo dizer?

Charis entendeu. Ela mesma gosta de ficar circulando pela Radiance. Gosta de seu aroma e gosta dos objetos que há ali. Às vezes, ela faz uma troca, pegando artigos – com desconto no preço – em vez do salário, para o desgosto de Augusta. *Mais dessa porcaria?*, ela indaga. Ela não consegue entender de quantos vasos laqueados do Japão e fitas de aves piando a mais Charis necessita de verdade. Charis diz que não é uma questão de necessidade, isto é, de necessidade material. É uma questão de necessidade espiritual. Neste momento, ela está de olho em um geode de ametista lindíssimo, oriundo da Nova Escócia. Ela o colocará no quarto para repelir pesadelos.

É capaz de imaginar a reação de Augusta ao geode. *Mãe! O que esse pedaço de pedra está fazendo em cima da sua cama?* É capaz de imaginar o ceticismo interessado de Tony – *Funciona mesmo?* – e a complacência maternal de Roz – *Meu bem, se isso te faz feliz, dou todo apoio!*. Esse foi o seu problema a vida inteira: imaginar a reação dos outros. Ela é ótima nisso. Ela consegue imaginar a reação de qualquer um – a resposta das pessoas, sua emoção, as críticas, as exigências –, mas, por alguma razão, elas não correspondem. Talvez não possam. Talvez não tenham o dom, se é que se trata de dom.

Charis se distancia do terminal das balsas, caminha até King e depois até Queen, aspirando o túrgido ar urbano, tão diferente do ar de Island. Este ar é cheio de substâncias químicas, e também de respiração, a respiração de outras pessoas. Há gente demais respirando nesta cidade. Há gente demais respirando neste planeta; talvez fosse benéfico que alguns milhões fizessem a transição. Mas este é um pensamento espantosamente egoísta, portanto Charis para de pensá-lo. Então ela pensa no compartilhamento. Cada mínima molécula que Charis aspira para dentro de seu pulmão foi absorvida e expelida do pulmão de incontáveis milhares de pessoas, diversas vezes. De fato, cada molécula em seu corpo já fez parte do corpo de outra pessoa, do corpo de muitas outras, voltando e voltando, e então de seres humanos do passado, chegando até os dinossauros, voltando até os primeiros plânctons. Isso sem mencionar a vegetação. Somos uma parte de todos os outros, ela medita. Somos todos uma parte de tudo.

É um *insight* cósmico, se você conseguir enxergá-lo com distanciamento. Porém, em seguida, Charis tem um pensamento desagradável. Se todos somos parte uns dos outros, então ela mesma é parte de Zenia. Ou o contrário. Zenia pode ser o que ela está inspirando. Isto é, a parte de Zenia que se transformou em fumaça. Não seu corpo astral, nem as cinzas, que estão bem guardadas na lata debaixo da amoreira.

Talvez seja isso o que Zenia quer! Talvez esteja incomodada pelo seu estado parcial, um pouco de sua energia dentro da lata e um pouco bafejando por aí. Talvez queira ser libertada. Talvez Charis deva ir ao cemitério uma noite, com uma pá e um abridor de latas, desenterrá-la e espalhá-la. Misturá-la ao Universo. Seria um ato de bondade.

Ela chega à Radiance às dez para as dez, adiantada, para variar, e entra na loja com a própria chave, e veste o uniforme roxo e azul-piscina que Shanita criou para que os clientes saibam que elas mesmas não são clientes.

Shanita já está lá.

– Oi, Charis, tudo bem? – ela grita do almoxarifado, nos fundos. É Shanita quem cuida de todas as encomendas. Leva jeito para a tarefa; ela vai a feiras de artesanato e passeia por cantos pouco conhecidos, e acha coisas, coisas maravilhosas que não existem em nenhuma outra loja da cidade. Ela parece saber de antemão o que as pessoas vão querer.

Charis nutre grande admiração por Shanita. Ela é esperta e prática, além de ser sensitiva. Também é forte, e também é uma das mulheres mais bonitas que Charis já viu. Embora não seja jovem – ela já deve ter bem mais que quarenta. Ela se recusa a dizer a idade – a única vez que Charis lhe perguntou, ela apenas riu e falou que a idade estava na cabeça, e que na sua tinha dois mil –, mas uma mecha de seu cabelo está ficando grisalha. Essa é outra coisa que Charis admira: Shanita não pinta o cabelo.

O cabelo em si é preto, nem cacheado nem crespo, e sim ondulado, volumoso e brilhante e sensual, como caramelo esticado ou lava. Como vidro preto e quente. Shanita o cacheia e enrola em vários pontos da cabeça: às vezes no topo, às vezes de lado. Ou então o deixa cair sobre as costas em um único cacho grosso. As maçãs de seu rosto são saltadas, tem um nariz adunco e elegante, lábios carnudos e olhos grandes com bordas escuras que têm um tom espantoso que muda de castanho para verde, de acordo com a cor da roupa. Tem a pele lisa e sem rugas, de cor indeterminada, nem negra, nem morena, nem amarela. Um bege escuro; mas bege é uma palavra insípida. Nem é castanha, nem marrom-avermelhada, nem carmim. É alguma outra palavra.

As pessoas que entram na loja muitas vezes perguntam a Shanita de onde ela é.

– Daqui mesmo – ela responde, sorrindo seu sorriso ultrarradiante. – Nasci aqui mesmo, bem aqui nesta cidade! – Ela é gentil quanto a isso quando está diante delas, mas é uma pergunta que a deixa muito incomodada.

– Acho que eles querem dizer, de onde são seus pais? – comenta Charis, pois é isso que os canadenses geralmente querem dizer quando fazem tal pergunta.

– Não é isso o que eles querem dizer – contesta Shanita. – O que eles querem perguntar é quando que eu vou embora.

Charis não entende por que alguém iria querer que Shanita fosse embora, mas, quando diz isso, Shanita ri.

– Você – ela diz – viveu numa maldita redoma de vidro. – Em seguida, conta a Charis sobre a grosseria com que os condutores de bonde brancos a tratam. – *Vai para o fundo*, eles me dizem, como se eu fosse uma imunda!

– Os condutores de bonde *são* todos grosseiros! Eles dizem *vá para o fundo* para todo mundo, eles são grosseiros *comigo*! – retruca Charis, tentando consolar Shanita, embora esteja sendo um pouco desonesta, já que são apenas alguns condutores, e ela raramente pegue o bonde. Shanita lhe lança um olhar desdenhoso por ser incapaz de reconhecer o racismo de quase todo mundo, de quase todos os brancos, e então Charis se sente mal. Às vezes ela pensa em Shanita como uma exploradora destemida, cortando caminho pela selva. A selva consiste em pessoas como Charis.

Ela se contém para não ser muito curiosa, para não perguntar demais a respeito de Shanita, de sua história, de *onde* ela é. Shanita, entretanto, a provoca; ela dá dicas, muda de história. Às vezes é meio chinesa e meio negra, com uma avó das Antilhas; ela sabe imitar o sotaque, então talvez haja um fundo de verdade. Essa talvez seja a avó que comia terra; mas há outras avós também, uma dos Estados Unidos e outra de Halifax, e uma do Paquistão e outra do Novo México, e até mesmo uma da Escócia. Talvez haja avós por conta de segundos casamentos, ou talvez Shanita se mudasse com frequência. Charis não consegue organizá-las: Shanita tem mais avós do que qualquer outra pessoa que ela já conheceu na vida. Mas, às vezes, é descendente de ojíbuas, ou então dos maias, e um dia ela foi até parcialmente tibetana. Ela pode ser o que bem quiser, pois quem vai saber?

Já Charis não tem como escapar de ser branca. Um coelho branco. Ser branco é cada vez mais exaustivo. Há tantas ondas ruins ligadas a isso, deixadas pelo passado mas se propagando no presente, como os raios mortíferos dos aterros sanitários atômicos. Há tanto a se expiar! Ela fica com anemia só de pensar. Na próxima vida, ela será uma mistura, um amálgama, um híbrido vigoroso, como Shanita. Assim ninguém terá nada a dizer contra ela.

A loja só abre às onze, então Charis ajuda a fazer o inventário do estoque. Shanita vasculha as prateleiras, contando, e Charis anota os números na prancheta. Foi bom ela ter achado os óculos de leitura.

– A gente vai ter que baixar os preços – declara Shanita, franzindo a testa. – As coisas estão paradas. A gente vai ter que fazer uma liquidação.

– Antes do Natal? – indaga Charis, perplexa.

– É a recessão – explica Shanita, franzindo os lábios. – Essa é a realidade. Nessa época do ano, em geral temos que fazer as encomendas outra vez para o Natal, não é? Agora, olhe só para isso!

Charis examina: as prateleiras estão tão cheias que chega a ser preocupante.

– Quer saber o que não está parado? – diz Shanita. – Isto aqui.

Charis está familiarizada com o objeto, pois vendeu muitos ultimamente. Trata-se de um livrinho que parece um panfleto, um livro de receitas feito de papel reciclado cinza com desenhos em preto e branco, um trabalho de edição caseiro ao estilo *"faça você mesmo"*: *Refeições triviais, sopas e guisados para unhas de fome*. Pessoalmente, não a atrai. Ela acha o conceito de unha de fome muito paralisante. Há algo de duro e opressivo nele, e *fome* é uma palavra dolorosa. É verdade que ela guarda pontas de velas e pedaços de lã, mas faz isso porque quer, ela quer criar coisas com isso, é um ato de amor à terra.

– Preciso de mais coisas que nem essa – afirma Shanita. – O fato é que estou pensando em mudar a loja. Mudar o nome, a concepção, tudo.

Charis fica deprimida.

– Você mudaria para o quê? – ela pergunta.

– Eu estava pensando em Scrimpers – anuncia Shanita.

– Scrimpers?

– Você sabe. Que nem as lojas antigas de um e noventa e nove, só produtos baratos diz Shanita. – Só que mais criativa. Pode funcionar! Alguns anos atrás, dava para capitalizar em cima das compras por impulso. Dinheiro a rodo, sabe? As pessoas gastavam muito. Mas a única forma de sobreviver a uma recessão é fazer com que as pessoas comprem coisas sobre como não comprar coisas, se é que você me entende.

– Mas a Radiance é tão simpática! – lamenta-se Charis, com tristeza.

– Eu sei. Foi muito divertido enquanto durou. Mas *simpática* é artigo de luxo. Quantos desses brinquedos fofinhos você acha que as pessoas vão comprar, nesse momento? Talvez alguns, mas só se mantivermos o preço bem baixo. Em épocas como esta, você corta os prejuízos, corta as despesas gerais, você faz o que é preciso fazer. Isto aqui é um bote salva-vidas, entende? É o meu bote salva-vidas, é a minha vida. Eu dei duro demais, sei para onde o vento está soprando, e não pretendo afundar junto com o barco.

Ela está na defensiva. Fita Charis, cujos olhos estão na altura dos seus – os olhos dela estão verdes hoje –, e Charis se dá conta de que ela mesma é uma despesa geral. Se a situação piorar muito, Shanita irá cortá-la e administrar a loja sozinha, e Charis ficará desempregada.

Elas terminam de inventariar o estoque e abrem a porta para começar o dia, e o humor de Shanita muda. Agora ela está amistosa, quase solícita: ela prepara Morning Miracle para as duas e se sentam diante do balcão da frente para tomar o chá. Não há exatamente uma multidão de clientes, portanto Shanita passa o tempo perguntando a Charis sobre Augusta.

Para o incômodo de Charis, Shanita apoia Augusta: acha uma atitude inteligente da parte de Augusta cursar administração.

– As mulheres têm que se preparar para se sustentar sozinhas – ela diz. – Tem muito homem preguiçoso por aí. – Ela aprova até o álbum de mobílias, que a própria Charis acha tão ganancioso, tão materialista. – Essa garota tem uma cabeça grudada ao pescoço – declara Shanita, colocando mais chá para as duas. – Quisera eu também ter, na idade dela. Teria me poupado de muita encrenca.

Ela mesma tem duas filhas e dois filhos, todos adultos. Já é até avó; mas não fala muito dessa parte de sua vida. A essa altura, já sabe muito a respeito de Charis, enquanto Charis não sabe quase nada sobre ela.

– Meu pêndulo agiu de um jeito engraçado hoje de manhã – diz Charis, para cortar a conversa sobre Augusta.

– Jeito engraçado? – indaga Shanita. Os pêndulos são vendidos na loja, cinco modelos diferentes, e Shanita é especialista em interpretar seus movimentos.

– Ele simplesmente parou – explica Charis. – Ficou imóvel, bem em cima da minha cabeça.

– É uma mensagem forte – diz Shanita. – É alguma coisa bem súbita, algo que você não estava esperando. Talvez seja alguma entidade tentando mandar uma mensagem. Hoje é a cúspide de escorpião, não é? É como se o pêndulo estivesse apontando o dedo e dizendo: "toma cuidado!"

Charis fica apreensiva: poderia ser Augusta, um acidente? É a primeira coisa que lhe ocorre, então ela pergunta.

– Não é o que eu entendo – diz Shanita, reconfortando-a –, mas vejamos. – Ela pega o tarô que guarda sob o balcão, o baralho de Marselha, seu preferido, e Charis embaralha e corta.

– A torre – diz Shanita. – Uma coisa súbita, como eu falei. A papisa. Uma abertura, algo que estava escondido se revela. O cavaleiro de espadas... bem, isso pode ser interessante! Todos os cavaleiros trazem mensagens. Agora, a imperatriz. Uma mulher forte! Mas não é você. É outra pessoa. Mas eu não diria que é a Augusta, não. A imperatriz não é uma mulher jovem.

– Talvez seja você – palpita Charis, e Shanita solta um riso e responde:

– Forte! Eu sou um junco quebrado! – Coloca outra carta sobre a mesa. – Morte – ela anuncia. – Uma mudança. Pode ser uma renovação. – Ela cruza a carta outra vez. – Ah. A lua.

A lua, com seus cães latindo, seus buracos, seu escorpião à espreita. Naquele exato instante, o sino tilinta, e uma cliente entra na loja; ela pede dois exemplares de *Refeições triviais*, um para si, outro para dar de presente. Charis concorda com ela quando diz que o livro é muito útil e não muito caro, e que as ilustrações feitas à mão são uma graça, e lhe diz que sim, Shanita é mesmo estonteante, mas não é de nenhum outro lugar que não a velha e boa cidade de Toronto, e pega o dinheiro e embrulha os livros, com a cabeça em outro lugar.

A lua, ela pensa. Ilusão.

10

Ao meio-dia, Charis tira o uniforme florido, despede-se de Shanita – é terça-feira, dia em que ela trabalha em meio expediente, portanto não volta após o almoço – e vai para a rua, tentando não respirar muito. Ela viu aqueles mensageiros que andam de bicicleta usando máscaras de papel branco sobre o nariz, que nem enfermeiras. É uma moda, ela imagina; talvez devessem encomendar algumas para a loja, só que coloridas e com estampas bonitas.

Assim que entra no Toxique, a cabeça começa a estalar. É como se houvesse um temporal por perto, ou um fio solto. Íons a bombardeiam, pequenas ondas de energia ameaçadora. Esfrega a testa, depois sacode os dedos para se livrar delas.

Estica o pescoço, procurando a origem da perturbação. Às vezes são as pessoas que entram para negociar drogas na escada que leva aos banheiros, mas nenhuma delas parece estar ali no momento. A garçonete vai ao seu encontro, e Charis pede a mesa de canto, ao lado do espelho. Espelhos desviam.

O Toxique é a última descoberta de Roz. Ela está sempre descobrindo coisas, principalmente restaurantes. Gosta de comer em lugares onde ninguém de seu escritório comeria, gosta de se cercar de pessoas que usam roupas que ela mesma jamais usaria. Gosta de pensar que está se misturando à vida real, *real* significando mais pobre do que ela. Ou é essa a impressão que Charis tem, às vezes. Ela já tentou dizer a Roz que todas as vidas são igualmente reais, mas aparentemente Roz não compreende o que ela quer dizer; embora talvez Charis não se explique com muita clareza.

Ela olha para a meia-calça de leopardo da garçonete, franze o nariz – essas roupas são extravagantes demais para ela –, diz a si mesma para não ser crítica, pede uma garrafa de Evian e vinho branco e se acomoda para esperar. Abre o cardápio, dá uma olhada, vasculha a bolsa à procura dos óculos de leitura, não consegue achá-los – será que os deixou na loja? – e por fim os acha no alto da cabeça. Deve ter andado pela rua assim. Ela os põe no nariz e examina os pratos do dia. Pelo menos, sempre tem alguma comida vegetariana, mas quem sabe de onde vêm os legumes? Provavelmente de alguma grande fazenda de agronegócios impregnada de substâncias químicas e exposta à radiação.

A verdade é que ela não gosta muito do Toxique. Em parte, é por causa do nome: ela considera prejudicial aos neurônios gastar tempo com um nome tão venenoso. E as roupas dos garçons, os *criados*, fazem-na lembrar de algumas coisas que eram vendidas na Okkult. A qualquer instante, poderia haver cicatrizes de borracha ou sangue falso. Mas ela está disposta a comer ali de vez em quando em consideração a Roz.

Quanto a Tony, quem vai saber o que ela pensa desse lugar? É difícil para Charis ler o que Tony está pensando; sempre foi, desde que se conheceram, na época do McClung Hall. Mas é provável que Tony tivesse exatamente a mesma atitude caso estivessem no King Eddie, ou então no McDonald's: uma espécie de olhar esbugalhado, tomando nota com incredulidade, como um marciano que viajasse no tempo. Coletando espécimes. Congelando-os a vácuo. Colocando tudo em caixas com rótulos. Sem deixar espaço, espaço para o indizível.

Não que ela não goste de Tony. Não, mentira. Há vários momentos em que ela não gosta de Tony. Tony é capaz de usar palavras em excesso, é capaz de irritá-la, é capaz de friccionar seu campo elétrico da forma errada. Mas ela ama Tony mesmo assim. Tony é tão tranquila, tão lúcida, tão equilibrada. Se um dia Charis ouvisse mais vozes dizendo-lhe para cortar os pulsos, seria para Tony que ela ligaria, para pegar a balsa até Island e tomar conta dela, para acalmá-la, para lhe dizer que deixasse de ser idiota. Tony saberia o que fazer, passo a passo, uma coisa de cada vez, em ordem.

A princípio, ela não ligaria para Roz, pois Roz perderia a cabeça, choraria, se compadeceria e concordaria com ela a respeito da insuportabilidade de tudo, e também chegaria atrasada à balsa. Mas depois, quando voltasse a se sentir segura, ela recorreria a Roz para receber um abraço.

Roz e Tony entram juntas, e Charis acena para elas, e acontece a algazarra que sempre acontece quando Roz entra num restaurante, e as duas se sentam, e Roz acende um cigarro, e elas começam a falar ao mesmo tempo. Charis se dispersa porque não está interessada de verdade no que elas estão falando, e apenas deixa a presença de ambas banhá-la. A presença de ambas é mais importante para ela do que o que sai de suas bocas. As palavras, muitas vezes, são como as cortinas de uma janela, um filtro decorativo feito para manter os vizinhos a distância. Mas auras não mentem. A própria Charis não vê auras com tanta frequência quanto antigamente. Quando pequena, quando era Karen, ela as via sem fazer esforço; agora é só em momentos de estresse. Mas consegue senti-las, assim como os cegos podem sentir as cores com as pontas dos dedos.

O que ela sente em Tony hoje é frieza. Uma frieza transparente. Tony lhe lembra um floco de neve, tão minúscula e pálida e melindrosa, mas fria; uma mente como um cubo de gelo, clara e quadrada; ou vidro quebrado, duro e afiado. Ou gelo, pois derrete. No teatrinho da escola, Tony teria sido o floco de neve: uma das menores crianças, pequena demais para ter um papel com falas, mas absorvendo tudo o que se passa. Charis quase sempre era escolhida para ser uma árvore ou um arbusto. Não lhe davam nada que envolvesse andar pelo palco, pois ela toparia com as coisas, ou ao menos era isso o que diziam os professores. Eles não percebiam que sua falta de jeito não era do tipo comum, não era falta de coordenação motora. Era só porque ela não sabia onde terminava seu corpo e começava o resto do mundo.

O que teria sido Roz? Charis visualiza a aura de Roz – tão dourada e multicolorida e temperada – e seu ar de autoridade, mas também aquela propensão subjacente ao exílio, e a seleciona para o papel de um dos Três Reis, usando brocados e joias, carregando um presente esplêndido. Mas será que Roz participaria de uma peça assim? Sua infância foi tão confusa, com todas aquelas freiras e rabinos. Talvez não lhe permitissem.

A própria Charis desistiu do cristianismo faz muito tempo. Em primeiro lugar, porque a Bíblia é cheia de carne: animais sendo sacrificados, cordeiros, bois, pombos. Caim estava certo em oferecer os legumes, Deus estava errado em recusá-los. E há sangue demais: as pessoas na Bíblia sempre têm seu sangue derramado, sangue nas mãos, sangue lambido por cães. Há carnificina demais, sofrimento demais, lágrimas demais.

Ela costumava pensar que algumas das religiões orientais eram mais serenas; foi budista por um tempo, antes de descobrir quantos Infernos eles tinham. As religiões, em sua maioria, são muito centradas na punição.

Ela percebe que já está na metade de seu prato sem ter se dado conta. Está comendo a salada de cenoura ralada e queijo cottage, uma escolha sábia; não que ela se lembre de ter pedido o prato, mas às vezes é útil ter um piloto automático desses, para cuidar da rotina. Por um instante, ela observa Roz comendo um pedaço de pão francês; ela gosta de ver Roz comendo pão francês, abrindo-o, enterrando até o nariz – *Isso é tão bom, isso é tão bom!* – antes de mergulhar os dentes brancos e resolutos nele. É uma pequena prece, uma oração em miniatura, o que Roz faz com o pão.

– Tony – diz Charis –, eu realmente podia fazer algo legal com o seu quintal.

Tony tem um belo espaço no local, mas não há nada ali além de um gramado irregular e umas árvores doentes. O que Charis tem em mente é arrumar as árvores e fazer uma espécie de bosque, com nabos-selvagens, violetas, podofilos, selos-de-salomão, coisas que crescem à sombra. Umas samambaias. Nada que Tony tivesse de capinar, não se pode confiar nela para isso. Seria especial! Quem sabe uma fonte? Mas Tony não responde, e um instante depois Charis percebe que é porque ela não falou em voz alta. Às vezes é difícil para ela lembrar se falou mesmo uma coisa ou não. Augusta já reclamou deste seu hábito, dentre outros.

Ela volta a se concentrar na conversa: elas estão falando de alguma guerra. Charis queria que elas não ficassem falando sobre guerra, mas é comum falarem disso hoje em dia. Parece que o assunto está no ar, depois de passar muito tempo sem ser mencionado. Roz é quem começa; ela faz perguntas a Tony, pois gosta de perguntar às pessoas sobre as coisas que elas supostamente conhecem.

Um dos almoços, alguns meses atrás, foi todo sobre genocídio, e Roz queria falar do Holocausto, e Tony começou uma coisa detalhada sobre genocídios ao longo dos séculos, Gengis Khan e os cártaros na França, e depois os armênios sendo massacrados pelos turcos, e depois os irlandeses e os escoceses e o que os ingleses fizeram com eles, uma morte horrível atrás da outra, até que Charis achou que ia vomitar.

Tony consegue lidar com tudo aquilo, ela aguenta, talvez para ela sejam apenas palavras, mas para Charis as palavras são imagens e em seguida gritos e gemidos, e depois o odor da carne apodrecendo, e queimando, de carne queimando, e depois dor física, e se você se concentra nisso, você faz com que aconteça de verdade, e ela nunca vai conseguir explicar isso para Tony de uma forma que ela compreenda, e também tem medo de que elas cheguem à conclusão de que ela está sendo tola. Histérica, uma parva, uma doida. Ela sabe que ambas pensam assim, às vezes.

Então ela se levantou e desceu a escada escura e lascada que leva ao banheiro, onde havia um pôster de Renoir na parede, uma mulher rosa e robusta se enxugando devagar após o banho, com pontos azuis e roxos iluminando seu corpo, e aquilo foi uma paz; mas quando ela voltou lá para cima Tony ainda estava na Escócia, com as mulheres e crianças das terras altas sendo perseguidas enquanto desciam as montanhas, sendo espetadas como porcos e levando tiros como cervos.

– Os escoceses! – exclamou Roz, que desejava voltar ao Holocausto. – Eles se saíram muito bem, veja só todos aqueles banqueiros! Quem se importa *com eles*?

– Eu – diz Charis, que fica tão surpresa consigo mesma quanto ficam as outras duas. – Eu me importo. – Elas olham-na com espanto, pois estavam habituadas ao fato de que ela faz um intervalo mental quando conversavam sobre guerras.

– É mesmo? – indaga Roz, com as sobrancelhas levantadas. – Por quê, Charis?

– A gente deve se importar com todo mundo – explica Charis. – Ou talvez seja porque eu sou, em parte, escocesa. Parte escocesa, parte inglesa. Todos aqueles povos que se matavam tanto. – Ela deixa de lado os menonitas porque não quer chatear Roz, embora os menonitas não contem como alemães de verdade. Além do fato de nunca matarem ninguém: pelo contrário, eles só são mortos.

– Querida, me desculpe – diz Roz, arrependida. – É claro! Eu sempre me esqueço. Burra *moi*, achando que você é puro *crème de la WASP*. – Ela deu tapinhas na mão de Charis.

– Mas ninguém os matou ultimamente – disse Charis. – Não todos de uma vez. Mas acho que foi assim que viemos parar aqui.

– Parar *aqui*? – indagou Tony, olhando em volta. Charis estava falando sobre o Toxique?

– Por causa das guerras – explicou Charis, com tristeza; é uma percepção que não lhe agrada muito, agora que a teve. – Neste país. Guerras de um tipo ou de outro. Mas isso é passado. Devemos tentar viver o *agora*, vocês não acham? Pelo menos, é o que eu tento fazer.

Tony sorriu para Charis com afeição, ou com o mais perto que já chegou disso.

– Ela tem toda a razão – disse para Roz, como se fosse um acontecimento digno de nota.

Mas razão a respeito de quê, Charis se pergunta. Das guerras ou do *agora*? A resposta padrão de Tony para o *agora* seria dizer a Charis quantos bebês nascem por minuto, no *agora* pelo qual ela tem tanto apego, e como todo esse excesso de nascimentos levará, inevitavelmente, a mais guerra. Em seguida, acrescentaria uma nota de rodapé sobre o comportamento desvairado de ratos aglomerados. Charis se sente grata por ela não estar fazendo isso hoje.

Mas, por fim, ela entende o fio da conversa: é Saddam Hussein e a invasão do Kuwait, e o que vai acontecer em seguida.

– A decisão já foi tomada – declara Tony –, assim como o Rubicão. – E Charis indaga:

– O quê?

– Deixa para lá, querida, é só um dado histórico – diz Roz, porque ela, pelo menos, entende que este não é o assunto preferido de Charis, e está lhe dando permissão para se dispersar.

Mas então vem à mente de Charis o que é o Rubicão. Tem algo a ver com Julio César, eles ensinaram no colegial. Ele atravessou os Alpes com os elefantes; mais um desses homens que ficaram famosos por matar pessoas. Se parassem de dar medalhas a homens assim, pensa Charis, se parassem de fazer desfiles e estátuas em homenagem a eles, então parariam com isso. Parariam com a carnificina. Eles fazem isso para chamar atenção.

Talvez seja quem Tony foi, numa vida passada: Julio César. Talvez Julio César tenha sido mandado de volta no corpo de uma mulher como forma de punição. Uma mulher bem baixinha, assim ele pode ver como é ser impotente. Talvez seja assim que as coisas funcionem.

A porta se abre, e Zenia está ali parada. Charis sente o corpo todo gelar, depois toma fôlego. Ela está pronta, ela vem se preparando, embora o Toxique na hora do almoço fosse o último lugar onde esperaria por isso, por essa manifestação, esse retorno. *A torre*, pensa Charis. *Alguma coisa bem súbita. Algo que você não estava esperando.* Não é de espantar que o pêndulo tivesse parado de repente, bem em cima de sua cabeça! Mas por que Zenia se deu ao trabalho de abrir a porta? Ela poderia muito bem tê-la atravessado.

Zenia está de preto, o que não é uma surpresa, preto era a sua cor. Mas o estranho é que ela engordou. A morte a engordou, o que não é comum. Pressupõe-se que os espíritos sejam mais magros, tenham cara de fome, de sede, e Zenia parece estar muito bem. Particularmente, os seios estão mais volumosos. Da última vez que Charis a viu em carne e osso, ela estava magra como uma libertina, praticamente uma sombra, os seios quase inexistentes, como círculos de papelão grosso colados ao peito, os mamilos os abotoando. Agora ela é o que poderia se chamar de voluptuosa.

Entretanto, ela está brava. Uma aura escura a rodeia, como o halo do sol em eclipse, só que negativo; um halo de escuridão em vez de luz. É um verde lamacento e perturbador, cheio de linhas vermelho-sangue e preto-acinzentado – as piores, as mais destrutivas das cores, uma auréola fatal, uma infecção visível. Charis terá de recorrer a toda a sua luz, a luz branca na qual tem trabalhado tanto, guardando, ao longo de anos e anos. Terá de fazer uma meditação instantânea, e que lugar para fazê-lo! Zenia escolheu bem o território para este encontro: o Toxique, as vozes tagarelando, a fumaça de cigarro e as emanações do vinho, o denso ar urbano, cheio de respiração, tudo está a favor de Zenia. Ela fica parada na entrada, examinando o ambiente com um olhar rancoroso e zombeteiro, tirando uma luva, e Charis fecha os olhos e repete para si: *Pense na luz.*

– Tony, o que há? – pergunta Roz, e Charis reabre os olhos. A garçonete vai em direção a Zenia.

– Vire a cabeça bem devagar – diz Tony. – Não grite. – Charis observa com interesse, para ver se a garçonete passará direto por Zenia; mas não, ela para de repente. Ela deve sentir algo. Uma frieza.

– Ah, merda – solta Roz. – É ela.

– Quem? – indaga Charis, a dúvida começando a tomar forma. Roz raramente diz "ah, merda". Deve tratar-se de algo importante.

– Zenia – responde Tony. Então elas também a veem! Bem, por que não? Têm muito a lhe dizer, todas elas. Não é só Charis.

– Zenia morreu – retruca Charis. Gostaria de saber por que ela voltou, é o que ela pensa. Por *quem* ela voltou. Agora, a aura de Zenia já desbotou, ou então Charis não consegue mais vê-la: Zenia parece estar sólida, substanciosa, material, viva de uma forma desconcertante.

– Ele parecia ser advogado – diz Charis. Zenia está vindo em sua direção, e ela reúne todas suas forças para o momento do impacto; mas Zenia passa direto por elas com o vestido fartamente texturizado, com as pernas compridas, os surpreendentes seios novos, o cabelo lustroso nebuloso em volta dos ombros, os raivosos lábios vermelhoarroxeados, o rastro de perfume almiscarado. Ela se recusa a notar Charis, se recusa de propósito; ela passa a mão de trevas sobre ela, usurpando-a, encobrindo-a.

Trêmula e enjoada, Charis fecha os olhos, lutando para retomar a posse de seu corpo. *Meu corpo, meu*, ela repete. *Eu sou uma pessoa boa. Eu existo.* Na noite enluarada de sua cabeça, ela vê uma imagem: uma estrutura alta, um edifício, algo caindo dele, descendo no ar, girando sem parar. Espatifando-se.

11

As três estão do lado de fora do Toxique, se despedindo. Charis não sabe ao certo como foi parar ali. Seu corpo a conduziu, por si só, seu corpo cuidou da tarefa. Ela está tremendo, apesar do sol, está com frio, e se sente mais magra – mais leve e porosa. É como se a energia tivesse se esvaído dela, a energia e a matéria, para que Zenia se materializasse. Zenia fez o caminho de volta, de volta do rio; agora está aqui, em um corpo sadio, e arrancou um pedaço do corpo de Charis e o enfiou nela mesma.

Porém, isso deve estar errado. Zenia deve estar viva, pois outras pessoas viram-na. Ela se sentou em uma cadeira, pediu uma bebida, fumou um cigarro. Mas nenhum desses são, necessariamente, sinais de vida.

Roz lhe dá um abraço apertado e diz:

– Cuide-se, querida, eu te ligo, OK? – E segue em direção ao carro.

Tony já tinha sorrido para ela e está indo, foi andando pela rua, as pernas curtas movendo-a num passo constante, como um brinquedo de dar corda. Por um instante, Charis fica parada diante do Toxique, perdida. Não sabe o que fazer em seguida. Poderia se virar e marchar até o restaurante, marchar até Zenia, ficar plantada; mas as coisas que ela ia dizer a Zenia evaporaram, voaram para fora de sua cabeça. Só restou um zumbido.

Ela poderia voltar à loja, voltar para a Radiance, embora seja o dia em que tira folga à tarde, e Shanita não a esteja esperando. Poderia contar a Shanita o que aconteceu; Shanita é uma professora, talvez possa ajudar. Mas é possível que Shanita não lhe seja muito solidária. *Uma mulher dessas*, ela dirá. *Ela não é nada. Por que você está preocupada com ela? Você está dando poder a ela, você sabe muito bem que não deve fazer isso! De que cor ela é? De que cor é a dor? Apague a fita!*

Shanita nunca tomou uma dose de Zenia. Ela não vai conceber, ela não tem como compreender, que não dá para expulsar Zenia de sua existência através da meditação. Se fosse possível, Charis teria feito isso há muito tempo.

Ela decide ir para casa. Vai encher a banheira e pôr cascas de laranja na água, um pouco de óleo de rosas, uns cravos; vai prender o cabelo, entrar na banheira e deixar os braços boiarem na água perfumada. Dirigindo-se para esse objetivo, ela desce a colina, a caminho do lago e do embarcadouro; mas um quarteirão depois ela vira à esquerda e continua por um beco estreito até a rua seguinte, depois vira à esquerda outra vez, e está de volta a Queen.

Seu corpo não deseja ir para casa agora. Seu corpo a incita a tomar um café; pior que isso, um expresso. Tal fato é tão incomum – as sugestões desse gênero feitas por seu corpo normalmente são por sucos de frutas ou copos d'água – que ela se sente obrigada a fazer o que ele quer.

Há uma cafeteria do outro lado da rua, bem em frente ao Toxique. Chama-se Kafay Nwar e tem uma placa em néon rosa-choque com letras ao estilo dos anos 1940 na janela. Charis entra e se senta em uma das mesas redondas pequenas com borda cromada, ao lado da janela, e tira o cardigã, e então chega o garçom, vestido com uma camisa social pregueada, uma gravata-borboleta preta e jeans, ela pede um Expresso Esperanto – todas as opções do cardápio têm nomes complicados, Cappuccino Cappriccio, Tarte aux Tarts, Nossa Maliciosa Torta de Chocolate – e observa a porta do Toxique. Já está claro para ela que o principal desejo de seu corpo não é um expresso. Seu corpo deseja espiar Zenia.

Para se tornar menos óbvia como observadora, tira o caderno da bolsa, um adorável caderno que trocou por algumas horas de trabalho. Tem uma capa de papel marmorizado costurada à mão com lombada de camurça cor de vinho, e as folhas são de um delicado tom alfazema. A caneta que comprou para acompanhá-lo é cinza-pérola, e sua tinta é verde-acinzentada. Ela fica triste ao pensar no fim da Radiance. Tantos presentes.

O caderno serve para ela anotar seus pensamentos, mas, por enquanto, ela não anotou nenhum. Detesta estragar a beleza das folhas em branco, o potencial que possuem; não quer gastá-las. Mas agora ela destampa a caneta cinza-pérola e escreve: *Zenia tem que voltar.* Uma vez, fez um curso de caligrafia em itálico, portanto a mensagem tem um aspecto elegante, quase como uma runa. Ela faz uma letra de cada vez, erguendo o olhar entre uma palavra e outra, por cima dos óculos de leitura, assim nada que acontecer do outro lado da rua lhe escapará.

No início, mais pessoas entram do que saem, e depois mais pessoas saem do que entram. Nenhum dos que entram é Billy, não que esteja esperando por ele do ponto de vista realístico, mas nunca se sabe. Ninguém dos que saem é Zenia.

Seu café é servido, e seu corpo lhe diz para pôr duas colheres de açúcar, e é o que ela faz, e depois bebe o café rapidamente, e sente o golpe da cafeína e da sacarose correndo até a cabeça. Agora está concentrada, ela tem visão de raios X, sabe o que tem de fazer. Nem Tony nem Roz podem ajudá-la, elas não precisam ajudá-la com isso, pois as histórias delas, as histórias que incluem Zenia, têm um fim. Pelo menos elas sabem o que aconteceu. Charis não, Charis nunca soube. É como se sua história, a história que inclui Billy e Zenia, tivesse seguido um caminho, e de repente as pegadas cessassem.

Por fim, quando Charis começa a imaginar que Zenia saiu escondida pelos fundos ou então evaporou no ar, a porta se abre, e ela sai. Charis abaixa um pouco os olhos: não quer descansar todo o peso de seus olhos sobrecarregados em Zenia, não quer se entregar. Mas Zenia nem sequer olha na sua direção. Ela está com alguém que Charis não reconhece. Um jovem louro. Não é Billy. Tem uma constituição física frágil demais para ser Billy.

Apesar de que, se fosse Billy, ele dificilmente ainda seria jovem. Ele pode até ter ficado gordo, ou careca. Mas, na sua cabeça, ele permaneceu com a mesma idade que tinha quando o viu pela última vez. Mesma idade, mesmo tamanho, tudo igual. A perda se abre novamente sob seus pés, o buraco, o já conhecido alçapão. Se estivesse sozinha, se não estivesse ali no Kafay Nwar, e sim em casa, na própria cozinha, bateria a testa devagar na borda da mesa. A dor é vermelha e machuca, e ela simplesmente não consegue apagá-la.

Zenia não está feliz, pensa Charis. Não se trata de um *insight*, é mais como um feitiço, uma fórmula mágica. Não é possível que esteja feliz. Se tivesse permissão para ser feliz, seria totalmente injusto: deve haver algum equilíbrio no Universo. Mas Zenia está sorrindo para o homem, cujo rosto Charis não enxerga muito bem, e agora ela está pegando o braço dele, e eles estão andando pela rua, e a esta distância, pelo menos, ela parece bastante feliz.

Compaixão por todos os seres vivos, Charis lembra a si mesma. Zenia está viva, o que significa compaixão por Zenia.

É isso o que a frase significa, embora Charis perceba, ao fazer um balanço, que neste momento não sente absolutamente nenhuma compaixão por Zenia. Pelo contrário, ela vê com clareza a imagem de si empurrando Zenia de um despenhadeiro, ou de outro objeto alto.

Domine a emoção, diz para si mesma, pois, embora seja totalmente vergonhosa, ela deve ser reconhecida por completo antes de ser descartada. Ela se concentra na imagem, trazendo-a para perto; sente o vento batendo no rosto, percebe a altura, ouve os músculos do braço relaxando dentro do corpo, fica atenta ao grito. Mas Zenia não emite som nenhum. Ela apenas cai, o cabelo ondeando atrás de si como um cometa escuro.

Charis embrulha a imagem em papel de seda e, com empenho, a expele do corpo. A única coisa que eu quero é falar com ela, diz a si mesma. Só isso.

Há uma confusão, um roçar de asas secas. Zenia saiu do retângulo da janela do Kafay Nwar. Charis recolhe o caderno, a caneta cinza, o cardigã, os óculos de leitura e a bolsa e se prepara para segui-la.

12

ROZ

Em seu sonho, Roz está abrindo portas. Nada aqui, nada ali, e ela está com pressa, a limusine do aeroporto está esperando, e ela está sem roupa nenhuma, sem roupa nenhuma por cima do vergonhoso corpo flácido, não trabalhado. Por fim, ela acha a porta certa. Há roupas aceitáveis atrás dela, casacos compridos que parecem sobretudos masculinos, mas a lâmpada do armário não acende, e o primeiro casaco que ela puxa do cabide está úmido e coberto de lesmas vivas.

O despertador dispara, não muito cedo.

– Santo Deus, minha Nossa Senhora – Roz murmura, grogue. Detesta sonhos ligados a roupas. São como fazer compras, mas ela nunca acha nada que quer. Mas ela prefere sonhar com casacos cobertos de lesmas a sonhar com Mitch.

Ou com Zenia. Principalmente Zenia. Às vezes, ela tem sonhos com Zenia. Zenia se materializando no canto do quarto de Roz, se recompondo com os fragmentos do próprio corpo depois da explosão da bomba: uma das mãos, uma perna, um olho. Ela se pergunta se Zenia já esteve de fato neste quarto, quando Roz não estava. Quando Mitch estava.

A garganta está com gosto de cigarro. Ela estende o braço, tentando achar o relógio, e derruba o *thriller* ordinário que anda lendo da mesa de cabeceira. Assassinatos ligados a sexo, assassinatos ligados a sexo: este ano são só assassinatos ligados a sexo. Às vezes, ela anseia por voltar às tranquilas casas de campo inglesas de sua juventude, onde a vítima era sempre um usurário maldoso que merecia ser punido, em vez de um inocente escolhido ao acaso no meio da rua. Os usurários morriam envenenados ou com um único tiro, os cadáveres não sangravam. Os detetives eram distintas senhoras grisalhas que tricotavam muito, ou excêntricos muito espertos que não tinham necessidades fisiológicas; concentravam-se em pistas minúsculas, aparentemente inofensivas: botões de blusas, restos de velas, ramos de salsinha. Ela adorava era o mobiliário: aposentos e mais aposentos cheios deles, e tão exóticos! Coisas que ela nem sabia que existiam. Mesinhas para servir chá. Salas de bilhar. Candelabros. Espreguiçadeiras. Ela queria morar em casas assim! Mas, quando volta a esses livros, eles não mais lhe interessam; nem mesmo o *décor* prende sua atenção. Talvez eu esteja me viciando em sangue, ela pensa. Sangue e violência e ira, assim como todo mundo.

Ela gira as pernas até a beirada da enorme cama com dossel – um erro, ela praticamente quebra o pescoço toda vez que tem de descer da maldita cama – e enfia os pés nos chinelos atoalhados. Seus chinelos de senhoria, como as gêmeas os chamam, sem perceber os ecos perturbadores que esta palavra causa nela. Elas nunca viram uma senhoria em suas vidas. Ou sua vida. Ainda é difícil para ela saber se têm cada uma a sua vida, ou se é apenas uma para as duas. Mas ela se sente obrigada a usar sapatos bonitos o dia inteiro, sapatos que combinam com as roupas, sapatos de salto alto, portanto merece usar algo mais confortável nos seus pobres pés atormentados quando está em casa, independente do que digam as gêmeas.

Todo esse branco no quarto também é um erro – a cortina branca, o tapete branco, os babados brancos da cama. Não sabe o que deu nela. Tentativa de criar um visual de menininha, talvez; tentativa de voltar no tempo, de criar o perfeito quarto de pré-adolescente que um dia ela tanto quis, mas nunca teve. Foi depois de Mitch ter ido embora, fugido, dado no pé, fechado a conta é mais adequado, pois ele sempre tratou este lugar como um hotel, ele *a* tratava como um hotel, ela precisava jogar fora tudo o que estava lá enquanto ele estava: precisava se reafirmar para ela mesma. Mas com certeza esta não é ela mesma! A cama parece um berço de vime ou um bolo de casamento, ou, pior ainda, um daqueles enormes altares cheios de rufos que constroem no México para o Dia dos Mortos. Ela nunca conseguiu descobrir (na época em que esteve lá, com Mitch, na lua de mel, quando estavam tão felizes) se todos os mortos voltavam ou apenas aqueles que eram convidados.

Ela consegue pensar em alguns que ela preferiria dispensar. Isso é tudo o que ela precisa, mortos penetras chegando para jantar! E ela deitada na cama que nem um pedação de bolo de frutas secas. Ela vai redecorar o quarto inteiro, pôr um pouco de ousadia, um pouco de textura. Cansou-se do branco.

Arrasta os pés até o banheiro, bebe dois copos d'água para revitalizar as células, toma uma vitamina, escova os dentes, passa creme, enxuga, vivifica e regenera a pele, e se olha com raiva no espelho. O rosto está assoreado, como uma lagoa; camadas se acumulam. De vez em quando, quando tem tempo, ela passa uns dias em um spa ao norte da cidade, tomando sucos de legumes e fazendo tratamentos com ultrassom, em busca de seu rosto original, aquele que ela sabe estar ali embaixo, em algum lugar; volta se sentindo revigorada, virtuosa, e faminta. E também irritada consigo mesma. É claro que não continua tentando; é claro que não está mais no ramo de agradar aos homens. Ela desistiu disso. *Faço isso por mim*, ela diz para Tony.

– Vá se danar, Mitch – ela diz para o espelho. Se não fosse por ele, poderia relaxar, poderia ser uma pessoa de meia-idade. Mas se ele ainda estivesse por perto, ela ainda estaria tentando agradá-lo. A palavra-chave é *tentando*.

O cabelo, entretanto, tem de mudar. Dessa vez, está vermelho demais. Está fazendo-a parecer fatigada, uma palavra que ela sempre admirou. *Megera fatigada*, ela lia naquelas histórias inglesas de detetives, curvada em cima do baú que servia de banco junto à janela de seu quarto no sótão, os pés recolhidos sob o corpo, com o ambiente escuro para manter o sigilo, como em ataques aéreos, colocando o livro no ângulo certo para que o poste de luz da rua iluminasse a página, no lusco-fusco, naquela pensão da Huron Street com um castanheiro do lado de fora. *Roz! Ainda acordada? Vá para a cama agora mesmo, sem brincadeira! Garotinha dissimulada!*

Como ela conseguia escutar Roz lendo no escuro? Sua mãe a senhoria, sua mãe a mártir improvável, parada aos pés da escada para o sótão, berrando com a voz rouca de lavadeira, e Roz aflita porque os pensionistas poderiam ouvi-la. Roz a faxineira de banheiros, Roz a Cinderela barata, esfregando de mau humor. *Você come aqui*, disse a mãe, *então ajude*. Isso foi antes de seu pai o herói enriquecer da noite para o dia. *Megera fatigada*, Roz murmurava, sem se dar conta de que um dia talvez se tornasse uma. Não foi muito fácil crescer com um herói e uma mártir. Não lhe sobravam muitos papéis.

Agora, aquela casa acabou. Não, não acabou: chinês. Eles não gostam de árvores, ela ouviu dizer. Acham que os galhos seguram os espíritos do mal, as coisas tristes que aconteceram a todas as pessoas que já viveram ali. Talvez haja um pouco de Roz, Roz como era na época, presa aos galhos do castanheiro, se é que ele ainda existe. Presa ali e esvoaçando.

Ela se pergunta quanto trabalho daria pintar o cabelo de cinza, a cor que teria caso ela deixasse de tingi-lo. Com cabelo grisalho ela seria mais respeitada. Seria mais firme. Menos coração mole. Uma mulher de ferro! Nem pensar.

O roupão mais novo de Roz está pendurado atrás da porta do banheiro. Tecido aveludado laranja. Laranja é a nova cor deste ano; no ano passado, foi um amarelo cítrico que ela não podia usar de jeito nenhum, por mais que tentasse. Fazia com que parecesse um pirulito de limão. Mas o laranja traz à tona um brilho que tem sob a pele, ou foi o que pensou quando comprou aquela maldita coisa. Ela acredita na vozinha interior, aquela que diz: "É a sua cara! É a sua cara! Leve agora, antes que acabe!" Mas a vozinha interior está ficando cada vez menos confiável, e dessa vez devia estar falando com outra pessoa.

Ela veste o roupão por cima da camisola de cambraia branco sobre branco bordada a mão, comprada para combinar com a cama, então quem ela imaginava que iria notar? Acha a bolsa e transfere o maço de cigarros, que está pela metade, para o bolso. Antes do café da manhã *não*! Em seguida, desce a escada, a dos fundos, que antigamente era para as criadas, para faxineiras de banheiros como ela, apertando o corrimão para não tropeçar. A escada dá direto na cozinha, a austera e reluzente cozinha toda branca (hora de mudar!), onde as gêmeas estão sentadas em banquetas altas diante do balcão ladrilhado, vestidas com camisetas compridas, calças de malha listradas e meias de ginástica. São essas as roupas que elas acham chique usar para dormir, hoje em dia. Era tão divertido arrumá-las quando eram pequenas; franzidos, chapeuzinhos lindos de morrer! Foram-se os macacões felpudos com solas de plástico nos pés, foram-se também as camisolas de flanela de algodão inglês estampadas com fileiras de Mamães Gansas de gorro e avental. Foram-se os livros que Roz costumava ler para elas quando usavam tais camisolas, aconchegando-se nela, uma em cada braço – *Alice no país das maravilhas*, *Peter Pan*, *As mil e uma noites*, as reedições dos muitos contos de fadas da virada do século com ilustrações de Arthur Rackham. Ou não se foram completamente: guardados no porão. Foram-se as roupas de *jogging* rosa, as pantufas de guaxinim, os vestidos de festa de veludo, cada babado e extravagância. Agora, não a deixam comprar nada para elas. Se trouxer para casa uma simples blusa preta, ou um simples par de calcinhas, elas reviram os olhos.

As duas estão bebendo as vitaminas de iogurte e leite desnatado e *blueberry* que acabaram de fazer no liquidificador. Ela vê o pacote de *blueberries* congeladas derretendo, e a poça de leite azul parada como tinta descorada no balcão.

– Então, vocês vão me fazer um favor: para variar, vão colocar as coisas na máquina de lavar louça – ela não consegue deixar de lhes dizer.

Viram os olhos idênticos para ela, olhos tremulantes como os dos gatos selvagens, e sorriem os idênticos sorrisos sem coração que lhe apertam o coração, mostrando os dentes de fauno selvagem, no momento azuis, e balançando as jubas castanho-claras, felpudas; e ela perde o fôlego, como acontece quase todas as vezes que as vê, pois são tão grandes e tão lindas, e ela ainda não entende bem como conseguiu dar à luz elas. Uma criatura dessas já seria bastante improvável, mas duas!

Elas riem.

– É a mamãezona! – uma delas grita, a que está à direita. – A mamãezona! Vamos dar um abraço nela!

Elas descem das banquetas e abraçam-na e apertam. Seus pés saem do chão, e ela é levantada perigosamente no ar.

– Me ponham no chão! – ela grita.

Elas sabem que ela não gosta disso, sabem que tem medo de que vão deixá-la cair. Vão deixá-la cair, e ela vai se quebrar. Às vezes não têm noção disso; acham que ela é inquebrável. Roz a Rocha. Depois elas se lembram.

– Vamos colocá-la na banqueta – decidem.

Elas a carregam e a depositam lá e voltam para as próprias banquetas, como animais de circo que já fizeram seus truques.

– Mãe, você parece uma abóbora com isso aí – diz uma. É Erin. Roz sempre soube diferenciá-las, ou pelo menos é o que afirma. Dois palpites e ela sempre acerta. Mitch tinha dificuldade. No entanto, só as via por cerca de quinze minutos por dia.

– Eu sou a própria abóbora – diz Roz, com grande jocosidade. – Gorda, laranja, um sorriso largo e amistoso, buraco no meio e brilha no escuro.

Ela precisa de seu café, agora mesmo! Abre a porta do freezer, enfia o pacote de *blueberry* congelada lá dentro, acha o saco de grãos mágicos e tateia uma das gavetas em busca do moedor elétrico. Guardar tudo em gavetas não foi uma boa ideia, ela não acha mais nada. Principalmente as tampas das panelas. "Visual despojado", disse a idiota da decoradora. Elas sempre a intimidam.

– Aiii – diz a outra. Paula. Errie e Pollie, elas se chamam, ou Er e La, ou, quando falam coletivamente, Erla. É horripilante quando fazem isso. *Erla vai sair hoje à noite.* Significa as duas. – Aii. Sua gêmea podre! Você magoou a mamãe! Você é totalmente podre, a podridão em pessoa! – Esta última é uma imitação de Roz imitando a própria mãe, que costumava dizer isso. Roz sente uma súbita carência dela, da mãe ríspida, combativa, outrora desprezível, há muito morta. Ela está cansada de ser mãe, quer ser a filha para variar. Ela não teve essa parte. Parece ser bem mais divertido.

As gêmeas gargalham com alegria.

– Sua cloaca podre e egoísta – uma diz para a outra.

– Sovaco peludo!

– Tampão supurado!

– Forro de calcinha usada!

Elas são capazes de continuar por horas, pensando em insultos cada vez piores para a outra, rindo tanto que rolam no chão e chutam o ar, deleitadas com o próprio humor ultrajante. O que a intriga é ver quantas das ofensas podem ser tão – bem, tão sexistas. *Puta* e *piranha* são das mais suaves; ela se pergunta se deixariam que garotos as tratassem assim. Quando pensam que ela não está prestando atenção, podem atingir níveis maiores de obscenidade, ou do que ela considera obsceno. *Chiclete de boceta.* Uma coisa assim nem lhe passaria pela cabeça quando ela estava crescendo. E elas têm apenas quinze anos!

Mas as pessoas carregam seus vocabulários consigo ao longo da vida, como cascos de tartarugas, pensa Roz. Ela tem um súbito vislumbre das gêmeas com oitenta anos, os belos rostos fatigados, as pernas que serão mirradas envoltas em calças de malha coloridas, meias de ginástica nos pés com joanetes, ainda dizendo *chiclete de boceta*. Ela estremece.

Bata na madeira, ela se corrige. Elas devem ter vida longa.

O moedor de café não está ali; não onde ela o pôs na véspera.

– Que droga, meninas – ela diz. – Vocês tiraram meu moedor do lugar? – Talvez tenha sido Maria. A véspera foi um dos dias em que Maria faz a faxina.

– Que droga! – repete Paula. – Ah, minha droga de *moedor*. Ah, meu Deus, que droga infernal!

– Ah, Deus do céu, ah, Santo Deus – diz Erin.

Elas acham hilariante o fato de que Roz não é capaz de falar palavrões de verdade. Mas ela não consegue. Tudo bem, as palavras estão dentro de sua cabeça, mas elas não saem. *Você quer que as pessoas pensem que você é uma ordinária?*

Ela deve parecer tão arcaica aos olhos delas. Tão obsoleta, tão estrangeira. Ela passou a primeira metade da vida se sentindo cada vez menos como uma imigrante, e agora está passando a segunda metade se sentindo cada vez mais como tal. Uma refugiada da terra da meia-idade, encalhada no país da juventude.

– Cadê seu irmão mais velho? – ela indaga. A pergunta faz com que recuperem a sobriedade.

– No mesmo lugar onde ele sempre está a essa hora – diz Erin, com um tom de escárnio. – Estocando energia.

– Cochilando – diz Paula, como se quisesse que elas voltassem logo a fazer piada.

– Terra dos sonhos – solta Erin, pensativa.

– Terra do Larry – diz Paula. – Saudações, terráqueo, eu venho de um planeta distante.

Roz se pergunta se deveria acordar Larry e resolve não fazê-lo. Sente-se mais segura a seu respeito quando ele está dormindo. Ele é o primogênito, o filho primogênito. Não é muita sorte sê-lo. Escolhido para o sacrifício, ele teria sido, antigamente. Foi uma péssima escolha ele ter recebido o nome de Mitch. Laurence Charles Mitchell, uma combinação tão pesada e pomposa para um garotinho tão vulnerável. Embora ele esteja com vinte e dois anos e tenha bigode, ela não consegue não pensar nele nesses termos.

Roz acha o moedor de café na gaveta embaixo do forno de convecção, no meio das fôrmas de assar. Ela devia conversar com Maria. Ela mói os grãos, calcula a quantidade de café, liga a máquina fofa de expresso italiano. Enquanto espera, descasca uma laranja.

– Acho que ele anda aprontando alguma – diz Erin. – Um namorico ou algo assim.

Paula fez um dente falso com a casca da laranja de Roz.

– *Pouf, qui sait, c'est con ça, je m'en fiche* – ela diz, encolhendo os ombros, ceceando e cuspindo de forma elaborada. Isso foi praticamente tudo o que as duas aprenderam com a imersão no francês: papo furado. Roz não sabe a maioria das palavras e está igualmente satisfeita.

– Acho que eu mimo vocês – Roz lhes diz.

– Mimada, *moi*? – diz Erin.

– Erla *não é* mimada – diz Paula com uma fingida inocência rabugenta, tirando o dente de casca de laranja. – Ela é, Erla?

– Santo Deus, meu Deusinho, mamãe, não! – diz Erin. As duas a observam através do matagal de seus cabelos, os olhos espertos avaliando-a. As bisbilhotices, as imitações, as idiotices vulgares, os risos, tudo isso é uma distração que elas simulam em seu benefício. Caçoam dela, mas não muito: elas sabem que ela tem um ponto de ruptura. Elas nunca mencionam Mitch, por exemplo. Agem como se ele nunca tivesse existido. Será que têm saudades dele, será que o amam, será que guardam ressentimento dele, será que o odiavam? Roz não sabe. Elas não deixam que saiba. De certa forma, isso é pior.

Elas são tão maravilhosas! Ela as contempla com um amor feroz. *Zenia*, ela pensa, *sua puta! Talvez você tenha tido tudo, mas você nunca teve uma bênção dessas. Você nunca teve filhas*. Ela desata a chorar, com a cabeça apoiada nas mãos, os cotovelos nos ladrilhos brancos e frios do balcão da cozinha, as lágrimas escorrendo desesperadamente.

As gêmeas se aproximam, menores do que eram, preocupadas, mais acanhadas, dando-lhe tapinhas, acariciando suas costas laranja.

– Está tudo bem, mamãe, está tudo bem – elas dizem.

– Olha só – ela lhes diz –, pus o cotovelo na droga de leite azul que vocês derramaram!

– Ah, porcaria! – elas exclamam. – Ah, droga dupla! – Elas lhe lançam um sorriso aliviado.

13

As gêmeas colocam os copos longos de vitamina ostensivamente na máquina de lavar louças, seguem em direção à escada dos fundos, se esquecem do liquidificador, se lembram dele e voltam, colocam-no na máquina também, se esquecem da poça de leite azul. Roz a limpa enquanto elas sobem os degraus, de dois em dois, e cambaleiam pelo corredor para ir até os quartos para se arrumarem para ir à escola. Estão mais quietas do que de hábito, entretanto; o normal é uma debandada de elefantes. Lá em cima, dois aparelhos de som disparam ao mesmo tempo, duas baterias em competição.

Mais alguns anos e elas irão embora para fazer faculdade, em alguma outra cidade. A casa ficará silenciosa. Roz não quer pensar nisso. Talvez ela venda este celeiro. Compre um apartamento num condomínio classe A, com vista para o lago. Flerte com o porteiro.

Ela se senta diante do balcão branco, enfim tomando seu café e comendo. Duas torradas. Somente uma laranja e duas torradas, porque está de dieta. Uma espécie de dieta. Uma minidieta.

Ela costumava fazer todo tipo de dieta. Das toranjas, de pôr farelo de cereais em tudo, só de proteínas. Ela costumava minguar e inchar como a lua, tentando perder os nove quilos que ganhou quando as gêmeas nasceram. Mas agora ela não é tão drástica. A essa altura, já sabe que dietas estranhas fazem mal, as revistas têm falado muito disso. O corpo é que nem uma fortaleza sitiada, dizem elas; ele estoca mantimentos nas células de gordura, os reserva para casos de emergência, e, se você faz dieta, ele pensa que vai morrer de fome e armazena ainda mais, e aí você vira uma baleia. Ainda assim, um pouco de privação aqui e ali não faz mal a ninguém. Comer um pouco menos, isso não é dieta de verdade.

Em todo caso, não é que ela seja gorda. É apenas robusta. Um belo corpo de camponesa, de quando as mulheres tinham que puxar o arado.

Mas talvez ela não deva comer tão pouco, principalmente no café da manhã. O café é a refeição mais importante do dia e, nessa idade, dizem que o corpo emagrece à custa do rosto. A gordura sai do quadril, mas sai antes do pescoço. Então cria papada. Ela não tem intenção nenhuma de se tornar uma daquelas patricinhas cinquentonas que entram numa calça tamanho 38 e cujos rostos mais parecem um amontoado de sucata e fios, com todos os ossos e tendões aparentes. Apesar de que "patricinha" não é a palavra certa para mulheres dessa idade. "Perua", talvez. É isso que Zenia seria, se estivesse viva. Uma perua.

Roz sorri e põe duas fatias de pão integral na torradeira. Ela acha útil xingar Zenia; útil e reconfortante. A quem pode doer, agora?

A quem doía, naquela época?, ela se questiona com amargura. Sem dúvida não a Zenia, que nunca deu a mínima para o que Roz pensava dela. Ou dizia sobre ela, mesmo para Mitch. Algumas coisas ela teve o bom-senso de não dizer, entretanto. *Será que você não vê que essas tetas não são de verdade? Ela operou, eu sei por fonte fidedigna: antes, ela usava 38. Você está apaixonado por dois sacos de silicone.* Não, Mitch não teria engolido isso muito bem, não em sua fase de torpor. E depois da fase de torpor já era tarde demais.

Esse tipo de coisa não queima quando você é cremado; é este o boato que corre em relação a peitos artificiais. Eles apenas derretem. O restante de seu corpo vira cinzas, mas os peitos viram um marshmallow pegajoso: têm de raspá-los do fundo da fornalha. Talvez seja por isso que não espalharam as cinzas no funeral de Zenia. Talvez não pudessem. Talvez fosse isso o que havia dentro daquela lata vedada. Peitos derretidos.

Roz passa manteiga nas duas fatias de torradas, espalha mel nelas, e as come devagar, com gosto, lambendo os dedos. Se Zenia estivesse viva, não há dúvida de que estaria de dieta: não se consegue uma cintura como a de Zenia sem trabalhar duro. Então, a essa altura, ela teria papada. Ou então apelaria para as cirurgias, mais delas. Levaria um beliscão aqui, uma dobra ali; um *lifting* nas pálpebras, lábios inflados. Isso não é para o bico de Roz, ela não consegue suportar a ideia de ter alguém, um homem desconhecido, se debruçando sobre ela com uma faca enquanto fica deitada na cama dormindo, gelada. Já leu *thrillers* demais para isso, muitos *thrillers* em que o assassinato está ligado a sexo. Ele poderia ser um louco pervertido usando um uniforme roubado de médico. Acontece. Ou e se cometerem um erro e você acordar toda enfaixada e depois passar seis semanas parecendo um guaxinim atropelado, só para depois aparecer interpretando um papel pequeno em um filme de terror malfeito? Não, prefere envelhecer com discrição. Como um bom vinho tinto.

Ela prepara outra fatia de torrada, dessa vez com geleia de morango e ruibarbo. Para que punir a carne? Para que poupar o corpo? Para que se expor a seus ressentimentos, suas vinganças obscuras, suas dores de cabeça e dores da fome e rugidos de protesto? Ela come a torrada, pingando geleia; em seguida, depois de olhar para trás para se certificar de que ninguém a observa – mas quem poderia ser? –, lambe o prato. Agora se sente melhor. É hora do cigarro, sua recompensa matinal. Recompensa pelo quê? Não pergunte.

As gêmeas descem a escada em cascata, vestindo, mais ou menos, o uniforme da escola, aquelas roupas que Roz nunca entendeu direito, os kilts e gravatas que supostamente as transformam em homens escoceses. Deixar a camisa para fora da saia até o último minuto é a moda atual, ela deduz. Elas lhe beijam a bochecha, beijos molhados e exagerados, saem galopando pela porta dos fundos, e as duas cabeças reluzentes passam pela janela da cozinha.

É possível que estejam pisando na fileira de flores que Charis insistira em plantar no ano anterior, um ato de amor, então Roz não pode pôr o dedo nela, embora pareça uma colcha roída por traças e seu jardineiro regular, um elegante minimalista japonês, a considere uma afronta à sua reputação profissional. Mas talvez as gêmeas a amassem de forma irreparável, cruze os dedos. Olha para o relógio: elas estão atrasadas, mas não muito. Puxaram a ela: sempre teve uma noção flexível do tempo.

Roz esvazia a xícara de café e apaga o cigarro e, por sua vez, sobe a escada e atravessa o corredor para tomar um banho. No caminho, não resiste a dar uma olhada nos quartos das gêmeas, apesar de saber que são zonas proibidas. O quarto de Erin parece uma explosão de roupas, Paula deixou as luzes acesas outra vez. Elas fazem tanto estardalhaço a respeito do meio ambiente, elas a repreendem por causa dos produtos de limpeza tóxicos, fazem-na comprar material de escritório reciclado, mas parecem ser incapazes de apagar a droga da luz.

Aperta o interruptor, consciente de que está se delatando (*Mãe! Quem entrou no meu quarto? Eu posso entrar no seu quarto, querida, eu sou sua mãe! Você não respeita a minha privacidade, e mãe, não dê uma de boba, não me chame de querida! Eu tenho esse direito! Então, quem é que paga as contas desta casa?* e assim em diante), e segue pelo corredor.

O quarto de Larry fica bem na ponta, depois de seu quarto. Talvez fosse uma boa ideia acordá-lo. Por outro lado, se ele quisesse que fizesse isso teria deixado um bilhete. Talvez sim, talvez não. Às vezes ele espera que ela leia sua mente. Bem, por que não esperaria? Ela costumava ter esse poder. Não tem mais. Com as gêmeas, ela saberia se algo estivesse errado, embora não necessariamente soubesse o quê. Mas com Larry não. Larry se tornou opaco para ela. *Como andam as coisas?*, ela dirá, e ele responderá *Bem*, e isso pode significar qualquer coisa. Ela nem sabe quais são as *coisas*, não mais, essas coisas que supostamente estão indo tão bem.

Ele foi uma criança teimosa. Durante todo o tumulto com Mitch, enquanto as gêmeas faziam cenas, furtavam o supermercado, faltavam à aula, ele se arrastava lealmente. Ele tomava conta de Roz de um jeito dócil. Tirava o lixo, lavava o carro, o dela, aos sábados, como um homem de meia-idade. *Você não precisa fazer isso*, ela lhe dizia. *Já ouviu falar em lava-jato? Eu gosto*, ele dizia, *é relaxante.*

Ele tirou a carteira de motorista, ele obteve o diploma do colegial, ele conquistou o diploma de graduação. Ele tem um pequeno sulco de preocupação entre os olhos. Ele fez o que achava que esperavam dele, e levou os papéis oficiais para casa e os entregou a ela como se fosse um gato mostrando um rato morto. Agora é como se ele tivesse desistido porque não sabe o que mais entregar; suas ideias se esgotaram. Ele diz estar decidindo o que fazer em seguida, mas ela não vê nenhum sinal de que alguma decisão está sendo tomada. Ele sai à noite, e ela não sabe aonde vai. Se fossem as gêmeas, ela perguntaria, e elas diriam para ela tomar conta da própria vida. Com ele, ela nem sequer pergunta. Tem medo de fazê-lo, pois ele pode lhe contar. Ele nunca foi bom em mentir. Um garoto sincero, talvez sincero demais. Há uma certa falta de alegria nele que a incomoda. Sente pena por ele ter aberto mão daquela bateria que usava para treinar, lá no porão, embora na época isso a enlouquecesse. Pelo menos naquele tempo ele tinha algo em que bater.

Ele dorme até tarde. Ele não lhe pede dinheiro: não precisa, por causa do que lhe foi deixado, o que é dele mesmo. Ele poderia sair de casa, arrumar um apartamento em algum lugar, mas ele não dá nem um passo. Ele demonstra tão pouca iniciativa; quando tinha sua idade ela mal podia esperar para tirar a poeira ancestral das sandálias. Não que tenha conseguido muito bem.

Talvez ele esteja usando entorpecentes, ela pensa. Também não vê nenhum sinal de que esteja, mas vai saber? Quando era mais nova, "torpe" era algum cara que você achava repugnante. Uma vez, ela achou um pacote, um envelopinho de plástico contendo o que parecia ser fermento em pó, e resolveu não saber do que se tratava, pois afinal o que ela podia fazer? Você não diz a seu filho de vinte e dois anos que estava simplesmente vasculhando os bolsos de suas calças. Não mais.

Ele tem um despertador. Mas, por outro lado, ele o desliga durante o sono, como Mitch fazia. Talvez ela deva entrar na ponta dos pés, dar uma olhada no despertador e ver para que horas ele está programado. Assim ela saberá se ele o desligou ou não, e ficará com o caminho livre.

Ela abre a porta do quarto dele com cuidado. Há um rastro de roupas que vai até a cama, como um casulo abandonado, simplesmente deixado para trás: botas de caubói filetadas a mão, meias, jaqueta de camurça bege, jeans, camiseta preta. Suas mãos coçam, mas não cabe mais a ela arrumar o chão dos filhos, e ela disse a Maria para também não arrumá-los. *Se estiver na cesta de roupa suja, a roupa é lavada*, ela disse a todos eles. *Caso contrário, não é.*

O quarto ainda é de menino. Não de homem. As prateleiras cheias de livros didáticos; dois retratos de veleiros do século XVIII, escolhidos por Mitch; o primeiro barco que tiveram, *Rosalind*, onde estão os três, ela, Mitch e Larry aos seis anos, antes do nascimento das gêmeas; o troféu da equipe de hóquei do segundo ano do colegial; o desenho de um peixe que ele fez quando tinha nove anos, pelo qual Mitch tinha um apreço especial. Ou que elogiou, pelo menos. Larry teve mais contato com Mitch do que as gêmeas, talvez por ter sido o primeiro, e ser menino, e porque ele era só um. Mas Mitch nunca ficou à vontade com ele, nem com nenhum deles. Sempre teve um pé fora de casa. Tinha uma postura de pai: muito franco, muito cordial, muito consciente do tempo. Fazia piadas que estavam muito além da cabeça de Larry, e Larry o fitava com seus olhos de criança confusa, desconfiada e percebia muito bem quais eram suas intenções. Crianças percebem.

Todavia, tem sido complicado para Larry. Está faltando alguma coisa. O desânimo toma conta de Roz, uma sensação familiar de fracasso. Ela fracassou mais em relação a Larry. Se apenas ela tivesse sido – o quê? – mais bonita, inteligente, até mais sexy, melhor, de certa forma; ou então pior, mais calculista, inescrupulosa, uma guerrilheira – talvez Mitch ainda estivesse aqui. Roz se pergunta quanto tempo vai levar para que os filhos a perdoem, quando se derem conta de todas as coisas pelas quais é preciso perdoá-la.

Larry está dormindo na cama, sua cama de solteiro, um braço jogado sobre os olhos. O cabelo está leve como uma pluma em cima do travesseiro, cabelo mais claro que o das gêmeas, mais liso, mais parecido com o de Mitch. Está deixando-o crescer, com uma trança rala. Está horrível, na sua opinião, mas ela não disse uma palavra.

Roz fica imóvel escutando-o respirar. Sempre fez isso, desde que era bebê: escutava para ver se ele ainda estava vivo. Ele tinha pulmão fraco, quando pequeno; tinha asma. Com as gêmeas ela não escutava porque não parecia ser necessário. Eram bem robustas.

Ele inspira, um longo suspiro, e o coração dela transborda. Seu amor por ele é diferente, em termos de qualidade, de seu amor pelas gêmeas. Elas são valentes e resistentes, elas são flexíveis; não é que não vão adquirir feridas, elas já têm feridas, mas são capazes de lambê-las e se recuperar. Também têm uma a outra. Mas Larry tem um olhar exilado, o olhar de um viajante perdido, como se estivesse preso em alguma terra de ninguém, entre as fronteiras e sem passaporte. Tentando entender as placas da estrada. Querendo fazer o que é correto.

Sob o bigode juvenil, a boca é comportada, e meiga também. É a boca o que a preocupa mais. É a boca de um homem que pode ser destruído pelas mulheres; por um monte de mulheres em sequência. Ou então por uma única: se ela fosse cruel o bastante, só precisaria de uma. Uma mulher muito engenhosa e com intenções cruéis, e o pobre Larry se apaixonará, ele se apaixonará ardentemente, trotará atrás dela com a língua para fora, como um cachorrinho doce, leal, domesticado, ele a desejará intensamente, e então, com um aceno de pulso ossudo envolto em ouro dela, ele não passará de uma casca vazia.

Nem sobre o meu cadáver, pensa Roz, mas o que ela pode fazer? Contra essa desconhecida futura mulher, ela é impotente. Ela sabe de sogras, ela sabe de mulheres que acham que seus filhos são perfeitos, que nenhuma mulher, nenhuma outra mulher, jamais será boa o bastante para eles. Ela já viu isso, ela sabe o quanto pode ser destrutivo, ela jurou nunca ser assim.

Ela já venceu algumas de suas namoradas – a do colegial que tinha franja ondulada e olhinhos insanos como um pit bull, que afirmava tocar violão, que deixou o sutiã francês que levantava os seios no quarto dele; a filha do corretor de valores míope que ele conhecera na colônia de férias, cujas pernas eram agressivamente peludas e cuja cabeça exalava mau cheiro, que fizera uma excursão voltada para as artes na Itália e pensava que isso lhe dava o direito de menosprezar a mobília da sala de estar de Roz; a rechonchuda de língua ferina da universidade, com um cabelo que parecia um topete postiço de homem, pintado com um tom de preto artificial e sem vida, raspado nas laterais, que usava três brincos em cada orelha e minissaias de couro que iam até o sovaco, que se empoleirava no balcão da cozinha e cruzava as coxas inchadas e acendia um cigarro sem oferecer um a Roz, que usava a xícara de café de Roz como cinzeiro e perguntou a Roz se ela já tinha lido *Assim falou Zaratustra*.

Essa foi a pior; foi essa que ela flagrou examinando a caixa de prata e pau-rosa da era vitoriana na sala de jantar; provavelmente queria empenhar algum objeto pequeno e deixar que a faxineira levasse a culpa, e enfiar o lucro que obteria no nariz. Foi essa a que considerou de bom-tom informar a Roz que sua mãe conhecera Mitch, alguns anos antes, e simulou surpresa quando Roz disse que nunca ouvira falar dela. (Mentira. Ela sabia exatamente quem era a mulher. Divorciada duas vezes, corretora de imóveis, uma colecionadora de homens, uma piranha. Mas isso foi no período chupa-e-cai-fora, e ela só durou um mês.)

Larry estava numa situação complicadíssima com aquela criatura. *Assim falou Zaratustra*, realmente! Merdinha pretensiosa. Roz ouviu-a dizendo para as gêmeas (e elas só tinham treze anos na época) que o irmão delas tinha uma bunda formidável. O filho dela! Uma bunda formidável! A cadela espalhafatosa estava apenas o usando, mas tente falar isso para ele.

Não que ela veja muitas das namoradas. Larry as esconde muito bem. *Ela é uma garota bacana?*, ela sondará. *Traga para jantar aqui!* Sem chance. E tenazes em brasas não o fariam abrir a boca. Ela percebe, contudo, quando elas estão mal-intencionadas. Ela esbarra com essas garotas na rua, enganchadas em Larry com suas garras e mandíbulas pequenas, e Larry a apresenta, e ela percebe através de seus olhinhos ardilosos incrustados de rímel. Quem sabe que maldades estão à espreita nos corações das mulheres? Uma mãe sabe.

Ela esperou que todas elas fossem embora, mordendo a língua, rezando para que não fosse sério. Agora, de acordo com as gêmeas, ela pode ir se preparando para outra. Ajoelhe-se, Roz, ela diz para si. Expie seus pecados. *Querido Deus, me mande uma garota legal e compreensiva, não muito rica, não muito pobre, nem bonita demais nem feia, não muito inteligente, ele não precisa de inteligente, uma garota bondosa, afetuosa, sensível, generosa que apreciará as boas qualidades dele, que compreenda seu trabalho, seja lá qual venha a ser, que não fale demais, e principalmente que goste de crianças. E por favor, Deus: faça com que ela tenha um cabelo normal.*

Larry suspira e se revira na cama, e Roz dá as costas. Ela desistiu do plano de olhar o despertador. Deixe que ele durma. A vida real logo tomará conta dele, com suas ávidas unhas vermelhas e pontudas.

Descalça, rosada, fumegante e enrolada em uma toalha de banho larga, rosa-flamingo, ao melhor estilo britânico, Roz vasculha o armário com portas espelhadas que são do tamanho do quarto. Há muito o que vestir, mas nada que ela queira. Decide-se por um conjunto que comprou naquela butique italiana em Bloor: tem uma reunião e depois vai almoçar com Tony e Charis no Toxique, e essa roupa não é nem informal demais, nem formal demais. E os ombros não têm o formato de sarcófagos de múmias. Ombreiras estão saindo de moda, graças a Deus, embora Roz tenha o hábito de cortar as de suas roupas de qualquer forma, ela já tem ombro suficiente para duas pessoas. As gêmeas têm reciclado algumas das ombreiras descartadas: recentemente, passaram a usar canetas-tinteiro porque as esferográficas de plástico desperdiçam muito, e segundo elas ombreiras são ótimas para enxugar canetas. Só as altas e esbeltas tinham porte para usar aquelas malditas coisas, de qualquer jeito; e apesar de Roz ser alta, esbelta ela não é.

Os ombros estão encolhendo, mas os seios estão aumentando. Não sem ajuda. Roz acrescenta à sua lista de características desejáveis: *Por favor, Deus, que ela não tenha prótese de silicone.* Zenia estava à frente de seu tempo.

14

Roz escolhe o Benz, pois sabe que terá de estacionar em Queen, no horário de almoço, e o Rolls chamaria muita atenção. Quem precisa de pneus retalhados?

De qualquer forma, ela raramente dirige o Rolls, é como dirigir um barco. Um daqueles painéis pesados e antigos, com acabamento de mogno e um motor que sussurrava *dinheiro velho, dinheiro velho.* Dinheiro velho sussurra, dinheiro novo grita: uma das lições que Roz pensava ter aprendido, antigamente. *Fale em voz baixa, Roz*, soltava seu censor interno. Tom baixo, discrição, roupas beges: qualquer coisa para não ser descoberta, reconhecida em meio às hordas ambiciosas de dinheiro novo, dinheiro nervoso, de visão tacanha, dinheiro de mau gosto, dinheiro rancoroso. Qualquer coisa para evitar expor-se ao olhar divertido, inocente, opaco e enlouquecedor daqueles que nunca tiveram de economizar, de pegar alguns atalhos jurídicos, de pressionar algumas pessoas, de arrancar alguns olhos, de provar nada. As mulheres de dinheiro novo, em sua maioria, estavam desesperadas, muito emperiquitadas e sem ter um lugar seguro que pudessem frequentar e nervosíssimas quanto a isso, e os homens, em sua maioria, eram idiotas. Roz conhece bem o desespero, e os idiotas. Ela aprende rápido, é uma negociadora obstinada. Uma das melhores.

Embora, a essa altura, ela seja dinheiro novo há tanto tempo que já é praticamente dinheiro velho. Neste país, não se leva muito tempo. A essa altura, ela já pode vestir roupa laranja, a essa altura, já pode gritar. A essa altura, ela pode sair impune se agir assim; pode declará-las excentricidades charmosas, e quem não gostar que se dane.

Porém, ela mesma não teria comprado o Rolls. Muito ostensivo, na sua opinião. É um resquício da época de Mitch: foi ele quem a convenceu, ela fez isso para agradar-lhe, e é uma das poucas coisas dele das quais ela não consegue se desfazer. Ele tinha muito orgulho do carro.

Em geral, fica parado na garagem, mas foi com ele ao funeral de Zenia, só por despeito. *Veja só*, ela pensou. *Você levou embora muitas coisas, sua puta, mas você nunca me roubou este carro.* Não que Zenia estivesse ali para ver, mas foi um prazer inegável mesmo assim.

Charis desaprovava o Rolls, dava para perceber pelo jeito como ela se sentava nele, encolhida e aflita. Mas Tony mal reparava. *Este é o seu carro grande?*, ela perguntou. Tony é tão doce no que diz respeito a carros, ela sabe tudo sobre dados históricos e armas e coisas do gênero, mas ela não sabe diferenciar um carro de outro. *Seu carro grande, seu outro carro*, essas são suas categorias. É como aquela piada horrível sobre os nativos de Newfoundland contando peixes: *um peixe, dois peixe, outro peixe, outro peixe...* Roz sabe que não devia rir de piadas como essa, não é justo, mas ri mesmo assim. Entre amigos. Ofende os nativos, baixar a pressão de Roz, fazê-la se sentir bem num dia ruim? Quem sabe? Pelo menos ninguém tentou um genocídio contra eles. Por enquanto. E supostamente eles têm a melhor vida sexual do Canadá, o que já é muito mais do que Roz tem hoje em dia, infelizmente.

Ela segue para o Sul por Rosedale, passando pelas torres góticas fajutas, as fachadas georgianas fajutas, os ornamentos triangulares holandeses fajutos, todos, a essa altura, misturados a suas próprias autenticidades singulares: a autenticidade do dinheiro desgastado. Com um mero olhar de relance para cada um deles, ela os avalia: um milhão e meio, dois milhões, três, os preços caíram mas esses bebezinhos continuam mais ou menos firmes, e é bom que estejam, algo tem de continuar em meio a todas essas mudanças e vicissitudes. O que é digno de confiança hoje em dia? (Não a bolsa de valores, não há dúvida, e por sorte ela reorganizou suas ações a tempo.) Por mais que esteja habituada a se ressentir daquelas casas formais, seguras de si, ao estilo típico da classe média, ela desenvolveu uma afeição por elas ao longo dos anos. Ser dona de uma delas ajuda. Isso e a compreensão de que muitas das pessoas que vivem nelas não são melhores do que deveriam ser. Não são melhores que ela.

Ela desce Jarvis, antigamente a rua da elite, depois a zona de meretrício, agora renovada de um modo não muito convincente, vira a oeste em Wellesley e entra no campus da universidade, onde diz ao guarda que só vai buscar alguém na biblioteca. Ele acena para que ela entre — ela é plausível, ou seu carro é —, e ela passa pelo círculo e pelo McClung Hall, cenário de lembranças turbulentas. É engraçado pensar que já morou ali, quando era jovem e verde-clara, e pulava com um entusiasmo canino. Enormes patas de cachorro na mobília, enorme língua de cachorro dando lambidas de esperança em qualquer rosto disponível. *Goste* de mim! *Goste* de mim! Não mais. Os tempos mudaram.

Ela dobra no prédio do College e vira à direita na Universidade. Que fiasco em termos de design! Um bloco desajeitado de tijolo árido e um vidro depois do outro, nada que interesse a um passante, embora não parem de tentar enfeitar a coisa com esses pequenos canteiros de flores constipados. O que Roz faria com isso, caso tivesse o contrato? Ela não sabe. Talvez pérgulas de videiras, ou então quiosques redondos, como em Paris; embora qualquer coisa que se fizesse pareceria algo que tivesse fugido de um parque temático. Mas tudo parece, atualmente. Até as coisas reais parecem construídas. Quando Roz viu os Alpes pela primeira vez na vida, pensou: Ponha em cena os coristas com corpetes e vestidos típicos e vamos todos cantar como os alpícolas.

Talvez seja isso o que as pessoas chamam de identidade nacional. Empregados em uniformes. Os panos de fundo. Os acessórios.

A matriz de Roz é uma cervejaria do século XIX reformada. Tijolos vermelhos, com janelas de fábrica e uma cabeça de leão entalhada sobre a entrada principal, para dar um toque de classe. Uma das ideias fofas de seu pai, renová-la; caso contrário, ela teria sido demolida. Foi a primeira coisa grande que ele fez, sua primeira gratificação; quando finalmente começou a brincar com o dinheiro, em vez de só acumulá-lo.

Ela para o carro no estacionamento da empresa, *Veículos não autorizados serão rebocados*, na sua própria vaga, sinalizada *Sra. Presidente* com uma placa com letras douradas – se você tem, ostente, apesar de Roz ter de se lembrar constantemente de que não é tão importante quanto é tentada a pensar. É verdade que de vez em quando é reconhecida em restaurantes, em especial depois que apareceu na lista anual da *Toronto Life* dos Cinquenta Mais Influentes. Mas se esse tipo de reconhecimento é a medida do poder, então o Mickey Mouse é milhões de vezes mais poderoso que ela, e o Mickey Mouse nem existe.

No espelho retrovisor, ela examina os dentes da frente para ver se não há batom – bem, essas coisas contam – e caminha animadamente, ela espera que pareça animado, até a recepção. Hora de mudar a arte gráfica que cobre a parede dali, ela está cansada daqueles quadrados coloridos idiotas, parece uma toalha de mesa, apesar de ter custado uma fortuna. Uma baixa contábil corporativa, felizmente. Arte canadense.

– Oi, Nicki – diz à recepcionista. É importante lembrar-se de seus nomes. Roz ficou conhecida por escrever o nome das novas recepcionistas e secretárias no pulso, com caneta esferográfica, como uma cola do colegial. Se fosse homem, ela se daria bem com um breve aceno da cabeça; mas ela não é homem, e sabe muitíssimo bem que não deve tentar agir como se fosse.

Nicki pisca para ela e continua a falar ao telefone, e não sorri, a vagabunda inexpressiva. Nicki não vai durar muito tempo.

É complicado, ser chefe e mulher. As mulheres não olham para você e pensam *Chefe*. Elas olham e pensam *Mulher*, como em *Só mais uma, que nem eu, e onde ela vai descer?* Nenhum dos truquezinhos *sexies* delas funcionam com você, e nenhum dos seus funcionam com elas; olhos grandes e azuis não é vantagem. Se você se esquecer de seus aniversários seu nome está na lama, se as repreender elas choram, elas nem fazem isso no banheiro, como fariam se fosse um homem, mas sim num lugar onde você possa vê-las muito bem, elas jogam suas histórias de má sorte em cima de você e esperam compaixão, e tente só conseguir uma xícara de café com elas. *Lamba seus próprios selos, senhora.* Elas vão servi-lo, sim, mas estará frio, e elas vão odiá-la eternamente. *Quem era sua criada no ano passado?*, ela costumava perguntar à própria mãe, depois que teve idade suficiente para ser rebelde. Exatamente.

Ao passo que as mesmíssimas mulheres serviriam de criadas para um chefe homem, sem dúvida. Comprar o presente de aniversário da esposa, comprar o presente de aniversário da amante, fazer café, trazer seus chinelos com a boca, fazer hora extra sem problema.

Será que Roz está sendo muito negativa? Pode ser. Mas ela teve algumas experiências ruins.

Talvez tenha lidado com elas da maneira errada. Ela era mais tola na época. Mostrava-se arrogante, agia com normalidade. Tinha alguns acessos de raiva. *Eu não disse amanhã, eu disse agora! Mostre um pouquinho de profissionalismo!* Agora ela já sabe que, se você for mulher e contratar mulheres, tem de transformá-las em amigas, em cúmplices; é preciso fingir que vocês são todas iguais, o que é difícil quando se tem o dobro da idade que elas têm. Ou então você tem de tratá-las como bebês. Você tem de ser uma mãe para elas, tem de cuidar delas. Roz já tem bastante gente em sua vida a quem servir de mãe, e quem existe para tratá-la como um bebê e lhe servir de mãe e cuidar dela? Ninguém; por isso, ela contratou Boyce.

Ela pega o elevador e desce no último andar.

– Oi, Suzy – diz à recepcionista dali. – Tudo bem?

– Ótimo, senhora Andrews – responde Suzy, com um sorriso respeitoso. Ela está na empresa há mais tempo que Nicki.

Boyce está no escritório dele, que fica bem ao lado do seu e tem uma placa em letras douradas: *Assistente da Sra. Presidente.* Boyce está sempre em sua sala quando ela chega ao trabalho.

– Oi, Boyce – ela o cumprimenta.

– Bom-dia, senhora Andrews – diz Boyce com seriedade, levantando-se de sua mesa. Boyce é cuidadosamente formal. Cada um de seus fios de cabelo castanho está em ordem, o colarinho da camisa está impecável, o terno é uma obra-prima da contenção.

– Vamos repassar – diz Roz, e Boyce concorda com a cabeça.

– Café? – ele oferece.

– Boyce, você é um anjo – diz Roz, e Boyce some e volta com uma xícara, está quente e fresco, ele acabou de fazê-lo.

Roz permaneceu de pé para agora experimentar o prazer de ter a cadeira puxada por Boyce, o que ele faz em seguida. Ela se senta com toda a graciosidade de que é capaz com essa saia – Boyce traz à tona a humilde dama que existe nela –, e Boyce diz, como nunca deixa de dizer:

– Tenho que dizer, senhora Andrews, que a senhora está muito bem hoje, e que este conjunto que a senhora está usando é muito bonito.

– Boyce, adorei sua gravata – diz Roz –, é nova, não é? – E Boyce sorri, satisfeito. Ou melhor, ele cora em silêncio. É raro Boyce mostrar os dentes.

Ela adora Boyce! Boyce é uma delícia! Diverte-se a valer com ele, poderia lhe dar um abraço tão forte, embora não seja capaz de ousar fazer algo assim. Acha que Boyce não retribuiria. Boyce é totalmente reservado.

Boyce tem vinte e oito anos, um advogado de formação, com uma inteligência impressionante, e gay. Ele tratou da homossexualidade logo de saída, na entrevista de emprego.

– É bom que a senhora já fique sabendo – ele lhe disse –, poupa especulações que gastariam tempo. Eu sou gay como um *grig*, mas não vou constrangê-la em público. Minha atuação como heterossexual é impecável. Um *grig*, caso a senhora não saiba, significa tanto uma galinha de pata curta quanto uma jovem enguia. Eu mesmo prefiro a versão da jovem enguia.

– Obrigada – disse Roz, que descobriu que não sabia absolutamente nada sobre *grigs*: ela imaginava que fosse algum insulto étnico, que nem *carcamano*. Ela viu de imediato que Boyce seria a pessoa que preencheria as lacunas por ela sem que fosse necessário pedir.

– Boyce, você está contratado.

– Creme? – Boyce oferece agora. Ele sempre pergunta, pois deduz as dietas intermitentes de Roz. Ele é tão cortês!

– Por favor – responde Roz, e Boyce põe um pouco e depois acende o cigarro para ela. É incrível, ela pensa, o que é preciso fazer para ser tratada como uma mulher nesta cidade. Não, não como uma mulher. Como uma dama. Como uma dama presidente. Boyce tem senso de estilo, aí é que está, e também senso de decoro. Ele respeita hierarquias, gosta de louças de boa qualidade, ele colore dentro dos contornos. Ele aprecia o fato de haver uma escada com degraus, pois deseja subi-la. E ele vai subir, se depender de Roz, pois Boyce tem um talento genuíno, e ela está totalmente disposta a ajudá-lo. Em troca de sua lealdade, nem é preciso dizer.

Quanto ao que Boyce pensa a seu respeito, ela não faz ideia. Embora tenha esperança de que, Deus permita, ele não a veja como mãe. Talvez ele a veja como um homem grande e de corpo frágil travestido de mulher. Talvez ele odeie as mulheres, talvez queira ser uma. Quem se importa com isso, contanto que ele execute seu trabalho?

Roz se importa, mas não pode se dar a este luxo.

Boyce fecha a porta do escritório para mostrar ao resto do mundo que Roz está ocupada. Ele se serve de café, sussurra para Suzy que ela não repasse nenhum telefonema e dá a Roz a primeira coisa que ela quer ver todas as manhãs, a saber: o resumo feito por ele sobre como estão as ações que lhe restam.

– O que você acha, Boyce? – indaga Roz.

– Meia légua, meia légua, meia légua para adiante, todos ao vale da Morte cavalgaram os quinhentos da *Fortune* – diz Boyce, que gosta tanto de ler como de citar. – Tennyson – acrescenta, para o benefício de Roz.

– Este eu entendi – diz Roz. – Então a coisa está feia, é?

– Coisas desabam, não se mantém o centro – responde Boyce. – Yeats.

– Vender ou esperar? – pergunta Roz.

– O caminho para cima e o caminho para baixo são um só. Eliot – retruca Boyce. – Por quanto tempo a senhora pode esperar?

– Isso não é problema.

– Eu esperaria – aconselha Boyce.

O que seria de Roz sem Boyce? Ele está se tornando indispensável para ela. Às vezes, ela acha que ele é um filho postiço; por outro lado, talvez ele seja uma filha postiça. Em algumas raras ocasiões, ela chegou a embromá-lo para que fizesse compras com ela – ele tem tanto bom gosto para roupas –, embora suspeite de que ele a instigue, um pouquinho só, para seu próprio divertimento dissimulado e mordaz. Ele teve culpa, por exemplo, no robe laranja.

– Senhora Andrews, está na hora de se soltar – foi o que ele disse.
– *Carpe diem*.

– Que quer dizer?

– Aproveite o dia – explicou Boyce. – Colha seus botões de rosa enquanto você pode. Embora eu prefira ser colhido.

Isso deixou Roz surpresa, pois Boyce nunca é tão explícito entre as paredes do escritório. Ele deve ter, é claro, uma outra vida – uma vida noturna, sobre a qual ela nada sabe. Uma vida particular, à qual ela é delicada mas firmemente não convidada.

– O que você vai fazer hoje à noite? – ela teve a insensatez de lhe perguntar uma vez. (Esperando o quê? Que talvez ele fosse ao cinema com ela, ou algo do gênero. Ela se sente sozinha, por que não admitir? Ela se sente imensamente, cavernosamente sozinha, e então ela come. Come e bebe e fuma, preenchendo os espaços internos. Da melhor forma que sabe fazê-lo.)

– Alguns de nós vamos ver as Clichettes – anunciou Boyce. – A senhora sabe como é. Elas dublam paródias de canções, elas se vestem de mulher.

– Boyce – disse Roz –, elas *são* mulheres.

– Bem, a senhora entendeu o que eu quero dizer.

Quem eram os *alguns de nós*? Um grupo de homens, provavelmente. Homens jovens, homens gays e jovens. Ela se preocupa com a saúde de Boyce. Para ser mais específica, e vamos ser francos – será que talvez ele tem AIDS? Ele é jovem o bastante para ter perdido a época, para ter descoberto a tempo. Ela não sabia como perguntar, mas como de hábito Boyce adivinhou sua necessidade. Quando comentou, diversas vezes, sobre a gripe da qual ele demorou a se recuperar na primavera anterior, ele disse:

– Não se amofine desse jeito, senhora Andrews. O tempo não vai me enfraquecer, nem a velha Síndrome da Imunodeficiência Adquirida. Este porquinho aqui sabe se cuidar. – O que é apenas parte de uma resposta, mas é a única resposta que ela vai conseguir.

Depois do resumo sobre as ações, Roz e Boyce examinam a fornada deste mês de pedidos lindamente datilografados, com cabeçalhos em relevo e assinaturas em tinta de verdade (Roz sempre as testa lambendo o dedo; é bom saber quem está trapaceando, e quem, por outro lado, é realmente pretensioso). Este quer que ela seja a patrona honorária, um título que ela detesta, pois como é possível ser patrona sem ser paternalista, e de qualquer forma deveria ser *matrona* honorária, mas isso já seria outra coisa. Este outro quer lhe tomar mil dólares para que ela participe de um baile para arrecadar fundos para a doação de órgãos. Coração, pulmão e fígado, olhos, orelhas e rins, todos têm seus patrocinadores; alguns, sabendo como os habitantes de Toronto fazem de tudo para se camuflar, estão até frequentando bailes à fantasia. Roz está aguardando a Sociedade dos Testículos. O baile dos bailes à fantasia. Antigamente, adorava bailes de máscaras; talvez a animasse um pouco ir como escroto. Ou isso ou Cistos Ovarianos; por estes, ela faria um esforço.

Roz tem sua própria lista. Ela ainda ajuda as Mulheres Espancadas, ainda ajuda as Vítimas de Estupro, ainda ajuda as Mães Sem Teto. Quanto de compaixão é o bastante? Ela nunca soube, e é preciso impor alguns limites, mas ela ainda ajuda as Vovós Abandonadas. Porém, não vai mais aos jantares dançantes formais. Ela dificilmente vai sozinha, e é muito deprimente, arrebanhar uma espécie de acompanhante. Haveria quem aceitasse, mas o que eles iriam querer em troca? Ela se recorda do período desanimador depois da partida de Mitch, quando de repente ela virou um alvo legítimo, e todos aqueles pretendentes-a-marido começaram a surgir, uma das mãos na sua coxa, um olho no saldo bancário. Vários drinques que ela não devia ter bebido, vários casos que não lhe fizeram bem nenhum, e como tirá-los de seu quarto cor de osso alvejado de manhã sem que as crianças vejam? Muito obrigada, ela pensa, mas não, obrigada.

– B'nai Brith? – pergunta Boyce. – A Sociedade de Maria?

– Nada religioso, Boyce – diz Roz. – Você já sabe qual é a regra.

– Deus já é complicado demais sem ser usado como arrecadador de fundos.

Às onze, fazem uma reunião na sala da diretoria com uma nova empresa, uma coisinha na qual Roz está pensando em investir. Boyce veste sua aparência de homem de negócios, solene e embotado, extremamente conservador, Roz seria capaz de lhe dar um abraço de triturar os ossos e ela sem dúvida espera que sua própria mãe goste dele. Ela recorda-se de sua primeira reunião assim: ela crescera imaginando que os negócios eram algo misterioso, algo além de seu alcance, algo que o pai fazia a portas fechadas. Algo que só os pais faziam, que garotas eram sempre parvas demais para compreender. Mas era apenas um monte de homens sentados em uma sala, franzindo a testa e ponderando, e girando suas canetas folhadas a ouro, e tentando ludibriar uns aos outros. Ela ficou sentada, observando, tentando evitar ficar boquiaberta de tanta perplexidade. *Ei! É só isso? Santo Deus, eu posso fazer isso!* E pode, pode fazer ainda melhor. Melhor que a maioria. Na maior parte do tempo.

Os homens de negócios canadenses são uns covardes, de modo geral: pensam que, se guardarem o dinheiro embaixo do travesseiro, os níqueis vão gerar moedas de dez centavos e dar à luz moedas de vinte e cinco. Todo aquele inflar de peitos que fizeram por causa da coisa do mercado livre! *Temos de ser agressivos*, eles disseram, e agora choramingam, e chupam o dedo, e pedem brechas fiscais. Ou então transferem os negócios para o sul da fronteira. *Agressivamente canadense*, que contradição em termos, é digno de risos! Roz é uma jogadora. Não jogatina despreocupada – jogatina bem informada; mas jogatina mesmo assim. Senão, onde está a diversão?

Este grupo é da Lookmakers: cosméticos baratos mas de excelente qualidade, e nada de tortura em coelhinhos, nem é preciso dizer. Começaram com vendas de porta em porta, assim como a Tupperware, e depois se expandiram criando uma linha especial para atrizes e modelos; mas agora estão crescendo como loucos e querem um ponto de venda a varejo, com a possibilidade de franquias. Roz acha que tem algo nisso. Ela fez o dever de casa, ou melhor, Boyce fez, e numa recessão – não vamos medir palavras: depressão – as mulheres compram mais batom. Um presentinho para ela mesma, uma pequena recompensa, não muito cara e dá ânimo. Roz sabe muito bem. Pode até ser rica, mas ainda consegue pensar como pobre, é uma vantagem. Ela também gosta do nome, *Lookmakers*. É estimulante, sugere esforço, um avanço para seguir adiante, um arregaçar das mangas. Um enfrentamento dos riscos.

A Lookmakers constitui-se de dois homens e duas mulheres, trinta e poucos anos, tão servis que é de partir o coração, com montes de diagramas, e fotos, e amostras, e gráficos. Os pobres queridinhos sentaram as bundinhas para se prepararem para a reunião, então, apesar de já ter se decidido, Roz deixa que eles façam seus discursos, enquanto permanece recostada na cadeira e toma notas mentais sobre uma nova linha de produtos. Está cansada de simplesmente transferir o dinheiro de um lugar para outro, está pronta para voltar a fazer algo mais prático. Isso pode ser muito empolgante! Vai pedir que eles inventem nomes diferentes, se afastem da languidez, da toxicidade e do peso almiscarado que era tão popular alguns anos atrás. Ela tem faro.

– O que você acha, Boyce? – ela pergunta, depois que o quarteto se curvou e se retirou, e Boyce lhes disse que ligaria no dia seguinte. Nunca feche negócio no mesmo dia, é o lema de Roz. Deixe que eles se acalmem, isso abaixa o preço. – Devemos apostar?

– Meus olhos, meus olhos antigos, brilhantes, são alegres – recita Boyce. – Yeats.

– Os meus também – diz Roz. – Participação majoritária, como de hábito? – Roz já queimou os dedos algumas vezes, agora não compra nada que não possa controlar.

– Preciso dizer, senhora Andrews – diz Boyce, admirado –, que a senhora tem um paladar de *gourmet* para pontos fracos.

– Que droga, Boyce – replica Roz –, não me faça soar como uma pessoa sedenta por sangue. É só um bom negócio.

Roz volta ao seu escritório e folheia os papéis rosa dos recados deixados por telefone, embaralhando-os como cartas: esses para Boyce responder, esses para Suzy, esses para ela mesma. Rabisca neles instruções, comentários. Sente-se bem, acelerando em direção à inovação.

Agora há um intervalo; ela tem tempo apenas para um cigarro rápido. Senta-se na cadeira cara de estofado de couro, atrás da mesa cara, lustrosa, moderna, feita a mão, que não mais a satisfaz. Está na hora de mudar de mesa; gostaria de algo antigo, com todas aquelas gavetinhas escondidas e fofas. De cima da mesa, as gêmeas, com nove anos, olham-na de suas fotos, vestidas com os vestidos rosa de festa de aniversário, maltratando um gato que morreu muitos anos atrás. E mais tarde, com os vestidos semiformais pretos, no Baile de Pais e Filhas anual, dado pela escola, um evento estranho considerando-se a ampla escassez de pais. Roz obrigou Larry a ir e coagiu Boyce a ser o segundo acompanhante. As gêmeas disseram que ele é um ótimo dançarino. Ao lado das quatro, emoldurado em prata, está Larry sozinho, de beca, muito sério. Uma preocupação.

Ao lado dele está Mitch.

A culpa aterrissa, ondulando suavemente como um enorme paraquedas cinza, sem cavaleiro, o arreio vazio. A aliança de ouro pesa como um chumbo em sua mão. Ela devia jogar fora esta foto dele, sorrindo-lhe tão alegremente da moldura de latão art nouveau, mas com aquela incerteza no olhar. Sempre, mas ela não a enxergava. *Não é minha culpa*, ela lhe diz. Zenia ainda está aqui, neste prédio, nesta sala; partículas de sua alma queimada e quebrada infestam as velhas obras de carpintaria como cupim, roendo seu interior. Roz devia defumar o local. Como se chamam essas pessoas? Exorcistas. Mas ela não acredita neles.

Por impulso, ela revira a gaveta da mesa, encontra o arquivo venenoso e segue até a porta ao lado, em busca de Boyce. Ela nunca lhe disse nada sobre isso, nunca discutiu isso, e ele só trabalha para ela há dois anos; talvez não saiba da história. Embora todo mundo deva sabê-la, com certeza: esta é a cidade das fofocas.

– Boyce, sua opinião sincera. O que você acha?

Quando ela lhe entrega uma foto colorida oito por dez de Zenia, um retrato feito em estúdio, o mesmo que usaram para o *WiseWomanWorld* quando Zenia era a editora, e o mesmo que a própria Roz deu ao detetive particular quando ela estava passando por aquele humilhante momento de espionagem. Um vestido preto com textura, felpudo, com o óbvio decote em V – se você os tem, exiba-os, mesmo que sejam de isopor; o longo pescoço branco, o cabelo escuro elétrico, a sobrancelha esquerda arqueada, a boca cor de amora curvada para cima nas bordas naquele sorriso misterioso, enlouquecedor.

Minha própria monstra, pensa Roz. Pensei que fosse capaz de controlá-la. Então ela se soltou.

Boyce presume, ou finge presumir, que Zenia seja alguém que Roz está considerando para ser modelo da Lookmakers. Ele segura a foto entre o dedão e o indicador como se tivesse germes, faz beicinho.

– A cadeira na qual ela se sentou, como um trono polido, *et cetera* – ele diz. – A brigada da cinta-liga de couro, eu diria. Chicotes e algemas, e exagerada; veja só, esse cabelo parece mais uma peruca. Definitivamente nada a ver com os anos 1990, senhora Andrews. *Vieux jeu*, e a senhora não acha que ela está um pouquinho velha para o nosso público-alvo?

Roz poderia chorar de alívio. Ele está errado, é claro; o que quer que Zenia tivesse, qualquer que fosse sua magia, ela transcendia a "imagem do mês". Mas ela adorou o que ele acabou de dizer.

– Boyce – ela lhe diz –, você é uma maldita joia de ouro.

Boyce sorri.

– Eu tento ser – ele diz.

15

Roz estaciona o Benz em um terreno descoberto em Queen e espera que ninguém fure seus pneus, arrombe o porta-malas com um pé de cabra ou risque a pintura azul-marinho recém-polida enquanto ela almoça. Verdade, é plena luz do dia, o carro está num estacionamento supervisionado, e isto aqui não é Nova York. Mas as coisas estão se deteriorando, e mesmo enquanto tranca a porta ela está ciente das dúzias de vultos indistintos que há ali na calçada, formas amontoadas cobertas de panos, olhos vermelhos subnutridos medindo-a, avaliando se vale a pena lhe pedir dinheiro.

São os Corações, os Olhos, os Rins, mas num nível mais básico. Ela carrega cédulas rosa de dois dólares no bolso para nem ter que desacelerar para abrir a bolsa. Ela vai dar esmola para a esquerda e a direita à medida que atravessar o corredor polonês daqui até o Toxique. Dar é uma bênção, ou era isso o que seu pai dizia. Será que Roz concorda? Dar é essencialmente uma chatice hoje em dia, pois você não ganha nada com isso, nem sequer garante um carro sem arranhões, e por quê? Porque aqueles a quem você dá o odeiam. Odeiam porque eles têm de pedir, e odeiam porque você pode dar. Ou então são profissionais e o desprezam por acreditar neles, por sentir pena deles, por ser um tolo crédulo. O que aconteceu ao Bom Samaritano, mais tarde? Depois que salvou o homem caído no meio dos ladrões, carregou-o até a beira da estrada, levou-o para casa, alimentou-o com sopa e o deixou passar a noite no quarto de visitas? O coitado e tonto do Samaritano acordou de manhã e viu que o cofre fora arrombado, o cachorro estrangulado, a esposa estuprada, os castiçais de ouro desapareceram, e havia uma enorme pilha de merda no tapete, pois afinal as feridas eram adesivas, e o sangue era falso. Um engodo planejado.

Roz tem um breve *flashback* de Zenia, Zenia parada no degrau da entrada, dela e de Mitch, após um daqueles jantares no começo dos anos 1980, aqueles de quando Roz ainda era suscetível às dissimulações de Zenia, ainda a promovia, ainda a convidava. Zenia, em um conjunto vermelho e justo com ombros salientes, um peplo largo nas costas do paletó contornando a curva de sua bunda impecavelmente avantajada; Zenia de salto agulha, o quadril inclinado, uma das mãos apoiada nele. Ela estava só um pouco embriagada; o mesmo pode ser dito de Roz. Zenia beijou Roz na bochecha porque eram tão amigas, tão cúmplices e unidas, e sorriu de um jeito travesso para o vil Mitch, cuja vilania Roz foi burra de não perceber. Então ela se virou para subir os degraus, erguendo a mão num gesto estranhamente remanescente de um general de cinejornais saudando as tropas, e o que foi que ela falou? *Foda-se o Terceiro Mundo! Estou cansada disso!*

Basta de regras de etiqueta. Basta da velha Roz sincera e suas caridades tediosas, enfadonhas, suas esmolas para as Mães Estupradas e Vovós Espancadas, e, naquela época, para as baleias e as vítimas da fome e os programas que ensinam habitantes de aldeias a serem autossuficientes, a desmazelada e rechonchuda mamãe Roz, acorrentada ao seu maçante senso moral. Foi um comentário egoísta, despreocupado, um comentário ousado, um comentário libertador – que se dane a culpa! Foi como acelerar num conversível, dirigir colada ao carro da frente, costurar pela pista sem sinalizar, o som no volume máximo e que se danem os vizinhos, jogar o lixo pela janela, as fitas, o papel de presente, os folheados comidos pela metade e as trufas de champanhe, coisas que só de olhar já lhe bastam.

O pior disso foi que Roz – apesar de chocada, apesar de balbuciar *Ah, Zenia, você não está falando sério!* – havia sentido uma batida em resposta dentro de si. Uma espécie de eco, um ímpeto de ir com tanta rapidez, de ser assim tão solta, tão gananciosa, ela também. *Bem, por que não? Você acha que eles levantariam um dedo, no Terceiro Mundo, se fosse você?* Era como aquele anúncio de carro, se ela se lembra direito: *Levante poeira ou coma poeira*. Eram essas as opções possíveis, na época.

E Roz levantou poeira, muita, de ouro, e Zenia também levantou muita poeira, embora de um tipo diferente. E agora ela é poeira. E cinzas, assim como Mitch. É este o gosto que Roz sente agora, na boca.

Roz oscila pelo cascalho, chega à calçada e se apressa na direção do Toxique, com tanta rapidez quanto lhe permite a saia justa. Há um alvoroço aleatório de mãos esticadas, de vozes finas murmurantes, vozes lívidas infelizes como aquelas de pessoas à beira do sono. Ela espreme bolas amassadas de dinheiro contra os dedos trêmulos, as luvas gastas, sem olhar, pois se há algo de que se ressentem é a curiosidade. Ela também se ressentiria se estivesse em seu lugar. À sua frente, ela vê Tony, chegando com seu trote de pônei em passadas regulares. Roz ergue o braço e grita iuhu, e Tony para e sorri, e Roz sente uma corrente quente de prazer. Que alívio!

E Charis também é um alívio, já sentada à mesa, agitando a mão para saudá-las. *Beijinho beijinho*, faz Roz, em cada bochecha, e desaba numa cadeira, revirando a bolsa à procura dos cigarros. Ela pretende aproveitar este almoço, pois essas duas mulheres são seguras: de todo mundo que ela conhece, inclusive os filhos, só essas duas não querem nada dela. Pode tirar os sapatos sob a mesa, pode falar sem parar, gargalhar e dizer o que quiser, pois nada está sendo decidido, nada está sendo exigido; e também nada está sendo contido, pois as duas já sabem de tudo. Elas sabem da pior parte. Com elas, e apenas com elas, ela não tem poder.

Surge a garçonete – onde elas arrumam estas roupas? Roz realmente admira a coragem, e bem que queria ter um pouco também. Meia-calça de leopardo e botas prateadas! Não são roupas, são fantasias, mas quem estas pessoas estão tentando ser? Celebrantes. Mas de quê? Que religião bizarra? Roz acha os frequentadores do Toxique fascinantes, mas também um pouco assustadores. Sempre que vai ao toalete feminino ela tem medo de abrir a porta errada, por engano, e topar com uma espécie de ritual profano. Orgias! Sacrifícios humanos! Não, já está indo longe demais. Algo que ela não devesse saber, algo que a meta em encrenca. Algum filme horrível.

Esta não é a verdadeira razão pela qual é atraída ao Toxique, contudo. A verdadeira razão é que, por mais que tente, ela não consegue deixar de pôr as mãos na roupa suja. Ela atravessa os quartos dos filhos como um peixe que desce ao fundo do aquário para se alimentar, resgatando uma meia suja aqui, uma cueca ali, e ela achou uma caixa de fósforos do Toxique no bolso da camiseta amarrotada de Larry, e outra na semana seguinte. É tão incomum assim, querer saber onde o filho passa o tempo dele? À noite, é claro: ele não estaria ali no horário de almoço. Mas ela está instigada a ficar de olho no local, aparecer de vez em quando. Isso lhe dá um pouco mais de controle: pelo menos ele vai a algum lugar, ele não desaparece no ar. Mas o que ele faz aqui, e com quem?

Nada nem ninguém, talvez. Talvez simplesmente coma ali, que nem ela.

Por falar nisso. Ela corre o dedo pelo cardápio – está tão faminta que seria capaz de comer um boi, embora saiba muito bem que não deve usar tal expressão na frente de Charis. Ela se decide pelo sanduíche *gourmet* de queijo torrado cortado em fatias grossas, em pão de ervas e sementes de cominho, com picles poloneses. Comida de camponesa robusta, ou imitação disso. Os poloneses devem estar muito bem, no momento provavelmente estão exportando todos os picles por moeda forte. Ela faz o pedido à garçonete de cabelo desgrenhado – será essa a atração, para Larry?, uma criada prostituta? – e põe-se a interrogar Tony sobre o Oriente Médio. Sempre que um fato importante acontece por lá, reverbera no mundo dos negócios.

Tony também é tão gratificante, pois por mais pessimista que Roz possa ser a respeito das atualidades, Tony é ainda pior. Ela faz com que Roz se sinta uma cabeça de vento jovem e ingênua, uma mudança tão revigorante! Ao longo dos anos, elas lamentaram a presidência dos Estados Unidos, balançaram a cabeça enquanto os conservadores britânicos arruinavam o país, emitiram augúrios lúgubres a partir da análise do cabelo de Margaret Thatcher, um penteado militarista de ferro laminado, se é que isso existe, disse Tony. Quando o Muro caiu, Tony vaticinou ondas de imigrantes saídos do Bloco Oriental, e o crescente ressentimento contra eles no Ocidente, e Roz disse, *Ah, claro que não*, pois a ideia de serem alvo de ressentimento a incomoda muito. *Nunca é demais*, foi o que alguns governantes canadenses disseram sobre os judeus, durante a guerra.

Mas as coisas estão ficando mais confusas: por exemplo, quantos imigrantes dá para encaixar? De quantos deles é possível dar conta, sendo realistas, e quem são *eles*, e onde estabelecer o limite? O mero fato de que Roz está pensando assim já demonstra a extensão do problema, porque Roz sabe muito bem como é ser *eles*. A essa altura, porém, ela é *nós*. Faz diferença. Ela detesta ser o cachorro da manjedoura, mas tem de admitir que Tony tinha – por mais desanimador que fosse – acertado na mosca. Roz admira isso. Se ao menos Tony usasse sua capacidade de previsão para algo mais lucrativo, como o mercado de ações.

Todavia, Tony é sempre tão fria a respeito de tudo. Tão prática. *O que você esperava?*, ela indaga, com os olhos redondos e surpresos. Sua surpresa se deve à esperança dos outros, sua inocência, seu desejo piegas de que tudo dê certo.

Enquanto isso, Charis, que não acredita em mortes, apenas em transições, fica perturbada ao pensar em todas as revoltas e guerras e penúrias sobre as quais Tony fica falando, pois muitas pessoas serão mortas. Não são as mortes em si, ela lhes explica – é a natureza das mortes. Não são mortes *boas*, são violentas e cruéis, são incompletas e defeituosas, e os efeitos malévolos vão permanecer numa espécie de poluição espiritual por anos e anos. Só pensar nessas coisas já é venenoso, segundo Charis.

— A decisão já foi tomada – declara Tony. – Foi tomada assim que Saddam cruzou a fronteira. Assim como o Rubicão.

O Rubicão, o Rubicão. Roz sabe que já ouviu essa palavra antes. Um rio: alguém o atravessou. Tony tem uma lista completa de rios que as pessoas atravessaram, com consequências que, uma hora ou outra, mudaram o mundo. O Delaware, este foi Washington. As tribos germânicas atravessando o Reno e derrubando o Império Romano. Mas o Rubicão? Bem, que burrice de Roz! Julio César, valendo os dez pontos!

Então Roz tem uma luz – que ótimo nome para um batom! Uma ótima série de nomes, nomes de rios que foram cruzados, cruzados com fé; uma mistura do proibido, e de coragem, de audácia, um traço de carma. *Rubicão*, um tom vivo de cereja. *Jordão*, um vermelho brilhante com toque de uva. *Delaware*, cor de cereja com um toque de azul – embora talvez a palavra, por si só, seja muito presunçosa. *São Lourenço* – um rosa-choque ardente e gélido – ou não, está fora de questão, santos não funcionam. *Ganges*, um laranja ardente. *Zambezi*, um marrom suculento. *Volga*, aquele violeta sombrio que foi a única cor de batom em que aquelas pobres russas miseráveis conseguiam pôr a mão, durante décadas – mas Roz vê um futuro para ela agora, ela vai se tornar avant-retrô, um artigo de colecionador como as estátuas de Stalin.

Roz continua a conversa, mas na sua cabeça ela planeja freneticamente. Ela vê as fotos das modelos, como quer o visual delas: sedutoras, naturalmente, mas também desafiadoras, um olhar meio que "olhe só o seu destino". Qual foi o que Napoleão atravessou? Só os Alpes, nenhum rio memorável, infelizmente. Talvez alguns recortes de quadros históricos no fundo, alguém balançando uma bandeira estrepitosa, rasgada, em cima de uma colina – é sempre uma colina, nunca um pântano, por exemplo – com fumaça e chamas fervendo em volta. Sim! Está certo! Vão vender como água! E há uma última cor necessária, para completar a palheta: um marrom provocante, com um leve tom ardente, turvo. Qual é o rio certo para ele?

Estige. Não poderia ser outro.

É neste instante que Roz se depara com a expressão no rosto de Tony. Não é exatamente medo: é uma presteza, um foco, um rosnar silencioso. Se Tony tivesse penas no pescoço, estariam eriçadas, se tivesse presas, estariam à mostra. A expressão é tão diferente da Tony normal que assusta Roz.

– Tony, o que há? – pergunta ela.

– Vire a cabeça bem devagar – instrui Tony. – Não grite.

Ai, merda. É ela. Em carne e osso.

Roz não tem dúvida, nem por um segundo. Se há alguém que pode voltar do mundo dos mortos, se alguém teria a determinação de voltar, é Zenia. E ela está de volta, sim. Ela *voltou à cidade*, como o cara de chapéu preto nos filmes de faroeste. A forma como anda a passos largos pelo salão decreta sua noção de reentrada, de demarcação de território: um leve sorriso desdenhoso curvado para cima, um balanço consciente da pélvis, como se tivesse dois revólveres perolados pendurados no quadril e apenas aguardasse uma desculpa para usá-los. O perfume deixa um rastro quando ela passa, como a fumaça de um cigarro insolente. Enquanto isso, as três permanecem sentadas à mesa, encolhidas, covardes, fingindo não notá-la e evitando contato visual, agindo como o povo da Main Street que corre para se abrigar atrás do balcão da loja de tecidos, saindo da linha de fogo.

Roz se abaixa para pegar a bolsa, dando uma olhada sorrateira em Zenia por cima do ombro abaixado, medindo-a, enquanto Zenia flutua até uma cadeira. Zenia ainda é magnífica. Embora Roz saiba o quanto dela é manufaturado, isso não faz diferença. Quando você se altera, as alterações se tornam a verdade: quem sabe disso melhor que Roz, cujas cores da tinta do cabelo variam de um mês para o outro? Tais coisas não são ilusões, são transformações. Zenia não é mais uma pessoa de peitos pequenos com dois implantes, ela é uma peituda sensacional. O mesmo pode ser dito da plástica no nariz, e se o cabelo de Zenia está ficando grisalho, é invisível, ela deve ter um colorista excelente. Você é o que eles veem. Como um edifício restaurado, Zenia não é mais a original, é o resultado final.

Ainda assim, Roz consegue imaginar as marcas dos pontos, os rastros das agulhas, nos lugares em que os médicos Frankensteins têm trabalhado. Ela sabe as falhas geológicas onde Zenia pode rachar. Gostaria de ter a capacidade de dizer a palavra mágica – *Shazam!* – que faria o tempo retroceder, fazer com que as capas dos dentes de Zenia caiam de repente e revelem os tocos mortos que há ali embaixo, derretam seu verniz de cerâmica, embranqueçam seu cabelo, murchem sua pele cheia de aminoácidos e reposição de estrogênio, abram seus seios como se fossem uvas para que os bojos de silicone pulem zunindo pelo salão e batam contra a parede.

O que seria Zenia, então? Humana, como todo mundo. Isso lhe faria bem. Ou melhor, faria bem a Roz, pois ficariam em pé de igualdade. Nessas circunstâncias, Roz está indo para a guerra armada apenas com uma cesta cheia de adjetivos maldosos, um punhado de pedrinhas inúteis. O que exatamente ela pode fazer contra Zenia? Não muito, pois não há nada que Zenia possa querer dela. Não mais.

Em meio a suas reflexões vingativas e fatalistas, lhe ocorre que Zenia pode não estar simplesmente sentada ali esperando que Roz parta para o ataque. Ela pode estar ali por algum motivo. Pode estar à espreita. Escondam os artigos de prata! O que ela quer, quem ela está procurando? Ao pensar que pode ser ela – mas como, mas por quê? – Roz sente calafrios.

16

Como Roz chegou aqui, do lado de fora do Toxique? Deve ter sido por meio de seus pés, mas ela não se recorda de ter pegado a bolsa, se levantar, com coragem, dar as costas estupidamente a Zenia, caminhar; ela foi teletransportada, como nos filmes de ficção científica da década de 1950, reduzida a um turbilhão de riscos pretos e brancos e depois reconstruída do outro lado da porta. Ela se despede de Tony com um abraço, depois de Charis. Não beija suas bochechas. Beijos são exibicionismo, abraços são de verdade.

Tony é tão miúda, Charis é tão magra, ambas estão trêmulas. Ela tem a sensação de estar abraçando as gêmeas, uma e depois a outra, na manhã do primeiro dia de escola delas. Quer abrir suas asas de fêmea sobre elas, reconfortá-las, dizer que tudo vai ficar bem, elas só precisam ser corajosas; mas está lidando com adultas, ambas mais inteligentes que ela em pontos diferentes, e sabe que não acreditariam em nem um palavra que ela dissesse.

Ela as observa se afastando, Tony traçando sua trajetória a passos rápidos, Charis caminhando devagar, um trote hesitante. Ambas mais inteligentes que ela, sim; Tony possui uma mente brilhante, dentro de certos limites, e Charis tem outra coisa, mais difícil de identificar mas excepcional; às vezes ela provoca arrepios em Roz porque sabe de coisas que não teria como saber. Mas nenhuma delas tem habilidade de lidar com as dificuldades de uma cidade grande. Roz sempre espera que elas saiam andando em meio ao tráfego e sejam espremidas por caminhões, ou que sejam assaltadas bem diante de seus olhos. *Com licença, madame, isto aqui é um assalto. Perdão? Um o quê? O que é um assalto? Posso ajudá-lo nisso?*

Nem um pouco safas, e Zenia é uma guerreira das ruas. Ela chuta com força, ela chuta baixo e sujo, e a tática de defesa é chutá-la primeiro, com chapas de metal nas botas. Se houver uma luta com facas, Roz só vai poder depender de si mesma. Ela não precisa das análises de Tony das facas através dos tempos ou o desejo de Charis de não discutir objetos de cutelaria afiados porque eles são muito negativos. Ela só precisa saber onde fica a jugular, assim pode atingi-la.

O problema é que Zenia não tem jugular. Ou, se tem, Roz nunca conseguiu entender onde fica, ou como atingi-la. A Zenia de outrora não tinha um coração perceptível, e a essa altura talvez nem tenha sangue. Látex puro corre em suas veias. Ou aço fundido. A não ser que tenha mudado, e parece muito pouco provável. De qualquer modo, esse é o *round* do segundo tempo, e Roz está preparada, e muito menos vulnerável, pois desta vez Mitch não existe mais.

Toda essa resolução e valentia é muito boa, mas, quando Roz chega ao carro, vê um recadinho riscado na pintura, na porta do motorista. *Vaca rica*. Um recado em letras impecáveis, relativamente educado – nos Estados Unidos seria *Boceta* – e normalmente Roz teria apenas calculado o custo do conserto e quanto tempo demoraria a ser feito, e se é dedutível. Também descarregaria a raiva fazendo uma cena com o garagista. *Quem foi que fez isso? Como assim, você não sabe? Você estava dormindo, por acaso? Mas que droga, por que é que estão te pagando?*

Porém, hoje, ela não está com vontade. Destranca o carro, olha o banco de trás para garantir que não há ninguém ali – ela não leu todos aqueles *thrillers* com estupros e assassinatos em vão –, entra, tranca a porta, e chora um pouco, na posição habitual, com a testa contra o volante e o novo lenço de algodão à mão. (As gêmeas baniram lenços de papel. Elas são implacáveis, não se importam nem um pouco com Maria usando mais o ferro de passar roupa. Em breve, Roz vai ser proibida de usar papel higiênico, a obrigarão a usar blusas velhas. Ou algo assim.)

Suas lágrimas não são de tristeza, nem de desespero. São lágrimas de raiva. Roz sabe muito bem qual é o sabor. Mas, na sua idade, a raiva só pela raiva vale cada vez menos a pena, pois toda vez que você range os dentes alguns deles podem se quebrar. Portanto, ela seca o rosto, finalizando com a manga, pois o lenço está encharcado, repassa o batom (*Rubicão, aí vou eu*), retoca o rímel e dá partida no motor, pedregulhos voando sob as rodas. Ela meio que espera roçar um para-lama na saída, passar um pouco da raiva adiante – *Oopa! Miiil desculpas!*. Seria um substituto, a coisa mais próxima a estrangular Zenia. Mas não há nenhum carro à frente, e o garagista está olhando. Bom, o que conta é o pensamento.

Roz sobe até seu escritório – *Oi, Nicki, Oi, Suzy, Como vai, Boyce, algo importante, tem café, coloque os telefonemas em espera, diga que estou em reunião* – e fecha a porta. Ela se senta na cadeira de couro, acende um cigarro e esquadrinha a mesa à procura de um chocolate, um daqueles redondos vienenses com retratos de Mozart, Bombom do Mozart é como as crianças o chamam, e mastiga, e engole, e batuca os dedos na sua mesa insatisfatória. Mitch a encara e isso a incomoda, então ela se levanta e vira a foto, evitando seu olhar. *Você não vai gostar disso*, ela lhe diz. Ele também não gostou da última vez. Quando descobriu o que ela andava fazendo.

Ela abre a gaveta de arquivos e pega a pasta Z, a mesma onde está guardada a foto, e vira algumas páginas. Ali está tudo, o esqueleto do esqueleto dentro do armário: datas, horas, locais. Ainda dói.

Por que não usar a mesma detetive, menos explicações a dar, e ela foi muito boa, Harriet, Harriet Alguma-Coisa, húngara mas encaretou seu nome – Harriet Bridges. Costumava dizer que tinha competência para ser detetive porque, se você era uma mulher húngara, lidando com homens húngaros, tinha de ser detetive de qualquer jeito. Roz acha o número, tira o telefone do gancho. Ela tem de passar por uma guardiã para contatá-la – Harriet deve estar se saindo melhor, se agora tem secretária, ou provavelmente é um daqueles escritórios compartilhados –, mas ela persuade com adulações e pressiona, e por fim Harriet não está mais em reunião, mas sim ali ao telefone.

– Oi, Harriet, é Roz Andrews. É, eu sei, tem muitos anos. Escute, eu quero que você faça uma coisa para mim: na verdade, a mesma coisa que você fez antes, mais ou menos. A mesma mulher. Bem, eu sei que ela morreu. Quer dizer, ela *estava* morta, mas agora não está mais. Eu a vi! No Toxique...

"Eu não faço a mínima ideia. É aí que entra você!

"Se eu fosse você, começaria com os hotéis, mas não dá para contar que ela usará o próprio nome. Lembra-se?

"Vou mandar uma foto por mensageiro. Simplesmente a ache. Descubra o que ela anda fazendo. Com quem está saindo. Telefone assim que você souber de alguma coisa. Qualquer coisa! O que ela come no café da manhã. Você sabe o quanto eu sou curiosa.

"Ponha na minha conta pessoal. Obrigada. Você é uma fofa. Vamos almoçar!"

Roz desliga. Devia se sentir melhor mas não se sente, está muito tensa. Agora que pôs a coisa para funcionar, mal pode esperar pelos resultados, pois até saber exatamente onde Zenia está, Zenia pode estar em qualquer lugar. Pode estar do lado de fora da casa de Roz neste instante, pode estar entrando pela janela, o saco de juta sobre o ombro para carregar os despojos. Que despojos? É esta a questão! Roz está quase a ponto de sair dali e ir fazer a ronda pessoalmente, perambular de hotel em hotel com a preciosa foto lustrosa sob o braço, mentir, insinuar, subornar os recepcionistas. Está impaciente, irritável, ávida, sua pele está fervilhando de curiosidade.

Talvez seja a menopausa, mas não seria uma boa, para variar? Talvez ela tenha aquela onda de energia e *joie de vivre* sobre a qual sempre falam. Antes tarde do que nunca.

Ou talvez não sejam os hormônios enfurecidos. Talvez seja o pecado. Um dos Sete Mortais, ou melhor, dois deles. As freiras sempre tinham muito interesse pela Luxúria, e Roz pensou recentemente que talvez a Ganância fosse a que lhe dizia respeito. Mas então surge a Ira, pegando-a por trás; e a Inveja, a pior, sua velha conhecida, na forma de Zenia em pessoa, sorridente e triunfante, uma Vênus incandescente, ascendendo não de uma concha, e sim de um caldeirão borbulhante.

Vamos encarar a realidade, Roz, você tem inveja de Zenia. Sempre teve. Uma inveja absoluta. Sim, Deus, mas e daí? Padre Judas, o que eu faço a respeito? De joelhos! Humilhe-se! Torture sua alma! Esfregue a privada!

Quanto tempo eu vou ter de aguentar até me livrar desse lixo, pensa Roz. A venda em garagem da alma. Ela vai para casa mais cedo, fazer um lanche, se servir de um drinque, encher a banheira, colocar alguma daquelas coisas que a Charis vive lhe dando às enxurradas, da loja de drogados onde ela trabalha. Folhas caídas, flores secas, raízes exóticas, aromas de feno bolorento, poções mágicas, ossos de toupeiras, receitas milenares preparadas por velhas encarquilhadas que têm licença para isso. Não que Roz tenha algo contra velhas encarquilhadas, já que pelo andar da carruagem logo ela também será uma.

Vai relaxá-la, diz Charis, mas Roz, você tem que ajudar! Não lute contra! Se entregue. Deite-se. Boie. Imagine-se no mar quente.

Mas toda vez que Roz tenta, há tubarões.

ESMALTE PRETO

ESMALTE PRETO

17

Toda história é contada de trás para frente, escreve Tony, escrevendo de trás para frente. Escolhemos um acontecimento importante e examinamos suas causas e consequências, mas quem decide se o acontecimento é importante? Nós, e nós estamos aqui; e o acontecimento e seus participantes estão lá. Já se foram há muito; ao mesmo tempo, estão em nossas mãos. Como gladiadores romanos, estão sob nosso domínio. Fazemos com que travem suas batalhas outra vez para a nossa instrução e prazer, aqueles que antigamente as travaram por motivos completamente diferentes.

Porém, a história não é um palíndromo de verdade, pensa Tony. Não é possível revê-la de trás para frente e chegar a um início claro. Muitos dos fragmentos se perderam; e também sabemos demais, sabemos o resultado. Historiadores são voyeurs à quintessência, os narizes imprensados contra a janela de vidro do Tempo. Eles nunca podem estar realmente no campo de batalha, nunca podem participar desses momentos de euforia suprema, nem de luto supremo. Suas recriações são, na melhor das hipóteses, apenas mostras de figuras de cera remendadas. Quem escolheria ser Deus? Saber a história inteira, seus confrontos violentos, seus *mêlées*, as conclusões mortais, antes mesmo de começarem? Triste demais. E desmoralizante demais. Para um soldado às vésperas da batalha, ignorância equivale à esperança. Embora nenhuma das duas equivalha à alegria.

Tony larga a caneta. Tais ideias ainda são muito nebulosas para serem formuladas para o objetivo atual, que é uma palestra que prometeu apresentar na Sociedade de Historiografia Militar daqui a dois meses. Ela está querendo chegar à derrota de Oto, o Vermelho, nas mãos dos sarracenos em 13 de julho de 982, e sua descrição pelos cronistas posteriores como um exemplo moral. Vai ser uma boa palestra, boa o bastante – suas palestras são sempre boas o bastante –, mas, à medida que o tempo passa, ela se sente, nesses eventos, cada vez mais como um cachorro falante. Fofa, sem dúvida; um truque engenhoso; um cachorro *legal*; mas, ainda assim, um cachorro. Ela costumava pensar que seu trabalho era aceito ou rejeitado por seus próprios méritos, mas começou a suspeitar de que a boa qualidade das palestras, de certa forma, não é a questão. A questão é seu vestido. Ela vai receber afagos na cabeça, ser elogiada, ganhar alguns biscoitos para cachorro de elite e ser dispensada, enquanto os garotos, cujos trabalhos são importantes, porém secretos, tratam dos problemas reais: resolver qual deles será o próximo presidente da sociedade.

Que paranoia. Tony a expulsa e vai pegar um copo d'água.

Ela está no porão, com o roupão e pantufas de guaxinim, no meio da noite. Não conseguiu dormir, e não quis incomodar West trabalhando em seu escritório, que fica no mesmo corredor que o quarto. Seu computador emite bipes, e a luz poderia acordá-lo. Quando ela saiu da cama devagar, quando saiu do quarto na ponta dos pés, ele dormia como um inocente, e roncava assim também, de um jeito regular, manso e enlouquecedor.

Pérfido West. Indispensável West.

A verdadeira razão pela qual ela desceu a escada foi a vontade de consultar o catálogo telefônico, as Páginas Amarelas, a categoria dos Hotéis, e não queria que ele a flagrasse. Não queria que ele percebesse que ela estava bisbilhotando-o, ele e Zenia, os rabiscos que ficavam ao lado do telefone. Não queria decepcioná-lo, ou, pior ainda, deixá-lo alarmado. Agora, ela já olhou todos os hotéis da cidade cujos nomes começam com "a". Fez uma lista: o Alexandra, o Annex, o Arnold Garden, o Arrival, o Avenue Park. Poderia ligar para todos, dizer o número do quarto, disfarçar a voz – ou talvez não precisasse dizer nada, poderia fingir ser um tarado ofegando ao telefone – e ver se era Zenia.

Mas há um telefone no quarto, bem ao lado da cama. O que impediria West de ouvir o minúsculo silvo que o aparelho faz quando os outros telefones são desligados, ou de escutar a conversa? Ela podia usar o telefone do próprio West, a linha do Ventos Contrários; mas fica bem em cima do quarto, e como ela se explicaria se fosse surpreendida no ato? Melhor esperar. Se for para tirar Zenia do caminho – e Tony no momento não tem a mínima ideia de como conseguir isso –, West deve ser afastado o máximo possível. Ele deve ser isolado. Ele já foi bastante prejudicado. Para almas amáveis e suscetíveis como a de West, o mundo real, em especial o mundo real das mulheres, é um lugar hostil demais.

O lugar onde Tony está escrevendo é a sala de jogos; ou é assim que ela e West o chamam. É uma parte grande do porão, entre o lugar onde está a caldeira de calefação e a lavanderia, e, ao contrário de ambos, tem um carpete no chão que cobre as áreas interna e externa. O jogo de West é uma mesa de bilhar, que toma um espaço relativamente grande e à qual pode ser acoplado um revestimento dobrável de compensado, virando uma mesa de pingue-pongue; é ela que Tony está usando para escrever. Tony não é muito boa em bilhar – ela entende a estratégia, mas põe muita força no taco, ela não tem sutileza; porém é um prodígio no pingue-pongue. West é o oposto – apesar de seu incrível alcance de macaco-aranha, é desajeitado em alta velocidade. Às vezes, para se colocar em desvantagem, Tony joga com a mão direita, não tão habilidosa quanto a esquerda, embora consiga vencê-lo também deste jeito. Quando Tony já foi liquidada muitas vezes no bilhar, West sugere uma partida de pingue-pongue, apesar da dedução compulsória de que ele será abatido. Ele sempre foi muito atencioso, assim. É uma forma de cavalheirismo.

O que é uma medida do quanto, neste momento, Tony pode perder.

Mas o pingue-pongue é uma distração. O verdadeiro jogo de Tony está num canto, ao lado da pequena geladeira que eles deixam ali embaixo para guardar água gelada e a cerveja de West. Trata-se de uma mesa de areia grande, comprada alguns anos atrás numa venda em garagem de uma creche, mas não está cheia de areia. Ela contém um mapa tridimensional da Europa e do Mediterrâneo, feita com uma pasta endurecida de farinha e sal, com as cordilheiras em relevo e os principais corpos de água retratados com plasticina azul. Tony já conseguiu usar esse mapa diversas vezes, acrescentando e tirando canais, removendo pântanos, alterando costas litorâneas, construindo e desconstruindo estradas e pontes e cidades grandes e pequenas, desviando rios, de acordo com o que pedia a ocasião. No momento, está montado para o século X: o dia da fatídica batalha de Oto, o Vermelho, para ser exata.

Para as tropas e as populações, Tony não usa alfinetes ou bandeiras, não a princípio. Em vez disso, usa temperos, um para cada tribo ou grupo étnico: cravo para tribos germânicas, grão de pimenta vermelha para os vikings, grão de pimenta-verde para os sarracenos, branca para os eslavos. Os celtas são sementes de coentro, os anglo-saxões são endro. Granulado de chocolate, semente de cardamomo, quatro tipos de lentilha e bolinhas prateadas indicam os magiares, os gregos, os reinos do Norte da África e os egípcios. Para cada rei, comandante, imperador ou papa importante, há um homem do Banco Imobiliário; áreas nas quais cada um tem a soberania, real ou nominal, são marcadas por bastões de plástico para misturar drinques, em cores correspondentes, presas em quadradinhos de borracha.

É um sistema complexo, mas ela prefere isso a representações mais esquemáticas ou a aquelas que mostram apenas as tropas e fortalezas. Assim, ela pode retratar cruzamentos e hibridizações, por meio de conquistas ou comércio de escravos, pois as populações não são, na prática, blocos homogêneos, e sim misturas. Há grãos de pimenta-branca em Constantinopla e Roma, vendidos como escravos por grãos de pimenta vermelha, que os governam; os grãos de pimenta-verde fazem comércio do Sul para o Norte, assim como do Leste para o Oeste e depois voltam ao primeiro, usando lentilhas. Os governantes francos, na verdade, são cravos, os grãos de pimenta-verde se infiltraram entre o coentro celtas-lígures. Há um fluxo e refluxo contínuo, uma mistura, uma mudança de territórios.

Para que os temperos mais leves não saiam rolando, ela usa um toque de spray para cabelo. Suave, contudo; senão, podem ser soprados para longe. Quando quer mudar o ano ou o século, raspa esta ou aquela população e a monta outra vez. Ela usa pinça; se não, seus dedos ficam cheios de sementes. A história não é seca, ela é grudenta, pode ficar toda grudada em suas mãos.

Tony puxa uma cadeira para se debruçar sobre a mesa de areia e se senta para estudá-la. Na costa oeste da Itália, perto de Sorrento, um grupo de cravos persegue um grupo menor de grãos de pimenta-verde fugitivos: os teutões vão pegar os sarracenos, ou é o que pretendem. O homem do Banco Imobiliário que está entre os cravos é Oto, o Vermelho – o impetuoso, brilhante Oto, Oto II, imperador germânico de Roma. Oto e os cravos cavalgam sem parar, entre um mar indiferente e as montanhas secas e sulcadas, suando sob o sol escaldante; estão animados, cheios de adrenalina, enlevados pela perspectiva de derramamento de sangue e pilhagem, zonzos com a vitória iminente. Mal sabem eles.

Tony sabe mais. Atrás das dobras de terra seca e pedras, fora do alcance da visão, um exército numeroso de grãos de pimenta sarracenos estão de tocaia. O bando de pimentas-verdes fugitivas correndo lá na frente são apenas iscas. É o truque mais antigo do mundo, e Oto caiu nele. Em breve, seus homens serão atacados por três lados, e o quarto lado é o mar. Todos serão mortos, ou a maioria; ou recuarão até o mar, onde se afogarão, ou rastejarão para longe, feridos, e morrerão de sede. Alguns serão capturados e vendidos como escravos. O próprio Oto mal escapará com vida.

Volte, Oto, pensa Tony. Ela gosta de Oto, é um de seus favoritos; também sente pena porque ele teve uma briga com a esposa naquela manhã, antes de partir em sua expedição mal-afortunada, o que pode justificar sua imprudência. Perder a calma é ruim para as guerras. *Oto, volte!* Mas Oto não pode ouvi-la, e não pode ver o mundo do alto, como ela. Se ele tivesse apenas mandado espiões, se tivesse apenas esperado! Mas esperar também pode ser fatal. Bem como voltar. Aquele que luta e foge pode viver para lutar outro dia, ou então pode ser morto com uma lança nas costas.

Oto já foi longe demais. A grande pinça já desce do céu, e os grãos de pimenta-verde se erguem de trás das rochas quentes, cavalgam para fora do esconderijo e começam a perseguição ao longo da costa árida. Tony se sente péssima a respeito, mas o que ela pode fazer? Ela é impotente. É tarde demais. Já seria tarde demais mil anos atrás. A única coisa que ela pode fazer é visitar a praia. Ela fez isso, ela viu as montanhas secas e quentes, prensou uma florzinha pontuda para o seu álbum de recortes. Comprou um suvenir: um par de talheres de servir salada, esculpidos em oliveira.

Distraída, ela pega um dos cravos caídos de Oto, o mergulha no copo de água para limpar qualquer resquício de spray para cabelo e o coloca na boca. É um péssimo hábito que ela tem, comer partes das tropas de seu mapa; por sorte, há sempre substitutos nos potes que ficam nas prateleiras de temperos no andar de cima. Mas os soldados mortos também seriam comidos, de uma forma ou de outra; ou no mínimo desmembrados, seus bens espalhados. Essa é a questão da guerra: as formalidades gentis são deixadas de lado, e a proporção de enterros, em relação às mortes efetivas, tende a ser baixa. Os sarracenos já estão matando os feridos, um ato de misericórdia sob as circunstâncias (sem enfermeiras, sem água), e despojando-os de suas armaduras e armas. Os camponeses que reviram o lixo já esperam sua vez. Os urubus já se amontoaram.

É tarde demais para Oto, mas e para ela? E se ela tivesse outra chance, outra oportunidade, outro começo, com Zenia, ela teria agido de outro modo? Ela não sabe, pois sabe demais para saber.

18

Tony foi a primeira delas a fazer amizade com Zenia; ou melhor, Tony foi a primeira a deixá-la entrar, pois pessoas como Zenia jamais atravessam sua porta, jamais entram e se enredam em sua vida, a não ser que você as convide. Tem de haver um reconhecimento, uma oferta de hospitalidade, uma palavra de saudação. Tony chegou a tal conclusão, embora não tenha sido naquela época. A pergunta que faz sobre si mesma agora é simples: por que fez isso? O que havia nela, e também em Zenia, que tornou tal coisa não só possível como necessária?

Porque ela entregou um convite, disso não há dúvida. Não sabia que estava fazendo isso, mas a ignorância, em questões como essa, não serve de justificativa. Ela escancarou a porta, e Zenia entrou, como uma amiga perdida há muito tempo, como uma irmã, como uma ventania, e Tony a recebeu de braços abertos.

Foi há muito tempo, no começo da década de 1960, quando Tony tinha dezenove anos; não é um período do qual se lembre com muito prazer, antes do advento de Zenia. Em retrospecto, parece-lhe vazio, cheio de cinzas, desprovido de confortos, embora no momento em que o viveu pensasse estar bem.

Ela estudava muito, ela comia e dormia, ela lavava as meias no lavatório do segundo andar do McClung Hall e as torcia dentro de uma toalha e pendurava, bem organizadas, sobre o radiador barulhento que havia no quarto, em um cabide preso à vara da cortina com um barbante. Tinha várias trilhas desgastadas que a mantinham por semanas, como um rato no campo; contanto que permanecesse nelas, estaria a salvo. Ela era obstinada, ela se arrastava, o nariz no chão, envolta em uma dormência protetora.

Pelo que ela se lembra, era novembro. (Tinha um calendário na parede no qual riscava os dias, embora não houvesse nenhuma data especial para a qual rumasse ou pela qual aguardasse; mas isso lhe dava a sensação de que estava seguindo em frente.) Ela morava no McClung Hall já fazia três anos, desde a morte do pai. A mãe morrera antes e agora estava em uma caixa de metal que parecia uma miniatura de bomba de profundidade, que ela guardava numa prateleira do armário, atrás dos casacos dobrados. O pai estava na Necrópole, embora sua pistola alemã da década de 1940 estivesse numa caixa de velhos enfeites de árvore de Natal, o que foi praticamente tudo o que ela guardou da casa onde viveu a família. Ela vinha planejando reunir os pais – um dia levar uma espátula a Necrópole, plantar a mãe ao lado do pai, como um bulbo de tulipa com liga de alumínio –, mas era contida pela suspeita de que a mãe, pelo menos, teria feito um esforço enorme para evitar tal coisa. De qualquer modo, não se importava de ficar com a mãe no quarto, na prateleira, onde poderia manter o olho nela. (Designar-lhe um local. Acorrentá-la. Fazer com que ficasse quieta no lugar.)

Tony tinha o quarto todo para si porque a menina que deveria dividi-lo com ela tomara uma overdose de comprimidos para dormir, fizera lavagem estomacal e, desde então, desaparecera. As pessoas estavam propensas a desaparecer, segundo as experiências de Tony. Ao longo de semanas, antes de ir embora, a colega de quarto permanecera na cama o dia inteiro, vestindo a mesma roupa, lendo romances e chorando baixinho. Tony odiava isso. Deixava-a mais incomodada do que os comprimidos para dormir.

Tony tinha a sensação de que vivia sozinha, mas é claro que estava cercada por outras; outras meninas, ou seriam elas mulheres? O McClung Hall era chamado de dormitório para mulheres, mas "meninas" era como se referiam umas às outras. *Ei, meninas*, elas gritavam, correndo escada acima. *Adivinhem!*

Tony sentia que não tinha muito em comum com essas outras meninas. Grupos delas passavam as noites – quando não tinham encontros – na Sala Comunitária, esparramadas no depressivo sofá marrom-alaranjado e nas três poltronas cujo excesso de estofamento estava vazando, com os pijamas e robes e enormes rolos de cabelo ouriçados, jogando bridge, e fumando, e tomando café, e dissecando seus encontros.

Tony não ia a encontros: não tinha ninguém com quem se encontrar. Ela não se importava; em todo caso, ficava mais feliz em companhia de pessoas que estavam mortas fazia muito tempo. Assim, não existia nenhum suspense doloroso, nenhuma decepção. Nada a perder.

Roz era uma das meninas da Sala Comunitária. Tinha uma voz estrondosa e a chamava de Tony Toinette, ou, pior ainda, Tonikins; mesmo naquela época, ela queria vestir Tony, como se fosse uma boneca. Tony não gostava dela, naqueles tempos. Ela a considerava intrometida e rude e sufocante.

As meninas em geral achavam Tony esquisita, mas não eram hostis com ela. Em vez disso, transformaram-na em um bichinho de estimação. Gostavam de lhe dar pedacinhos de comida contrabandeada que escondiam em seus quartos – barras de chocolate, biscoitos, batatas Chips. (Comida dentro dos quartos era proibido oficialmente, por causa das baratas e ratos.) Elas gostavam de despentear seu cabelo, de espremê-la. As pessoas têm dificuldade de tirar as mãos dos pequenos – tão parecidos com gatinhos, tão parecidos com bebê. *Mini Tony*.

Chamavam-na quando passava correndo por elas a caminho do quarto: *Tony! Ei! Ei Tone! Como vai você?* Tony as repelia com frequência, ou as evitava totalmente. Mas às vezes ela entrava na Sala Comunitária e bebia o café sedimentário delas e mordiscava seus biscoitos arenosos. Então pediam que ela escrevesse seus nomes, de trás para frente e de frente para trás ao mesmo tempo, um nome com cada mão; elas se amontoavam ao redor, maravilhadas com o que, para ela, era algo óbvio, uma mágica sem importância e espúria.

Tony não era a única menina com alguma especialidade. Uma delas sabia fazer o som de uma lancha dando partida, algumas – inclusive Roz – tinham o hábito de desenhar rostos nas próprias barrigas com lápis para sobrancelha e batons e depois apresentavam uma dança do ventre que fazia com que as bocas pintadas se abrissem e fechassem de uma forma grotesca, e uma outra fazia um truque com um copo d'água, rolo de papel higiênico vazio, cabo de vassoura, fôrma de torta de alumínio e um ovo. Tony achava tais façanhas bem mais válidas que a sua. O que ela fazia não exigia habilidade nem treino; era apenas como ter articulações ultraflexíveis, ou conseguir mexer as orelhas.

Às vezes imploravam para que cantasse de trás para frente, e se a amolassem demais e se Tony estivesse se sentindo forte, ela fazia esse favor. Com sua voz desafinada e surpreendentemente áspera, a voz de uma criança que canta no coral e está gripada, ela cantava:

> *Gnilrad ym ho,*
> *Gnilrad ym ho,*
> *Gnilrad ym ho,*
> *Enitn(e)melc,*
> *Reverof (e)nog dna tsol er(a) uoy,*
> *Yrros lufdaerd,*
> *Enitn(e)melc.*

A fim de tornar a escansão correta, ela podia declarar que três das vogais eram silenciosas, e que "uo" era um ditongo. Por que não? Todas as línguas tinham cacoetes como esses, e esta era a língua dela; portanto, as regras e exceções estavam à sua mercê.

143

As outras meninas achavam essa canção hilária, principalmente porque Tony nunca sorria, nunca pestanejava, nunca estremecia. Ela a cantava com seriedade. A verdade é que não a achava engraçada, essa canção sobre uma mulher que havia se afogado de uma forma ridícula, cuja morte não foi sentida, e que acabou sendo esquecida. Ela a achava triste. *Lost and gone forever*, perdida e morta para sempre. Por que elas riam?

Quando não estava com essas meninas não pensava muito nelas – em suas piadas mordazes, o cheiro coletivo de pijamas e gel para o cabelo e carne úmida e talco, os pios e cacarejos receptivos, os sorrisos afetados e indulgentes pelas costas: *Tony cômica*. Pensava em guerras.

Guerras, e também batalhas, que não são a mesma coisa.

Ela gostava era de reencenar batalhas decisivas, para ver se era concebível que fossem ganhas pelo lado derrotado. Estudava os mapas e os relatos, a formação das tropas, as tecnologias. Uma escolha de campo diferente poderia ter feito uma diferença crucial, ou uma outra forma de pensar, pois o pensamento pode ser uma tecnologia. Uma grande fé religiosa, pois Deus também é uma arma militar. Ou um clima diferente, uma estação diferente. A chuva era decisiva; neve também. Bem como a sorte.

Ela não era parcial, nunca tomava o lado de um ou ficava contra o outro. As batalhas eram problemas que poderiam ter sido resolvidos de outra forma. Algumas eram invencíveis, acontecesse o que fosse; outras não. Ela mantinha um caderno de batalhas com suas soluções alternativas e as pontuações. As pontuações eram os homens perdidos. *Perdidos*, era como os chamavam, como se tivessem sido colocados em algum lugar por negligência e fossem ser reencontrados mais tarde. Na verdade, significava que foram assassinados. Perdidos e mortos para sempre. *Terrivelmente sentido*, os generais falavam depois, se eles mesmos ainda estivessem vivos.

Ela foi bastante esperta de não mencionar esse seu interesse para as outras meninas. Se fosse um fato conhecido, poderia tê-la deixado à margem: de esquisita mas fofa a completamente doentia. Ela queria continuar tendo os biscoitos como opção.

Existiam algumas outras meninas no dormitório que eram como Tony, que se esquivavam das jogadoras de bridge vestidas com robe e evitavam as refeições conjuntas. Essas meninas não se uniram: nem falavam umas com as outras, afora os acenos com a cabeça e os olás. Tony suspeitava que tivessem preocupações secretas, ambições secretas e risíveis e inaceitáveis, como as dela.

Uma dessas isoladas era Charis. Seu nome na época não era Charis, era um simples Karen. (Foi mudado nos anos 1960, quando houve muitas mudanças de nomenclatura.) Charis-Karen era uma menina magra; "esbelta" era uma das palavras que lhe vinham à cabeça, como salgueiros, com os galhos oscilantes, as fontes trêmulas de folhas douradas. A outra palavra era "amnésica".

Charis vagava: às vezes Tony a via, indo e voltando das aulas, perambulando de soslaio pela rua, sempre – parecia – correndo o risco de ser atropelada. Usava saias longas, deixando os triângulos da combinação aparentes por baixo; coisas caíam de suas bolsas, ou melhor, sacos, que eram entrelaçados, emaranhados e bordados. Quando errava pela Sala Comunitária era sempre para perguntar se alguém tinha visto sua outra luva, seu lenço lilás, sua caneta-tinteiro. Em geral, ninguém tinha visto.

Uma noite, quando Tony estava voltando da biblioteca, viu Charis descendo a escada de incêndio do McClung, na lateral do edifício. Vestia o que parecia ser sua camisola; de qualquer forma, era longo e branco e ondulado. Ela chegou à plataforma inferior, ficou pendurada pelas mãos por um minuto, depois pulou os últimos metros e começou a andar em direção a Tony. Estava com os pés descalços.

Era sonâmbula, Tony concluiu. Perguntou-se o que fazer. Sabia que não se deve acordar sonâmbulos, apesar de ter se esquecido por quê. Charis não lhe dizia respeito, nunca trocara mais que duas palavras com ela, mas sentiu que devia segui-la para garantir que nenhum veículo em movimento batesse nela. (Se isso estivesse acontecendo agora, Tony incluiria estupro entre as possibilidades: uma jovem de camisola, na escuridão, no centro de Toronto, estaria correndo sérios riscos. Charis poderia estar correndo perigo naquela época também, mas estupro não fazia parte das categorias do cotidiano para Tony naqueles tempos. Estupro combinava com pilhagem, e era histórico.)

Charis não foi muito longe. Caminhou por várias pilhas de folhas varridas, caídas dos bordos e castanheiros do gramado do McClung; em seguida, dava meia-volta e andava por elas outra vez, com Tony seguindo-a furtivamente como uma colecionadora de borboletas. Depois disso, sentou-se sob uma das árvores.

Tony se perguntava quanto tempo ela permaneceria ali. Estava ficando frio e ela queria entrar no prédio; mas não podia simplesmente deixar Charis no gramado, sentada de camisola sob a árvore. Sentou-se sob a árvore ao lado de Charis. O chão não estava seco. Tony esperava que ninguém a visse ali, mas, por sorte, estava muito escuro, e ela usava um casaco cinza. Ao contrário de Charis, que brilhava ligeiramente.

Depois de um tempo, uma voz falou com Tony em meio às trevas.

– Não estou dormindo – disse. – Mas obrigada mesmo assim.

Tony ficou irritada. Sentiu ter sido induzida. Não achou esse comportamento de Charis – flanando de pés descalços e camisola – nem um pouco enigmático ou intrigante. Achou-o teatral e bizarro. Roz e as meninas da Sala Comunitária podiam até ser ásperas, mas ao menos eram estáveis e diretas, elas eram medidas conhecidas. Charis, por outro lado, era escorregadia e translúcida e potencialmente pegajosa, como a película do sabão ou gelatina ou os tentáculos preênseis das anêmonas marinhas. Se você a tocasse, uma parte dela poderia aderir à sua pele. Ela era contagiosa, e o melhor era deixá-la em paz.

19

Nenhuma das meninas do McClung Hall tinha contato com Zenia. E Zenia não queria ter contato com elas. Ela não teria morado num dormitório feminino nem sob a mira de uma arma, como disse a Tony na primeira vez que pisou no local. *Este lixo*, ela o chamou.

(Por que tinha ido lá? Para pegar algo emprestado. O quê? Tony não queria se lembrar, mas ela se lembra: dinheiro. Zenia sempre tinha pouco. Tony achava embaraçoso que lhe pedissem, mas acharia ainda mais embaraçoso recusar. O que ela acha embaraçoso agora é o fato de ela, com tanta ingenuidade, tanta docilidade, tanta condescendência, ter lhe entregado o dinheiro contra a própria vontade.)

– Dormitórios são para pessoas baixas – disse Zenia, olhando com desdém ao seu redor, para a pintura institucional, as poltronas ordinárias da Sala Comunitária, as histórias em quadrinhos recortadas do jornal e grudadas com fita adesiva às portas das meninas.

– Certo – disse Tony, com severidade.

Zenia olhou de cima para Tony, sorridente, corrigindo-se.

– Baixas do ponto de vista da criatividade. Não estou falando *de você*.

Tony ficou aliviada, pois o desprezo de Zenia era uma obra de arte. Chegava muito perto do absolutismo; era um grande privilégio ver-se excluído dele. Você se sente perdoado, você se sente inocentado, você se sente grato; ou ao menos foi o que Tony sentiu, correndo a passos rápidos até o quarto, achando o talãozinho de cheques, preenchendo o chequezinho. Oferecendo-o. Zenia pegou-o sem nenhum cuidado, dobrou-o duas vezes e o enfiou na manga. Ambas tentaram agir como se nada tivesse acontecido; como se nada tivesse sido passado de uma para a outra, como se absolutamente nada fosse devido.

Como ela deve ter me odiado por isso, pensa Tony.

Portanto, Tony não conheceu Zenia como uma das meninas do Mc-Clung Hall. Ela a conheceu por intermédio de seu amigo West.

Não sabia, com exatidão, como West se tornara seu amigo. Ele meio que se materializou. Ele começou sentando-se ao seu lado na aula e pegando emprestadas suas anotações de História Moderna por ter perdido a palestra anterior, e então, de repente, ele tornou-se parte de sua rotina.

West era a única pessoa com quem ela podia falar sobre seu interesse pela guerra. Ainda não tinha falado, mas estava progredindo para isso aos poucos. Uma coisa assim pode levar anos, e ele era seu amigo havia apenas um mês. Nas primeiras duas semanas desse período, ela o chamara de Stewart, como seus outros amigos, homens, que lhe davam tapinhas no ombro, soquinhos no braço, e diziam: *Ei, Stew, quais são as novidades?* Mas então ele se deparou com alguns dos comentários cifrados que ela escrevera nas margens das anotações – *lorietseb euq, otahc etohlev* – e teve de explicá-los. Ele ficou impressionado com sua habilidade de escrever de trás para frente – *Que incrível*, foi o que ele disse – e quis o próprio nome ao contrário. Declarou gostar muito mais de seu novo nome.

As meninas do dormitório começaram a se referir a West como namorado de Tony, apesar de saberem que não era verdade. Faziam isso para caçoar.

– Como vai o seu namorado? – Roz berrava, sorrindo para Tony das profundezas curvadas do sofá laranja, que ficava ainda mais curvada quando era Roz quem estava sentada nele. – Ei, Tonikins! Como anda sua vida secreta? Como vai o senhor Varapau? Coitada de mim! Os homens altos sempre preferem as anãs!

West era bem alto, mas andar ao lado de Tony o fazia parecer ainda mais alto. Faltava-lhe a solidez da palavra "gigante"; ele era magro, com articulações frouxas. Os braços e pernas eram presos apenas provisoriamente ao resto do corpo, e as mãos e pés pareciam maiores do que eram porque suas mangas e bainhas eram sempre dois ou três centímetros mais curtas do que deveriam. Era bonito de uma forma angular, atenuada, como um santo medieval de pedra ou um homem bonito e comum que tivesse sido esticado como uma goma de borracha.

Naquela época, tinha cabelos louros e revoltos, e usava roupas escuras, manchadas – uma gola rulê puída, jeans sujo. Era incomum naqueles tempos: a maioria dos homens ainda usava gravata na universidade, ou pelo menos paletó. Suas roupas eram um emblema da margem, davam-lhe um brilho de fora da lei. Quando Tony e West tomavam café juntos após a aula de História Moderna, numa das cafeterias para estudantes que frequentavam, as meninas olhavam fixo para West. Em seguida, abaixavam os olhos e viam Tony, com seu penteado infantil, os óculos de tartaruga e saia escocesa e mocassins. Ficavam intrigadas.

Tomar café era praticamente tudo o que Tony fazia com West. Enquanto tomavam o café, conversavam; apesar de que nenhum dos dois era o que se chamaria de loquaz. As conversas, em grande parte, consistiam num silêncio cômodo. Às vezes bebiam cerveja, em diversos bares obscuros, ou melhor, West bebia. Tony ficava sentada na beirada da cadeira, os dedos quase sem tocar o chão, e lambia a espuma de sua caneca, a língua explorando-a ponderadamente, como se pertencesse a um gato. Depois West bebia o resto da cerveja e pedia mais duas. Quatro era o seu limite. Para alívio de Tony, ele nunca bebia mais que isso. Era surpreendente que deixassem Tony entrar nos bares, pois ela parecia ser menor de idade. Ela *era* menor de idade. Deviam pensar que ela jamais ousaria pisar em lugares como aqueles a não ser que de fato tivesse vinte e dois anos. Mas estava disfarçada dela mesma, um dos seus disfarces mais bem-sucedidos. Se tentasse parecer mais velha, não funcionaria.

West disse que ninguém fazia anotações sobre história melhores do que Tony. Isso fez com que ela se sentisse útil – melhor ainda, indispensável. Louvada.

West estava fazendo História Moderna – que não tinha nada a ver com história moderna, só não era História Antiga, que terminava com a queda de Roma – porque tinha interesse em baladas e canções folclóricas e em instrumentos musicais antigos. Ele tocava alaúde, ou era o que dizia. Tony nunca vira seu alaúde. Nunca entrara em seu quarto, se é que vivia de fato em um quarto. Ela não sabia onde ele morava, ou o que fazia à noite. Dizia a si mesma que não estava interessada em saber: a amizade deles era vespertina.

À medida que o tempo foi passando, entretanto, ela começou a pensar no resto de sua vida. Pegava-se imaginando o que ele comia no jantar, e até no café da manhã. Presumiu que ele morasse com outros homens, ou meninos, pois ele lhe contou sobre um cara que conhecia que sabia atear fogo nos próprios peidos. Não contou isso abafando o riso, mas sim de um jeito meio pesaroso.

– Imagine só ter isso gravado na sua lápide – ele disse. Tony viu no peido incendiário uma variante dos truques mais sóbrios que aconteciam no McClung Hall, com os ovos e rostos de batom, e postulou um dormitório masculino. Mas não perguntou.

Quando West aparecia, dizia *Oi*. Ao desaparecer, dizia *Até logo*. Tony nunca sabia quando uma dessas coisas ia acontecer.

Desse mesmo modo, chegaram a novembro. Tony e West estavam sentados num bar chamado Montgomery's Inn, em homenagem a uma das batalhas da rebelião de 1837 no Alto Canadá, que, na opinião de Tony, deveria ter ocorrido de outra forma, mas fora perdida por burrice e pânico. Tony estava lambendo a espuma do topo da cerveja como de hábito, quando West disse algo surpreendente. Disse que ele ia dar uma festa.

O que ele disse, na verdade, foi *nós*. E não disse *festa*, disse *festança de botar para quebrar*.

"Festança de botar para quebrar" era uma expressão esquisita, saindo da boca de West. Tony não pensava em West como uma pessoa violenta, e "festança de botar para quebrar" era um termo ríspido, um golpe. Parecia que ele estava citando alguém.

– Festança de botar para quebrar? – indagou Tony, em dúvida. – Não sei, não. – Ela já tinha ouvido as meninas do dormitório falando em festanças de botar para quebrar. Elas aconteciam nos grêmios masculinos, e em geral acabavam com pessoas passando mal. Homens, em sua maioria, mas às vezes meninas também, tanto na própria fraternidade como mais tarde, em um dos lavatórios do McClung.

– Acho que você devia ir – declarou West, fitando-a com benevolência com seus olhos azuis. – Acho que você está um pouco pálida.

– É dessa cor que eu sou – disse Tony, na defensiva. Ficou espantada com a súbita preocupação com sua saúde por parte de West. Parecia cortês demais; embora, em contradição com seus trajes improvisados e sombrios, ele sempre abrisse portas. Ela não estava acostumada com tal preocupação vinda dele, ou de qualquer outra pessoa. Achou-a inquietante, como se ele a tivesse tocado.

– Bem – disse West –, eu acho que você devia sair mais.

– Sair? – retrucou Tony. Estava confusa: o que ele queria dizer com *sair*?

– Você entendeu – disse West. – Conhecer gente.

Havia um quê de dissimulação na forma como ele disse isso, como se escondesse um objetivo mais evasivo. Ocorreu-lhe que ele poderia estar tentando juntá-la com algum homem, por pura solicitude inapropriada, como Roz faria. *Toinette! Tem uma pessoa a quem eu quero te apresentar!*, diria Roz, e Tony tiraria o corpo fora e se esquivaria.

Nesse momento, ela disse:

– Mas eu não conheço ninguém que vai estar lá.

– Você me conhece – respondeu West. – E você fica conhecendo os outros.

Tony não falou que não queria conhecer mais pessoas. Teria soado estranho demais. Em vez de fazer tal comentário, deixou que West escrevesse o endereço para ela em um pedaço de papel rasgado de seu livro didático *Ascensão da Renascença*. Não disse que iria buscá-la, então ao menos não se tratava de um encontro. Tony não daria conta de um encontro com ninguém, muito menos com West. Não daria conta das implicações, ou da esperança. Esperança desse gênero poderia desequilibrá-la. Não queria se envolver, com ninguém, sublinhado, ponto final.

A festança fica a dois lances de escada, em um prédio estreito de telhas de asfalto do centro da cidade que faz parte de uma fileira de lojas de artigos militares e pontas de estoque, e dá de frente para os trilhos de trem. Os degraus são íngremes; Tony sobe um a um, contando com a ajuda do corrimão. A porta no alto da escadaria está aberta; fumaça e barulho formam ondas na entrada. Tony se questiona se deve bater, resolve não fazê-lo baseando-se no fato de que ninguém ouviria, e entra.

Arrepende-se imediatamente, pois o ambiente está cheio de pessoas, e são do tipo que, quando encarados *en masse*, muito provavelmente a assustarão, ou ao menos a deixarão muito desconfortável. A maioria das mulheres tem cabelos lisos, presos em um rabo de cavalo de bailarina ou torcidos em coques austeros. Usam meias pretas e saias pretas e blusas pretas, e nenhum batom; seus olhos foram muito delineados. Alguns dos homens têm barba. Usam os mesmos tipos de roupa que West – camisetas, golas rulê, jaquetas jeans – mas lhes faltam sua sinceridade, sua doçura, seu ar de calvície. Eles são sólidos, opacos, repletos de uma substância sobrecarregada. Eles quebram-se, agigantam-se, eriçam-se com a energia estática.

Os homens conversam, de modo geral, entre si. As mulheres não falam absolutamente nada. Elas estão encostadas na parede, ou paradas com os braços cruzados sob os seios, um cigarro na mão de forma descuidada, jogando as cinzas no chão, com expressão de tédio e de que estão prestes a ir para outra festa, uma melhor; ou encaram os homens com o rosto inexpressivo, ou fitam o que há além de seus ombros, como se procurassem atentamente alguma outra pessoa, um outro homem, mais importante.

Umas mulheres observam Tony quando ela entra, logo depois desviam o olhar. Tony está usando o estilo de roupa que sempre usa, um vestido sem manga de veludo cotelê verde-escuro com uma blusa branca por baixo, tiara de veludo verde, meias até o joelho e mocassim marrom. Ainda tem muitas roupas que usava durante o colegial, pois ainda cabem. Neste instante, ela percebe que terá de arranjar outras roupas. Mas não sabe muito bem como.

Fica na ponta dos pés e espia pela cerca viva entrelaçada de braços e ombros e cabeças, de seios tricotados em lã preta e peitos e torsos de sarja. Mas West não está em nenhum lugar visível.

Talvez seja porque o ambiente está muito escuro; talvez seja por isso que ela não consegue enxergá-lo. Então ela se dá conta de que o ambiente não está apenas escuro, está preto. As paredes, o teto, até o assoalho tem um esmalte preto, duro, brilhoso. Até as janelas foram pintadas; até as luminárias. Em vez de luz elétrica, há velas enfiadas em garrafas de Chianti. E, espalhadas pela sala, há latas de suco grandes e prateadas, com rótulos arrancados e cheias de buquês de crisântemos brancos que bruxuleiam e cintilam à luz das velas.

Tony tem vontade de ir embora, mas não queria fazer isso sem ver West. Ele pode pensar que ela recusou o convite, que ela não foi; ele pode pensar que ela foi esnobe. Além disso, ela quer ser acalmada e reconfortada: com ele ali, ela não ficará tão deslocada. Vai à procura dele, passa por um corredor que a leva à esquerda. Termina em um banheiro. Uma porta se abre, há um som de descarga, e um homem grande, cabeludo, sai. Lança um olhar desfocado para Tony.

– Que merda, as escoteiras – ele diz.

Tony sente-se com cinco centímetros de altura. Foge para dentro do banheiro, que ao menos servirá de refúgio. Ele também foi pintado de preto, até mesmo a banheira, até a pia, até o espelho. Tranca a porta e senta-se no vaso sanitário preto, tocando-o antes para se certificar de que a tinta está seca.

Não tem certeza se está no lugar certo. Talvez West não more ali. Talvez ela esteja com o endereço errado; talvez essa seja outra festança de botar para quebrar. Porém, ela verificou o pedaço de papel antes de subir. Talvez, então, o horário esteja errado – talvez tenha chegado cedo demais para ver West, ou tarde demais. Não há como saber, já que suas idas e vindas sempre foram totalmente imprevisíveis.

Poderia sair do banheiro e perguntar a alguém – um dos homens enormes, cabeludos, uma das mulheres altas e arrogantes – onde ele pode estar, mas receia fazer isso. E se ninguém souber quem é ele? É mais seguro ficar ali dentro, reencenando a Batalha de Culloden para si, calculando as possibilidades. Ela arruma o terreno – a colina que se inclina para baixo, a linha do muro de pedra com os soldados britânicos ordenados e seus armamentos ordenados em uma fileira atrás deles. As tribos esfarrapadas atacando, lançando-se colina abaixo aos berros, carregando apenas as espadas pesadas e antiquadas e broquéis redondos. Caindo em pilhas pitorescas, nobres. Um abatedouro. A coragem só é útil quando as tecnologias se equiparam. O belo príncipe Charlie era um idiota.

Invencível, ela pensa, como batalha. A única esperança seria evitar a batalha de todo. Rejeitar os termos do argumento, negar as convenções. Atacar à noite, depois desaparecer em meio às colinas. Disfarçar-se de camponês. Não seria uma luta justa, mas também, o que é uma luta justa? Nada que já tenha aprendido.

Alguém está batendo na porta. Tony se levanta, dá descarga, lava as mãos na pia preta. Não há toalha, então ela seca as mãos no vestido de veludo cotelê. Destranca a porta: é uma das mulheres com penteado de bailarina.

– Desculpe – Tony lhe diz. A mulher a encara com frieza.

Tony volta para a sala principal, no intuito de ir embora. Sem West, não faz sentido. Mas ali, no centro da sala, está Zenia.

Tony ainda não sabe o nome de Zenia, mas Zenia não parece precisar de nome. Não está vestida de preto como a maioria das outras. Ela está de branco, uma espécie de avental de pastor que bate no meio das coxas das pernas compridas de seu jeans justo. O avental não é fino, mas insinua a lingerie, talvez porque os botões da frente estejam abertos até a altura dos mamilos. No V de tecido, as metades firmes e pequenas dos seios curvam-se uma para cada lado, como um par de parênteses.

Todas as outras, de preto, se afundam no fundo preto das paredes. Zenia se destaca: o rosto, as mãos e o torso nadam contra a escuridão, em meio aos crisântemos brancos, como se desencarnada e sem pernas. Ela deve ter pensado naquilo tudo com antecedência, constata Tony – em como ela brilharia na escuridão como um posto de gasolina que ficasse aberto à noite, ou – para ser sincera – como a lua.

Tony tem a sensação de estar sendo sugada para trás, empurrada para o esmalte preto da parede. Pessoas muito bonitas exercem esse efeito, ela pensa: elas eliminam você. Na presença de Zenia, ela se sente mais do que pequena e ridícula: sente-se inexistente.

Ela se mete na cozinha. Também é preta, até o fogão, até a geladeira. A pintura reluz mais à luz de velas.

West está encostado na geladeira. Está muito embriagado. Tony percebe de imediato, tem bastante prática. Algo se revira dentro dela, se revira e afunda.

– Oi, Tony – ele diz. – Como vai a minha amiguinha?

West nunca a chamara de amiguinha. Nunca a chamara de "inha". Parece uma transgressão.

– Na verdade, tenho que ir embora – ela declara.

– A noite ainda nem começou – ele diz. – Beba uma cerveja. – Ele abre a geladeira preta, cujo interior ainda é branco, e desencava duas Molson's Ex. – Onde eu coloquei aquela porra? – ele pergunta, dando batidinhas em partes do corpo.

Tony não sabe do que ele está falando nem o que está fazendo, nem mesmo quem é ele, exatamente. Não quem ela achou que ele fosse, disso não há dúvida. Ele não costuma falar palavrões. Ela começa a recuar.

– Está no seu bolso – diz uma voz atrás dela. Tony olha: é a garota de avental branco. Ela sorri para West, aponta o indicador para ele. – Mãos ao alto.

Sorridente, West ergue os braços. A garota se ajoelha e apalpa seus bolsos, encostando a cabeça contra suas coxas, e após um longo momento – durante o qual Tony sente-se como se estivesse sendo forçada a bisbilhotar pelo buraco da fechadura uma cena íntima demais para ser tolerada – exibe um abridor de garrafas. Ela abre as duas cervejas com o objeto, tirando as tampas com destreza, entrega uma a Tony, vira a outra e bebe. Tony observa seu pescoço ondulando enquanto ela engole. Tem um pescoço comprido.

– E eu? – pergunta West, e a garota lhe estende a garrafa.

– Então, você gostou das nossas flores? – ela diz para Tony. – Nós roubamos do Mount Hope Cemetery. Algum figurão bateu as botas. Mas elas estão meio que murchas: a gente teve que esperar até que todo mundo caísse fora.

Tony nota as palavras – "roubamos", "bateu as botas", "caísse fora" – e se sente acanhada e sem estilo.

– Esta é a Zenia – apresenta West. Há uma reverência de proprietário em sua voz, e uma rouquidão, que não agrada nem um pouco a Tony. *Minha*, é o que ele está dizendo. Punhados de *minha*.

Tony percebe o quanto estava errada em relação a "nós". "Nós" nada tinha a ver com colegas de dormitório. "Nós" significava Zenia. Zenia agora está apoiada em West como se ele fosse um poste de luz. Ele está com os braços em volta da cintura dela, sob o avental; seu rosto está meio escondido atrás do cabelo nebuloso da garota.

– São lindas – responde Tony. Tenta parecer entusiasmada. Dá uma golada esquisita na garrafa que Zenia lhe deu e se concentra para não falar cuspindo. Seus olhos ardem, o rosto ruboriza, o nariz fica coçando.

– E essa é a Tony – diz a voz de West. Sua boca está atrás do cabelo de Zenia, então parece que o cabelo está falando. Tony pensa em correr: pela porta da cozinha afora, por entre as pernas cobertas de sarja na sala, escada abaixo. Um rato em fuga.

– Ah, *essa* é a Tony – repete Zenia. Soa como se estivesse se divertindo. – Olá, Tony. Gostou das nossas paredes pretas? Por favor, tire essa sua mão gelada da minha barriga – acrescenta, falando com West.

– Mão gelada, coração quente – murmura West.

– Coração – repete Zenia. – Quem se importa com o seu *coração*? Não é a parte mais útil do seu corpo. – Ela ergue a parte de baixo do avental, acha as duas mãos grandes, as extirpa e segura-as nas suas, acariciando, sorrindo para Tony o tempo inteiro. – É vingança – ela diz. Seus olhos não são negros, como Tony pensou de início: são azul-marinho. – Essa é uma festa de vingança. O senhorio vai nos botar para fora, então pensamos em deixar uma lembrancinha para o velho filho da puta. Ele vai precisar de mais que duas demãos para conseguir cobrir *isso aqui*. O contrato dizia que tínhamos o direito de pintar o apartamento, mas não dizia de que cor. Você viu o banheiro?

– Vi, sim – diz Tony. – É bem escorregadio. – Não fala isso com o intuito de fazer graça, mas Zenia ri.

– Você tem razão – ela diz a West. – A Tony é muito engraçada.

Tony detesta quando falam dela usando a terceira pessoa. Sempre detestou; sua mãe fazia a mesma coisa. West vinha discutindo a seu respeito com Zenia, os dois, analisando-a pelas costas, colando adjetivos a ela como se fosse uma criança, como se fosse uma pessoa qualquer, como se fosse um assunto. Também lhe ocorre que o único motivo para West tê-la convidado para a festa foi Zenia ter lhe dito para fazê-lo. Ela põe a garrafa de cerveja em cima do fogão preto, percebendo que está pela metade. Ela deve ter bebido a outra metade. Como fez isso?

– Eu tenho que ir – anuncia, com o que ela espera ser um tom de dignidade.

Zenia parece não tê-la escutado. Nem West. Ele agora espreita pela toca que é o cabelo de Zenia; ela enxerga seus olhos brilhando à luz das velas.

Os braços e pernas de Tony estão se desprendendo do resto do corpo e os sons estão desacelerando. É a cerveja, ela não tem o hábito de beber, não está acostumada. A ânsia varre seu corpo. Queria conhecer alguém que enterrasse o rosto no seu cabelo dessa forma. Queria que fosse West. Mas não tem cabelo suficiente para isso. Ele simplesmente bateria no couro cabeludo.

Ela perdeu alguma coisa. Ela perdeu West. *Odidrep. Erpmes arap.* É um pensamento idiota: como é possível perder alguém que você nunca teve?

– Então, Tony – diz Zenia. Ela fala "Tony" como se fosse uma palavra estrangeira, como se estivesse entre aspas. – O West me falou que você é brilhante. Qual é o seu caminho?

Tony pensa que Zenia está perguntando para onde ela vai depois dali. Poderia fingir que há uma outra festa, uma melhor, para a qual Zenia não foi convidada. Mas é pouco provável que acreditassem.

– Acho que vou pegar o metrô. Tenho que trabalhar.

– Ela está sempre trabalhando – diz West.

– Não – diz Zenia, com um indício de impaciência. – Eu estou perguntando o que você quer fazer na vida. Qual é a sua obsessão?

Obsessão. Tony não conhece ninguém que fale assim. Apenas criminosos e pessoas repugnantes têm obsessões, e se você mesmo tiver uma, não deve admiti-la. Não tenho resposta, ela diz a si mesma. Imagina as meninas na Sala Comunitária e o que elas pensariam sobre obsessões; e o que pensariam de Zenia, para dizer a verdade. Iam pensar que ela é cheia de si, e também uma piranha, com os botões abertos desse jeito. Reprovariam seu cabelo de piranha. Em geral, Tony acha os juízos que fazem de outras mulheres ferinos e superficiais, mas neste instante os acha confortadores.

Ela deveria dar um sorriso entediado, indiferente. Deveria dizer: "Minha o quê?" e rir, e fingir estar confusa, como se a pergunta fosse idiota. Ela sabe agir assim, ela já observou e escutou.

Mas a pergunta não é idiota, e ela sabe a resposta.

– *Arrego* – ela diz.

– O quê? – indaga Zenia. Agora está concentrada em Tony, como se ela finalmente tivesse se tornado interessante. Algo que mereça ser compreendido. – Você disse *sossego*?

Tony se dá conta de que cometeu um erro, um lapso de linguagem. Inverteu a palavra. Deve ser o álcool.

– Quis dizer *guerra* – explica, dessa vez pronunciando com cuidado. – É isso o que eu quero fazer na vida. Quero estudar a guerra. – Ela não devia ter dito isso, não devia ter revelado tanto de si, ela se explicou mal. Foi ridícula.

Zenia ri, mas não é um riso de escárnio. É um riso de deleite. Ela toca o braço de Tony, com delicadeza, como se estivesse numa brincadeira de pega-pega com teias de aranha.

– Vamos tomar um café – ela convida. E Tony abre um sorriso.

20

Foi isso, aquele foi o momento decisivo. Rubicão! A sorte foi lançada, mas quem poderia saber na época? Não Tony, embora ela se recorde de uma sensação, a sensação de ter perdido o chão, de ter sido carregada por uma corrente forte. E o que, exatamente, tinha sido o convite propriamente dito? O que havia chamado Zenia, mostrado a ela uma abertura na carapaça blindada como a de um besouro de Tony? Qual foi a palavra mágica, *raw* ou *war*? Provavelmente as duas juntas: a duplicidade. Aquilo teria um grande apelo, para Zenia.

Mas isso pode ser apenas complicação excessiva, fiação de teia intelectual, à qual Tony reconhece ter propensão. Sem dúvida foi algo bem mais simples, bem mais óbvio: a confusão de Tony, sua falta de defesa sob as circunstâncias, as circunstâncias sendo West: West, e o fato de que Tony o amava. Zenia deve ter percebido isso antes de Tony, e soube que Tony não era uma ameaça, e soube também que Tony tinha algumas penas dignas de serem arrancadas.

Mas e quanto à própria Tony? O que Zenia oferecia, ou parecia lhe oferecer, quando estava ali de pé na cozinha preta, quando sorriu com os dedos encostados com delicadeza no braço de Tony, bruxuleando à luz de velas como uma miragem?

A natureza abomina o vácuo, reflete Tony. Que inconveniência. Caso contrário, nós, vácuos, poderíamos seguir com a vida em relativa segurança.

Não que Tony seja um vácuo agora. Não, de forma alguma. Agora ela é farta, agora ela nada em plenitude, agora ela é a guardiã de um castelo cheio de tesouros, agora está envolvida. Agora deve tomar as rédeas.

Tony anda de um lado para o outro do porão, a caneta e o caderno negligenciados sobre a mesa de pingue-pongue, pensando em West dormindo lá em cima, com o ar entrando e saindo de suas profundezas; West, se revirando e roncando, com suspiros desamparados, suspiros que soam como mágoa. Ela escuta os gritos dos agonizantes, a aclamação dos sarracenos na costa árida, o zumbido da geladeira ao lado, o estalido da caldeira de calefação se ligando e desligando, e a voz de Zenia.

Uma voz arrastada, com um leve toque de hesitação, um leve sabor estrangeiro, um indício de ceceio; baixa, suculenta, mas com uma superfície dura. Uma cobertura de chocolate, com um recheio suave, amanteigado, enganoso. Doce, e que lhe faz mal.

— O que faria você se matar? — pergunta Zenia.

— Me matar? — repete Tony, surpresa, como se nunca tivesse pensado em algo desse gênero. — Não sei. Eu acho que não me mataria.

— E se você tivesse câncer? — sugere Zenia. — E se você soubesse que ia ter uma morte lenta, com uma dor insuportável? E se você soubesse onde está o microfilme, e os inimigos soubessem que você sabe, e eles fossem torturá-la para conseguir obter a informação e depois matá-la mesmo assim? E se você tivesse um dente de cianureto? Você usaria?

Zenia adora tais interrogatórios. Em geral, são baseados em enredos bastante extremos: e se você estivesse no *Titanic*, afundando? Você teria levado cotoveladas e empurrões, ou recuado e educadamente se afogado? E se você estivesse morrendo de fome, numa canoa aberta, e um dos outros que estivessem ali morresse? Você o comeria? Se sim, você empurraria todos os outros ao mar para comê-lo todo sozinha? Ela parece ter as próprias respostas muito bem sedimentadas, apesar de nem sempre revelá-las.

Apesar dos cadáveres sem peso espalhados pela sua cabeça, apesar das guerras em papel quadriculado e dos derramamentos de sangue em massa que contempla diariamente, Tony fica surpresa com tais perguntas. Não se trata de problemas abstratos — são íntimos demais para o serem —, e eles não têm soluções corretas. Mas seria um erro tático demonstrar seu assombro.

— Bem, nunca se sabe, não é? — ela diz. — A não ser que aconteça.

— Concordo — diz Zenia. — Bem, então, o que a faria matar outra pessoa?

159

Tony e Zenia estão tomando café, como têm tomado praticamente de três em três dias no último mês, desde que se conheceram. Ou não de três em três dias, e sim de três em três noites: no momento são onze horas, hora em que Tony costuma ir para a cama, e aí está ela, ainda de pé. Não está nem com sono.

Tampouco estão na cafeteria enfadonha do campus: estão numa cafeteria de verdade, perto da nova moradia de Zenia. De Zenia e de West. "*Um antro*", diz Zenia. Esta cafeteria se chama Christie's e fica aberta a noite inteira. No momento, há três homens ali, dois de capa de chuva, um com um paletó de tweed gordurento, recuperando a sobriedade, diz Zenia; e duas mulheres, sentadas juntas numa mesa, falando em voz baixa.

Zenia afirma que as mulheres são prostitutas; *putas*, ela as chama. Ela diz que sempre sabe. Elas não parecem um produto muito atraente do ponto de vista sexual, aos olhos de Tony: não são jovens, os rostos parecem rebocados de tanta maquiagem, e os penteados são ao estilo dos anos 1940, na altura dos ombros, endurecidos com spray e partidos de lado, deixando um traço de couro cabeludo branco aparente. Uma delas havia tirado o sapato de tiras e balançava o pé coberto de náilon no espaço entre uma mesa e outra. O ambiente inteiro, com o assoalho de linóleo sujo, a *jukebox* enguiçada e as xícaras grossas e lascadas, tem um aspecto de coisa rejeitada, de descuido vulgar e espalhafatoso, que, ao mesmo tempo que repele Tony, a empolga intensamente.

Ela vem assinando a lista de saída do McClung Hall em horas cada vez mais tardias. Diz que está ajudando a pintar os cenários de uma peça teatral: *As troianas*. Zenia fez uma leitura para o papel de Helena, mas conseguiu o de Andrômaca.

– Toda aquela lamentação – ela diz. – Chorumela feminina. Odeio isso, na verdade. – Ela diz que já desejou ser atriz, mas não quer mais. – Os merdas dos diretores acham que são Deus. Você não passa de comida de cachorro, no que lhes diz respeito. E o jeito que eles salivam e colocam as patas em você! – Ela está pensando em abandonar.

Salivar e colocar as patas são conceitos novos, para Tony. Nunca babaram ou colocaram as patas nela. Gostaria de perguntar como se faz isso, mas se contém.

Às vezes, as duas realmente pintam cenários. Não que Tony seja boa em pintar – nunca pintara nada na vida –, mas os outros lhe dão um pincel e a tinta e mostram onde, e ela faz as cores de base. Fica com tinta no rosto e no cabelo, e na camiseta masculina que lhe forneceram, que bate em seus joelhos. Ela se sente batizada.

Pelos outros – as mulheres magras e insolentes de cabelos lisos, os homens irônicos de suéter preto –, ela é quase aceita, o que, naturalmente, é obra de Zenia. Por alguma razão que nenhuma dessas pessoas consegue compreender, Zenia e Tony são unha e carne. Até as meninas do dormitório já perceberam. Não chamam mais Tony Tonikins, ou lhe oferecem pedaços de biscoito, ou imploram que cante "Darling Clementine" ao contrário. Elas se afastaram.

Tony não sabe dizer se é antipatia ou respeito; ou talvez seja medo, pois Zenia, aparentemente, tem uma certa reputação entre elas. Embora nenhuma a conheça pessoalmente, ela é uma das pessoas visíveis – visíveis para todo mundo, mas invisíveis para Tony até agora, pois ela não prestava atenção. Em parte, é o seu visual: Zenia é a encarnação de como as mulheres mais comuns, menos curvilíneas, desejam parecer, e portanto ser: elas têm a crença de que tais coisas podem ser arrumadas de fora para dentro. Pensam também que ela é brilhante, e tem notas altas – embora não se aplique, ela raramente vai às aulas, então como ela consegue? Brilhante, e também apavorante. Lupina, selvagem, além dos limites do aceitável.

Tony ouve algumas dessas coisas de Roz, que irrompe em seu quarto numa manhã enquanto ela está estudando, tentando recuperar o tempo perdido na noite anterior. A maternal Roz aterrissa com grasnidos e penas esvoaçando, e tenta iluminar a pequena Tony, que lhe inspira sentimentos protetores. Tony escuta em silêncio, os olhos endurecendo, os ouvidos se fechando. Ela não vai ouvir nem uma palavra contra Zenia. *Piranha invejosa*, ela pensa. *Asojevni ahnarip*.

Ela agora também usa roupas diferentes, pois Zenia a repaginou. Está usando jeans cotelê preto, e um pulôver com uma enorme gola enrolada na qual sua cabeça se acomoda como um ovo no ninho, e um gigantesco lenço verde em volta do pescoço. Não é o caso de você não poder arcar com isso, diz Zenia, empurrando-a de loja em loja. O mensageiro com tiara de veludo sumiu; agora, o cabelo de Tony está curto e desgrenhado no alto, com tufos arteiros saindo dele. Em alguns dias, Tony pensa estar um pouco parecida com Audrey Hepburn; em outros, com um esfregão eletrocutado. Muito mais sofisticada, Zenia decretou. Ela também fez com que Tony trocasse os óculos de tartaruga de tamanho normal por outros maiores, enormes.

– Mas são exagerados demais – disse Tony. – Desequilibrados.

– É isso o que a beleza é – retrucou Zenia. – Exagerada. Desequilibrada. Preste mais atenção que você vai ver.

Também é esta a teoria por trás dos suéteres descomunais, os lenços que parecem lençóis: Tony, nadando dentro deles, fica ainda mais esquelética.

– Eu pareço uma tábua – diz. – Pareço ter dez anos!

– Esguia – contesta Zenia. – Juvenil. Alguns homens gostam disso.

– Então são uns pervertidos – diz Tony.

– Ouça bem o que eu vou te falar, Antonia – diz Zenia, com seriedade. – *Todos* os homens são pervertidos. Você nunca deve se esquecer disso.

A garçonete se aproxima, massas de gordura sob o queixo, meias antivarizes nas pernas e sapatos pesados nos pés, o peitilho do avental cinza com uma mancha de ketchup saltando na parte da frente. Com indiferença, ela torna a encher suas xícaras.

– Ela também é – afirma Zenia, quando ela está de costas. – Uma puta. No tempo livre.

Tony examina as ancas impassíveis, o declive entediado dos ombros, o coque desordenado de cabelo de esquilo morto pintado.

– Não! – ela diz. – Quem iria querer?

– Aposto qualquer coisa – diz Zenia. – Vai em frente!

Ela quer dizer que Tony deve continuar a história que estava contando, mas Tony mal se lembra de onde estava. Esta amizade com Zenia foi muito repentina. Sente-se como se tivesse sido arrastada com uma corda, atrás de uma lancha acelerada, com as ondas espirrando nela e os ouvidos cheios de aplausos; ou como se esquiasse morro abaixo em uma bicicleta, sem as mãos nem o freio. Está fora de controle; ao mesmo tempo, está excepcionalmente alerta, como se os pelos dos braços e da nuca estivessem totalmente eriçados. Essas são águas perigosas. Mas por quê? Estão apenas conversando.

Apesar de estar deixando Tony zonza, toda essa verborragia despreocupada. Ela nunca ouviu tanto uma pessoa; e também nunca falou tanto, com tanta imprudência. Ela estava longe de se entregar à autorrevelação, na sua vida anterior. Quem estava ali para contar? Ela não tem ideia do que pode se desenrolar, da próxima vez que abrir a boca.

– Vai em frente – Zenia repete, se inclinando, do outro lado da mesa marrom sarapintada, as xícaras pela metade, as guimbas no cinzeiro de metal marrom. E Tony obedece.

21

Tony está contando sobre sua mãe. Esta é a primeira vez que Tony fala muito com alguém a respeito da mãe, isto é, algo mais que o essencial. *"Perdida e morta"*, diz Tony, e *"Terrivelmente sentido"*, diz todo mundo. Para que dizer mais? Quem teria interesse?

Zenia tem, ao que parece. Ela percebe que é um assunto doloroso para Tony, mas isso não a dissuade; pelo contrário, isso a estimula. Ela instiga e alfineta e emite todos os sons certos, curiosa e perplexa, horrorizada, complacente e impiedosa, e vira Tony do avesso como uma meia.

Leva tempo, pois Tony não tem nenhuma imagem clara da mãe. As lembranças dela são compostas de fragmentos luzidios, como um mosaico vandalizado, ou como um objeto frágil que caiu no chão. De vez em quando, Tony cata os pedaços e os arranja e rearranja, tentando encaixá-los. (Apesar de ainda não ter passado muito tempo nisso. A ruína é muito recente.)

Portanto, tudo o que Zenia consegue tirar dela é um punhado de cacos. Por que ela os quer? Cabe a Zenia saber e a Tony descobrir. Mas, naquele momento de arrebatamento e loquacidade, nem passa pela cabeça de Tony perguntar.

Tony endureceu cedo. É assim que ela chama o que aconteceu a esta altura, com melancolia, no porão de sua casa, às três da manhã, com o pandemônio do exército de cravo de Oto, o Vermelho, espalhado pela mesa de areia atrás dela, e West dormindo o sono dos injustos no andar de cima, e a raiva de Zenia descontrolada, em algum lugar da cidade. *"Endurecida"* é um termo que copiou de Charis, que explicara que é isso o que se faz com mudas de plantas de modo a torná-las mais resistentes e à prova de congelamento e ajudá-las a serem transferidas sem problemas. Não devem ser muito regadas e é preciso deixá-las ao ar livre, no frio. Foi o que aconteceu a Tony. Ela foi um bebê prematuro, como a mãe gostava de lhe contar, e mantiveram-na em uma caixa de vidro. (Havia algum indício de arrependimento na voz de sua mãe, como se fosse uma pena ela ter sido retirada dali, depois de um tempo?) Portanto, Tony passou os primeiros dias sem mãe. E – a longo prazo – a situação não melhorou.

Por exemplo:

Quando Tony tinha cinco anos, a mãe resolveu levá-la para brincar num tobogã. Tony sabia o que era tobogã, apesar de nunca ter brincado em um. A mãe tinha apenas uma vaga ideia, obtida por meio de cartões de Natal. Mas esta era uma das imagens românticas ao estilo inglês que tinha do Canadá.

Onde ela arrumara o tobogã? Provavelmente o pegara emprestado de uma de suas amigas do clube de bridge. Ela fechou Tony em sua roupa para usar na neve e foram de táxi até a colina dos tobogãs. Como o tobogã era pequeno, coube no banco traseiro, inclinado, ao lado de Tony. A mãe sentou-se na frente. O pai de Tony ia passar o dia com o carro, assim como na maioria dos dias. Era melhor assim, pois as ruas estavam cheias de gelo, e a mãe de Tony era, na melhor das hipóteses, uma motorista instintiva.

Quando chegaram à colina onde as pessoas montavam seus tobogãs, o sol estava baixo, enorme e levemente rosado no céu cinza de inverno, e as sombras estavam azuladas. A colina era altíssima. Ficava na lateral de uma ravina, e estava coberta pela neve gélida, densa. Grupos de crianças aos gritos e uns poucos adultos desciam em disparada sobre trenós e tobogãs e pedaços grandes de papelão. Alguns haviam virado, e havia gente colidindo. Aqueles que chegavam à base da colina desapareciam atrás de um amontoado de pinheiros escuros.

A mãe de Tony ficou parada no alto da colina, olhando para baixo, segurando o tobogã pela corda como se o dominasse.

– Aqui – anunciou ela. – Não é legal? – Ela apertava os lábios, da mesma forma que fazia quando passava batom, e Tony percebia que o cenário que tinha diante de si não era exatamente o que tinha em mente. Estava usando seu casaco e chapéu comprados no centro, meias de náilon e botinhas de salto alto cujas barras eram de pele. Ela não tinha calças compridas ou roupa de esqui, ou casaco da Hudson's Bay, ou protetores de orelha como os outros adultos dali, e Tony se deu conta de que a mãe esperava que ela descesse a colina de tobogã sozinha.

Tony sentiu uma necessidade urgente de fazer xixi. Sabia o quanto isso seria difícil, considerando-se o pesado traje de duas peças com os suspensórios de elástico sobre os ombros, e a irritação que causaria na mãe – não havia nenhum lavatório à vista –, então não falou nada sobre o problema. Em vez disso, ela disse:

– Eu não quero. – Ela sabia que, se alguma hora descesse a colina, ela iria virar, bater em alguma coisa, seria esmagada. Uma criancinha estava sendo levada colina acima, berrando, com sangue escorrendo do nariz.

A mãe de Tony detestava que frustrassem seus enredos. As pessoas deviam se divertir quando ela queria que se divertissem.

– *Anda* – disse ela. – Vou te empurrar. Vai ser ótimo!

Tony se sentou no chão, que era sua forma habitual de protestar. Chorar não funcionava, não com sua mãe. Tinha a propensão de causar um tapa ou, na melhor das hipóteses, uma chacoalhada. Ela nunca foi muito chorona.

A mãe a olhou com desgosto.

– Vou te mostrar como se faz! – anunciou. Seus olhos brilhavam, os dentes estavam fixos: era a aparência com que ficava quando se permitia ser valente, quando se recusava a ser derrotada. Antes que Tony se desse conta do que estava acontecendo, a mãe havia pegado o tobogã e corrido com ele até a beirada da colina. Ali, ela o atirou na neve e se jogou em cima dele, e saiu zunindo, de barriga para baixo, com as pernas beges envoltas em náilon e as botas ornadas com pele levantadas. O chapéu caiu quase que de imediato.

Ela desceu numa velocidade impressionante. Quando foi diminuindo ladeira abaixo, sumindo no lusco-fusco, Tony se levantou.

A mãe estava se afastando dela, estava desaparecendo, e Tony seria deixada sozinha na colina gelada.

– Não! Não! – ela berrou. (Incomum ela ter berrado: devia estar apavorada.) Mas dentro de si, ela ouvia outra voz, também dela, que gritava, destemida e com um prazer violento:

Vai! Vai!

Quando criança, Tony mantinha um diário. Todo mês de janeiro, ela escrevia seu nome na frente, em letras maiúsculas:

TONY FREMONT

Embaixo, ela escrevia seu outro nome:

TNOMERF YNOT

Este nome tinha um som meio russo ou marciano, o que a agradava. Era o nome de um alienígena, ou de um espião. Às vezes, era o nome de uma gêmea, uma gêmea invisível; e quando Tony cresceu e aprendeu mais sobre a condição de canhota, se deparou com a possibilidade de que talvez, de fato, fosse uma gêmea, a parte canhota de um óvulo dividido, cuja outra metade havia morrido. Mas, quando pequena, a gêmea não passava de invenção, a encarnação da sensação de que estava faltando uma parte de si. Embora fosse sua gêmea, Tnomerf Ynot era bem mais alta que Tony. Mais alta, mais forte, mais ousada.

Tony escreveu seu nome externo com a mão direita e seu outro nome, o interno, com a esquerda; apesar de, oficialmente, ser proibida de escrever com a mão esquerda, ou de fazer qualquer coisa importante com ela. Ninguém lhe explicou por quê. O mais perto que chegou de obter uma explicação foi um discurso de Anthea – de sua mãe – no qual ela disse que o mundo não fora construído para canhotos. Ela disse também que Tony entenderia melhor quando crescesse, o que acabou sendo apenas mais uma das promessas de Anthea que não foram cumpridas.

Quando Tony era mais nova, os professores da escola davam tapas em sua mão esquerda ou batiam nela com réguas, como se tivesse sido flagrada cutucando o nariz com ela. Uma professora amarrou-a à lateral da carteira. As outras crianças poderiam ter caçoado dela por isso, mas não o faziam. Entendiam tanto quanto ela qual era a lógica daquela atitude.

Esta foi a escola da qual Tony foi arrancada rapidamente. Em geral, Anthea levava oito meses ou mais para se encher de uma escola. Verdade que Tony não era muito boa em ortografia, ou era isso o que declaravam os professores. Diziam que ela invertia as letras. Diziam que tinha dificuldade com números. Diziam isso a Anthea, e Anthea dizia que Tony era superdotada, e então Tony ficava sabendo que logo chegaria a hora de mudar, pois em breve Anthea perderia a calma e começaria a ofender os professores. *Patetas* era um dos nomes mais delicados que ela lhes dava. Ela queria Tony mudada, consertada, invertida para o lado certo, e queria que isso acontecesse da noite para o dia.

Tony tinha facilidade para fazer as coisas com a mão esquerda, coisas com que a direita tropeçaria. Na sua vida destra, ela era desajeitada, e sua letra era grosseira e canhestra. Mas isso não fazia diferença: apesar do bom desempenho, sua mão esquerda era desprezada, mas a direita era subornada e incentivada. Não era justo, mas Anthea disse que a vida não era justa.

Secretamente, Tony continuou a escrever com a esquerda; mas sentia culpa por isso. Ela sabia que devia haver algo de vergonhoso na mão esquerda, ou ela não teria sido humilhada dessa forma. Era a mão que ela mais amava, mesmo assim.

É novembro, e a tarde já está escurecendo. Mais cedo, caiu uma neve fina, mas agora está garoando. O chuvisco escorre pelas janelas da sala de estar em gotas geladas, sinuosas; algumas folhas marrons estão grudadas ao vidro como línguas de couro.

Tony se ajoelha no sofá macio com o nariz imprensado contra a janela, criando manchas de bruma com a respiração. Quando a mancha está grande o bastante, ela escreve nela, com um som estridente, com o dedo indicador. Em seguida, apaga as palavras. *Adof*, ela escreve. É uma palavra feia demais para seu diário. *Adrem*. Ela escreve tais palavras com temor e reverência, mas também com um prazer supersticioso. São palavras de Tnomerf Ynot. Fazem com que ela se sinta poderosa, no domínio de alguma coisa.

Ela expira, escreve e apaga, expira e escreve. O ar não está fresco, tomado pelo odor seco, queimado, de cortinas de chita. Durante todo o tempo que passa escrevendo, ela escuta o silêncio da casa às suas costas. Está acostumada com os silêncios: sabe distinguir entre os silêncios cheios e vazios, entre aqueles que vêm antes e aqueles que vêm depois. Só porque há silêncio, não significa que nada esteja acontecendo.

Tony se ajoelha diante da janela por tanto tempo quanto sua audácia lhe permite. Por fim, vê a mãe andando apressada pela rua, depois de aparecer na esquina, a cabeça abaixada para se proteger da garoa, a gola de pele levantada, o rosto escondido pelo chapéu castanho. Carrega um pacote.

É provável que seja um vestido, pois roupas são um consolo para Anthea: quando está se sentindo "para baixo", como ela diz, vai às compras. Tony foi arrastada para essas expedições pelo centro muitas vezes, quando Anthea não sabia onde enfiá-la. Ela já esperou do lado de fora de cabines de lojas, suando dentro do casaco de inverno, enquanto Anthea experimentava algumas coisas e depois mais coisas, e saía com as meias nos pés e dava uma pirueta diante de um espelho de corpo inteiro, alisando o tecido sobre os quadris. Anthea não compra roupas para Tony com frequência: ela diz que poderia vesti-la com um saco de batatas, e Tony nem perceberia. Mas Tony percebe, sim, ela percebe totalmente. Só acha que não faria nenhuma diferença se vestisse um saco de batatas ou não. Isto é, nenhuma diferença para Anthea.

Tony se levanta do sofá e começa a praticar ao piano. Supostamente, tocar piano vai fortalecer sua mão direita, embora todo mundo, inclusive Tony, saiba que Tony não tem bom ouvido e que as aulas não vão dar em nada. Como poderiam? Tony, com suas patinhas de roedor, não consegue nem transpor uma oitava.

Tony treina com obstinação, tentando acompanhar o ritmo do metrônomo, apertando os olhos para ler a música porque se esqueceu de acender a luz do piano, e porque, sem se dar conta, está ficando míope. A peça que está tocando chama-se "Gavota". *Atovag*. É uma bela palavra; vai pensar numa utilidade para ela, mais tarde. O piano fede a óleo de limão. Ethel, que faz a faxina, já recebeu ordens para não limpar as teclas com isso – deveria usar apenas um pano úmido –, mas ela não presta atenção, e os dedos de Tony vão ficar cheirando a óleo de limão por horas. É um cheiro formal, um cheiro adulto, agourento. Surge antes das festas.

Ela ouve a porta da frente se abrir e se fechar e sente a corrente fria que vem dela nas pernas. Depois de alguns minutos, a mãe entra na sala de estar. Tony escuta os saltos altos batendo no assoalho de madeira de lei, depois abafados pelo carpete. Continua a tocar, espancando as teclas para mostrar à mãe o quanto é estudiosa.

– Já basta por hoje, você não acha, Tony? – a mãe diz, alegre. Tony fica intrigada: em geral, Anthea quer que ela pratique todo o tempo possível. Quer que ela se ocupe de forma segura, em algum lugar que não no seu caminho.

Tony para de tocar e se vira para olhá-la. Tinha tirado o casaco, mas ainda estava de chapéu, e, muito estranho, as luvas castanhas com as quais ele combinava. O chapéu tinha um meio-véu pontilhado que cobria seus olhos e parte do nariz. Sob o véu está a sua boca, levemente borrada nos cantos, como se o batom tivesse escorrido por causa da chuva. Ela põe as mãos atrás da cabeça para desprender o chapéu.

– Eu ainda não completei meia hora – declara Tony. Ela ainda acredita que a obediência no cumprimento de tarefas programadas vai fazer com que seja amada, embora num cantinho pouco iluminado de si mesma ela saiba que isso ainda não funcionou e provavelmente nunca funcionará.

Anthea abaixou as mãos, deixando o chapéu onde estava.

– Você não acha que merece uma folguinha hoje? – diz, sorrindo para Tony. Seus dentes estão muito brancos no ambiente escuro.

– Por quê? – indaga Tony. Ela não vê nada de especial no dia. Não é seu aniversário.

Anthea se senta ao seu lado no banco do piano e desliza o braço esquerdo, com sua mão enluvada de couro, em volta dos ombros de Tony. Ela dá um leve apertão.

– Coitadinha – ela diz.

Põe os dedos da outra mão sob o queixo de Tony e vira seu rosto para cima. A mão de couro é morta e fria, como a mão de uma boneca.

– Eu quero que você saiba – continua ela, – que a mamãe te ama muito, muito.

169

Tony recua para dentro de si. Anthea já disse isso antes. Quando diz, seu bafo cheira como agora, a cigarro e a copos vazios deixados no balcão da cozinha nas manhãs que se seguem às festas, e em outras manhãs também. Copos com guimbas de cigarro úmidas, e copos quebrados no chão.

Ela nunca diz "eu te amo muito, muito". É sempre *mamãe*, como se mamãe fosse outra pessoa.

Eāmam, pensa Tony. *Roma*. O metrônomo continua a fazer tique-taque.

Anthea a encara de cima, segurando-a com as duas mãos enluvadas. Na quase escuridão, seus olhos, por trás das manchas do véu, têm um tom preto fuliginoso, insondável; sua boca está trêmula. Ela se inclina e pressiona a bochecha contra a de Tony, e Tony sente o raspar do véu e a pele úmida, cremosa, que há por baixo dele, e a cheira, um aroma de perfume de violetas e axilas misturado a roupa de gala, e um cheiro salgado, de ovo, como uma maionese esquisita. Ela não sabe por que Anthea está agindo assim, e fica constrangida. Normalmente, Anthea só lhe dá um beijo de boa-noite, um beijinho rápido; ela está completamente trêmula, e por um instante Tony imagina – espera – que seja vontade de rir.

Em seguida, ela solta Tony e se levanta, e se aproxima da janela, e fica de pé com as costas viradas, dessa vez desprendendo o chapéu de verdade. Ela o tira e joga no sofá, e balança o cabelo escuro. Passado um instante, ela se ajoelha e olha para fora.

– Quem anda fazendo essas manchas todas? – ela diz, com um tom mais elevado e firme.

É a voz que usa para simular alegria, quando está brava com o pai de Tony e quer mostrar a ele que ela não se importa. Ela sabe que as manchas foram feitas por Tony. Por via de regra, ela ficaria irritada, faria algum comentário sobre quanto custa chamar Ethel para limpar as janelas, mas dessa vez ela ri, ofegante, como se tivesse acabado de correr.

– Marcas de nariz, iguais às de um cachorro. Guppy, você é uma criança muito divertida.

Guppy é um nome que vem de muito tempo atrás. A história de Anthea é que era assim que ela chamava Tony logo depois de seu nascimento, devido ao tempo que passou na incubadora. Anthea ia e olhava Tony pelo vidro, e a boca de Tony ficava se abrindo e se fechando, mas não saía som nenhum. Ou Anthea disse que não escutava nenhum. Ela manteve o nome mais tarde porque, quando Tony estava fora de risco e ela a levou para casa, Tony raramente chorava: ela apenas abria e fechava a boca. Anthea conta a história como se fosse engraçada.

Esse apelido – encerrado por aspas – foi escrito a lápis embaixo das fotos de Tony quando bebê, no álbum de fotos *Meu bebê* de Anthea, em couro branco: "Guppy, 18 meses"; "Guppy e eu"; "Guppy e o papai." Depois de um tempo, Anthea deve ter parado de tirar essas fotos, ou parado de colocá-las no álbum, pois há apenas folhas em branco.

Tony sente uma corrente de ânsia pelo que quer que já tenha existido entre ela e a mãe, no álbum de fotografias; mas sente irritação também, pois o nome em si já é um embuste. Ela costumava pensar que guppy era algo quente e macio, como um cachorrinho, e ficou magoada e ofendida quando descobriu que era um peixe.

Ela não responde à mãe. Permanece sentada no banco do piano, esperando para ver o que Anthea fará em seguida.

– Ele está aqui? – ela pergunta. Deve saber a resposta: o pai de Tony não a deixaria sozinha em casa.

– Está – diz Tony.

Seu pai está no escritório, nos fundos da casa. Esteve ali o tempo todo. Deve ter ouvido o silêncio, quando Tony não estava tocando. Ele não liga se Tony pratica o piano ou não. O piano, diz ele, é a ideia brilhante de sua mãe.

22

A mãe de Tony prepara o jantar, como sempre. Ela não tira o belo vestido que usa para ir ao clube de bridge, mas põe o avental por cima, o melhor avental, o branco com babados sobre os ombros. Ela repassou o batom: a boca brilha como uma maçã encerada. Tony se senta no banquinho da cozinha, observando-a, até que Anthea lhe diz para parar de olhar para ela de olhos arregalados: se ela quer ser útil, que ponha a mesa. Em seguida, ela pode ir desenterrar o pai. Anthea se expressa assim com frequência: *desenterrar*, como se ele fosse uma batata. Às vezes, diz *arrancar as raízes*.

Tony não tem nenhum desejo especial de ser útil, mas está aliviada porque a mãe está agindo de uma forma mais normal. Ela pega os pratos e depois os garfos, facas e colheres, esquerda direita direita, esquerda direita direita, e depois vai ao escritório do pai, batendo à porta antes, e se senta no chão, de pernas cruzadas. Ela pode entrar ali sempre que quiser, contanto que fique quieta.

O pai está sentado diante da escrivaninha, trabalhando. A luminária está acesa, com sua luz verde, portanto seu rosto tem um tom esverdeado. Ele é um homem robusto com letra pequena e delicada que parece ter sido feita por um rato meticuloso. Em comparação, a letra da própria Tony é a de um gigante de três dedos. O nariz grande e pontudo aponta para o papel no qual está trabalhando; o cabelo grisalho-amarelado está penteado para trás, e a combinação do nariz com o cabelo faz com que ele pareça estar voando em meio a um vento contrário bem forte, sendo empurrado em direção ao alvo de seu papel. Está franzindo a testa, como se estivesse se preparando para o impacto. Tony tem uma ligeira noção de que ele não está feliz; mas felicidade não é algo que ela espere, nos homens. Ele nunca reclama de não sê-lo, ao contrário da mãe.

Gira seu lápis amarelo entre os dedos. Ele tem um pote cheio desses lápis em cima da escrivaninha, sempre muito bem apontados. Às vezes, pede a Tony para apontá-los por ele; ela os gira, um por um, no apontador profissional fixado ao peitoril da janela, com a sensação de que está preparando suas flechas. O que ele faz com os lápis ela não sabe, mas sabe que é algo de extrema importância. Mais importância – por exemplo – do que ela tem.

O nome de seu pai é Griff, mas ela não pensa nele como *Griff*, assim como pensa na mãe como *Anthea*. Até certo ponto, ele é mais parecido com os outros pais, enquanto Anthea não é muito parecida com as outras mães, apesar de às vezes tentar ser. (Griff não é seu pai, entretanto. Griff não é um *pai*.)

Griff esteve na guerra. Anthea diz que, apesar de ter estado nela, ele não foi *até o fim*. A casa dos pais dela em Londres foi destruída por uma bomba durante a Blitz e tanto o pai como a mãe foram mortos. Ela chegou em casa – onde ela estava? Ela nunca disse – e viu apenas uma cratera, uma parede ainda de pé, e uma pilha de escombros; e o sapato da própria mãe, com um pé dentro.

Mas Griff perdeu tudo isso. Ele só se envolveu nisso no Dia D. (*Isso* significando o perigo, a matança; não o treinamento, a espera, a vadiagem.) Ele estava lá quando da aterrissagem, do avanço, da parte fácil, afirma Anthea. A vitória.

Tony gosta de pensar nele assim – vencendo – como alguém que vence uma corrida. Vitorioso. Ele não tem sido vitorioso a olhos vistos ultimamente. Porém, Anthea diz *a parte fácil* na frente das pessoas, na frente dos amigos deles, quando vêm tomar drinques, e Tony fica observando do vão das portas. Anthea diz *a parte fácil*, olhando bem nos olhos de Griff com o queixo erguido, e ele enrubesce.

– Não quero falar sobre isso – ele declara.

– Ele nunca quer – diz Anthea, com uma falta de esperança zombeteira, dando de ombros. É o mesmo gesto que faz quando Tony se recusa a tocar piano para o clube de bridge.

– No fundo, eram só crianças – diz Griff. – Crianças com uniformes de homens. Nós estávamos matando crianças.

– Sorte a sua – retruca Anthea, leviana. – Isso deve ter facilitado as coisas para você.

– Não facilitou – diz o pai de Tony. Eles se encaram como se não houvesse mais ninguém na sala: tenso e avaliador.

– Ele libertou uma arma – diz Anthea. – Não foi, querido? Ela está no escritório dele. Eu me pergunto se a arma se sente *libertada*. – Ela solta uma gargalhada desdenhosa e se afasta. O silêncio forma um redemoinho atrás dela.

Foi assim que Anthea e Griff se conheceram – durante a guerra, quando ele estava na Inglaterra. *Estacionado* na Inglaterra, dizia Anthea; portanto, Tony imagina os dois numa estação de trem, esperando para partir. Teria sido uma estação de trem no inverno; estavam com os sobretudos, e a mãe usava um chapéu, e o ar virava uma neblina branca ao sair de suas bocas. Estavam se beijando, como em fotos? Não está claro. Talvez estivessem pegando um trem juntos, talvez não. Eles carregavam muitas malas. Há sempre muitas malas na história dos pais de Tony.

– Eu fui uma noiva de guerra – diz Anthea. Ela dá um sorriso autodepreciativo, e depois um suspiro. Fala "noiva de guerra" como se estivesse fazendo graça disso – graça em nota menor, pesarosa. O que ela quer insinuar? Que ela foi vítima de um ardil antigo, um ardil antigo ligado à confiança, e que agora sabe disso e lamenta o fato? Que o pai de Tony se aproveitou dela de alguma forma? Que a culpa foi da guerra?

Uma noiva crua, pensa Tony. Que ainda não foi cozida. Ou, o que é mais provável: carne viva, como seus próprios pulsos ficaram por causa dos punhos congelados de seu casaco de neve.

– Eu fui um noivo de guerra – diz seu pai; ou costumava dizer, quando ainda fazia piada. Ele também dizia que tinha arrumado Anthea em um salão de baile. Anthea não gostava.

– Griff, não seja vulgar – ela dizia.

– Homem era uma raridade – ele acrescentava para o público. (Em geral, havia público para essas discussões. Era raro dizerem esse tipo de coisas quando estavam sozinhos.) – Ela teve que agarrar o que conseguiu.

Então Anthea ria.

– Homem decente era uma raridade, e quem agarrou quem? E não foi num salão de baile, foi num baile.

– Bem, não dá para esperar que nós, os bárbaros, saibamos a diferença entre uma coisa e outra.

O que aconteceu depois disso? Depois do baile. É incerto. Mas, por alguma razão, Anthea resolveu se casar com Griff. O fato de que a decisão partiu dela é enfatizado com frequência pelo pai de Tony: *Bem, ninguém te forçou.* A mãe dela foi de certo modo forçada, entretanto. Ela foi forçada, ela foi coagida, ela foi arrastada por aquele ladrão grosseiro e rude, o pai de Tony, até sua casa simplória demais, apertada demais, feita de alvenaria ao falso estilo Tudor, com dois andares e vigas de madeira aparentes, em seu bairro enfadonho, em sua cidade provinciana de mentalidade tacanha, em seu país grande demais, pequeno demais, frio demais, quente demais, que ela odeia com uma fúria estranha, ludibriosa e confusa. *Não fale assim!*, ela sibila para Tony. Está se referindo ao sotaque. Monótono, é como ela o chama. Mas como Tony pode falar do mesmo jeito que a mãe? Como o rádio, ao meio-dia. As crianças da escola ririam dela.

Portanto, Tony é uma estrangeira para a própria mãe; e também para o pai, porque, apesar de falar da mesma forma que ele, ela não é – e ele já deixou isso claro – um menino. Como uma estrangeira, ela ouve com atenção, interpretando. Como uma estrangeira, ela fica atenta a súbitos atos hostis. Como uma estrangeira, ela comete erros.

Tony se senta no chão, olhando para o pai e se perguntando sobre a guerra, que é um grande mistério para ela, mas parece ter sido decisiva em sua vida. Ela tem vontade de lhe perguntar sobre as batalhas, e se ela pode ver a arma; mas já sabe que ele vai esquivar-se das perguntas, como se houvesse um lugar dolorido dentro dele que é preciso proteger. Um lugar cru. Ele vai impedir que ela coloque a mão nele.

Às vezes, ela se pergunta o que ele fazia antes da guerra, mas ele também não fala sobre isso. Ele contou apenas uma história. Quando pequeno, vivia numa fazenda, e o pai o levou para a floresta no inverno. O pai pretendia cortar lenha, mas a árvore estava tão congelada que o machado ricocheteou e cortou sua própria perna. Ele largou o machado e foi embora, deixando Griff sozinho na floresta. Mas ele seguiu as pegadas na neve até a sua casa: uma vermelha, uma branca, uma vermelha.

Se não fosse a guerra, Griff não teria instrução. É o que ele diz. Ele ainda estaria na fazenda. E aí, onde Tony estaria?

O pai continua a fazer o que quer que esteja fazendo. Ele trabalha para uma empresa de seguros. Seguros de vida.

– Então, Tony – o pai diz, sem erguer o olhar. – O que eu posso fazer por você?

– Anthea disse para eu avisar que o jantar está quase pronto – ela diz.

– Quase pronto? – ele questiona. – Ou pronto mesmo?

– Eu não sei.

– Então é melhor você ir lá e dar uma olhada – sugere o pai.

O jantar é linguiça, como de hábito quando Anthea passa a tarde fora. Linguiça, e batata cozida, e ervilha enlatada. As linguiças estão um pouco queimadas, mas o pai de Tony não fala nada. Ele também não fala nada quando a comida está muito boa. Anthea diz que Tony e seu pai são iguais. Dois peixes frios.

Ela traz as travessas da cozinha e se senta na própria cadeira ainda vestida com o avental. Em geral, ela o tira.

– Muito bem! – ela diz, contente. – Como nós todos estamos hoje?

– Bem – diz o pai de Tony.

– Que bom – afirma a mãe.

– Você está toda arrumada – diz o pai. – Ocasião especial?

– Pouco provável, não é? – diz a mãe.

Depois disso, há um silêncio, preenchido pelo som de mastigação. Tony passou boa parte da vida ouvindo os pais mastigando. Os ruídos que suas bocas produzem, os dentes rangendo quando mordem, são desconcertantes para ela. É como ver alguém tirando as roupas pela janela de um banheiro quando a pessoa não sabe que você está ali. A mãe come com nervosismo, em dentadas pequenas; o pai come ruminando. Os olhos dele estão fixos em Anthea, como se fosse um ponto distante no espaço; os dela estão semicerrados, como se mirassem.

Nada se mexe, embora muita força seja exercida. Nada se mexe por enquanto. Tony sente como se houvesse um elástico grosso se esticando no meio de sua cabeça, com uma ponta presa a cada um deles: um pouco mais retesado, e ele se romperia.

– Como foi no clube de bridge? – pergunta o pai, por fim.

– Bom – diz a mãe.

– Você ganhou?

– Não. Ficamos em segundo.

– Quem ganhou, então?

A mãe pensa por um instante.

– Rhonda e Bev.

– Rhonda estava lá? – pergunta o pai.

– Isto aqui não é a Inquisição Espanhola – diz a mãe. – Acabei de falar que estava.

– Que engraçado – diz o pai. – Eu esbarrei com ela, no centro.

– Rhonda foi embora cedo – declara a mãe. Ela põe o garfo no prato com delicadeza.

– Não foi o que ela me falou – diz o pai.

A mãe empurra a cadeira para trás e se levanta. Ela amassa o guardanapo de papel e joga-o sobre os restos de linguiça que há em seu prato.

– Eu me recuso a discutir isso diante da Tony – ela diz.

– Discutir o quê? – questiona o pai de Tony. Ele continua a mastigar. – Tony, você tem licença para se retirar.

– Fique onde você está – diz Anthea. – Você ter me chamado de mentirosa. – Sua voz está baixa e vacilante, como se ela estivesse prestes a chorar.

– Eu chamei? – diz o pai de Tony. Ele parece confuso e curioso a respeito da resposta.

– Antonia – diz a mãe, de forma preventiva, como se Tony estivesse para fazer algo errado ou perigoso. – Você não podia ter esperado até depois da sobremesa? Todo dia eu tento fazer com que ela coma uma refeição decente.

– Isso mesmo, joga a culpa toda em mim – diz o pai de Tony.

A sobremesa é arroz-doce. Permanece na geladeira, pois Tony diz que não quer. Não quer mesmo, não está com fome. Ela sobe para o quarto e se enfia na cama com lençol de flanela de algodão, e tenta não escutar ou imaginar o que um está dizendo para o outro.

Egdirb ed ebulc, ela murmura para si na escuridão. Os bárbaros galopam pela planície. Em suas cabeças, cavalga Tnomerf Ynot, os cabelos compridos e irregulares voando com o vento, uma espada em cada mão. *Egdirb ed ebulc!*, ela grita, impelindo-os a avançar. É um brado de guerra, e eles estão em estado de embriaguez. Varrem tudo o que aparece diante deles, pisoteando lavouras e incendiando vilarejos. Eles saqueiam, e roubam, e quebram pianos, e matam crianças. À noite, montam as tendas e comem o jantar com as mãos, vacas inteiras assadas em fogueiras. Limpam os dedos engordurados nas roupas de couro. Não têm bons modos.

A própria Tnomerf Ynot bebe em uma caveira, com alças de prata no lugar onde existiam orelhas. Ela ergue a caveira bem alto em um brinde à vitória, e ao deus de guerra dos bárbaros: *Atovag!*, ela berra, e as hordas respondem, aclamando: *Atovag! Atovag!*

De manhã, haverá um vidro quebrado.

Tony acorda de repente no meio da noite. Levanta-se da cama, tateia embaixo da mesa de cabeceira até achar as pantufas em forma de coelho e vai na ponta dos pés até a porta. Ela se abre com facilidade.

Ela segue devagar pelo corredor, até o quarto dos pais, mas a porta está fechada, e ela não escuta nada. Talvez estejam ali dentro, talvez não. Mas é mais provável que sim. Quando ela era mais nova, ficava aflita – ou tratava-se de um sonho? – com a ideia de que ia chegar da escola e encontrar apenas um buraco no chão, e os sapatos dos pais com seus pés dentro.

Ela prossegue para a escada e desce, guiando-se com uma, mãos no corrimão. Muitas vezes acorda assim durante a noite; muitas vezes faz rondas, verificando se há danos.

Ela anda às apalpadelas pela escuridão indistinta da sala de estar. Objetos lampejam aqui e ali sob a luz fraca dos postes de luz da rua: o espelho sobre a lareira, os dois cachorros de porcelana sobre o console. Sente os olhos enormes, os pés calçados silenciosos no carpete.

Ela só acende uma luz quando chega à cozinha. Não há nada no balcão ou no chão, nada quebrado. Ela abre a porta da geladeira: o arroz-doce está ali, mas permanece intacto, portanto não pode comer um pouco sem ser descoberta. Então ela prepara um pedaço de pão com geleia. Anthea diz que o pão canadense é uma desgraça, é só ar e serragem, mas para Tony o gosto é bom. O pão é como vários dos ódios de Anthea – Tony não entende a questão. Por que o país é grande demais, ou pequeno demais? O que quer dizer *na medida certa*? O que há de errado na sua maneira de falar, de qualquer forma? *De qualquer forma*. Ela limpa os farelos com todo o cuidado e volta para a cama.

Ao se levantar na manhã seguinte, não tem nem chance de preparar um bule de chá – a única expiação possível para Anthea por não ser inglesa –, pois Anthea já está na cozinha, preparando o café da manhã.

Está usando o avental do dia a dia, xadrez azul e branco; está fritando coisas no fogão. (É uma atividade esporádica para ela. Em geral, Tony prepara o próprio café da manhã e também o próprio almoço para levar para a escola.)

Tony desliza pelo banco acolchoado do canto onde é tomado o café da manhã. O pai já está lá, lendo o jornal. Tony se serve de cereal frio e enfia uma colherada na boca, com a mão esquerda porque ninguém está vendo. Com a direita, segura a caixa de cereal perto dos olhos. *Sekalf narb. Edadiraluger*, Tony sussurra para si. Eles nunca vão direto ao ponto e dizem "constipação". *Oãçapitsnoc*: uma palavra bem mais satisfatória.

Ela tem uma coleção de palíndromos – *O treco certo, A dama cai acamada, Eva, asse e pape essa ave* – mas as frases preferidas dela são diferentes de trás para frente: assimétricas, esquisitas, melodiosas. Elas pertencem a outro mundo, onde Tony se sente em casa porque sabe falar sua língua. *Ossimorpmoc mes atrefo! Ezimonoce! Ajnaral e sezon ed oãp!* Dois bárbaros parados numa ponte estreita, proferindo ofensas, desafiando os inimigos a atravessá-la...

– Tony, largue isso – diz o pai, monocórdio. – Você não deve ler à mesa. – Ele diz isso todas as manhãs, depois que termina de ler o jornal.

Anthea se aproxima com dois pratos cheios, bacon, ovos e torradas, colocando-os na mesa com formalidade, como se fosse um restaurante. Tony abre o ovo e observa a gema correndo como uma cola amarela em cima da torrada. Depois, observa o pomo de adão do pai subindo e descendo quando ele toma o café. É como se houvesse algo preso na garganta. *Dama acamada, eu sou o pomo de adão.*

Anthea está numa alegria viva e esmaltada esta manhã que faz com que ela pareça coberta de esmalte de unha. Ela raspa as tigelas de cereal, jogando os restos na lata de lixo, e canta:

– *Pack up your troubles in your old kit bag, and smile, smile, smile...*

– Você devia ter trabalhado no palco – diz o pai de Tony.

– Eu devia mesmo, não é? – diz a mãe. Sua voz está aérea e desatenta.

Não havia nada fora do lugar, nada óbvio; contudo, quando Tony chega da escola naquela tarde, a mãe não está lá. Ela não só saiu, ela foi embora. Deixou um pacote embrulhado para Tony, em sua cama, e um bilhete dentro de um envelope. Assim que Tony vê o bilhete e o embrulho, ela gela. Está apavorada, mas de certa forma não está surpresa.

O bilhete foi escrito com a tinta marrom que Anthea prefere, no papel de carta creme marcado com suas iniciais. Com a letra de mão arredondada com maiúsculas floreadas, ela escrevera:

Querida, você sabe que eu gostaria de levá-la comigo, mas no momento não posso. Quando você crescer, vai entender por quê. Seja boazinha e saia-se bem na escola. Vou lhe escrever bastante. Sua mamãe que te ama muito.

P. S. Nos vemos em breve!

(Tony guardou o bilhete e se assombrou com ele mais tarde, quando já era adulta. Como explicação, era claro que era inadequada. Além de não conter nenhuma verdade. Para começar, Tony não era *querida*. As únicas pessoas que eram queridas, para Anthea, eram homens, e às vezes mulheres, quando estava irritada com eles. Ela não queria levar Tony junto: se quisesse, teria levado, pois quase sempre fazia o que queria. Ela não escreveu bastante para Tony, ela não a amava muito, e não a viu em breve. E, embora Tony tenha crescido, ela não entendeu por quê.)

No momento em que acha esse bilhete, entretanto, Tony deseja acreditar em cada palavra, e por força de vontade acredita. Consegue até acreditar em coisas que não estão ali. Ela acredita que a mãe vai mandar buscá-la, ou então voltar. Não sabe bem qual das duas opções.

Ela abre o embrulho: é o mesmo que Anthea estava carregando ontem, na garoa, ao voltar do clube de bridge, o que significa que foi tudo planejado com antecedência. Não é como nas vezes em que ela saía correndo de casa, batendo a porta, ou se trancava no banheiro e abria as torneiras para que a banheira transbordasse pelo corredor e o andar de baixo até chegar ao teto, e Griff tinha de chamar o corpo de bombeiros para conseguir entrar. Não se trata de um acesso de raiva, nem de capricho.

Dentro do pacote há uma caixa, e dentro da caixa, um vestido. É azul-marinho, com gola de marinheiro branca. Já que não consegue pensar em mais nada para fazer, Tony o experimenta. Fica grande demais nela. Parece um roupão.

Tony se senta no chão e abraça os joelhos, e afunda o nariz na saia do vestido, inalando seu cheiro, um cheiro de química forte do tecido de lã e goma. Cheiro de novidade, cheiro de futilidade, cheiro de dor silenciosa.

Tudo isso é culpa sua, de certa forma. Ela não preparou xícaras de chá suficientes, ela interpretou mal todos os sinais, ela soltou o fio, ou a corda, ou a corrente, ou o que quer que fosse que vinha amarrando a mãe a esta casa, segurando-a no lugar, e como um veleiro que escapa ou um balão, sua mãe se soltou. Ela está no meio do mar azul, ela está voando com o vento. Perdida.

23

É essa a história que Tony conta a Zenia, quando estão sentadas na cafeteria Christie's, as cabeças inclinadas uma em direção à outra, tomando um café com alto teor de acidez na calada da noite. Soa como uma história lúgubre, da maneira como ela a conta – mais severa e terrível do que foi quando realmente acontecia a ela. Deve ser pelo fato de acreditar nela, a essa altura. Naquela época, parecia temporária – a falta de mãe. Agora sabe que era permanente.

– Então ela caiu fora, assim do nada! Para onde ela foi? – indaga Zenia, com interesse.

Tony suspira.

– Ela fugiu com um homem. Um homem que trabalhava com seguros de vida, do escritório do meu pai. O nome dele era Perry. Ele era casado com uma tal de Rhonda, do clube de bridge da minha mãe. Eles foram para a Califórnia.

– Boa escolha – diz Zenia, rindo.

Na opinião de Tony, não foi uma boa escolha. Foi uma falta de gosto, e também de coerência: se Anthea tinha de ir a algum lugar, por que não foi para a Inglaterra, *sua casa*, como ela sempre dizia? Por que ir para a Califórnia, onde o pão tem ainda mais ar, o sotaque é ainda mais monótono, a gramática ainda mais espúria, do que é ali?

Portanto, Tony não vê tanta graça assim, e Zenia, percebendo tal restrição, muda de expressão na hora.

– Você não ficou furiosa?

– Não – diz Tony. – Acho que não. – Ela procura pelo corpo todo, tateando superfícies, testando os bolsos. Não descobre fúria nenhuma.

– Eu ficaria – diz Zenia. – Eu teria ficado irada.

Tony não sabe muito bem como seria isso, ficar irada. Talvez perigoso demais. Ou então seria um alívio.

Nenhuma ira na época: apenas um pânico frio, desolação; e medo, por causa do que o pai faria, ou diria: ela levaria a culpa?

O pai de Tony ainda não tinha voltado do trabalho. Não havia ninguém em casa, além de Ethel, esfregando o chão da cozinha. Anthea lhe pediu que ficasse até mais tarde nos dias em que ela saía para que alguém estivesse em casa quando Tony chegava da escola.

Ethel era uma mulher forte de ossatura grande com rugas no rosto iguais às das mãos de outras pessoas, e um cabelo ressecado, que parecia peruca. Tinha seis filhos. Só quatro ainda estavam vivos – difteria tinha matado os outros –, mas, se você perguntasse quantos filhos tinha, ela dizia seis. Anthea falava disso como se fosse uma piada, como se Ethel não soubesse contar direito. Ethel tinha o hábito de gemer enquanto trabalhava, e de falar consigo mesma: palavras que soavam como "Ai não, ai não" e "puta dor, puta dor". Via de regra, Tony ficava fora de seu caminho.

Tony foi ao quarto dos pais e abriu a porta do armário da mãe. Lufada de aroma: havia saquinhos de cetim cheios de lavanda presas com fitas lilases em todos os cabides. A maioria dos conjuntos e vestidos de Anthea ainda estava ali dentro, com os sapatos em suas fôrmas dispostos sob eles. Eram como reféns, essas roupas. Anthea jamais as deixaria para trás, não para sempre. Ela teria de voltar para reavê-las.

Ethel estava subindo a escada; Tony a ouvia grunhindo e murmurando. Agora chegava à porta do quarto, arrastando o aspirador de pó pelo tubo. Ficou parada e olhou para Tony.

– Sua mãe fugiu – ela disse. Falava numa linguagem normal quando havia mais alguém por perto.

Tony sentiu o escárnio na voz de Ethel. Cachorros fugiam, gatos, cavalos. Mães, não.

Aqui a memória de Tony se divide no que ela gostaria que tivesse acontecido e no que aconteceu de fato. Ela queria era que Ethel a pegasse em seus braços encaroçados, e acariciasse seus cabelos, e a embalasse, e lhe dissesse que tudo ficaria bem. Ethel, que tinha veias azuis salientes nas pernas, que cheirava a suor e água sanitária, de quem ela nem sequer gostava! Mas que talvez tivesse sido capaz de oferecer algum consolo, ainda que reles.

O que aconteceu de fato foi nada. Ethel voltou à limpeza, e Tony foi para o próprio quarto, fechou a porta, tirou o vestido de marinheiro, dobrou-o e colocou-o de volta na caixa.

Um tempo depois, o pai de Tony chegou em casa e falou com Ethel no vestíbulo, e depois Ethel foi embora, e Tony e o pai jantaram. O jantar foi uma lata de sopa de tomate: o pai a esquentou numa caçarola, e Tony pôs alguns biscoitos água e sal e queijo cheddar num prato. Ambos se sentiam perdidos, como se houvesse buracos nesta refeição que não podiam ser preenchidos porque não podiam ser identificados. O que aconteceu foi tão monumental, e tão sem precedentes, que ainda não podia ser mencionado.

O pai de Tony comeu em silêncio. Os barulhinhos que fazia com a boca arranhavam a pele de Tony. Ele olhava para Tony com malícia, de um jeito especulativo; Tony já tinha visto aquela mesma expressão nos vendedores de porta em porta e nos pedintes da rua, e em crianças que estavam prestes a contar mentiras ultrajantes e cristalinas. Agora os dois formavam uma conspiração, seu olhar insinuava: eles seriam uma gangue, compartilhariam segredos. Segredos que diziam respeito a Anthea, claro. Quem mais? Embora Anthea tivesse partido, ela continuava ali, sentada à mesa com eles. Estava ali mais do que nunca.

Um tempo depois, o pai de Tony largou a colher; ela retiniu contra o prato.

– Nós vamos nos sair bem – ele disse. – Não vamos?

Tony não estava certa disso, mas se sentiu pressionada a reconfortá-lo.

– Vamos – ela confirmou.

Tomate, ela sussurrou para si. *Etamot*. Um dos Grandes Lagos. Um martelo de guerra feito de pedra usado por uma tribo da Antiguidade. Se você dissesse uma palavra ao contrário, o significado era esvaziado e então a palavra ficava desabitada. Pronta para que um novo significado a adentrasse. *Anthea. Aehtna*. Assim como *matar*, era quase a mesma coisa da frente para trás ou de trás para frente.

E depois, e depois?, Zenia quer saber. Mas Tony está perdida: como descrever o vazio? Acres de vácuo, os quais Tony preenchia de toda forma possível, com conhecimento, com datas e fatos, mais e mais deles, derramando-os em sua cabeça para calar os ecos. Pois qualquer que fosse a carência existente quando Anthea estava ali, era muito pior agora que ela não estava.

Anthea era sua própria ausência. Ela pairava pouco além de seu alcance, um espectro tentador, um *quase*, dotado de uma espécie de corpo diáfano através do anseio de Tony por ela. Se apenas amasse mais Tony, ela estaria ali. Ou Tony estaria em outro lugar, junto dela, onde quer que estivesse.

Anthea escreveu, claro. Ela enviou um cartão-postal com uma foto de palmeiras e ondas, e disse que queria que Tony estivesse lá. Mandava pacotes para Tony com roupas que nunca cabiam: roupas de praia, shorts, vestidos para usar no calor, grandes demais ou às vezes – depois de um tempo – pequenos demais. Mandava cartões de aniversário, com atraso. Mandava fotografias tiradas sempre, aparentemente, sob a luz do sol a pino; fotos dela vestida de branco, em que parecia mais gorda do que era nas lembranças de Tony, o rosto bronzeado e brilhoso como se untado, com um bigodinho de sombra embaixo do nariz. Em algumas dessas fotos, o fugitivo, o condenável Perry, estava ao lado dela com o braço em volta de sua cintura: um homem balofo com joelhos enrugados, bolsas sob os olhos e um sorriso torto, deplorável. Passado um tempo, não era mais Perry quem estava nas fotos, mas sim um outro homem; e passado mais um tempo, um outro. Os ombros dos vestidos da mãe de Tony encolheram, as saias ficaram mais compridas e volumosas, os decotes diminuíram; franzidos ao estilo das dançarinas espanholas surgiram nas mangas.

Existiram conversas sobre Tony ir visitá-la, no feriado de Páscoa, nas férias de verão, mas nada se concretizou.

(Quanto às outras roupas de Anthea, aquelas que ela deixou para trás no armário, o pai de Tony pediu a Ethel que as encaixotasse e doasse para o Exército da Salvação. Ele não informou a Tony antes. Ela costumava olhar o armário todos os dias, ao voltar da escola, e um dia ele estava vazio. Tony não falou nada sobre isso, mas ela sabia. Anthea não voltaria.)

Nesse meio-tempo, os anos viravam outros anos. Na escola, Tony foi diagnosticada com miopia e lhe forneceram óculos, o que não a incomodava. Eram uma espécie de barreira, e agora ela enxergava o quadro-negro. No jantar, ela comia ensopados preparados com antecedência por Ethel e deixados no balcão da cozinha para que ela esquentasse. Ela preparava os próprios almoços para levar para a escola, como sempre; também fazia pudins de caramelo que vinham em caixinhas e bolos com mistura semipronta, para impressionar o pai, apesar de nunca alcançarem tal resultado.

O pai lhe dava notas de vinte dólares no Natal e dizia para ela comprar os próprios presentes. Ela preparava xícaras de chá, que ele não bebia, assim como sua mãe. Era frequente não estar em casa. Durante um desses anos, existia uma namorada, uma secretária da empresa dele, que usava pulseiras barulhentas e cheirava a violetas e borracha quente, que se derramava por Tony e falava que ela era fofa como um botão, e queria levá-la às compras ou então ao cinema. *Coisas de meninas*, era como ela chamava isso. *A gente não vai levar o chato do Griff! Eu quero ser sua amiga.* Tony a desprezava.

Depois que a namorada virou assunto encerrado, Griff passou a beber mais do que nunca. Ele entrava no quarto de Tony e ficava sentado observando-a fazer o dever de casa, como se quisesse que ela lhe dissesse alguma coisa. Mas, a essa altura, ela já estava mais crescida e mais endurecida, e não esperava muito dele. Tinha deixado de considerá-lo uma responsabilidade sua; ela o via simplesmente como uma interrupção irritante. Ele era bem menos interessante que as técnicas de cerco de Júlio César, que ela estudava em latim. O sofrimento do pai a esgotava: era monótono demais, era mudo demais, era impotente demais, era parecido demais com o seu.

Uma vez ou outra, quando estava mais embriagado que o normal, ele a perseguia pela casa, tropeçando e xingando, derrubando a mobília. Outras horas, ele se tornava afetuoso: queria desgrenhar seu cabelo, abraçá-la como se ela ainda fosse uma criança, apesar de nunca ter se comportado assim quando ela era de fato. Tony rastejava para debaixo da mesa de jantar para escapar dele: era muito menor que ele, mas bem mais ágil. O pior aspecto desses episódios era que, no dia seguinte, ele parecia não se lembrar de absolutamente nada do que acontecera.

Tony passou a evitá-lo quando possível. No decorrer da noite, ela monitorava seu nível de embriaguez – ela sabia, em parte, pelo cheiro de verniz açucarado – e planejava as rotas de saída: entrar no banheiro, sair pela porta da cozinha, ir para o seu quarto. O principal era não ser encurralada. O quarto tinha fechadura, mas ela também empurrava a escrivaninha até a porta, tirando primeiro todas as gavetas e depois as pondo de volta quando a recolocava no lugar; senão ficaria pesada demais para ela. Em seguida, se sentava de costas para a escrivaninha e com o livro aberto sobre os joelhos, tentando ignorar o som da maçaneta sendo girada, e da voz abafada, entrecortada, bufando na porta: *Eu só quero conversar com você! Só isso! Eu só quero...*

Uma vez, ela fez uma experiência: esvaziou todas as suas garrafas para que não houvesse bebida nenhuma quando ele chegasse em casa – ele tinha mudado de emprego, ele tinha mudado de emprego de novo –, e ele atirou todas as taças de vinho, todos os copos de todos os tipos, contra a parede da cozinha, e de manhã havia um monte de vidro quebrado. Tony achou interessante notar que tal evidência de caos não mais a assustava. Ela achava que Anthea era a quebradora de copos da família; talvez tenha sido, uma época. Tiveram de beber suco de laranja em xícaras de chá por uma semana, até que Ethel pudesse comprar copos novos.

Quando Tony teve a primeira menstruação, foi Ethel quem lidou com isso. Foi Ethel quem explicou que manchas de sangue saíam mais facilmente se fossem molhadas primeiro com água fria. Era especialista em manchas de todos os tipos.

– É apenas a maldição – ela disse, e Tony gostou. Era uma maldição, mas era *apenas* uma maldição. Dor e sofrimento tinham uma importância limitada, na verdade. Podiam ser ignorados.

A mãe de Tony morreu afogada. Ela pulou de um iate, à noite, em algum lugar próximo da costa de Baja Califórnia e não voltou à tona. Devia ter ficado confusa debaixo d'água, emergido no lugar errado, batido a cabeça no casco de um barco e desmaiado. Ou foi essa a história contada por Roger, o homem com quem ela estava na época. Roger ficou muito sentido com o acontecimento, da mesma forma que você ficaria caso perdesse as chaves do carro de alguém ou quebrasse seu melhor prato de porcelana. Pelo tom que usou, era como se quisesse comprar algo para repô-la, mas não soubesse como proceder. Além de parecer estar bêbado.

Foi Tony quem atendeu ao telefonema, pois nem o pai nem Ethel estavam em casa. Roger pareceu não saber quem era ela.

– Eu sou a filha – ela disse.

– Quem? – disse Roger. – Ela não tinha filha nenhuma.

– Como ela estava vestida? – indagou Tony.

– O quê? – disse Roger.

– Ela estava de maiô ou de vestido?

– Que pergunta idiota é essa? – exclamou Roger. A essa altura, já estava gritando, interurbano.

Tony não entendeu por que ele ficara bravo. Ela só queria reconstituir. Anthea tinha pulado do barco de maiô para dar um mergulho à meia-noite, ou tinha pulado, usando uma saia comprida e emaranhada, num acesso de raiva? O equivalente a bater uma porta? A última opção parecia mais provável. Ou talvez Roger a tivesse empurrado. Isso também não estava fora de questão. Tony não estava interessada em vingança, nem mesmo em justiça. Somente em precisão.

Apesar de sua incoerente falta de clareza, foi Roger quem organizou a cremação e enviou as cinzas num cilindro de metal. Tony pensou que deveria haver alguma espécie de culto; mas quem estaria presente, além dela mesma?

Logo após sua chegada, o cilindro desapareceu. Ela o reencontrou anos mais tarde, depois que o pai também havia morrido, e ela e Ethel estavam esvaziando a casa. Estava no porão, enfiado em meio a algumas raquetes de tênis velhas. Tal fato propiciou o tempero histórico adequado: muitas das fotos da mãe a mostravam em vestidos de tenista.

Após a morte da mãe, Tony foi para o internato, por vontade própria. Queria sair da casa, na qual não pensava como sendo um lar, onde o pai espreitava, e bebia, e a perseguia, pigarreando como se fosse iniciar uma conversa. Ela não queria ouvir o que ele tinha a dizer. Sabia que seria alguma forma de desculpa, um pedido de compreensão, algum sentimentalismo. Ou então uma acusação: se não fosse por Tony, ele jamais teria se casado com sua mãe, e, se não fosse por ele, Tony jamais teria nascido. Tony fora uma catástrofe na sua vida. Foi por Tony que ele sacrificou – o quê, exatamente? Nem ele parecia saber. Mas, mesmo assim, ela não lhe devia algo?

O que ele queria lhe dizer permaneceu não dito. Foi Ethel quem o achou, deitado no chão do escritório ainda bem organizado, com os lápis apontados enfileirados sobre a mesa. Ele disse no bilhete que só estava aguardando a formatura de Tony no colegial. Ele até foi à cerimônia, naquela tarde, e se sentou no auditório junto com os outros pais, e depois deu um relógio de ouro a Tony. Deu um beijo na bochecha dela.

– Você vai ficar bem – ele disse. Depois, ele foi para casa e deu um tiro na própria cabeça com sua arma libertada. Uma pistola Luger, como Tony sabe agora, já que a herdou. Antes ele espalhou jornais no chão por causa do tapete.

Ethel disse que ele era assim: atencioso, um cavalheiro. Ela chorou no enterro, ao contrário de Tony, e falou consigo mesma durante as orações. A princípio, Tony imaginou que ela estava falando *Puta dor, puta dor*, mas, na verdade, era *Por favor, por favor*. Talvez tenha sempre sido. Talvez não estivesse chorando por Griff, mas sim pelos dois filhos mortos. Ou a vida de modo geral. Tony considerava todas as possibilidades, tinha mente aberta.

O seguro de vida de Griff não era bom, claro. Não cobria suicídio. Mas Tony tinha o dinheiro da casa, depois que a hipoteca fosse quitada, e o restante do dinheiro da mãe, que lhe fora deixado em testamento, bem como tudo o que houvesse no banco. Talvez o pai se referisse a isso quando disse que ela ia ficar bem.

Então é isso, Tony diz a Zenia. E é mesmo, pelo que ela sabe. Não pensa muito nos pais. Não tem pesadelos com o pai aparecendo com metade da cabeça explodida, ainda com algo a dizer; ou com a mãe, arrastando saias molhadas e água salgada, o cabelo sobre o rosto como uma alga marinha. Ela acha que talvez devesse ter pesadelos assim, mas não tem. O estudo da história a fortaleceu em relação a mortes violentas; ela está blindada.

– Você ainda tem as cinzas? – pergunta Zenia. – Da sua mãe?

– Estão guardadas na minha prateleira de casacos – diz Tony.

– Você é uma criaturinha pavorosa – diz Zenia, rindo. Tony vê o comentário como um elogio: é a mesma coisa que Zenia disse quando Tony lhe mostrou os cadernos de batalhas com os placares de homens perdidos. – O que mais você tem? A arma? – Mas ela fica séria. – Você devia se livrar logo dessas cinzas! Elas dão azar, vão te trazer coisas ruins.

É uma nova faceta de Zenia: ela é supersticiosa. Tony não suspeitaria, e o alto conceito que tem de Zenia caiu um pouco.

– Não passam de cinzas – ela diz.

– Você sabe que isso não é verdade – contesta Zenia. – Você *sabe* que não é. Enquanto você guardar as cinzas, ela vai continuar te dominando.

Portanto, na noite seguinte, na hora do poente, as duas pegam a balsa até Island. É dezembro e sopra um vento amargo, mas ainda não há gelo no lago, então a balsa está na ativa. No meio da travessia, Tony joga a lata com as cinzas da mãe da parte de trás da balsa, na água escura e agitada. Não é uma atitude que ela tomaria sozinha: é só para agradar a Zenia.

– Descanse em paz – diz Zenia. Não parece nem um pouco convicta. Pior, o cilindro de metal não afunda. Ele boia, sacudindo no rastro da balsa. Tony se dá conta de que devia tê-la aberto e despejado o conteúdo. Se tivesse um rifle, poderia ter feito uns buracos na lata. Se soubesse atirar.

24

O mês de dezembro mergulha cada vez mais na escuridão e as ruas trazem à tona seus enfeites natalinos, e a banda de metais do Exército da Salvação entoa hinos, e faz soar seus sinos, e revolve o caldeirão de dinheiro, e a solidão sopra nas lufadas de neve, e as outras meninas do McClung Hall partem para encontrar as famílias, em suas casas, suas casas aconchegantes, e Tony fica para trás. Como já ficou antes; mas dessa vez é melhor, dessa vez não sente um frio na boca do estômago, pois Zenia está ali com seu sarcasmo animado.

– Natal é uma merda – diz Zenia. – Dane-se o Natal, é *tão* burguês.

E então Tony volta a se sentir bem e conta para Zenia a polêmica a respeito da data de nascimento de Cristo, na Idade Média, e que homens adultos estavam dispostos a matar uns aos outros por causa disso, por causa da época exata de *Paz na Terra, boa vontade para com os homens*, e Zenia ri.

– Sua cabeça é um arquivo – ela diz. – Vamos comer, vou preparar alguma coisa para nós. – E Tony se senta, satisfeita, à mesa da cozinha de Zenia, observando-a medir, misturar e mexer os ingredientes.

Onde está West em meio a isso tudo? Tony tinha desistido dele, pois como ela poderia competir com Zenia? E mesmo que pudesse competir, ela não pensaria em fazê-lo. Tal atitude seria desonrosa: Zenia é sua amiga. A melhor amiga. A única amiga, pensando bem. Tony não estava acostumada a ter amigas.

Ou talvez seja o contrário: talvez não haja espaço para West entre as duas. Elas são muito próximas.

Logo, há Zenia e Tony. Agora, Zenia e West; não mais West e Tony.

Às vezes, os três estão juntos. Tony vai com Zenia e West para o apartamento deles, o novo, para o qual se mudaram depois que pintaram o antigo de preto. O novo não é novo, e sim sombrio e barato e caindo aos pedaços, um sobrado sem elevador no leste de Queen. O apartamento tem uma sala de estar comprida com uma janela, cujo vidro chacoalha quando os bondes passam; uma cozinha ampla e espalhafatosa, com papel de parede laranja surrado e uma mesa de madeira com pintura azul lascada, e quatro cadeiras que não combinam;

e um quarto, onde Zenia e West dormem juntos num colchão estirado no chão.

Zenia faz ovos mexidos, e um café forte, incrível, e West toca alaúde para elas: ele realmente tem um, afinal de contas. Ele se senta numa almofada no chão, as pernas compridas com os joelhos dobrados e salientes como as pernas traseiras de um gafanhoto, e dedilha habilidosamente, e canta baladas antigas.

> *The water is wide, I cannot get over,*
> *And neither have I wings to fly,*
> *Build me a boat that can carry two,*
> *And both shall row, my love and I,*

ele canta.

– Tem uma versão irlandesa também – ele acrescenta –, com um barqueiro.

Na verdade, ele está cantando para Zenia, de modo nenhum para Tony. Está profundamente apaixonado por Zenia; Zenia já falou isso para Tony, e é mesmo óbvio. Zenia deve sentir a mesma coisa por West, pois ela o elogia, o exalta, o acaricia com os olhos. Ele é um homem tão gentil, ela disse a Tony durante as conversas que têm tomando café; tão atencioso, ao contrário da maioria dos homens, que são animais sentimentalistas. Ele a valoriza pelas razões certas. Ele a venera! Ela tem muita sorte de ter encontrado um homem tão doce. É claro que ele também tem uma ótima pegada.

Pegada?, pensa Tony. O que é uma pegada? Ela pensa por um instante. Ela nunca tinha estado na presença de duas pessoas apaixonadas uma pela outra. Ela se sente como uma criança abandonada, rota e com frio, com o nariz imprensado contra um vidro iluminado. Uma vitrine de loja de brinquedos, a vitrine de uma padaria, com bolos enfeitados e biscoitos decorados. A pobreza impede sua entrada. Essas coisas são para outras pessoas; não há nada para ela.

Mas Zenia também parece ter noção disso – da condição de solteira de Tony, de seu anseio desolado – e a atenua. Ela é muito atenciosa. Ela distrai, ela age, ela fala alegremente sobre outros assuntos. Receitas, atalhos, rugas e tranças: ela nunca passou por dificuldades por motivo nenhum, ela tem um estoque cheio de truques úteis. O segredo dos ovos mexidos, por exemplo, é salsa e cebolinhas frescas – ela tem vários potes de ervas crescendo no peitoril da janela –, acrescentar um pouco de água e não cozinhar em fogo muito alto; o segredo do café é o moedor, um aparelho de madeira com alavanca e uma gaveta encantadora.

Zenia é cheia de segredos. Ela ri, atira seus segredos casualmente naquela direção ou em outra, os dentes de um branco cintilante; ela tira mais segredos da manga e os desfralda a partir das costas, ela os desenrola como peças de tecido raro, exibindo-os, rodopiando-os como lenços ciganos, ostentando-os como estandartes, amontoando-os um por cima do outro num emaranhado resplandecente, exuberante. Quando ela está por perto, quem consegue olhar para outra coisa?

Mas Tony e West se olham – apenas por um instante – quando Zenia está virada de costas. Eles se olham com tristeza, um pouco envergonhados. *Em transe*, é como estão. Não podem mais tomar cerveja juntos, calmamente, à tarde. Agora é Zenia quem pega emprestadas as anotações de Tony sobre História Moderna. West também se beneficia delas, claro, mas só em segunda mão.

Uma vez, Tony esqueceu-se de assinar a lista de saída do McClung Hall e ficou na casa de Zenia até muito tarde. Ela acabou passando a noite no chão da sala de Zenia, enrolada em um lençol, em cima do casaco de Zenia, o próprio casaco e o de West. De manhã, bem cedo, West voltou com ela para o McClung Hall e a levantou até a plataforma da escada de incêndio, que era alta demais para alcançar sozinha.

Foi uma atitude ousada, passar a noite inteira fora, mas não quer repeti-la. Primeiro, porque foi muito humilhante voltar com West de bonde e depois de metrô, sem conseguir pensar no que deveria dizer, depois ser erguida por ele e depositada na plataforma da saída de incêndio como uma encomenda. Segundo, porque dormir fora do quarto com os dois lá dentro a deixou muito triste.

Ela não dormiu, de todo modo. Não conseguiu, devido aos sons. Sons abundantes, sons desconhecidos, sons graves, cabeludos e focinhudos e como que enraizados, sons lamacentos e quentes e molhados que vinham de debaixo da terra.

– Eu acho que sua mãe era uma romântica – diz Zenia, do nada. Ela está mexendo a massa para as *langues de chat* que está fazendo; Tony está sentada à mesa copiando as próprias anotações de história para Zenia, que como sempre está sem tempo. – Acho que ela estava procurando o homem certo.

– Acho que não – diz Tony. Está um pouco espantada: achava que o arquivo que dizia respeito à sua mãe estava fechado.

– Ela parecia estar em busca de diversão – diz Zenia. – Parecia ser cheia de vida.

Tony não entende bem por que Zenia quer justificar sua mãe. Ela mesma nunca o fez, percebe agora.

– Ela gostava de festas – diz, concisa.

– Aposto que ela tentou abortar e não deu certo – diz Zenia, animada. – Antes de se casar com o seu pai. Aposto que ela encheu a banheira de água fervente e tomou muito gim. Era o que elas faziam.

É uma visão bem mais sombria do que Tony jamais tivera de sua mãe.

– Ah, não – ela murmura. – Ela não faria isso! – Embora pudesse ser verdade. Talvez seja por isso que Tony é tão pequena. Nem o pai nem a mãe eram especialmente diminutos. Talvez seu crescimento tenha sido atrofiado pelo gim. Mas, se fosse o caso, ela não seria também uma idiota?

Zenia enche as fôrmas rasas e as põe no forno.

– A época da guerra foi esquisita – ela explica. – Todo mundo enganava todo mundo, as pessoas simplesmente perdiam a cabeça! Os homens achavam que iam morrer, e as mulheres também achavam isso. Depois, as pessoas não conseguiam se acostumar a serem normais outra vez.

Guerras são o território de Tony. Ela sabe de tudo isso, ela leu a respeito. As pestes têm o mesmo efeito: o pânico, o ímpeto de viver intensamente, uma espécie de histeria gananciosa. Mas parece injusto que tais condições tenham se aplicado a seus próprios pais. Eles deviam ter sido isentados. (O pai, no Natal seguinte à fuga da mãe, parado no meio da sala de estar com os braços cheios de enfeites de vidro, parado diante da árvore de Natal nua como se estivesse paralisado, sem saber o que fazer. Ela mesma indo buscar a escada, pegando os enfeites de seus braços, delicadamente. *Olha só. Eu posso pendurá-los!* Ele os teria jogado, se não fosse assim. Jogado contra a parede. Às vezes, ele ficava parado desse jeito, no meio de uma atividade simples, como se tivesse ficado cego ou perdido a memória. Ou de repente a recobrado. Ele vivia em duas épocas ao mesmo tempo: pendurando os enfeites da árvore de Natal e atirando em crianças inimigas. Então não é de se espantar, pensa Tony. Apesar da embriaguez e fragmentação cada vez maior e, sim, da violência e do temor dos últimos anos, ela meio que o perdoou. E se Anthea não tivesse fugido, ele teria terminado no chão, com sangue embebendo o jornal matinal? Pouco provável.)

– Ela me abandonou – diz Tony.

– A minha própria mãe *me vendeu* – diz Zenia, com um suspiro.

– Vendeu? – indaga Tony.

– Bem, ela me alugou – explica Zenia. – Em troca de dinheiro. A gente tinha que comer. Éramos refugiadas. Ela chegou até a Polônia antes da guerra, mas ela sabia o que estava para acontecer; ela conseguiu sair de alguma forma, suborno ou coisa assim, passaportes falsificados, ou então ela fez sexo oral em um monte de guardas ferroviários, quem sabe? De qualquer modo, ela chegou a Paris: foi lá que eu cresci. Àquela altura, as pessoas já estavam comendo lixo, estavam comendo gatos! O que ela podia ter feito? Ela não podia arrumar um emprego, Deus bem sabe que ela não tinha habilidade nenhuma! Tinha que conseguir dinheiro de alguma forma.

– Alugou você para quem? – pergunta Tony.

– Homens – diz Zenia. – Ah, não no meio da rua! Não para qualquer um! Generais velhos e tal. Ela era russo-branca; acho que a família era endinheirada, uma época... na Rússia, eu imagino. Ela alegava ser uma espécie de condessa, mas Deus sabe que condessas russas existiam a dar com pau. Havia um bocado de branco-russos em Paris; estavam lá desde a revolução. Ela gostava de dizer que tinha sido acostumada a coisas boas, mas eu não sei de quando ela estava falando.

Tony não sabia disso – que a mãe de Zenia era russa. Ela só sabia da história recente de Zenia: o primeiro plano. Sua vida na universidade, sua vida com West, e com o homem antes dele e o anterior a este. Brutamontes, ambos, que usavam jaquetas de couro, bebiam e batiam nela.

Tony examina o molde das maçãs saltadas do rosto de Zenia: eslavas, ela supõe. Há também o leve sotaque, o ar insolente de superioridade, o toque de superstição. Russos têm interesse em ícones e assim por diante. Tudo faz sentido.

– Alugava? – ela diz. – Mas quantos anos você tinha?

– Vai saber – responde Zenia. – Eu devia ter uns cinco ou seis quando começou, ou talvez fosse mais nova. Realmente não me lembro. Não consigo me lembrar de nenhuma época em que não houvesse homem nenhum com as mãos dentro das minhas calças.

A boca de Tony se abre.

– Cinco? – ela exclama. Fica horrorizada. Ao mesmo tempo, admira a sinceridade de Zenia. Ela parece não se envergonhar de nada. Ao contrário de Tony, não é pudica.

Zenia ri.

– Ah, não era óbvio, no começo – ela diz. – Tudo era feito com muita cortesia! Eles chegavam e se sentavam no sofá... meu Deus, como se orgulhava daquele sofá, ela deixava um xale de seda bordado com rosas jogado em cima dele... e me mandava sentar ao lado do bom homem e um tempo depois saía da sala. No início, não era sexo de verdade. Só muita bolinação. Dedos pegajosos. Ela guardou o *big bang* para quando eu virasse o que ela chamava de adulta. Onze, doze... Acho que ela se deu muito bem com isso, embora poucos daqueles homens fossem podres de ricos. Eram daquele tipo que tinha empobrecido, mas tentava manter as aparências e contava os trocados, que tinha um dinheirinho guardado ou fazia negócios duvidosos. Todos eles estavam no mercado negro, todos tinha uma face oculta, eles viviam nos cantos, sabe? Que nem ratos. Ela me comprou um vestido novo para a ocasião, também no mercado negro, eu acho. Fiz meu *début* no tapete da sala de estar... ela nunca deixava que eles usassem a cama. O nome dele era major Popov, se é que dá para acreditar. Ele parecia um personagem de Dostoievski, com crosta marrom no nariz de tanto cheirar rapé. Ele nem tirou as calças, estava com muita pressa. Passei o tempo todo olhando para as rosas bordadas da porcaria de xale. Ofereci a dor para Deus. Eu não estava pecando para me divertir! Eu era muito religiosa na época; ortodoxa, é claro. Os ortodoxos ainda têm as melhores igrejas, você não acha? Espero que ela tenha recebido uma quantia polpuda do velho Popov. Alguns homens abrem mão de um bocado de almoços por uma virgem.

Zenia conta a história como se fosse uma fofoca casual, e Tony escuta, eletrificada. Nunca ouviu falar de algo do gênero. Correção: ela já ouviu falar de coisas do gênero, mais ou menos, mas só em livros. Fatos europeus tão barrocos, tão complicados, não aconteciam a pessoas de verdade, ou a pessoas que ela pudesse vir a conhecer. Mas como é que ela poderia saber? Tais atividades podiam estar acontecendo ao seu redor, mas ela não as via porque não saberia onde procurar. Zenia saberia. Zenia é mais velha que Tony, nem tanto em anos, mas bastante em outros aspectos. Ao lado de Zenia, Tony é uma criança, ignorante como um óvulo.

– Você devia odiá-la – diz Tony.

– Não – diz Zenia, muito séria. – Foi só mais tarde. Ela foi muito legal comigo! Quando eu era pequena, ela me preparava comidas especiais. Ela nunca levantava a voz. Era linda de se olhar, tinha um cabelo comprido e escuro trançado que emoldurava seu rosto como o de uma santa, e olhos grandes e tristes. Eu dormia com ela na cama grande de plumas. Eu a amava, eu a adorava, teria feito qualquer coisa por ela! Eu não queria que ela ficasse tão triste. Foi assim que ela conseguiu sair impune disso.

– Que terrível – diz Tony.

– Bem – continua Zenia –, que importância tem essa merda? De qualquer modo, não foi só eu... ela também se alugou. Ela era uma espécie de meretriz em liquidação, eu acho. Para os cavalheiros que andavam sem sorte. Mas eram apenas russos, e nenhum abaixo do posto de major. Ela tinha critérios. Ela os ajudava com suas pretensões, eles a ajudavam com as dela. Mas ela não era muito bem-sucedida na parte do sexo, talvez porque não gostasse de verdade. Ela preferia o sofrimento. Era alta a rotatividade de homens. E também ela estava sempre doente. Tossindo, que nem numa ópera! Sangue no lenço. Seu bafo ficava cada vez pior, ela usava muito perfume, quando conseguia comprar. Imagino que fosse tuberculose, e foi isso o que a matou. Que morte mais piegas!

– Você teve muita sorte de não pegar a doença – diz Tony. Tudo isso parece muito arcaico. Com certeza, ninguém mais pega tuberculose. É uma doença erradicada, como a varíola.

– Tive mesmo, não é? – diz Zenia. – Mas eu já tinha ido embora fazia muito tempo quando ela finalmente morreu. Fui crescendo e já não a amava mais. Eu fazia a maior parte do trabalho, ela ficava com a maior parte do dinheiro, e isso não era nada justo! E eu não aguentava ouvi-la tossindo e chorando à noite. Ela estava tão desesperançada; acho também que ela era burra. Então eu fugi. Foi uma crueldade, acho eu: na época, ela não tinha ninguém, nenhum homem; só eu. Mas era ou ela ou eu. Eu tinha que escolher.

– E o seu pai? – pergunta Tony.

Zenia ri.

– Que pai?

– Bem, você deve ter tido um.

– Melhor ainda – diz Zenia. – Eu tive três! Minha mãe tinha várias versões: um membro sem importância da realeza grega, um general da cavalaria polonesa, um inglês de boa família. Tinha uma fotografia dele, de um só homem, mas tinha três histórias. A história dele mudava de acordo com a forma como ela estava se sentindo; mas em todas as três ele tinha morrido na guerra. Ela me mostrava onde, no mapa: um lugar diferente, uma morte diferente para cada um. Carregando os tanques alemães montado a cavalo, atrás das fileiras francesas de paraquedas, metralhado em um palácio. Quando podia se dar ao luxo, colocava uma rosa diante da foto; às vezes, acendia uma vela. Só Deus sabe de quem era aquela foto! Um homem jovem de jaqueta, com uma mochila, meio que borrada, olhando por cima do ombro; não era nem um uniforme. Pré-guerra. Talvez ela tenha comprado. Eu acho é que ela foi estuprada, por um bando de soldados ou coisa do tipo, mas ela não queria me contar. Teria sido demais... eu descobrir que meu pai era alguém assim. Mas faria sentido, não é? Uma mulher sem dinheiro, fugindo de um lugar para outro, sozinha... sem proteção. Mulheres assim eram alvos fáceis! Ou então ela teve um amante nazista, um criminoso alemão. Vai saber? Ela era muito mentirosa, então eu nunca vou descobrir. De qualquer modo, agora ela já está morta.

A historinha da própria Tony havia encolhido consideravelmente. Perto da de Zenia, ela parece um mero incidente, secundário, cinzento, suburbano; uma tranquila anedota paroquial; uma nota de rodapé. Enquanto que a vida de Zenia brilha – não, ela resplandece, sob a luz pálida, porém incerta, lançada por acontecimentos mundiais imensos e agourentos. (Branco-russos!)

Até ali, Tony via Zenia como uma pessoa bem diferente de si, mas agora também a via como semelhante, pois as duas não são órfãs? Ambas sem mãe, ambas bebês de guerra, fazendo seu caminho pelo mundo sozinhas, arrastando-se com suas cestas sobre os braços, cestas contendo a escassez, as únicas posses mundanas – um cérebro para cada, pois com o que mais podem contar? Ela tem uma tremenda admiração por Zenia, principalmente por manter a calma. Neste momento, por exemplo, quando outras mulheres poderiam estar chorando, Zenia está sorrindo – sorrindo para Tony, talvez com um toque de escárnio, que Tony decide interpretar como uma bravura tocante, uma coragem de aço diante de um destino adverso. Zenia passou por horrores e saiu vitoriosa. Tony a imagina em cima de um cavalo, o manto esvoaçando, a mão equipada com uma espada erguida; ou como um pássaro, um pássaro prateado e milagroso, ascendendo triunfante e incólume das cinzas da Europa incendiada e saqueada.

– Mas tem uma coisa boa em ser órfã – diz Zenia, pensativa. Dois jatos de fumaça saem de suas narinas perfeitas. – Você não tem que estar à altura da ideia que os outros fazem de você. – Ela toma a borra do café, apaga o cigarro. – Você pode ser o que quiser.

Tony olha para ela, olha para seus olhos preto-azulados, e vê o próprio reflexo: ela mesma, como gostaria de ser. *Tnomerf Ynot*. Ela virada do avesso.

25

Sob as circunstâncias, o que Tony pode negar? Não muito.

É certo que dinheiro, não. Zenia tem que comer – Zenia, e West também, claro – e como eles vão conseguir a não ser que Tony, cheia das riquezas dos mortos, empreste a Zenia um vinte ocasional, um cinquenta ocasional, um cem ocasional, de tempos em tempos? E como Zenia vai lhe pagar, sendo as coisas como são? Ela tem alguma espécie de bolsa de estudos, ou foi o que insinuou, mas que não cobre todas as despesas. No passado distante, ela mendigou e até certo ponto prostituiu seu caminho pela Europa e até o outro lado do oceano; embora – ela diz a Tony, quando os olhos de Tony se arregalam e piscam – ela sempre preferisse transar com um bêbado gentil de classe média, é mais rápido e bem mais limpo. No passado mais recente, ela conseguiu dinheiro extra servindo mesas e limpando banheiros em hotéis de segunda categoria – trabalho pesado é o preço da virtude –, mas quando faz isso fica muito cansada para estudar.

Está muito cansada, de qualquer forma. O amor faz isso com você, e ninhos de amor exigem emplumação, e quem é que cozinha, e lava roupa, e faz a faxina na casa de Zenia? Não West, pobre anjinho; homem típico, ele tem dificuldade para cozinhar um ovo e preparar uma xícara de chá. (Ah, pensa Tony, eu podia fazer chá para ele! Ela anseia por tarefas domésticas simples como essa, por se dedicar a West. Mas ela se censura quase que imediatamente. Até ferver a água para o chá de West lhe daria a sensação de estar traindo Zenia.)

Além disso, Zenia revela, há um custo por desafiar a ordem social: a liberdade não vem de graça, ela tem um preço. As linhas de frente da libertação levam os primeiros tiros. Zenia e West já estão pagando mais do que deveriam por aquele chiqueiro de apartamento porque o hipócrita de mente suja do senhorio suspeita que eles não sejam casados. Toronto é tão puritana!

Portanto, como Tony seria capaz de se negar quando Zenia vai até seu quarto uma noite, aos prantos e sem o trabalho final de História Moderna, não podendo perder nem um segundo?

– Se eu for reprovada nessa matéria, é jogo perdido – ela diz. – Vou ter que sair da faculdade, vou ter que voltar para a rua. Que merda, você não tem ideia, Tony... você simplesmente *não tem ideia*! É um inferno, é tão degradante, não posso voltar a isso!

Tony está perplexa com as lágrimas: ela pensava que Zenia era imune às lágrimas, mais imune que ela mesma. E agora não só há lágrimas, como há muitas lágrimas, fluindo pelo rosto estranhamente imóvel de Zenia, que sempre parece maquiada, mesmo quando não está. Em outra mulher, o rímel iria escorrer; mas aquilo não é rímel, são os verdadeiros cílios de Zenia.

Termina com Tony redigindo dois trabalhos finais, um para ela mesma e um para Zenia. Ela faz isso nervosa: sabe que é muito arriscado. Ela está ultrapassando um limite, um limite que ela respeita. Mas Zenia está sendo rebelde no lugar dela, então é justo que Tony escreva o trabalho final de Zenia. Pelo menos é essa a equação que Tony faz, em algum nível além das palavras. Tony será a mão direita de Zenia, pois não há dúvida de que Zenia é a mão esquerda de Tony.

Nenhum dos trabalhos é sobre batalhas. O professor de História Moderna, dr. Welch, um homem calvo, vesgo, com remendos de couro nos cotovelos, tem mais interesse por economia do que por derramamento de sangue, e deixou claro para Tony – que sugeriu a pilhagem descontrolada de Constantinopla pelos expedicionários das cruzadas – que ele não considera a guerra um tema adequado a meninas. Portanto, ambos os trabalhos são sobre dinheiro. O de Zenia é sobre o comércio de escravos eslavos com o Império Bizantino – Tony escolheu isso por causa dos ancestrais russos de Zenia – e o de Tony diz respeito ao monopólio sobre a seda por parte dos bizantinos do século X.

Bizâncio interessa a Tony. Muitas pessoas tiveram mortes desagradáveis no local, a maioria por motivos banais; você podia ser esquartejado por se vestir de modo errado, você podia ser estripado por dar um sorriso forçado. Vinte e nove imperadores bizantinos foram assassinados pelos rivais. Cegar era o método preferido; isso e o desmembramento articulação por articulação, e deixar morrer lentamente por inanição.

Caso o professor não tivesse sido tão melindroso, Tony teria escolhido escrever sobre o assassinato do imperador bizantino Nicéforo Focas por sua bela esposa, a imperatriz Teófano. Teófano começou como concubina e trabalhou para subir na vida. Quando o marido autocrático ficou velho e feio demais para ela, mandou matá-lo. Não foi só isso: ela ajudou a matá-lo. No dia 1º de dezembro de 969, ela o convenceu a deixar a porta do quarto destrancada, prometendo favores sexuais, sem dúvida, e no meio da noite ela entrou em seu quarto com o amante mais jovem e bonito, João Tzimisces – que mais tarde a prenderia num convento – e um bando de mercenários. Eles acordaram Nicéforo – ele estava dormindo sobre uma pele de pantera, um belo toque –, e então João Tzimisces abriu-lhe a cabeça com uma espada. João estava rindo.

Como a gente sabe disso?, pensa Tony. Quem estava lá para registrar o ocorrido? Será que Teófano também estava rindo? Ela especula sobre o fato de o terem acordado. Era um toque de sadismo; ou talvez fosse uma vingança. Segundo todas as fontes, Nicéforo era um tirano: orgulhoso, imprevisível, cruel. Ela imagina Teófano a caminho do assassinato, com um manto de seda púrpura jogado sobre os ombros e sandálias de ouro. O cabelo escuro serpenteia em volta de sua cabeça; o rosto pálido brilha sob a luz da tocha. Entra primeiro, e rápido, pois o elemento mais importante de qualquer ato de traição é a surpresa. Atrás dela, vêm os homens com espadas.

Teófano sorri, mas Tony não o vê como um sorriso sinistro. É alegre: o sorriso de uma criança prestes a chegar por trás e tampar os olhos de alguém. *Adivinha quem é?*

Há um quê de maldade absoluta na história, pensa Tony. Alegria perversa. Crueldade pela mera crueldade. O que é uma emboscada, na verdade, além de uma espécie de travessura militar? Esconder-se e depois pular e gritar *surpresa!*. Mas nenhum dos historiadores menciona isso, essa característica de esconde-esconde leviano. Querem que o passado seja sério. Seriedade mortal. Ela medita sobre a expressão: se *mortal* é a seriedade, seria então *vivaz* a frivolidade? Assim dizem os criadores das expressões idiomáticas.

Talvez Teófano tenha acordado Nicéforo porque queria que ele apreciasse sua inteligência antes de morrer. Queria que ele visse como ela era insincera, e o quanto ele estivera enganado a seu respeito. Queria que ele entendesse a piada.

Ambos os trabalhos correspondem ao padrão de qualidade normal de Tony; na verdade, o que tem como tema o monopólio da seda é melhor. Mas Zenia obtém um "A", e Tony vai receber um mero "A-". A reputação de brilhante que Zenia tem aparentemente afetou até mesmo o professor Welch. Ou talvez seja a sua aparência. Tony se importa com isso? Não muito. Mas ela percebe.

Tony também sente remorso. Até agora, sempre prestou muita atenção ao decoro acadêmico. Ela nunca pede emprestadas as anotações de outras pessoas, embora as empreste; suas notas de rodapé são impecáveis; e ela sabe perfeitamente que escrever o trabalho final de outra pessoa é uma fraude. Mas não vai obter nenhum benefício para si mesma. Seus motivos são dos melhores: como poderia dar as costas à amiga? Como poderia condenar Zenia a uma vida de escravidão sexual? Ela não é assim. Todavia, a consciência a atormenta, então talvez seja justo que ela receba um mero "A-". Se esse for o único castigo que a aguarda, a pena terá sido leve.

Tony redigiu os dois trabalhos finais em março, quando a neve estava derretendo e o sol esquentando, e os flocos de neve apareciam no meio da lama, dos jornais velhos e das folhas caídas nos gramados nas entradas das casas, e as pessoas iam ficando inquietas dentro dos casacos de inverno. Zenia também estava ficando inquieta. Ela e Tony não passavam mais as noites tomando café no Christie's Coffee Shop em Queen East; não mais conversavam intensamente, adentrando o que Tony considerava ser a noite. Em parte, Tony não tinha tempo, pois as provas de fim de semestre estavam chegando e seu brilhantismo era algo no qual tinha de trabalhar. Mas também era como se Zenia tivesse aprendido tudo o que precisava saber sobre Tony.

O contrário estava longe de ser verdade: Tony ainda estava curiosa, ainda fascinada, ainda ávida por detalhes; mas quando Tony fazia perguntas, as respostas de Zenia – apesar de bastante agradáveis – eram curtas, e seus olhos devaneavam. Tinha essa mesma atitude afável mas distraída também em relação a West. Embora continuasse a tocá-lo sempre que ele entrava no ambiente onde ela estava, embora ela ainda distribuísse pequenas lisonjas, pequenos elogios, ela não se concentrava nele. Estava pensando em outra coisa.

Numa sexta-feira no início de abril, Zenia entrou no quarto de Tony pela janela no meio da noite. Tony não a vê fazê-lo, pois está dormindo; mas de repente seus olhos se abrem, e ela se senta na cama, e há uma mulher parada na escuridão do quarto, a cabeça delineada contra

202

o retângulo cinza-amarelado da janela. No instante em que desperta, Tony pensa que é sua mãe. Anthea não poderia ser jogada fora tão facilmente, parece: comprimida dentro de um cilindro, atirada num lago, esquecida. Ela voltou para exigir uma retribuição, mas pelo quê? Ou talvez ela tenha voltado, tarde demais, para buscar Tony e enfim levá-la para o fundo do profundo mar azul, para onde Tony não tem desejo nenhum de ir, e como seria sua aparência caso Tony acendesse a luz? Pareceria ela mesma, ou uma aquarela inflada?

O corpo inteiro de Tony gela. *Cadê minhas roupas?* Anthea está prestes a dizer, com o rosto impessoal. Ela está falando do corpo, o que foi queimado, o que foi afogado. Que resposta Tony pode dar? *Desculpe-me, desculpe-me.*

Tudo isso se dá sem palavras. O que Tony vivencia é uma onda complexa de reconhecimento e pavor, choque e falta de choque: o pacote que chega intacto sempre que desejos não pronunciados tornam-se realidade. Ela está paralisada demais para gritar. Ela arfa e põe as duas mãos em cima da boca.

– Oi – diz Zenia, baixinho. – Sou eu.

Há uma pausa enquanto Tony se recompõe um pouco.

– Como você entrou? – ela indaga, quando o coração volta a ficar inaudível.

– A janela – explica Zenia. – Eu subi a escada de incêndio.

– Mas ela é alta demais – diz Tony. Zenia é alta, mas não o bastante para alcançar a plataforma. West está lá embaixo, ele a impulsionou para cima? Tony se mexe para acender a luminária da mesa de cabeceira, depois pensa melhor. Ela não poderia receber ninguém em seu quarto a essa hora da noite, e inspetores e bisbilhoteiros rondam os corredores farejando fumaça de cigarro e sexo contrabandeado.

– Subi naquela árvore e pulei do galho – diz Zenia. – Qualquer idiota consegue fazer isso. Você devia arrumar algum trinco para a janela. – Ela se senta no chão com as pernas cruzadas.

– O que aconteceu? – pergunta Tony. Deve ter acontecido algo: nem Zenia iria entrar pela janela de alguém no meio da noite por um capricho passageiro.

– Eu não conseguia dormir – diz Zenia. Ambas estão quase sussurrando. – Preciso conversar contigo. Estou me sentindo muito mal em relação ao coitado do professor Welch.

– O quê? – diz Tony. Ela não entende.

– Em relação ao fato de que nós o enganamos. Acho que a gente devia confessar. Foi falsificação, afinal de contas – diz Zenia, pensativa. Ela está falando do trabalho final, no qual Tony gastou tanto tempo e com que teve muito cuidado. Não havia nada de desonesto no trabalho em si: só no nome que constava nele, o de Zenia.

Agora Zenia quer contar, e lá se vai a vida de Tony. Possibilidades muito amplas, apesar de vagas, se assomam diante de Zenia – jornalismo, altas finanças, até política já foram mencionados –, mas professora universitária nunca foi uma delas; enquanto que para Tony é a única. É a sua vocação; sem isso, ela será tão inútil quanto mão amputada. O que mais ela pode fazer? Onde mais sua carga de conhecimentos de vendedora ambulante, os enfeites e fragmentos peculiares e as bugigangas que ela acumula como se fossem fios de algodão podem ser trocados por um sustento honesto? *Honesto*: é esta a chave. Despida de sua honestidade intelectual, sua reputação, sua integridade, ela ficará exilada. E Zenia está em condições de despi-la.

– Mas eu fiz isso para te ajudar! – diz Tony, ciente até no instante em que fala de que seus motivos não vão convencer as autoridades. (Por um momento ela pensa, eu poderia simplesmente negar que escrevi aquilo. Mas Zenia tem o original, na letra inclinada de Tony. Óbvio que ela teve de copiar com a própria letra.)

– Eu sei – diz Zenia. – Mas mesmo assim. Bem, talvez de manhã eu já tenha mudado de ideia. É que estou deprimida, estou aborrecida comigo mesma; às vezes, me sinto uma merda, aí me dá vontade de pular de uma ponte, entende? Às vezes, me sinto uma impostora. Sinto que não pertenço a este lugar... que eu simplesmente não sou boa o bastante. Nem para o West. Ele é tão honesto. Às vezes, tenho medo de sujá-lo, ou de quebrá-lo, ou algo assim. Sabe qual é a pior parte disso tudo? Às vezes eu *quero* fazer isso. Quando estou... você sabe. Sob muito estresse.

Então não é só a vida de Tony que está sendo ameaçada, a de West também. Do que ela viu de West e sua devoção cega, Tony tem convicção de que Zenia poderia mesmo causar uma devastação. Um aceno desdenhoso com a mão seria capaz de fazê-lo respingar na calçada inteira. Como Zenia obteve tanto poder sem que Tony percebesse? No que diz respeito a West, Tony percebeu. Mas confiou que

Zenia faria bom uso desse poder. Ela confiou em Zenia. Agora tanto ela como West estão em perigo, agora ela deve salvar ambos.

– Estresse? – ela indaga, sem força.

– Ah, a coisa do dinheiro. Tony, você não teria como saber, não é uma coisa com a qual você tenha precisado lidar. A porra do aluguel está alguns meses atrasada, e a porra do senhorio está ameaçando nos despejar: ele diz que vai ligar para a universidade e armar um escândalo. Não faz nem sentido incomodar o West com isso... ele é um bebê, ele deixa todas essas coisas práticas na minha mão. Se eu dissesse a ele quanto a gente está devendo, ele venderia o alaúde, sem dúvida; quer dizer, o que é que ele tem além disso? Ele faria qualquer coisa por mim, embora não desse nem para começar a pagar a dívida, pobrezinho; mas ele gosta desses gestos de sacrifício. Eu simplesmente não sei o que fazer. Tudo isso é *um fardo*, Tony. É nessas horas que eu fico com essa porra de depressão!

Tony já deu a Zenia dinheiro para pagar o aluguel, diversas vezes. Porém ela sabe o que Zenia dirá se mencionar o fato. *Mas Tony! A gente tinha que comer! Você não sabe como é passar fome. Você simplesmente não entende! Você não sabe como é não ter dinheiro nenhum!*

– Quanto? – ela diz com uma voz fria, meticulosa. É um belo ato de chantagem. Está numa emboscada.

– Mil dólares já nos ajuda a sair do buraco – diz Zenia, com calma. Mil dólares é muito dinheiro. Vai criar um nítido buraco no pé-de-meia de Tony. Também é muito mais do que poderia ser necessário para cobrir o aluguel atrasado. Mas Zenia não implora, ela não apela. Ela sabe que a resposta de Tony é inevitável.

Tony se levanta da cama com o pijama polo com estampa de ratos azuis vestidos de palhaço, que lhe fora enviado da Califórnia pela mãe, uma sobra de quando ela tinha catorze anos – o guarda-roupa noturno não foi apurado, pois quem é que iria vê-lo; e uma das coisas que mais a incomodam no que diz respeito àquela noite, em retrospecto, é o fato de que Zenia pôde ver muito bem seu pijama absurdo –, e vai até a escrivaninha, e acende o abajur, por pouco tempo, e escreve o cheque.

– Aqui – ela diz, empurrando-o para Zenia.

– Tony, você é uma rocha – diz Zenia. – Eu te pago depois! – Ambas sabem que não é verdade.

Zenia sai pela janela, e Tony volta para a cama. Uma rocha: dura, rígida, uma possível arma mortal. É possível machucar seriamente vários crânios com uma rocha. Sem dúvida, Zenia voltará mais tarde para pedir mais dinheiro, e depois mais. Tony não ganhou nada além de tempo.

26

Dois dias depois, West vai ao McClung Hall e procura Tony, e pergunta se ela viu Zenia, pois Zenia sumiu. Ela sumiu do apartamento, sumiu da área da universidade, parece ter sumido da cidade inteira, porque ninguém – nem os homens barbados do teatro, nem as mulheres magrelas com crina de cavalo e cara de balé, nem a polícia, quando West finalmente telefona para ela – sabe onde ela está. Ninguém a viu indo embora. Ela simplesmente desapareceu.

Desapareceu com os mil dólares que Tony lhe deu, além de tudo o que havia na sua conta conjunta com West – duzentos dólares, mais ou menos. Haveria mais, porém Zenia tirou um pouco antes sob o pretexto de que a grande amiga dos dois, Tony, que não era tão rica quanto todos haviam imaginado, lhe pedira um empréstimo temporário, e era acanhada demais para mencionar o assunto para West. Sumiu também o alaúde de West, que foi localizado por Tony algumas semanas depois, numa busca diligente e inspirada pelas lojas de artigos usados, e foi comprado por ela na mesma hora. Ela mesma carrega o instrumento até o apartamento e o empurra para West como se fosse um pirulito, na esperança de mitigar sua tristeza. Mas o impacto que isso causa nele é mínimo, e ele permanece sentado sozinho no meio da sala, numa almofada grande e puída, olhando fixo para a parede e bebendo cerveja.

Zenia deixou uma carta para West. Ela teve tal consideração, ou – Tony pensa, com sua nova percepção das reviravoltas da alma de Zenia – tal maquinação. *Meu querido, eu não te mereço. Algum dia você irá me perdoar. Vou te amar até a morte. Sua amorosa Zenia.* Tony, que recebeu uma carta similar, sabe o quanto valem essas declarações:

nada. Ela sabe como cartas assim podem ser penduradas em volta do pescoço como medalhões feitos de chumbo, lembranças pesadas que vão oprimi-lo ao longo de anos. Mas ela também entende a necessidade que West tem de confiar nas promessas de Zenia. Ele precisa delas como de água, precisa delas como de ar. Ele prefere acreditar que Zenia renunciou a ele por um ato inapropriado de nobreza a pensar que ela o enganara. As mulheres podem fazer os homens de bobos, pensa a recém-desiludida Tony, mesmo que a princípio eles não sejam bobos.

A desolação de West é palpável. Ela o envolve como uma nuvem de mosquitos, o marca como um pulso cortado, o qual ele estende para Tony (calado, sem nenhum movimento) para ser enfaixado. Se pudesse escolher, ela não teria optado pelo papel de enfermeira e consoladora, já que ela se saiu tão mal nele com o pai. Mas não pode oferecer muito mais que isso, portanto Tony prepara xícaras de chá para West, e o tira da almofada com um puxão, e – sem saber mais o que fazer – o leva para passear, como se fosse um cachorro ou um inválido. Juntos vagam pelos parques, juntos atravessam esquinas, de mãos dadas como duas crianças perdidas. Juntos lamentam em silêncio.

West está de luto, mas Tony também está. Ambos perderam Zenia, apesar de Tony tê-la perdido de forma mais completa. West ainda acredita na Zenia que ele perdeu: ele acha que, se ela simplesmente voltasse e se permitisse ser perdoada e amada e bem cuidada, tudo poderia durar para sempre. Tony sabe das coisas. Ela sabe que a pessoa que perdeu nem sequer existiu. Ela ainda não questiona benevolência de Zenia, sua história; aliás, ela a usa para explicá-la: o que esperar de alguém com uma infância tão deturpada? O que ela questiona é a benevolência de Zenia. Zenia estava apenas usando-a, e ela se deixou usar; ela fora remexida, ela fora roubada como uma carteira. Mas não tem muito tempo para sentir pena de si mesma porque está ocupada demais sentindo pena de West.

A mão de West jaz passivamente sobre a de Tony. É como se fosse cego: ele vai para onde Tony o guia, desprovido de qualquer vontade própria, sem se importar com a direção que está tomando. Precipício ou porto seguro, para ele é tudo igual. De vez em quando parece despertar; ele olha ao redor, desorientado.

– Como viemos parar aqui? – ele diz, e o coraçãozinho sensível de Tony fica apertado.

O que mais a incomoda é o fato de West beber. É apenas cerveja, mas entra em seu corpo em maior quantidade que antes. É possível que nunca esteja sóbrio. A ausência de Zenia é um caminho, um caminho que Tony reconhece pois já o viu antes. Leva ao fundo e acaba abruptamente em um quadrado de jornal manchado de sangue, e West tropeça nele como se estivesse sonâmbulo. Ela não tem poder para impedi-lo, nem para acordá-lo. Que espécie de frente pode a magricela, esquisita e cabeça-dura da Tony, com seus óculos exagerados e passeios no parque e xícaras de chá, fazer à lembrança da luminosa Zenia que West carrega junto ao coração, ou talvez no lugar dele?

Tony está preocupadíssima com West. Ela perde o sono. Anéis pretos aparecem sob seus olhos, a pele vira papel. Ela escreve as provas finais num transe frenético, e não com o raciocínio tranquilo que lhe é habitual, apelando para as reservas de conhecimentos acumulados que nem sabia possuir.

West, por sua vez, nem aparece, pelo menos para a prova de História Moderna. O vórtice está puxando-o para baixo.

Roz passa por Tony no corredor do McClung e nota sua péssima aparência.

– Ei, Tone – ela diz. (Retrocedeu a este apelido desde a deserção de Zenia, sobre a qual ela sabe, é claro. As fofocas se espalham rápido por aqui. Tony sem Zenia não é mais vista com apreensão e pode ser tratada como um diminutivo novamente.) – Ei, Tone, como vai? Caramba, você parece péssima. – Ela põe a mão grande e quente no seu pontudo ombro de pássaro.

– Não pode ser tão ruim assim. O que houve?

Com quem mais Tony pode conversar? Ela não pode conversar com West a respeito dele mesmo, e Zenia se ausentou. Houve uma época em que ela não teria conversado com ninguém, mas desde o Christie's Coffee Shop ela desenvolveu o gosto pelas confidências. Portanto, vão ao quarto apinhado de Roz e se sentam na cama dela, cheia de travesseiros, e Tony desembucha.

Ela não conta a Roz do trabalho final falsificado e dos mil dólares. De qualquer forma, não é essa a história. A história é sobre West. Zenia sumiu, com a alma de West enfiada na mochila, e sem a alma West vai morrer. Ele vai se matar, e então o que Tony fará? Como vai conviver consigo mesma?

Mas não são essas as palavras que ela usa. Resume os fatos exatos, e eles são mesmo fatos. Não está sendo melodramática. Meramente objetiva.

– Ouça, querida – diz Roz, quando Tony para de falar. – Eu sei que você gosta dele, quer dizer, ele parece ser um cara legal, mas ele vale a pena?

Vale, diz Tony. Vale, sem dúvida vale, mas ela não tem esperanças. (Ele vai definhar e desvanecer, como nas baladas. Vai decair e murchar. Depois vai estourar a própria cabeça.)

– Ao que me parece, ele está sendo um imbecil! Zenia é uma prostituta, todo mundo já sabia. Alguns anos atrás, ela passou por metade dos grêmios... mais de metade! Você nunca ouviu aquele poema sobre ela: "Problemas com seu pênis? Experimente Zenia!"? Ele devia acordar, não é? – diz Roz, que ainda não conheceu o amor, pois ainda não conheceu Mitch. Porém, acabou de conhecer o sexo e acha que este é o novo remédio milagroso, e ela nunca foi boa em guardar segredos. Ela abaixa a voz. – Você devia ir para a cama com ele – sugere, assentindo sabiamente com a cabeça. Está curtindo o papel de mulher sensata, de conselheira dos aflitos. O fato de ela mesma não estar aflita já ajuda.

– Eu? – indaga Tony. As meninas do McClung Hall, embora falem sem parar dos namorados, nunca são muito claras a respeito do que realmente fazem com eles. Se vão para a cama, não mencionam. Zenia é a única pessoa que Tony já conheceu que foi totalmente franca sobre sexo, até este instante.

– Quem mais? – diz Roz. – Você tem que fazê-lo se sentir desejado. Dar a ele algo pelo que se interessar na vida.

– Ah, não acho que eu posso fazer isso – diz Tony. A ideia de ir para a cama com qualquer pessoa que seja é apavorante. E se ficassem em cima dela por engano, e ela fosse esmagada? A ideia de dar a alguém tamanho poder sobre ela também a acovarda. Sem falar na relutância de ter alguém colocando as patas e salivando nela. Zenia foi sincera sobre sexo, mas não fez com que o ato parecesse muito atraente.

Mas, pensando melhor, Tony tem de admitir que, se há uma pessoa que seria capaz de tolerar, é West. Ela já segura sua mão, nos passeios: é bom. Porém, os detalhes concretos a derrotam. Como ela atrairia West para um lugar como a cama, e qual cama? Não a sua, estreita, no McClung Hall – está fora de questão, olhos demais voltados para ela, não dá nem para comer biscoito no quarto sem que todo mundo descubra – e certamente não a mesma cama em que ele vinha dormindo com Zenia. Não seria correto! Além disso, ela não sabe como se faz esse tipo de coisa. Na teoria, sim, ela sabe o que entra onde, mas na prática? Um dos obstáculos é a conversa: o que ela diria? E ainda que conseguisse atrair West para o local, o que aconteceria em seguida? Ela é pequena demais, e West é grande demais. Seria triturada.

Contudo, ela ama West. Essa parte está bem clara para ela. E a questão não é salvar a vida dele? É, sim. Portanto heroísmo e abnegação são necessários.

Tony cerra os dentes e se prepara para seduzir West. Ela é tão inepta quanto temera que seria. Ela tenta preparar um jantar à luz de velas no apartamento de West, mas sua atividade na cozinha parece servir só para deixá-lo ainda mais deprimido, pois Zenia era uma cozinheira maravilhosa e criativa; para piorar, Tony queima a caçarola de atum. Ela o leva ao cinema, conduzindo-o a filmes de terror baratos e tolos que lhe dão chances de apertar sua mão no escuro quando os vampiros exibem os caninos e a cabeça de borracha rola escada abaixo. Mas tudo o que ela faz, West decide ver como meros atos de amizade. Ou é o que Tony acha. Para seu desespero, mas também – em parte – para seu alívio, ele a vê como uma fiel aliada, e só.

É junho, faz calor, o semestre universitário terminou, mas Tony se inscreveu num curso de verão, como sempre, para não ter de sair de seu quarto no McClung Hall. Uma tarde, ela vai ao apartamento de West para lavar a louça acumulada e bolorenta e levá-lo para passear, e o encontra adormecido na cama. Suas pálpebras estão curvas e puras, como aquelas dos santos esculpidos em lápides; um braço está jogado sobre a cabeça. O ar entra em seu corpo, o ar sai: ela está muito grata por ele ainda estar, até agora, vivo. O cabelo – que não é cortado há semanas – cai, assimétrico, em volta da cabeça. Ele parece tão triste deitado ali, tão abandonado, tão pouco ameaçador, que ela se senta a seu lado cuidadosamente, inclina-se com delicadeza, e lhe beija a testa.

West não abre os olhos, mas passa o braço em volta dela.

– Você é tão amorosa – ele murmura com a boca em seu cabelo. – Você é tão generosa comigo.

Ninguém nunca chamou Tony de amorosa e generosa. Nunca um homem passou o braço em volta dela. Enquanto ela ainda está se acostumando a isso, West começa a beijá-la. Ele lhe dá beijos rápidos, por todo o rosto. Seus olhos permanecem fechados.

– Não vá embora – ele sussurra. – Não se mexa.

Tony não pode se mexer, pois a apreensão a paralisa. Fica consternada com a própria falta de valentia, e também com a magnitude absoluta do corpo de West, agora que está tão perto dele. Ela enxerga até os tocos de pelos saindo de seu queixo! Em geral, estão muito rentes para isso. É como ver as formigas em uma rocha em queda, quando ela está prestes a esmagá-lo. Ela sente que está correndo um grande risco.

Porém, West é bastante paulatino. Ele tira seus óculos devagar; depois abre um botão de cada vez, tateando como se estivesse com os dedos dormentes, e puxa o lençol áspero por cima dela, e a alisa como se fosse uma almofada de veludo, e embora realmente doa, como diziam os livros, é menos parecido com ser despedaçada por feras selvagens – uma suposição que ela fazia a partir de todos os rugidos que costumavam acontecer com Zenia – e mais com cair dentro de um rio, pois West é como outras pessoas o chamam, uma grande quantidade de água, e Tony está tão sedenta, está morrendo de sede, ela vem perambulando pelo deserto todos esses anos e agora finalmente alguém precisa dela para alguma coisa, e no fim ela descobre o que sempre quis saber: ela é maior por dentro do que por fora.

Dessa forma, Tony, orgulhosa de si e tomada pela alegria de ceder, arrasta West do campo de derrota e o leva contra sua vontade para trás da fila de soldados, cuida de suas feridas e o cura. Ele fora destruído, mas volta a se costurar depois de um tempo. Mas não com perfeição. Tony tem consciência da cicatriz, que toma a forma de ansiedade em baixo grau: West tem a convicção de que falhou com Zenia. Ele pensa que ela foi jogada ao inconsciente do mundo, para se arranjar (mal) sozinha, pois ele não foi capaz o suficiente ou inteligente o suficiente ou simplesmente suficiente para ela. Acha que ela precisa de sua proteção, mas Tony tem de guardar para si o escárnio que sente por tal ideia. Não há rival como um rival ausente. Zenia não está ali para se defender, e por isso Tony não pode atacá-la. Cortesia bem como sabedoria deixam-na de mãos atadas.

West volta à universidade no outono e se dedica às disciplinas em que se saíra mal. Tony agora está na pós-graduação. Eles alugam um apartamento pequeno juntos e partilham cafés da manhã ordeiros e noites doces e agradáveis, e Tony está mais feliz do que nunca.

O tempo passa e ambos obtêm os primeiros diplomas de pós-graduação, e ambos conseguem cargos de professores-assistentes. Um tempo depois, casam-se, na prefeitura; a festa é pequena e tem um tom intelectual, embora Roz esteja presente, ela mesma já casada. O marido, Mitch, não pôde ir, ela explica: está numa viagem de negócios. Ela dá a Tony um abraço envolvente e uma capa prateada para telefone, e depois que vai embora (cedo), os colegas historiadores de Tony e musicais de West perguntam com sobrancelhas irônicas quem diabos era ela. Sua presença, entretanto, reconforta Tony: apesar do casamento de seus pais ter sido um desastre, o casamento em si deve ser possível e até normal, se Roz está casada.

West e Tony mudam-se para um apartamento maior, e West compra uma espineta para acompanhar o alaúde. Agora ele tem um terno, e algumas gravatas, e óculos. Tony compra um moedor de café e uma fôrma de assar, e um exemplar de *The Joy of Cooking*, no qual procura receitas complexas. Faz uma torta de avelã, e compra uma panela de *fondue* com garfos compridos, e alguns espetos para fazer *kebab*.

Mais tempo se passa. Tony se questiona sobre a possibilidade de ter filhos, mas não traz o assunto à baila porque West nunca o mencionou. Há passeatas pedindo paz nas ruas, e confusos protestos pacíficos na universidade. West leva para casa um pouco de maconha, e eles fumam juntos, e juntos se assustam com os ruídos da rua, e não voltam a fumar.

O amor deles é dócil e discreto. Se fosse uma planta, seria uma samambaia, verde-clara, suave, delicada; se fosse um instrumento musical, seria uma flauta. Caso fosse um quadro, seria uma ninfeia de Monet, uma das versões em tons mais pastel, com o fundo aquoso, os reflexos, os diversos jogos de luz.

– Você é minha melhor amiga – West diz a Tony, tirando-lhe o cabelo da testa. – Eu tinha uma dívida enorme contigo. – Tony está comovida com sua gratidão, e nova demais para duvidar dela.

Eles nunca mencionam Zenia, Tony porque pensa que vai chatear West, West porque pensa que vai chatear Tony. Porém, Zenia não vai embora. Ela paira, cada vez mais desbotada, é verdade, mas permanece ali, como a bruma azul de fumaça de cigarro numa sala, depois que o cigarro foi apagado. Tony sente seu cheiro.

Uma noite, Zenia surge na porta. Ela bate como todo mundo faz e Tony abre, pensando ser escoteiras vendendo biscoitos, ou então as Testemunhas de Jeová. Ao ver Zenia parada ali, ela não consegue pensar no que dizer. Ela está segurando um espetinho, com nacos de cordeiro e tomate e pimentão enfileirados, e por um instante tem uma visão de si mesma cravando o espeto em Zenia, no lugar onde deveria ficar seu coração, mas não faz isso. Ela simplesmente fica parada de boca aberta, e Zenia lhe sorri e diz:

– Tony querida, deu uma trabalheira descobrir seu paradeiro! – e ri com dentes brancos. Está mais magra agora, e ainda mais sofisticada. Está usando uma minissaia preta, xale preto com contas azeviche e longas franjas de seda, meia arrastão e botas de salto alto de amarrar que vão até o joelho.

– Entre – diz Tony, gesticulando com o espetinho. O sangue de cordeiro pinga no chão.

– Quem está aí? – pergunta West da sala de estar, onde está tocando Purcell na espineta. Ele gosta de tocar enquanto Tony prepara o jantar: é um dos pequenos rituais dos dois.

Ninguém, Tony deseja dizer. *Pegaram o endereço errado. Já foram embora.* Ela quer estender as mãos na direção de Zenia, empurrá-la para trás, bater a porta. Mas Zenia já está na soleira.

– West! Meu Deus! – ela exclama, avançando para a sala de estar, estendendo os braços para ele. – Há quanto tempo! – West não consegue acreditar. Seus olhos, por trás dos óculos sem armação, são os olhos chocados de um bebê queimado, os olhos pasmos de um viajante interestelar. Ele não se levanta, não se mexe. Zenia segura seu rosto erguido com as duas mãos e lhe dá dois beijos, um de cada lado, e um terceiro na testa. As franjas do xale o acariciam, a sua boca está na altura dos seios dela. – É tão bom rever velhos amigos – diz Zenia, suspirando.

De uma forma ou de outra, ela acaba ficando para jantar, pois quem são Tony e West para guardar rancor, e pelo que poderiam guardá-lo, de qualquer modo? Não foi a deserção de Zenia que os uniu? E eles não estão felizes de tal forma que chega a ser comovente? Zenia diz a eles que estão. Eles parecem duas crianças, ela declara, crianças em um piquenique demorado, construindo castelos de areia na praia. Uma graça! Diz que está contente de ver isso. Em seguida, suspira, dando a entender que a vida não a tratou tão bem quanto os vem tratando. Mas ela não teve as mesmas vantagens que eles. Ela viveu à margem, lá fora, onde é escuro e cortante e há escassez. Ela teve de caçar o que comer.

Onde ela esteve? Bem, na Europa, ela diz, indicando por gestos uma cultura mais elevada, mais profunda; e nos Estados Unidos, onde os adultos se divertem; e no Oriente Médio. (Com um aceno, ela conjura desertos, tamareiras, sabedoria mística, e *kebabs* melhores do que qualquer coisa que seja grelhada no pequeno forno canadense de Tony.) Evita falar o que andou fazendo nesses lugares. Uma ou outra coisinha, diz. Ela ri, e afirma sofrer de deficit de atenção.

Quanto ao dinheiro que usou para fugir, ela tem a diplomacia de não dizer nada, e Tony conclui que seria provinciano de sua parte trazer o assunto à baila. Contudo, Zenia diz:

– Ah, aí está seu belo alaúde, eu sempre o adorei – como se não tivesse absolutamente nenhuma lembrança de ter sequestrado o instrumento. West também parece não se lembrar. A pedido de Zenia, ele toca algumas das músicas antigas, apesar de não ter mais o hábito de tocar canções folclóricas, explica. A essa altura, está interessado no estudo intercultural de cantos polifônicos.

Nenhuma lembrança, nenhuma lembrança. Será que ninguém além de Tony se lembra das coisas? Parece que não; ou então West não tem memória e a de Zenia é extremamente seletiva. Ela dá pequenas cutucadas, indiretas, e adota uma expressão sentida: ela tem seus arrependimentos, é o que insinua, mas sacrificou a própria felicidade pela de West. Ele precisa é de lar e família, não de uma viajante irresponsável como Zenia, e Tony é uma dona de casa tão dedicada – olha que comida engenhosa! West está no seu território: como uma planta doméstica na janela certa, vejam só como floresce!

– Vocês dois têm muita sorte – ela sussurra para Tony, um toque de tristeza na voz. West escuta, como Zenia desejava.

– Onde você está hospedada? – Tony indaga educadamente, querendo dizer, quando você vai embora.

– Ah, você sabe – diz Zenia, dando de ombros. – Aqui e ali. Eu vivo na penúria... Um dia como um banquete e no outro morro de fome. Que nem antigamente, lembra-se, West? Lembra-se dos nossos banquetes? – Ela está comendo um chocolate vienense, de uma caixa que West trouxe para fazer uma surpresa para Tony. Ele vive trazendo presentinhos, pequenas reparações pela parte de si que não consegue lhe dar. Zenia lambe o chocolate dos dedos, um por um, fitando West por entre os cílios. – Delícia – ela exclama com voz encorpada.

Tony não consegue crer que West não perceba o verdadeiro significado de tudo isso, essa bajulação e prestidigitação, mas ele não percebe. Ele tem um ponto cego: seu ponto cego é a infelicidade de Zenia. Ou quiçá seu corpo. Os homens, pensa Tony com uma amargura recente, parecem não saber distinguir entre essas duas coisas.

Alguns dias depois, West chega em casa mais tarde que de hábito.

– Levei Zenia para tomar uma cerveja – ele conta para Tony. Tem o ar de um homem que está sendo escrupulosamente honesto, embora esteja tentado a não ser. – Ela está passando por dificuldades. Ela é uma pessoa muito vulnerável. Estou muito preocupado com ela.

Vulnerável? De onde West tirou essa palavra? Tony acha Zenia tão vulnerável quanto um bloco de cimento, mas não fala isso. Mas fala algo quase tão ruim quanto.

– Imagino que ela queira dinheiro.

West parece magoado.

– Por que você não gosta dela? – indaga. – Vocês duas eram tão amigas. Ela notou, sabia? Ela ficou transtornada com isso.

– Por causa do que ela fez com *você* – diz Tony, indignada. – É por isso que eu não gosto dela!

West fica confuso.

– O que ela fez comigo? – pergunta. Ele realmente não sabe.

Num abrir e fechar de olhos – na verdade, em cerca de duas semanas –, Zenia reivindica West, da mesma forma que reivindicaria qualquer bem pertencente a ela, como uma mala deixada numa estação de trem. Ela simplesmente põe West embaixo do braço e vai embora com ele. Não é assim que ele vê a situação, naturalmente; só Tony. Para West, é como se ele estivesse numa missão de resgate, e quem é Tony para negar a atração que tal missão exerce?

– Eu te admiro muito – ele diz a Tony. – Você vai sempre ser a minha melhor amiga. Mas a Zenia precisa de mim.

– Ela precisa de você para quê? – pergunta Tony, com um tom de voz baixo e claro.

– Ela anda com tendências suicidas – diz West. – Você é a pessoa forte, Tony. Você sempre foi muito forte.

– Zenia é forte como um touro – retruca Tony.

– É só fingimento – diz West. – Eu sempre soube dessa parte dela. É uma pessoa profundamente traumatizada.

Profundamente traumatizada, pensa Tony. Esse vocabulário não pode ser de ninguém fora Zenia. West foi hipnotizado: é Zenia falando, de dentro de sua cabeça. Ele prossegue:

– Ela vai desmoronar, a não ser que eu faça alguma coisa.

Alguma coisa significa que West vai morar com Zenia. Isto, segundo West, vai devolver a Zenia um pouco da autoconfiança que ela perdeu. Tony tem vontade de dar uma gargalhada sarcástica, mas como poderia? West a fita com seriedade, desejando que ela compreenda e o absolva e lhe dê sua bênção, como se ele ainda tivesse domínio sobre o próprio cérebro. Mas ele virou um zumbi.

Ele está segurando as mãos de Tony, em cima da mesa da cozinha. Ela as recolhe e se levanta, e vai para seu escritório, e fecha a porta, e mergulha na Batalha de Waterloo. Depois de terminada, os soldados vitoriosos celebraram, e beberam a noite toda, e assaram a carne dos cavalos de guerra abatidos na armadura metálica dos mortos, deixando os feridos gemerem e gritarem em segundo plano. A vitória intoxica e deixa você anestesiado ao sofrimento dos outros.

27

Como ela se saiu bem, pensa Tony. Como ela nos tapeou completamente. Na guerra dos sexos, que não é nada parecida com a guerra de verdade, mas sim com uma espécie de briga confusa em que as pessoas trocam de aliados de um momento para o outro, Zenia foi uma agente dupla. Ou nem isso, pois Zenia não estava trabalhando para um lado ou para o outro. Ela não estava em nenhum lado além do próprio. É até possível que suas farsas – Tony já está velha o bastante, agora, para pensar nelas como *farsas* – não tivessem nenhuma outra motivação além de seus caprichos, sua própria noção bizantina de prazer. Talvez ela tenha mentido e torturado só por diversão.

Embora parte do que Tony sente seja admiração. Apesar de sua desaprovação, seu desalento, toda a angústia do passado, uma parte dela queria aplaudir Zenia, até mesmo incentivá-la. Transformá-la em uma saga. Participar de sua audácia, seu desprezo por quase tudo, sua brutalidade e ilegalidade. É como na vez em que sua mãe escorregou colina abaixo no tobogã e desapareceu. *Não! Não! Vai! Vai!*

Mas o reconhecimento desse ponto veio depois. Na época da deserção de West, ela ficou devastada. (*Devastar*, verbo, destruir de forma arrasadora, despovoar; um termo bastante familiar na literatura de guerra, reflete Tony no porão, inspecionando a mesa de areia e as ruínas do exército de Oto, e comendo outro cravo.) Ela se recusou a chorar, se recusou a berrar. Escutou os passos de West andando na ponta dos pés pelo apartamento, como se estivesse em um hospital. Quando ouviu a porta do apartamento se fechar, ela saiu correndo, trancou as duas fechaduras e passou a corrente. Em seguida, foi ao banheiro e também trancou a porta. Tirou a aliança de casamento (simples, de ouro, sem diamantes), planejando jogá-la no vaso, mas, em vez disso, largou-a na prateleira do armário, ao lado do desinfetante. Em seguida, deixou-se cair no chão. Padrão Americano, estava escrito no vaso. *Onacirema Oãrdap*. Um unguento búlgaro para a pele.

Passado um tempo, ela saiu do banheiro porque o telefone estava tocando. Ficou parada, fitando o objeto, o objeto e sua capa nupcial prateada; ele continuou tocando. Ela o pegou, depois o colocou de volta. Não havia ninguém com quem tivesse vontade de falar. Foi até a cozinha, mas não havia nada que tivesse vontade de comer.

Algumas horas depois, ela se pegou abrindo a caixa de enfeites natalinos antigos onde também guardava a pistola alemã do pai, embalada em papel de seda vermelho. Havia até balas para carregá-la dentro de uma lata de metal de pastilhas para tosse. Nunca tinha disparado uma arma, mas conhecia a base teórica.

Você precisa dormir, ela disse a si mesma. Não conseguia suportar a ideia de dormir na sua cama profanada, então acabou indo dormir na sala de estar, embaixo da espineta. Passou-lhe pela cabeça destruí-la, com algo – o cutelo? –, mas resolveu deixar para fazê-lo de manhã.

Quando acordou era meio-dia, e alguém batia à porta. Era provável que fosse West, voltando porque tinha se esquecido de alguma coisa. (Suas cuecas tinham sumido da gaveta, suas meias muito bem organizadas, lavadas por Tony e dobradas com cuidado aos pares. Levara uma mala.)

Tony foi até a porta.

– Vá embora – ela disse.

– Querida, sou eu – disse Roz, do outro lado. – Abra a porta, meu bem, eu preciso muito ir ao banheiro, estou quase inundando o andar inteiro.

Tony não queria deixar Roz entrar porque não queria deixar ninguém entrar, mas não podia dar as costas a uma amiga com necessidade de urinar. Portanto, desprendeu a corrente e destrancou as fechaduras, e Roz entrou andando feito um pato, grávida do primeiro filho.

– Era exatamente disso que eu precisava – ela disse, melancólica –, de um corpo maior. Ei! Estou comendo por cinco! – Tony não riu. Roz olhou para o rosto de Tony, e pôs os braços cada vez mais gordos em volta dela. – Ô, meu bem – ela exclamou; em seguida, com uma sabedoria recém-adquirida, tanto pessoal quanto política: – Os homens são uns porcos!

Tony sentiu uma pontada de indignação. West não era um porco. Não tinha nem o corpo de um. Um avestruz, talvez. *A culpa não é de West*, ela queria dizer. *É dela. Eu o amava, mas ele nunca me amou de verdade. Como ele poderia me amar? Ele já era um território ocupado, sempre foi.* Mas não podia dizer nada sobre isso, porque não conseguia falar. Também não conseguia respirar. Ou melhor, ela só conseguia inspirar. Ela inspirava e inspirava e por fim fazia um som, um lamento, um longo lamento que se prolongava, como uma sirene distante. Em seguida, irrompia em lágrimas. *Irrompia*, como uma sacola de papel cheia de água. Ela não poderia ter irrompido assim se as lágrimas não estivessem ali o tempo todo, uma enorme pressão entorpecida por trás dos olhos. As lágrimas caíam em cascata pelas faces; ela lambia os lábios, ela as provou. Na Idade Média, pensavam que somente as pessoas que não tinham alma eram incapazes de chorar. Portanto, tinha alma. Não servia de consolo.

– Ele vai voltar – disse Roz. – Tenho certeza de que vai. Para que ela precisa dele? Vai só arrancar um pedaço dele e jogá-lo fora. – Ela embalou Tony para frente e para trás, para frente e para trás, a maior mãe que Tony já teve.

Roz mudou-se para o apartamento de Tony, só até Tony voltar a funcionar. Tinha uma empregada, e o marido, Mitch, estava viajando outra vez, então ela não precisava ficar em casa. Telefonou para a universidade e cancelou as aulas de Tony, dizendo que ela estava com faringite séptica. Encomendava comida e alimentava Tony com sopa enlatada de macarrão com frango, pudim de caramelo, sanduíches de banana com creme de amendoim, suco de uva: comida de bebê.

Ela a obrigava a tomar um monte de banhos e tocava canções reconfortantes, e contava piadas. Queria acomodar Tony em sua mansão em Rosedale, mas Tony não queria sair do apartamento, nem por um segundo. E se West voltasse? Não sabia o que aconteceria se ele o fizesse, mas sabia que precisava estar em casa. Precisava ter a opção de bater a porta na cara dele ou cair em seus braços. Todavia, não queria optar. Queria fazer ambas as coisas.

– Ele te ligou, não foi? – indagou Tony depois de alguns dias, quando estava se sentindo menos acabada.

– É – confirmou Roz. – Sabe o que ele falou? Que estava preocupado com você. É meio que fofo.

Tony não achou fofo. Pensou que fosse Zenia, incitando-o a fazer isso. Torcendo a faca.

Foi Roz quem sugeriu que Tony abrisse mão do apartamento e comprasse uma casa.

– Os preços estão ótimos agora! Você tem dinheiro para a entrada... aproveite um desses títulos. Olha... pense nisso como um investimento. De qualquer forma, seria bom você sair daqui. Qual a utilidade das recordações ruins, não é? – Ela arrumou um bom corretor de imóveis para Tony, levou-a de carro de casa em casa, subiu e desceu escadas ofegando, perscrutando caldeiras de calefação, carunchos, instalações elétricas. – Esta sim... esta é um bom negócio – ela sussurrou para Tony. – Peça para abaixar o preço... veja o que eles dizem! Alguns consertos e esta casa vai ficar linda! Seu escritório pode ficar na torre, é só você se livrar das tábuas de madeira falsa, se livrar do linóleo... é bordo por baixo, eu olhei. É um tesouro enterrado, confie no que estou te dizendo! Na hora que você sair daquele apartamento, as coisas vão melhorar muito. – Ela conseguiu um desconto muito melhor na compra da casa do que Tony. Achou um empreiteiro decente para Tony e prescreveu as cores das tintas. Mesmo em suas melhores épocas, Tony teria sido incapaz de tomar tais providências.

Depois que Tony se mudou, as coisas de fato melhoraram. Ela gostava da casa, embora não pelas razões que Roz teria aprovado. Roz queria que a casa fosse o centro da vida nova e extrovertida que ela imaginava para Tony, mas para Tony ela se assemelhava mais a um convento. Um convento de uma única pessoa. Ela não fazia parte da terra dos adultos, a terra dos gigantes. Ela se fechava na casa como uma freira, e saía só para buscar suprimentos.

E para trabalhar, é claro. Trabalhava muito. Ela trabalhava na faculdade e também em casa; trabalhava à noite e nos finais de semana. Recebia olhares de pena dos colegas, pois fofocas correm pelas universidades à velocidade da gripe, e todos sabiam a respeito de West, mas ela não se importava. Saltava as refeições normais e lanchava biscoito água e sal com queijo. Contratou um serviço de atendimento telefônico automático para não ser incomodada enquanto pensava. Ela não atendia quando tocavam a campainha. Nunca tocava.

Tony, em sua sala na torre, trabalha até de madrugada. Quer evitar a cama, o sono, e principalmente os sonhos. Está tendo um sonho, um daqueles recorrentes; tem a sensação de que o sonho a espera já faz muito tempo, espera que ela o adentre, o readentre; ou de que ele esteve esperando para readentrar nela.

O sonho é debaixo d'água. Na vida real, ela não é uma boa nadadora: nunca gostou de mergulhar, de ficar molhada e fria. Confia em si mesma no máximo para entrar na banheira, e de modo geral prefere os chuveiros. Mas no sonho ela nada sem fazer esforço, numa água verde como folhas, com a luz do sol filtrada através dela, sarapintando a areia. Nenhuma bolha sai de sua boca: ela não tem consciência da respiração. Abaixo de seus pés, peixes coloridos desaparecem, dardejando como pássaros.

Em seguida, ela chega a uma margem, a um abismo. Como se descesse uma colina, ela cai nele, desliza na diagonal pela escuridão cada vez maior. A areia vai desaparecendo sob ela como se fosse neve. Os peixes aqui são maiores e mais perigosos, radiantes – fluorescentes. Iluminam-se e apagam-se, piscam como placas de néon, os olhos e dentes brilhando – um azul de gasolina queimando, um amarelo de enxofre, um vermelho da cor das brasas. De repente, ela se dá conta de que não está no mar, mas sim miniaturizada, dentro do próprio cérebro. Aqueles são seus neurônios, a crepitação da eletricidade tocando-os à medida que pensa neles. Olha para o peixe incandescente com admiração: está assistindo ao processo eletroquímico do próprio ato de sonhar!

Nesse caso, o que é aquilo, na parte bruxuleante da areia branca lá no fundo? Não é um gânglio. É alguém se afastando dela. Nada mais rápido, porém de nada adianta, ela está presa no mesmo lugar, um peixe-dourado de aquário batendo o nariz contra o vidro. *Erpmes arap*, ela ouve. A linguagem invertida dos sonhos. Ela abre a boca para chamar, mas não há ar com que chamar, e a água avança. Ela acorda arquejando e engasgando, a garganta contraída, o rosto transbordando com as lágrimas.

Agora que começou a chorar, parece impossível parar. Durante o dia, à luz do abajur, quando pode trabalhar, ela consegue trancar o choro. Mas o sono é fatal. Fatal e inevitável.

Tira os óculos e esfrega os olhos. Da rua, sua sala deve parecer um farol, uma baliza. Afável e alegre e segura. Mas torres têm outras utilidades. Ela poderia despejar óleo fervido pela janela do lado esquerdo, dar um tiro cego em qualquer um que estivesse parado diante da porta da frente.

Por exemplo, West ou Zenia, Zenia e West. Ela pensa demais neles, neles e no entrelaçamento de seus corpos. Ação seria melhor. Pensa em ir ao apartamento deles (sabe onde estão morando, não foi difícil descobrir, West está na lista telefônica da universidade) e confrontar Zenia. Mas o que diria? *Devolva-o?* Zenia simplesmente riria.

– Ele é um agente livre – ela diria. – Ele é adulto, pode fazer suas próprias escolhas. – Ou algo do gênero. E se ela aparecesse na porta de Zenia, para choramingar e implorar e suplicar, não estaria dando a Zenia exatamente o que ela deseja?

Relembra uma conversa que teve com Zenia, no início, na época em que elas tomavam café no Christie's, e Zenia era sua amiga.

– O que você preferiria? – disse Zenia. – Das outras pessoas. Amor, respeito ou medo?

– Respeito – declarou Tony. – Não. Amor.

– Eu não – disse Zenia. – Eu escolheria medo.

– Por quê?

– Funciona melhor – explicou Zenia. – É a única coisa que funciona.

Tony se recorda de ter se impressionado com tal resposta. Mas não foi por intermédio do medo que Zenia roubou West. Não foi uma demonstração de força. Pelo contrário, foi uma demonstração de fraqueza. A arma suprema.

Em último caso, poderia levar a pistola.

Ao longo de quase um ano, ela não teve notícias de West; nenhuma menção – por exemplo – a advogados ou divórcio; nem mesmo algum requerimento a respeito da espineta e do alaúde, que Tony mantinha como reféns na nova sala de estar. Tony sabia por que West estava tão calado. Era porque estava se sentindo péssimo com o que fizera, ou, para ser exata, com o que fora feito com ele. Sentia-se envergonhado demais.

Um tempo depois, ele começou a deixar recados acanhados no serviço de atendimento automático de Tony, sugerindo que saíssem para tomar uma cerveja. Tony não respondeu, não porque estivesse zangada com ele – ela não ficaria zangada com ele caso fosse atropelado por um caminhão, e ela via a sedução de Zenia como algo análogo –, mas sim porque não conseguia imaginar qual a forma que qualquer conversa entre os dois poderia assumir. *Como você está* e *Bem* já daria conta de praticamente tudo. Portanto, quando ele apareceu na porta, na porta de sua casa nova, a porta de seu convento, ela ficou simplesmente fitando-o.

– Posso entrar? – pediu West. Só de olhar de relance, Tony percebeu que estava tudo terminado entre Zenia e West. Podia ver pela cor de sua pele, cujo tom era cinza-esverdeado, e pelos ombros arqueados e a boca triste. Tinha sido demitido, saqueado, expulso. Levara um chute nos testículos.

Sua aparência estava tão deplorável, tão destroçada – como se tivesse estado sob tortura, como se todos os seus ossos tivessem sido separados de todos os outros, restando somente uma espécie de geleia anatômica – que obviamente ela o deixou entrar. Na sua casa, na sua cozinha, onde ela lhe preparou uma bebida quente, e por fim na sua cama, onde ele a agarrou com força, trêmulo. Não foi um agarro sexual, foi o de um homem afundando. Mas Tony não corria o risco de ser puxada para baixo. Ela se sentiu, se é que sentiu algo, estranhamente seca; estranhamente desligada dele. Ele podia estar afundando, mas dessa vez ela estava de pé na praia. Pior: com binóculos.

Mais uma vez, ela começou a preparar jantarzinhos, a cozinhar ovos para o café da manhã. Ela se lembrava de como cuidar dele, como afagá-lo de modo a voltar à boa forma, e ela o fez de novo; mas dessa vez com menos ilusões. Ainda o amava, mas não acreditava que ele um dia iria retribuir seu amor, não na mesma proporção. Como ele poderia fazê-lo, depois de tudo o que passou? Será que um homem de uma perna só poderia sapatear?

Tampouco era capaz de confiar nele. Ele poderia se arrastar para fora da depressão, dizer-lhe o quanto ela é bondosa, trazer comidas deliciosas para o jantar, levar adiante os hábitos; mas caso Zenia retornasse, de qualquer lugar para onde tivesse ido – e aparentemente nem West sabia para onde –, então todos esses costumes afetuosos não valeriam nada. Ele estava ali apenas emprestado. Zenia era seu vício; um gole dela, e ele iria embora. Seria como um cachorro convocado por um assobio supersônico, inaudível ao ouvido humano. Ele fugiria.

Ela jamais mencionou Zenia: dar-lhe importância poderia chamá-la. Mas quando Zenia morreu, quando foi explodida e encapsulada de forma segura e plantada sob a amoreira, Tony não precisava mais temer a campainha. Zenia não era mais uma ameaça, não em carne e osso. Era uma nota de rodapé. Tinha virado história.

Agora Zenia está de volta, e com sede de sangue. Não o sangue de West: ele não passa de um instrumento. O sangue que Zenia quer beber é o de Tony, pois ela a odeia e sempre odiou. Tony viu esse ódio em seus olhos hoje, no Toxique. Não existe explicação racional para tal ódio, mas Tony não se surpreende. Ela tem a sensação de estar familiarizada com isso há muito tempo. É a ira de sua gêmea não nascida.

Ou, pelo menos, é o que pensa Tony, removendo os vestígios do exército tombado de Oto, o Vermelho, com a pinça, acomodando os sarracenos no território recém-adquirido. A bandeira do Islã ondula sobre as praias italianas cheias de cadáveres espalhados, enquanto o próprio Oto escapa pelo mar. Sua derrota inspirará os vênedos eslavos a fazer outra incursão à Alemanha a fim de saqueá-la; motivará insurreições, rebeliões, o retorno aos antigos deuses canibais. Brutalidade, contrabrutalidade, caos. Oto está perdendo o controle.

Como ele poderia ter ganho essa batalha? Difícil dizer. Evitando a imprudência? Atraindo primeiro o inimigo para avaliar sua força? Força e astúcia são fundamentais, mas é inútil ter uma sem a outra.

A própria Tony, desprovida de força, terá de depender da astúcia. Para derrotar Zenia, terá de se tornar Zenia, pelo menos a ponto de poder prever seu próximo passo. Saber o que Zenia quer já ajudaria.

Tony apaga as luzes do porão e sobe a escada até a cozinha, onde se serve de um copo de água tirada do filtro de água de nascente que lhe fora imposto por Charis. (Tão cheio de substâncias químicas quanto todas as outras, ela sabe; mas, ao menos, não contém cloro. *Eau* de Piscina é como Roz chama a água das torneiras de Toronto.) Em seguida, destranca a porta dos fundos e caminha lentamente pelo quintal, pela sua flora de cardos ressequidos, tocos de árvores e arbustos não podados, sua fauna de ratos. Guaxinins são comuns; esquilos fazem ninhos desarrumados nos galhos. Uma vez apareceu um gambá ali atrás, caçando larvas, escavando os vestígios de gramado que ainda existiam; uma vez apareceu uma tâmia, sobrevivente, por milagre, da gama de gatos da vizinhança.

É revigorante para Tony dar uma escapada à noite, de vez em quando. Ela gosta de ficar acordada quando os outros estão dormindo. Gosta de ocupar espaços obscuros. Talvez ela veja coisas que outras pessoas não conseguem ver, testemunhe acontecimentos noturnos, adquira percepções raras. Ela também pensava assim quando criança – andando pela casa na ponta dos pés, escutando atrás das portas. Também não funcionava na época.

Desse posto privilegiado, ela tem uma nova visão da própria casa: a visão que teria um comando inimigo à espreita. Pensa em como ficaria a casa se ela ou alguma outra pessoa a explodisse. Escritório, quarto, cozinha e vestíbulo, suspensos no ar flamejante. Sua casa não lhe serve de proteção, na verdade. Casas são muito frágeis.

As luzes da cozinha se acendem, a porta dos fundos se abre. É West, uma silhueta desengonçada, iluminada por trás, o rosto indistinto.

– Tony? – ele chama, angustiado. – Você está aí fora?

Tony saboreia a ansiedade dele, só um pouquinho. É verdade, ela o adora, mas não existe um motivo puro. Ela aguarda um instante, escutando, no enluarado jardim cheio de ervas daninhas, misturando-se – possivelmente – às sombras matizadas de prata projetadas pelas árvores. Ela é invisível? As pernas do pijama de West são curtas demais, e os braços também; dão-lhe um ar malcuidado, como o de um de Frankenstein. Entretanto, quem poderia ter cuidado dele – no decorrer dos anos, e à exceção de achar pijamas que coubessem nele – melhor do que Tony? Se tivesse feito isso a contragosto, talvez merecesse se sentir magoada. É assim que funciona a mágoa? *Eu lhe dei os melhores anos da minha vida!* Mas não se deve esperar nada em troca de um presente. E, se não tivesse sido assim, para quem ela os daria, aqueles anos?

– Estou aqui – ela diz, e ele sai e desce os degraus da varanda dos fundos. Está de chinelo, fica aliviada ao ver, apesar de não estar de roupão.

– Você sumiu – ele diz, inclinando-se em sua direção, observando-a. – Não consegui dormir.

– Nem eu. Então trabalhei um pouco e depois saí para respirar ar puro.

– Acho que você não devia ficar andando por aí durante a noite – ele diz. – Não é seguro.

– Não é ficar andando por aí – ela diz, achando graça. – É o nosso quintal.

– Bem, podem aparecer assaltantes.

Ela pega seu braço. Sob o tecido fino, sob a carne, dentro do braço em si, ela sente outro braço se formando: o braço de um velho. Os olhos dele têm um brilho branco leitoso sob o luar. Azul, ela leu uma vez, não faz parte das cores básicas dos olhos humanos; provavelmente surgiram através de uma mutação, e por isso têm mais propensão a cataratas. Ela tem um vislumbre de West, dez anos mais velho e totalmente cego, ela mesma o guiando ternamente pela mão. Treinando o cão-guia, arrumando a biblioteca de audiolivros, a coleção de ruídos eletrônicos. O que seria dele sem ela?

– Entre – ela diz. – Você vai pegar uma gripe.

– Está acontecendo alguma coisa? – ele pergunta.

– Nada – ela mente com prazer. – Vou fazer um leite quente para nós dois.

– Ótimo – ele diz. – A gente pode misturar com um pouco de rum. Olhe só para a lua! Tinha homens jogando golfe lá em cima.

Ele é tão comum, tão querido, tão familiar para ela; como o cheiro da pele de seu próprio antebraço, como o gosto de seus dedos. Ela tem vontade de pendurar uma placa nele, como aquelas de metal das garrafas de bebidas alcoólicas ou de plástico em conferências: *Ridergsnart Oän*. Ela o abraça, na ponta dos pés, esticando ao máximo os braços em torno dele. Eles não o envolvem totalmente.

Por quanto tempo ela conseguirá protegê-lo? Quanto tempo têm até que Zenia os ataque, com os dentes incisivos à mostra, as garras estendidas e os cabelos de *banshee*, reivindicando o que é seu de direito?

NOITES EVASIVAS

28

Charis segue Zenia e o homem que não é Billy pela Queen Street, mantendo distância, esquivando-se dos outros pedestres e ocasionalmente esbarrando neles. Ela esbarra neles porque acha que se tirar os olhos de Zenia, mesmo que por um instante, Zenia desaparecerá – não como uma bolha de sabão estourada, mas sim como alguém em um desenho animado da TV, virando um bando de pontos e traços e se materializando em outro local. Sabendo um bocado sobre matéria, era possível atravessar paredes, e talvez Zenia saiba um bocado; se bem que qualquer conhecimento desse tipo deve ter sido adquirido por ela de alguma forma sinistra. Algo envolvendo sangue de galinha, e o ato de comer animais ainda vivos. A coleta das unhas dos pés de outras pessoas, alfinetes cravados. Dor para alguém.

Zenia deve sentir a intensidade do olhar de Charis queimando suas costas, pois uma hora ela se vira e olha em volta, e Charis pula para trás de um poste de luz, quase esmagando o crânio durante a operação. Ao se recuperar da sensação vermelho-viva na cabeça (*Não é uma dor, é uma cor*) e ousar espiar, Zenia e o homem estão parados, conversando.

Charis se aproxima devagar, deixando para trás um rastro de olhares hostis e comentários resmungados na calçada e dando um sorriso amarelo para aqueles que, com punhos corroídos, mãos estendidas e rostos inchados, encovados, comuns às pessoas que comem açúcar em excesso, lhe pedem a quantia de uma refeição. Charis não tem nenhuma moedinha, pois deixou todas de gorjeta no Kafay Nwar; ela não tem muito dinheiro, ponto final, apesar de ter mais do que imaginava que teria após o almoço, pois foi Roz quem destrinchou a conta, e seus cálculos sempre terminam com Charis pagando menos, ela suspeita, do que deveria. De qualquer modo, Charis não acredita que se deva dar dinheiro a pedintes, sendo da opinião de que dinheiro, assim como doce, faz mal às pessoas. Mas daria algumas das cenouras que cultiva em casa, se pudesse.

Ela segue até um bom ponto de observação, atrás de uma carrocinha de cachorro-quente com um guarda-chuva amarelo, e espreita dali, apesar do odor repugnante (tripas de porco!) e das pecaminosas latas de soda (substâncias químicas!) enfileiradas ao lado da mostarda e do tempero (sal puro!). O vendedor pergunta o que ela vai querer hoje, mas ela mal o escuta: está concentrada demais em Zenia. Agora o homem que está com Zenia vira o rosto na direção de Charis, que leva um choque, como se pusesse a mão no fogo. Charis o reconhece: é o filho de Roz, Larry.

É sempre um salto no tempo para Charis ver os filhos de Roz crescidos, embora seja óbvio que eles tenham crescido, e ela mesma tenha acompanhado esse processo. Mas é difícil acreditar no amadurecimento deles. É como nas vezes em que Augusta está no quarto ao lado e Charis entra, esperando que ela esteja sentada no chão de pernas cruzadas, brincando de casinha com sua boneca Barbie – Charis não aprovava aquela coisa, mas era fraca demais para proibi-la – e se depara com ela sentada numa cadeira com o terninho de ombros largos e sandálias de salto alto, pintando as unhas. *Nossa, August!*, ela tem vontade de dizer. *Onde você arrumou essa roupa toda emperiquitada, superesquisita?* Mas aquelas são suas roupas verdadeiras. É de enlouquecer ver a própria filha andando por aí com roupas que poderiam ter sido da sua mãe.

Ali está Larry, portanto, de jeans e jaqueta de camurça bege, a cabeça de cabelos caramelo inclinada na direção de Zenia, uma das mãos no braço dela. O pequeno Larry! O pequeno e sério Larry, que apertava os lábios e franzia a testa no exato momento em que suas irmãs gêmeas riam e beliscavam o braço uma da outra e diziam que a outra estava com uma meleca saindo do nariz. Charis nunca se sentiu completamente confortável em relação a Larry, ou talvez com sua rigidez. Sempre teve a impressão de que uma boa massoterapia faria maravilhas. Mas Larry deve ter relaxado consideravelmente se está almoçando no Toxique.

Mas o que ele está fazendo com Zenia? O que está fazendo com Zenia neste exato momento? Ele está abaixando a cabeça, o rosto de Zenia está se levantando como um tentáculo, estão se beijando! Ou é o que parece.

– Escuta, dona, a senhora vai querer cachorro-quente ou não? – diz o vendedor.

– O quê? – diz Charis, surpresa.

– Moça maluca, sai fora – diz o vendedor. – Volta para o hospício. Você está atrapalhando a clientela.

Se Charis fosse Roz, diria: *Que clientela?* Porém, se Charis fosse Roz, estaria em profundo estado de choque. *Zenia e Larry! Mas ela tem o dobro da idade dele!*, pensa o vestígio de Charis que sobrou dos tempos em que a idade, em relações entre homem mulher, supostamente importava. A Charis do presente diz a si mesma que não seja intolerante. Por que mulheres não podem fazer o que homens fazem há séculos, isto é, pegar para criar? Idade não é a questão. A questão não é a idade de Zenia, mas sim a própria Zenia. Antes Larry estivesse bebendo soda cáustica.

Enquanto Charis tem esse pensamento nada caridoso, Zenia dá um passo para o lado, desce o meio-fio e desaparece dentro de um táxi. Larry entra depois dela – portanto não foi um beijo de despedida –, e o táxi é engolido pelo fluxo do tráfego. Charis hesita. O que fazer agora? Seu ímpeto é ligar para Roz – *Roz! Roz! Socorro! Venha logo!* – mas isso não serviria de nada, pois ela não sabe para onde vão Zenia e Larry; e mesmo que soubesse, e daí? O que Roz faria? Irromperia no quarto de hotel dos dois ou coisa assim, e diria *Largue o meu filho?* Larry tem vinte e dois anos, é adulto. Pode tomar as próprias decisões.

Charis vê outro táxi e corre para a rua, abanando os braços. O táxi para bruscamente à sua frente, e ela sai em disparada, abre a porta e entra.

– Obrigada – ela arqueja.

– A senhora tem sorte de não ter morrido – diz o taxista, cujo sotaque Charis não consegue identificar. – Então, o que eu posso fazer pela senhora?

– Siga aquele táxi – diz Charis.

– Que táxi? – pergunta o taxista.

Então é isso, e o pior, Charis se sente obrigada, por uma questão de honra, a pagar-lhe três dólares, pois afinal de contas entrou em seu carro, mas só tem uma nota de cinco e uma de dez, e ele não tem trocado, e ela não quer pedir ao vendedor de cachorro-quente, levando-se em conta que ele a xingou, então termina com o taxista dizendo:

– Tempo é dinheiro, dona, me faça um favor: esqueça – e o ressentimento toma conta.

Por sorte, estão escavando a Queen Street, mais uma vez, e o táxi de Zenia está preso no engarrafamento. Depois de correr mais um pouco pela rua, Charis consegue achar outro táxi vazio, a apenas dois carros de distância do de Zenia, e ela se lança para dentro dele, e juntos ambos os táxis escoam pelo coração do centro da cidade. Zenia e Larry saltam no Arnold Garden Hotel, e Charis faz a mesma coisa. Ela observa o porteiro uniformizado assentindo para eles, observa Larry pondo a mão no cotovelo de Zenia, observa-os passando pelas portas de vidro e latão. Ela nunca passou por aquelas portas. Tudo que tem toldo a intimida.

Enquanto tenta decidir o que fazer em seguida, um mensageiro de bicicleta começa a xingá-la sem motivo nenhum. *Meu Deus, dona, presta atenção, porra!* É um presságio: ela já fez o bastante por hoje.

Ela caminha para o terminal das balsas, como se esbofeteada pelo vento. Estar na cidade é tão abrasivo: é como poeira soprando no rosto, como dançar em cima de uma lixa. Embora não saiba ao certo por quê, a incomoda mais ser chamada de "dona" do que ser chamada de "moça maluca". Por que essa palavra lhe é tão ofensiva? (*Escuta*, diz a voz de Shanita, com um desdém alegre. *Se é só disso que chamam você!*)

Está se sentindo confusa e ineficiente, e um pouco apavorada. O que ela deve fazer com o que sabe? O que deve fazer em seguida? Ela escuta, mas o corpo não lhe diz nada, apesar de ter sido seu corpo que a meteu nisso, com a ânsia travessa por cafeína, as ondas de adrenalina, a megalomania. Há dias – e este está se tornando um desses – em que ter um corpo é inconveniente. Embora trate seu corpo com interesse e consideração, prestando atenção em seus caprichos, esfregando loções e óleos nele, alimentando-o com nutrientes selecionados, ele nem sempre a recompensa. No momento, as costas – por exemplo – doem, e há uma poça escura e fria, uma poça agourenta, uma poça de ácido infectado verde-amarronzado, se formando em algum lugar abaixo do umbigo. O corpo pode até ser a casa da alma e o caminho do espírito, mas também é uma perversidade, a oposição obstinada, o contágio maligno do mundo material. Ter um corpo, estar em um corpo, é como estar amarrado a um gato doente.

Ela está de pé na balsa, apoiando-se no parapeito, olhando para trás, observando o sulco se levantar e cessar no lago notoriamente venenoso, deixando rastro e apagando-o no mesmo gesto. A luz cintila na água, não mais branca, e sim amarelada; é tarde e lá se vai o sol, lá se vai este dia, para onde todos os dias se foram, cada um deles levando algo. Ela nunca vai recuperar nenhum desses dias, inclusive aqueles que deveria ter recuperado mas não recuperou, dias que continham Billy. Foi Zenia quem fugiu com esses dias. Ela os roubou de Charis, que agora não os tem nem para olhar para trás com carinho. É como se Zenia tivesse entrado em sua casa às escondidas, quando ela não estava, e rasgado as fotos do álbum, o álbum que ela não possui, exceto dentro da cabeça. Com um único golpe, Zenia roubou tanto seu futuro como seu passado. Será que ela não podia tê-lo deixado ficar por mais um tempo? Só um mês, só uma semana, só um pouquinho mais?

No mundo espiritual (no qual ela entrou agora, pois a balsa, com seu motor soporífico e balanço suave, muitas vezes tem esse efeito sobre ela), o corpo astral de Charis cai de joelhos, erguendo as mãos suplicantes para o corpo astral de Zenia, de um vermelho inflamado, uma coroa vermelha de chamas como folhas pontudas ou antiquados bicos de pena tremeluzindo em volta de sua cabeça, com um vazio no centro de cada chama. *Mais tempo, mais tempo*, implora Charis. *Devolva o que você pegou!*

Mas Zenia lhe dá as costas.

29

A história de Charis e Zenia começou na quarta-feira da primeira semana de novembro do primeiro ano da década de 1970. *70.* Charis acha ambas as partes deste número importantes, o sete e também o zero. Um zero sempre significa o começo de algo e também o fim, pois é um ômega: um O circular, autossuficiente, a entrada de um túnel ou a sua saída, um fim que é também um começo, pois, embora aquele ano tenha sido o começo do fim de Billy, foi também o ano em que sua filha August começou a começar. E sete é número primo, composto de um quatro e um três – ou de dois três e um um, como Charis prefere, já que três são pirâmides graciosas, bem como números das Deusas, e quatros não passam de quadrados parecidos com caixas.

Ela sabe que era uma quarta-feira, pois era nas quartas-feiras que ela ia à cidade para ganhar algum dinheiro dando duas aulas de ioga. Também fazia isso nas sextas-feiras, só que nas sextas ela ficava até mais tarde para dedicar um tempo ao trabalho voluntário na Furrows Food Co-op. Sabe que era novembro porque novembro é o décimo primeiro mês, o mês dos mortos e também da regeneração. Signo solar em escorpião, governado por Marte, cor vermelho-escura. Sexo, morte e guerra. Sincronicidade.

O dia começa com neblina. Charis vê a neblina ao sair da cama, ou melhor, se levantar da cama, já que a cama é um colchão estendido no chão. Vai até a janela para olhar. Há uma miniatura de arco-íris transparente grudado ao vidro, apesar de Charis não tê-lo colado ali: é um resquício dos inquilinos anteriores, um bando de hippies desiludidos que também desenharam retratos com canetas hidrográficas no papel de parede florido e desbotado – pessoas nuas copulando e gatos com auréolas – e escutavam The Doors e Janis Joplin no volume máximo de madrugada, e deixavam montes de merda humana no quintal. Acabaram sendo expulsos pelo senhorio com a ajuda dos vizinhos do lado após uma festa barulhenta regada a ácido, durante a qual um deles ateou fogo a um pufe de plástico preto com enchimento de sementes na sala de estar sob a impressão de que se tratava de um fungo carnívoro. O senhorio – um homem velho que mora na outra ponta da rua – recebeu bem Charis e Billy, pois eram apenas duas pessoas e não possuíam um grande equipamento de som, e porque Charis disse que tinha vontade de plantar uma horta, o que era um indício de decoro romântico; e os vizinhos ficaram tão gratos com a mudança que nem criaram caso por causa das galinhas, galinhas que podiam ou não ser ilegais, mas eles estão em Island, e a legalidade no sentido estrito não é uma norma, haja vista o número de puxadinhos construídos sem autorização. Por sorte, são donos do terreno de esquina, portanto só há vizinhos num dos lados.

Charis cobriu com tinta as pessoas nuas e os gatos e enterrou a merda humana, dizendo a si mesma que era a coisa certa a fazer, pois os chineses a usavam, na China, e todo mundo sabia que eles eram os melhores jardineiros orgânicos do mundo. Da merda ao alimento à merda, tudo fazia parte do ciclo.

Mudaram-se para a casa no final da primavera, e desde o primeiro momento Charis sabia que agira da maneira certa. Ela ama a casa e ama Island ainda mais. É impregnada de uma vivacidade vibrante, familiar, úmida; faz com que ela tenha a sensação de que tudo – até a água, até as pedras – tem vida e consciência, e que ela também tem. Há manhãs em que sai antes de o dia raiar e simplesmente caminha, andando de um lado para o outro das ruas que não são ruas de verdade, mas sim algo parecido com ciclovias pavimentadas, passando pelos antigos chalés arruinados ou reformados, com as pilhas de lenha, redes de dormir e jardins irregulares; ou então fica só deitada no gramado, mesmo quando está úmido. Billy também gosta de Island, ou diz gostar, mas não tanto quanto ela.

A neblina se eleva do chão e dos arbustos, gotejando da velha macieira no fundo do quintal. Ainda há algumas maçãs amarronzadas pelo frio pendendo dos galhos tortuosos como enfeites de Natal queimados. As maçãs caídas que Charis não conseguiu usar para fazer geleia jazem apodrecidas e fermentadas na base da árvore. Algumas das galinhas as têm bicado; Charis percebe pela forma como cambaleiam perto da macieira, tão bêbadas que sobem com dificuldade a rampa que leva ao galinheiro. Billy acha divertidas as galinhas embriagadas.

As tábuas pintadas do assoalho estão frias sob seus pés descalços; ela abraça seus braços com poros arrepiados, tremendo um pouco. Não dá para ver o lago dali: a neblina o encobre. Esforça-se para achar a névoa bonita – tudo que é feito pela natureza deve ser bonito –, mas só consegue em parte. A neblina é bonita, é verdade, é como luz sólida, mas também é agourenta: quando há neblina, não se pode ver o que vem adiante.

Ela deixa Billy dormindo no colchão, sob o saco de dormir estendido, e calça os chinelos com adornos indianos, e veste um dos moletons de Billy por cima da camisola de algodão. A camisola é ao estilo vitoriano, de segunda mão; comprou-a em um brechó em Kensington Market. Sairia mais barato fazer tais camisolas, e ela comprou um molde e material suficiente para fazer duas, mas há algo de errado com sua máquina de costura – um modelo com pedal pela qual trocou algumas aulas de ioga –, então não cortou nenhuma das duas. A próxima coisa pela qual pretende trocar é um tear.

Ela sai do quarto, passa pelo corredor estreito andando na ponta dos pés e desce a escada. Quando foi morar com Billy, seis meses atrás, havia várias camadas de linóleo desgastado cobrindo as tábuas do assoalho. Charis raspou o linóleo e arrancou os pregos que o seguravam, lixou o limo de piche preto que se esvaiu dele e pintou o assoalho do corredor de azul. Mas a tinta acabou no meio da escada, e ela ainda não comprou mais, portanto os últimos degraus mantêm os contornos do antigo piso de linóleo. Não se incomoda com eles, os rastros; são como sinais feitos por aqueles que moraram ali muito tempo antes. Então os deixou para lá. É como largar um pedaço do jardim descuidado. Ela sabe que divide o espaço com outras entidades, ainda que não possam ser vistas ou ouvidas, e é melhor mostrar a elas que você é amigável. Ou respeitosa. Respeitosa é o que ela quer dizer, pois não pretende ficar muito íntima delas. Quer que elas também a respeitem.

Ela entra na cozinha, que está gelada. Há uma espécie de caldeira de calefação na casa, além do aquecedor de água, na meia-água úmida e com chão de cascalho – o celeiro, como Charis o chama, pois está cultivando algumas raízes ali, umas cenouras e beterrabas enterradas em uma caixa de areia, como fazia sua avó –, mas a caldeira não funciona direito. Geralmente, sopra ar morno por uma série de grades no chão, e cria bolas de poeira; de qualquer modo, parece desperdício de dinheiro e também trapaça ligar a calefação antes de ser totalmente necessário. Deve-se usar o que é oferecido pela natureza, se possível, portanto Charis tem procurado galhos secos embaixo das árvores de

Island e usado as pontas das tábuas que sobraram da construção do galinheiro, e quebrado um ramo ou outro da macieira.

Ela se ajoelha diante do fogão de ferro fundido – foi uma das coisas que fizeram-na querer essa casa, o fogão a lenha – embora o detalhe afastasse outras pessoas, pessoas que queriam fogões elétricos, então o aluguel estava baixo. Descobrir como fazê-lo funcionar foi complicado, no princípio; ele é temperamental e às vezes exala grandes nuvens de fumaça, ou apaga completamente, apesar de estar cheio de madeira. É preciso persuadi-lo. Ela raspa as cinzas do dia anterior, joga-as numa panela que deixa sempre à mão – depois ela vai espalhar um pouco e peneirar o restante para um ceramista conhecido, para que ele as transforme em revestimento – e enfia um jornal amassado, gravetos e duas toras finas na fornalha. Quando o fogo pega, ela se agacha diante da porta aberta do fogão, aquecendo as mãos e apreciando as chamas. A brasa do galho da macieira é azul.

Alguns minutos depois, ela se levanta, sentindo a rigidez dos joelhos, vai até o balcão e liga a chaleira elétrica na tomada. Apesar de não haver fogão elétrico, a casa tem a instalação elétrica básica, um fio no teto de cada aposento e algumas tomadas, embora não se possa ligar a chaleira e algo mais ao mesmo tempo sem queimar o fusível. Ela poderia esperar que a chaleira de aço fervesse no fogão a lenha, mas isso pode levar horas, e ela precisa de seu chá de ervas matinal agora mesmo. Recorda-se de uma época em que tomava café, na universidade, há muito tempo, em uma de suas vidas passadas, quando morava no McClung Hall. Recorda-se de sentir a mente nebulosa, e do desejo de tomar mais. Ela supõe que tenha sido um vício. É tão fácil desencaminhar o corpo. Pelo menos nunca fumou.

Sentada à mesa da cozinha – não a mesa redonda de carvalho que gostaria de ter, mas sim uma mesa provisória, artificial, uma imoral mesa dos anos 1950, com pernas cromadas e arabescos pretos no tampo de fórmica – Charis bebe o chá de ervas e tenta se concentrar no dia que tem diante de si. A neblina dificulta a tarefa: ela não consegue saber ao certo que horas são, apesar do relógio no pulso, quando não vê o sol.

A decisão mais urgente é: quem vai tomar o café da manhã primeiro, ela ou as galinhas? Se for ela, as galinhas terão de aguardar, e ela se sentirá culpada. Se forem as galinhas, ela vai passar um tempo com fome, mas vai ansiar pelo próprio café da manhã enquanto as alimentar. Além disso, as galinhas confiam nela. Provavelmente estão se perguntando onde ela está, neste exato minuto. Estão se preocupando. Estão repreendendo-a. Como ela seria capaz de decepcioná-las?

Todas as manhãs, ela vive esse modesto cabo de guerra, dentro da cabeça. Todos os dias, as galinhas vencem. Ela termina o chá e enche um balde na pia, depois vai à porta da cozinha, onde o macacão que Billy usa para trabalhar está pendurado num gancho. Ela o veste, deixando a camisola amarrotada – ela poderia subir e se vestir, mas isso poderia acordar Billy, que precisa dormir devido à pressão sob a qual está –, tira os chinelos e desliza os pés descalços para dentro das botas de borracha de Billy. Não é uma sensação muito agradável: a borracha está gelada e úmida por causa do resquício de suor. Às vezes há meias de lã para pôr dentro dessas botas, mas parece que elas sumiram; e mesmo de meias a bota estaria gelada e grande demais para seus pés. Talvez compre botas para si, mas isso violaria a versão aceita da realidade, que é a de que Billy alimenta as galinhas. Ela pega o balde d'água e vai gingando até o quintal.

A neblina é menos ameaçadora quando se está dentro dela. Dá a Charis a ilusão de ser capaz de atravessar uma barreira sólida. Gramas molhadas roçam suas pernas; o ar cheira a adubo de folhas caídas e madeira úmida, e a repolho molhado, por causa da meia dúzia que ainda existe na horta. É o aroma outonal de combustão lenta. Charis inspira, inspirando também o cheiro de amônia e de penas quentes das galinhas. Dentro do galinheiro, fazem aqueles sons sussurrados de arrulhos que lhe mostram que elas estão tranquilas, uma espécie de murmúrio meditativo, de galinhas chocando ovos. Ao escutá-la, passam a cacarejar animadamente.

Ela abre o portão de arame que as mantém no cercado. A ideia inicial de Charis era deixá-las livres, sem nenhuma cerca, mas acabou acontecendo um problema com os gatos e cachorros; e também com os vizinhos, embora tolerantes com as galinhas de modo geral, não gostaram de ver algumas perdidas em seus quintais, bicando os canteiros de flores. As galinhas não gostam da cerca e tentam escapar, então Charis sempre fecha o portão antes de abrir a portinhola do galinheiro.

Foi o próprio Billy quem construiu o galinheiro, trabalhando sem camisa e com o sol batendo nas costas, martelando os pregos. Foi bom para ele, deu-lhe uma sensação de realização. O galinheiro balança um pouco, mas cumpre sua função. Tem uma portinhola para as galinhas, quadradinha e com uma rampa inclinada, e outra para humanos. Charis abre a porta das galinhas, e elas se amontoam, e se empertigam, e cacarejam rampa abaixo, piscando por causa da luz. Em seguida, ela entra pela porta dos humanos, abre a lixeira de metal onde guarda a ração e tira a quantidade de uma lata de café, que leva para fora e polvilha no chão. Prefere alimentar as galinhas do lado de fora. O livro diz que se deve deixar a palha suja e os excrementos das galinhas se acumularem no chão do galinheiro, pois o calor da decomposição as mantém aquecidas no inverno, mas Charis não acha possível que a ração comida nessas circunstâncias seja saudável. O ciclo da natureza é uma coisa, mas é melhor não confundir suas diversas partes.

As galinhas cacarejam hiperativamente, aglomerando-se em volta de suas pernas, dando saltinhos adejantes, colidindo e se bicando, soltando ganidos de raiva. Quando se acalmam e comem, ela carrega o recipiente de água para fora e vira o balde para enchê-lo.

Charis observa as galinhas comendo. Elas a enchem de alegria, uma alegria cuja fonte não é racional, pois ela sabe – já viu, e também se lembra – como as galinhas são gananciosas, como são egoístas e insensíveis, como se tratam com crueldade, como atacam em bando: pelo menos duas têm a cabeça pelada por terem sofrido perseguições das outras. Também não são vegetarianas plácidas: é só jogar alguns restos de cachorro-quente ou de bacon para dar início a um motim. Quanto ao galo, com seu olho de profeta insano, ar de ultraje característico dos fanáticos e crista e barbela alardeados como genitais, trata-se de um autocrata arrogante, e ataca suas botas de borracha quando acha que ela não está olhando.

Charis não liga: desculpa as galinhas por tudo. Ela as adora! Adorou desde o momento em que chegaram, brotando dos sacos de ração nos quais viajaram, balançando as penas de anjo. Ela as acha miraculosas. São mesmo.

No galinheiro, ela revista a palha das caixas, esperando encontrar ovos. Em junho, as galinhas estavam jorrando ovos, pondo dois por dia, ovais enormes e leitosos com gemas duplas ou triplas, mas agora, com o declínio do ângulo do sol, diminuíram muito. As penas e barbelas estão baças; algumas delas estão na muda. Acha um ovo, diminuto e com casca áspera. Ela o enfia no bolso do macacão; vai servi-lo a Billy no café da manhã.

De volta à cozinha, descalça as botas; não tira o macacão porque continua com frio. Põe outro graveto no fogão, aquecendo as mãos. Será que deve tomar o café da manhã primeiro ou esperar para tomá-lo com Billy? Será que deve acordá-lo? Às vezes, ele fica com raiva quando ela o acorda, outras vezes, fica com raiva quando ela não o acorda. Mas hoje é dia de cidade para ela, então se o acordar agora, pode dar-lhe de comer antes de pegar a balsa. Assim ele não vai passar a manhã dormindo e depois culpá-la por isso.

Ela sobe a escada e atravessa o corredor sem fazer barulho; ao chegar ao vão da porta, para por um instante e fica apenas observando. Ela gosta de olhar Billy tanto quanto gosta de olhar as galinhas. Billy também é lindo; e assim como as galinhas são a essência do ser galinha, Billy é a essência do ser Billy. (Também como as galinhas, ele agora é um pouco mais desleixado do que quando ela o conheceu. Também deve ter algo a ver com o ângulo do sol.)

Ele está deitado no colchão, o saco de dormir cobrindo-o até o pescoço. O braço esquerdo está jogado sobre os olhos; seu bronzeado está desbotando, embora ainda esteja escuro, este braço, e coberto de pelinhos dourados, como uma abelha coberta de pólen. A barba curta e amarela brilha no quarto branco, à estranha luz da neblina lá de fora – heráldica, a barba de um santo, ou de um cavaleiro num retrato antigo. Ou algo saído de um selo. Charis adora observar Billy nesses momentos, quando ele está quieto e imóvel. É mais fácil mantê-lo sob seu olhar dessa forma do que quando ele está falando e andando de um lado para o outro.

Billy deve sentir seu olhar lampejante em cima dele. O braço se afasta dos olhos, os olhos se abrem, tão azuis! Como miosótis, como montanhas ao longe, em cartões-postais, como gelo espesso. Ele lhe sorri, expondo dentes de viking.

– Que horas são? – ele pergunta.

– Não sei – responde Charis.

– Você está de relógio, não é? – ele diz. *Né*. Como ela poderia explicar a questão da neblina? E também que ela não pode perder tempo olhando para o relógio, pois está olhando para ele? Olhar não é um ato casual. Absorve toda a sua atenção.

Ele solta um suspiro breve, de exasperação ou de desejo, é muito difícil saber diferenciar.

– Venha aqui – ele chama.

Deve ser desejo. Charis vai até o colchão, senta-se ao lado de Billy, tira o cabelo que cai sobre sua testa, um cabelo tão amarelo que mais parece pintado. Ainda a impressiona o fato de a cor não se soltar em sua pele. Embora seu cabelo também seja louro, é um louro diferente, pálido e embranquecido, lua em comparação ao sol dele. O cabelo de Billy cresce de dentro para fora.

– Eu disse *aqui* – diz Billy. Ele a puxa para cima dele, mira sua boca, a envolve com os braços dourados, abraça-a com força.

– O ovo! – exclama Charis, sem fôlego, lembrando-se dele. O ovo quebra.

30

Billy era assim, naquela época. Estava sempre atrás dela. De manhã, de tarde, à noite, não fazia diferença. Talvez não passasse de uma espécie de nervosismo, ou de tédio, pois ele não tinha muito com que ocupar o tempo; ou talvez fosse a tensão por estar ali ilegalmente. Ele a esperava no terminal das balsas e voltava para casa junto com ela e a agarrava antes que sequer tivesse chance de guardar as compras, imprensando suas costas contra o balcão da cozinha, as mãos levantando-lhe a saia comprida e fina. Sua urgência a confundia. *Meu Deus, como eu te amo, meu Deus, como eu te amo*, ele dizia nessas horas. Às vezes fazia coisas que machucavam – dava tapas, beliscava. Às vezes doía de qualquer forma, mas, já que ela não mencionava o fato, como ele poderia saber?

O que ela mesma sentia? É difícil destrinchar. Talvez se houvesse menos, menos sexo corriqueiro – se não tivesse a nítida sensação de que era um trampolim, com alguém pulando em cima dela –, ela aprendesse a gostar mais disso, com o tempo. Se conseguisse relaxar. Do jeito que era, ela simplesmente se desprendia, o espírito flutuava para o outro lado, se saciava com outra essência – *maçã, ameixa* – até que ele terminasse e fosse seguro retornar ao seu corpo. Gostava de ser abraçada depois, gostava de ser acariciada e beijada e de ouvir que ela era linda, algo que Billy sempre fazia. De vez em quando chorava, o que Billy parecia achar normal. As lágrimas nada tinham a ver com Billy: ele não a deixava triste, ele a deixava feliz! Ela lhe dizia isso, e ele ficava satisfeito e não a pressionava em busca de respostas. Falavam de outras coisas; nunca falavam disso.

Mas como deveria ser? O que seria o normal? Ela não tinha ideia. De vez em quando, fumavam maconha – não muita, pois não podiam comprar muita, e, quando tinham um pouco, geralmente vinha de algum dos amigos de Billy – e naqueles momentos tinha vislumbres, sensações, pequenos tremores. Mas mal contava, pois, de qualquer forma, nessas horas sentia que sua pele era de borracha, como se estivesse vestindo uma roupa emborrachada coberta por uma rede de fiozinhos elétricos, e as mãos de Billy fossem como luvas infladas como as das histórias em quadrinhos, e ela se envolvia com as curvas de seu ouvido ou as espirais dos pelos dourados de seu peito, e era como se as possibilidades de seu corpo não lhe dissessem respeito. Um dos amigos de Billy disse que não fazia sentido gastar haxixe bom com Charis, pois ela estava sempre chapada. Charis não achou o comentário justo, embora fosse verdade que ficar chapada não fizesse tanta diferença para ela quanto parecia fazer para outras pessoas.

É claro que Billy não foi o primeiro homem com quem ela dormiu. Já havia dormido com alguns, porque era o que se esperava dela e não queria ser considerada nem tensa nem egoísta em relação ao próprio corpo, e tinha até vivido com um homem, apesar de não ter durado muito tempo. Ele acabou chamando-a de puta frígida, como se ela tivesse lhe causado algum estrago, o que a deixou confusa. Será que não tinha sido afetuosa o bastante, não tinha concordado com a cabeça quando ele falava, não tinha preparado as refeições e se deitado com complacência sempre que ele queria, não tinha lavado os lençóis depois, não tinha cuidado dele? Ela não era uma pessoa mesquinha.

O bom de Billy era que essa coisa que havia nela, essa anormalidade – ela sabia que devia existir alguma, pois já ouvira conversas entre mulheres –, não o incomodava. Na verdade, ele parecia já esperá-la. Ele pensava que as mulheres eram assim: desprovidas de desejo, desprovidas de necessidades. Não a amolava com o assunto, não a questionava, não tentava curá-la, como outros homens fizeram – consertando-a como se fosse um cortador de grama. Ele a amava do jeito que ela era. Sem dizer nada, ele simplesmente presumiu, assim como ela, que o que ela sentia a respeito não tinha importância. Ambos estavam de acordo nesse assunto. Ambos queriam a mesma coisa: que Billy fosse feliz.

Charis fica deitada sob o saco de dormir, apoiada no cotovelo, tocando delicadamente o rosto de Billy, que está de olhos fechados e talvez esteja voltando a dormir. Talvez um dia desses ela tenha um bebê, o bebê de Billy; vai se parecer com ele. Ela já pensou nisso antes – em como simplesmente aconteceria, sem qualquer decisão ou planejamento, e em como ele então ficaria com ela, ficaria sempre, e eles poderiam continuar morando ali, daquele jeito, por toda a eternidade. Há até um quartinho na casa onde ela poderia pôr o bebê. No momento, está apinhado de coisas – algumas de Billy, mas a maioria de Charis, pois, apesar do desejo de não se apegar a objetos, ela tem inúmeras caixas de papelão cheias deles. Mas poderia se desfazer de tudo e pôr um bercinho ali, com balanço, ou uma cesta de roupa suja de junco. Mas não um cercado: nada que tenha grades.

Ela passa os dedos pela testa de Billy, pelo nariz, pelos lábios sorridentes e dóceis; ele não sabe, mas o toque dela não é apenas terno, não é só compassivo, mas também possessivo. Embora não seja um prisioneiro, ele é, de certa forma, um prisioneiro de guerra. Foi a guerra que o levou até ali, é a guerra que o mantém num esconderijo, é a guerra que faz com que ele não arrede o pé. Ela não tem como não pensar nele como um refém: o seu refém, pois a própria existência dele está em suas mãos. Ele é dela, para fazer o que bem entender, tão dela como se fosse um viajante vindo de outro planeta, preso na

Terra por essa cúpula de ar interplanetário artificial que é a sua casa. Caso ela lhe pedisse que fosse embora, o que aconteceria com ele? Seria capturado, deportado, mandado de volta para onde o ar é mais carregado. Ele implodiria.

É como se ele realmente viesse de outro planeta, já que ele era dos Estados Unidos; não só era de lá, como era de uma parte sombria e esotérica de lá, tão misteriosa para Charis quanto o lado negro da lua. Kentucky? Maryland? Virginia? Ele morara nesses três lugares, mas o que essas palavras significam? Para Charis, nada, a não ser que ficam na fronteira do Sul, uma palavra cujo teor também não é tangível. Charis tem algumas imagens ligadas a isso – mansões, glicínias e, numa época, segregação – que viu em filmes, na sua vida anterior, antes de ser Charis –, mas Billy não parece ter morado em uma mansão ou segregado alguém. Pelo contrário, seu pai quase foi expulso da cidade (qual cidade?) por ser o que Billy chama de "liberal", que não é exatamente a mesma coisa que os inflexíveis, ortodoxos, frios e similares Liberais que aparecem nos pôsteres no período de eleições em Toronto, com uma monotonia embrutecida.

Claro que os Estados Unidos ficam do outro lado do lago e que em dias claros é quase possível vê-los – uma espécie de linha, uma espécie de bruma. Charis já tinha até estado lá, em uma excursão do colégio às cataratas do Niágara, mas nessa região o país lhe pareceu tão similar que a decepcionou; não era como a área de onde Billy veio, que devia ser muito estranha. Estranha e mais perigosa – esta característica era óbvia –, e talvez por isso mesmo superior. O que acontece lá, dizem, é relevante para o mundo. Ao contrário do que acontece aqui.

Portanto, Charis passa os dedos pelo rosto de Billy, um pouco exultante, pois ali está ele, em sua cama, em suas mãos, sua própria criatura mitológica, esquisita como os unicórnios, seu próprio fugitivo do serviço militar, parte de milhares de manchetes de jornais, parte da história, escondido em sua casa, a casa cujo contrato de aluguel ela teve de assinar sozinha, porque ninguém podia saber o nome de Billy nem onde ele estava. Alguns dos homens que fugiram do serviço militar tinham o visto, mas outros – como Billy – não tinham, e depois de entrar neste país não se podia conseguir o visto, era preciso atravessar a fronteira outra vez e entrar com o pedido, e então com certeza a pessoa seria presa.

Billy explicara tudo isso; e também que a Real Polícia Montada do Canadá na verdade não era a Real Polícia Montada da infância de Charis, não eram os homens pitorescos montados a cavalo, de uniformes vermelhos, aprumados e corretos, que sempre conseguiam prender o homem que procuravam. Não, eles eram sorrateiros e astuciosos e tinham conluio com o governo dos EUA, e se pusessem as mãos em Billy ele estaria morto, porque – e ela nunca devia dizer isso a ninguém, nem os amigos que ele tinha aqui sabiam disso – escapar do serviço militar não era a única coisa que ele tinha feito. O que mais? Ele explodiu umas coisas. Umas pessoas também, mas foi por acidente. Por isso que a Polícia Montada estava atrás dele.

Se tiver sorte, eles vão concluir o processo de extradição e talvez ele tenha uma chance. Se tiver azar, vão dar a dica à CIA, e Billy será raptado em uma noite escura e será levado até o outro lado da fronteira, talvez atravessando o lago de lancha, do mesmo modo que os canadenses contrabandeavam bebidas na época da Lei Seca – darão um sumiço nele e o jogarão na cadeia e este será seu fim. Alguém lhe cortará o pescoço, debaixo do chuveiro, por ter fugido do serviço militar. É isso o que acontece.

Ao dizer esse tipo de coisa, ele abraça Charis com muita força, e ela passa os braços em volta dele e diz "Não vou deixar que eles façam isso", embora saiba que não tem nenhum poder para evitar tal coisa. Mas só dizê-lo já tinha um efeito calmante em ambos. De qualquer modo, ela não acredita muito nisso, nesse enredo soturno de Billy. Coisas assim podem acontecer nos Estados Unidos – tudo pode acontecer lá, onde a tropa de choque atira nas pessoas, e o índice de criminalidade é muito alto –, mas não aqui. Não em Island, onde há tantas árvores e as pessoas não trancam a porta ao sair de casa. Não neste país, familiar a ela e insípido, frio e banal. Não na sua casa, com as galinhas arrulhando pacificamente no quintal. Nenhum mal pode ser feito contra ela, nem contra Billy, com as galinhas zelando por eles, espíritos guardiões emplumados. As galinhas trazem sorte.

Portanto, ela diz "Vou manter você aqui, junto comigo", apesar de saber que Billy é um viajante relutante. Ela também suspeita de algo ainda pior: que ela mesma não passa de uma espécie de estação intermediária para ele, uma conveniência temporária, como as noivas nativas dos soldados que são enviados ao exterior. Embora ele ainda não saiba, ela não é sua vida real. Mas ele é a dela.

É doloroso.

– Bem – diz Charis, desviando o pensamento rapidamente, pois a dor é uma ilusão e deve ser evitada –, que tal tomarmos o café da manhã?

– Você é linda – diz Billy. – Bacon, né? Tem café em casa? – Billy toma café de verdade, contendo cafeína. Ele zomba dos chás de ervas de Charis e não come salada, nem mesmo as alfaces que a própria Charis planta. "Comida de coelho" é como ele as chama. "Condizente só com coelhos pequenos, e com mulheres." *Piquenus*.

– Teria um ovo – diz Charis, em tom de reprovação, e Billy ri. (O macacão com o bolso cheio de ovo esmagado não está mais no corpo de Charis, claro, e sim no chão. Ela vai lavá-lo mais tarde. Vai evitar água quente, para não virar ovo mexido. Vai ter de virar o bolso do avesso.)

– Não dá para fazer omelete sem quebrar alguns ovos – ele diz. *Num dá*. Charis revira o som dentro da boca, em silêncio, saboreando-o. Apreciando, guardando em algum lugar. Ela gostaria que seu nome fosse Billy Joe ou Billy Bob, um desses nomes sulistas de duplo efeito, como nos filmes. Ela o abraça.

– Billy, você é tão... – ela diz. Tem vontade de dizer *jovem*, pois ele é jovem, é sete anos mais novo que ela; mas ele não gosta que lhe lembrem isso, ele acharia que ela está tentando impor superioridade. Ou poderia dizer *inocente*, o que ele veria como um insulto ainda pior: imaginaria ser um comentário sobre sua falta de experiência sexual.

O que ela quer dizer é puro. O que ela quer dizer é que sua superfície não tem arranhões. Apesar do sofrimento pelo qual passou e ainda está passando, há algo de reluzente nele. Reluzente e fresco. Ou então impermeável. Ela é tão porosa; pontas afiadas furam-na, ela se machuca com facilidade, sua pele interna é intumescida e macia como marshmallow. Seu corpo é todo coberto de anteninhas, como as das formigas: balançam, testam o ar, tocam e se recolhem, dão advertências. Billy não possui antenas. Não precisa delas. Tudo o que bate contra ele volta na mesma hora – ou ele desdenha, ou, em vez de lhe causar dor, o deixa bravo. É uma espécie de dureza, que existe num lugar bem afastado de qualquer tristeza ou melancolia ou até de culpa que ele pode estar sentindo naquele instante.

Talvez seja isso: sua tristeza e melancolia e culpa são dele mesmo, e, portanto, são importantes para ele, mas estão encerradas dentro de si. As dos outros ficam do lado de fora. Já Charis é uma porta de tela, e ainda por cima aberta, e tudo passa por ela.

– Eu sou tão o quê? – pergunta Billy. *Taunquê*. Charis retribui seu sorriso.

– Tão... ah, você sabe – ela diz.

Rigorosamente, Charis não encontrou Billy. Na verdade, ele lhe foi designado no Furrows Food Co-op, onde ela conhecia bastante gente, mas não intimamente. Foi uma mulher chamada Bernice que a fez entrar nisso. Bernice fazia parte do Movimento pela Paz e de alguma igreja, e eles estavam dividindo os fugitivos do serviço militar que haviam coletado, colocando-os aqui e ali, nas casas das pessoas, como as crianças inglesas que eram levadas para o outro lado do oceano durante a Segunda Guerra Mundial. Por acaso, Charis estava na cooperativa naquele dia, e Bernice meio que sorteou os fugitivos, e Billy sobrou, ele e um outro garoto (Bernice os chamava de "garotos"), então Charis disse que os acomodaria por algumas noites em seu quarto sublocado num depósito em Queen Street, um no sofá quebrado arrumado na LBV que ela tinha na época e outro no chão, só até eles acharem outro lugar, se Bernice pudesse providenciar sacos de dormir, pois Charis não tinha nenhum sobrando.

Charis não fez isso por questões políticas: ela não acreditava em política, em se envolver em atividades que causavam sensações tão negativas. Não aprovava as guerras, nem pensar sobre elas. Não entendia a Guerra do Vietnã nem queria entender – embora fragmentos dela tenham se infiltrado na sua cabeça, apesar das precauções que tomava, pois ela estava nas moléculas de ar – e acima de tudo não assistia a ela na tevê. Nem sequer tinha uma tevê, e não lia os jornais porque eram muito perturbadores e de qualquer forma não havia nada que pudesse fazer quanto a todo aquele tormento. Portanto, seu motivo para aceitar Billy em sua casa não tinha a ver com isso. Ela o fez por senso de hospitalidade. Sentia-se obrigada a ser gentil com estranhos, principalmente estranhos que não andavam com sorte. Também teria sido muito esquisito ser a única pessoa da cooperativa a se recusar a acolher alguém.

Então, foi assim que começou. Passados alguns dias, o outro garoto foi embora, e Billy ficou; e passados mais alguns dias, percebeu que se esperava que ela fosse para a cama com ele. Billy não forçou nada; naqueles primórdios, ele era reservado e tímido, desorientado, inseguro de si. Ele achava que este lado da fronteira ia ser mais ou menos igual ao que era no outro lado, só que com mais segurança, e quando descobriu que não seria nenhuma das duas coisas ficou confuso e chateado. Ele se deu conta de que tinha feito algo monumental, algo que ele não poderia reverter; que ele havia se exilado, talvez para sempre. Tinha tornado a vida difícil para a família – eles tinham apoiado sua decisão quanto ao alistamento, mas não quanto ao resto, os explosivos, e estavam sob o que ele chamava de "muito fogo antiaéreo". Além disso, ele tinha desertado de seu país, um conceito que tinha muito mais significado para ele do que para Charis, porque, nas escolas de Billy, começavam o dia com as mãos no coração, saudando a bandeira, em vez de rezarem para Deus como faziam nas escolas de Charis. Para Billy, seu país era uma espécie de Deus, uma ideia que Charis acha idolátrica e até mesmo bárbara. Ela também acha o Deus padrão, com a barba grisalha, a raiva, os sacrifícios de carneiros e os anjos da morte bárbaro, é claro. Ela já deixou isso tudo para trás. Seu Deus é oval.

Billy também se preocupava com os amigos que tinham ficado lá, em sua terra natal, meninos que foram seus colegas de escola, que não tinham fugido com ele e que provavelmente, neste momento, estavam atravessando o mar ou levando tiros nos arrozais ou sendo explodidos por guerrilhas enquanto caminhavam por alguma estrada de lama quente. Sentia que os traíra. Ele sabia que a guerra era um erro e que tinha tomado a atitude correta, mas mesmo assim se sentia um covarde. Estava com saudade de casa. Na maior parte do tempo, queria voltar.

Era assim que ele falava com Charis, aos trancos e barrancos, aos poucos. Ele disse que não esperava que ela entendesse, mas ela entendia uma parte. Entendia seus sentimentos, que caíam sobre ela como um dilúvio – líquido, caótico, um tom melancólico colorido, como uma grande onda de lágrimas. Ele estava tão perdido, tão ferido, como ela poderia se recusar a dar-lhe todo o consolo que poderia oferecer?

31

As coisas mudaram desde então. Desde que se mudaram para Island e para esta casa. Billy continua tenso, mas menos que antes. Parece mais enraizado. Além de agora ter amigos, uma rede inteira de exilados que nem ele. Fazem até reuniões, no continente; Billy vai até lá umas vezes por semana. Ajudam os recém-chegados, passam-nos de mão em mão e os escondem, e Charis já teve de aguentar mais de um, por pouco tempo, no sofá da sala – agora um outro sofá, ainda de segunda mão, mas com uma mola melhor. Morar junto com alguém, Charis descobriu, leva a móveis de verdade, embora ter móveis de verdade tenha sido uma das coisas a que renunciara anos atrás.

De vez em quando os exilados se reúnem na sua casa para beber cerveja e conversar e fumar maconha, mas tomam cuidado para que as festas sejam sossegadas: a última coisa de que precisam é da polícia. Eles vêm de balsa e trazem as namoradas, garotas de cabelos oleosos bem mais novas que Charis, garotas que tomam banho no banheiro de Charis pois moram em lugares onde não têm banheiro próprio, e usam as poucas toalhas de Charis, e deixam marcas em sua banheira antiga, de pernas. A sujeira é uma ilusão, é só uma forma de pensar sobre a matéria, e Charis sabe que não deveria se chatear com isso, mas, se é preciso lidar com a ilusão de sujeira, preferiria que fosse sua própria sujeira, não a daquelas garotas de olhar vago. Os homens, ou garotos, referem-se a essas garotas como "minha velha senhora", embora sejam o oposto de velhas, o que faz com que Charis se sinta um pouco melhor com o fato de Billy também se referir a ela dessa forma.

O grupo de Billy sempre fala de planos. Acham que devem fazer alguma coisa, tomar alguma atitude, mas de que tipo? Eles já chegaram a fazer uma lista de nomes, os nomes dos outros que são do grupo, mas não incluíram os sobrenomes e mesmo assim usaram pseudônimos. Charis – bisbilhotando a cópia que Billy tem da lista, embora não deva fazer isso – ficou surpresa ao descobrir que havia alguns nomes femininos: Edith, Ethel, Emma. Nas festas, ao pegar cerveja gelada da geladeira minúscula, ao despejar batatinhas e nozes da cooperativa em tigelas, ao achar um xampu para alguma garota que queira lavar o cabelo, ao sentar-se no chão ao lado de Billy, inalando o cheiro da maconha fumada pelos outros e sorrindo, e olhando para o nada, ela ouviu, ela escutou por acaso, e sabe que na verdade Billy é Edith, ou vice-versa. Recebeu o nome em homenagem a Edith Cavell, alguém do passado. Também tem os números de telefone; alguns deles rabiscados na parede ao lado do aparelho, mas Billy lhe diz que é seguro, pois são apenas números de lugares onde se podem deixar recados. Também têm o projeto de lançar um jornal, embora já existam alguns jornais escritos por desertores. Muitos outros garotos chegaram aqui antes de Billy e seus novos amigos.

Charis duvida de que todos esses acessórios de espionagem, os encontros às escondidas, os códigos e os pseudônimos, sejam realmente necessários. São como crianças brincando. Mas a atividade parece dar mais energia a Billy, e um objetivo na vida. Ele está se aventurando a sair mais, está menos engaiolado. Nos dias em que Charis acha que o risco é só imaginário, ela se alegra, mas nos dias em que acredita que seja verdadeiro, ela fica preocupada. E toda vez que Billy embarca na balsa para ir ao continente, um pedacinho dela entra em pânico. Billy é que nem um equilibrista que anda na corda bamba, pisando descuidadamente com os olhos tampados num varal esticado entre dois edifícios de trinta andares, imaginando estar apenas um metro acima do chão. Ele acredita que seus atos, as palavras, o jornalzinho minúsculo podem mudar as coisas, podem mudar as coisas no mundo lá fora.

Charis sabe que nenhuma mudança é possível no mundo como um todo, isto é, nenhuma mudança para melhor. Os acontecimentos são enganosos, eles fazem parte de um ciclo; envolver-se com eles é ficar preso em um redemoinho. Mas o que Billy sabe sobre a maldade implacável do universo material? Ele é jovem demais.

Charis tem a sensação de que a única coisa que ela mesma pode mudar é o próprio corpo, e através dele seu espírito. Ela deseja libertar seu espírito: foi isso o que a levou à ioga. Quer rearrumar o corpo, se livrar do peso escondido bem lá dentro, o cerne do tesouro perverso que ela enterrou algum tempo atrás e nunca desenterrou; quer tornar seu corpo cada vez mais leve, libertá-lo a ponto de ela quase flutuar. Ela sabe que é possível. Dá aulas de ioga para pagar o aluguel, o telefone e o volume de comida que ela obtém com desconto através de seu trabalho na cooperativa, mas também as dá porque quer ajudar outras pessoas. Outras mulheres, na verdade, pois a maioria das pessoas que fazem aulas são mulheres. Também devem ter metais pesados escondidos dentro delas, também devem ansiar por leveza. Apesar de essa classe não ser voltada para a perda de peso: ela lhes avisa com franqueza, logo de início.

Depois de se vestir, depois de preparar o bacon, a torrada e o café de Billy, Charis enfia a malha e a meia-calça na bolsa peruana e corre pela casa desenterrando trocados para a viagem de todos os lugares onde os escondera para emergências como a de hoje, quando seu dinheiro acabou. A neblina já evaporou, e a luz fraca do sol de novembro é filtrada pelas nuvens cinzentas, então ela pode voltar a confiar no relógio e assim não perder a balsa. De todo jeito, ela raramente a perde, a não ser quando tem de lidar com Billy, Billy e seus desejos espontâneos e opressivos. O que ela poderia lhe dizer nesses momentos? *Tenho que ir trabalhar, senão não vamos ter o que comer?* Isso não cairia muito bem: ele pensaria que ela o está criticando por não ter emprego, e então ele ficaria aborrecido. Ele prefere acreditar que ela é como um lírio no campo; que ela nem trabalha pesado nem fica confusa; que o bacon e o café são simplesmente produzidos por ela, assim como as folhas são produzidas pela árvore.

As aulas de ioga são dadas no apartamento em cima da cooperativa, ou no que um dia foi um apartamento. Agora, dois dos quartos são escritórios, um da cooperativa, o outro de uma revistinha de poesia chamada *Earth Germinations*, e a ampla sala da entrada é usada para reuniões e aulas como as de ioga. Charis ensina somente dez pessoas de cada vez: mais do que isso sobrecarregaria seu circuito, perderia o foco. Elas trazem as próprias toalhas e esteiras e geralmente já chegam com a malha sob a roupa para não terem de se trocar. Charis chega antes das outras, se troca no banheiro e estende sua esteira, que ela guarda no armário do escritório da cooperativa. O velho assoalho de madeira de lei solta lascas e machuca, se a pessoa não tiver cuidado.

Sua primeira tarefa é abolir o ambiente que a cerca. O papel de parede desbotado, com o desenho de treliça lilás, deve sumir, os quadrados de papel de parede escurecidos pelos antigos quadros, o cheiro de mofo de casa usada e do carpete úmido manchado de urina que cobre a escada e que sobe até o apartamento e dos restos de almoço nas lixeiras do escritório, que nunca são esvaziadas. Os barulhos do tráfego que vêm do lado de fora devem desaparecer, as vozes que vêm da rua e do andar debaixo – ela deve apagá-los da mente com a mão firme, como se estivessem num quadro-negro. Ela se deita de costas, os joelhos dobrados, os braços estendidos para cima, e se concentra na respiração, se preparando, se concentrando. Inspirar e expirar, totalmente até o plexo solar. A furtiva corrente de pensamentos triviais deve ser desligada. O *eu* deve ser transcendido. O ego deve ser libertado. Deve flutuar.

A primeira aula acontece como de hábito. Charis sabe que tem uma voz boa para isso, suave e reconfortante, e um bom ritmo.

– Honre a espinha dorsal – ela murmura. – Reverencie o sol.

O sol sobre o qual ela está falando está dentro do corpo. Ela usa a voz e também as mãos, um toque aqui, um toque ali, cutucando os corpos para colocá-los na posição certa. Fala com cada uma das mulheres sussurrando, para não chamar a atenção ou envergonhá-la ou interromper a concentração das outras. A sala se enche do som da respiração, como ondas pequenas na costa, e com o odor de músculos tensionados. Charis sente a energia fluindo de dentro de si, pelos dedos, para os outros corpos. Ela não se mexe muito – não é isso o que qualquer outra pessoa chamaria de esforço –, mas, ao encerrar aquela hora e meia, ela se sente exausta.

Tem uma hora de intervalo para se restabelecer. Ela bebe um suco de laranja com cenoura na loja de sucos para pôr algumas enzimas vivas dentro do organismo, ajuda os outros a resolver o preço dos grãos secos, e então chega a hora da segunda aula. Charis nunca presta muita atenção a quem está em qual aula; ela conta até dez e memoriza as cores das malhas e, depois de iniciada a aula, nota as particularidades dos corpos e principalmente as colunas e suas posturas erradas, mas os rostos não importam para ela, pois o rosto é o individualismo, exatamente o que Charis quer ajudar essas mulheres a transcenderem. Além disso, os primeiros exercícios são feitos no chão, de olhos fechados. Então ela já deu o primeiro quarto de aula quando percebe que há uma pessoa nova, alguém que ela nunca viu antes: uma mulher de cabelos escuros com malha azul-marinho e meia-calça cor de ameixa, que – estranho para um dia tão escuro – está de óculos escuros.

A mulher é alta e magra como uma navalha, tão magra que Charis vê suas costelas através da malha, cada uma delas em alto-relevo, como se fossem esculpidas, com uma linha de escuridão sob elas. Os joelhos e cotovelos são salientes como nós em uma corda, e as posições, quando as executa, não são fluidas, e sim praticamente geométricas, gaiolas feitas de cabides. Tem a pele branca como cogumelo e uma fosforescência de luz escura cintila a seu redor como o brilho numa carne ruim. Charis reconhece a falta de saúde ao vê-la: essa mulher precisa de muito mais que apenas uma aula de ioga. Uma dose grande de vitamina C e um monte de luz do sol já seria um ponto de partida, mas nem sequer começaria a afetar o que há de errado com ela.

O que há de errado com ela é, em parte, a atitude da alma: os óculos escuros são sua manifestação, simbolizam uma barreira à visão interior. Portanto, antes de começar a meditação em posição de lótus, Charis se aproxima e sussurra:

– Você não prefere tirar os óculos? Eles devem te distrair.

Como resposta, a mulher puxa os óculos para baixo, e Charis leva um susto. O olho esquerdo da mulher está roxo. Roxo e azul, e meio fechado. O outro olho fita Charis, magoado, marejado, suplicante.

– Ah – murmura Charis. – Desculpe. – Ela estremece: sente o golpe na própria carne, no próprio olho.

A mulher sorri, um sorriso angustiante naquele rosto macilento e ferido.

– Você não é a Karen? – ela sussurra.

Charis não sabe como explicar que é mas não é. Ela é a antiga-Karen. Portanto, ela diz:

– Sim. – E olha com mais atenção, pois como essa mulher poderia reconhecê-la?

– Sou a Zenia – diz a mulher. E é mesmo.

Charis e Zenia sentam-se em volta de uma das mesinhas que ficam ao lado da loja de sucos, afastada da cooperativa.

– O que você recomenda? – pergunta Zenia. – Isso tudo é novidade para mim. – E Charis, lisonjeada por esse apelo à sua qualificação, pede um suco de mamão com laranja, com um toque de limão e um pouco de levedura de cerveja. Zenia continua de óculos, e Charis não a culpa. Entretanto, é difícil conversar com alguém cujos olhos não consegue ver.

Ela se lembra de Zenia, é claro. Todo mundo do McClung Hall sabia quem era Zenia; até Charis, que passou pelos anos de universidade como se passasse por um aeroporto. Do ponto de vista educacional, era uma turista, e foi embora três anos depois sem obter o diploma: o que ela precisava aprender, fosse o que fosse, não fazia parte do currículo. Ou talvez ela não estivesse pronta. Charis acredita que, quando você está pronto para aprender alguma coisa, o professor certo aparece, ou melhor, é enviado a você. Havia funcionado até agora, mais ou menos, e o único motivo para ela não estar aprendendo nada no momento é o fato de estar totalmente ocupada com Billy.

Apesar de que talvez Billy seja um professor, de certo modo. Só que ela ainda não descobriu o que deveria estar aprendendo com ele. Como amar, talvez? Como amar um homem. Embora ela já o ame, então o que mais?

Zenia bebe o suco com as duas lentes ovais dos óculos escuros voltadas para Charis. Charis não sabe bem o que lhe dizer. Não chegou a conhecer Zenia na faculdade, nunca falou com ela – Zenia era mais velha, estava mais adiantada que Charis e era popular com todas aquelas pessoas artísticas, intelectuais –, mas Charis se lembra dela, tão bonita e autoconfiante, andando pelo campus com o namorado, Stew, e depois com a pequenina Tony também. A lembrança que Charis tem de Tony é a de Tony tê-la seguido uma noite, quando Charis saiu para se sentar sob uma árvore no gramado do McClung. É provável que Tony tenha imaginado que Charis estava tendo um ataque de sonambulismo; o que demonstrava uma boa intuição, pois Charis já tinha sofrido de sonambulismo, embora não fosse o caso naquele momento.

Essa atitude de Tony revelou que tinha um bom coração, uma qualidade muito mais importante para Charis do que a genialidade acadêmica de Tony, característica pela qual era conhecida. Zenia era conhecida também por outras coisas – a mais notória era morar com Stew, sem esconder de ninguém, em uma época em que não se faziam essas coisas. Tantas coisas mudaram. As pessoas casadas, hoje em dia, é que são consideradas imorais. *Nucleares*, é como as chamam, por terem uma família nuclear. Radioativas, potencialmente letais; uma grande distância do Lar Doce Lar, mas, na opinião de Charis, mais adequado.

Zenia também mudou. Além de estar magra, está doente, e além de estar doente, está de algum modo intimidada, espancada, derrotada. Os ombros se voltam para dentro, como forma de proteção, os dedos são garras desajeitadas, os cantos da boca estão voltados para baixo. Charis não a reconheceria. É como se a antiga Zenia, a linda Zenia, a Zenia curvilínea, tivesse sido consumida pelo fogo, sobrando só o osso.

Charis não gosta de fazer perguntas – não gosta de se intrometer na individualidade dos outros –, mas Zenia está tão sem energia que é pouco provável que, de outro modo, ela lhe diga qualquer coisa. Portanto, Charis decide por algo que não seja invasivo.

– O que te levou à minha aula? – indaga.

– Ouvi falar por meio de uma amiga – diz Zenia. Cada palavra parece ser um esforço. – Achei que poderia ajudar.

– Ajudar? – pergunta Charis.

– Com o câncer – explica Zenia.

– Câncer – repete Charis. Não é nem uma pergunta, porque ela já não sabia? Não há como confundir a palidez, o tremor doentio. O desequilíbrio da alma.

Zenia dá um sorriso torto.

– Já venci a doença uma vez – ela diz –, mas ela voltou.

Agora Charis se recorda de uma coisa: Zenia não sumiu de repente no final do ano? No segundo ano em que Charis viveu no McClung Hall, foi quando isso aconteceu: Zenia desapareceu sem explicação, evaporou no ar. As garotas falavam disso no café da manhã e Charis ficava ouvindo, nas raras ocasiões em que se dava ao trabalho de ouvir ou de tomar café da manhã. Não havia muito que ela pudesse comer: basicamente só cereais. A fofoca era que Zenia tinha fugido com outro homem, abandonando Stew à própria sorte e levando junto parte de seu dinheiro, mas agora Charis se dá conta da história verdadeira: foi o câncer. Zenia foi embora sem avisar a ninguém porque não queria muito estardalhaço. Foi embora para se curar, e para isso é preciso estar sozinho, se livrar de interrupções. Charis compreende.

– Como você conseguiu, na primeira vez? – pergunta Charis.

– Consegui o quê? – diz Zenia, um pouco ríspida.

– Vencer – diz Charis. – O câncer.

– Fizeram uma cirurgia – explica Zenia. – Eles tiraram... fizeram uma histerectomia, nunca vou poder ter filhos. Mas não funcionou. Então eu fui para as montanhas, sozinha. Parei de comer carne, cortei o álcool. Eu tinha de me concentrar. Em ficar bem.

Tudo isso soa corretíssimo para Charis. Montanhas, nada de carne.

– E agora? – ela indaga.

– Achei que eu estava melhor – diz Zenia. Sua voz tinha se transformado em um sussurro rouco. – Achei que estava forte o bastante. Então eu voltei. Estou morando com Stew... com West. Acho que deixo que ele me influencie a vivermos como vivíamos antigamente, sabe, ele bebe muito... e o câncer voltou. Ele não consegue aguentar... não consegue mesmo! Tem muita gente que não consegue conviver com doença, tem medo disso. – Charis assente: ela sabe disso, sabe muito bem, com as células de seu corpo. – Ele simplesmente nega que haja algo de errado comigo – continua Zenia. – Ele tenta me fazer comer... montes de comida, bife e manteiga, todas essas gorduras animais. Elas me deixam nauseada, eu não consigo, eu simplesmente não consigo!

– Ah – diz Charis. É uma história horrível, e que soa verdadeira. Pouquíssimas pessoas entendem de gordura animal. Não, mais que isso: pouquíssimas pessoas entendem o que quer que seja. – Que horror – ela diz, o que não passa de um reflexo pálido do que sente. Ela está perturbada, está à beira das lágrimas; acima de tudo, está desarmada.

– Então ele fica bravo – prossegue Zenia. – Ele fica furioso comigo, e eu me sinto tão fraca... ele odeia quando eu choro, isso só faz com que ele fique ainda mais bravo. Foi ele quem fez isso. – Ela faz um gesto em direção ao olho. – Sinto tanta vergonha, sinto que sou a responsável...

Charis tenta se lembrar de Stew, ou West, cujo nome mudou tão de repente, um dia, assim como o dela. O que vê é um homem alto, um homem um pouco corcunda e desligado, gentil como uma girafa. Não consegue imaginá-lo batendo em ninguém, muito menos em Zenia; mas a aparência das pessoas pode enganar. Principalmente a dos homens. Eles podem fazer pose de bonzinhos, podem fazer com que você acredite que são cidadãos exemplares e que eles estão certos e você está errada. Enganam todo mundo e fazem você parecer uma mentirosa. West, sem dúvida, é um desses. Ela é tomada pela indignação, o início da raiva. Mas a raiva não é saudável para ela, portanto a empurra para longe.

– Ele diz que, se tenho câncer de verdade, eu deveria fazer outra cirurgia, ou então quimioterapia – diz Zenia. – Mas eu sei que poderia me curar outra vez, se ao menos... – ela se interrompe. – Acho que eu não consigo beber mais disso agora – ela diz. Afasta o copo de suco. – Obrigada... você foi muito legal. – Estende o braço até o outro lado da mesa e toca a mão de Charis. Seus dedos finos e brancos parecem frios, mas estão quentes, quentes como carvão. Em seguida, empurra a cadeira para trás, pega o casaco e a bolsa e sai apressada, quase cambaleante. Está de cabeça baixa, os cabelos caindo sobre o rosto como um véu, e Charis tem certeza de que ela está chorando.

Charis tem vontade de levantar-se, correr atrás dela e trazê-la de volta. O desejo é tão forte dentro dela que parece uma punhalada na nuca. Ela quer fazer Zenia se sentar outra vez na cadeira e pôr as duas mãos nela, e concentrar toda a sua energia, a energia da luz, e curá-la, naquele exato instante. Mas sabe que não teria como fazê-lo, portanto não sai do lugar.

Na sexta-feira, Zenia não vai à aula de ioga e Charis se preocupa com ela. Talvez tenha sofrido um colapso, ou talvez West tenha batido nela outra vez, agora mais de uma vez. Talvez esteja no hospital com fraturas múltiplas. Charis pega a balsa para Island, se corroendo ao longo do caminho. Agora ela se sente incompetente: devia haver algo que ela pudesse ter dito ou feito, algo melhor do que ela fez. Um copo de suco não bastava.

Naquela noite, a neblina volta e, com ela, uma garoa fria, e Charis faz um bom fogo no fogão a lenha e liga também a calefação, e Billy quer que ela vá para a cama cedo. Está escovando os dentes no banheiro gélido do primeiro andar quando ouve uma batida na porta da cozinha. Ela pensa que é alguém do grupo de Billy com mais um fugitivo a ser acomodado durante a noite no sofá da sala. Tem de admitir que já está ficando um pouco cansada deles. Mesmo porque nunca ajudam com a louça.

Mas não se trata de um fugitivo. É Zenia, a cabeça emoldurada pelo quadrado de vidro molhado da porta como uma foto sob a água. Está com o cabelo encharcado e os pingos descem pelo rosto, os dentes batem, os óculos se foram, e o olho, agora esverdeado, é uma lástima. Há um corte recente no lábio.

A porta se abre como que por encanto, e ela fica parada na entrada, meio vacilante.

– Ele me pôs para fora – ela sussurra. – Não quero te incomodar... É que não sei mais para onde ir.

Em silêncio, Charis abre os braços, e Zenia tropeça na soleira da porta e desmorona dentro deles.

32

É um meio-dia sem sol. Charis está no jardim, observada pelas galinhas, que espreitam gananciosamente pelos hexágonos da cerca de arame, ao lado dos repolhos que sobraram, lhe arregalando os olhos como três gnomos verde-escuros emergindo do solo. Em novembro, o jardim fica com um aspecto nojento, amassado: tagetes murchas, folhas de nastúrcios amareladas, tocos de brócolis, tomates verdes amolecidos e destruídos pela geada, com fileiras de lesmas prateadas rastejando aqui e ali.

Charis não se importa com essa desordem vegetal. É tudo fermento, tudo fertilizante. Ela levanta a pá, a enfia na terra e pisa na ponta da lâmina com o pé direito, enfiado na bota de borracha de Billy, cavando. Em seguida ela a puxa, grunhindo. Depois ela despeja a pá cheia de terra. As minhocas voltam aos seus túneis, uma larva branca se enrola. Charis a segura e a atira por cima da cerca, para as galinhas linguarudas. Todas as vidas são sagradas, mas galinhas são mais sagradas que larvas.

As galinhas se agitam e fazem algazarra, e são violentas umas com as outras, e perseguem aquela que está com a larva. Houve uma época em que Charis pensava que seria uma boa disciplina espiritual recusar-se a dar às galinhas qualquer coisa que ela mesma não comeria, mas depois resolveu que não faria sentido. Os pedaços de terra endurecida, por exemplo, os ossos moídos – galinhas precisam deles para fazer ovos, mas Charis não.

É a época errada do ano para remexer o jardim. Ela esperaria até chegar a primavera, quando brotam as novas ervas daninhas; ela vai ter de refazer tudo quando a estação chegar. Mas só assim ela consegue sair de casa sem Zenia ou Billy querendo acompanhá-la. Ambos estão ávidos para ficarem sozinhos com ela, longe um do outro. Se ela tentar sair para dar uma caminhada, só para ficar sozinha por um tempinho, só para relaxar, há uma correria até a porta: uma correria subjugada, evasiva (Zenia) ou uma correria desajeitada, óbvia (Billy). Em seguida, acontece a colisão psíquica, e Charis é obrigada a escolher. Ela está ficando muito incomodada. Mas, por sorte, nenhum dos dois tem muita vontade de ajudá-la a escavar o jardim. Billy não gosta de mexer na terra – ele pergunta para que tanto trabalho, se só crescem legumes –, e Zenia, é claro, não está em condições. Ela está conseguindo dar algumas caminhadas ocasionais, débeis, indo até a margem do lago e voltando, mas até isso a exaure.

Zenia está ali há uma semana, dormindo no sofá à noite, descansando nele durante o dia. A noite de sua chegada foi quase festiva – Charis preparou-lhe um banho quente e lhe deu uma de suas camisolas brancas de algodão, pendurou suas roupas molhadas nos ganchos atrás do fogão para secarem, e, depois que Zenia terminou o banho e vestiu a camisola, Charis a enrolou num lençol e sentou-a na cadeira ao lado do fogão, penteou-lhe o cabelo molhado e preparou-lhe um leite quente com mel. Charis ficou contente de fazer essas coisas; sentiu-se competente e virtuosa, transbordando de boa vontade e boa energia. Ficou contente por dar essa energia a alguém que claramente precisava dela, como Zenia. Mas depois de acomodar Zenia no sofá e subir para se deitar, Billy estava bravo com ela, e continuou bravo desde então. Ele deixou claro que não quer Zenia na casa de jeito nenhum.

– O que ela está fazendo aqui? – ele sussurrou naquela primeira noite.

– É só por um tempinho – disse Charis, também sussurrando, pois não queria que Zenia os ouvisse e se sentisse indesejada. – Nós já abrigamos tantas outras pessoas. No mesmo sofá! Não tem diferença.

– É bem diferente – disse Billy. – Eles não tinham para onde ir.

– Ela também não tem – explicou Charis. A diferença, ela estava pensando, era que os outros eram amigos de Billy, e Zenia era dela. Bem, não era exatamente amiga. Era uma responsabilidade.

Isso foi antes mesmo de Billy pôr os olhos em Zenia, ou trocar ao menos uma palavra com ela. No dia seguinte, ele grunhiu um "Dia" aborrecido ao se sentar para comer os ovos mexidos – não cultivados em casa, infelizmente, as galinhas haviam secado – e a torrada com geleia de maçã que Charis estava servindo a ambos. Mal olhou para o lado em que Zenia estava sentada, o corpo encurvado, ainda vestida com a camisola de Charis, enrolada num lençol, bebericando o chá fraco. Se ele tivesse olhado, pensou Charis, seria menos ríspido, pois Zenia dava muita pena. O olho ainda estava baço e inchado e era quase possível contar as veias azuis nas costas das mãos.

– Ponha ela para fora daqui – disse Billy quando Zenia foi ao banheiro. – Para *fora*.

– Shh – disse Charis. – Ela vai te ouvir!

– Em todo caso, o que você sabe a respeito dela? – indagou Billy.

– Ela tem câncer – disse Charis, como se isso fosse tudo que se precisasse saber.

– Então ela devia estar no hospital – Billy retratou.

– Ela não acredita em hospitais – disse Charis, que também não acreditava.

– Conversa mole – disse Billy.

Charis achou o comentário não só mesquinho e grosseiro, como ligeiramente insultuoso.

– Ela está com aquele olho roxo – murmurou ela. O olho era a prova viva de uma coisa ou outra. Da carência de Zenia, ou então de sua benevolência. De seu estado.

– Não fui eu que fiz isso com ela – disse Billy. – Ela que vá comer a comida de outra pessoa. – Charis foi incapaz de mencionar que, se havia alguém que podia decidir quem comia o quê naquele lugar, deveria ser ela, já que era ela, sozinha, quem ou as cultivava ou pagava por elas.

– Ele não gosta de mim, não é? – perguntou Zenia, quando Billy, por sua vez, não podia escutar. Estava com a voz trêmula, os olhos marejaram. – É melhor eu ir...

– É claro que gosta! É só o jeito dele – disse Charis, calorosamente. – Agora trate de ficar quietinha.

Demorou um tempo para Charis entender por que Billy era tão hostil para com Zenia. A princípio, imaginou que fosse porque ele tinha medo dela – medo de que ela o delatasse, avisasse às pessoas erradas, o entregasse à polícia; ou que ela simplesmente dissesse algo a alguém por acidente, alguma indiscrição. *Loose lips sink ships*, línguas soltas afundam navios, era o slogan durante a guerra, a antiga guerra; estava escrito nos pôsteres, e a tia de Charis, Viola, o citava como uma espécie de piada, para os amigos, no final dos anos 1940. Portanto, Charis explicou tudo a Zenia, o quanto Billy se sentia inseguro e como as coisas eram complicadas para ele. Contou até sobre as bombas, sobre explodir coisas, e que Billy poderia ser raptado pela Polícia Montada. Zenia prometeu guardar segredo. Disse que entendia perfeitamente.

– Eu vou tomar cuidado, juro pela minha própria vida – ela disse. – Mas Karen... desculpe, Charis... como você acabou se misturando com eles?

– Me misturando? – indagou Charis.

– Com os fugitivos – disse Zenia. – Os revolucionários. Você nunca me pareceu ser uma pessoa politizada. Na faculdade, quero dizer. Não que existissem muitos revolucionários naquele chiqueiro.

Não havia passado pela cabeça de Charis a possibilidade de Zenia ter prestado alguma atenção a ela, naquela época, naqueles dias de universidade vagos e quase esquecidos, quando ela ainda era Karen, pelo menos aparentemente. Ela não tinha participado de nada, não tinha se destacado. Tinha permanecido à sombra, mas afinal Zenia ao menos a viu ali e considerou-a digna de nota, e ela ficou comovida. Zenia devia ser uma pessoa sensível; mais sensível do que as pessoas imaginavam.

– Não sou – disse Charis. – Eu não era nem um pouco politizada.

– Eu era – disse Zenia. – Eu era totalmente contra a burguesia naquela época! Uma verdadeira simpatizante da boêmia. – Ela franziu um pouco os cenhos e depois riu. – Por que não, eles faziam as melhores festas!

– Bem – disse Charis –, eu não *me misturei*. Eu não entendo nada disso. Só vivo com o Billy, só isso.

– Como uma mulher de bandido – retrucou Zenia, que se sentia um pouco melhor.

Era um dia quente para novembro, então Charis decidiu que era seguro para Zenia sair. Estava à margem do lago, observando as gaivotas; Zenia fez o caminho todo sem se segurar no seu braço. Charis ofereceu-se para comprar-lhe novos óculos escuros – Zenia deixara os outros para trás na noite em que fugiu –, mas agora ela mal precisava deles: o olho estava azul-amarelado, como uma mancha de tinta desbotada.

– Uma o quê? – indagou Charis.

– Merda – disse Zenia, sorridente –, se viver com alguém não é *se misturar*, não sei o que é. – Porém, Charis não se importa com a forma como as pessoas chamavam as coisas. De todo jeito, não estava escutando Zenia, estava observando seu sorriso.

Zenia está sorrindo mais, agora. Charis tem a sensação de que aquele sorriso foi obtido só por ela, Charis, e por todo o esforço que tem colocado nisso: as bebidas de frutas, os sucos de repolho feitos com seus próprios repolhos, refinados durante o cultivo e coados com uma peneira, os banhos especiais que ela prepara, os suaves alongamentos baseados na ioga, as caminhadas espaçadas ao ar puro. Todas essas energias positivas se atiram contra as células cancerígenas, bons soldados contra os maus, luz contra as trevas; a própria Charis dedica um tempo à meditação todos os dias, em nome de Zenia, para visualizar aquele mesmo resultado. E está funcionando, está sim! Zenia está mais colorida agora, tem mais energia. Embora ainda esteja muito magra e fraca, sua melhora é visível.

Ela sabe disso e está grata.

– Você está fazendo tanto por mim – ela diz a Charis, quase todo dia. – Eu não mereço isso; quer dizer, sou uma estranha total, você mal me conhece.

– Não tem problema – diz Charis, desajeitada.

Ela cora um pouquinho quando Zenia diz essas coisas. Não está acostumada a pessoas lhe agradecendo pelo que ela faz, e acredita que agradecimentos não são necessários. Ao mesmo tempo, a sensação é muito agradável; também ao mesmo tempo, ela se dá conta de que Billy poderia demonstrar um pouco mais de gratidão por tudo o que ela fez por ele. Em vez disso, ele a olha de cara feia e não come seu bacon. Ele quer que ela prepare dois cafés da manhã – um para Zenia e outro diferente para ele – para não ter de dividir a mesa com Zenia de manhã.

– O jeito dela de puxar seu saco me dá vontade de vomitar – Billy disse ontem. Agora, Charis sabe por que ele diz esse tipo de coisa. Ele está com ciúme. Tem medo de que Zenia os afaste e, de alguma forma, desvie toda a atenção de Charis dele para ela. É infantilidade dele se sentir assim. Afinal, não tem nenhuma doença que coloque sua vida em risco, e já devia saber que Charis o ama. Portanto, Charis toca em seu braço.

– Ela não vai ficar aqui para sempre – ela diz. – É só até melhorar um pouco. Só até ela achar um lugar para morar.

– Eu vou ajudá-la a procurar – diz Billy. Charis lhe contou sobre West ter dado um soco no olho de Zenia, e a resposta dele não foi benevolente. – Eu posso ajudá-la socando o outro – foi o que ele disse. – Pá, pof, obrigado, madame, foi um prazer.

– Não é um comentário muito pacifista da sua parte – disse Charis, em tom de reprovação.

– Eu nunca disse que eu era um maldito de um pacifista – retrucou Billy, ofendido. – Só porque uma guerra é errada não quer dizer que todas as outras também são!

– Charis – chamou Zenia, mal-humorada, da sala de estar. – O rádio está ligado? Estou ouvindo vozes. Eu estava cochilando.

– Não posso nem falar na minha maldita casa – ele sibila.

São em momentos como este que Charis sai de casa para escavar o jardim.

Ela empurra a pá para baixo, levanta, despeja a terra, detém-se para procurar larvas. Então ouve a voz de Zenia atrás de si.

– Você é tão forte – diz Zenia, com melancolia. – Eu já fui tão forte. Conseguia carregar três malas.

– Você vai voltar a conseguir – diz Charis, com todo o entusiasmo possível. – Eu tenho certeza!

– Talvez – retruca Zenia, com a voz baixa e triste. – São das coisas pequenas do dia a dia que se sente mais falta. Sabe?

De repente, Charis sente culpa por cavar o próprio jardim; ou como se devesse sentir culpa. Sente o mesmo com várias outras coisas que faz: esfregar o chão, fazer pão. Zenia fica admirando-a enquanto ela faz essas tarefas, mas é uma admiração melancólica. Às vezes, Charis percebe que seu próprio corpo tonificado, saudável, é uma repreensão ao corpo debilitado de Zenia; que Zenia ressente-se por isso.

– Vamos alimentar as galinhas – ela diz.

Alimentar as galinhas é algo que Zenia pode fazer. Charis pega a ração na lata de café, e Zenia a espalha, aos punhados. Adora as galinhas, diz ela. Elas são tão essenciais! Elas são – bem, a encarnação da Energia Vital. Não são?

Charis fica nervosa com esse tipo de conversa. É muito abstrata, parecida demais com estar na universidade. Galinhas não são a encarnação de nada além de galinhas. O concreto *é* o abstrato. Mas como explicar isso a Zenia?

– Vou fazer uma salada – ela diz, então.

– Uma salada de Energia Vital – diz Zenia, e ri. É a primeira vez que Charis não fica satisfeita em ouvir este riso, que deveria ser bem-vindo. Há algo nisso que ela não compreende. É como uma piada que ela não está entendendo.

A salada é de passas e cenoura ralada, com suco de limão e molho de mel. As cenouras são de Charis, da caixa de areia úmida na meia-água; já estão começando a brotar pelos brancos, o que significa que ainda estão vivas. Charis e Zenia comem a salada, o feijão-de-lima e as batatas cozidas sozinhas, pois Billy diz que tem de sair naquela noite. Tem uma reunião.

– Ele vai a muitas reuniões – murmura Zenia, enquanto Billy veste a jaqueta. Ela desistiu de tentar ser legal com Billy, já que não está obtendo nenhum resultado; agora ela fala sobre ele na terceira pessoa mesmo quando ele está bem ali. Isso cria um círculo, um círculo de linguagem, com Zenia e Charis dentro e Billy do lado de fora. Charis queria que ela não fizesse isso; por outro lado, de certa forma Billy é o único culpado.

Billy lança um olhar sórdido a Zenia.

– Pelo menos não fico o tempo inteiro à toa, que nem certas pessoas – ele diz, enraivecido. Também só se dirige a Charis.

– Se cuida – diz Charis. Ela está se referindo ao fato de ele estar indo à cidade, mas ele vê como uma censura.

– Divirta-se bastante com a sua amiga doente – ele diz, maldoso. Zenia sorri para si mesma, um sorrisinho amargo. Ele bate a porta ao sair, fazendo chacoalhar o vidro das janelas.

– Acho melhor eu ir embora – diz Zenia, quando estão comendo o doce de maçã que Charis engarrafou no começo do outono.

– Mas onde você iria morar? – indaga Charis, consternada.

– Ah. Eu acho um lugar – diz Zenia.

– Mas você não tem dinheiro nenhum! – retruca Charis.

– Posso arrumar um emprego qualquer – diz Zenia. – Sou boa nisso. Posso puxar o saco de alguém, sei como arrumar emprego. – Ela tosse, tampando o rosto com os dedos magros. – Desculpe – diz. Ela toma um golinho de água.

– Ah, não – diz Charis. – Você não pode fazer isso! Você ainda não está bem o suficiente! Você ficará logo – acrescenta, pois não quer soar negativa. É a saúde, e não a doença, que deve ser reforçada.

Zenia dá um sorriso discreto.

– Pode ser – ela confirma. – Mas Karen, é sério... não se preocupe comigo. Não é problema seu.

– Charis – diz Charis. Zenia acha difícil lembrar-se de seu nome verdadeiro.

E sim, o problema é dela, pois ela se encarregou dele.

Em seguida, Zenia diz algo ainda pior.

– Não é só pelo fato de ele me odiar – ela explica. Põe a língua para fora, lambendo o doce da ponta da colher. – A verdade é que ele mal consegue tirar as mãos de mim.

– O West? – pergunta Charis. Um dedo gelado percorre sua espinha.

Zenia sorri.

– Não. Estou falando do Billy. Com certeza, você já percebeu.

Charis sente a pele do rosto inteiro deslizar para baixo de tanto espanto. Ela não percebeu nada. Mas por que não percebeu? É óbvio para ela, agora que Zenia falou – a energia que pula das pontas dos dedos e dos cabelos de Billy sempre que Zenia está por perto. Um arrepio de desejo sexual, como em gatos machos.

– O que você está querendo dizer? – ela indaga.

– Ele tem vontade de me arrastar para a cama – diz Zenia. Há um leve tom de arrependimento na sua voz. – Ele quer pular em cima de mim.

– Ele te ama? – diz Charis. Seu corpo todo amoleceu, como se os ossos tivessem derretido. Apreensão é o que ela sente. *Billy ama a mim*, ela protesta em silêncio. – Billy ama *a mim* – ela diz, com a voz engasgada. – Ele diz isso. – Aos próprios ouvidos, ela parece uma criança birrenta. E quando foi a última vez que ele disse isso?

– Ah, não é amor – diz Zenia, com doçura. – Quero dizer, não é isso o que ele sente por mim. É ódio. Às vezes, os homens têm muita dificuldade de diferenciar os dois. Mas você já sabia disso, não sabia?

– Do que você está falando? – sussurra Charis.

Zenia ri.

– Ora, você não é criança. Ele adora a sua bunda. Ou alguma outra parte do seu corpo, como eu vou saber? De todo jeito, não há dúvida de que não é a sua alma, não é *você*. Se você não desse para ele, ele te comeria mesmo assim. Eu o observei bem, ele é um ganancioso de merda, no fundo, todos eles são estupradores. Você é uma ingênua, Karen. Acredite, os homens só querem uma coisa das mulheres: sexo. O que importa mesmo é quanto você consegue que eles lhe paguem por isso.

– Não diga isso – pede Charis. – Não diga isso!

Ela sente algo se quebrando dentro de si, ruindo, um enorme balão iridescente rasgando-se e tornando-se cinza, como um pulmão perfurado. O que resta, caso se tire o amor? Apenas brutalidade. Apenas vergonha. Apenas selvageria. Apenas dor. O que é feito de seus presentes então, do jardim, das galinhas, dos ovos? Todos os seus cuidadosos atos de zelo. Agora ela está trêmula, ela sente náuseas.

– Só estou sendo realista, só isso – diz Zenia. – A única razão para ele querer enfiar o peru em mim é ele não poder. Não se preocupe, ele vai se esquecer totalmente disso depois que eu for embora. Eles têm memória curta. É por isso que quero ir embora, Karen... é por você. – Ela ainda está sorrindo. Olha para Charis, e seu rosto, contra a luz fraca da lâmpada do teto, está na escuridão, com apenas os olhos brilhando, vermelhos como faróis de um carro, e o olhar penetra Charis, mais e mais. É um olhar resignado. Zenia está aceitando a própria morte.

– Mas você vai morrer – diz Charis. Ela não pode deixar que isso aconteça. – Não desista! – Ela começa a chorar. Agarra a mão de Zenia, ou Zenia agarra a dela, e as duas se dão as mãos por cima da mesa cheia de pratos sujos.

Charis passa a noite acordada na cama. Billy voltou, muito depois de ela ter se deitado, mas não a procurou. Pelo contrário: ele se virou para o outro lado e se isolou e dormiu. Atualmente, acontece com frequência. É como se estivessem brigados. Mas agora sabe que também há outra razão: ela não é desejada. É Zenia a mulher desejada.

Porém, Billy só deseja Zenia com o corpo. Por isso é tão rude com ela – o corpo dele é separado do espírito. Por isso também anda tão frio com Charis: seu corpo quer que Charis saia do caminho para que ele possa agarrar Zenia, imprensá-la contra o balcão da cozinha, se apossar dela contra a sua vontade, apesar de ela estar doente. Talvez ele não saiba que é isso que quer. Mas é.

Surgiu uma ventania. Charis a escuta roçando as árvores desfolhadas e as ondas frias batendo contra a costa. Alguém está vindo da outra margem do lago e se aproximando dela, os pés descalços tocando as cristas das ondas, a camisola puída pelos anos de uso, o cabelo descorado flutuando. Charis fecha os olhos, concentrando-se na imagem interna, tentando enxergar quem é. Em sua cabeça há luar, obscurecido pelas nuvens que correm com o vento; mas agora o céu clareia, e ela consegue ver o rosto.

É Karen, é a Karen banida. Viajou por um longo caminho. Agora se aproxima, com aquele rosto amedrontado e impotente que Charis via pairar no espelho diante do próprio rosto, atirado contra ela em meio às trevas como um fantasma expulso, contra esta casa onde ela foi ilhada, imaginando estar segura; exigindo entrar nela, reunir-se a ela, participar de seu corpo outra vez.

Charis não é Karen. Já faz tempo que não é Karen e não quer voltar a ser Karen. Ela empurra com toda a força que tem, empurra para dentro da água, mas dessa vez Karen não vai afundar. Ela chega cada vez mais perto e sua boca se abre. Ela quer falar.

33

Karen nasceu com os pais errados. Foi isso o que a avó de Charis disse que podia acontecer, e é nisso que Charis também acredita. Pessoas assim têm de passar muito tempo procurando, têm de buscar e identificar os pais certos. Ou então passam a vida inteira sem.

Karen tinha sete anos quando conheceu a avó. Naquele dia, estava usando um vestido de algodão com um franzido na frente e uma faixa, além de fitas combinando com a roupa nas pontas dos rabos de cavalo de seu cabelo louro-claro, trançados com tanta força que sentia os olhos repuxarem. A mãe havia engomado o vestido, e ele estava rijo e também um pouco pegajoso por causa do calor úmido do final de junho. Elas tomaram o trem e, quando Karen se levantou do banco felpudo e quente, teve de desgrudar a saia do vestido das pernas. Machucou, mas ela sabia bem que era melhor não falar nada.

A mãe usava uma roupa de linho creme, composta por um vestido sem manga e uma jaqueta de manga curta por cima. Para combinar, usava um chapéu de palha branco, bolsa e sapatos brancos, e um par de luvas de algodão brancas, que ela segurava nas mãos.

– Acho que você vai gostar – ela não parava de dizer a Karen, ansiosa. – Você é muito parecida com a sua avó em alguns aspectos.

Isso era novidade para Karen, pois fazia muito tempo que a mãe e a avó mal se falavam. Ela sabia, por ter ouvido às escondidas, que a mãe tinha fugido da fazenda quando tinha apenas dezesseis anos. Ela teve empregos terríveis e guardou o dinheiro para poder ir à escola e virar professora. Fez isso para se livrar da própria mãe, aquela velha maluca. Nada neste mundo poderia arrastá-la de volta para aquele monte de lixo, ou ao menos foi o que ela disse.

Contudo, ali estavam elas, indo direto para a fazenda que a mãe de Karen tanto detestava, com as roupas de verão de Karen arrumadas dentro da mala e a valise da mãe ao lado, no compartimento acima de suas cabeças. Passaram por campinas lamacentas, casas isoladas, celeiros cinzentos e vergados, manadas de vacas. A mãe de Karen detestava vacas. Uma de suas histórias era sobre ter de se levantar da cama no inverno, durante as nevascas, até mesmo antes de o sol nascer, e sair tremendo em meio aos torvelinhos de neve para alimentar as vacas. Mas, "Você vai gostar das vacas", ela dizia agora, no tom excessivamente doce que usava com os alunos da segunda série. Ela verificou o batom no espelho do estojo de pó de arroz, depois sorriu para Karen para ver como ela estava lidando com a situação. Karen retribuiu o sorriso, incerta. Estava acostumada a sorrir mesmo quando não tinha vontade. Ela começaria a segunda série em setembro; esperava não ser colocada na classe da mãe.

Esta não era a primeira vez que passava um tempo longe de casa. Nas outras ocasiões, ela foi mandada para a casa da tia, a irmã mais velha de sua mãe, Viola. Às vezes, era só por uma noite, porque a mãe ia sair; às vezes, era para passar semanas, principalmente no verão. A mãe precisava de um longo período de descanso no verão por causa dos nervos. *Bem, quem não teria um ataque de nervos, levando-se em conta?*, dizia a tia Vi em tom de reprimenda, como se dissesse: o que a mãe de Karen esperava? Ela estava falando com o tio Vern, mas olhava Karen de soslaio, como se os nervos fossem culpa dela. Mas certamente nem todos eram, pois Karen tentava fazer o que mandavam, embora às vezes cometesse erros; e havia outras coisas, como o sonambulismo, que ela não tinha como controlar.

Os nervos eram culpa da guerra. O pai de Karen foi morto na guerra quando ela ainda não era nem nascida, obrigando a mãe de Karen a criá-la sozinha – algo que todos compreendiam ser muito complicado, praticamente impossível. Também havia algo mais, que tinha a ver com o casamento da mãe de Karen, ou então a ausência dele. Se o pai e a mãe eram casados de fato era uma das diversas coisas que Karen não sabia ao certo, embora a mãe se apresentasse como "senhora" e usasse aliança. Não havia fotos de casamento, mas as coisas eram feitas de outra forma durante a guerra; todo mundo dizia isso. Algo no tom de voz da tia Vi deixou Karen alarmada: ela era uma vergonha, alguém de quem só se poderia falar indiretamente. Não era exatamente uma órfã, mas era corrompida como tal.

Karen não sentia saudade do pai morto, pois como seria possível sentir saudade de alguém que você nem sequer chegou a conhecer? Mas a mãe lhe disse que ela deveria sentir saudade dele. Havia uma fotografia emoldurada – não com a mãe, e sim sozinho, de uniforme, o rosto comprido e ossudo com uma expressão séria e de certa forma já morta – que aparecia e desaparecia do console da lareira, de acordo com o estado da saúde da mãe de Karen. Quando estava a fim de olhá-lo, o retrato estava ali; caso contrário, não estava. Karen usava o retrato do pai como uma espécie de previsão do tempo. Quando sumia, ela sabia que haveria problemas e tentava ficar fora do caminho, longe do campo de visão, fora dos pensamentos da mãe (caminho, campo de visão, pensamentos, como ela poderia evitar tudo isso ao mesmo tempo?). Mas nem sempre tinha êxito, ou então tinha êxito demais, e a mãe a acusava de devanear, de não ajudar, de não se importar, de não dar a mínima para ninguém além de si mesma, e sua voz se elevava, se elevava, se elevava perigosamente, como um termômetro chegando à parte vermelha.

Karen tentou ajudar, tentou se importar. Ela teria se importado, mas não sabia com o que deveria se importar, e também havia tantas coisas que ela precisava observar, por causa das cores, e outras coisas que precisava ouvir. Horas antes de uma tempestade, quando o céu ainda estava calmo e azulado, ela sentia o sussurro do raio distante subindo pelos braços. Ela ouvia o telefone antes que ele tocasse, ouvia a dor tomando forma nas mãos da mãe, aumentando como água atrás de uma represa, preparando-se para ser derramada, e ela ficava apavorada, parada no meio do chão com os olhos em outro lugar, parecendo – dizia a mãe – uma idiota. *Burra!* Talvez ela fosse burra, pois às vezes não compreendia o que estavam lhe dizendo. Não ouvia as palavras, ouvia além das palavras; em vez disso, ouvia os rostos e o que estava por trás deles. À noite ela acordava, em pé ao lado da porta, agarrada à maçaneta, e se perguntava como tinha chegado ali.

Por que você fez isso? Por quê?, dizia a mãe, sacudindo-a, e Karen não sabia responder. *Meu Deus, você é uma idiota! Você não sabe o que pode acontecer com você aqui fora?* Mas Karen não sabia, e a mãe dizia, *Vou te ensinar! Sua putinha!* Em seguida, batia na parte de trás das pernas de Karen com um de seus sapatos, ou então com a panela ou o cabo da vassoura, o que houvesse por perto, e uma densa luz vermelha era emanada de seu corpo, e parte dela penetrava Karen, e Karen se contorcia e gritava.

– Se o seu papai estivesse vivo, seria ele quem faria isso, e ele usaria muito mais força, acredite! – Bater em Karen era a única função que a mãe de Karen atribuía ao seu pai, o que fazia com que ela ficasse secretamente aliviada por ele não estar presente.

Normalmente, a mãe de Karen não dizia *Jesus* e *Deus* e *putinha*, ela não falava palavrões; só quando estava na iminência de um período de crise de nervos. Karen chorava muito quando a mãe batia nela, não só porque doía, mas porque ela deveria demonstrar que estava arrependida, embora estivesse confusa quanto ao motivo. Além disso, se não chorasse, a mãe continuaria a bater até que ela o fizesse. *É duro lidar contigo!* Mas ela tinha de parar no momento certo, senão a mãe batia porque ela estava chorando. *Para com esse barulho! Para agora!* Às vezes Karen não conseguia parar, e a mãe também não, e essas eram as piores horas. A mãe não conseguia se conter. Eram seus nervos.

Depois, a mãe de Karen caía de joelhos e passava os braços em volta do corpo de Karen e a apertava de tal modo que ela mal conseguia respirar, e chorava, e dizia:

– Me desculpe, eu te amo, eu não sei o que me deu, me desculpe!

Karen tentava parar de chorar naquele instante, tentava sorrir, pois a mãe a amava. Se alguém a amava, estava tudo certo. A mãe de Karen se borrifava todos os dias com o perfume Tabu; tinha horror a ficar fedorenta. Portanto, era este o cheiro na sala durante aquelas surras: Tabu quente.

A tia Vi não gostava muito de Karen, mas ao menos não lhe encostava o dedo e não era muito ruim ficar na casa dela. Karen dormia no quarto de visitas, em cujas cortinas havia enormes e perturbadoras rosas, das cores laranja e rosa, iguais a couves-flores. Ela ficava fora do caminho tanto quanto possível. Ajudava com a louça sem que lhe pedissem, guardava os lenços dobrados na primeira gaveta da cômoda e as meias em pares, e não se sujava.

– Ela é uma coisinha bem boazinha, mas não passa disso – tia Vi disse ao telefone. – Leite e água. Bem, eu a deixo sempre limpa e alimentada, não é tão difícil assim. De qualquer forma, é só uma questão de caridade cristã, e nós não temos filhos nossos. Não me importo, na verdade.

Tio Vern ia mais longe.

– Quem é a minha menina? – ele exclamava. Queria que Karen se sentasse no seu joelho, encostava o rosto no rosto dela e lhe sorria, e fazia cócegas embaixo de seus braços; Karen não gostava disso, mas mesmo assim ria com nervoso, pois dava para ver que era o que ele queria. – A gente se diverte muito, não é? – ele dizia ruidosamente; mas ele não acreditava nisso, era apenas sua noção de como deveria comportar-se com ela.

– Não a aborreça – tia Vi dizia com frieza.

A pele do tio Vern era branca em cima, mas vermelha embaixo. Ele aparava a grama usando short nas noites de domingo, quando tia Vi estava na igreja, e nessas horas ficava ainda mais vermelho, embora a luz em volta de seu corpo fosse opaca e marrom-esverdeada. De manhã, quando ainda estava deitada na cama, Karen o ouvia grunhindo e gemendo no banheiro. Ela tampava os ouvidos com o travesseiro.

– Ela realmente é sonâmbula, mas não tanto – dizia tia Vi ao telefone. – Eu simplesmente deixo as portas trancadas, ela não consegue sair. Não sei por que a Gloria faz tanto estardalhaço. É claro que os nervos dela estão em frangalhos. Deixada com uma... bem, com uma criança nas mãos, desse jeito... eu sinto que tenho de ajudar. Afinal, sou a irmã dela. – Ela diminuía o tom de voz ao dizer isso, como se fosse um segredo.

A tia e o tio não moravam em apartamento, como a mãe dela. Moravam numa casa, uma casa nova no subúrbio, com tapetes cobrindo todos os assoalhos. Tio Vern trabalhava no ramo de mobílias; havia uma grande demanda por móveis, pois a guerra tinha acabado de terminar, e como ele estava prosperando, no momento tio Vern e tia Vi estavam de férias. Foram ao Havaí. Por isso, Karen não podia ficar com eles, tendo de ir então para a casa da avó.

Ela tinha de ir porque a mãe precisava descansar. Precisava muito; Karen sabia o quanto. Ao desgrudar a saia engomada da parte de trás das pernas, um pouco de sua pele soltou-se junto, pois na noite passada a mãe usara a panela, não a parte reta, mas sim as laterais; usara a ponta afiada e houve sangue.

A avó as encontrou na estação de trem, numa picape azul e surrada.

– Como vai, Gloria – ela disse para a mãe de Karen, dando-lhe um aperto de mãos como se fossem estranhas. As mãos eram grandes e bronzeadas, assim como o rosto; a cabeça era coberta com um ninho grisalho, esbranquiçado e desarrumado, que um instante depois Karen percebeu tratar-se de seu cabelo. Vestia um macacão, e não era um macacão limpo. – Então esta é a pequena Karen. – O rosto grande e enrugado se abaixou rapidamente, com um nariz parecido com um bico e dois olhinhos azuis e brilhantes sob as sobrancelhas crespas, e os dentes apareceram, também grandes e alinhados de um jeito que não era natural, e tão brancos que eram quase iluminados. Ela estava sorrindo. – Eu não vou te comer – ela disse para Karen. – Não hoje. Mesmo porque você está muito magrinha... Eu teria que te engordar.

– Ah, mãe – disse a mãe da própria Karen, em tom de censura, na voz doce que usava para os alunos da segunda série. – Ela não vai entender que você está só brincando!

– Então é bom que ela descubra isso logo – disse a avó. – Mas em parte, é verdade. Ela é magra demais. Se eu tivesse um bezerro desse tamanho, diria que ele está subnutrido.

Havia um collie preto e branco no banco da picape, deitado num tapete xadrez imundo.

– Para trás, Glennie – mandou a avó, e o cachorro levantou as orelhas, abanou o rabo, pulou para baixo e passou para o banco de trás através do para-lama traseiro. – Agora entra – disse a avó, pegando Karen como se ela fosse uma sacola, içando-a até seu lugar no banco. – Vai pro lado para a sua mãe poder se sentar. – Karen deslizou pelo banco; machucava por causa das pernas. A mãe de Karen olhou para os pelos de cachorro, hesitando.

– Entre, Gloria – a avó disse, seca. – Está tão sujo quanto sempre foi.

Ela dirigiu a picape com velocidade, assobiando de forma dissonante, o cotovelo apoiado alegremente na janela. Ambas as janelas estavam abertas, e a poeira do cascalho entrava em espirais, mas ainda assim o carro cheirava a cachorro velho. A mãe de Karen tirou o chapéu branco e pôs parte da cabeça para fora da janela. Karen, espremida entre elas e sentindo um pouco de enjoo, tentou imaginar que ela mesma era um cachorro, pois, se fosse, ela acharia que aquele cheiro era bom.

– De volta para casa, de volta para casa, lá-lá-lá-lá-lá – disse a avó, esbanjando alegria.

Ela sacolejou ao passar por uma pista esburacada, e Karen vislumbrou um enorme esqueleto, como o esqueleto de um dinossauro, no comprido gramado cheio de ervas daninhas da entrada da casa. Essa coisa tinha um tom vermelho-ferrugem, com pontas afiadas e muitos ossos incrustados salientes. Queria perguntar o que era aquilo, mas ainda tinha muito medo da avó e, de qualquer forma, a picape não estava mais andando e agora havia uma comoção, latidos, assobios e cacarejos do lado de fora, e um grunhido, e a avó berrava:

– Fora, vocês caiam fora, xô, xô, meninos e meninas!

Karen não conseguia ver o que havia do lado de fora, então olhou para a mãe. A mãe estava sentada com a coluna ereta, o chapéu sobre os joelhos, os olhos fechados com força, amassando as luvas de algodão branco em uma bolinha.

O rosto da avó apareceu na janela.

– Ah, pelo amor de Jesus Cristo, Gloria – ela disse, abrindo a porta com um solavanco. – São só os gansos.

– Esses gansos são uns assassinos – a mãe de Karen disse, mas desceu da picape.

Karen pensou que a mãe não devia ter calçado sapatos brancos, pois a área na frente da casa não era um gramado, e sim um lamaçal, em parte seco, em parte não, e parte não era lama, mas sim vários tipos de cocô de bichos. Karen só conhecia o tipo canino, pois ele também existia na cidade. Agora, havia dois cachorros, o collie preto e branco e um outro, maior, marrom e branco, que naquele instante pastoreavam uma revoada de gansos até o curral anexo ao celeiro, latindo e balançando os rabos peludos. Havia um monte de moscas zumbindo por ali.

– É, eles podem te dar uma boa bicada – disse a avó de Karen. – É só você enfrentá-los! Demonstre um pouco de força de vontade! – Ela enfiou o braço dentro do carro para pegar Karen, mas Karen disse:

– Eu posso descer sozinha.

– É assim que se fala – respondeu a avó. A mãe de Karen já tinha seguido em frente, carregando a valise numa das mãos e afastando as moscas com a bolsa, dando passos cuidadosos em meio a massas de cocô com seu sapato de salto alto, e a avó aproveitou a oportunidade para dizer: – A sua mãe é boba. Histérica. Sempre foi. Espero que você não seja.

– O que é aquela coisa? – indagou Karen, se enchendo de coragem, pois viu que era isso que esperavam dela.

– Que coisa? – disse a avó. Apoiando-se contra as pernas da avó, estava um porco de tamanho médio. Ele farejou as meias de Karen com o focinho assustador, molhado e macio como um globo ocular, babado como uma boca. – Esta aqui é a Pinky. É uma porca.

– Não – disse Karen. Ela sabia que era uma porca, já tinha visto fotos. – A coisa grande, lá na frente.

– Uma capinadeira antiga – disse a avó, deixando ao encargo de Karen imaginar o que seria uma capinadeira. – Vamos lá! – Ela andou a passos largos em direção à porta com a mala de Karen debaixo do braço, e Karen foi atrás. A distância, havia mais latidos e cacarejos. A porca as seguiu até a porta e então, para a surpresa de Karen, entrou na casa. Sabia como abrir a porta de tela com o focinho.

Elas estavam na cozinha, que era muito menos um monte de lixo do que Karen imaginara. Havia uma mesa oval coberta de oleado – verde-claro com desenho de morangos – com uma enorme chaleira e alguns pratos usados. Havia algumas cadeiras pintadas de verde-maçã, um fogão a lenha e um sofá de veludo marrom envergado, apinhado de jornais. Havia mais jornais no chão, com uma manta de lã desfiada jogada por cima deles.

A mãe de Karen estava sentada numa cadeira de balanço junto à janela, com uma aparência exausta. A roupa de linho estava toda amarrotada. Tinha tirado os sapatos e se abanava com o chapéu, mas quando a porca entrou na cozinha ela soltou um gritinho.

– Não tem problema, ela é bem treinada – disse a avó.

– Esta é a gota d'água – disse a mãe de Karen, num tom firme, enfurecido.

– Mais limpa que muita gente – disse a avó. – Mais esperta também. De qualquer forma, a casa é minha. Na sua, você pode fazer o que quiser. Não te pedi para vir aqui e não vou pedir que você vá embora, mas enquanto você estiver aqui vai ter que aceitar as coisas como elas são.

Ela coçou atrás da orelha da porca e deu-lhe um tapa no traseiro, e ela grunhiu docilmente, olhou-a e depois foi até a manta e se esticou em cima dela. A mãe de Karen desatou a chorar, lutou para levantar-se da cadeira e saiu da cozinha com os pés cobertos pelas meias, com as luvas brancas apertadas contra os olhos. A avó de Karen gargalhou.

– Está tudo bem, Gloria – ela gritou. – A Pinky não sobe escada!

– Por que não? – perguntou Karen. Sua voz era quase um sussurro. Nunca tinha ouvido alguém falar com a mãe daquele jeito.

– As pernas são curtas demais – explicou a avó. – Agora você pode tirar esse vestido, se tiver algum outro tipo de roupa, e me ajudar a lavar as batatas. – Ela suspirou. – Eu devia ter tido filhos homens.

Karen abriu a mala, achou as calças de algodão e vestiu-as numa sala que a avó chamava de sala de estar dos fundos. Não queria colocar short por causa da parte de trás das pernas. Era um segredo entre ela e a mãe. Ela não devia falar sobre o cabo de vassoura ou a panela, senão causaria problemas, assim como aconteceu quando a mãe deu um soco no rosto de um dos garotos da segunda série e quase perdeu o emprego, e então como é que elas iriam comer?

– Vou te mostrar seu quarto mais tarde, quando a Gloria parar de fungar – avisou a avó. Em seguida, Karen ajudou a avó com as batatas. Fizeram isso em uma cozinha menor, afastada da principal, onde havia um fogão elétrico e uma pia de latão com torneira de água fria. A avó chamava o local de copa. A porca as acompanhou e grunhiu, esperançosa, até ser mandada embora. – Agora não, Pinky – disse a avó. – Muita batata crua a deixa enjoada. Mas ela adora. Ela também aceita bebida, e isso também faz muito mal a ela. A maioria dos animais gosta de se embebedar, se tiver chance.

No jantar, comeram as batatas cozidas e ensopado de frango com pão. Karen não estava com muita fome. Deu porções de seu jantar às escondidas à porca e também aos dois cachorros, que estavam debaixo da mesa. A avó viu mas não contestou, então ela soube que não havia problema.

A mãe desceu para o jantar, ainda de vestido de linho, com o rosto lavado e a boca recém-pintada e uma expressão rígida nos lábios. Karen conhecia essa expressão: queria dizer que a mãe ia levar a situação até o fim *ou senão*. Ou senão o quê? Senão as coisas não ficariam nada boas para Karen.

– Mãe, tem algum *serviette*? – perguntou a mãe de Karen. A boca de repente virou um sorriso, como se fios puxassem seus cantos.

– Algum o quê? – perguntou a avó.

– Guardanapo.

– Ora bolas, Gloria, use a manga – disse a avó.

A mãe de Karen franziu o nariz para Karen.

– Você está vendo alguma manga? – perguntou. Ela estava sem a jaqueta, portanto os braços estavam nus. Estava adotando uma nova abordagem: tinha decidido que ambas iam achar a avó cômica.

A avó flagrou seu olhar e fechou a cara.

– Está na gaveta do aparador, como sempre – disse ela. – Eu não sou nenhuma selvagem, mas isso aqui também não é um jantar festivo. Quem quiser que pegue os guardanapos.

De sobremesa, comeram doce de maçã, e depois um chá forte com leite. A avó passou uma xícara para Karen, e a mãe de Karen disse:

– Ah, mãe, ela não toma chá.

No que a avó respondeu:

– Agora ela toma. – Karen imaginou que começariam uma discussão, mas a avó acrescentou: – Se é para deixá-la comigo, é para deixá-la *comigo*. Mas é claro que você pode levá-la contigo, se quiser. – A mãe de Karen apertou os lábios e calou-se.

Ao terminar de comer, a avó de Karen jogou os ossos de frango para dentro da caçarola e pôs os pratos no chão. Os animais se amontoaram ao redor deles, lambendo e mastigando ruidosamente.

– Não direto dos pratos – disse a mãe de Karen, com a voz fraca.

– Na língua deles há menos germes que nas humanas – disse a avó.

– Você é maluca, sabia? – disse a mãe de Karen em um tom engasgado. – Você devia ser presa! – Ela tampou a boca com a mão e correu para o quintal. A avó observou-a. Depois, deu de ombros e voltou a beber o chá.

– Existe limpo por dentro e limpo por fora – ela explicou. – Limpo por dentro é melhor, mas a Gloria jamais saberia diferenciar um do outro.

Karen não sabia o que fazer. Pensou no seu estômago com saliva animal e germes de cachorro e porco; mas, por mais estranho que fosse, não sentiu enjoo.

Mais tarde, quando Karen subiu ao segundo andar, ouviu a mãe chorando, um som que já tinha ouvido muitas vezes. Com cuidado, entrou no quarto de onde vinha o som. A mãe estava sentada na beirada da cama, parecendo mais desolada do que nunca.

– Ela nunca foi como uma mãe de verdade – soluçou. – Ela nunca foi!

Agarrou Karen com força e chorou em seu cabelo, e Karen ficou se perguntando o que ela queria dizer com aquilo.

A mãe de Karen partiu no dia seguinte, antes do café da manhã. Ela disse que tinha de voltar para a cidade, tinha horário marcado com um médico. A avó de Karen a levou de carro até a estação, e Karen foi junto, para se despedir. Usou as calças compridas por causa das pernas, que voltaram a doer. A mãe manteve o braço em torno dela ao longo do caminho até a estação.

Antes de dar partida na picape, a avó soltou os gansos do cercado.

– Eles são gansos-vigias – explicou. – Eles e Cully vão tomar conta de tudo. Se alguém tentar entrar aqui, Cully derruba, e os gansos arrancam os olhos da pessoa. Parado, Cully! Venha, Glenn. – Ela dirigiu tão rápido quanto antes, quase no meio da pista, mas dessa vez sem assobiar.

Quando chegou a hora de se despedir na estação, a mãe de Karen beijou a filha na bochecha, abraçou-a com força e lhe disse que a amava, e lhe disse para ser uma boa menina. Ela não beijou a avó. Nem mesmo lhe disse tchau. Karen ficou olhando a expressão da avó: fechada como uma caixa.

Karen queria esperar até que o trem começasse a se mover, e assim fizeram. A mãe lhe acenou pela janela do trem, as luvas brancas adejando como bandeiras. Essa foi a última vez que viu sua mãe verdadeira, a que ainda conseguia sorrir e acenar, embora não tivesse noção disso na época.

Então Karen e a avó voltaram à fazenda e tomaram o café da manhã: mingau de aveia com açúcar mascavo e nata grossa e fresca. Sem a presença da mãe de Karen, a avó era menos tagarela.

Karen olhou para a avó, sentada do outro lado da mesa. Olhou com atenção. A avó era mais velha do que Karen imaginara no dia anterior: o pescoço era mais ossudo, as pálpebras mais enrugadas. Ao redor de sua cabeça, havia uma luz fraca azul-clara. Karen já tinha percebido que seus dentes eram falsos.

34

Depois do café da manhã, a avó de Karen lhe diz:

– Você está doente?

– Não – responde Karen. As pernas ainda doem, mas isso não é doença, isso não é nada porque a mãe diz que não é nada. Ela não quer ser colocada na cama, ela quer ir para fora da casa. Quer ver as galinhas.

A avó a olha com rispidez, mas diz apenas:

– Você não quer colocar um short? Hoje o dia vai ser quente – mas Karen repete que não, e elas saem para recolher os ovos.

Os cachorros e a porca não têm permissão para acompanhá-las, pois os cachorros tentariam pastorear as galinhas, e a porca gosta de ovo. Os três ficam estirados no chão da cozinha, os rabos dos cães abanando devagar, a porca com uma expressão pensativa. A avó de Karen pega uma cesta grande forrada com um pano de prato para guardar os ovos.

O céu está luminoso, um azul luminoso como um punho enfiado num olho, aquela poça de cor quente; as vozes estridentes e agudas das cigarras perfuram a cabeça de Karen como um arame. As pontas do cabelo da avó são atingidas pela luz do sol e ardem como lã em chamas. Elas andam pelo atalho, ervas grandes ao lado, cardos e cenouras silvestres, com o aroma mais intenso e verde que Karen já sentiu misturando-se aos odores doces e pungentes do celeiro de tal forma que ela não sabe se o cheiro é bom ou ruim ou apenas tão opressor e forte a ponto de parecer um sufocamento.

O galinheiro fica junto à tela de arame e à cerca gradeada que contorna o jardim; dentro do cercado há amontoados de batatas, alface em uma fileira de babados, tripés de estacas com feijões os escalando e suas flores vermelhas zumbindo com as abelhas.

– Batata, alface, feijão – enumera a avó para Karen, ou talvez para si mesma. – Galinhas – ela diz quando chegam perto do galinheiro.

As galinhas são de dois tipos: brancas com barbelas vermelhas e marrom-avermelhadas. Elas arranham e cacarejam e fitam Karen com os olhos amarelos de lagarto, um olho e depois o outro; faíscas de luz multicolorida vazam de suas penas, como orvalho. Karen não tira os olhos delas, até que a avó a pega pelo braço.

– Aqui não tem ovo nenhum – anuncia.

O interior do galinheiro é bolorento e escuro. A avó de Karen tateia as caixas cheias de palha e sob as duas galinhas que ainda estão ali dentro e põe os ovos na cesta. Dá a Karen um ovo para ela segurar sozinha. Um brilho fraco vem de dentro dele. Está um pouco úmido; há pedacinhos de cocô de galinha e palha grudados nele. Além de estar quente. Karen sente a parte de trás das pernas pulsando e o calor correndo do ovo até sua cabeça. O ovo é macio à palma da mão, como um coração envolto por uma casca de borracha batendo. Está crescendo, inchando, e, à medida que caminham pelo jardim sob a luz do sol e a vibração das abelhas, ele fica tão grande e quente que Karen é obrigada a soltá-lo.

Depois disso ela estava na cama, deitada de barriga para baixo. A avó limpava suas pernas.

– Eu não era a mãe certa para ela – disse a avó. – Ela também não era a filha certa, para mim. E agora veja só. Mas não tem como ajudar. – Pôs as mãos grandes e nodosas nas pernas de Karen e de início elas doem ainda mais, depois Karen fica cada vez mais quente, depois esfria, e depois ela dormiu.

Ao acordar, ela estava do lado de fora. Estava muito escuro apesar da meia-lua; ao luar, via os troncos das árvores e as sombras que os ramos faziam. A princípio, ficou com medo por não saber onde estava nem como chegara ali. Havia um aroma doce e pungente, um vislumbre de flores, oficiais-de-sala, como aprenderia depois, e o voo de várias mariposas, as lâminas brancas de suas asas lhe beijando. Em algum lugar ali perto, a água corria.

Ela ouviu alguém respirando. Depois sentiu um nariz úmido apertando-se contra sua mão e algo roçando nela. Os dois cachorros estavam com ela, um de cada lado. Será que tinham latido quando ela saiu de casa? Não sabia, não os escutara. Mas parou de se preocupar porque eles saberiam o caminho de volta. Permaneceu ali por muito tempo, inspirando e inspirando, o aroma das árvores e dos cachorros e das flores que desabrocham à noite e da água, pois isso era a melhor coisa, era o que ela queria, ficar ao ar livre durante a noite, sozinha. Não estava mais doente.

Por fim, os cachorros a cutucaram com delicadeza, virando-a, pastoreando-a de volta para a construção escura que era a casa. Não havia nenhuma luz acesa; ela pensou que poderia entrar, subir a escada e se deitar sem que a avó soubesse. Não queria ser sacudida ou escutar que era duro lidar com ela, ou apanhar com algum objeto. Mas, quando ela chegou, a avó estava parada do lado da casa, com uma camisola longa e pálida e o cabelo alado ao luar, segurando a porta aberta, e não disse absolutamente nada. Simplesmente assentiu para Karen, e Karen entrou.

Ela se sentiu bem-vinda, como se a casa fosse uma outra casa durante a noite; como se fosse a primeira vez que entrasse nela. Agora ela sabia que a avó também andava durante o sono e que a avó também enxergava no escuro.

De manhã, Karen passou as mãos na parte de trás das pernas. Nada doía. Ela só sentia, em vez das marcas pegajosas que antes estavam ali, umas linhas pequenas e finas, que nem pelos; que nem rachaduras num espelho.

O quarto onde Karen dormia era o menor do andar de cima. Antigamente, era da mãe. A cama era estreita, com arranhões na cabeceira de madeira escura envernizada. Havia uma coberta branca em cima dela que parecia um monte de lagartas costuradas e uma cômoda pintada de azul com uma cadeira de madeira e costas retas para combinar. As gavetas eram revestidas de jornais velhos; Karen pôs as roupas dobradas dentro delas. A cortina tinha desenhos desbotados de miosótis. De manhã, a luz do sol a atravessava, iluminando a poeira sobre as superfícies e nos cantos da cadeira. Havia um tapete trançado, surrado por excesso de uso, e um guarda-roupa escuro apertado num canto.

Karen sabia que a mãe detestava aquele quarto: ela detestava a casa inteira. Karen não detestava, apesar de achar algumas coisas esquisitas. No enorme quarto da frente onde a avó dormia, havia uma fileira de botas masculinas dentro do armário. Não havia banheiro, somente um alpendre com uma caixa de madeira de cal e uma pequena pá de madeira para jogar a cal no buraco. Tinha uma sala na frente com cortinas escuras e uma coleção de pontas de flechas indianas recolhidas nos campos e pilhas imensas de jornais velhos espalhados pelo chão. Na parede, uma foto emoldurada do avô de Karen, de muito tempo atrás, antes de ele ter sido esmagado por um trator.

– Ele não cresceu com tratores – explicou a avó. – Só com cavalos. Aquela coisa maldita rolou em cima dele. A sua mãe viu, tinha só dez anos na época. Talvez tenha sido por isso que ela saiu dos trilhos. Ele disse que a culpa era dele mesmo, por ter mexido com as invenções do Diabo. Ele viveu uma semana, mas não tinha nada que eu pudesse fazer. Eu não posso fazer nada no que diz respeito a ossos. – Ela disse essas coisas mais para si do que para Karen, assim como dizia muitas coisas.

O trator ainda permanecia no galpão; a avó o dirigia antes de ficar velha demais para isso. Agora o campo era tarefa de Ron Sloane, que morava ali perto, e ele usava seu próprio trator, sua enfardadeira, tudo seu. Na segunda semana de Karen na fazenda, uma das galinhas ficou choca e fez um ninho no assento do trator, em vez de ir para sua caixa. Karen a descobriu, sentada em cima de vinte e três ovos.

– Elas fazem isso – explicou a avó. – Elas sabem que vamos pegar os ovos, então saem escondidas. As outras galinhas têm posto os próprios ovos para ela chocar. Assim se poupam do incômodo. Piranhas preguiçosas.

Aquela galinha, entretanto, teve de voltar para o galinheiro por causa das doninhas.

– Elas aparecem à noite – disse a avó de Karen. – Mordem o pescoço das galinhas e sugam o sangue.

As doninhas eram tão finas que poderiam atravessar até uma fresta mínima. Karen as imaginou, animais compridos e estreitos como cobras, frias e silenciosas, deslizando pelas paredes, a boca aberta, as presas afiadas a postos, os olhos brilhantes e ferozes. A avó a mandou ao galinheiro uma noite, depois que escureceu, com uma lanterna, enquanto ela mesma ficava do lado de fora para procurar rachaduras nas tábuas por onde a luz passava. Só uma doninha no galinheiro, ela disse, e pronto.

– Elas não matam para comer – disse ela. – Elas matam pelo prazer de matar.

Karen olhou para a fotografia do avô. Ela nunca conseguiu descobrir muita coisa por meio de fotos; os corpos que havia nelas eram achatados, feitos de papel em preto e branco, e não emanavam nenhuma luz. O avô tinha barba e sobrancelhas grossas e usava terno preto e chapéu; não sorria. A avó de Karen lhe disse que ele era menonita antes de casar-se com ela, e rompeu com o resto dos menonitas. Karen não entendeu nada, pois não sabia o que era um menonita. A avó explicou que era uma religião. Não usavam nada moderno, se isolavam do mundo, eram bons agricultores. Era fácil identificar uma fazenda menonita porque cultivavam até a margem dos campos. Além disso, não aprovavam guerras. Não lutavam.

– Eles não eram muito populares na época da guerra – declarou. – Tem gente que até hoje não fala comigo, por causa dele.

– Eu também não aprovo guerras – disse Karen, muito séria. Havia acabado de decidir isso. Era a guerra que deixava a mãe com tantos problemas de nervos.

– Bem, eu sei que Jesus falou para dar a outra face, mas Deus disse que era olho por olho – afirmou a avó. – Se as pessoas começarem a matar seu povo, você tem que revidar. A minha opinião é essa.

– Você pode simplesmente ir embora para outro lugar – disse Karen.

– Era isso que os menonitas faziam – disse a avó. – O problema é: o que acontece quando você não tem mais para onde ir? Responda essa, eu digo a ele! – A avó muitas vezes falava do avô como se ele ainda estivesse vivo... "Ele gosta de uma boa carne assada para o jantar" ou "Ele nunca poupa esforços". Karen começou a se questionar se ele não estaria mesmo vivo, de alguma forma. Se ele estava em algum lugar, com certeza era na sala da frente.

Talvez por isso nunca usavam a sala da frente, só a dos fundos. Ficavam ali sentadas, e a avó de Karen tricotava, um quadrado da manta de cor clara atrás do outro, e ouviam rádio, em geral notícias e a previsão do tempo. A avó de Karen gostava de saber se ia chover, embora dissesse que sabia melhor que o rádio, que sentia a chuva em seus ossos. Ela adormecia ali todas as tardes, no sofá, coberta por uma das mantas terminadas, com os dentes num copo d'água e a porca e os dois cachorros de vigia. De manhã, estava sempre animada e alegre; ela assobiava, conversava com Karen e lhe dizia o que fazer, pois havia um jeito certo e um errado de fazer tudo. Mas à tarde, depois do almoço, ela tornava-se abatida e começava a bocejar, e então dizia que ia se sentar um minutinho.

Karen não gostava de ficar acordada enquanto a avó dormia. Essa era a única parte do dia que ela achava assustadora. No resto do tempo, estava ocupada, podia ajudar. Arrancava ervas daninhas do jardim, recolhia ovos, primeiro com a avó e depois sozinha. Secava a louça, alimentava os cachorros. Mas, enquanto a avó dormia, nem saía de casa, pois não queria ir muito longe. Ela ficava na cozinha. Às vezes olhava os jornais antigos. Procurava a página de quadrinhos dos jornais de fim de semana e os estudava: ao aproximar o jornal dos olhos, os rostos se dissolviam em minúsculos pontinhos coloridos. Ou se sentava à mesa da cozinha, desenhando com o toco de lápis em pedaços de papéis de rascunho. De início, tentou escrever cartas para a mãe. Sabia escrever em letras de fôrma, tinha aprendido na escola. *Querida mãe, Como você está, Com amor, Karen.* Ia até a caixa de correio junto à estrada, enfiava a carta e levantava a bandeira vermelha de metal. Mas nunca recebia resposta.

Portanto, ficava ali sentada desenhando com o toco de lápis, ou então não desenhando. Ouvindo. A avó roncava e às vezes murmurava durante o sono. Havia mosquitos zumbindo, vacas ao longe, cacarejos dos gansos, um carro passando na estrada de cascalho diante da propriedade. Outros sons. A água gotejando na pia, na copa. Passos na sala da frente, um rangido, o que era aquilo? A cadeira de balanço que havia ali, o sofá duro? Ela ficava sentada, completamente imóvel, gelada no calor da tarde, com os pelos dos braços arrepiados, esperando para ver se os passos iriam se aproximar.

Aos domingos, a avó colocava um vestido, mas não ia à igreja – não como a tia Vi, que ia duas vezes aos domingos. Em vez disso, ela pegava a enorme Bíblia de família na sala da entrada e a colocava sobre a mesa da cozinha. Fechava os olhos e apalpava as folhas com um alfinete, e então abria a página que o alfinete tinha escolhido.

– Agora você – ela dizia a Karen, e Karen pegava o alfinete, fechava os olhos e deixava a mão suspensa sobre a folha até que a sentisse sendo puxada para baixo. Em seguida, a avó lia o trecho em que o alfinete ficara preso.

– "Se alguém dentre vós se tem por sábio neste mundo, faça-se louco para se tornar sábio" – ela leu. – "Porque a sabedoria deste mundo é loucura diante de Deus". Bem, eu sei a quem é a referência. – E fazia que sim com a cabeça.

Porém, às vezes, ela ficava intrigada.

– "Os cães comerão a Jezabel junto ao antemuro de Jizreel" – ela leu. – Não faço a mínima ideia em relação a quem é a referência.

Deve estar muito longe de acontecer. – Lia apenas um versículo por domingo. Depois, fechava a Bíblia e a colocava de volta na sala da frente, vestia o macacão e saía para cuidar das tarefas.

Karen se ajoelha no jardim. Está catando feijões e colocando-os na cesta grande, feijões amarelos. Recolhe-os devagar, um grão de cada vez. A avó consegue pegar com as duas mãos ao mesmo tempo, sem nem olhar, assim como tricota, mas Karen tem de olhar para primeiro achar o feijão e depois recolhê-lo. O sol está violento; ela está usando um short e uma blusa sem mangas, além do chapéu de palha que a avó a obriga a usar para que não tenha uma insolação. Agachada desse jeito, ela está quase escondida, pois os feijoeiros são muito grandes. Os girassóis a observam com os enormes olhos castanhos, as pétalas amarelas como espigas de fogo seco.

O ar cintila como celofane, uma folha brilhante de celofane tremulando sobre o terreno plano; crepita com estática de gafanhoto. Um belo clima para feno. O ronco do trator de Ron Sloane vem de dois terrenos depois, o estrépito e o som surdo da enfardadeira. Então, para. Karen chega ao final da fileira de feijoeiros. Puxa uma cenoura, limpa a terra com os dedos, esfrega a cenoura na perna e dá uma mordida. Ela sabe que deve lavá-la antes, mas gosta do gosto de terra.

Há um barulho de motor. Uma picape verde-escura se aproxima da entrada. Avança rápido, desviando de um lado para o outro da pista de cascalho. Karen reconhece a caminhonete: é a caminhonete de Ron Sloane.

Por que ele não está no campo, por que está vindo para cá? Quase ninguém visita. A avó não tem uma boa impressão dos vizinhos. Ela fala que eles pensam bobagens e são fofoqueiros, e que a encaram quando cruzam com ela na rua, quando ela vai à cidade fazer compras. Karen viu as pessoas agindo assim, de fato.

A picape desliza até parar; os gansos se afobam, os cachorros latem. A porta se abre, e Ron Sloane cai para fora da caminhonete. Cambaleia, segurando o próprio braço. A pele bronzeada do rosto parece um saco de papel marrom, sem qualquer rastro do tom vermelho-rosado.

– Cadê ela? – ele pergunta a Karen.

Ele cheira a suor e medo. A manga está rasgada, do braço goteja sangue, derrama sangue, ela percebe agora. A dor, o perigo desprendem-se do braço em ondas de choque vermelho-vivo. Karen tem vontade de gritar, mas não pode, não consegue se mexer. Dentro de sua cabeça, ela chama a avó, e a avó surge de trás da casa carregando um balde, também vê o sangue e solta o balde.

– Deus Todo-Poderoso – ela diz. – Ron.

Ron Sloane vira o rosto na direção dela com um semblante de súplica horroroso, impotente.

– A merda da enfardadeira – é o que ele diz.

A avó de Karen está correndo em direção a ele.

– Meninos e meninas, meninos e meninas – ela diz para os cachorros e gansos. – Cully, sai! – E há uma debandada em meio a latidos e cacarejos.

– Vai ficar tudo bem – ela diz a Ron. Ela estende o braço e o toca, toca em seu braço, e diz alguma coisa. O que Karen vê é luz, um brilho azul emanando da mão da avó, e depois ela some, e o sangue cessa. – Já acabou – ela lhe diz. – Mas você precisa ir ao hospital. Eu só posso segurar o sangue. Eu dirijo, se você não estiver em condições. Foi uma veia; vai começar a sangrar outra vez daqui a meia hora. Pega um pano molhado – ela pede a Karen. – Um pano de prato. Água fria.

Karen se senta na traseira da picape da avó junto com Glennie, o cachorro. Agora ela se senta na traseira sempre que pode. O ar rodopia à sua volta, o cabelo ondula contra o rosto, as árvores formam borrões à medida que passam, é como voar. Eles vão ao hospital, que fica a trinta quilômetros de distância, na mesma cidade da estação de trem, e Ron sai do carro, e então tem de se sentar e abaixar a cabeça, depois a avó passa o braço em torno dele, e eles entram no hospital, vacilantes, que nem pessoas em uma corrida de três pernas. Karen e Glennie aguardam na picape.

Passado algum tempo, a avó aparece. Diz que vão deixar Ron Sloane no hospital para levar pontos e que agora ele ficará bem. Elas voltam para contar à senhora Sloane o que aconteceu com Ron, para que ela não fique preocupada. Sentam-se ao redor da mesa da cozinha da senhora Sloane, e a avó toma chá, e Karen, um copo de limonada, e a senhora Sloane chora e diz obrigada, e a avó não diz de nada. Apenas assente, um pouco formal, e declara:

– Não me agradeça. Não sou eu que faço isso.

A senhora Sloane tem uma filha de catorze anos com cabelo claríssimo, mais claro que o de Karen, e olhos rosa, e pele destituída de cor. Ela passa um prato de biscoitos industrializados, e não para de encarar a avó de Karen, como se seus olhos rosa estivessem prestes a cair. A senhora Sloane não gosta da avó de Karen, apesar de insistir para que ela tome mais chá. A filha de cabelos brancos também não. Elas têm medo dela. O medo domina o corpo de ambas, pequenos e gélidos tremores cinzentos, como o vento soprando numa lagoa. Elas têm medo, e Karen não tem; ou pelo menos não tanto. Ela também gostaria de tocar no sangue, gostaria de fazê-lo cessar.

Nos finais de tarde, quando está mais frio, Karen e a avó visitam o cemitério. Fica a menos de dois quilômetros de distância. Nessas horas, a avó de Karen põe seu vestido, mas Karen não precisa pôr o dela.

Elas sempre caminham, nunca vão de carro. Andam pela pista de cascalho, junto às cercas, às valas e às ervas daninhas cobertas de pó, e Karen segura a mão da avó. É a única vez em que faz isso. Agora ela a segura de um jeito diferente, sentindo as veias fibrosas e os calombos do osso e a pele frouxa, não como *velhice*, mas sim como cor. A cor é azul-clara. Mão com poderes.

O cemitério é pequeno; a igreja ao lado também é pequena, além de vazia. As pessoas que tinham o hábito de frequentá-la construíram uma igreja nova, maior, junto à avenida principal.

– Era aqui que colocávamos as mulheres e crianças quando os fenianos chegaram – diz a avó de Karen. – Dentro dessa igreja aí.

– O que são fenianos? – indaga Karen. O nome a faz pensar em um laxante, ela já ouviu no rádio. Feni-a-menta.

– Lixo que vem dos Estados Unidos – diz a avó. – Irlandeses. Eles queriam guerra. Mas tinham o olho maior que a barriga. – Ela fala do acontecimento como se tivesse ocorrido outro dia, mas, na verdade, foi há muito tempo. Mais de setenta anos atrás.

– Nós não somos irlandesas – declara Karen.

– De jeito nenhum – confirma a avó de Karen –, mas a sua bisavó era. – A avó é escocesa, em parte, então Karen também é em parte escocesa. Parte escocesa, parte inglesa, parte menonita, e parte do que quer que fosse o pai. Segundo a avó, a melhor coisa que se pode ser é escocês.

O cemitério está cheio de ervas daninhas, embora ainda seja frequentado: há alguns túmulos cuja grama está cortada. A avó sabe onde todo mundo está enterrado e por quê: um acidente de carro num cruzamento, quatro mortos, estavam embriagados; um homem que se partiu ao meio ao dar um tiro na própria cabeça, todos sabiam mas ninguém mencionava, por tratar-se de suicídio e isso ser uma desonra. Uma senhora com o bebê, o túmulo do bebê era menor, que nem a armação de uma cama pequena; outra desonra, pois o bebê não tinha pai de verdade. Mas "todos os pais são de verdade", declara a avó, "mesmo que não sejam corretos". Há cabeças de anjos nas lápides, urnas com salgueiros, carneiros de pedra, flores de pedra; e também flores de verdade, murchando em potes de geleia. A mãe e o pai da avó estão ali, e também os dois irmãos. Leva Karen para vê-los; ela não fala "os túmulos", fala "eles". Mas ela quer ver principalmente o avô de Karen. Seu nome foi entalhado na lápide, junto com seus dois números – quando nasceu e quando morreu.

– Talvez tivesse sido melhor mandá-lo de volta para os menonitas – ela diz. – Talvez ele gostasse de ficar com o povo dele. Mas o mais provável é que não o aceitassem. Bem, ele está melhor aqui comigo.

O nome da avó está entalhado embaixo do dele, mas a data à direita está em branco.

– Eu tive que deixar tudo arranjado com antecedência – ela explica a Karen. – Ninguém daqui para fazer isso, depois. Aquela Gloria e aquela Vi provavelmente me jogariam na vala, economizar o dinheiro. Elas estão esperando eu morrer para poderem vender a fazenda. Ou então vão me levar para a cidade, algum buraco no chão. Então eu as enganei e comprei minha própria lápide. Já está tudo pronto, haja o que houver.

– Eu não quero que você morra – diz Karen. Não quer mesmo. A avó é um porto seguro para ela, embora seja dura. Ou talvez por ser dura. Não é inconstante, não é aquosa. Ela não muda.

A avó projeta o queixo para a frente.

– Não tenho a intenção de morrer – declara. – Mas o corpo morre. – Ela fixa o olhar em Karen; tem um semblante quase feroz. O cabelo, no alto da cabeça, parece cardos depois de deteriorados.

Karen amava sua avó?, pensa Charis, na metade do caminho até Island, sentada no fundo da balsa, se lembrando dela mesma se lembrando. Às vezes sim, às vezes não. Amor é uma palavra muito simples para tal mistura de cores berrantes e suaves, de gostos acres e beiradas ásperas.

"Há mais de uma maneira de descascar um gato", a avó costumava dizer, e Karen se encolhia, pois conseguia imaginar a avó descascando um gato de verdade. A avó saía quando o sol nascia com o rifle calibre .22 e atirava nas marmotas; e também em coelhos, dos quais fazia ensopado. Ela matava as galinhas quando ficavam velhas demais para pôr ovo ou quando simplesmente queria uma galinha; cortava fora as cabeças com um machado, no cepo de madeira, e depois corria em silêncio pelo celeiro com os pescoços derramando sangue, e a fumaça cinzenta de suas vidas emanava dos corpos, e o arco-íris de cores que as envolvia desbotava e sumia. Em seguida, ela depenava e destripava e queimava as penas ainda não desenvolvidas com uma vela, e, depois de cozinhá-las, guardava os ossinhos da sorte e os secava no peitoril da janela. Já havia cinco ali. Karen queria que elas quebrassem algum deles, mas a avó perguntou:

– Você tem algum pedido a fazer? – E Karen não conseguiu pensar em nenhum. – Você tem que guardar para quando precisar deles – disse a avó.

Agora, Karen faz mais perguntas; ela faz mais coisas. A avó diz que ela está ficando mais forte. Quando vai ao galinheiro sozinha para recolher os ovos, dá tapas nas galinhas caso assobiem e tentem bicá-la, e se o galo pula em suas pernas desnudas, ela o chuta; às vezes leva uma vara para afugentá-lo.

– Ele é um velho diabo, muito cruel – diz a avó. – Você não aceite nada que ele te fizer. É só dar uma boa pancada nele. Ele vai passar a te respeitar.

Num dia de manhã, elas estão comendo bacon, e a avó anuncia:

– Esta aqui é a Pinky.

– A Pinky? – diz Karen. Pinky, a porca, está deitada na manta, como de hábito durante as refeições, piscando com os olhos de pestanas densas e com esperanças de ganhar os restos. – A Pinky está ali.

– Essa é a Pinky do ano passado – diz a avó. – Todo ano tem uma Pinky nova. – Ela olha para Karen, do lado oposto da mesa. Tem uma expressão dissimulada; está esperando para saber qual será a reação de Karen.

Karen não sabe o que fazer. Poderia começar a chorar e se levantar da mesa e correr para o quarto, que é o que a mãe faria e também o que ela sente vontade de fazer. Em vez disso, ela larga o garfo, tira o borrachento pedaço mastigado de bacon da boca e o põe, devagar, no prato, e é então que termina o bacon para ela, naquele exato momento, para sempre.

– Ai, pelo amor de Deus – diz a avó, num tom aflito e ao mesmo tempo com um toque de desdém. É como se Karen fracassasse em alguma coisa. – São só porcos. São fofos quando são novos, e também inteligentes, mas, se os deixasse vivos, eles ficariam grandes demais. Eles viram selvagens quando crescem, são astutos, seriam capazes de te comer, de comer você mesma. Eles te engolem assim que põem os olhos em você!

Karen pensa em Pinky correndo pelo celeiro decapitada, a fumaça cinzenta de sua vida emanando do corpo e sua luz de arco-íris reduzindo-se a nada. Independentemente de qualquer coisa, sua avó é uma assassina. Não é à toa que as pessoas têm medo dela.

35

Era o Dia do Trabalho. Era quando a mãe de Karen iria chegar de trem e levar Karen de volta para a cidade. Karen já tinha arrumado a mala. Ela chorou, na cama estreita, sob a colcha de chenile, sob o travesseiro. Não queria deixar a avó, mas queria ver a mãe, de quem – tão rápido – não conseguia se lembrar com clareza. Conseguia se lembrar apenas dos vestidos, e o aroma de Tabu, e uma de suas vozes, a voz doce, a voz excessivamente doce que usava com a segunda série.

A mãe não veio. Receberam um telefonema da tia Vi, e a avó de Karen disse que um problema tinha acontecido, e Karen teria de ficar mais um tempinho.

– Você pode me ajudar a preparar o tomate – ela disse. Karen colheu tomates e os lavou na copa, e a avó os escaldou, descascou e cozinhou em jarras.

Então chegou a época em que as aulas começariam, e ainda assim nada aconteceu.

– Não tem por que te colocar na escola – disse a avó de Karen. – Você entraria e sairia logo depois.

Karen não se importou. Não gostava muito da escola, de qualquer forma, era difícil prestar atenção às muitas pessoas que estavam na sala ao mesmo tempo. Era como o rádio quando uma tempestade se aproximava: não escutava quase nada.

A avó trouxe a Bíblia da sala da frente e a pôs sobre a mesa da cozinha.

– Deixe-me ver, falou o cego – ela disse. Fechou os olhos e folheou com o alfinete. – Salmo 88. Já caí nesse antes. "Desviaste para longe de mim amigos e companheiros, e os meus conhecidos estão em trevas." Bem, está bem certo; quer dizer que tenho que me preparar para partir, eu mesma, em breve. Agora você.

Karen pegou o alfinete, fechou os olhos, e a mão seguiu a forte correnteza que a puxava para baixo.

– Ah – exclamou a avó, apertando os olhos. – Jezabel outra vez. Apocalipse, dois, vinte. "Mas tenho contra ti que toleras Jezabel, mulher que se diz profetisa, ensinar e enganar os meus servos, para que se prostituam e comam dos sacrifícios da idolatria." Isso sim é bem estranho para uma garotinha. – E sorriu para Karen, o sorriso de uma maçã murcha. "Você deve estar vivendo à frente de seu tempo."

Karen não tinha ideia do que ela estava falando.

Por fim, foi a tia Vi quem chegou, não a mãe de Karen. Ela nem sequer ficou na casa da avó. Hospedou-se em um hotel na cidade, e a avó levou Karen até lá. Dessa vez, Karen não se sentou na traseira da picape. Sentou-se no banco da frente, com os pelos de cachorro, usando seu vestido, o mesmo do dia de sua chegada, olhando para fora da janela, sem dizer nem uma palavra. A avó assobiava suavemente.

Tia Vi não ficou muito contente de ver Karen, mas fingiu ficar. Deu um beijinho na bochecha dela.

– Olha só como você ficou alta! – disse ela. Soou como uma acusação. – Você trouxe a mala dela? – perguntou para a avó.

– Viola, não estou nem perto da senilidade – declarou a avó. – Não é nada provável eu esquecer a mala dela. Aqui está – ela disse a Karen num tom delicado. – Pus um ossinho da sorte para você. – Ela se agachou e colocou os braços ossudos em torno de Karen, e Karen sentiu seu corpo quadrado, sólido como uma casa, e em seguida a avó não estava mais ali.

No trem, Karen sentou-se ao lado de tia Vi, que não parava de falar.

– A gente tem que te matricular na escola imediatamente – declarou. – Você já perdeu quase um mês! Meu Deus, você está marrom que nem uma uva!

– Cadê a minha mãe? – perguntou Karen. Não conseguiu se lembrar de nenhuma uva marrom.

Tia Vi franziu a testa e olhou para o outro lado.

– A sua mãe não está bem – disse ela.

Ao chegar à casa da tia Vi, Karen foi para o quarto de sempre, com cortina de flores laranja e rosa, e abriu a mala imediatamente. Ali estava o ossinho da sorte, embalado em papel encerado, fechado com um elástico, tirado do pote de elásticos guardados da avó, que ficava ao lado da pia. Pegou o ossinho da sorte. Tinha um cheiro ácido, porém forte e encorpado, como o de mão coberta de terra. Escondeu-o na bainha de uma das cortinas. Sabia que, caso a tia Vi o visse, ela o jogaria fora.

A mãe de Karen está em um prédio, um prédio novo e amarelo que parece uma escola. Tia Vi e tio Vern levam Karen para visitá-la. Sentam-se na sala de espera, em poltronas duras cobertas de um tecido cheio de nós, e Karen está com medo devido à atitude solene da tia Vi e do tio Vern; solene e ao mesmo tempo ansiosa. Eles são como aquelas pessoas que param o carro e saem para observar quando acontece um acidente. Há algo de ruim, algo de errado, mas eles querem participar, independentemente do que seja. Karen preferiria não fazê-lo, gostaria de voltar imediatamente, voltar no tempo, voltar à fazenda, mas uma porta se abre, e a mãe entra na sala. Anda devagar, estendendo o braço para tocar nos móveis, como se procurasse se guiar. *Sonâmbula*, pensa Karen. Antes, os dedos da mãe eram finos, as unhas feitas. Tinha orgulho das próprias mãos. Mas agora estavam inchadas e desajeitadas, e a aliança não estava mais no dedo. Usava um roupão cinza e chinelos que Karen nunca tinha visto, e também nunca tinha visto o rosto da mãe.

Não este rosto. É um rosto insípido com um brilho baço, como um peixe morto nas bandejas de esmaltado branco em peixarias. Uma luz esmorecida, prateada, que nem escamas. Ela volta o rosto para Karen; é inexpressivo como um prato. Olhos de louça. De repente, Karen é emoldurada por esses olhos, uma garotinha pálida sentada em uma poltrona nodosa, uma garota que sua mãe nunca tinha visto. Karen leva as duas mãos à boca e inspira, um suspiro, o contrário de um grito.

– Gloria. Como você está se sentindo? – pergunta tio Vern.

A cabeça da mãe de Karen gira na direção dele, uma cabeça ponderada, pesada. O cabelo está puxado para trás, preso com grampos. A mãe de Karen costumava prender o cabelo em cachos, e ao penteá-lo ele ficava ondulado. Este cabelo é liso e escorrido, e coberto por uma película, como se tivesse ficado guardado em um armário. Karen pensa no celeiro do porão da avó, com aquele cheiro de terra mantida em lugar fechado e as fileiras de frascos de conservas, frutos de cores vivas envidraçados, salpicados de poeira.

– Bem – declara a mãe de Karen, um minuto depois.

– Eu não aguento essa situação – diz tia Vi. Ela esfrega os olhos com um lenço. Em seguida, com a voz mais firme: – Karen, você não vai dar um beijo na sua mãe?

As perguntas da tia Vi são como ordens. Karen desliza para fora da cadeira e vai até a mãe. Não passa os braços em torno dela, não a toca com as mãos. Ela curva o corpo da cintura para cima e põe os lábios contra a bochecha da mulher. Ela mal pressiona os lábios contra o rosto, mas sua boca afunda e volta na bochecha que parece uma borracha fria. Ela pensa em Pinky decapitada, caindo no celeiro, virando presunto. A mãe tem a textura de carne que se come no almoço. Ela sente náuseas.

A mãe recebe o beijo passivamente. Karen dá um passo para trás. Agora não há mais luz vermelha em volta da mãe. Apenas um brilho fraco marrom-arroxeado.

No carro, a caminho de casa, Karen se senta entre a tia Vi e o tio Vern em vez de ficar no banco de trás, como de hábito. Tia Vi enxuga os olhos. Tio Vern pergunta à Karen se ela quer tomar sorvete de casquinha. Ela diz não, obrigada, e ele dá um tapinha em seu joelho.

– Eu me senti tão mal, minha própria irmãzinha; mas eu tive que fazer isso – diz tia Vi, ao telefone. – Foi a terceira vez, e o que podia fazer? Não sei onde ela os conseguiu! Por sorte, o frasco vazio estava do lado dela, então pelo menos a gente pôde falar para o médico o que foi que ela tomou. É um milagre a gente ter chegado a tempo. Algo na voz dela, eu acho; bem, também não posso dizer que eu já não tenha ouvido isso antes! Quando a gente chegou, ela estava gelada. Já fazia semanas que ela tinha feridas nos lábios, tiveram que abri-las para enfiar o tubo, e hoje foi como se eu não a conhecesse. Eu não sei... tratamentos de choque, eu imagino. Se não funcionar, vão ter que fazer uma operação. – Ela diz "operação" naquela voz grave, a voz que usa para preces, como se fosse uma palavra sagrada. Ela quer isso, essa operação, Karen percebe. Se a mãe fizer a operação, parte daquela santidade será transmitida à tia Vi.

Karen foi para a escola, onde pouco falou e não fez amigos. Também não era caçoada, era acima de tudo ignorada. Ela sabia como fazer isso, como se tornar invisível. Bastava prender a luz que envolvia seu corpo; era como prender a respiração. Quando a professora a olhava, o olhar a atravessava e ia para quem estivesse sentado atrás dela. Dessa forma, Karen mal precisava estar em sala. Ela deixava as mãos fazerem o que fosse exigido: longas fileiras de "a" e "b", colunas organizadas de números. Recebia estrelas douradas pelo capricho.

O floco de neve de papel e a tulipa de papel que fizera estavam entre os dez pregados no painel de cortiça.

Toda semana, depois de duas em duas, depois a cada três, ela ia com os tios visitar a mãe. Agora, a mãe estava em outro hospital.

– Sua mãe está muito doente – tia Vi lhe disse, mas Karen não precisava que lhe dissessem. Ela via a doença se espalhando pela pele da mãe, assim como os pelos nos braços, fora de controle; como filamentos de relâmpagos, só que pequeninos e lentos. Como mofo cinza se espalhando pelo pão. Quando a mãe estivesse tomada de veias dos pés à cabeça, ela morreria. Ninguém poderia impedi-la, pois era o que ela queria.

Karen pensou em usar o ossinho da sorte, mas sabia que não faria nenhuma diferença. Para que o pedido dê certo, você tem de desejar de verdade, e ela não queria que aquela mulher continuasse viva. Se pudesse reaver a mãe do jeito que ela era antes, nos bons tempos, sim. Mas ela sabia que era impossível. Não havia sobrado muito daquela mãe. Portanto, deixou o ossinho na bainha da cortina e conferia de vez em quando para ter certeza de que ele ainda estava ali.

Karen ficava sentada em seu quarto. Às vezes, batia a cabeça de leve contra a parede, para não ter de pensar. Ou passava muito tempo olhando pela janela. Ou olhava pela janela na escola. O que ela olhava era o céu. Pensava no verão. Talvez no verão seguinte os tios tirassem férias, e ela pudesse voltar à fazenda da avó, recolher os ovos, catar feijões amarelos sob o sol.

No aniversário de oito anos, Karen ganhou um bolo. Tia Vi o assou e pôs rosas de açúcar compradas na loja e oito velas. Ela pergunta a Karen se ela não quer trazer um amiguinho, mas Karen diz que não. Portanto, comem o jantar de aniversário sozinhos, os três, *Oh, Senhor, abençoe esta refeição que vamos comer, Amém*, e há sanduíches de atum com salada de ovos, e creme de amendoim e geleia, e tia Vi diz "Não é uma delícia", e então tem um sorvete napolitano de três cores, branco, rosa e marrom. Depois, tem o bolo. Tia Vi acende as velas e diz a Karen para assoprá-las e fazer um pedido, mas Karen permanece sentada, observando as chamas.

– Acho que ela nunca teve bolo de aniversário – diz tia Vi ao tio Vern, e tio Vern retruca:

– Pobre coitada. – E despenteia o cabelo de Karen. Ele faz muito isso hoje em dia, e Karen não gosta. As mãos do tio Vern são envoltas por uma luminescência pesada, densa como geleia, pegajosa, marrom-esverdeada. Às vezes, Karen examina seu cabelo louro diante do espelho para ver se uma parte dele não caiu.

– Faça um pedido – diz tio Vern, entusiasmado. – Peça uma bicicleta!

– Você tem que fechar os olhos – afirma tia Vi.

Portanto, para agradá-los, Karen fecha os olhos e não vê nada além do céu, e reabre os olhos e, obediente, assopra as velas. Tia Vi e tio Vern batem palmas, aplaudem-na, e tio Vern diz:

– Bem, veja só! Olha só o que nós temos aqui! – E traz para a cozinha uma bicicleta novinha, bem vermelha. Enfeitaram-na com fitas rosa e um balão foi amarrado ao guidão. – O que você acha disso? – indaga tio Vern, ansioso.

Anoitece; o aroma da grama cortada entra pela janela aberta, os besouros de junho batem contra a tela. Karen olha para a bicicleta, para os cintilantes raios das rodas, as correias e as duas rodas pretas, e sabe que a mãe está morta.

Sua mãe só viria a morrer três semanas depois, mas dava no mesmo, pois às vezes (pensa Charis) há uma dobra no tempo, assim como se dobra a colcha da cama para baixo para criar uma borda, e se você enfiar um alfinete em qualquer lugar, os dois furos ficam alinhados, e é assim que acontece quando se prevê o futuro. Não há nada de misterioso nisso, não mais que uma contracorrente num lago ou a harmonia no que se refere à música, duas melodias ao mesmo tempo. Com a memória ocorre essa mesma sobreposição, o mesmo tipo de dobra, só que ao contrário.

Ou talvez a dobra não seja no tempo em si, mas sim na mente da pessoa que observa. De qualquer modo, Karen olha para a bicicleta e vê a morte da mãe, e desmorona no chão, chorando, e tia Vi e tio Vern ficam primeiro desconcertados e depois bravos, e lhe dizem que ela é uma menina sortuda, uma menina sortuda e ingrata, e ela não consegue se explicar.

Houve um funeral, mas poucas foram as pessoas presentes. Alguns professores da antiga escola da mãe, alguns amigos da tia Vi. A avó não estava lá, mas Karen não achou esquisito – a avó ficaria deslocada na cidade. Havia também uma outra razão – *derrame*, disse a tia Vi, e *clínica de repouso*, no tom de voz que usava para tentar conquistar a comiseração dos outros –, mas tais palavras não significavam nada para Karen, e ela não queria escutá-las, portanto apagou-as da mente. Ela usou um vestido azul-marinho, o mais próximo que tia Vi conseguiu chegar do preto em tão pouco tempo, embora – ela disse ao telefone – devesse ter previsto o que estava para acontecer. Karen não obteve permissão para ver o corpo da mãe dentro do caixão porque tia Vi disse que seria algo muito chocante para uma criança pequena, mas mesmo assim ela sabia qual seria seu aspecto. O mesmo de quando estava viva, só que com mais intensidade.

Tio Vern e tia Vi tinham refeito parte do porão. Haviam posto uma placa de reboco sobre as paredes de blocos de cimento, linóleo com tapetes grossos por cima do assoalho. Fizeram uma sala de rec ali embaixo, "rec" não de "recauchutagem", mas sim de "recreação". Há um bar com banquetas, um jogo de damas chinesas para Karen e um aparelho de televisão. É o segundo televisor comprado por eles; o primeiro fica na sala de estar. Karen gosta de assistir à televisão na sala de rec, sem ficar no caminho de ninguém. Na verdade, ela não presta atenção ao que acontece na tela; ela pode ficar sozinha, concentrada nos próprios pensamentos, e ninguém lhe pergunta o que ela está fazendo.

É setembro, mas lá fora, no andar de cima, o clima continua quente e seco. Karen senta-se no tapete, na sala de rec, onde é mais fresco, de pés descalços, short e blusa sem manga, vendo *Kukla, Fran & Ollie* na TV. Kukla, Fran e Ollie são fantoches, ou dois deles são. Acima de sua cabeça, os sapatos da tia Vi estalam de um lado para outro da cozinha. Karen abraça os próprios joelhos, balançando-se devagar.

Passado algum tempo, ela se levanta, vai até a pia do bar, enche um copo de água, põe um cubo de gelo tirado do frigobar e volta a sentar-se no tapete.

Tio Vern desce a escada. Tinha acabado de cortar a grama. Está mais vermelho que de hábito, e o odor de suor o circunda, assim como as gotas d'água quando um cachorro molhado se sacode. Ele vai ao bar e pega uma cerveja, tira a tampa da garrafa, bebe metade dela, e enxuga o rosto molhado com a toalha que fica ao lado da pia. Em seguida, senta-se no sofá. O sofá é um sofá-cama, em caso de receberem visitas, pois Karen ficou com o quarto que antigamente era o quarto de visitas. Ele ainda é chamado de "quarto de visitas", embora seja habitado por Karen. Porém, eles não recebem visitas.

Karen se levanta. Pretende subir a escada, pois sabe o que vai acontecer a seguir, mas não é rápida o bastante.

– Vem cá – diz o tio Vern. Ele dá um tapinha no seu joelho enorme, peludo, e Karen vai até ele, relutante. Ele gosta que ela sente-se em seu joelho. Acha uma atitude paternal. – Agora você é nossa garotinha – ele declara afetuosamente. Mas ele não tem afeto verdadeiro por ela, Karen sabe disso. Ela sabe que lhe é insatisfatória, pois não fala com ele, não o abraça, não sorri o bastante. É o cheiro dele que a desagrada. Além da luz marrom-esverdeada.

Ela se senta no joelho de tio Vern, e ele a puxa mais para cima, para seu colo, e a envolve com um de seus braços vermelhos. Com a outra mão, acaricia sua perna. Ele sempre faz isso, ela já está acostumada; mas dessa vez ele põe a mão mais para cima, entre as pernas dela. Kukla, Fran e Ollie continuam a falar com suas vozes inventadas; Kukla é uma espécie de dragão. Karen se contorce um pouco, tentando se afastar dos dedos enormes, que agora estão dentro de seu short, mas o braço se aperta contra seu estômago, e tio Vern fala no ouvido dela:

– Fica parada! – Ele não soa muito amável, adulador, como sempre; parece zangado. Agora, está com as duas mãos nela, esfregando-a contra seu corpo, como se ela fosse uma toalha de rosto; o bafo viscoso está bem em cima da orelha dela. – Você gosta do seu tio Vern, não gosta? – ele diz, enfurecido.

– Vocês dois! – tia Vi chama alegremente do alto da escada que leva ao porão. – Hora do jantar! Tem milho na espiga!

– Já estou indo! – tio Vern berra com a voz rouca, como se as palavras tivessem sido expelidas da boca através de um chute no estômago. Ele enfia um dedo dentro de Karen e geme como se tivesse sido esfaqueado. Segura Karen contra seu corpo por mais um minuto: a energia vaza dele, e ele precisa de um curativo. Depois a solta.

– Sobe correndo – ele lhe diz. Está tentando usar a voz falsa, a voz de tio, mas ainda não a recuperou; sua voz está devastada. – Diga à titia Vi que eu subo num minuto. – Karen olha se a parte de trás do short ficou marrom-esverdeada, mas não; apenas molhada. Tio Vern está se enxugando com a toalha do bar.

Tio Vern espreita, prepara a emboscada. Karen se esquiva, mas não há como fugir o tempo todo. O estranho é que tio Vern nunca a procura quando tia Vi não está em casa. Talvez ele goste do perigo; ou talvez saiba que, com a tia Vi presente, Karen não ousaria fazer algum barulho. É obscuro como ele sabe disso, ou por que isso acontece, mas é a verdade. O medo que Karen sente da tia Vi descobrir é maior que seu medo dos dedos de linguiça do tio Vern.

Pouco depois, um dedo já não lhe basta. Ele põe Karen parada na frente dele, de costas para que ela não possa ver, um joelho grande segurando-a de cada lado, e põe a mão por baixo da saia plissada do uniforme da escola e puxa sua calcinha para baixo, enfiando algo duro entre suas pernas por trás. Ou ele usa dois dedos, três. Machuca, mas Karen sabe que pessoas que a amam podem fazer coisas que lhe machucam e se esforça para acreditar que ele realmente a ama. Ele diz que ama.

– Seu tio velho te ama – ele diz, roçando o rosto contra o dela.

Quando estão jantando, depois, ele gargalha mais, fala mais alto, faz piadas, beija tia Vi na bochecha. Traz presentes para as duas: caixas de chocolates para tia Vi, bichinhos de pelúcia para Karen.

– Você é como uma filha para nós – ele diz. Tia Vi dá um sorriso levemente. Ninguém seria capaz de dizer que não estão fazendo o que é certo.

Karen perde o apetite: o esforço para não pensar em tio Vern, tanto quando ele está ali como quando não está, faz com que fique fraca. Ela está mais magra e pálida, e tia Vi discute a respeito dela ao telefone:

– É a perda da mãe, ela faz o estilo quieto, mas dá para perceber que está sentindo. Ela fica vagando sem rumo. Eu não esperava que ela ficasse tanto tempo assim. Ela já tem quase dez anos! – A tia leva Karen ao médico para ver se ela não tem anemia, mas não tem.

– Me diga o que está acontecendo – pede a tia Vi. – Vai ser melhor se você falar disso. Você pode me falar! – Ela tem aquele olhar grave, ávido, no rosto, espera ouvir a respeito da mãe de Karen. Ela insiste sem parar.

– Não gosto do tio Vern tocando em mim – diz Karen, por fim.

O semblante da tia Vi se afrouxa, depois endurece.

– Tocando em você? – ela pergunta, desconfiada. – Como assim, *tocando*?

– Tocando – repete Karen, desolada. – Aqui embaixo. – Ela aponta. Já sabe que fez algo errado, imperdoável. Até aquele momento, tia Vi estava disposta a tolerá-la e até a fingir gostar dela. Não mais.

Os lábios da tia estão brancos, os olhos brilham perigosamente. Karen olha para o chão para não ter de ver.

– Você é igualzinha à sua mãe – diz tia Vi. – Uma mentirosa. Eu não ficaria surpresa se você enlouquecesse que nem ela. Deus sabe que está no sangue! Não diga uma coisa tão terrível sobre o seu tio! Ele te ama como se você fosse uma filha! Você quer destruir o seu tio? – Ela desata a chorar. – Reze para que Deus te perdoe! – Seu semblante muda outra vez. Ela enxuga os olhos, ela sorri. – Vamos simplesmente esquecer que você disse isso, querida – diz ela. – Nós duas vamos esquecer. Eu sei que a sua vida não tem sido nada fácil. Você nunca teve pai.

Depois disso, o que poderia ser feito? Absolutamente nada. Tio Vern sabe que Karen contou. Ele está mais gentil do que nunca com tia Vi. Está gentil até com Karen, perante as pessoas; mas de um jeito triste, como se a estivesse perdoando. Quando tia Vi não está olhando, ele fita Karen do lado oposto da mesa, os olhos em seu rosto de bife cru brilhando, triunfantes. *Você não tem como vencer essa briga*, está lhe dizendo. Ela consegue ouvir essas palavras com tanta clareza quanto se ele as falasse. Por enquanto, ele a evita, ele não mais a segue pela casa, mas está à espera. Está louco para pôr as mãos nela, mas não com algum sussurro suplicante. Agora ele não vai perguntar se ela gosta dele, agora ele é mais como a mãe dela era, antes de começar a gritar e pegar o cabo da vassoura. Aquela calmaria agourenta, aquela suavidade.

Karen dorme com a cabeça debaixo do travesseiro porque não quer nem ouvir nem ver; mas anda tendo ataques de sonambulismo, mais do que nunca. Ela acorda na sala de estar, tentando sair pelas janelas de batentes, ou na cozinha, balançando a maçaneta da porta dos fundos. Mas tia Vi tranca todas as portas.

Karen está sentada com as costas eretas na cama, segurando o travesseiro contra o peito. O coração acelera de pavor. Há um homem parado em seu quarto escuro; é tio Vern, ela consegue enxergar o rosto sob a luz que vem do corredor, logo antes de ele fechar a porta devagar. Os olhos dele estão abertos, mas ele está sonâmbulo; está vestido com o pijama listrado, tem um olhar vidrado. *Nunca acorde uma pessoa durante um ataque de sonambulismo*, disse a avó. *Isso interrompe a jornada dela*.

Tio Vern caminha silenciosamente, dormindo, até a cama de Karen. Com ele, vem o odor de suor azedo e carne rançosa. Ele se ajoelha, e a cama balança como um barco, ele empurra, e Karen cai de costas.

– Sua bastardinha, é isso o que você é – ele sussurra baixinho. – Você é uma bastardinha ardilosa. – Ele está falando durante o sono.

Em seguida, ele cai em cima de Karen e põe a mão enorme sobre sua boca, e a divide em duas. Ele a divide em duas bem no meio, e sua pele se abre como a pele seca de um casulo, e Charis voa. Seu novo corpo é leve como uma pluma, leve como o ar. Não há nenhuma dor nisso. Ela voa até a janela e se esconde atrás da cortina, e permanece ali, olhando através do tecido, por entre os desenhos de flores laranja e rosa. O que ela vê é uma menininha pálida, o rosto contorcido e jorrando água, nariz e olhos molhados como se ela estivesse se afogando – tomando fôlego, submergindo outra vez, tomando fôlego. Sobre ela há uma massa escura, mordendo-a, como um animal comendo outro animal. Seu corpo inteiro – porque Charis consegue enxergar através das coisas, através dos lençóis, através da carne, chegando

aos ossos –, seu corpo é feito de uma substância escorregadia e amarela, como a gordura de uma galinha estripada. Charis observa com
espanto o homem grunhindo, a criancinha se retorcendo e abanando os braços, como se estivesse presa pelo pescoço. Charis não sabe
que ela é Charis, obviamente. Ela ainda não tem nome.

O homem se senta, a mão sobre o coração, agora é ele quem
ofega.

– Pronto – ele diz, como se concluísse algo: uma tarefa. – Agora
você cale a boca, eu não te machuquei. Cale a boca! Ou você mantém essa sua boca suja fechada ou eu te mato! – Em seguida, ele geme
da mesma forma que geme no banheiro, de manhã. – Ai, meu Deus,
eu não sei o que me deu!

A menininha rola para o outro lado da cama. Enquanto Charis
observa, ela se inclina e vomita no chão, nos pés do homem. Charis sabe por quê. É porque a luz marrom-esverdeada agora está dentro
de seu corpo, densa e pegajosa, que nem bosta de ganso. Ela saiu do
tio Vern e entrou em Karen, e agora ela tem de colocá-la para fora.

A porta se abre, e tia Vi está parada ali, de camisola.

– O que foi, o que está acontecendo? – ela indaga.

– Eu a ouvi aqui – diz tio Vern. – Ela estava chamando... acho
que ela está com dor de estômago.

– Ora, pelo amor de Deus – diz tia Vi. – Você devia ter tido o
bom-senso de levá-la até o banheiro. Vou pegar o pano de chão. Karen, você vai fazer isso de novo?

Karen fica sem fala, pois Charis levou consigo todas as palavras.
Karen abre a boca, e Charis é sugada de volta, é como se fosse as-
pirada para a garganta compartilhada pelas duas.

– Vou – diz ela.

Depois da terceira vez, Karen sabe que está presa numa armadilha.
A única coisa que pode fazer é se dividir em duas; só pode se transformar em Charis e voar para fora de seu corpo e observar Karen, deixada para trás sem palavras, abanando os braços e soluçando. Ela
vai ter de continuar assim para sempre porque tia Vi jamais vai lhe
dar ouvidos, não importa o que ela diga. Ela gostaria de pegar um
machado e arrancar a cabeça do tio Vern, e a da tia Vi também, como

se fossem galinhas; ela ficaria olhando a fumaça cinzenta de suas vidas rodopiando ao sair dos corpos. Mas ela sabe que nunca vai matar nada. Ela não é dura o bastante.

Ela tira o ossinho da sorte da bainha da cortina e fecha os olhos, e segura as duas pontas do osso, e puxa. O que ela pede é a avó. Agora a avó está longe, quase como uma história que lhe contaram uma vez; ela mal consegue crer que um dia morou num lugar como a fazenda, nem que tal lugar sequer exista. Mas ela pede de qualquer forma, e, ao abrir os olhos, sua avó está ali, entrando no quarto pela porta fechada, vestindo o macacão e franzindo um pouco a testa, e sorrindo também. Ela caminha na direção de Karen, e Karen sente um vento frio contra a sua pele, e a avó estende as duas mãos envelhecidas e nodosas, e Karen estende as próprias mãos e a toca, e sente como se caísse areia em cima das mãos. Sente o cheiro das flores oficiais-de-sala e de terra cultivada. A avó continua caminhando; os olhos são azul-claros, e as faces encostam nas de Karen, grãos frios de arroz seco. Depois, ela se torna os pontos na página de histórias em quadrinhos, vistas de perto, e depois é apenas um torvelinho no ar, e depois desaparece.

Porém parte de seu poder permanece ali, nas mãos de Karen. O poder de curar, o poder de matar. Não o bastante para Karen conseguir escapar da armadilha, mas o bastante para mantê-la viva. Ela olha para as próprias mãos e vê um rastro azul.

Ela tem é que esperar. Tem de esperar como uma pedra, até chegar a hora. Então é isso o que ela faz. Assim que tio Vern a toca, ela se divide em duas, e no restante do tempo ela espera.

Sua avó está morta, ou morta para esta vida, embora Karen a tenha visto e saiba que não existe morte de verdade. A Bíblia chega em uma caixa grande, endereçada a Karen, e ela a guarda na mala, debaixo da cama, pronta para quando puder partir. A avó lhe deixou a fazenda, mas, por não ter idade suficiente, Karen não pode ficar com ela nem mesmo ir até lá, apesar de querer. Tio Vern e tia Vi têm sua guarda. Estão no controle.

Quando seus seios crescem e pelos nascem embaixo dos braços, nas pernas e entre elas, e ela fica menstruada pela primeira vez, tio

Vern a deixa em paz. Há uma distância entre eles, mas não é parecida com a ausência. É uma presença que, embora transparente, é mais densa que o ar. Agora, tio Vern tem medo dela, tem medo do que ela vai fazer ou falar; tem medo do que ela se lembra, tem medo de ser julgado. Talvez porque o olhar dela não é mais acanhado, não é mais inexpressivo ou suplicante. Seus olhos são uma pedra. Quando ela o olha com seus olhos de pedra é como se penetrasse em suas costelas e espremesse seu coração a ponto de quase fazê-lo parar. Ele diz ter uma doença de coração, toma comprimidos por esse motivo, mas ambos sabem que isso é algo que ela está fazendo com ele. Toda vez que o olha, ela sente repugnância e uma náusea intensa. Sente nojo dele, mas também do próprio corpo, pois ainda há sujeira dentro dele. Ela tem de pensar em formas de se limpar por dentro.

Quando pensa nessas coisas, ela tem de lacrá-las. É o que precisa fazer para não ser destruída. Ela se divide em duas e fica com a parte mais calma, mais lúcida de si. Agora ela tem um nome para esta parte: ela é Charis. Tirou a dica para o novo nome da Bíblia, com um alfinete: "mas o maior destes é a Caridade". Caridade é melhor que Fé e Esperança. Ela só pode usar esse novo nome para si mesma, é claro. Todo mundo ainda a chama de Karen.

Charis é mais serena que Karen, pois as coisas ruins ficaram para trás, com a pequena Karen. Ela é educada com a tia, mas distante. Um dia, depois de passar dos dezoito anos, ela pergunta aos dois o que fizeram com o dinheiro da avó. O tio diz que o investiram por ela e que ela poderá ficar com tudo quando fizer vinte e um anos, e enquanto isso uma parte poderia ser usada na sua educação. Tia Vi age como se esse fosse um ato de grande generosidade, como se o dinheiro lhes pertencesse e o estivessem doando. No entanto, ambos ficam aliviados quando ela começa a faculdade e se muda para o McClung Hall. Tia Vi tem nervoso dela por causa dos olhos de pedra; quanto ao tio Vern, ele não sabe do que ela se lembra. Ele tem esperança de que ela tenha esquecido de tudo, mas não tem certeza de que isso é fato.

Ela se lembra de tudo, ou melhor, Karen se lembra; mas Karen está arquivada. Charis só se lembra quando tira Karen da mala que fica embaixo da cama, onde a guardou. Não é frequente. Karen ainda é pequena, mas Charis está crescendo.

Charis fez vinte e um anos, mas o dinheiro da avó não foi mencionado. Ela não ligou. Não aceitaria dinheiro deles, de qualquer modo, porque, embora o dinheiro na verdade lhe pertencesse, ele esteve nas mãos dos dois, estava sujo. De todo jeito, não conseguiria obtê-lo sem brigar.

Ela não queria brigar. Queria ir para algum outro lugar, e, assim que se sentiu preparada, simplesmente desapareceu de vista. Desapareceu das vistas deles. Não era muito complicado quando se sabia que ninguém ia procurá-la. Ela saiu da faculdade antes de terminá-la – de todo modo, estava sendo reprovada nas disciplinas, pois não conseguiam prender sua atenção – e foi viajar. Pediu caronas, pegou ônibus. Trabalhou como garçonete, trabalhou em um escritório. Passou um tempo num *ashram* na Costa Oeste, passou um tempo numa fazenda comunal em Saskatchewan. Fez várias coisas.

Uma vez, voltou à fazenda, a fazenda da avó: queria vê-la. Porém, não era mais uma fazenda, era um condomínio. Charis tentou não se importar, já que nada do que foi ou que tivesse sido poderia perecer, e a fazenda permanecia dentro dela, ainda era dela porque os lugares pertenciam às pessoas que os amavam.

Quando tinha vinte e seis anos, se desfez de seu antigo nome. Muitas pessoas estavam mudando de nome, na época, porque nomes não eram apenas rótulos, eram recipientes também. *Karen* era uma bolsa de couro, uma bolsa cinza. Charis recolheu tudo o que não queria e enfiou neste nome, nessa bolsa de couro, e a fechou bem. Jogou fora todas as velhas feridas e venenos possíveis. Das coisas sobre si mesma, só guardou aquelas das quais gostava ou precisava.

Ela fez tudo isso dentro da própria cabeça, pois o que acontece ali é tão real quanto o que acontece em qualquer outro lugar. Ainda dentro de sua cabeça, ela caminhou até a margem do lago Ontário e afundou a bolsa de couro na água.

Este foi o fim de Karen. Karen se fora. Porém o lago estava na verdade dentro de Charis, então era ali que Karen também estava. Bem no fundo.

36

Até agora, na sua casa em Island, até aquela noite em que os ventos roçavam os galhos. Karen está voltando, Charis não pode mais mantê-la afastada. Ela rasgou o couro apodrecido, ela subiu à superfície, ela atravessou a parede do quarto, ela está parada dentro do quarto neste momento. Mas não é mais uma menininha de nove anos. Ela cresceu, ficou alta e magra e desajeitada, como uma planta num porão, privada de luz. E seu cabelo não é mais quase branco, e sim escuro. Não se parece mais com Karen. Parece Zenia.

Ela anda em direção a Charis e se curva, e se mistura a ela, e agora está dentro do corpo de Charis. Consigo, ela traz a antiga humilhação, que é quente.

Charis deve ter dito algo ou feito algum som, pois Billy acordou. Ele se virou, está puxando-a para si, está beijando-a, entocando-a de novo em sua antiga urgência. Não sou eu, Charis tem vontade de lhe dizer, pois ela não está mais no controle do próprio corpo. Essa outra mulher o dominou; mas Charis não flutua para longe, não observa por detrás da cortina. Ela também está em seu corpo, ela sente tudo. Ela sente o corpo se mexendo, reagindo; sente o prazer a percorrendo que nem eletricidade, desdobrando-se em centenas de cores, como a cauda de um pavão em chamas. Ela se esquece de Karen, se esquece de si mesma. Tudo nela se fundiu, juntando-se.

– Ei, essa foi diferente – diz Billy.

Ele está beijando seus olhos, sua boca; ela está deitada em seus braços, mole como uma pessoa doente; não consegue se mexer. Não fui eu, pensa ela. Mas foi, em parte. O que ela sente é complicado: culpa, alívio. Angústia. Ressentimento, pelo fato de Billy ter o poder de fazer isso; ressentimento também porque ela viveu tantos anos sem saber disso.

Lá no fundo, bem no fundo de seu corpo, algo novo se mexe.

(Aquela foi a noite em que sua filha foi concebida. Charis tem certeza. Ela sempre soube quem era o pai, é claro. Não havia nenhuma outra possibilidade. Mas a mãe? Era ela mesma e Karen, partilhando o corpo delas? Ou era Zenia também?)

De manhã, ela se sente mais como ela mesma, como Charis. Não sabe onde Karen foi parar. Não voltou para o fundo do lago; não tem essa sensação. É possível que esteja se escondendo em algum outro lugar do corpo que compartilham; porém, quando ela fecha os olhos e procura com os olhos da mente, aqui e ali dentro de si, não a encontra, apesar de haver uma mancha preta, uma sombra, algo que ela não consegue enxergar. Ao fazer amor com Billy, ela não pensa sobre ser Karen, nem sobre ser Charis. Ela pensa em ser Zenia.

– Me prometa que ela vai embora logo – diz Billy. Mas agora ele não está mais bravo. Está insistente, suplicante, quase desesperado.

– Ela vai embora logo – diz Charis, como se tranquilizasse uma criança. Ela ama Billy mais agora, em certos aspectos; mas em outros, ama menos. Quando a cobiça se torna uma coisa, a cobiça do corpo, ela bloqueia o caminho da entrega genuína. Agora, ela quer o corpo de Billy, por si só, não apenas como manifestação de sua essência. Em vez de simplesmente atendê-lo, ela quer alguma recompensa. Talvez isso seja errado; ela não sabe.

Estão deitados na cama, é de manhã, ela está acariciando o rosto dele.

– Logo, logo – ela canta, sentimental, para acalmá-lo. Não acha mais que o corpo dele deseja Zenia. Como ele poderia desejar Zenia agora que Charis o deseja?

É meados de dezembro. O gelo cobre o chão, as folhas caíram das árvores, o vento está juntando impulso. Esta noite, ele vem direto do lago, lançando-se em meio às árvores e arbustos, rasgando o forro de plástico que Charis prendeu em cima das janelas para impedir a entrada de correntes de ar. Não há janelas contra tempestades nessa casa, e o senhorio não tem nenhuma intenção de comprar-lhes algumas, porque, na opinião dele, todos as casas de Island serão derrubadas em breve, então para que gastar dinheiro? Também não há isolamento.

Charis começa a ver as desvantagens de morar aqui. Duas casas de sua rua já estão vazias, as janelas tampadas com tábuas. Ela se pergunta se terão madeira suficiente para se aquecerem quando o verdadeiro inverno chegar. Há um homem na cooperativa que talvez se disponha a trocar algumas aulas de ioga por madeira, mas madeira é pesada, então como ela a levará para Island?

Todos eles vão precisar também de roupas de inverno. Billy está na cidade esta noite, em mais uma daquelas reuniões. Ela o imagina no terminal das balsas, aguardando o último barco de volta, tremendo com a jaqueta fina. Ela deveria estar lhe tricotando alguma coisa. Ela irá à loja da Legião da Boa Vontade, em breve, e tentará achar alguns casacos de segunda mão.

Um para Billy, um para ela mesma, e um para Zenia também, pois Zenia só tem as roupas do corpo. Ela tem medo de ir à casa de West para pegar o resto das roupas, ou pelo menos é o que diz. Tem medo de que West a mate. Ele tem personalidade obsessiva – é gentil por fora, mas às vezes fica furioso, e a ideia de que ela pode morrer o deixa louco. Se é para perdê-la, se ela vai morrer, ele quer controlar sua morte com as próprias mãos. Muitos homens são assim, diz Zenia, com o olhar recordativo perdido no espaço, um pequeno sorriso. O amor os deixa loucos.

Houve uma época em que Charis jamais compreenderia uma afirmação dessas. Agora ela compreende.

Charis tem certeza de que está grávida. A menstruação não veio, mas não é só isso: ela sente o corpo diferente, não tenso e vigoroso como antes, mas sim fluido, como uma esponja. Saturado. Tem uma energia diferente, um rosa-alaranjado intenso, como o interior de um hibisco. Ainda não contou a Billy porque não sabe como ele vai lidar com a notícia.

Também não contou a Zenia. Em primeiro lugar, por não querer magoá-la. Zenia não pode ter filhos por causa da histerectomia que fez devido ao câncer, e Charis não quer se exibir ou ostentar. Mas também porque Zenia está dormindo no quartinho do segundo andar, onde antes ficavam todas as caixas de papelão de Charis. Eles a mudaram para cima porque Billy reclamou de nunca ter privacidade na sala de estar. É esse quartinho que Charis quer transformar no quarto do bebê, depois que Zenia for embora. Portanto, como dizer a Zenia que ela está grávida sem praticamente jogá-la na rua?

E ela não poderia fazê-lo, não por enquanto; apesar de que, quando Zenia menciona ir embora, Charis não lhe diga mais para nem pensar nisso. Está dividida: quer que Zenia vá embora, mas não quer que ela morra. Gostaria de curá-la e não vê-la nunca mais. Elas não têm muito em comum, e agora que tem uma parte de Zenia dentro de si, a única parte que lhe é necessária, ela preferiria não ter a Zenia real, carnal, por perto. Zenia lhe toma muito tempo. Além de – apesar de Charis detestar pensar dessa forma – uma certa quantia de dinheiro. Na verdade, Charis não tem dinheiro suficiente para os três.

Zenia está com uma aparência bem melhor, mas a aparência pode enganar. Às vezes, ela come um bom prato e depois corre para o banheiro e vomita. E ontem mesmo, ao discutirem sobre quando Zenia estaria preparada para ir embora – depois que ela disse que tinha certeza de que os tumores estavam diminuindo, que ela estava dominando a doença –, Charis foi até o banheiro e encontrou o vaso cheio de sangue. Se houvesse outra mulher na casa, ela pensaria que a mulher estava menstruada e esquecera de dar descarga. Mas Zenia não menstrua. Ela já esclareceu este ponto.

Charis ficou preocupada e perguntou sobre o sangue; Zenia foi pega de surpresa. Foi só uma hemorragia, ela disse. Mais ou menos como uma hemorragia nasal. Insignificante. Charis admira sua coragem, mas quem ela pretende enganar? Ela mesma, talvez. Ela não engana Charis. De vez em quando, Charis se questiona se não deveria lhe sugerir um hospital. Mas ela não suporta hospitais. Por sua mãe ter morrido em um, ela pensa neles como lugares aonde se vai para morrer. Já está planejando ter o bebê em casa.

Charis e Zenia estão sentadas em volta da mesa da cozinha. Estão terminando o jantar: batata cozida, purê de abóbora, salada de repolho. O repolho veio do mercado, pois Charis já usou todos os que tinha.

Foram transformados em sucos e despejados dentro de Zenia, transfusões verdes.

– Hoje você está parecendo mais forte – diz Charis, esperançosa.

– Sou forte como um touro – declara Zenia. Ela deita a cabeça na mesa por um instante, depois a levanta, fazendo esforço. – Sou mesmo, é sério.

– Vou te preparar uma xícara de ginseng – diz Charis.

– Obrigada – diz Zenia. – Então, onde ele está esta noite?

– O Billy? Em alguma reunião, imagino.

– Você nunca fica preocupada? – indaga Zenia.

– Com o quê? – retruca Charis.

– Com a possibilidade de não ser apenas uma reunião.

Charis ri. Ultimamente, anda mais confiante.

– Você está falando de poder ser uma moça? – ela diz. – Não. De qualquer modo, eu não iria interferir. – Ela crê nisso. Billy pode fazer o que quiser com outras mulheres, pois não teria importância.

Billy passara a falar com Zenia. Agora, lhe dá bom-dia, e quando entra em algum lugar da casa onde ela esteja, ele assente com a cabeça e resmunga. O que ele chama de "modos sulistas" é lutar contra a aversão que sente por Zenia, e os modos estão vencendo. Outra noite, ele lhe ofereceu uma tragada do baseado que estava fumando. Mas Zenia fez que não, e Billy sentiu-se rejeitado, e acabou por aí. Charis tem vontade de pedir a Zenia que pegue leve com Billy, que faça concessões, mas depois de ele ter se comportado como se comportou, ela mal tem como lhe pedir isso.

Pelas costas de Zenia, Billy é, no mínimo, mais rude ainda do que de início.

– Vou ficar muito surpreso se ela tiver câncer de verdade – ele afirmou, dois dias atrás.

– Billy! – retrucou Charis, horrorizada. – Ela passou por uma cirurgia! Ela tem uma cicatriz enorme!

– Você viu? – questionou Billy.

Charis não viu. Por que veria? Por que pediria a alguém para ver a cicatriz do câncer da pessoa? Não era uma coisa que se pudesse fazer.

– Vamos fazer uma aposta? – disse Billy. – Aposto cinco paus que a cicatriz não existe.

313

– Não – disse Charis. Como provar algo assim? Ela teve uma breve visão de Billy correndo até o quarto de Zenia e arrancando-lhe a camisola. Não era algo que ela quisesse.

– Em que você está pensando? – indagou Zenia.

– Quê? – soltou Charis. Estava pensando na cicatriz de Zenia.

– O Billy já é bem grandinho – diz Zenia. – Você não ficaria aflita por causa dele. Ele sabe se cuidar.

– Eu estava pensando no inverno – declara Charis. – Como a gente vai aguentar.

– Não como... se – retruca Zenia. – Ah, desculpe, mórbido demais. Um dia de cada vez!

Em geral, Zenia vai para a cama cedo porque Charis manda, mas às vezes ela continua de pé. Charis faz um belo fogo no fogão a lenha, e elas ficam sentadas à mesa da cozinha e conversam. Às vezes escutam música, às vezes jogam paciência.

– Eu sei ler cartas – Zenia declara uma noite. – Aqui, vou ler as suas.

Charis não se sente à vontade. Não achava uma boa ideia saber o futuro, porque dificilmente daria para mudá-lo, então para que sofrer em dobro?

– Só de brincadeira – diz Zenia.

Ela pede a Charis que embaralhe as cartas três vezes e corte longe dela para que o azar não venha em sua direção, e depois dispõe as cartas em fileiras de três, representando o passado, o presente e o futuro. Ela analisa as fileiras e então acrescenta outra série de cartas na transversal.

– Alguém novo vai entrar na sua vida – ela declara. Ah, pensa Charis. Deve ser o bebê. – E alguém vai sair dela. Envolve água; uma travessia de água. – A própria Zenia, pensa Charis. Ela vai melhorar, vai embora logo. E qualquer um que saia daqui tem que atravessar a água.

– Alguma coisa sobre o Billy? – ela diz.

– Tem um valete – diz Zenia. – Valete de espadas. Pode ser ele. Atravessado por uma rainha de ouros.

– Isso significa dinheiro? – indaga Charis.

– É, sim – afirma Zenia –, mas é uma carta atravessada. Tem alguma coisa errada com o dinheiro. Talvez ele passe a traficar drogas ou algo assim.

– O Billy, não – diz Charis. – Ele é inteligente demais para isso.

– Ela realmente não quer continuar com aquilo. – Onde foi que você aprendeu? – pergunta.

– Minha mãe era uma cigana romena – diz Zenia, desatenta. – Ela dizia que está no sangue.

– Está mesmo – confirma Charis.

Faz sentido para ela: sabe de dons desse tipo, há sua própria avó. O cabelo e os olhos escuros de Zenia, além do fatalismo, condizem com o fato de ser cigana.

– Ela foi apedrejada até a morte, durante a guerra – diz Zenia.

– Que horror! – exclama Charis. Não é de se estranhar que Zenia tenha câncer: é o passado adormecido dentro dela, um passado opressivo de metais pesados do qual ela nunca se limpou. – Foram os alemães?

Ser apedrejada até a morte lhe parece pior do que ser baleada. Mais lento, mais contundente, mais doloroso; porém não muito alemão. Quando pensa em alemães, ela pensa em tesouras, em mesas de esmaltado branco. Ao pensar em apedrejamento, é poeira, e moscas, e camelos, e palmeiras. Como no Velho Testamento.

– Não, por um bando de aldeões – diz Zenia. – Na Romênia. Acharam que ela tinha mau-olhado, acharam que ela andava enfeitiçando suas vacas. Não queriam gastar balas, então usaram pedras. Pedras e varas. Ciganos não eram exatamente populares naquele lugar. Acho que até hoje não são. Mas ela sabia o que ia acontecer, era vidente. Ela me entregou a uma amiga de outro vilarejo na noite anterior. Foi o que me salvou.

– Então você deve falar um pouco de romeno – diz Charis.

Se ela soubesse disso tudo, teria tratado de curar Zenia de alguma outra forma. Não apenas com ioga e repolho. Teria tentado mais visualizações, e não somente a respeito do câncer: a respeito dos romenos. Talvez as chaves para a doença de Zenia estejam escondidas em outro idioma.

– Eu recalquei a língua – explica Zenia. – Você também recalcaria. Dei uma olhada na minha mãe depois que acabaram com ela. Eles a deixaram ali, deitada na neve. Ela não passava de um montinho de carne podre.

Charis se encolhe. É uma imagem de embrulhar o estômago. Explica por que Zenia vomita tanto – se é isso o que se passa por sua cabeça. Ela precisa expulsar essas imagens venenosas de dentro de si.

– Onde estava o seu pai? – ela pergunta, para afastar Zenia da mãe morta.

– Ele era finlandês – diz Zenia. – Foi dele que herdei minhas bochechas.

Charis tem apenas uma vaga noção de onde fica a Finlândia. Há árvores e pessoas em saunas, e botas de peles, e renas.

– Ah. O que ele estava fazendo na Romênia?

– Ele não estava lá – esclarece Zenia. – Os dois eram comunistas, antes da guerra. Eles se conheceram num congresso juvenil em Leningrado. Ele foi assassinado mais tarde, na Finlândia, na luta contra os russos na Guerra de Inverno. Não é irônico? Ele achava que estava do lado deles, mas foram eles que o mataram.

– Meu pai também foi morto na guerra – diz Charis. Está contente por terem algo em comum.

– Acho que muitas pessoas foram – diz Zenia, com desprezo. – Mas a história é assim. – Ela já tinha juntado as cartas e agora espalhava outro maço. – Ah – ela exclama. – A rainha de espadas.

– Ainda são as minhas cartas? – indaga Charis.

– Não. Estas são minhas. – Não está olhando para as cartas, e sim para o teto, indiretamente, com os olhos semicerrados. – A rainha de espadas representa o azar. Tem quem diga que é a carta da morte. – O cabelo comprido e escuro cai como um véu pesado em torno da cabeça.

– Ah, não – diz Charis, consternada. – Acho melhor a gente deixar isso para lá. É negativo demais.

– Tudo bem – cede Zenia, como se não ligasse para o que faz. – Acho que vou para a cama.

Charis fica ouvindo-a subir os degraus, arrastando um pé depois do outro.

37

O inverno se arrastou. Deixou-os exaustos. Tomar um banho era uma experiência ártica, alimentar as galinhas era uma expedição polar: arrastar-se em meio à neve, encarar os ventos brutais que vinham do lago. As galinhas ficavam bem confortáveis dentro da casa que Billy construiu. A palha e os excrementos as aqueciam, como deviam fazer.

Charis desejou que houvesse uma camada de palha sob sua própria casa. Ela pregou uns lençóis velhos nas paredes, encheu as rachaduras mais visíveis com chumaços de jornal. Por sorte, tinham bastante madeira: Charis conseguiu comprar um pouco, barata, de uma pessoa que desistiu e voltou para o continente. Não estava cortada, e Billy cortou boa parte do lado de fora de casa, com um machado, nos dias mais quentes: ele gostava de rachar lenha. Mas a casa continuava fria, exceto quando Charis incitava o fogo a tal ponto que chegava a ser perigoso. Nessas horas, o ar dentro da casa tornava-se úmido e quente e cheirava a ninho de rato queimado. Havia ratos de verdade vivendo sob o assoalho, induzidos pelo frio; saíam à noite para limpar migalhas e deixar seus excrementos em cima da mesa. Zenia jogava os excrementos no chão, franzindo o nariz.

Não se falava mais nada sobre ela ir embora. Todos os dias, pela manhã, ela dava a Charis um relatório de sua saúde: melhor, pior. Um dia se sentiu disposta para uma caminhada, no dia seguinte disse para Charis que seu cabelo estava caindo. Não expressava mais nenhuma esperança, não parecia mais participar do próprio corpo. Aceitava as coisas que Charis lhe oferecia – o suco de cenoura, os chás de ervas – passivamente e sem muito interesse; estava agradando a Charis, mas não achava que iam surtir algum efeito. Tinha períodos de depressão, quando se deitava no sofá da sala, enrolada num lençol, ou despencava na mesa.

– Sou uma pessoa horrível – ela dizia a Charis, a voz trêmula. – Não valho todo esse incômodo.

– Ah, não diga uma coisa dessas – Charis retrucava. – Todos nós temos esses sentimentos. São do lado das sombras. Pense no que você tem de melhor. – Zenia a recompensava com um sorrisinho.

– E se eu não tiver nada de bom? – ela dizia, com a voz fraca.

Zenia e Billy mantinham certa distância. Ambos continuavam reclamando com Charis; pareciam gostar disso, de ficar remoendo sobre o outro. Ambos gostavam do gosto queixoso do nome do outro, do sabor da acusação, do gosto ruim. Charis queria ter alertado Billy para que ele não fosse tão duro com Zenia: ele poderia levá-la a delatá-lo, a respeito do bombardeio. Mas Charis não podia falar isso para Billy sem admitir que traíra sua confiança, que Zenia sabia. Ele ficaria furioso com ela.

Charis não queria fúria. Queria apenas sentimentos alegres, pois quaisquer outros sentimentos sujariam seu bebê. Ela tentava gastar tempo somente com coisas que a deixavam em paz: a alvura logo depois que nevava, antes que a fuligem da cidade tivesse a chance de cair; o brilho dos sincelos na semana em que houve uma tempestade de gelo que derrubou todas as linhas telefônicas. Ela andava sozinha por Island, tomando cuidado para não escorregar nos trechos congelados. Sua barriga endurecia e arredondava, os seios inchavam. Ela sabia que agora boa parte da luz branca de sua energia se dirigia ao bebê, e não a Zenia ou mesmo Billy. O bebê reagia, ela conseguia perceber; de dentro dela, ele ouvia, era atento, absorvia a luz como uma flor.

Ela esperava que os outros dois não se sentissem negligenciados, mas não podia fazer muito quanto a isso. Sua energia tinha limite, e cada vez menos lhe sobrava alguma. Estava se tornando uma pessoa mais implacável, mais dura; ela sentia a ferocidade da avó em suas mãos com mais intensidade. O bebê dentro dela voltara a ser Karen, em gestação, e com Charis tomando conta dela, teria uma chance melhor. Ela nasceria com a mãe certa, dessa vez.

Na sua imaginação, ela passava o tempo decorando o quartinho, o quarto do bebê. Ela o pintaria de branco, depois, quando tivesse dinheiro, quando Zenia fosse embora. No verão, quando fazia calor,

Billy poderia construir uma sauna no quintal, ao lado do galinheiro. No inverno seguinte, poderiam sentar dentro dela para se aquecerem e depois sair e rolar na neve. Seria uma boa forma de usar a neve; melhor do que ficar dentro de casa reclamando, que nem Zenia fazia. E Billy também.

Em abril, quando a neve derreteu e os brotos dos três bulbos de narciso de Charis emergiram da terra marrom, e as galinhas voltaram ao quintal, raspando o solo, ela contou do bebê para Billy e Zenia. Tinha de contar. Em breve ficaria óbvio; além disso, em breve algumas mudanças seriam necessárias. Não poderia continuar dando aulas de ioga, então o dinheiro teria de vir de outro lugar. Billy teria de arrumar algum emprego. Ele não tinha a documentação, mas existiam empregos disponíveis mesmo assim, pois alguns de seus amigos que fugiram do serviço militar estavam empregados. Billy teria de levantar a bunda da cadeira. Charis não teria pensado assim antes do bebê, mas agora pensava.

E Zenia finalmente teria de ir embora. Charis lhe servira de professora, mas, se Zenia não fosse capaz de tirar vantagem do que Charis lhe dera, o problema era dela mesma.

Já basta, disse a voz da avó na sua cabeça. *É preciso estabelecer prioridades. O sangue fala mais alto.*

Ela conta para um de cada vez, primeiro Zenia. Elas estão jantando – feijão enlatado cozido, ervilha congelada. Charis não tem sido muito meticulosa quanto aos produtos orgânicos ultimamente; por alguma razão, está sem tempo. Billy está na cidade, mais uma vez.

– Eu vou ter um bebê – Charis deixa escapar enquanto comem pêssego enlatado.

Zenia não fica magoada, não da forma que Charis temia. Nem oferece alguma congratulação melancólica ou abraços de mulher para mulher ou tapinhas na mão. Pelo contrário: ela fica desdenhosa.

– Bem – diz ela –, não há dúvida de que você ferrou tudo!

– O que você quer dizer com isso? – indaga Charis.

– O que te faz pensar que o Billy quer um filho? – diz Zenia.

O comentário tira o fôlego de Charis. Ela reconhece que tem se apoiado numa certa suposição: a de que todo mundo vai receber esse bebê tão bem quanto ela. Reconhece também que não tem levado Billy em consideração. Ela fez uma tentativa de imaginar como seria ser homem, ser Billy, ter um bebê, mas simplesmente não conseguiu. Depois disso, não fez mais nenhum esforço para tentar adivinhar como ele reagiria.

– Mas é claro que ele quer – exclama ela, tentando ser convincente.

– Você ainda não contou para ele, contou? – diz Zenia. Não é uma pergunta.

– Como você sabe? – indaga Charis. *Como* ela sabe? Por que elas estão brigando?

– Espere só até ele descobrir – diz Zenia, com raiva. – Esta casa vai ficar bem menor com um pirralho berrando. Você podia ter esperado eu morrer.

Charis está impressionada com sua crueldade e egoísmo; impressionada, além de brava. Mas o que ela solta chega perto do apaziguamento.

– Não há nada que eu possa fazer quanto a isso – declara.

– É claro que há – afirma Zenia, condescendente. – Você pode fazer um aborto.

Charis se levanta.

– Eu não quero fazer – diz ela.

Está à beira das lágrimas e, quando sobe ao segundo andar – o que faz imediatamente, dessa vez sem lavar a louça –, ela chora de verdade. Chora no saco de dormir, magoada e confusa. Há algo de errado acontecendo, e ela nem sabe o quê.

Quando Billy chega em casa, ela ainda está deitada no saco de dormir, com a luz apagada e sem ter trocado de roupa.

– Ei, o que houve? – ele pergunta. – O que é que está acontecendo? – Ele lhe beija o rosto.

Charis se levanta um pouco e põe os braços em torno dele.

– Você não percebeu? – ela diz, em prantos.

– Percebi o quê? – diz Billy.

– Eu estou grávida! – declara Charis. – A gente vai ter um bebê!
– Ela está fazendo soar como uma desgraça; não é isso o que ela quer dizer. Charis quer que ele comemore com ela.
– Ai, que merda – solta Billy. Seu corpo relaxa nos braços dela.
– Ai, Jesus Cristo. Quando?
– Em agosto – diz Charis, esperando que ele fique feliz. Mas ele não está feliz. Ele trata a notícia como uma enorme catástrofe, como uma morte, e não um nascimento.
– Ai, que merda – ele repete. – O que a gente vai fazer?

No meio da noite, Charis se vê parada do lado de fora, no jardim. Teve um ataque de sonambulismo. Está de camisola e pés descalços; a lama e as folhas se esfarelam sob seus dedos. Ela sente o cheiro de jaritataca, muito distante, como daquelas que são atropeladas nas estradas; mas como seria possível uma jaritataca por ali? Isto aqui é Island. Mas talvez saibam nadar.

Agora ela está totalmente acordada. Na sua mão há a marca de uma outra mão: é sua avó, tentando lhe dizer algo, tentando fazer contato. Um aviso.

– O quê? – ela pergunta em voz alta. – O que é?

Tinha ciência de que havia mais alguém no jardim, um vulto escuro apoiado na parede junto à janela da cozinha. Ela vê uma brasa pequena. O cheiro que ela sentiu não era de jaritataca, e sim de cigarro.

– Zenia, é você? – ela pergunta.

– Não consegui dormir – diz Zenia. – Então, como o papaizão encarou a novidade?

– Zenia, você não devia fumar – diz Charis. Ela se esqueceu de que estava brava com ela. – Faz muito mal para as suas células.

– Fodam-se as minhas células – retruca Zenia. – Elas estão me fodendo! É melhor eu aproveitar a vida enquanto posso. – Sua voz vem das trevas, preguiçosa, sarcástica. – E preciso te dizer que já estou de saco cheio da sua pose de boa samaritana. Você seria bem mais feliz se cuidasse da sua própria vida.

– Eu estava tentando te ajudar – Charis se lamenta.

– Me faça um favor – diz Zenia. – Vá ajudar outra pessoa.

Charis não consegue entender. Por que foi levada até ali para escutar aquilo? Ela se vira e entra em casa, e sobe a escada tateando. Não acende a luz.

No dia seguinte, Billy pega a balsa para a cidade bem cedo. Charis trabalha incessantemente no jardim, adubando a terra depois de cavá-la, tentando esvaziar a cabeça. Zenia não se levanta da cama.

Quando Billy volta, depois do anoitecer, está embriagado. Já se embriagou antes, mas não tanto. Charis está na cozinha, lavando a louça, louças acumuladas há vários dias. Ela se sente pesada, se sente entupida; há algo em sua mente que não se esclarece. Independentemente do quanto se esforce para enxergar, ela não consegue ver além da superfície das coisas. Está sendo bloqueada, excluída; nem mesmo o jardim a deixou entrar hoje. A terra perdeu o brilho e virou apenas um trecho de terra, as galinhas estão petulantes e sujas, que nem um espanador velho.

Portanto, quando Billy chega, ela se volta para olhá-lo, mas não fala nada. Em seguida, vira-lhe o rosto e retorna à louça.

Ela o ouve esbarrar na mesa; ele tropeça numa cadeira. Depois, suas mãos estão nos ombros dela. Ele a vira para si. Ela espera que ele a beije, lhe diga que mudou de ideia, que tudo está maravilhoso, mas ele começa a sacudi-la. Para frente, para trás, lentamente.

– Você... é... tão... mas... tão... burra – ele diz, acompanhando o ritmo da sacudida. – Você é uma imbecil! – Sua voz é quase afetuosa.

– Billy, não faz isso – ela pede.

– Por que não? – ele diz. – Por que diabos não fazer? Eu faço o que eu bem entender. Você é burra demais para perceber. – Ele solta uma das mãos do ombro dela e lhe dá um tapa no rosto. – Acorda! – Ele dá outro tapa, mais forte.

– Billy, para com isso! – ela diz, tentando ser firme e delicada, tentando não chorar.

– Ninguém... me... diz... o que fazer. – Ele dá um passo para trás, levanta a perna, dá uma joelhada em sua barriga. Ele está bêbado demais para mirar bem, mas a machuca.

– Você vai matá-lo! – Ela passa a gritar. – Você vai matar o nosso bebê!

Billy apoia a cabeça no ombro dela e começa a chorar, soluços roucos que soam como se tivessem sido arrancados dele.

– Eu te falei – disse ele. – Eu te falei, mas você não quis ouvir.

– Me falou o quê? – ela indaga, acariciando seu cabelo dourado.

– Não tem cicatriz nenhuma – ele diz. – Nenhuma. Não tem absolutamente nenhuma.

Charis não junta os fatos, não entende de que ele está falando.

– Vamos – diz ela. – A gente vai para a cama. – Eles vão, e ela o embala nos braços. Depois ambos adormecem.

De manhã, Charis se levanta para alimentar as galinhas, como sempre faz. Billy está acordado: ele se aquece debaixo do saco de dormir, observando-a se vestir. Antes de descer a escada, ela se aproxima e lhe dá um beijo na testa. Ela quer que ele diga alguma coisa, mas ele não diz nada.

Primeiro, ela acende o forno, depois enche o balde na pia. Ela escuta Billy andando lá em cima; e também Zenia, o que é incomum. Talvez ela esteja arrumando as malas, talvez vá embora. Charis espera que sim. Zenia não pode mais ficar ali, está tumultuando demais o ambiente.

Charis sai e abre o portão do cercado das galinhas. Não as ouve murmurando esta manhã, não ouve seus arrulhos sonolentos. Dorminhocas! Ela abre a porta para as galinhas, mas nenhuma sai do cercado. Perplexa, ela vai até a porta para humanos e entra.

Todas as galinhas estão mortas. Cada uma delas, mortas em suas caixas, duas no chão. Há sangue para todos os lados, na palha, pingando das caixas. Ela pega uma das galinhas mortas no chão: há uma fenda na garganta.

Fica ali parada, chocada e consternada, tentando se recompor. A cabeça está anuviada, fragmentos vermelhos rodopiam atrás de seus olhos. Suas lindas galinhas! Deve ter sido uma doninha. É claro! Mas uma doninha não beberia o sangue todo? Talvez tenha sido um vizinho, não alguém do lado dela, mas sim alguma outra pessoa. Quem os odeia a tal ponto? As galinhas; ou ela e Billy. Sente-se violada.

– Billy – ela chama. Mas ele não pode ouvi-la, está dentro de casa. Ela anda, cambaleante, até a casa; acha que vai desmaiar. Chega à cozinha e chama outra vez. Ele deve ter dormido. Com o corpo pesado, sobe a escada.

Billy não está ali. Não está em canto nenhum do quarto e, quando o procura no quarto de Zenia, vê que também não está lá. Por que ela esperava que estivesse?

Zenia também sumiu. Ambos sumiram. Não estão em casa.

Charis corre, ela corre ofegando, até o terminal das balsas. Agora ela sabe. Finalmente aconteceu: Billy foi raptado. Quando chega ao terminal, a balsa está apitando, está se afastando, e Billy está de pé perto de dois homens desconhecidos. Dois homens de sobretudo, com o exato aspecto que ela achava que teriam. Ao seu lado, está Zenia. Ela deve ter dito, ela deve tê-lo delatado.

Billy não acena. Não quer que os dois homens saibam que Charis é de alguma forma relacionada com ele. Está tentando protegê-la.

Ela volta caminhando devagar, entra em casa devagar. Procura de cabo a rabo, em busca de um bilhete, mas não há nada. Na pia, acha uma faca de pão com a lâmina ensanguentada.

Foi Zenia. Zenia matou as galinhas.

Talvez Billy não tenha sido raptado. Talvez tenha fugido. Ele fugiu com Zenia. Foi o que ele quis dizer com nenhuma cicatriz: não há nenhuma cicatriz em Zenia. Ele sabe porque olhou. Ele olhou o corpo de Zenia, por completo, de luz acesa. Ele sabe tudo o que há para se saber a respeito daquele corpo. Esteve dentro dele.

Charis se senta à mesa da cozinha, batendo a cabeça de leve contra ela, tentando expulsar os pensamentos. Mas ela pensa mesmo assim. Se não há cicatrizes, não deve haver câncer. Zenia não tem câncer, como falou Billy. Mas se for verdade, o que Charis vinha fazendo nos últimos seis meses? Sendo uma boba, é isso. Sendo burra. Sendo tão burra que é de se espantar que ela sequer possua cérebro.

Sendo traída. Por quanto tempo, quantas vezes? Ele tentou lhe falar. Ele tentou fazer com que Zenia fosse embora, mas já era tarde demais.

Quanto às galinhas mortas e à faca de pão, trata-se de uma mensagem. *Corte os pulsos*. Ela ouve uma voz, uma voz que vem de muito tempo atrás, mais de uma voz. *Você é muito burra. Você não tem como vencer essa briga*. Não nesta vida. Ela já aguentou demais desta vida, de qualquer modo; talvez seja hora de ir para a próxima. Zenia lhe tirou a parte de si da qual precisa para viver. Ela é tola, é um fracasso, é uma idiota. As coisas ruins que lhe aconteceram são uma punição, servem para lhe ensinar uma lição. A lição é que é melhor ela desistir.

É Karen quem está falando. Karen voltou, Karen exerce o controle sobre o corpo delas. Karen está brava com ela, Karen está devastada, Karen está enjoada de tanto desgosto, Karen quer que elas morram. Ela quer matar o corpo delas. Já tem a faca de pão na mão, se aproximando do braço partilhado por elas. Mas, se ela fizer isso, o bebê também vai morrer, e Charis se recusa a deixar que isso aconteça. Ela junta toda a sua força, toda a sua luz interior de cura, a ardente luz azul da avó, nas suas mãos; luta silenciosamente contra Karen pela posse da faca. Ao tomá-la, ela empurra Karen para longe dela com toda a força possível, empurra-a de volta às sombras. Em seguida, joga a faca pela janela.

Espera Billy voltar. Ela sabe que ele não vem, mas espera mesmo assim. Senta-se diante da mesa da cozinha, deixando seu corpo ficar imóvel, sem se mexer. Espera a tarde inteira. Depois, vai para a cama.

No dia seguinte, já não está mais fora da realidade. Está frenética. O pior de tudo é não saber. Talvez tenha julgado Billy da forma errada, talvez ele não tenha fugido com Zenia. Pode ser que ele esteja na prisão, tendo a garganta cortada no chuveiro. Pode ser que esteja morto.

Liga para todos os números rabiscados na parede junto ao telefone. Pergunta, deixa recados. Nenhum de seus amigos escutou alguma coisa, ou admite ter escutado. Quem mais poderia saber onde ele está, para onde ele pode ter ido? Ele, ou Zenia, ou os dois juntos. Quem mais conhece Zenia?

Só consegue pensar em uma pessoa: West. West morava com Zenia até ela aparecer na porta da casa de Charis com o olho roxo. Agora, Charis vê o olho roxo de outro ângulo. Poderia existir um motivo válido para sua existência.

West dá aula na universidade, Zenia lhe disse. Ensina música ou algo assim. Ela se pergunta se ele chama a si mesmo de West ou de

Stewart. Vai perguntar por ambos. Não demora muito tempo para arrumar o telefone residencial dele.

Ela disca, e uma mulher atende. Charis explica que está procurando Zenia.

– Procurando Zenia? – diz a mulher. – Por que diabos alguém faria uma coisa dessas?

– Quem está falando? – indaga Charis.

– Antonia Fremont – diz Tony.

– Tony – diz Charis. Alguém que ela conhece, mais ou menos. Ela não se detém para pensar por que Tony estaria atendendo ao telefone de West. Ela respira fundo. – Lembra de quando você tentou me ajudar, no gramado da frente do McClung Hall? E eu não precisava de ajuda?

– Lembro – diz Tony, com cautela.

– Bem, dessa vez eu preciso.

– De ajuda com a Zenia? – indaga Tony.

– Mais ou menos – diz Charis.

Tony diz que está indo.

38

Tony pega a balsa até Island. Senta-se à mesa da cozinha de Charis, toma uma xícara de chá de menta e escuta a história toda, assentindo de tempos em tempos, de boca semiaberta. Faz umas poucas perguntas, mas não duvida de nada. Quando Charis lhe diz o quanto foi burra, Tony diz que Charis não foi particularmente burra; não mais do que a própria Tony.

– Zenia é muito boa no que faz – são as palavras que ela usa.

– Mas eu fiquei com tanta pena dela! – diz Charis. Lágrimas escorrem pelo seu rosto; não consegue evitá-las. Tony lhe dá um Kleenex amassado.

– Eu também fiquei – diz ela. – Ela é especialista nisso.

Ela explica que West não poderia ter dado o soco no olho de Zenia, não só porque West jamais daria um soco no olho de alguém, mas também porque na época West não estava vivendo com Zenia. Fazia pelo menos um ano e meio que ele não estava vivendo com Zenia. Ele estava morando com Tony.

– Embora eu ache que ele poderia ter feito isso simplesmente andando na rua – diz ela. – Não há dúvida de que seria tentador. Eu não sei o que faria se esbarrasse com Zenia outra vez. Encharcá-la de gasolina, talvez. Tacar fogo nela.

Quanto a Billy, Tony é da opinião de que Charis não devia gastar tempo o procurando; primeiro, porque ela nunca vai achá-lo; segundo, o que faria se achasse? Se ele tiver sido raptado pela Polícia Montada, ela não vai ter como salvá-lo, a essa altura ele já estaria num cubículo de cimento na Virginia, e se ele quiser contatá-la, ele o fará. Correspondências são permitidas. Se não foi raptado, mas sim ensacado por Zenia, não vai querer ver Charis, de todo jeito. Ele sentiria muita culpa.

Tony sabe, Tony já passou por isso: é como se Billy tivesse sido enfeitiçado. Mas Zenia não vai se contentar com Billy por muito tempo. Ele é peixe pequeno e – Charis vai desculpar Tony por dizê-lo – foi fácil demais. Tony já refletiu muito a respeito de Zenia e concluiu que Zenia gosta de desafios. Gosta de arrombar e entrar, gosta de pegar coisas que não lhe pertencem. Billy, assim como West, foi apenas o alvo do tiro. É provável que ela tenha uma fileira de pintos pregados na parede, que nem cabeças de bichos empalhadas.

– Deixe-o em paz e ele voltará para casa, abanando o rabinho – afirma Tony. – Se é que ele ainda vai ter rabinho depois de Zenia terminar com ele.

Charis fica perplexa com a tranquilidade com que Tony expressa hostilidade. Não deve lhe fazer bem. Mas traz um conforto inegável.

– E se ele não voltar? – pergunta Charis. – E se ele não voltar para casa? – Ela ainda está fungando. Tony procura embaixo da pia e acha um papel-toalha.

Tony dá de ombros.

– Aí ele não voltou. Há outras coisas para fazer.

– Mas por que ela matou minhas galinhas? – diz Charis. Não importa o quanto pense nisso, não é capaz de compreender. As galinhas eram adoráveis, eram inocentes, não têm nada a ver com roubar Billy.

– Porque ela é a Zenia – explica Tony. – Não se preocupe com os motivos. Átila, o Huno, não tinha motivações. Tinha só apetite. Ela as matou. O fato fala por si.

– Talvez tenha sido porque a mãe dela foi apedrejada até a morte pelos romenos, por ser cigana – declara Charis.

– O quê? – diz Tony. – Não foi, não! Ela era uma russo-branca exilada! Ela morreu de tuberculose em Paris!

Tony começa a rir. Ela ri sem parar.

– O quê? – indaga Charis, confusa. – O que foi?

Tony prepara uma xícara de chá para Charis e lhe diz para descansar. Ela agora tem que cuidar da própria saúde, diz Tony, porque agora ela é mãe. Ela enrola Charis num lençol, e Charis se deita no sofá da sala. Sente-se letárgica e bem-cuidada, como se as coisas não estivessem em suas mãos.

Tony vai ao quintal com alguns sacos de lixo de plástico – Charis sabe que plástico é ruim, mas não encontrou nenhuma alternativa – e recolhe as galinhas mortas. Ela varre o galinheiro. Enche um balde de água e faz tudo o que pode em relação ao sangue.

– Tem uma mangueira – diz Charis, sonolenta.

– Acho que já consegui tirar boa parte – declara Tony. – O que esta faca de pão estava fazendo no jardim?

Charis explica sobre a tentativa de cortar os pulsos, e Tony não a repreende. Ela simplesmente diz que faca de pão não é uma solução viável, limpa-a e a põe de volta na gaveta.

Depois que Charis descansa, Tony torna a se sentar com ela em volta da mesa. Está com uma folha de papel e caneta esferográfica.

– Agora, pense em tudo o que você precisa – ela diz. – Tudo que seja de ordem prática.

Charis pensa. Ela precisa de tinta branca para o quarto do bebê; precisa de isolamento para a casa, pois depois do verão haverá o inverno. Precisa de alguns vestidos largos. Mas não tem como comprar nada disso. Com Billy e Zenia dilapidando todos os mantimentos, ela não conseguiu economizar. Talvez ela precise apelar para a assistência social.

– Dinheiro – ela diz, devagar. Detesta ter de dizê-lo. Não quer que Tony pense que ela está esmolando.

– Ótimo. Agora, vamos pensar em como você pode conseguir um pouco.

Com a ajuda de sua amiga Roz, de quem Charis se lembra vagamente do McClung Hall, Tony arruma um advogado para Charis, e o advogado vai atrás do tio Vern. Ele está vivo, mas tia Viola não. Ele ainda mora na casa com carpete e sala de rec. Charis não precisará vê-lo – o advogado faz isso por ela e informa a Tony. Charis não tem de contar a história toda sobre o tio Vern porque o que o advogado precisa está nos testamentos, o da mãe e o da avó. O que aconteceu é perfeitamente claro: tio Vern pegou o dinheiro que ganhou vendendo a fazenda, o dinheiro de Charis, e o pôs no próprio negócio. Ele alega ter tentado encontrar Charis depois de seu aniversário de vinte e um anos, mas não ter conseguido. Talvez seja verdade.

Charis não recebe tanto dinheiro quanto deveria – não recebe juros, e tio Vern gastou parte do capital, mas recebe mais do que já teve na vida. Recebe também um bilhete horripilante do tio Vern, dizendo que ele adoraria revê-la porque ela sempre foi como uma filha para ele. Ele deve estar ficando senil. Ela queima o bilhete no fogão.

– Eu fico me perguntando se minha vida teria sido melhor se eu tivesse tido um pai de verdade – ela diz a Tony.

– Eu tive – diz Tony. – Foi uma faca de dois gumes.

Roz investe parte do dinheiro de Charis. Não vai render muito, mas ajuda. Charis gasta parte do que restou na compra da casa – o senhorio quer se livrar dela, ele acha que a prefeitura vai derrubá-la em breve, então se contenta com o pouco que foi pago. Depois de comprar a casa, ela a conserta, não por completo, mas o bastante.

Roz vai até Island, pois adora renovar casas, ou pelo menos é o que ela diz. Ela é ainda maior que nas lembranças de Charis; sua voz é mais alta e tem uma aura cor de limão que Charis percebe sem nem ter de olhar com muita atenção.

– Ai, que beleza – declara Roz –, é igual a uma casa de bonecas! Mas querida... você precisa de uma mesa nova! – No dia seguinte, chega uma mesa nova. É redonda e de carvalho, exatamente como Charis quer. Charis conclui que, apesar das aparências, Roz é uma pessoa sensível.

Roz se ocupa do enxoval, porque Tony não gosta de fazer compras e de qualquer modo não teria ideia do que comprar. Charis também não. Mas Roz tem um filho, então sabe de tudo, até quantas toalhas são necessárias. Ela diz a Charis quanto custa tudo para que Charis lhe pague de volta, e Charis se surpreende com o preço baixo das coisas.

– Meu bem, eu sou a caçadora de pechinchas em pessoa – afirma Roz. – Agora, você precisa é de uma Happy Apple. São maçãs de plástico, fazem um barulho de sino na banheira... ponho minhas mãos no fogo por elas!

Charis, antes alta e magra, agora é alta e bojuda. Tony passa as duas últimas semanas da gravidez na casa de Charis. Ela pode se dar a esse luxo, diz ela, porque são suas férias de verão. Ela ajuda Charis com os exercícios respiratórios, cronometrando Charis com seu relógio de pulso de números enormes e apertando a mão de Charis com sua mãozinha, estranhamente parecida com a pata de um esquilo. Charis não é capaz de acreditar que vai ter mesmo um bebê; ou não é capaz de acreditar que em breve o bebê sairá de dentro dela. Ela sabe que está ali, fala com ele frequentemente. Logo poderá ouvir sua voz, em resposta.

Ela promete ao bebê que jamais o tocará com raiva. Nunca baterá nele, nem mesmo um tapa casual. E quase nunca o faz.

No final das contas, Charis vai para um hospital, pois Tony e Roz decidem que é melhor: em caso de complicações, Charis teria de ser levada ao continente na lancha da polícia, o que não seria conveniente. Quando August nasce, tem uma auréola dourada, como Jesus nos cartões de Natal. Ninguém mais consegue vê-la, somente Charis. Ela segura August nos braços e jura que tentará ser a melhor pessoa possível, e louva seu Deus oval.

Agora que August está no mundo exterior, Charis se sente mais ancorada. Ancorada, ou acorrentada. Não é mais levada pelo vento; toda a sua atenção está voltada para o *agora*. Foi empurrada de volta para sua própria carne leitosa, para o peso de seus seios, para seu próprio campo de gravidade. Ela se deita sob a macieira de sua casa, sobre um lençol estendido na grama irregular, no ar úmido, sob a luz do sol filtrada pela folhagem, e canta para August. Karen está bem longe, por sorte: não seria seguro deixar Karen perto de uma criança pequena.

Tony e Roz são as madrinhas. Não oficialmente, é claro, pois não há nenhuma igreja no mundo que faça as coisas da maneira que Charis deseja. Ela mesma realiza a cerimônia, com a Bíblia da avó e uma pedra redonda muito poderosa que achou na praia, e uma vela de loureiro, e um pouco de água de nascente engarrafada, e Tony e Roz prometem olhar por August e proteger seu espírito. Charis fica contente por poder dar a August duas mulheres tão obstinadas como madrinhas. Não deixarão que ela seja fraca, vão ensiná-la a se defender – uma qualidade que Charis não tem muita certeza de poder lhe suprir.

Há uma terceira madrinha, é claro – uma madrinha sombria, que traz presentes negativos. A sombra de Zenia cai sobre o berço. Charis ora para ser capaz de jogar luz suficiente, de dentro de si, para apagá-la.

August fica maior e Charis cuida dela e se alegra porque August é feliz, mais feliz do que Charis foi quando era Karen, e ela sente os rasgos de sua própria vida se remendando. Mas não por completo, nunca por completo. À noite, ela toma banhos longos com lavanda e água de rosas, visualiza todos os sentimentos negativos fluindo de seu corpo para a água e, ao tirar a tampa, elas fazem um torvelinho e descem pelo ralo. É uma operação que ela se sente forçada a repetir com frequência. Ela afasta-se de homens, pois homens e sexo são muito complicados para ela, são desnorteados demais pela ira e humilhação, e ódio, e perda, pelo gosto de vômito e o cheiro de carne estragada, e pelos pelinhos dourados nos braços desaparecidos de Billy, e pela fome.

Ela fica melhor sozinha, e com August. A aura de August é amarela como um narciso, forte e nítida. Até mesmo com cinco anos, ela já tem opiniões formadas. Charis fica contente com isso; fica contente por August não ser de Peixes, como ela. August tem poucas anteninhas elétricas, poucos pressentimentos; não sabe nem dizer quando vai chover. Tais características são dons, é verdade, mas têm suas desvantagens. Charis escreve o horóscopo de August em um de seus cadernos, um caderno lilás: signo, Leão; pedra, diamante; metal, ouro; planeta regente, o Sol.

Durante todo este tempo, não teve nenhuma notícia de Billy. Charis resolve dizer a August – quando ela for maior – que o pai dela morreu lutando corajosamente na Guerra do Vietnã. É o tipo de coisa que lhe disseram, e provavelmente terá igual precisão. No entanto, ela não tem um retrato austero de Billy uniformizado, pela simples razão de que ele não tinha algo desse estilo. A única fotografia que tem dele é um instantâneo tirado por um de seus amigos. Ele está segurando uma cerveja e veste camiseta e short; é de quando ele estava construindo o galinheiro. Ele parece bêbado, e o topo de sua cabeça saiu cortado. Não a considera adequada para ser emoldurada.

A balsa para no terminal, o passadiço desce, e Charis sai, inspirando o ar limpo de Island. Grama seca como flautas atroantes, marga como um violoncelo. Ali está ela, de volta para casa, sua casa frágil mas estável, sua casa quebrável que ainda está de pé, a casa com flores exuberantes, a casa de paredes rachadas, a casa com a cama branca, fria e pacífica.

Sua casa, não deles; não é de Billy e de Zenia, embora seja ali que tudo tenha acontecido. Talvez não tenha sido uma boa ideia permanecer ali. Ela exorcizou os fragmentos deles, queimou grama americana, purificou todos os ambientes, e o nascimento de August foi um exorcismo por si só. Mas ela nunca conseguia se livrar de Billy, independentemente do que tentasse, porque sua história ficou inacabada; e junto com Billy vinha Zenia. Os dois estavam grudados.

Ela precisa ver Zenia porque precisa saber o final. Precisa se livrar dela, finalmente. Ela não vai contar a Tony e a Roz sobre essa necessidade, pois elas a demoveriam. Tony diria "fique longe da área de incêndio". Roz diria "para que enfiar a cabeça num liquidificador?".

Porém, Charis tem de ver Zenia, e a verá muito em breve, agora que sabe onde ela está. Ela vai entrar no Arnold Garden Hotel e subir de elevador e bater na porta. Está quase se sentindo forte o bastante. E August já está crescida. Qualquer que seja a verdade a respeito de Billy, ela já está velha o suficiente para não se magoar.

Portanto, Charis vai confrontar Zenia e dessa vez não se deixará intimidar, não fará concessões, não vai recuar; ela vai ficar firme e contra-atacar. Zenia, assassina de galinhas, bebedora de sangue inocente. Zenia, que vendeu Billy por trinta pedras de prata. Zenia, pulgão da alma.

Da estante de livros, ela pega a Bíblia da avó e a coloca sobre a mesa de carvalho. Acha um alfinete, fecha os olhos, espera a mão ser puxada para baixo.

"Reis, dois, nove, trinta e cinco", ela lê. "E foram para sepultá-la; porém não acharam dela senão somente a caveira, os pés e as palmas das mãos."

É Jezabel atirada da torre, Jezabel comida pelos cães. *De novo*, pensa Charis. Por trás de seus olhos, há um vulto escuro em queda.

A NOIVA LADRA

39

Roz anda pelo escritório, de um lado para o outro, de uma ponta a outra, fumando e comendo o pacote velho de salgadinhos de queijo que tinha guardado na mesa na semana anterior e esquecido, e esperando. Fumando, comendo, esperando, a história de sua vida. Esperando o quê? Não dá para esperar uma resposta assim tão cedo. Harriet, a detetive húngara, é boa, mas sem dúvida precisará de alguns dias para achar Zenia, pois Zenia não teria se escondido num lugar óbvio, ou ao menos é isso o que se imaginaria. Embora talvez não esteja se escondendo. Talvez esteja bem debaixo de seu nariz. Lá está Roz, apoiada nos joelhos e nas mãos, olhando embaixo da cama, para as bolotas de poeira e as carcaças de insetos ressequidas que sempre parecem se acumular, apesar do aspirador de última geração que Roz tem, e durante todo esse tempo Zenia está bem ali, parada no meio do quarto. *O que você vê é o que consegue ver*, ela diz para Roz. *Você foi a única que não percebeu.* Ela gosta de esfregar os fatos na cara dos outros.

Ao chegar perto da janela, Roz para. Seu escritório fica em um canto, naturalmente, e no último andar do prédio. Os presidentes de empresas de Toronto têm direito aos escritórios de canto do andar mais alto, mesmo no caso de arraias-miúdas como Roz. É uma questão de status: nesta cidade, não há nada mais elevado no sistema hierárquico do que uma sala com vista, mesmo que a vista seja de guindastes parados e andaimes de obras e da rua com seus carros pequenos, além dos espaguetes entrelaçados dos trilhos das ferrovias. Mas qualquer um que entre no escritório de Roz entende a mensagem na hora. *Tenha respeito aqui dentro! Ora, ora!* Soberana de tudo o que ela examina.

Porra nenhuma. Ninguém mais é soberano de nada. Está tudo fora de controle.

Dali, Roz vê o lago e a futura marina que estão construindo no aterro sanitário cheio de cupim, e Island, onde fica o ninho de ratos em decadência que é a casinha de Charis; e, da outra janela, a torre CN – o para-raios mais alto do mundo – e, ao lado, o estádio SkyDome, nariz e olhos, cenoura e cebola, falo e óvulo, escolha o simbolismo que quiser, e foi uma boa Roz não ter investido ali, pois, segundo os boatos, os financiadores estão perdendo tudo o que possuem. Se ela ficar no ângulo formado pelas duas janelas e olhar para o norte, verá a universidade, com suas árvores, douradas nessa época do ano, e, escondido atrás delas, o extravagante edifício gótico de tijolos vermelhos de Tony. Mas, com sua torre pequena, ele é perfeito para Tony. Ela pode se enfiar naquele buraco e fingir ser invulnerável.

Roz se pergunta o que as outras duas estarão fazendo neste instante. Será que estão andando de um lado para o outro que nem ela, será que estão nervosas? Vistas de cima, as três formariam um triângulo, tendo Roz como vértice. Poderiam sinalizar umas para as outras com lanternas, assim como Nancy Drew, a detetive. Claro que para isso existe o telefone.

Roz pega o aparelho, disca, põe no gancho. O que elas poderiam lhe dizer? Elas não sabem mais que ela a respeito de Zenia. Provavelmente sabem menos.

As mãos de Roz estão úmidas, bem como as axilas. O corpo cheira a prego enferrujado. Será uma onda de calor ou apenas a raiva de antigamente voltando à tona? *Ela está só enciumada*, as pessoas dizem, como se o ciúme fosse algo insignificante. Mas não é, é o pior, é o pior sentimento que existe – incoerente, confuso e vergonhoso, e ao mesmo tempo hipócrita, focado e duro como vidro, como a visão que se tem através de um telescópio. Um sentimento de concentração total, mas impotência total. E deve ser por isso que inspira tantos assassinatos: matar é o controle supremo.

Roz imagina Zenia morta. Seu corpo de verdade, morto. Morto e derretendo.

Não é muito satisfatório, porque, se Zenia estivesse morta, não saberia disso. Melhor pensar nela feia. Roz pega o rosto de Zenia, o destrói como se fosse massa de vidraceiro. Uma bela queixada, papada, carranca permanente. Alguns dentes enegrecidos, como nos desenhos que as crianças fazem de bruxas. Melhor.

Espelho, espelho meu, de todas nós, quem é a mais bela?
Depende, diz o espelho. *A beleza é apenas superficial.*
Você está certo, diz Roz, *mas mesmo assim aceito tê-la. Agora responda à minha pergunta.*
Acho você uma pessoa excelente, declara o espelho. *Você é amável e generosa. Não deve encontrar nenhuma dificuldade para achar outro homem.*
Não quero outro homem, afirma Roz, se contendo para não chorar. *Eu quero Mitch.*
Desculpe, diz o espelho. *Não vai dar.*
Sempre termina assim.

Roz assoa o nariz, pega a jaqueta e a bolsa e tranca a porta do escritório. Boyce está fazendo hora extra, benditas sejam suas meias de losangos espalhafatosas: há luz sob a porta. Ela se questiona se deveria bater e convidá-lo para tomar um drinque, o que ele não acharia prudente recusar, e levá-lo ao bar King Eddie e encher sua paciência.

Melhor não. Melhor ir para casa e encher a paciência dos filhos. Tem uma visão de si mesma correndo por Bay Street só de roupão laranja, jogando punhados de dinheiro tirados de um saco de aniagem. Despindo-se de suas posses. Livrando-se de seu lucro imundo. Depois disso, ela poderia integrar um culto ou algo assim. Tornar-se monge. Uma monja. Uma mongete. Viver de grãos secos. Envergonhar todo mundo, ainda mais do que envergonha agora. Mas será que haveria escovas de dente elétricas? Para ser santa, era preciso ser contaminada pela peste?

As gêmeas estão assistindo à TV na sala familiar, decorada no estilo Nouveau Pueblo – areia, sálvia, ocre e um cacto de verdade agigantando-se junto à janela, enrugado como uma morácea, murchando por causa do excesso de água. Roz tem de falar com Maria sobre isso. Sempre que Maria vê uma planta, a rega. Ou então tira o pó. Uma vez, Roz flagrou Maria limpando o cacto com o aspirador, o que não deve ter feito bem nenhum.

– Oi, mãe – diz Erin.

– Oi, mãe – diz Paula.

Nenhuma das duas olha para ela; estão mudando de canal, apertando os botões do controle remoto.

– Burra! – berra Erin. – Tãão idiota! Olha só essa nerd.

– Cérebro de meleca – diz Paula. – *C'est con, ça!* Ei... é a minha vez!

– Oi, crianças – diz Roz.

Ela tira os sapatos apertados e se esparrama numa poltrona, uma poltrona violeta embotada, da cor do penhasco do Novo México logo depois do pôr do sol, ou ao menos foi o que disse o decorador. Roz não tinha como saber. Queria que Boyce estivesse ali; ele lhe prepararia um drinque. Nem prepararia: serviria. Um uísque *single malt*, puro, é o que ela gostaria de tomar, mas de repente está cansada demais para pegá-lo.

– O que vocês estão assistindo? – ela pergunta para as lindas filhas.

– Mãe, ninguém mais *assiste* a TV – diz Paula.

– Estamos procurando comerciais de xampu – declara Erin. – A gente quer se livrar dessa caspa.

Paula puxa o cabelo para cima do olho, como uma modelo.

– Você sofre de... caspa nos genitais? – ela entoa numa voz afetada de anunciante. Ambas parecem achar isso muito engraçado. Mas ao mesmo tempo estão examinando-a, olhares rápidos de soslaio, tentando identificar alguma crise.

– Onde está o irmão de vocês? – indaga Roz, exausta.

– Minha vez – anuncia Erin, pegando o controle remoto.

– Saiu – diz Paula. – Eu acho.

– Planet X – diz Erin.

– Foi dançar e namorar – declaram juntas, e dão risinhos.

Se ao menos se aquietassem, alugassem um filme agradável, algo que contivesse duetos, Roz podia fazer pipoca, pôr manteiga derretida, ficar sentada ali com elas, na companhia calorosa de sua família. Como antigamente. *Mary Poppins* já foi o predileto delas, na época em que usavam pijamas de flanela de algodão. Mas agora elas estão vendo o canal de música e há um homem de camiseta rasgada pulando para cima e para baixo, balançando os quadris esqueléticos e mostrando a língua no que se deve entender como uma insinuação sexual, apesar de, aos olhos de Roz, parecer apenas uma ilustração de alguma doença bucal, e como Roz não tem energia para isso, ainda que a TV esteja sem som, levanta-se e, de meias, sobe a escada e veste o roupão e os chinelos desgastados de senhoria, em seguida desce devagar até a cozinha, onde acha uma barra de chocolate Nanaimo comida pela metade na geladeira. Ela a põe num prato – não vai regredir à selvageria, vai usar garfo – e acrescenta alguns dos triângulos de queijo A Vaca Que Ri embalados individualmente que comprou para o almoço das crianças, além de uns Tomek Pickles, uma Velha Receita Polonesa, beba o suco em caso de ressaca. Não tem por que convidar as crianças para jantar com ela. Vão dizer que já comeram, quer tenham quer não. Preparado o jantar, Roz vaga pela casa, de quarto em quarto, mastigando os picles e revendo as cores das paredes em sua mente. Azul pioneiro, pensa ela. É disso que eu preciso. Voltar às minhas raízes. Suas raízes duvidosas e cheias de ervas daninhas, suas raízes emaranhadas. Inferiores às de Mitch, assim como tantas outras intangíveis. Mitch tinha raízes nas suas raízes.

Passado um tempo, ela se vê com um prato vazio na mão e se perguntando por que não há mais nada nele. Está parada no porão, na parte antiga, a parte que nunca refez. A parte de armazenagem, com chão de cimento mal espalhado e teias de aranha. Os restos da coleção de vinhos de Mitch ocupam um dos cantos: não são seus melhores vinhos, pois estes ele levou quando deu no pé. Deve tê-los bebido com Zenia. Roz não tocou em nenhuma das garrafas que ele deixou, pois isso lhe é insuportável. Também é insuportável jogá-las fora.

Alguns dos livros de Mitch também estão ali; os técnicos de Direito, os livros de Joseph Conrad, os manuais de navegação. Coitado, ele adorava os barcos. Ele achava que no fundo era um marinheiro, embora toda vez que fossem velejar algo enguiçasse. Uma parte do motor ou um pedaço de madeira, Roz revistava, ela nunca se habituou a falar "proa" e "popa" em vez de "frente" e "trás". Ela se vê de pé em um desses barcos, deve ter sido o *Rosalind*, o primeiro, cujo nome era uma homenagem a ela, com o nariz descascando por causa da queimadura de sol e os ombros ficando cobertos de sardas e o quepe de Mitch inclinado sobre a sua cabeça, balançando uma ou outra ferramenta – *É esta aqui, amor?* – enquanto flutuavam em direção a uma costa pedregosa – Onde? Lago Superior? – e Mitch debruçado sobre o motor, soltando palavrões em voz baixa. Foi divertido? Não. Mas preferiria estar lá a estar aqui.

Dá as costas aos pertences de Mitch para não ter de olhá-los. É doloroso demais. Ali embaixo também estão guardados alguns objetos antigos das gêmeas e alguns de Larry: a luva de beisebol, os jogos de tabuleiro – Batalha Naval, Estratégia, Kamikaze – que lhe foram empurrados por Tony porque ela achava que eram esses os tipos de jogos de que ele devia gostar. Os livros infantis, guardados com carinho por Roz na esperança de que um dia ela tenha netos e leia aquelas mesmas histórias para eles. *Sabe, meu amorzinho, estes livros eram da sua mamãe! Quando ela era pequenininha.* (Ou *do seu papai.* Mas Roz, apesar de ter esperança, não consegue imaginar Larry como pai.)

Larry ficava sentado, sério e calado, enquanto ela lia para ele. Seus prediletos eram livros sobre trens que falavam e faziam sucesso, além de livros instrutivos sobre a cooperação entre as espécies. O sr. Urso ajuda o sr. Castor a construir uma barragem. Larry não fazia muitos comentários. Mas, com as gêmeas, ela mal conseguia participar da conversa. Lutavam contra ela pelo controle sobre a história – *Muda o fim, mãe! Faz eles voltarem! Eu não gosto dessa parte!* Elas queriam que *Peter Pan* terminasse antes que Wendy crescesse, queriam que o Matthew de *Anne of Green Gables* vivesse para sempre.

Ela se recorda de uma fase, quando tinham, o quê? Quatro, cinco, seis, sete anos? Durou um tempo. Elas resolveram que todos os personagens de todas as histórias tinham de ser femininos. O Ursinho Puff era menina, o Leitão era menina, Peter Rabbit era menina. Se Roz cometesse um deslize e dissesse "ele", elas a corrigiam: *Ela! Ela!*, insistiam. Todos os bichinhos de pelúcia que tinham também eram fêmeas. Roz ainda não sabe por quê. Quando lhes perguntava, as gêmeas lançavam olhares cheios de desprezo. *Você não entende?*, diziam elas.

Ela se preocupava com a possibilidade de essa crença delas ser uma reação a Mitch e suas ausências, uma tentativa de negar sua existência. Mas talvez fosse apenas a falta de pênis nos bichinhos de pelúcia. Talvez fosse isso. De qualquer forma, elas pararam com isso.

Roz senta-se no chão do porão, vestida com o roupão laranja, sem se importar com o pó de cimento, as traças e as teias. Tira livros da estante aleatoriamente. *Para Paula e Erin, da tia Tony.* Na capa, há uma floresta escura, a selvagem floresta escura, onde as crianças perdidas vagam, e as raposas ficam à espreita, e tudo pode acontecer; a torre de um castelo se sobressai em meio às árvores encaroçadas. *Os três porquinhos*, ela lê. O primeiro porquinho construiu a casa dele com palha. A casa *dela*, a casa *dela*, gritam as vozes dentro de sua cabeça. O Lobo Mau desceu pela chaminé, caiu num caldeirão de água fervente, e a pelugem dele foi queimada pelo calor. A pelugem *dela*! É estranha a diferença que faz mudar uma simples letra.

Houve uma hora em que as gêmeas resolveram que o lobo não devia cair no caldeirão de água fervente – devia ser um dos porquinhos, pois eles é que foram burros. Mas quando Roz sugeriu que os porquinhos e o lobo podiam esquecer a água fervente e ficar amigos, as gêmeas zombaram dela. Alguém tinha de ser cozinhado.

Na época, Roz ficou impressionada com o quanto as crianças podem ser sanguinárias. Não o Larry: ele não gostava das histórias mais violentas, causavam-lhe pesadelos. Não simpatizava com o tipo de livros que Tony gostava de dar – aqueles contos de fadas originais com capas de árvores retorcidas, sem que nenhuma palavra tivesse sido alterada, todos aqueles olhos arrancados, corpos cozidos, cadáveres enforcados e unhas vermelhas intactas. Tony dizia que assim eles eram mais realistas.

– *O noivo ladrão* – lê Tony, muito tempo atrás, com uma gêmea de cada lado. A bela solteira, a procura por um marido, a chegada do estranho lindo e rico que atrai garotas ingênuas até seu baluarte no meio da floresta e então as corta em pedacinhos e as come. – Um dia apareceu um pretendente. Ele era...

– Ela! Ela! – bradam as gêmeas.

– Vamos lá, Tony, quero ver você sair dessa – diz Roz, parada na porta.

– Podemos mudar para *A noiva ladra* – sugere Tony. – Ficaria melhor?

As gêmeas pensam um pouco e dizem que sim. Adoram vestidos de noiva e vestem suas Barbies assim; em seguida, lançam as noivas pelo corrimão da escada e as afogam na banheira.

– Nesse caso – diz Tony – quem vocês querem que ela mate? As vítimas vão ser homens ou mulheres? Ou, quem sabe, uma mistura?

As gêmeas permanecem fiéis a seus princípios, não hesitam. Optam por mulheres em todos os papéis.

Tony nunca tratava as crianças com condescendência. Não as abraçava ou apertava suas bochechas ou lhes dizia que elas eram fofas. Falava com elas como se fossem adultas em miniatura. Por sua vez, as gêmeas a aceitavam como se fosse uma delas. Segredavam-lhe suas coisas, as diversas armações e conspirações, as más ideias – coisas que jamais teriam compartilhado com Roz. Costumavam calçar os sapatos de Tony e andar com eles pela casa, um pé para cada gêmea, quando tinham seis ou sete anos. Ficavam encantadas com aqueles sapatos: sapatos de adulta que cabiam nelas!

A noiva ladra, pensa Roz. Bem, por que não? Que pelo menos uma vez os noivos tenham os pescoços cortados. A noiva ladra, espreitando de sua mansão na floresta escura, vitimando os ingênuos, atraindo jovens para a morte em seu caldeirão diabólico. Como Zenia.

Não. Melodramático demais para Zenia, que, no final das contas, era – que sem dúvida nada mais *é* que uma piranha mais sofisticada. Ela está mais para A Piranha de Plástico – ela e aqueles peitos pneumáticos.

Roz está chorando de novo. Lamenta por sua própria boa vontade. Ela se esforçou tanto, se esforçou tanto para ser amável e zelosa, para fazer o que fosse melhor. Mas Tony e as gêmeas tinham razão: não importa o que se faça, alguém sempre é cozinhado.

40

A história de Roz e Zenia começou num agradável dia de maio, em 1983, quando o sol brilhava, os pássaros cantavam, e Roz estava se sentindo ótima.

Bem, não ótima, exatamente. Inchada, para falar a verdade: sob os olhos, sob os braços. Mas melhor do que se sentira ao completar quarenta anos. Quarenta foi muito deprimente, ela se desesperou, pintou o cabelo de preto, um erro trágico. Porém já tinha feito as pazes consigo mesma desde então, e o cabelo tinha voltado ao tom castanho-avermelhado.

Ademais: a história de Roz e Zenia começara algum tempo antes, na cabeça de Zenia, mas Roz não tinha noção disso.

Também não era bem isso. Roz tinha uma noção, mas era a noção errada. Mal era uma noção, era apenas um balãozinho branco sem nada escrito. Ela tinha a noção de que algo estava acontecendo. Pensava saber o que era, mas não sabia quem era. Dizia a si mesma que não dava muita importância a isso: já tinha deixado para trás. Contanto que não perturbasse, contanto que não interferisse, contanto que pudesse sair da situação sem muitas costelas quebradas. Alguns homens precisavam dar umas escapadelas. Isso os mantinha saudáveis. Como vício, era preferível ao álcool ou ao golfe, e as coisas de Mitch – *coisas*, ela as chamava, para diferenciá-las das pessoas – nunca duravam muito tempo.

Ainda assim, era um agradável dia de maio. Isso é verdade.

Roz acorda com o primeiro raio de sol. Ela age assim com frequência: desperta, senta-se sem fazer barulho e observa Mitch dormindo. É uma das poucas oportunidades que tem de olhá-lo sem que ele a flagre e se contraponha com seu olhar azul opaco. Não gosta de ser examinado: é algo próximo demais de uma avaliação, o que chega bem perto do julgamento. Se algum julgamento estiver sendo feito, ele quer fazê-lo por si só.

Ele dorme de costas, as pernas abertas, os braços estendidos como se desejasse dominar todo o espaço possível. A Postura Real, foi como Roz viu a posição ser chamada uma vez, numa revista. Um daqueles artigos psicoconservadores que alegam dizer tudo de acordo com a forma como você amarra o cadarço dos sapatos. O nariz aquilino se projeta, a pequena papada e o peso em torno da mandíbula desaparecem nessa posição. Há linhas brancas em volta dos olhos, vincos onde não está bronzeado; alguns dos pelos ásperos que saem do queixo são grisalhos.

Distinto, pensa Roz. Muitíssimo distinto. Talvez ela devesse ter se casado com alguém feio. Um homem que fosse um sapo feioso que jamais acreditasse na sorte que teve, que apreciasse suas características elevadas, que venerasse seu dedo mindinho. Em vez disso, ela escolheu a distinção. Mitch devia ter se casado com uma loura gelada de olhar homicida e duas voltas de pérolas verdadeiras enxertadas no pescoço, e um bolso embutido atrás do seio esquerdo, para guardar o talão de cheques. Essa mulher estaria à altura dele. Não aceitaria o tipo de sujeira que Roz aceita.

Ela volta a dormir, sonha com o pai no alto de uma montanha negra, uma montanha de carvão ou alguma coisa queimada, ouve o despertador de Mitch disparar, ouve quando ele volta a disparar, finalmente acorda. O espaço a seu lado está vazio. Ela se levanta da cama, a cama *king size* de estrado sinuoso de latão, de *design art nouveau* e lençóis e edredom cor de framboesa, fica de pé sobre o tapete berinjela, no quarto com as paredes salmão e o espelho e a penteadeira dos anos 1920, inestimáveis imitações de móveis egípcios, veste seu robe de seda e, descalça, segue para o banheiro. Ela adora esse banheiro! Tem tudo: o cubículo do chuveiro, *jacuzzi*, bidê, porta-toalhas aquecido, pia Dele e pia Dela para que os fios de cabelo de Roz não se misturem aos pelinhos do queixo de Mitch. Ela poderia morar nesse banheiro! Assim como algumas famílias do Sudeste Asiático, para dizer a verdade, ela se dá conta melancolicamente. A culpa a domina.

Mitch já está ali, tomando banho. Sua silhueta rosa surge, indistinta, em meio ao vapor e ao vidro turvo. Anos atrás – quantos? –, Roz teria corrido alegremente para o chuveiro; o teria ensaboado todo, se esfregado em seu corpo escorregadio, empurrando-o contra os azulejos do chão do banheiro; na época em que a pele de Mitch se ajustava sobre o corpo dele com exatidão, sem flacidez, sem saliências, e o dela também era assim, e quando ele tinha gosto de avelã, um cheiro delicioso de avelã torrada; mas agora ela não faz mais esse tipo de coisa, agora que ficou mais relutante em ser vista sob a luz do dia.

De qualquer forma, se a sua suspeita for verdadeira, essa é uma péssima hora para se exibir. Na cosmologia de Mitch, o corpo de Roz representa posses, solidez, as virtudes domésticas, lar e família, uso de longo prazo. A-mãe-dos-seus-filhos. O ninho. Enquanto que qualquer outro corpo que possa estar ocupando seu campo de visão atualmente é vinculado a outros substantivos: aventura, juventude, liberdade, o desconhecido, sexo sem compromisso. Quando o pêndulo voltar – quando o outro corpo começar a representar complicações, decisões, exigências, aborrecimentos e cenas de choro –, será de novo a vez de Roz. Tem sido esse o padrão.

A intuição não é um dos pontos fortes de Roz, mas ela tem intuições sobre o início dos ataques de Mitch. Pensa neles como ataques, como em ataques de malária; ou então como ataques de outra natureza, pois Mitch não é um predador, ele não se aproveita daquelas pobres mulheres, que sem dúvida são cada vez mais jovens à medida que Mitch vai envelhecendo, não é como um ataque de urso, um ataque de tubarão, essas mulheres não são atacadas por ele? A julgar pelos telefonemas lacrimosos que Roz atendeu, pelos ombros em que ela já passou a mão com seu jeito hipócrita, maternal, "se acalma, se acalma", elas são, sim.

É incrível como Mitch consegue simplesmente descartar essas mulheres. Enfia os dentes nelas, cospe, e Roz tem de limpar a bagunça. Põe fogo em seus quadris e então *apaga*, como um quadro-negro, e depois disso ele mal se lembra do nome delas. É Roz quem se lembra. Dos nomes e de tudo o mais a respeito delas.

Os inícios dos casos de Mitch nunca são óbvios. Ele nunca diz coisas grosseiras como "Vou fazer hora extra no trabalho"; quando fala isso, é porque realmente está fazendo hora extra no trabalho. Em vez de dar desculpas, seus hábitos passam por uma mudança drástica. O número de conferências às quais ele vai, o número de banhos que toma, a quantidade de assobios que dá debaixo do chuveiro, a quantidade de pós-barba que usa e os lugares onde espirra a loção – a virilha é um indício conclusivo –, essas coisas são minuciosamente observadas por Roz, vigiando amavelmente com seus olhos tolerantes, arrepiando-se com um equisseto por dentro. Ele mantém a coluna ereta, encolhe mais a barriga; ela o flagra se olhando, virando de perfil diante dos espelhos da sala, das vitrines das lojas, os olhos semicerrados como se estivesse se preparando para um ataque leonino.

Ele fica mais atencioso com ela, mais dedicado; fica alerta em relação a ela, observando-a para ver se ela está observando-o. Ele lhe dá beijinhos na nuca, nas pontas dos dedos – beijinhos de respeito, beijinhos de "me desculpe", mas nada que possa ser interpretado como preliminar, pois na cama ele se torna inerte, ele dá as costas, alega pequenos mal-estares, assume a posição de canivete, se fechando como uma ostra contra seus dedos carinhosos. Seu pau é um monógamo em série; um sinal óbvio de que é um romântico incorrigível, segundo a opinião de Roz. Nada de poligamia imbuída de cinismo para ele! Só mais uma, ele deseja, só mais uma mulher, pois o limite de um homem deve ir além de seu alcance, e Mitch tem medo de morrer, e se um dia parasse, se visse como o homem casado com Roz, casado apenas com Roz, casado com Roz para sempre, no mesmo instante seu cabelo cairia, o rosto ficaria enrugado como o de uma múmia de mil anos, o coração pararia. Ou pelo menos é assim que Roz o explica para si mesma.

Ela pergunta se ele está saindo com alguém.

Ele diz que não. Diz que está apenas cansado. Está sob muita pressão, diz ele, muito estresse, e para prová-lo ele se levanta no meio da noite e vai para o escritório, fecha a porta e trabalha até o amanhecer. Às vezes, ouve-se o murmúrio de sua voz: ditando cartas, ou ao menos é o que ele alega, oferecendo explicações que não lhe foram pedidas durante o café da manhã.

E assim segue, até que Mitch se cansa da pessoa com quem de fato vinha saindo. Depois fica desatento de propósito, depois começa a deixar pistas. A caixinha de fósforos de um restaurante onde ele e Roz nunca foram, os registros de ligações interurbanas para um número desconhecido na conta de telefone da casa deles. Roz sabe que nessa altura deve interpelá-lo. Deve confrontá-lo, ter um acesso de fúria e gritar, chorar, acusar e rastejar, perguntar se ainda a ama e se as crianças significam alguma coisa para ele. Deve se comportar da mesma forma que na primeira vez (na segunda vez, na quinta vez), para que ele consiga se mexer para escapar da situação, para que possa dizer à outra mulher, a que está ganhando rugas de cansaço em volta dos olhos, a que teve pedaços de amor arrancados de dentro de si, que ele sempre a adorará, mas que não pode abandonar os filhos; e então ele conseguirá dizer para Roz – de forma magnânima, e com um ar heroico de autossacrifício – que ela é a mulher mais importante de sua vida, por mais que ele aja mal ou seja tolo de vez em quando, e que ele desistiu da outra mulher por ela, portanto, como ela pode se negar a perdoá-lo? As outras mulheres não passam de aventuras banais, ele dará a entender: é para ela que ele volta. Em seguida, se lançará dentro dela como se fosse uma banheira quente, um colchão de plumas, e irá se exaurir, e mergulhar de novo no torpor conjugal. Até a vez seguinte.

Entretanto, ultimamente Roz tem se recusado a fazer sua jogada. Aprendeu a manter a boca fechada. Ignora as contas de telefone e as caixinhas de fósforo, e depois das conversas de fim de noite ela lhe diz, com doçura, que espera que ele não esteja se fatigando com o excesso de trabalho. Quando ele se ausenta para participar de conferências, ela acha outras coisas para fazer. Tem reuniões para ir, tem peças para assistir, tem romances detetivescos para ler enfiada sob as cobertas, de creme no rosto; ela tem amigos, tem um negócio para administrar; seu tempo é todo ocupado por outros assuntos que não ele. Adota a distração: esquece de mandar as camisas dele para a lavanderia e, quando ele lhe fala alguma coisa, pergunta "O que foi que você disse, querido?". Compra vestidos e perfumes novos e sorri ao se olhar no espelho nos momentos em que seria justo supor que ele não estivesse olhando, mas está, e Mitch começa a suar.

Roz sabe por quê: seu pedacinho de algodão-doce está ganhando garras, está dizendo que não entende o que está havendo com ele, está se lamuriando, está tagarelando sobre compromisso e divórcio, ambas as coisas com que ele deveria estar lidando agora, depois de tudo o que prometeu. A rede está se fechando em volta de Mitch, e ele não está sendo salvo. Está sendo lançado para fora da troica, atirado aos lobos, às hordas de peruas vorazes que tentam abocanhar seus pés.

Desesperado, ele recorre a manobras cada vez mais claras. Deixa cartas pessoais à vista – cartas das mulheres para ele e, pior, cartas dele para as mulheres – ele chega a fazer cópias! –, e Roz as lê e fica furiosa, e vai à ginástica para fazer exercícios, e depois come bolo de chocolate, e põe as cartas no lugar onde as encontrou e não faz nenhuma menção a elas. Ele anuncia férias separadas – talvez ele pegue o barco e faça uma viagem curta pela Georgian Bay, sozinho, precisa de tempo para desanuviar –, e Roz imagina uma piranha desbocada estirada no convés da *Rosalind II* e rasga mentalmente a fotografia, e lhe diz que acha uma ótima ideia, pois ambos precisam de um pouco de espaço.

Só Deus sabe o quanto ela morde a língua. Ela espera até o último minuto, bem na hora em que ele está pronto para fugir, ou então para ser flagrado trepando com sua última *coisa* na cama cor de framboesa de Roz a fim de chamar sua atenção. Só então ela estenderá a mão para ajudar, só então ela vai puxá-lo de volta da beira do precipício, só então terá o já esperado acesso de raiva. As lágrimas que Mitch derrama então não são lágrimas de arrependimento. São lágrimas de alívio.

Roz sente um prazer secreto com isso tudo? No início, não sentia. Na primeira vez, ela se sentiu escavada, deslocada, desprezada e traída, esmagada por tratores. Sentiu-se imprestável, inútil, assexuada. Pensou que ia morrer. Mas desenvolveu uma técnica, e, portanto, o gosto. Foi o mesmo que aconteceu com as negociações empresariais e o jogo de pôquer. Ela sempre foi a maga do pôquer. Você tem de saber quando aumentar a aposta, quando blefar, quando sair do jogo. Ela tem prazer nisso, até certo ponto. É difícil não ter prazer com algo em que se é bom.

Mas o fato de ter prazer torna aquilo correto? Pelo contrário. É seu prazer que o torna errado. Qualquer freira velha poderia lhe dizer isso, e muitas disseram isso a Roz, numa época, nos primeiros anos de sua vida. Se ela pudesse sofrer como uma mártir por causa dos ataques de Mitch, vertendo lágrimas e se flagelando – se ela pudesse deixar que elas lhe fossem impostas, sem participar de nenhuma forma, sem ser conivente, sem mentir, e esconder, e sorrir, e fazer Mitch de joguete como se fosse uma carpa gigante, o quão correto seria. Ela vem sofrendo por amor, sofrendo passivamente, em vez de brigar. Brigar por si mesma, pela noção de quem ela é. A forma correta de amor deve ser abnegada, para mulheres em qualquer caso, ou ao menos foi o que as Irmãs disseram. O ego tinha de ser esfregado como um assoalho: de joelhos, com uma escova de arame áspera, até que não sobrasse nenhum resquício.

Roz não pode fazer isso. Não pode ser abnegada, nunca pôde. De todo modo, seu jeito é melhor. É mais desagradável para Mitch, talvez, mas é mais agradável para ela. Teve de abrir mão de um tanto de seu amor, é claro; um tanto do amor outrora sem limites que sentia por Mitch. Não há como manter o sangue-frio quando se está mergulhado no amor. Você simplesmente agita os braços, e berra, e se desgasta.

A luz do sol de maio entra pela janela, e Mitch assobia *"It ain't me, babe"*, e Roz passa fio dental nos dentes com pressa para que Mitch não a veja fazê-lo ao sair do chuveiro. Não há nada que amorteça mais o desejo que um fio dental, na opinião de Roz: uma boca bem aberta com um pedaço de fio pegajoso sendo manobrado dentro dela. Sempre teve dentes bons, é uma de suas qualidades. Faz pouco tempo que começou a pensar que talvez não permaneçam para sempre no lugar onde estão, isto é, na sua boca.

Mitch sai do chuveiro, chega por trás dela e a envolve com os braços, e pressiona o corpo contra o dela, e puxa seu cabelo para o lado, e beija-lhe o pescoço. Se não tivessem feito amor na noite anterior, ela acharia o beijo no pescoço decisivo: era cortês demais para ser inocente! Mas nessa etapa preliminar, nunca se sabe.

– Foi bom o banho, querido? – ela diz.

Mitch solta o ruído que sempre faz quando acha que Roz fez uma pergunta tão vazia que nem é preciso respondê-la, sem perceber que o que ela falou, de qualquer modo, não era uma pergunta, mas sim um pedido invertido: tradução, *Espero que o banho tenha sido bom, e aqui vai a abertura que vou te dar para você reclamar de qualquer probleminha físico que possa estar tendo para que eu possa oferecer minha solidariedade.*

– Pensei em irmos almoçar – declara Mitch.

Roz nota a formulação: não *Você não quer ir almoçar* ou *Estou te convidando para almoçar.* Não há espaço para que ela diga sim ou não, não há espaço para a rejeição: Mitch não é nada menos que autoritário. Mas, ao mesmo tempo, o coração dela transborda, pois ele quase nunca lhe faz convites como esse. Ela o olha pelo espelho, e ele lhe sorri. Sempre acha o reflexo dele no espelho desconcertante. Torto, porque não está acostumada a vê-lo dessa forma, e ele parece invertido. Mas ninguém é simétrico.

Ela reprime a vontade de dizer *Jesus Cristinho, como é que de repente eu sou uma pessoa tão valiosa? Será que o mundo está virando do avesso?* Mas diz:

– Querido, seria ótimo! Eu adoraria!

Roz se senta no banquinho do banheiro, uma cômoda vitoriana convertida, e observa Mitch fazer a barba. Adora vê-lo se barbear! Toda aquela espuma branca desarranjada, uma espécie de barba de homem das cavernas, e o jeito como ele contorna o rosto até chegar aos pelos escondidos. Ela tem de admitir que ele não é apenas distinto, ele também é o que se pode chamar de bonito, embora sua pele esteja ficando vermelha e os olhos azuis opacos. *Belo, mas não delicado,* talvez digam num anúncio de roupas masculinas, como se falassem de um casaco de pele de carneiro. O casaco de pele de carneiro, as luvas de pele de carneiro, a pasta de pele de bezerro: é este o estilo de Mitch. Ele tem vários objetos de couro caros e de bom gosto. Ainda não está ficando careca, graças a Deus, não que Roz fosse se importar com isso, mas parece que os homens se importam, e ela espera que, caso seu cabelo comece a cair, ele não transplante os pelos do sovaco para a cabeça. Embora ele esteja ganhando uns pelos grisalhos nas costeletas. Roz o examina em busca de pontos enferrujados, assim como faria com um carro.

O que ela está aguardando mesmo é o momento da loção pósbarba. Qual ele vai escolher, e onde vai passá-la? Ah! Nada muito atraente, apenas algo que ele comprou na Inglaterra, urze ou coisa assim. O tipo que usa quando vai ficar ao ar livre. E nada abaixo do pescoço. Roz suspira aliviada.

Ela o ama de verdade. Ainda o ama. Simplesmente não pode se dar ao luxo de extrapolar.

E talvez, no fundo, ela o ame demais. Talvez seja seu excesso de amor que o faça se afastar.

Depois que Mitch sai do banheiro, Roz prossegue com seus próprios preparativos, os cremes e loções e perfumes que nunca devem ser vistos por Mitch. O lugar deles é o bastidor, assim como nos teatros. Roz coleciona perfumes da mesma forma como outras pessoas colecionam selos, é incapaz de resistir aos lançamentos. Possui fileiras, três fileiras de frasquinhos charmosos, separados em categorias nas quais ela pensa como Arranjo Floral, Esperteza Empresarial e Carícias Ilimitadas. Hoje, em homenagem ao almoço com Mitch, ela escolhe Shalimar, da seção de Carícias Ilimitadas. Mas é um pouco sufocante para ser usado de dia, então ela corta seu aroma com um perfume do Arranjo Floral. Em seguida, vestida e maquiada, mas ainda de chinelos e segurando os sapatos de salto, ela desce para cumprir sua rotina de mãe na cozinha. Mitch, nem é preciso dizer, já saiu porta afora. Tem uma reunião durante o café da manhã.

– Olá, crianças – diz Roz. Ali estão elas, as três, que abençoados sejam seus vorazes corações supernutridos, devorando os Rice Krispies com açúcar mascavo e banana, supervisionadas por Dolores, que veio das Filipinas e está, espera Roz, começando a superar o choque cultural. – Olá, Dolores.

Dolores enche Roz de angústia e apreensão: será que Dolores devia estar ali? Será que a cultura ocidental irá corrompê-la? Será que Roz está pagando bem? Será que secretamente Dolores odeia todos eles? Será que está feliz e, se não está, será que a culpa é de Roz? Roz já teve avalanches de sensações de que não deviam ter uma empregada que morasse na casa. Mas, quando não têm, não há ninguém para fazer o almoço das crianças e cuidar de suas doenças e das emergências de última hora além de Roz, e Roz se torna superorganizada e não consegue dar atenção suficiente a Mitch, e Mitch fica de pavio curto.

Roz dá a volta na mesa da cozinha, distribuindo beijos e carinhos. Larry está com catorze anos, quase quinze, e fica constrangido por causa dela, mas a tolera. As gêmeas retribuem seu beijo, brevemente, opacamente.

– Mãe – diz Erin –, você está com cheiro de desodorizante de ar.

Que maravilha! Que exatidão! Roz passa os olhos pela cozinha, feita de painéis de madeira escura com balcões de cepo, onde estão os três almoços escolares em três merendeiras iguais, azul para Erin, verde para Paula, preta para Larry, e ela se ilumina por dentro, ela brilha! É por esse motivo que ela passa por tudo isso, é essa a razão!

Todo o inferno com Mitch valeu a pena por manhãs como esta, por poder entrar na cozinha e dizer "Olá, crianças", e elas continuarem escavando a comida do café da manhã como se ela praticamente não estivesse ali. Ela abre suas asas invisíveis, as asas de anjo amorosas e emplumadas, as asas de fêmea esvoaçantes, subestimadas e necessárias, e os cobre. *Seguras,* é como quer que elas se sintam; e de fato se sentem assim, ela tem certeza. Sabem que a casa é segura, sabem que ela está *ali,* muito bem enraizada, os dois pés no chão, e Mitch também está ali, mais ou menos, à sua própria maneira. Elas sabem que está tudo bem, assim podem continuar com o que quer que estejam fazendo, elas não precisam se preocupar.

Talvez dessa vez esteja enganada a respeito de Mitch. Talvez nada esteja acontecendo. Talvez ele finalmente tenha se aprumado.

41

O almoço é num restaurante chamado Nereids. É um lugar pequeno, uma casa reformada em Queen East, com um enorme e bem montado homem de pedra sem roupa junto à porta. Roz nunca o vira, mas Mitch sim; ela percebe pela forma como a recepcionista o cumprimenta, pela forma como ele percorre o ambiente com um olhar divertido, possessivo. Ela também percebe por que ele gosta do lugar: o salão inteiro foi decorado com quadros, quadros que vinte anos atrás poderiam ter causado uma prisão, pois retratam mulheres nuas. Mulheres nuas, além de sereias nuas, com seios gigantescos e majestosos: não há nenhum peito caído. Bem, são pessoas nuas, pois não falta companhia masculina às mulheres nuas. Ao irem até a mesa deles, Roz esbarra com o olho em um peru e desvia o olhar.

– *O que* é isso? – ela sussurra, ardendo de curiosidade e de euforia intimidante, e de puro prazer por ter sido levada por Mitch para almoçar. – Estou vendo o que eu acho que estou vendo? Quer dizer, isso aqui é uma casa de pornografia ou o quê?

Mitch ri, pois meio que gosta de chocar Roz, gosta de mostrar que está acima dos preconceitos dela. (Não que ela seja pudica, mas há o público e há o privado, e aquilo ali é público. Privados públicos!) Ele explica que aquele é um restaurante de frutos do mar, um restaurante mediterrâneo de frutos do mar, um dos melhores da cidade, na sua opinião, mas que o dono também é pintor, e alguns daqueles quadros são dele e alguns são de amigos que aparentemente partilham de seus interesses. Vênus é retratada, pois afinal de contas era a deusa do mar. O tema dos peixes também explica as sereias. Roz deduz que não são apenas pessoas nuas, mas *seres mitológicos* nus. Ela é capaz de lidar com isso, ela aprendeu sobre o assunto na faculdade. Proteu inflando seu molusco. Ou alguém inflando-o para ele.

– Ah – diz Roz, com o tom que usa para se fingir de ingênua. – Então isto aqui é Arte com letra maiúscula! Isso a torna legal? – e Mitch ri outra vez, incomodado, e sugere que ela fale mais baixo para não ferir os sentimentos dos outros.

Se alguma outra pessoa lhe dissesse para falar mais baixo, Roz saberia o que fazer: gritar ainda mais alto. Mas Mitch sempre conseguiu fazê-la se sentir como se tivesse acabado de desembarcar do navio, a cabeça envolta no xale, limpando o nariz na manga da camisa, e com sorte por haver uma manga nela. Que navio? Há diversos navios no passado de seus ancestrais, pelo que ela sabe. Todos os seus antepassados foram expulsos de algum lugar por serem pobres demais ou por serem politicamente rudes, ou por terem o perfil ou a cor de cabelo ou o sotaque errado.

O navio que trouxe seu pai foi mais ou menos recente, apesar de ainda ter chegado antes da época em que o governo canadense barrava os judeus, nos anos 1930 e durante a guerra. Não que o pai fosse judeu de verdade. *Por que você herdou o sangue judaico do lado da sua mãe?*, uma vez Tony perguntou a Roz. *Porque tantas mulheres judias foram estupradas por cossacos e tal que nunca souberam ao certo quem era o pai.* Porém o pai era judeu o bastante para Hitler, que odiava misturas acima de tudo.

O navio do lado materno datava de muito antes. A fome causada pela falta de terras causada pela guerra fez com que fossem embora, um século e meio atrás, tanto os irlandeses como os escoceses. Uma dessas famílias partiu com cinco filhos e chegou sem nenhum, e então o pai morreu de cólera em Montreal, e a mãe se casou novamente, assim que foi possível – um irlandês cuja esposa morrera, portanto ele precisava de outra. Os homens, naqueles tempos, precisavam de esposas para tais aventuras. Lá foram eles para um mato semidesbravado, para serem sobretaxados e ter outros filhos e plantar batatas, além de derrubar árvores com ferramentas que nunca haviam usado, pois quantas árvores tinham sobrado na Irlanda? Muitas pernas tinham sido decepadas por aquele povo. Tony, que tem mais interesse nesses detalhes que Roz, uma vez lhe mostrou um retrato antigo – homens de pé em tinas de metal para proteger as pernas dos próprios machados. Comédia burlesca para a classe média inglesa, lá na terra natal, que vivia à custa dos benefícios. Irlandesada besta! Os irlandeses eram sempre bons motivos de risos, na época.

Todos eles vieram no porão, é claro. Enquanto os ancestrais de Mitch, embora não tenham sido criados por Deus a partir da lama sagrada de Toronto – haviam chegado ali de alguma forma –, deviam ter ocupado cabines. O que significa que vomitavam em pias de porcelana em vez de nos pés dos outros, durante a travessia.

Grande coisa, mas ainda assim Roz fica intimidada. Ela abre o cardápio adornado com sereias e lê os itens, e pede a Mitch que lhe diga o que deve pedir, como se não conseguisse decidir o que enfiar na própria boca. *Roz*, ela diz a si mesma. *Você é ridícula.*

Ela se recorda da primeira vez que saiu com Mitch. Já estava velha, tinha vinte e dois anos, já havia entrado na meia-idade. Muitas das meninas que conhecera no colegial e depois na universidade já estavam casadas, então por que ela não estava? Era uma pergunta que se impunha diante dela, indagada pelos olhos cada vez mais confusos de sua mãe.

Roz já tinha tido um caso de amor, ou melhor, um caso sexual, e depois outro. Nem sentira muita culpa por eles. Apesar de as freiras terem ensinado sobre sexo e como ele era pecado, Roz já não era mais católica. Já tinha sido, entretanto, e uma vez católica, sempre católica, segundo sua mãe; teve um pouco de receio depois de passada a primeira sensação arrebatadora de transgressão. O mais curioso é que o receio se devia menos ao sexo que às camisinhas – coisas que tinham de ser compradas por baixo do pano, não que ela mesma as tenha comprado, pois isso era função do homem. Camisinhas lhe pareciam basicamente perversas. Mas também eram essencialmente engraçadas. Eram como luvas de látex com apenas um dedo, e toda vez que ela via uma, tinha de ser rigorosa consigo mesma, senão caía na gargalhada, uma ideia pavorosa, pois o homem podia pensar que você estava rindo dele, de seu pinto, seu tamanho, e isso seria fatal.

Mas o sexo foi ótimo, era algo em que ela era boa, embora nenhum dos dois homens correspondesse à sua ideia de felicidade do pescoço para cima. Um tinha enormes orelhas salientes, o outro era cinco centímetros mais baixo que ela, e não conseguia se imaginar passando a vida inteira de sapatos sem salto. Ela queria ter filhos, mas não nanicos com orelhas de abano.

Portanto, não levou nenhum dos dois a sério. O fato de que eles também não a levavam a sério ajudou. Talvez fosse a cara de palhaça que ela fazia com bastante frequência àquela altura. Ela precisava disso, dessa cara feliz de festeira insensata, pois ali estava ela, encalhada, ainda morando em casa, ainda trabalhando nos negócios do pai. *Você será meu homem de confiança*, ele lhe dizia. Era para ser um elogio, para que ela não se sentisse mal por não ser filho homem. Mas Roz não queria ser filho homem. Ela não queria ser homem de modo nenhum, nem como braço direito nem como mais nada. Um esforço tão grande, ser homem, pelo que ela percebia; tamanha ostentação de respeitabilidade a se manter. Ela jamais conseguiria escapar ilesa com sua simulação de futilidade tola se fosse homem. Contudo, se fosse homem, talvez não precisasse disso.

Seu trabalho na empresa era bem básico; um idiota poderia fazê-lo. Ela era praticamente um office boy glorificado. Mas o pai acreditava que todo mundo, até a filha do patrão, devia começar de baixo e avançar até o topo. Assim a pessoa conheceria os trâmites reais do negócio, passo a passo. Se algo estivesse errado com as secretárias, se algo estivesse errado com o Arquivamento, haveria erros por todos os lados; e era necessário saber como fazer todos esses serviços sozinho para saber se os outros estavam fazendo-o corretamente ou não. Uma lição que foi útil para Roz, ao longo dos anos.

Porém, ela estava aprendendo bastante. Estava observando o estilo do pai. Ultrajante mas eficaz, suave, mas rígido, alegre, mas no fundo muito sério. Ele esperava a hora certa, esperava como um gato no gramado; e então atacava. Gostava de conseguir pechinchas, de fechar acordos. *Conseguir, fechar*, estes verbos o atraíam. Gostava de correr riscos, gostava de andar na corda bamba. Quarteirões de propriedades sumiam em seu bolso, depois ressurgiam magicamente transformados em prédios de salas comerciais. Se ele pudesse restaurar – se houvesse algo que valesse a pena salvar –, ele o fazia. Caso contrário, era demolição, apesar de quaisquer bandos de manifestantes idealistas que marchassem diante do edifício com cartazes de *Salve nosso bairro* feitos com lápis de cor e grampeados a cabos de rodos.

Roz tinha ideias próprias. Sabia que podia ser boa naquelas coisas, caso ele lhe desse corda. Mas a corda não era dada por ele, era conquistada, então ela estava investindo seu tempo.

Enquanto isso, e sua vida amorosa? Não havia ninguém. Ninguém adequado. Ninguém que sequer chegasse perto disso. Ninguém que não fosse ou um imbecil ou que não estivesse basicamente atrás de seu dinheiro, um fator que ela precisava ter em mente. Seu futuro dinheiro, pois naquele momento ela vivia de salário como todo mundo, e era um salário miserável, aliás. O pai acreditava que era preciso saber o quão miserável era um salário miserável, para que assim se pudesse descobrir o real significado de uma negociação de aumento. Achava que era preciso saber o preço da batata. No momento, Roz não sabia, pois ainda morava em casa, devido a seu salário miserável. Ela procurou conjugados, apartamentos de um quarto com cozinha minúscula apertada num canto e vista para o banheiro de outra pessoa, mas sórdido demais! Liberdade a que preço? Maior do que o dinheiro que ela estava ganhando na época. Preferia ficar onde estava, no ex-apartamento dos empregados, em cima da garagem para três carros dos pais, e gastar o salário miserável em roupas novas e na sua própria linha de telefone.

Queria viajar pela Europa, sozinha, mas o pai não deixava. Dizia que era muito perigoso.

– O que acontece por lá, você não precisa ficar sabendo – ele lhe disse. Queria mantê-la atrás das barreiras de seu dinheiro. Queria mantê-la em segurança.

Mitch era um advogado neófito na época, trabalhava para a firma que cuidava da documentação dos negócios do pai de Roz. A primeira vez que ela o viu, ele estava andando pelo escritório junto à sala onde Roz estava sentada, trabalhando arduamente. Usava terno e carregava uma pasta, o homem do fim da fila no desfile quase diário de ternos e pastas que seguia o pai dela como se fosse uma cauda. Houve uma interrupção na mesa de Roz, apertos de mão por todos os lados: o pai de Roz sempre apresentava todo mundo a todo mundo. Mitch apertou a mão de Roz, e a mão de Roz tremeu. Ela o olhou uma vez e pensou: Existe homem feio, existe homem lindo e existe homem meio-termo, mas este é lindo. Em seguida, pensou: Fica sonhando, querida. Fica babando no travesseiro. Este não é para o seu bico.

Mas não é que ele ligou para ela? Não era preciso ser Einstein para conseguir o número, porém era necessária mais de uma etapa, pois Roz colocara seu telefone na lista amarela sob o nome de Rosie O'Grady, depois de se cansar dos telefonemas cheios de ódio que o sobrenome do pai atraía às vezes. Os tapumes nos locais das demolições não ajudavam, *Incorporadora Grunwald* em letras enormes, seria mais fácil ela andar com um "X" vermelho pintado na testa, *Cuspa aqui*, do que acrescentar seu nome verdadeiro à lista amarela.

Mas de repente Mitch estava ao telefone, tranquilo mas persuasivo, soando como se quisesse vender seguro de vida, lembrando-a de onde ela o conhecera, como se fosse necessário lembrá-la, e de início ele foi tão cerimonioso que ela teve vontade de berrar com ele, *Ei, eu não sou sua avó! Deixa de frescura!* Lindo ou não, ele parecia ser um chato, um burguês conservador babaca, excessivamente careta, cujo conceito de diversão seria uma rodada de bridge com os cunhados e sogros decadentes ou um passeio pelo cemitério num domingo. Levou muito mais tempo para chegar ao ponto do que Roz levaria, caso ela estivesse conduzindo a conversa, mas por fim ele conseguiu convidá-la para jantar e depois irem ao cinema. Bem, aleluia e Ave-Maria, pensou Roz. Milagres sempre vão existir.

Mas, enquanto ela se preparava para sair, sua alegria evaporou. Queria flutuar, voar, mas começava a se sentir cada vez mais pesada, sentada ali diante da penteadeira passando Arpège nos pontos de pulsação e tentando resolver quais brincos usar. Algo que fizesse seu rosto parecer menos redondo. Verdade, tinha covinhas, mas era o tipo de covinhas que se veem em joelhos. Mais pareciam dobras. Ela era uma moça de ossos largos, uma moça de ossos aparentes (nas palavras da mãe), uma moça determinada (palavras do pai), de formas encorpadas, maduras (as vendedoras de lojas). Delicada ela jamais seria. *Querido Deus, diminua meus pés que eu faço qualquer coisa por você. Tamanho 37 estaria bom, e aproveite para me transformar em uma mulher loura.*

O problema era que Mitch simplesmente era lindo demais. Os ombros, os olhos azuis, a estrutura óssea – ele parecia uma estrela de revista de cinema em versão masculina, bom demais para ser verdade. Roz ficou intimidada com isso – ninguém devia ter permissão para sair em público com tal aparência, podia causar batidas de carro – e com seu aroma de decoro, e por sua postura, a coluna ereta e os contornos quadrados, como um filé de peixe congelado. Não conseguiria se soltar com ele, fazer piadas, brincar. Ela ficaria preocupada se não tinha restos de comida presos nos dentes.

Além disso, ficaria tão inquieta de desejo – fala logo, *Luxúria*, com "L" maiúsculo, o melhor dos Sete Pecados Capitais – que mal conseguiria ficar parada. Normalmente, ela não era tão descontrolada, mas Mitch estava bem acima da média no departamento de beleza. Cabeças virariam, as pessoas ficariam olhando, se perguntariam o que um homem daqueles estava fazendo com a segunda colocada do concurso de Miss Nabo Polonês. Em suma, tudo evoluía para que a noite fosse um purgatório. *Ajude-me a chegar ao final disso, Deus, e eu esfrego um milhão de privadas por você! Não que você vá se interessar, pois quem caga no Céu?*

O início foi tão ruim quanto Roz imaginara. Mitch lhe trouxe flores, não muitas flores, mas eram flores, mais antiquado, impossível, e ela não sabia o que fazer com aquelas malditas coisas, então as levou para a cozinha – ela deveria colocá-las num vaso ou algo assim? Por que ele não deu chocolates? – e ali estava a mãe dela, taciturna, diante da xícara de chá, de camisola, bobes de metal e rede no cabelo, pois tinha de sair mais tarde para ir a algum banquete com o pai de Roz, algo relacionado a negócios, o tipo de compromisso que a mãe detestava, e ela olhou para Roz com o mesmo olhar ferido que adotou desde que enriqueceram e se mudaram para aquele celeiro que chamavam de casa em Dunvegan, perto do Upper Canada College, para onde herdeiros homens como Mitch eram mandados a fim de sofrerem lavagem cerebral e terem as espinhas dorsais fundidas para que as pélvis nunca mais se mexessem, e ela perguntou a Roz "Você vai sair?", como se perguntasse "Você está morrendo?".

E Roz tinha deixado Mitch parado na sala de estar cavernosa, no centro dos dois mil metros quadrados de tapete, cercado de três carregamentos de móveis com o mau gosto impecável da mãe – custaram os olhos da cara mas pareciam ter saído direto das páginas de um catálogo de mobília para casas funerárias –, além do fato de que todas as superfícies eram cobertas por panos decorativos, o que não ajudava em nada – a mãe tinha fetiche por panos decorativos, fora privada deles na juventude – e o que aconteceria se Mitch seguisse Roz até a cozinha e visse sua mãe sentada ali e recebesse aquele olhar que ia dos pés à cabeça, cujo objetivo era determinar a afiliação religiosa e as perspectivas financeiras, nesta ordem? Portanto, Roz largou as flores na pia, cuidaria delas mais tarde, beijou a mãe no creme firmador, muito pouco e muito tardio, e arrastou Mitch para fora de casa antes que fosse surpreendido pelo pai de Roz, que faria com ele o mesmo interrogatório que fez com os outros homens que saíram com ela quando conseguia apanhá-los – aonde iam, o que fariam, quando voltariam, esse horário era muito tarde – e lhe contaria enigmáticas parábolas étnicas para explicar a Vida. "Dois aleijados não fazem um dançarino", ele lhes diria, lançando um olhar expressivo por baixo das sobrancelhas densas, e o que os coitados dos patetas deveriam pensar? "Papá, gostaria que o senhor não falasse essas coisas", ela lhe diria mais tarde. Esse era outro ponto, ela tinha de chamá-lo de "papá", ele não respondia a "pai". "Então?", ele diria, sorrindo para a filha. "É verdade ou não é?"

Quando passaram pela porta, ela descobriu que Mitch não tinha carro, e o que mandava a etiqueta? Devia oferecer o dela, ou não? Não conseguia imaginar o homem dos seus sonhos pegando ônibus; muito menos se imaginava pegando ônibus. De que servia a mobilidade social se mesmo assim fosse preciso pegar ônibus? Havia limites!

Estava prestes a sugerir que pegassem um táxi quando lhe ocorreu que talvez Mitch não tivesse dinheiro para pagá-lo.

No final das contas, pegaram o carro de Roz, um Austin pequeno e vermelho, presente de aniversário; Roz preferia um Jag, mas o pai disse que assim, estaria mimando. Mitch não reclamou muito quando Roz empurrou as chaves para ele efusivamente para que dirigisse, pois um homem podia se sentir diminuído quando a mulher dirigia, ela havia lido artigos em revistas femininas sobre todas as formas de diminuir um homem sem se dar conta, era terrível como eles se constrangiam com facilidade, e apesar de geralmente gostar de dirigir o próprio carro, não queria assustar Mitch. Além do quê, assim ela poderia ficar sentada, só admirando seu perfil. Ele dirigia bem – com determinação, agressividade, mas não sem cortesia, e ela gostou disso. Ela mesma era uma motorista veloz; entrava sem pedir licença, buzinava muito. Mas observando Mitch ao volante, viu que havia jeitos mais suaves de chegar aonde se desejava.

O jantar foi num restaurante pequeno semifrancês, com um *décor* em veludo vermelho, como um prostíbulo da virada do século, e comida não muito boa. Roz tomou sopa de cebola, o que foi um erro por causa dos filetes pegajosos de queijo que se esticavam a cada colherada. Ela fez o que pôde, mas sentiu que não estava passando no teste da graciosidade. Mitch não parecia notar; estava falando sobre sua firma de advocacia.

Ele não gosta de mim, ela pensou, isto está sendo um fiasco, então tomou outra taça de vinho branco, e aí pensou: Que diabos, e lhe contou uma piada, aquela sobre a menina que disse a outra menina que tinha sido estuprada no verão, sim, e daí em diante foi só estupro estupro estupro, o verão inteiro, e Mitch lhe sorriu devagar, e seus olhos se fecharam um pouco, como um gato ao ter as orelhas acariciadas, talvez apesar da postura de soldadinho de chumbo ele tivesse um ou dois hormônios, afinal de contas, talvez a fachada de burguês conservador fosse apenas isso, uma fachada, e se fosse mesmo ela seria eternamente grata, e em seguida sentiu a mão dele no joelho, por baixo da mesa, e foi aí que acabou seu autodomínio, sentiu que ia derreter como um picolé quente na cadeira de veludo vermelho do restaurante.

Depois do jantar, tomaram o rumo do cinema, mas de alguma forma acabaram dando amassos no carro de Roz; e em seguida estavam no apartamento de Mitch, um apartamento de três quartos que ele dividia com dois outros estudantes de Direito que convenientemente não estavam presentes – *Será que ele planejou isso?*, Roz pensou num lampejo, pois quem, exatamente, estava seduzindo quem –, e Roz estava preparada para lutar contra sua cinta, após ajudar Mitch a tirar a metade de cima de suas roupas – nenhuma dama deve ficar sem cinta, tanto a mãe como as revistas avisavam, controla sacudidas feias e você não ia querer que os homens pensassem que você era uma mulher flácida, de bunda caída, embora aquelas coisas malditas parecessem ratoeiras, elástico de puro ferro fundido, era como tentar sair de um elástico de três voltas –, quando Mitch segurou seus ombros, olhou no fundo de seus olhos e disse que a respeitava demais.

– Não quero simplesmente fazer amor com você – ele disse. – Quero me casar com você.

Roz teve vontade de anunciar que as duas categorias não eram mutuamente exclusivas, mas seria muita indecência, pelo menos aos olhos de Mitch, e de qualquer modo ela estava assoberbada demais de felicidade, ou será que era medo, pois aquilo se tratava de um pedido de casamento?

– O quê? – ela indagou.

Ele repetiu a parte do casamento.

– Mas eu mal te conheço – Roz gaguejou.

– Você vai me conhecer melhor – respondeu Mitch, com tranquilidade. Tinha razão sobre este ponto.

E foi assim que as coisas continuaram: jantares medíocres, muitos amassos, recompensa adiada. Se Roz tivesse conseguido encerrar o assunto, tirar Mitch da cabeça, talvez não tivesse se casado com ele. Errado: teria sim, porque depois da primeira noite ela já estava encrencada, e o "não" não era opção. Mas o fato de que ele reduzia seus joelhos a gelatina toda vez que saíam, depois segurava suas mãos quando ela tentava abrir seu zíper, acrescentava um elemento de suspense. Por *suspense* entenda-se *frustração*. Entenda-se também profunda humilhação. Ela se sentia uma grande prostituta libertina, se sentia um cachorrinho apanhando com o jornal por tentar se agarrar às calças de alguém.

Quando chegou a hora – não numa igreja, não numa sinagoga – considerando-se as misturas envolvidas, em um dos salões do Park Plaza Hotel –, Roz achava que não chegaria ao altar. Imaginou que pudesse ocorrer um incidente inconveniente. Mas Mitch jamais a perdoaria caso ela pulasse em cima dele em público, ou mesmo lhe desse um beijo ardente durante o ritual de "pode beijar a noiva". Ele tinha deixado claro que havia a pessoa que pulava e a pessoa em quem se pulava, a pessoa que beijava e a que recebia o beijo, e ele seria a primeira e ela a última.

Estereotipagem de gêneros, pensa Roz agora, depois de ter aprendido uma coisinha ou outra nesse meio-tempo. Aquele canalha astucioso. Ele escondeu a verdade, ele me venceu pelo cansaço. Sabia muito bem o que estava fazendo. Provavelmente tinha um aperitivo entre as secretárias para não acabar com uma gangrena no órgão masculino. Mas ele conseguiu, ele se casou comigo. Conseguiu a oportunidade de ouro. A essa altura, ela já sabe que o seu dinheiro influenciou.

O pai já suspeitava disso na época.

– Quanto ele está ganhando? – perguntou a Roz.

– Papá, essa não é *a questão*! – berrou Roz, num surto de imaterialismo. De todo modo, Mitch não era um menino de ouro? Não era certo que ele teria sucesso? Não estava prestes a subir na firma de advocacia como uma bolha de sabão?

– Minha única pergunta é: eu vou ter de sustentá-lo? – disse o pai. Para Mitch, ele disse "Dois aleijados não fazem um dançarino" com um olhar raivoso sob as sobrancelhas.

– Perdão, senhor? – disse Mitch, com cortesia, cortesia em excesso, cortesia que chegava às raias da condescendência, e isso significava que ele estava disposto a ignorar os pais de Roz, a mácula imigrante de um, o resquício de pensão cheio de panos decorativos e batatas cozidas do outro. Roz era nova-rica, Mitch era velho rico; ou seria velho rico, caso tivesse algum dinheiro. Seu pai havia morrido cedo demais e de forma obscura demais para que ele ficasse numa situação totalmente confortável. Como é que Roz podia saber na época que ele esbanjara a fortuna da família numa viúva de guerra com quem fugiu e depois se atirou de uma ponte? Ela não lia mentes, e Mitch não lhe contou na época, apenas anos depois, muitos e muitos anos depois. Quem também não disse nada foi aquela pedante da mãe dele, que ainda não havia morrido, mas (pensa Roz, no porão) poderia muito bem estar morta. Roz nunca a perdoou pelas indiretas pós-nupciais sutis e mordazes sobre diminuir o tom de seu guarda-roupa e o jeito correto de pôr a mesa.

– Papá, eu não sou aleijada! – Roz disse para o pai, mais tarde.

– Isso é uma ofensa *tão* grande!

– Um aleijado e um não aleijado também não fazem um dançarino – disse o pai.

O que ele estava tentando me dizer?, pensa Roz, com esse distanciamento. O que foi que ele viu, que rachadura ou falha geológica, que claudicação incipiente?

Porém, Roz não lhe dava ouvidos na época, ela cobria as orelhas com as mãos, não queria escutar. O pai lhe lançou um olhar demorado, melancólico.

– Você sabe o que está fazendo?

Roz achava que sabia; ou melhor, ela não se importava se sabia ou não, pois era isso, era *Isso*, e enfim ela estava flutuando, estava nas nuvens, leve como uma pluma apesar de seus ossos largos e aparentes. A mãe estava do seu lado, pois Roz já tinha quase vinte e três anos e qualquer casamento era melhor do que nenhum casamento, no que lhe dizia respeito; embora, ao se dar conta de que o casamento aconteceria de fato, ela tenha passado a debochar dos bons modos de Mitch – *blá-blá-blá e com licença, e quem ele pensa que é* – e tenha deixado claro que preferia um católico a um anglicano. Mas, por ter se casado com o pai de Roz, que não era exatamente o papá, ela não tinha muito como argumentar.

Mitch não se casou com Roz apenas por dinheiro. Disso ela tem certeza. Ela se lembra da lua de mel, no México, todos os crânios de açúcar no mercado em homenagem ao Dia dos Mortos, as flores, as cores, ela tonta de alegria, a sensação de novidade e alívio porque, veja só, tinha conseguido, ela não era mais uma possível solteirona, mas sim uma noiva, uma mulher casada; e durante as noites quentes a janela aberta para o mar, as cortinas esvoaçando, o vento roçando sua pele como musselina, e o vulto escuro de Mitch em cima dela, intenso e sem rosto. Era diferente quando se estava apaixonado, não era mais uma brincadeira; havia mais em jogo. Ela chorou depois porque estava tão contente, e Mitch deve ter se sentido assim também, pois não se pode simular completamente esse tipo de paixão. Pode?

Portanto, não se tratava apenas de dinheiro. Mas ela poderia ter expressado da seguinte forma – ele não teria se casado com ela sem isso. Talvez seja o que o mantém a seu lado, o que o mantém ancorado. Ela espera que não seja só isso.

Mitch levanta a taça de vinho branco a ela e diz:

– A nós – e estica o braço até o outro lado da mesa, e pega sua mão esquerda, a da aliança, uma aliança simples pois era a que Mitch podia comprar na época e ele se recusara a aceitar qualquer ajuda do pai de Roz para comprar uma maior, e sorri para ela, e diz: – Não foi tão ruim assim, não é? Nós somos muito bons, juntos – e Roz percebe que ele está consolando a si mesmo por decepções secretas, pelo tempo que avança, por todos os mundos que, agora, ele jamais poderá conquistar, pelo fato de que há milhares de jovens nubentes no mundo, milhões delas, mais a cada minuto que passa, e não importa o que faça, nunca conseguirá penetrar todas elas, pois a arte é longa, e a vida é breve, e a mortalidade é iminente.

E sim, são muito bons juntos. Às vezes. Ainda. Portanto, ela lhe sorri e retribui o aperto e pensa que são tão felizes quanto possível. São mesmo. São tão felizes quanto possível, considerando-se quem são. Mas, se fossem outras pessoas, talvez fossem mais felizes.

Uma garota, uma garota bonita, uma garota bonita com um suéter de decote redondo aparece com uma travessa de peixes mortos, da qual Mitch escolhe. Ele pede a Pesca do Dia, Roz pede a massa feita em sépia, pois nunca comeu algo parecido, e a descrição soa bizarra. Espaguete na Tinta. Primeiro comerão salada, durante a qual Roz acha adequado perguntar, com bastante hesitação, se há algum assunto específico que Mitch queira discutir. Em almoços anteriores houvera, em geral assuntos de negócios, assuntos que tinham a ver com Mitch querendo obter mais poder no conselho da *WiseWomanWorld*, do qual era presidente.

Mas Mitch diz que não, que só estava sentindo que não a vira muito ultimamente, isto é, sem as crianças por perto, e Roz, ávida por migalhas, como sempre, se deleita. Ela perdoará, ela esquecerá. Bom, seja como for, ela perdoará, pois o que é capaz de esquecer ou não foge ao seu controle. Talvez Mitch tenha passado por uma crise de meia-idade nesses anos todos; apesar de vinte e oito anos ser um pouco cedo para começar.

A salada é servida numa travessa grande por outra moça bonita de cabelos compridos e decote redondo, e Roz se pergunta se as garçonetes são escolhidas de modo a combinar com os quadros. Com tantos mamilos por perto, tem a sensação de estar sendo observada por uma miríade de olhos alienígenas. Rosa. Tem o breve lampejo de uma mulher sem peito abrindo um processo contra o restaurante por se recusarem a contratá-la. Melhor ainda, um homem sem peito. Ela adoraria ser uma mosca para ver a cena.

A garçonete se curva, mostrando o decote profundo, serve a salada e fica ali parada enquanto Roz prova o prato.

– Uma delícia – diz Roz, se referindo à salada.

– Totalmente – diz Mitch, sorrindo para a garçonete. Ai, meu Deus, pensa Roz. Ele está flertando com garçonetes. O que será que ela vai pensar dele? Uma mala sem alça? E dentro de quanto tempo ele se tornará de fato uma mala sem alça?

Mitch sempre flertara com garçonetes, ao seu estilo contido. Mas dizer isso é o mesmo que dizer que um dançarino de cancã de noventa anos sempre dançou cancã. Como saber a hora de parar?

Depois da salada, o prato principal é servido. Dessa vez, é uma outra garota. Bem, uma outra mulher; ela é um pouco mais velha, mas tem uma nuvem arrebatadora de cabelos castanhos e seios grandes incríveis, e uma cinturinha que Roz mataria para ter. Roz a olha bem e percebe que já a viu antes. Muito antes, numa vida passada.

– Zenia! – ela exclama, sem conseguir se conter.

– Perdão? – diz a mulher. Em seguida, retribui o olhar de Roz, sorri e diz: – Roz? Roz Grunwald? É você? Você não se parece com as suas fotos!

Roz sente o ímpeto avassalador de negar. Não devia ter falado nada, devia ter deixado a bolsa cair no chão e se abaixado para pegá-la, qualquer coisa para ficar fora do campo de visão de Zenia. Para que o mau-olhado?

Mas o choque de ver Zenia ali, trabalhando de garçonete – uma *serviçal* – em Nereids, supera tudo isso, e "Que diabos você está fazendo aqui?", Roz deixa escapar.

– Pesquisa – declara Zenia. – Sou jornalista, estou trabalhando como *freelancer* há anos, geralmente na Inglaterra. Mas eu queria voltar, só para ver... para ver como andam as coisas por aqui. Então arrumei uma comissão para escrever um artigo sobre assédio sexual no trabalho.

Zenia deve ter mudado, pensa Roz, para estar escrevendo sobre essas coisas. Até seu visual está diferente. A princípio, ela não sabe bem o que é, depois ela vê. São os peitos. E o nariz também. Os primeiros cresceram, e este último encolheu. Antes, o nariz de Zenia era parecido com o de Roz.

– Sério? – diz Roz, com interesse profissional. – Para quem?

– *Saturday Night* – diz Zenia. – De modo geral, será em forma de entrevista, mas achei que seria uma boa ideia dar uma olhada nos locais. – Ela sorri mais para Roz que para Mitch. – Na semana passada, eu estava numa fábrica, e na semana anterior eu estive num hospital. Você não ia acreditar em quantas enfermeiras são atacadas pelos pacientes! Não estou falando só de agarrar... eles jogam coisas, o urinol e outros objetos assim, é um risco ocupacional. Mas não me deixaram fazer nenhum trabalho de enfermeira; isto aqui é mais mão na massa.

Mitch está começando a ficar irritado por ter sido deixado de lado, portanto Roz o apresenta a Zenia. Ela não quer dizer "uma velha amiga", então diz "frequentamos a mesma escola". Não que algum dia tenhamos sido o que se possa chamar de melhores amigas, pensa Roz. Ela mal conhecia Zenia na época, exceto como tema de fofocas. Fofocas chocantes, impressionantes.

Mitch não faz nada para ajudar Roz no quesito conversa. Simplesmente balbucia alguma coisa e fixa o olhar no prato. É óbvio que sente ter sido interrompido.

– Então, que tipo de risco ocupacional você tem sofrido neste lugar? – diz Roz, acobertando-o. – Alguém já te chamou de "benzinho" e beliscou sua bunda?

Zenia ri.

– Mesma Roz de sempre. Ela sempre foi o centro da festa – ela diz para Mitch.

Enquanto Roz se pergunta a que festas foi em que Zenia também estivesse presente – nenhuma, pelo que se recorda, mas naquela época bebia mais, ou mais de uma vez só, e talvez tenha se esquecido –, Zenia põe a mão no ombro de Roz. Sua voz muda, torna-se mais grave, mais séria.

– Sabe, Roz – ela diz –, eu sempre quis te falar uma coisa. Mas nunca tive a oportunidade.

– O quê? – indaga Roz.

– O seu pai – diz Zenia.

– Ai, meu Deus – exclama Roz, temendo alguma fraude que nunca tivesse descoberto, algum escândalo enterrado. Talvez Zenia seja sua meia-irmã, isso nem pensar. Seu pai era um trapaceiro dissimulado. – O que foi que ele fez?

– Ele salvou a minha vida – declara Zenia. – Durante a guerra.

– Salvou a sua vida? – repete Roz. – Durante a guerra? – Espere um minuto, Zenia já era nascida durante a guerra? Roz hesita, reluta em acreditar. Mas foi isso o que ela desejou desde sempre... uma testemunha ocular, alguém que estivesse envolvido mas fosse imparcial, que pudesse lhe garantir que seu pai era mesmo o que se supunha que fosse: um herói. Ou semi-herói; de qualquer modo, algo mais que um comerciante de caráter duvidoso. Ouvira relatos de outras pessoas, os tios, por exemplo, mas os dois estavam longe de ser fontes confiáveis; portanto, ela nunca teve muita certeza, não muita.

Agora, enfim, há uma mensageira trazendo notícias daquele país distante, o país do passado, o país da guerra. Mas por que a mensageira tem de ser Zenia? Irrita Roz o fato de Zenia ter essas novidades e Roz não. É como se o pai tivesse deixado algo em testamento, um tesouro, para uma pessoa totalmente desconhecida, um vagabundo que tivesse conhecido no bar, e nada para a própria filha. Será que ele não sabia o quanto ela desejava saber?

Talvez não haja nada. Por outro lado, e se houver? Vale a pena escutar, pelo menos. Vale o nervosismo, pelo menos.

– É uma longa história – declara Zenia. – Eu adoraria te contar, quando você tiver tempo. Se você quiser ouvir, claro. – Ela sorri, inclina a cabeça para Mitch e se afasta. Caminha com segurança, com indiferença, como se soubesse que acabara de fazer a única oferta que Roz não poderia recusar.

42

O pai de Roz, o Grande Desconhecido. Ótimo para os outros, desconhecido para ela. Ou vamos dizer apenas – pensa Roz, de robe laranja, no porão, comendo os restos da barra de Nanaimo, lambendo o prato de tanta fome – que ele teve nove vidas e ela só tinha conhecimento de três ou quatro. Nunca se sabia quando alguém das vidas passadas do pai poderia ressurgir.

Houve uma época em que Roz não era Roz. Ela era Rosalind, e seu segundo nome era Agnes, em homenagem a Santa Inês e também à mãe, embora não tenha mencionado isso para as meninas da escola porque não queria ser apelidada de Aggie, assim como a mãe tinha sido, pelas costas, pelos pensionistas. Ninguém ousaria chamar abertamente sua mãe de Aggie. Ela era respeitável demais para isso. Para eles, ela era a sra. Greenwood.

Portanto, Roz era Rosalind Greenwood em vez de Roz Grunwald e morava com a mãe na pensão dela, na Huron Street. A casa era alta, estreita e feita de tijolos vermelhos, com uma varanda envergada que o pai de Roz iria arrumar, talvez, um dia. Seu pai estava viajando. Ele estava viajando desde sempre, pelo que Roz se lembrava. Era por causa da guerra.

Roz se lembrava da guerra, mas não muito bem. Lembrava-se das sirenes de ataque aéreo, da época em que ela ainda não estava na escola, pois a mãe a obrigou a se esconder embaixo da cama e havia uma aranha. A mãe tinha guardado toucinho e latas, apesar de Roz não ter ideia do que os soldados fariam com esse tipo de coisa, e mais tarde, na escola, todos davam níqueis à Cruz Vermelha por causa dos órfãos. Os órfãos ficavam em cima dos montes de escombros, suas roupas eram esfarrapadas e tinham olhos enormes, sérios, olhos suplicantes, olhos acusadores, pois seus pais foram mortos pelas bombas. A irmã Mary Paul mostrou-lhes retratos deles, na primeira série, e Roz chorou de pena, e lhe disseram para se controlar, e ela não conseguia comer seu almoço, e lhe disseram para comê-lo todo por causa dos órfãos, e ela pediu uma segunda porção porque, se comer um prato inteiro ajudava os órfãos, comer dois ia ajudar mais ainda, apesar de não entender direito como. Talvez Deus tivesse formas de planejar essas coisas. Talvez o alimento sólido e visível que Roz comia fosse ser transformado em alimento espiritual e invisível e voar pelo ar, indo direto para os órfãos, numa espécie de comunhão em que a hóstia parecia um biscoito água e sal redondo, mas na verdade era Jesus. Em todo caso, Roz estava totalmente disposta a ajudar.

Em algum lugar dali, atrás dos montes de escombros, invisível entre os tocos escuros de árvores distantes, estava o seu pai. Ela esperava que um pouco do almoço que comera desviasse dos órfãos e chegasse a ele. Era assim que Roz pensava quando estava na primeira série.

Mas a guerra havia acabado, então onde o pai de Roz estava agora?

– A caminho – disse a mãe. Uma terceira cadeira à mesa da cozinha estava sempre pronta para recebê-lo. Roz mal podia esperar.

Como o pai de Roz estava viajando, a mãe tinha de administrar sozinha a pensão. Isso a deixava esgotada, como ela dizia a Roz quase todos os dias. Roz percebia: a mãe estava com uma aparência viscosa, como se as partes tenras de si fossem arrancadas, como se os ossos se aproximassem cada vez mais da superfície. Tinha o rosto comprido, cabelos castanhos com mechas grisalhas puxados para trás e presos com grampos, e avental. Não falava muito, e quando falava era em grupos de palavras pequenos, densos. "Fale pouco, mas fale bem", ela dizia. "É melhor prevenir que remediar. Raro como manga de colete. O sangue fala mais alto. Beleza não põe mesa. Seguro como uma fortaleza. Dinheiro não nasce em árvore. Jarros pequenos têm orelhas grandes." Ela dizia que Roz era tagarela e que a sua língua se mexia para ambos os lados.

Tinha mãos ásperas com nós largos, vermelhos de tanto lavar roupa. "Olhe só para as minhas mãos", ela dizia, como se suas mãos provassem algo. Em geral, provavam que Roz tinha de ajudar mais. "Sua mãe é uma santa", dizia a pequenina srta. Hines, que morava no terceiro andar. Mas, se a mãe de Roz era uma santa, Roz não tinha nenhum grande desejo de ser também.

Quando o pai de Roz voltasse, ele iria ajudar. Se Roz fosse boazinha, ele voltaria mais rápido, pois Deus ficaria contente com ela e responderia às suas preces. Mas tinha vezes que ela nem sempre se lembrava. Quando isso acontecia, quando cometia um pecado, ela ficava apavorada; via o pai em um barco, cruzando o oceano, e uma onda enorme se elevando sobre ele ou um raio o atingindo, que seria como Deus a castigaria. Então ela precisava orar com muita força até que chegasse o domingo, quando poderia se confessar. Orava de joelhos, do lado da cama, com lágrimas correndo pelo rosto. Se fosse um pecado ruim, também esfregava o vaso sanitário, mesmo que tivesse sido recém-lavado. Deus gostava de vasos bem esfregados.

Roz ficava imaginando como seria seu pai. Não tinha nenhuma lembrança dele, e a fotografia que a mãe deixava na cômoda escura, polida, proibida, era apenas a de um homem, um homem grande de paletó preto cujo rosto Roz mal distinguia, pois ficava à sombra. Essa fotografia não revelava nem uma parte da magia que Roz atribuía ao pai. Ele era importante, ele estava fazendo coisas importantes, secretas, a respeito das quais não se podia falar. Eram coisas de guerra, embora a guerra tivesse acabado.

– Arriscando o pescoço dele – dizia a mãe.

– Como? – indagava Roz.

– Coma o seu jantar – dizia a mãe –, tem crianças morrendo de fome na Europa.

O que ele estava fazendo era tão importante que não sobrava muito tempo para escrever cartas, apesar de algumas chegarem de vez em quando, de lugares distantes: França, Espanha, Suíça, Argentina. A mãe lia as cartas para si mesma, adquirindo um tom esquisito de rosa sarapintado ao fazê-lo. Roz guardava os selos.

O que a mãe de Roz mais fazia era limpar. "Esta é uma casa limpa, respeitável", ela dizia ao repreender os pensionistas por algum erro que tinham cometido, a bagunça que tinham feito no corredor ou as gotas de água na banheira que não tinham enxugado. Ela removia as pegadas na escada e aspirava o corredor do segundo andar, esfregava o linóleo do vestíbulo e o encerava e fazia o mesmo com o piso da cozinha. Ela limpava as instalações do banheiro com purificador Old Dutch e os vasos com Sani-Flush, e nas janelas usava Windex, e lavava as cortinas de renda com Sunlight Soap, esfregando-as com cuidado na tábua de lavar roupa, embora pusesse os lençóis e as toalhas na lavadora que ficava no galpão atrás da casa, adjacente à cozinha; havia muitos lençóis e toalhas por causa dos pensionistas. Varria o pó duas vezes por semana e colocava um limpador específico em todos os ralos, pois se não os cabelos dos pensionistas os entupiriam. Esse cabelo era uma obsessão: agia como se os pensionistas arrancassem punhados de fios da cabeça e os enfiassem nos ralos de propósito. Às vezes, ela colocava uma agulha de crochê no ralo da pia do segundo andar e tirava um bolo de cabelos pegajosos, cobertos de sabão, apodrecidos. "Está vendo?", ela dizia a Roz. "Infestado de germes."

Ela esperava que Roz a ajudasse nessa faxina interminável. "Trabalho tanto que meus dedos estão em carne viva", ela dizia. "Por você. Olhe só para as minhas mãos", e não seria nada bom para Roz declarar que ela não se importava se o banheiro do segundo andar estava limpo ou não, porque não o usava. A mãe de Roz queria que a casa fosse decente para quando o pai dela chegasse, e, como nunca sabiam quando isso aconteceria, tinha de estar decente o tempo todo.

Havia três pensionistas. A mãe de Roz ocupava o quarto da frente do segundo andar, e Roz ficava em um dos dois quartos do terceiro andar – o sótão, como a mãe o chamava. A pequenina srta. Hines morava no outro quarto do sótão, com seus chinelos de lã e o robe xadrez Viyella, que ela usava quando descia para tomar banho porque o banheiro do terceiro andar só tinha pia e vaso sanitário. A srta. Hines não era jovem. Trabalhava numa sapataria durante o dia e à noite ouvia rádio baixinho no quarto – música dançante – e lia muitos romances policiais. "Não há nada melhor que um bom assassinato", ela costumava dizer para Roz. Parecia encontrar conforto nesses livros. Lia-os na cama e também na banheira; Roz os achava, abertos e virados para o chão, as folhas meio úmidas. Ela os levava ao andar de cima para entregá-los à srta. Hines, olhando as capas: mansões embaixo de nuvens carregadas e raios, homens cobrindo os rostos com chapéus de feltro, mortos com facas cravadas no corpo, jovens de seios grandes, vestidas com camisolas, retratadas em cores estranhas, escuras mas fantasmagóricas, com um sangue reluzente e grosso como melaço numa poça no chão.

Se a srta. Hines não estivesse no quarto, Roz dava uma olhadela em seu armário, mas a srta. Hines não tinha muitas roupas e as que tinha eram azul-marinho e marrons e cinza. A srta. Hines era católica, mas tinha apenas um retrato sacro: a Virgem Maria, com o Menino Jesus no colo, e João Batista usando peles porque depois moraria no deserto. A Virgem Maria sempre parecia triste nos retratos, exceto quando Jesus era bebê. Bebês eram algo que a alegrava. Jesus, assim como Roz, era filho único; uma irmã teria feito bem a ele. Roz pretendia ter ambos os tipos quando crescesse.

No térreo, havia um quarto onde antes era a sala de jantar. O sr. Carruthers vivia ali. Tratava-se de um velho que ganhava pensão; estivera na guerra, mas tinha sido outra. Sofrera um ferimento na perna, então andava de bengala, e algumas das balas ainda estavam alojadas em seu corpo. "Está vendo esta perna aqui?", ele perguntava a Roz. "Cheia de estilhaços. Quando o ferro acabar, podem escavar esta perna." Era a única piada que ele fazia. Lia muito o jornal. Quando saía, ia à Legião para visitar os amigos. Às vezes, ele voltava bêbado como um gambá, dizia a mãe de Roz. Não tinha como impedi-lo, mas podia impedi-lo de beber no quarto.

Os pensionistas eram proibidos de comer no quarto, e de beber também, à exceção de água. Não podiam ter fogão elétrico porque podiam pôr fogo na casa. Outra coisa que não podiam fazer era fumar. Mas o sr. Carruthers fumava. Ele abria a janela e soprava a fumaça para fora, e depois jogava as guimbas na privada e dava descarga. Roz sabia disso, mas não o delatava. Tinha um pouco de medo dele, de seu rosto inchado, o bigode grisalho e crespo, os sapatos pesados e o hálito de cerveja, mas também não queria contar, porque delatar as pessoas era feio, e as meninas que faziam isso na escola eram desprezadas.

O sr. Carruthers era protestante ou era católico? Roz não sabia. Segundo a mãe de Roz, a religião não importava muito num homem. A não ser que fosse sacerdote, é claro. Aí, sim, tinha importância.

A srta. Hines e o sr. Carruthers estavam ali desde que Roz se entendia por gente, mas a terceira pensionista, a sra. Morley, era mais recente. Ela ocupava o outro quarto do segundo andar, no final do corredor para onde também dava o quarto onde a mãe de Roz dormia. A sra. Morley dizia ter trinta anos. Tinha seios caídos e o rosto bronzeado pela maquiagem pesada, e cílios pretos e cabelos ruivos. Trabalhava na loja de cosméticos Eaton's, vendendo Elizabeth Arden, e pintava as unhas, e era divorciada. Divórcio era pecado, segundo as freiras.

Roz tinha fascínio pela sra. Morley. Deixava-se atrair para dentro de seu quarto, onde a sra. Morley lhe dava amostras de colônia e cremes para as mãos Blue Grass, e mostrava como prender os cabelos com bobes, e contava o quanto o sr. Morley tinha sido desprezível. "Meu bem, ele me traía", declarava ela, "como se não houvesse amanhã." Ela chamava Roz de "meu bem" e "querida", o que a mãe de Roz nunca fazia. "Queria ter tido uma menininha", costumava dizer, "que nem você", e Roz sorria, deleitada.

A sra. Morley tinha um espelhinho de mão prateado com enfeite de rosas e seu monograma gravado na parte de trás: *G.M.* Seu nome era Gladys. O sr. Morley lhe dera o espelho no primeiro aniversário de casamento. "Não que ele levasse isso a sério", a sra. Morley dizia enquanto fazia as sobrancelhas. Fazia isso com pinça, pegando cada pelinho e puxando com força. O ato a fazia espirrar. Ela tirava quase todos, deixando uma linha fina no perfeito formato curvado de uma lua nova. Fazia com que ela parecesse surpresa, ou então incrédula. Roz examinava as próprias sobrancelhas no espelho. Eram escuras e densas demais, concluiu, mas ainda era muito nova para começar a tirá-las.

A sra. Morley ainda usava a aliança de casamento e também a aliança de noivado, embora às vezes as tirasse e guardasse na caixa de joias. "Eu devia vendê-las logo", afirmava, "mas não sei. Às vezes ainda me sinto casada com ele, apesar de tudo, entende? Você fica querendo se agarrar a alguma coisa." Havia finais de semana em que ela saía com homens que tocavam a campainha da frente e eram convidados a entrar, de má vontade, pela mãe de Roz, e então tinham de permanecer de pé no vestíbulo e aguardar a sra. Morley, pois eles não tinham para onde ir.

Obviamente a mãe de Roz não os convidaria para se sentarem na cozinha. Ela não os aprovava, nem aprovava a sra. Morley de modo geral; embora de vez em quando deixasse Roz ir ao cinema com ela. A sra. Morley dava preferência a filmes em que as mulheres renunciavam a coisas pelo bem de outras pessoas, ou em que elas eram amadas e depois abandonadas. Seguia essas tramas com prazer, comendo pipoca e enxugando os olhos. "Não resisto a um bom melodrama", dizia para Roz. Roz não compreendia por que nos filmes as coisas aconteciam do jeito que aconteciam, e teria gostado mais de ver *Robin Hood* ou Abbott e Costello, mas a mãe achava que ela precisava da companhia de um adulto. Coisas poderiam acontecer na escuridão bruxuleante e cheirosa dos cinemas; homens poderiam se aproveitar. Nesse tema, a sra. Morley e a mãe de Roz estavam de acordo: o proveito que os homens poderiam tirar.

Roz remexia a caixa de joias da sra. Morley quando ela não estava em casa, mas tomava cuidado para não tirar nada do lugar. Aquilo lhe dava uma sensação de prazer, não somente porque os objetos eram bonitos – não eram joias de verdade, em sua maioria, e sim bijuterias, imitações de diamante e vidro –, mas porque havia algo excitante em fazê-lo. Embora os broches e brincos fossem exatamente iguais quando a sra. Morley estava ali e quando não estava, pareciam diferentes em sua ausência – mais encantadores, misteriosos. Roz também olhava dentro do armário: a sra. Morley tinha muitos vestidos de cores vivas e sapatos de salto alto que combinavam com eles. Quando estava mais audaciosa que o normal, Roz calçava seus sapatos e mancava diante do espelho da porta do guarda-roupa da sra. Morley. O par que ela mais gostava tinha enfeites brilhantes nos dedos que pareciam ser feitos de diamantes. Roz os achava o auge do glamour.

Às vezes, havia uma pilha de roupas íntimas sujas no canto do armário, simplesmente jogadas ali, nem sequer enfiadas na sacola de roupas a lavar: sutiãs, meias, anáguas de cetim. Eram roupas que a sra. Morley lavava a mão na pia do banheiro e pendurava no aquecedor de seu quarto para secar. Mas primeiro ela deveria catá-las do chão, assim como Roz tinha de fazer. Claro que a sra. Morley era protestante, então o que esperar dela? A mãe de Roz queria que na pensão só morassem católicos, senhoras católicas agradáveis, asseadas e bem-comportadas como a srta. Hines, mas a cavalo dado não se olha os dentes e naqueles tempos era preciso aceitar o que viesse.

Roz tinha o rosto redondo, cabelos pretos e lisos com franja, e era grande para a sua idade. Estudou na Redemption e na Holy Spirit, que antigamente eram duas escolas mas agora só tinham dois nomes, e as freiras, com o hábito preto e branco, a ensinaram a ler e a escrever e a cantar e orar com giz branco no quadro-negro e régua nas articulações dos dedos, caso alguém saísse da linha.

Era melhor ser católico porque se podia ir para o Céu depois de morrer. A mãe também era católica, mas não ia à igreja. Levava Roz e a empurrava porta adentro, mas não entrava. Pela expressão em seu rosto, Roz sabia que era melhor não perguntar por quê.

Algumas das outras crianças da rua eram protestantes, ou então eram judias; fossem o que fossem, os outros as perseguiam a caminho de casa, na volta da escola, embora os meninos às vezes jogassem beisebol juntos. Os meninos perseguiam se você fosse menina: a religião não importava, nesse caso. Também havia algumas crianças chinesas, e também havia os DGs.

As crianças DGs eram as que mais sofriam. Havia uma menina DG na escola de Roz: mal sabia falar inglês, e as outras garotas sussurravam a seu respeito onde ela pudesse vê-las, e lhe falavam coisas maldosas, e ela perguntava "O quê?". E então as meninas riam.

DGs significava Deslocados de Guerra. Vinham do Oriente, do outro lado do oceano; foi a guerra o que os deslocara. A mãe de Roz dizia que deviam se considerar afortunadas por estar ali. Os DGs adultos usavam roupas esquisitas, roupas funestas e surradas, e tinham sotaques estranhos, e olhares evasivos, derrotados. Olhares confusos, como se não soubessem onde estavam ou o que estava acontecendo. As crianças gritavam com eles na rua: "DG! DG! Voltem para o lugar de onde vocês vieram!" Alguns dos garotos mais velhos gritavam "Detrito de Galinha!".

Os DGs não entendiam, mas sabiam que estavam gritando com eles. Corriam mais rápido, enfiavam a cabeça dentro das golas dos casacos; ou se viravam e os encaravam. Roz se juntava aos grupos de gritadores se não estivesse perto de casa. A mãe não gostava que ela ficasse pela rua como um moleque, berrando como um bando de vândalos. Mais tarde, Roz ficava com vergonha de ter gritado daquele jeito com os DGs; mas era difícil resistir quando todo mundo estava fazendo isso.

Às vezes, a própria Roz era chamada de DG, devido à sua pele morena. Mas não passava de um xingamento, como "retardado" ou – o que era muito pior – "sodomita". Não significava que fosse de fato. Se Roz pudesse encurralar essas crianças, e se não fossem muito maiores que ela, faria uma queimadura chinesa neles. Tratava-se de pôr as duas mãos no braço e depois torcer, como se torce um pano molhado. Queimava mesmo, e deixava uma marca vermelha. Ou então os chutaria, ou então gritaria com eles também. Ela era geniosa, diziam as freiras.

No entanto, mesmo Roz não sendo uma DG, havia algo. Algo nela a diferenciava, uma barreira invisível, fraca e quase inexistente, como a superfície da água, mas forte mesmo assim. Roz não sabia o que era, mas sentia. Ela não era como os outros, estava entre eles mas não fazia parte deles. Então ela empurrava e esmurrava, tentando entrar.

Para ir à escola, Roz usava uma túnica azul-marinho e blusa branca, e na frente da túnica havia uma pomba em cima de uma pluma. A pomba era o Espírito Santo. Havia um retrato dela na capela, descendo do Céu de asas abertas, sobre a cabeça da Virgem Maria, enquanto a Virgem Maria revirava os olhos para cima de um jeito que a mãe de Roz lhe dissera para nunca fazer, senão eles poderiam ficar emperrados assim; também poderia acontecer caso os envesgasse. Havia também um segundo retrato, os discípulos e os apóstolos recebendo o Espírito Santo na Festa de Pentecostes; dessa vez a pomba era envolta por fogo vermelho.

A pomba fez a Virgem Maria engravidar, mas todo mundo sabia que os homens não podiam ter bebês, portanto os discípulos e os apóstolos não engravidavam, apenas falavam em línguas e profetizavam. Roz não sabia o que significava falar em línguas, e a irmã Conception também não, pois, quando Roz perguntava para a irmã Conception sobre isso, ela lhe pedia que deixasse de ser impertinente.

O retrato de Pentecostes ficava no corredor principal da escola, com seu assoalho de madeira que rangia e o aroma da bondade, um aroma composto de cera escorregadia e pó de gesso e incenso da capela, que fazia uma pocinha gelada de temor culpado se formar no estômago de Roz sempre que ela o inspirava, pois Deus era capaz de enxergar tudo que as pessoas faziam e também os pensamentos, e grande parte dessas coisas o chateava. Ele parecia passar boa parte do tempo zangado, assim como a irmã Conception.

Mas Deus também era Jesus, que foi pregado à cruz. Quem o pregou? Soldados romanos, que estavam de armadura. Ali estavam eles, os três, com aspecto brutal e fazendo piadas, enquanto Maria de azul e Maria Madalena de vermelho choravam em segundo plano.

Na verdade, a culpa não era dos soldados romanos, pois estavam apenas cumprindo seu dever. Na verdade, a culpa era dos judeus. Uma das rezas da capela era pela conversão dos judeus, o que significava que eles virariam católicos e assim seriam perdoados. Enquanto isso, Deus seguia bravo com eles e continuariam a sofrer punições. Era isso o que dizia a irmã Conception.

As coisas eram mais complicadas ainda, pensou Roz, porque Jesus tinha arranjado sua própria crucificação de propósito. Era um sacrifício, e sacrifício era quando você dava sua vida para salvar outras pessoas. Roz não sabia por que ser crucificado era um favor tão grande para todo mundo, mas aparentemente era. Então, se Jesus fez isso de propósito, por que a culpa era dos judeus? Eles não estavam ajudando? Um questionamento de Roz que permaneceu sem resposta por parte da irmã Conception, embora a irmã Cecilia, que era mais bonita e, de modo geral, mais legal com Roz, tenha tentado lhe explicar: uma má ação continuava a ser má, disse ela, ainda que o resultado fosse bom. Havia diversas más ações que acabavam dando bons resultados, pois Deus era um enigma, o que queria dizer que ele distorcia as coisas, mas os seres humanos não tinham nenhum controle sobre isso, tinham controle apenas sobre os próprios corações. Era o que você tinha no coração que contava.

Roz sabia como era um coração. Já tinha visto muitos retratos de corações, principalmente do coração de Jesus, dentro de seu peito aberto. Não se pareciam em nada com os corações de cartas de namorados; eram mais parecidos com corações de vacas no açougue, vermelho-amarronzados e pontilhados e com aspecto de borracha. O coração de Jesus brilhava pois era santo. Coisas santas geralmente brilhavam.

Cada pecado que as pessoas cometiam era como outro prego enfiado na cruz. Era o que diziam as freiras, em especial durante a Páscoa. Roz se preocupava menos com Jesus, pois sabia que tudo ficaria bem com ele, mais do que com os dois ladrões. Um deles acreditou de imediato que Jesus era Deus, então ele se sentaria à direita de Jesus no Céu. Mas e o outro? Roz tinha uma empatia secreta pelo outro ladrão. Devia ter sentido tanta dor quanto Jesus e o primeiro ladrão, mas não se tratava de um sacrifício, pois não fizera aquilo de propósito. Era pior ser sacrificado quando não se desejava ser. E, de todo modo, o que ele roubara? Talvez algum objeto pequeno. Nunca disseram.

Roz achava que também merecia um lugar no Céu. Ela sabia alguma coisa sobre o planejamento dos assentos: Deus no centro, Jesus à sua direita, o bom ladrão à direita de Jesus. A mão direita era a mão *direita*, e era preciso usá-la sempre para fazer o sinal da cruz, mesmo no caso dos canhotos. Mas quem se sentava à esquerda de Deus? Devia haver alguém, pois Deus tinha tanto a mão esquerda como a direita, e não podia existir absolutamente nada de errado com Deus, pois Deus era perfeito, e Roz não conseguia entender por que aquele lado ficaria vazio. Portanto, o mau ladrão poderia se sentar ali; poderia festejar com os outros. (E onde estava a Virgem Maria no meio disso tudo? Era uma mesa de jantar comprida, talvez com Deus numa ponta e a Virgem Maria na outra? Roz sabia que não devia perguntar. Sabia que seria chamada de malvada e incrédula. Mas era uma coisa que ela realmente gostaria de saber.)

Tinha vezes em que Roz fazia perguntas e as freiras lhe lançavam olhares esquisitos. Ou trocavam olhares esquisitos, apertando os lábios, balançando a cabeça. A irmã Conception dizia: "O que esperar dela?" A irmã Cecilia passava um tempo extra rezando com Roz quando ela era má e precisava cumprir penitência depois da escola. "O Céu se alegra mais diante de um cordeiro perdido", ela dizia para a irmã Conception.

Roz acrescentava carneiros ao Céu. Eles ficariam do outro lado da janela, é claro. Mas ficava contente por saber deles. Isso significava que cachorros e gatos também tinham chance. Não que ela pudesse ter um ou outro; causariam muitos transtornos para a mãe, que já tinha muito que fazer.

43

Roz chega tarde da escola. Caminha sozinha, em meio à luz fraca, na neve que cai do ar, não em grande quantidade, como minúsculas lascas brancas de sabonete. Espera que a neve continue até o Natal.

Atrasou-se porque estava ensaiando a peça de Natividade, em que será o chefe dos anjos. Queria ser a Virgem Maria, mas vai ser o chefe dos anjos porque é muito alta, e além disso ela sabe todas as falas. Usa uma fantasia branca com uma auréola dourada reluzente feita de cabide, e as asas de papelão branco com as pontas das plumas pintadas em dourado são presas por cordões.

Hoje foi o primeiro dia que ensaiaram de fantasia. Roz tem de tomar cuidado ao andar, se não as asas escorregam, e tem de manter a cabeça empinada e olhar sempre para frente por causa da auréola. Ela tem de se aproximar dos pastores quando eles estão vigiando os rebanhos à noite com uma enorme estrela de Belém de lantejoula pendurada sobre suas cabeças por um cordão, e levantar a mão direita enquanto eles fazem expressão de medo, e dizer *Não temais, porquanto vos trago novas de grande alegria que o será para todo o povo*. Em seguida, tem de lhes dizer sobre ir ver o bebê de cueiros, deitado na manjedoura, e depois tem que lhes dizer *Glória a Deus nas maiores alturas, e paz na terra entre os homens de boa vontade*, e então tem de apontar, com o braço inteiro esticado, e guiar os pastores até o outro lado do palco, onde está a manjedoura, enquanto o coro da escola canta.

Roz sente pena das meninas que interpretam os pastores, pois têm de usar roupas encardidas e barbas presas às orelhas com arame, que nem óculos. São as mesmas barbas que usam todos os anos, e estão sujas. Sente ainda mais pena das crianças pequenas que interpretam as ovelhas. As fantasias de ovelha deviam ser brancas, antigamente, mas agora estão cinza, e devem ser muito abafadas.

A parte da frente da manjedoura é tampada por cortinas azuis. Os pastores têm de ficar parados diante dela até o coro terminar; nesse meio-tempo, Roz dá a volta por trás, sobe num banco e fica de pé com os braços abertos. À sua direita, fica Anne-Marie Roy, à esquerda, Eileen Shea; ambas tocando trombeta, embora não toquem de verdade, é claro. Elas têm de ficar paradas assim o tempo todo, enquanto duas crianças pequenas com asas de querubim abrem as cortinas, exibindo a idiota da Julia Warden com seus cabelos louros e boca de botão de rosa e sorriso bobo vestida como a Virgem Maria, com uma auréola maior que a de Roz e um Jesus de porcelana, e São José em pé atrás dela, apoiado em seu cajado, e um monte de fardos de feno. Os pastores se ajoelham de um lado e em seguida chegam os Magos com turbantes e mantos brilhantes, uma delas com o rosto enegrecido porque um dos Magos era negro, e se ajoelham do outro lado, e o coro canta "Angels We Have Heard on High", e então as cortinas grandes se fecham, e Roz pode abaixar os braços, o que é um alívio, já que dói mantê-los levantados daquele jeito por tanto tempo.

Depois do ensaio de hoje, a irmã Cecilia disse a Roz que ela se saiu muito bem. Roz tem as únicas falas da peça e era importante pronunciá-las com clareza, em voz alta e agradável. Ela estava atuando com excelência, e isso seria bom para a escola. Roz ficou contente, pois enfim sua voz alta não estava lhe causando encrenca – em geral, quando as freiras lhe dirigem a palavra em público, é para falar de seu comportamento barulhento. Mas enquanto tiravam as fantasias, Julia Warden disse:

– Acho idiotice um anjo de cabelo preto.

Roz respondeu:

– Não é preto, é castanho. – E Julia Warden retrucou:

– É preto. De qualquer forma, você não é católica de verdade, minha mãe me falou – e Roz mandou que ela calasse a boca, senão a faria calar, e Julia Warden disse: – Onde está o seu pai? Minha mãe falou que ele é um DG – e Roz segurou o braço de Julia Warden e lhe aplicou uma queimadura chinesa, e Julia Warden gritou. A irmã Cecilia veio correndo e perguntou qual era o motivo da comoção, e Julia Warden a dedurou, e a irmã Cecilia disse a Roz que aquele não era o espírito do Natal e que ela não devia azucrinar meninas menores que ela, e que ela teve sorte porque a irmã Conception não estava ali, pois, se estivesse, Roz apanharia de correia.

– Rosalind Greenwood, você não aprende nunca – ela disse, com tristeza.

Ao caminhar da escola para casa, Roz passa o tempo pensando no que vai fazer com Julia Warden no dia seguinte, para dar o troco; até o último quarteirão, quando dois meninos protestantes que moram na esquina a veem e a perseguem pela calçada, berrando: "O papa fede!" Quando está quase chegando em casa, eles a agarram e esfregam neve no seu rosto, e Roz chuta a perna deles. Eles a soltam, gargalhando e gritando com uma dor zombeteira, ou dor verdadeira – "Ai, ai, ela me chutou" –, e então ela recolhe os livros cheios de neve e corre o resto do caminho, ainda contendo o choro, e sobe com dificuldade os degraus da varanda.

– Vocês não têm permissão para entrar na minha *propriedade*! – ela berra.

Uma bola de neve passa a seu lado. Se a mãe de Roz estivesse ali, correria atrás daqueles garotos. "Esfarrapados!", ela diria, e eles se dispersariam. Às vezes, ela mostra a palma das mãos a Roz, mas não deixa ninguém encostar o dedo nela. À exceção das freiras, é claro.

Roz tira a neve – ela não deve levar rastros de neve para dentro de casa – e entra, e atravessa o corredor até a cozinha. Dois homens estão sentados ao redor da mesa. Vestem roupas de DG, não surradas, nem gastas, mas são roupas de DG mesmo assim, Roz conclui por causa do formato. Sobre a mesa há uma garrafa que Roz percebe na hora que contém bebida alcoólica – já viu garrafas como aquela na calçada – e diante de cada um dos homens há um copo. A mãe de Roz não está presente.

– Cadê a minha mãe? – ela pergunta.

– Ela foi comprar comida – diz um dos homens. – Não tinha nada para comer.

O outro diz:

– Nós somos seus novos tios. Tio George, tio Joe.

Roz retruca:

– Eu não tenho tio nenhum. – E tio George responde:

– Agora você tem. – Em seguida, os dois riem. As gargalhadas são altas e as vozes estranhas. Vozes de DG, mas com algo mais, algum outro sotaque. Algo parecido com o que existe nos filmes.

– Senta – diz o tio George, com hospitalidade, como se a casa fosse dele, e Roz fosse um cachorro.

Roz não entende bem a situação – nunca houve dois homens na cozinha antes disso –, mas se senta mesmo assim.

Tio George é o maior: tem testa larga e o cabelo levemente ondulado penteado para trás. Roz sente o cheiro do gel que ele usa, doce, como os cinemas. Está fumando um cigarro marrom com piteira preta.

– Ébano – ele diz para Roz. – Você sabe o que é ébano? É uma árvore.

– Ela sabe – diz tio Joe. – É uma menina esperta. – Tio Joe é menor, com ombros curvados e mãos longas e finas, cabelos escuros, quase pretos, e enormes olhos negros. Tem um dente faltando numa das laterais. Vê Roz fitando-o e diz: – Eu já tive um dente de ouro no lugar. Ele está guardado no meu bolso. – E é verdade. Ele pega uma caixinha de madeira pintada de vermelho com florzinhas verdes e abre, e ali dentro há um dente de ouro.

– Por quê? – pergunta Roz.

– Não é bom deixar um dente de ouro dentro da boca, as pessoas ficam com ideias na cabeça – explica tio Joe.

A mãe de Roz entra carregando duas sacolas de papel marrom, que ela põe em cima do balcão. Está ruborizada e parece contente. Não faz menção à bebida, não diz nada sobre os cigarros.

– Eles são amigos do seu pai – ela explica. – Foram juntos para a guerra. Ele está vindo, vai chegar logo. – E sai correndo outra vez; precisa ir ao açougue, anuncia ela, porque este é um acontecimento. E acontecimentos pedem carne.

– O que vocês fizeram na guerra? – indaga Roz, ansiosa para saber mais sobre o pai.

Os dois tios riem e se entreolham.

– Éramos ladrões de cavalos – diz tio George.

– Os melhores ladrões de cavalos – declara tio Joe. – Não. Seu pai, ele era o melhor. Ele era capaz de tirar um cavalo...

– Ele era capaz de tirar um cavalo do meio das suas pernas, você nem se daria conta – diz tio George. – Ele era capaz de mentir...

– Ele era capaz de mentir como Deus em pessoa.

– Morda a língua! Deus não mente.

– Tem razão, Deus não fala nada. Mas o seu pai, ele nem piscava. Ele conseguia cruzar uma fronteira como se ela nem existisse – afirma tio Joe.

– O que é uma fronteira? – pergunta Roz.

– Uma fronteira é uma linha no mapa – esclarece tio Joe.

– A fronteira é o lugar do perigo – diz tio George. – É onde se precisa de passaporte.

– Passaporte. Entendeu? – diz tio Joe. Ele mostra seu passaporte a Roz, com sua fotografia. Em seguida, lhe mostra outro, com a mesma fotografia, mas outro nome. Ele tem três. Espalha-os como se fosse um baralho. Tio George tem quatro.

– Um homem que só tem um passaporte é um homem que só tem um braço – ele diz, muito sério.

– O seu pai é o homem que mais tem passaportes. Ele é o melhor, como eu já disse. – Eles erguem os copos e bebem ao pai de Roz.

A mãe de Roz prepara frango com purê de batata e caldo de carne, e cenoura cozida; está alegre, o mais alegre que Roz já vira, e insiste para que os tios comam mais. Ou talvez não esteja alegre, talvez esteja tensa. Não para de olhar para o relógio. Roz também está tensa: quando o pai vai chegar?

– Ele vai chegar quando ele chegar – dizem os tios.

O pai de Roz retorna no meio da noite. A mãe a acorda e sussurra "Seu pai voltou", quase como se estivesse se desculpando por algo, e leva Roz de camisola para o andar de baixo, e ali está ele, sentado à mesa, na terceira cadeira, que lhe fora guardada. Ele está confortável, preenchendo o espaço como se nunca tivesse saído dali. É grande e tem forma de barril, é barbudo, tem cabeça de urso. Ele sorri e abre os braços.

– Vem cá, dá um beijo no Papá!

Roz olha ao redor: quem é esse tal de "Papá"? Então compreende que ele está se referindo a si mesmo. É verdade o que Julia Warden disse: seu pai é um DG. Dá para perceber pelo jeito como ele anda.

Agora, a vida de Roz foi dividida em duas. Em um lado está Roz, e a mãe, e a pensão, e as freiras, e as outras meninas da escola. Esta parte já parece pertencer ao passado, embora ainda esteja em andamento. Este é o lado onde há mais mulheres, mulheres que têm poder, o que significa que têm poder sobre Roz, pois, apesar de Deus e Jesus serem homens, é a mãe e as freiras que têm a última palavra, à exceção dos padres, é claro, mas isso é só aos domingos. Do outro lado está seu pai, enchendo a cozinha com seu tamanho, a voz alta, o odor composto de várias camadas; enchendo a casa disso, enchendo todo o espaço que há nos olhos da mãe para que Roz fique à margem, porque a mãe, que é irredutível, se reduz. Ela abdica. Ela diz: "Pergunte ao seu pai." Ela olha para o pai de Roz em silêncio, com o mesmo olhar intimidado e piegas que a Virgem Maria tem com o Menino Jesus ou o Espírito Santo nos retratos; ela serve a comida e põe o prato diante dele como se fosse uma espécie de dádiva.

E agora ela não tem menos trabalho, e sim mais, pois são três pratos em vez de dois, são três de tudo, e o pai de Roz nunca tem de cuidar da limpeza. "Ajude a sua mãe", ele diz a Roz, "nesta família, temos que ajudar uns aos outros"; mas Roz não o vê ajudando. Roz os flagra se abraçando e se beijando na cozinha, dois dias depois de sua volta, os enormes braços de urso do pai em volta da mãe franzina e angular, e se enche de desgosto com a mãe por ela ser tão mole, e de tristeza e ciúme e ira por ser banida.

Para punir a mãe por essas traições, Roz se afasta dela. Ela se aproxima dos tios quando estão em casa e também, e em especial, de seu pai. "Venha se sentar no joelho do Papá", ele chama. E ela vai, e daquele lugar seguro observa a mãe, trabalhando mais do que nunca, curvada sobre a pia da cozinha ou ajoelhada diante do forno, ou varrendo os ossos dos pratos para dentro de uma panela de sopa, ou limpando o chão. "Seja útil", a mãe vocifera, e antigamente Roz teria obedecido. Mas agora os braços do pai a seguram com força. "Fiquei tanto tempo sem vê-la", ele diz. E a mãe cerra os lábios e não diz nada, e Roz a olha, sentindo-se triunfante com sua desgraça, e pensa que a mãe merece.

Mas quando o pai não está presente ela tem de trabalhar, como de hábito. Tem de esfregar e polir. Caso não o faça, a mãe a chama de pirralha mimada. "Quem foi a sua empregada no ano passado?", ela zomba. "Olha só para as minhas mãos!"

Os tios se mudam para a casa. Vinham participando dos jantares todas as noites, mas agora passaram a morar na casa. Estão ocupando o porão. Têm duas camas lá embaixo, duas camas portáteis do exército, além de dois sacos de dormir do exército.

– Só até eles se reerguerem – diz o pai de Roz. – Até o barco atracar.

– Que barco? – diz a mãe de Roz. – O barco deles vai chegar à terra firme no dia de São Nunca. – Mas ela fala isso com satisfação, e cozinha para eles, e diz para comerem mais, e lava seus lençóis, e não fala nada sobre eles fumarem e beberem, o que fazem no porão com risadas estrondosas que sobem a escada. Os tios também não têm de ajudar na arrumação. Quando Roz pergunta por quê, a mãe diz apenas que eles salvaram a vida de seu pai, durante a guerra.

– Nós salvamos a vida uns dos outros – afirma o tio George. – Eu salvei a de Joe, o Joe salvou a do seu pai, o seu pai salvou a minha.

– Eles jamais nos apanharam – declara tio Joe. – Nem uma única vez.

– *Dummkopf*, se tivessem nos apanhado, não estaríamos aqui – diz tio George.

Aggie está perdendo o controle sobre os pensionistas porque as regras não são mais as mesmas para todos. O fato de que os tios não pagam aluguel, ou de baterem a porta da frente, correndo para dentro e para fora de casa, também não ajuda em nada. Há lugares aonde precisam ir, têm coisas a fazer. Lugares sem nome, coisas não especificadas. Têm amigos a encontrar, um amigo de Nova York, um amigo da Suíça, um amigo da Alemanha. Já moraram em Nova York, e em Londres, e também em Paris. Outros lugares. Referem-se com nostalgia a bares e hotéis e hipódromos de uma dúzia de cidades.

A srta. Hines reclama do barulho: será que eles precisam ficar gritando um com o outro, e em outras línguas? Mas a sra. Morley brinca com eles e às vezes os acompanha nos drinques quando o pai de Roz está em casa e estão todos na cozinha. Ela desce a escada com afetação em seus saltos, balançando as pulseiras e, de vez em quando, diz que não se importa nem um pouco.

– Não há dúvida de que ela sabe beber – diz tio Joe.

– Ela é um pitéu – declara tio George.

– O que é um pitéu? – indaga Roz.

– Existem damas, existem mulheres, e existem pitéus – explica tio George. – A sua mãe é uma dama. Aquela lá é um pitéu.

O sr. Carruthers sabe das bebedeiras que andam acontecendo no porão, bem como na cozinha. Ele sente o cheiro de fumaça. Mesmo assim, ainda não pode beber ou fumar no próprio quarto, mas começa a fazê-lo, mais do que antes. Numa tarde, ele abre a porta do quarto e acua Roz no vestíbulo.

– Esses homens são judeus – ele sussurra. O vapor de cerveja toma o ar. – Sacrificamos nossas vidas por este país e agora o estão entregando nas mãos dos judeus!

Roz fica chocada. Ela corre para achar os tios e lhes pergunta na mesma hora. Se de fato fossem judeus, talvez pudesse tentar convertê-los e impressionar a irmã Conception.

– Eu? Eu sou cidadão dos EUA – afirma o tio George, entre algumas risadas. – Tenho um passaporte para provar. Joe, sim, é judeu.

– Eu sou húngaro, ele é polonês – diz tio Joe. – Eu sou iugoslavo, ele é holandês. Este passaporte aqui diz que sou espanhol. Agora, o seu pai é em parte alemão. A outra parte é judia.

É um choque para Roz. Sente decepção – nada de triunfos espirituais para ela, pois jamais poderia ter a esperança de mudar o pai em aspecto nenhum, ela tem essa noção – e depois culpa: e se as irmãs descobrirem? Ou pior: e se souberam esse tempo todo e nunca lhe disseram? Ela imagina a alegria maliciosa no rosto de Julia Warden, os sussurros que correrão pelas suas costas.

Ela deve estar com uma expressão consternada, pois tio George diz:

– É melhor ser judeu que ser assassino. Eles mataram seis milhões, lá naquele lugar.

– Cinco – corrige o tio Joe. – O restante era de outras coisas. Ciganos e homossexuais.

– Cinco, seis, que importância tem?

– Seis o quê? – pergunta Roz.

– Judeus – diz tio George. – Eles os queimavam em fornos, faziam pilhas deles. Pequena Rozzie-lind, é melhor você nem saber. Se pusessem as mãos em você, lá naquele lugar, eles a transformariam num abajur.

389

Ele não explica para Roz que seria apenas a pele. Ela imagina seu corpo inteiro sendo transformado num abajur, com uma lâmpada interna e a luz passando por seus olhos, e narinas, e orelhas, e boca. Deve estar com uma expressão assustada, pois tio Joe diz:

– Não assuste a menina. Tudo isso já acabou.

– Por quê? – indaga Roz. – Por que eles fariam isso? – Mas nenhum dos dois responde.

– Só acaba quando chega ao fim – o tio George declara com melancolia.

Roz tem a sensação de que alguém andou mentindo para ela. Não só sobre o pai: sobre a guerra também, e sobre Deus. Os órfãos esfomeados já eram ruins o suficiente, mas não era só isso. O que mais aconteceu com os fornos, as pilhas e os abajures, e por que Deus permitira isso?

Não quer mais pensar em nada disso porque é triste e confuso demais. Então, ela se dedica a ler suspenses. Pega os livros emprestados da srta. Hines e os lê à noite, sob a luz do poste que entra pela janela do sótão. Gosta da mobília, e das roupas das pessoas que aparecem neles, e dos mordomos e das governantas. Mas acima de tudo gosta do fato de que todos os assassinatos têm uma motivação, e de que há apenas um assassino por vez, e de que as coisas se esclarecem no final, e de que o assassino sempre é pego.

44

Roz volta da escola para casa com expectativas. Algo está acontecendo; não sabe o quê, mas sabe que há algo. Algo está para acontecer.

Na semana anterior, a mãe falou durante o café da manhã: *Detonaram a sra. Morley*. O que isso significava? Perdeu o emprego, mas Roz teve uma breve visão da sra. Morley em chamas, como uma mártir medieval. Não que quisesse que a sra. Morley explodisse. Gostava dela, e também de seus acessórios – as amostras de cremes faciais, as bijuterias e principalmente os sapatos.

Desde então, a sra. Morley vinha se arrastando pela casa com a camisola forrada de cetim rosa. As pálpebras estão inchadas, o rosto sem maquiagem; o tinido da grinalda habitual de colares e braceletes foi silenciado. Não deve comer dentro do quarto, mas agora ela come mesmo assim, dos sacos de papel que o sr. Carruthers lhe traz; há migalhas de sanduíches e caroços de maçã na lixeira, mas, embora a mãe de Roz supostamente saiba disso, não está batendo à porta da sra. Morley para dar as ordens que em geral gosta tanto de dar. Às vezes, os sacos de papel contêm garrafinhas achatadas que não aparecem na lixeira. No final da tarde, ainda de camisola, ela desce à cozinha para travar conversas breves, preocupadas, com a mãe de Roz. O que ela vai fazer?, pergunta. A mãe de Roz franze os lábios e diz que não sabe.

Essas conversas são referentes a dinheiro: sem o emprego, a sra. Morley não vai conseguir pagar o aluguel. Roz sente pena dela, mas ao mesmo tempo é menos amistosa, porque a sra. Morley está choramingando, e isso torna Roz desdenhosa. Se as meninas ficam choramingando na escola, são empurradas ou estapeadas pelas outras crianças, ou são obrigadas pelas freiras a ficar de castigo num canto.

– Ela devia se recompor – a mãe de Roz diz para o pai de Roz à mesa de jantar. Antigamente, Roz estaria na plateia para ouvir tais comentários, mas agora não passa de um jarro pequeno de orelhas grandes.

– Tenha compaixão, Aggie – diz o pai de Roz. Ninguém mais chama a mãe de Roz de Aggie cara a cara.

– Ter compaixão é muito bom – diz a mãe de Roz –, mas não põe comida na mesa.

Mas há comida na mesa. Ensopado, purê de batata e molho de carne, e também repolho cozido. Roz está comendo-a.

Além de a sra. Morley ter sido demitida, a srta. Hines está gripada.

– Peça a Deus que ela não pegue uma pneumonia – declara a mãe de Roz. – Senão vamos ter duas mulheres imprestáveis nas mãos.

Roz vai até o quarto da sra. Morley. Ela está na cama, comendo um sanduíche; o esconde sob as cobertas, mas sorri quando vê que é apenas Roz.

– Querida, você deve sempre bater à porta antes de entrar nos aposentos de uma dama – diz ela.

– Tive uma ideia – anuncia Roz. – Você podia vender seus sapatos. – Roz se refere aos de cetim vermelho com enfeites brilhantes. Devem ser bastante caros.

O sorriso da sra. Morley vacila e se desfaz.

– Ah, querida – diz ela. – Se eu pudesse.

Ao dobrar a esquina de casa, Roz vê algo estranho. O gramado da entrada está coberto de neve assim como todos os outros gramados, mas espalhados sobre ele há vários objetos coloridos. Quando se aproxima, vê do que se trata: os vestidos da sra. Morley, as meias da sra. Morley, as bolsas da sra. Morley, as calcinhas e os sutiãs da sra. Morley. Os sapatos da sra. Morley. Uma luz sombria brinca em volta dos objetos.

Roz entra em casa, na cozinha. A mãe está sentada, pálida e ereta à mesa; os olhos fixos como uma pedra. Diante dela, há uma xícara de chá intocada. A srta. Hines está sentada na cadeira de Roz, batendo na mão de sua mãe com tapinhas irregulares. Tem uma mancha rosa em cada bochecha. Parece tensa, mas também eufórica.

– Sua mãe sofreu um choque – ela diz a Roz. – Quer um copo de leite, querida?

– O que as coisas da sra. Morley estão fazendo no gramado? – pergunta Roz.

– O que eu podia fazer? – diz a srta. Hines, para ninguém em especial. – Não tive como não vê-los. Eles nem fecharam a porta toda.

– Cadê ela? – indaga Roz. – Cadê a sra. Morley? – A sra. Morley devia ter ido embora sem pagar o aluguel. "Caiu fora" era a expressão que a mãe usaria. Outros pensionistas já tinham caído fora desse mesmo modo, deixando os pertences para trás, mas nunca no gramado.

– Ela não vai mais dar as caras nesta casa – diz a mãe.

– Posso ficar com os sapatos dela? – pede Roz. Está triste porque não voltará a ver a sra. Morley, mas não há motivos para não aproveitar os sapatos.

– Não toque nas coisas imundas daquela mulher – diz a mãe. – Não encoste o dedo nelas! O lugar delas é no lixo, que nem ela. Aquela piranha! Se todo aquele lixo não tiver desaparecido amanhã, vou queimar tudo no incinerador!

A srta. Hines parece estar chocada por causa da linguagem vulgar.

– Vou orar por ela – ela declara.

– Eu não – diz a mãe de Roz.

Roz não liga nada disso ao pai até o momento em que ele aparece, mais tarde, na hora do jantar. O fato de ter sido pontual é digno de nota: normalmente, ele não é. Assume uma atitude submissa e respeitosa diante da mãe de Roz, mas não a abraça nem lhe dá um beijo. Pela primeira vez desde sua volta, parece quase ter medo dela.

– Aqui está o aluguel – diz. Ele joga um montinho de dinheiro na mesa.

– Não pense você que vai conseguir me comprar – diz a mãe de Roz. – Você e aquela piranha! Isso é suborno. Não vou tocar em nem um centavo dessa imundície.

– Não é dela – diz o pai de Roz. – Eu ganhei no pôquer.

– Como você foi capaz? – diz a mãe de Roz. – Depois de tudo a que eu renunciei por você! Olhe só para as minhas mãos!!

– Ela estava chorando – afirma o pai de Roz, como se isso explicasse tudo.

– Chorando! – repete a mãe de Roz com desdém, como se ela mesma nunca tivesse feito algo assim tão degradante. – Lágrimas de crocodilo! Ela é uma devoradora de homens.

– Eu senti pena dela – diz o pai de Roz. – Ela se atirou em cima de mim. O que eu podia fazer?

A mãe de Roz lhe dá as costas. Curva-se diante do fogão e pega o ensopado, batendo a colher com força na lateral da caçarola, e passa o jantar inteiro sem falar nada. A princípio, o pai de Roz mal toca na comida – Roz reconhece o sentimento, é de angústia e culpa –, mas a mãe de Roz lhe lança um olhar concentrado de repulsa e aponta para o seu prato, querendo indicar que, se ele não comesse o que ela passara a vida inteira cozinhando para ele, ficaria mais encrencado do que já está. Quando ela está de costas, o pai dá um sorrisinho para Roz e pisca para ela. Então ela percebe que tudo isso – sua tristeza, seu ar servil – é fingimento, ou que é fingimento até certo ponto, e que na verdade ele está bem.

O dinheiro permanece em cima da mesa. Roz fica de olho: nunca tinha visto tanto dinheiro empilhado. Tem vontade de perguntar se pode ficar com ele, já que nenhum dos dois parece querê-lo, mas enquanto limpa os pratos – "Ajude a sua mãe", diz o pai – ele some. Sabe que está no bolso de um deles, mas qual? No da mãe, ela suspeita – no bolso do avental, pois no dia seguinte ela se acalma, e fala mais, e a vida volta ao normal.

No entanto, a sra. Morley nunca mais foi vista. Nem suas roupas e sapatos. Roz sente falta dela; sente falta dos apelidos carinhosos e do creme para as mãos; mas sabe que não deve dizê-lo.

– Um pitéu, como eu falei – diz o tio George. – Seu pai tem uma grande fraqueza.

– Seria melhor se ele fechasse a porta – declara o tio Joe.

Alguns anos depois, quando era adolescente e adquirira o benefício de ter amigas, Roz juntou as peças: a sra. Morley era concubina do pai. Já tinha lido sobre concubinas nos livros de suspense. *Concubina* era a palavra que ela preferia, pois era mais erudita que as outras disponíveis: "prostituta", "piranha", "mulher de vida fácil". Estas outras palavras não deixavam nada implícito além de pernas abertas, pernas frouxas e relaxadas, aliás – pernas fracas, pernas que não faziam nada além de ficar estiradas ali, pernas à venda –, e cheiros, e coitos casuais, e substâncias pegajosas ligadas a sexo. Enquanto *"concubina"* indicava um certo refinamento, um guarda-roupa caro, um estabelecimento bem mobiliado, e também o poder, a habilidade e a beleza necessários para se conseguir tais coisas.

A sra. Morley não tinha o estabelecimento ou o refinamento, e sua beleza era uma questão de opinião, mas ao menos possuía as roupas, e Roz queria dar algum crédito ao pai: ele não teria sucumbido a qualquer mulher de vida fácil. Queria se orgulhar dele. Sabia que a mãe estava certa e o pai estava errado; sabia que a mãe fora virtuosa e trabalhara a ponto de ficar com os dedos em carne viva e arruinar as próprias mãos, e que fora tratada com ingratidão. Mas era uma ingratidão partilhada por Roz. Talvez o pai fosse um canalha, mas era por ele que Roz tinha adoração.

A sra. Morley não foi sua única concubina. Teve outras, ao longo dos anos: mulheres bondosas, sentimentais, de corpos delicados, preguiçosas e apreciadoras de um ou dois drinques e de filmes melodramáticos. Anos mais tarde, Roz deduzia a presença delas através da vivacidade intermitente do pai e de suas ausências; chegou a esbarrar com elas nas ruas do centro, de braços dados com o pai, envelhecido mas ainda deplorável. Mas essas mulheres iam e vinham, enquanto a mãe era uma constante.

Qual era o acordo deles, da mãe e do pai? Eles se amavam? Tinham um histórico, é claro: tinham uma história. Eles se conheceram assim que a guerra começou. Ele a deixou nas nuvens? Não exatamente. Na época, ela já tinha a pensão, a herdara de sua mãe, que a gerenciara desde que o pai morrera, com vinte e cinco anos, de pólio, quando a mãe de Roz tinha apenas dois anos.

A mãe de Roz era mais velha que o pai. Já devia ser uma solteirona quando o conheceu; já taciturna, já azeda, já afetada.

Estava indo para casa a pé, carregando uma sacola da mercearia; tinha de passar por uma taberna. Era um fim de tarde, fim do expediente, quando os beberrões eram atirados às ruas para que não houvesse dúvida de que jantariam, ou pelo menos era essa a teoria. Normalmente a mãe de Roz teria atravessado a rua para evitar a taberna, mas viu que uma briga estava acontecendo. Quatro contra um: *brutamontes* era como ela os chamava. Quem estava sozinho era o pai de Roz. Rugia como um urso, mas um dos brutamontes chegou por trás e bateu na sua cabeça com uma garrafa, e, quando ele caiu, todos começaram a chutá-lo.

Havia gente na rua, mas todos ficaram parados, apenas observando. A mãe de Roz achou que o homem que estava no chão seria morto. Tinha por hábito ser uma mulher calada, mas não era especialmente tímida, não naquela época; estava acostumada a repreender homens, porque já se afiara com os pensionistas, já que alguns tinham tentado se aproveitar dela. Mas, em geral, cuidava da própria vida e deixava que cada um cuidasse da sua; em geral, passava ao largo de brigas de bares e desviava o olhar. Mas naquele dia foi diferente. Não poderia simplesmente ficar parada e ver um homem ser morto. Ela berrou (para Roz, esta era a melhor parte – a lacônica mãe, berrando feito uma louca, e ainda por cima em público), e por fim pôs mãos à obra e girou a sacola do mercado, espalhando maçãs e cenouras, até que um policial chegou, e os brutamontes saíram correndo.

A mãe de Roz catou as frutas e os legumes. Estava muito abalada, mas não queria desperdiçar as compras. Em seguida, ajudou o pai de Roz a se levantar da calçada. "Ele estava com o corpo todo ensanguentado", ela contou. "Ele estava pavoroso". Sua casa ficava perto dali e, como era uma cristã devota e sabia da história do Bom Samaritano, sentiu que tinha de levá-lo e ajudá-lo a se limpar, no mínimo.

Roz via bem como a situação devia ter se desenrolado. Quem conseguiria resistir à gratidão? (Apesar de a gratidão ser um sentimento complexo, como ela viria a aprender.) Entretanto, que mulher pode resistir a um homem que ela salvou? Há um certo erotismo em curativos, e é claro que a roupa teria de ser tirada: jaqueta, camisa, camiseta. E depois? Sua mãe teria passado à modalidade de lavadeira. E onde aquele pobre coitado passaria a noite? Estava prestes a se alistar, ele disse (embora não tenha se alistado de fato, não oficialmente); estava longe de casa – onde era sua casa? Winnipeg – e tinha perdido o dinheiro que tinha. Os brutamontes pegaram.

Para a mãe, que passara a casa dos vinte cuidando da própria mãe doente, que nunca vira um homem sem camiseta, essa devia ter sido a coisa mais romântica que lhe aconteceu na vida. A única coisa romântica. Enquanto que para o pai não passava de um incidente. Ou passava? Talvez tenha se apaixonado por ela, pela mulher calada, aos berros, que o socorreu. Talvez tenha se apaixonado por sua casa, até certo ponto. Talvez ela significasse um teto. Na versão do pai, foram os berros, que ele sempre mencionava, com muita admiração. Já a mãe mencionava o sangue.

O que quer que tenha sido, eles acabaram se casando, embora a cerimônia não tenha sido católica; o que queria dizer que, aos olhos da Igreja, não eram casados. Em consideração ao pai, a mãe tinha se colocado numa condição de pecado constante. Não é de se estranhar que ela achasse que ele lhe devia algo.

Ah, pensa Roz, sentada no porão com o robe laranja. *Meu Deus, seu palhaço traiçoeiro, sem dúvida você pulou muito a cerca. Mudando as regras. Dando ordens contraditórias – salve as pessoas, ajude as pessoas, ame as pessoas; mas não as toque.* Deus é um bom ouvinte. Não interrompe. Talvez por isso Roz goste de conversar com ele.

Logo depois da expulsão da sra. Morley, o sr. Carruthers também some, deixando o quarto bagunçado, levando apenas uma mala, devendo um mês de aluguel. Tio George se muda para o seu quarto, e tio Joe para o antigo quarto da sra. Morley, e então a srta. Hines anuncia sua partida porque a casa não é mais respeitável.

– De onde vai vir o dinheiro? – pergunta a mãe de Roz.

– Não se preocupe, Aggie – diz o pai.

E de alguma forma o dinheiro aparece, não muito, mas o suficiente, e do nada, pelo jeito, porque o pai não tem emprego, nem o tio George e o tio Joe. Em vez de trabalhar, frequentam o hipódromo. De vez em quando levam Roz junto, aos sábados, quando ela não tem aula, e apostam um dólar em algum cavalo em nome dela. A mãe de Roz nunca os acompanha, e outras mães – conclui Roz, observando os trajes ao seu redor – também não. As mulheres ali são pitéus.

Quando anoitece, os tios se sentam à mesa de jogos no novo quarto de tio George, e bebem, e fumam, e jogam pôquer. Se a mãe de Roz não está em casa, o pai às vezes se junta a eles. Roz fica por perto, olhando por cima de seus ombros, e depois de um tempo acabam por ensiná-la.

– Não mostre o que você está pensando – eles lhe dizem. – Jogue sem revelar suas intenções. Saiba quando retirar a aposta.

Depois que ela aprende o jogo, lhe mostram como apostar. A princípio, são apenas fichas de pôquer; mas um dia o tio George lhe dá cinco dólares.

– Esta é a sua aposta – ele lhe diz. – Nunca aposte mais do que você pode arriscar. – Não é um conselho que ele mesmo siga.

Roz se torna boa. Aprende a esperar: conta os drinques que eles já tomaram, observa a quantidade de líquido dentro da garrafa diminuindo. Então ela entra.

– Essa garotinha é formidável – o tio George diz com admiração. Roz sorri.

Ela é ajudada pelo fato de estar levando o jogo a sério, enquanto que, na verdade, os tios e o pai não estão. Jogam como se aguardassem um telefonema. Jogam como se fosse um passatempo.

De repente, havia muito dinheiro.

– Ganhei na corrida de cavalo – disse o pai de Roz, mas Roz sabia que não podia ser verdade, pois era dinheiro demais para ter ganho só nisso. Tinha o bastante para jantarem num restaurante, todos eles, inclusive a mãe, com direito a sorvete depois. A mãe pôs o melhor vestido, que era um novo melhor vestido, verde-claro com gola de margarida branca, pois havia dinheiro o bastante para isso também. Havia o bastante para comprar um carro; era um Dodge azul, e os meninos da rua ficaram parados do lado de fora da casa de Roz por meia hora, olhando-o, enquanto Roz os observava da varanda em silêncio. Seu triunfo era tão completo que nem era preciso caçoar.

De onde surgira o dinheiro? Do nada. Foi uma espécie de mágica; o pai balançara a mão e *presto*, ali estava.

– O barco atracou – disse o pai de Roz. Os tios também ganharam um pouco. Era para eles três, disse o pai. Partes iguais, pois o barco pertencia a todos.

Roz sabia que não era um barco de verdade. Ainda assim, conseguia visualizá-lo, um barco fora de moda, como um galeão, um navio de tesouro, com as velas douradas sob a luz do sol, flâmulas adejando nos mastros. Ou algo parecido. Algo nobre.

Seus pais venderam a pensão e se mudaram para o Norte, saindo das ruas de casas velhas, estreitas e grudadas umas às outras, com os gramados minúsculos, para uma casa enorme com entrada semicircular para carros na parte da frente e garagem para três carros. Roz concluiu que tinham ficado ricos, mas a mãe lhe disse para não usar esta palavra.

– Nossa situação é confortável – foi o que ela disse.

Mas a mãe não parecia nem um pouco confortável. Pelo contrário: parecia ter medo. Tinha medo da casa, tinha medo da faxineira que o pai de Roz insistira em contratar, tinha medo da mobília nova que ela mesma comprara – "Compre o que há de melhor", foi a recomendação do pai de Roz –, tinha medo das roupas novas. Vagava pela casa de penhoar e chinelo, de quarto em quarto, como se procurasse alguma coisa; como se estivesse perdida. Ela se sentia muito mais confortável no bairro antigo, onde as coisas tinham o tamanho certo, e ela sabia quais eram os costumes.

Dizia não ter com quem conversar. Mas desde quando ela era de falar muito? E com quem ela costumava conversar? Roz, o pai de Roz, os tios. Agora os tios tinham as próprias casas. Os pensionistas? Não havia mais pensionistas de quem pudesse reclamar e a quem pudesse dar ordens. Quando homens batiam à sua porta para fazer entregas, davam uma olhada nela e pediam para falar com a dona da casa. Mas tinha de fingir estar feliz por causa do pai de Roz.

– Era isso o que nós esperávamos – ele disse.

Roz também tem roupas novas, e um novo nome. Não é mais Rosalind Greenwood, é Roz Grunwald. Este, seus pais explicam, sempre foi seu nome verdadeiro.

– Então por que eu não me chamava assim antes? – ela indaga.

– Foi a guerra – eles dizem. – O nome era judaico demais. Não era seguro.

– Agora é seguro? – ela pergunta.

Não totalmente. Coisas diferentes são seguras, no lugar onde vivem agora. Justamente por isso, coisas diferentes são perigosas.

Roz frequenta uma nova escola. Agora está no colegial, então é aluna do Forest Hill Collegiate Institute. Não é mais católica: renunciou àquilo tudo – não sem receios, não sem resquícios – para ser judia. Já que há lados tão distintos, prefere ficar neste. Lê a respeito porque quer fazer isso da maneira correta; depois, pede ao pai que compre dois jogos de pratos e se recusa a comer bacon. O pai compra os pratos para agradá-la, mas a mãe não separa os pratos de carne dos pratos de leite e lhe lança olhares ofendidos quando ela toca no assunto. O pai também se recusa a frequentar algum templo.

– Nunca fui religioso – ele diz. – É como eu sempre falei: quem é o dono de Deus? Se as religiões não existissem, não existiriam todos esses problemas.

Há muitas crianças judias na nova escola de Roz; de fato, nessa escola, ser judeu é o que há. Mas enquanto antes Roz não era católica o bastante, agora não é judia o bastante. Ela é uma anomalia, um híbrido, uma meia-pessoa esquisita. As roupas, apesar de caras, estão sutilmente erradas. O sotaque também não é certo. Seus entusiasmos não estão certos, nem suas habilidades: queimaduras chinesas, chutar a canela das pessoas e jogar uma bela rodada de pôquer não causavam efeito nenhum ali. Além disso, ela era muito grande; e também muito ruidosa, muito desajeitada, muito ávida por agradar. Não tem doçura, não tem tédio, não tem classe.

Ela se vê num país estrangeiro. É uma imigrante, uma deslocada de guerra. O barco do pai tinha atracado, mas ela simplesmente não tinha embarcado. Ou talvez seja outra coisa: talvez seja o dinheiro. O dinheiro de Roz é abundante, mas precisa envelhecer, assim como os bons vinhos e queijos. Ele é muito insolente, muito resplandecente, muito enfático. É descarado demais.

Ela é enviada pelo pai a uma colônia de férias judaica porque ele descobriu que era essa a atitude correta a tomar pelos filhos, aqui, neste país, nesta cidade, neste bairro, no verão. Quer que Roz seja feliz, quer que ela se adapte. Para ele, uma coisa equivale à outra. Mas na colônia ela tem ainda mais a sensação de que é uma intrusa, uma invasora óbvia: nunca jogou tênis, nunca montou a cavalo, não conhece nenhuma das danças tradicionais fofas de Israel e das canções iídiches pesarosas em nota menor. Ela cai dos veleiros na água azul e gélida de Georgian Bay, pois nunca estivera num barco antes; ao tentar o esqui aquático, ela se acovarda no último instante, logo antes de darem partida no motor, e afunda que nem uma pedra. Na primeira vez em que aparece de maiô – não que de fato saiba nadar, seu estilo básico é se debater sem nenhuma graciosidade –, ela percebe que o normal é raspar as axilas. De quem ela poderia esperar tal aviso? Não da mãe, que não fala sobre o corpo. Nunca na vida saíra da cidade. As outras crianças agem como se tivessem nascido remando canoas e dormindo em barracas fedorentas, mas Roz não consegue se acostumar com os insetos.

Ela se senta à mesa de café da manhã no refeitório da cabana de toras de madeira, ouvindo calada as outras meninas fazendo reclamações desinteressadas a respeito das mães. Roz também quer reclamar da mãe, mas notou que suas reclamações não contam porque a mãe não é judia. Quando começa com as histórias sobre a pensão, as histórias sobre esfregar vasos sanitários, elas reviram os olhos e bocejam delicadamente, que nem gatos, e voltam ao assunto das próprias mães. Roz não tem como entender, elas insinuam. Ela não é capaz de compreender.

À tarde, elas enrolam os cabelos em bobes e pintam as unhas, e depois das danças tradicionais, cantorias, marshmallows assados e festas com roupas de beatnik, são acompanhadas por diversos garotos até as cabanas onde dormem, passando pela escuridão cheirosa, dolorosa, com os sons de corujas e mosquitos e o odor dos pinheiros, as lanternas piscando como vaga-lumes, os murmúrios lânguidos. Nenhum dos garotos se aproxima para brincar com Roz, nenhum levanta o braço para ajudá-la a subir em alguma árvore. Bom, poucos deles têm altura suficiente para isso, e de todo modo quem gostaria de ser visto com uma boboca meio-*shiksa* com quadril de hipopótamo? Portanto, Roz fica para trás para ajudar na limpeza. Só Deus sabe o quanto ela é experiente nisso.

Durante a parte de artesanato, no qual Roz não é nada boa – seus cinzeiros de barro parecem empadas de carne, o cinto feito num tear manual primitivo ao estilo inca parece ter sido destruído por um gato –, ela diz que precisa ir ao banheiro e vai até a cozinha para conseguir, por meio de adulação, um lanche pré-jantar. Fez amizade com o confeiteiro, um velho capaz de criar uma fileira de patos em cima de um bolo com glacê em um jorro de caligrafia, sem jamais levantar o decorador. Mostra a Roz como se faz, e também como fazer uma rosa de glacê, e o caule com folha, "Uma flor sem folha é como uma mulher sem honra", ele diz, lhe fazendo uma reverência de forma polida, antiquada, europeia, lhe entregando o decorador de bolos para que ela tente. Ele a deixa lamber a tigela e diz que ela tem a aparência certa para uma mulher, não é só ossos como algumas ali, ele percebe que ela gosta de uma boa comida. Ele tem sotaque, assim como os tios, e um número em azul desbotado no braço. É resquício da guerra, mas Roz não pergunta sobre isso porque ninguém ali fala a respeito da guerra, não por enquanto. É proibido mencionar a guerra.

Roz se dá conta de que nunca será mais bonita, mais delicada, mais magra, mais sexy ou mais difícil de impressionar que aquelas garotas. Então, resolve ser mais esperta, mais engraçada e mais rica, e, quando conseguir ser assim, elas que puxem seu saco. Ela passa a fazer caretas; vale-se da antiga rudeza de Huron Street para chamar a atenção. Em pouco tempo, já cavou seu lugar no grupo: é a palhaça. Ao mesmo tempo, faz imitações. Assimila os sotaques, as entonações, os vocabulários; acrescenta camadas de linguagem para si, grudando-as como pôsteres num tapume, um colado por cima do outro, cobrindo as tábuas em branco. Quanto às roupas, quanto aos acessórios, eles podem ser repensados.

Roz sobreviveu ao colegial, que não foi exatamente um lugar de alegria, para usar o maior eufemismo do ano. Muito depois descobriria – numa reunião de classe à qual não pôde resistir, pois tinha uma bela roupa para a ocasião e queria se exibir – que a maioria das meninas fora tão infeliz quanto ela. Também não lhe atribuíam nenhum sofrimento. "Você estava sempre tão alegre", disseram.

Terminado o colegial, Roz foi para a universidade. Optou por Arte e Arqueologia, o que o pai não considerou prático, mas se tornou útil mais tarde, no negócio de restauração; nunca se sabe quais enfeites do passado podem ser reciclados. Providenciou sua mudança para o alojamento da universidade, embora, como a mãe frisava, tivesse uma excelente casa onde morar. Mas queria sair, queria sair do domínio, e conseguiu fazer com que o pai pagasse por isso com a ameaça de que fugiria para a Europa ou para alguma universidade a milhões de quilômetros dali, caso ele não o fizesse. Escolheu o McClung Hall porque não era sectário. Àquela altura, já tinha jogado o excesso de judaísmo ao mar, junto com o excesso de catolicismo. Ou era o que imaginava. Queria viajar com pouca bagagem e ficava mais feliz com uma mala misturada.

No dia em que Roz recebeu o diploma, o pai a convidou para jantar em companhia da mãe e dos tios cada vez mais abatidos. Foram a um restaurante extravagante cujo cardápio era em francês, com o inglês em letras miúdas embaixo. De sobremesa, havia sorvete em diversos sabores franceses: *cassis, fraise, citron, pistache.*

— Nenhum dos meus passaportes era francês — disse o tio Joe. — Vou pedir o pastiche.

Era eu, pensa Roz. Eu era o pastiche.

45

Muito tempo depois, quando Roz já era uma mulher casada, quando a mãe já tinha morrido – com vagar e desaprovação, pois a morte era indecente, já que médicos homens se intrometendo no seu corpo era quase pecado –, e o pai seguira seus passos, em etapas espasmódicas, dolorosas, como um trem sendo manobrado –, depois que tudo isso aconteceu e Roz ficou órfã, ela descobriu a respeito do dinheiro. Não o dinheiro recente, desse ela sabia; o primeiro dinheiro. A raiz, a muda, a reserva.

Tinha ido visitar o tio George no hospital porque ele também estava morrendo. Não tinha quarto particular, nem mesmo semiparticular; estava na enfermaria. Nenhum dos tios fora bem-sucedido. Ambos terminaram em pensões. Depois de esbanjar o próprio dinheiro, eles esbanjaram parte do dinheiro do pai de Roz. Eles apostaram, eles pegaram empréstimos; ou chamaram de empréstimos, embora todo mundo devesse saber que eles jamais devolveriam a quantia. Mas o pai nunca disse não para nenhum de seus pedidos.

— É a próstata – tio Joe lhe informou por telefone. — Melhor você não mencionar isso. — Então Roz não mencionou, pois os tios também tinham suas esferas de recato. Levou flores e um vaso onde colocá-las, pois nunca havia vasos nos hospitais; pôs um sorriso aberto no rosto e adotou uma postura agitada e eficiente, mas abandonou-os assim que viu o quão terrível estava a aparência do tio George. Tinha murchado, estava destruído. Sua cabeça já era uma caveira. Roz sentou-se a seu lado, lamentando-se por dentro. O homem da cama ao lado estava dormindo e roncava.

– Aquele ali, ele não vai a lugar nenhum – disse o tio George, como se ele próprio tivesse seus planos.

– Você quer um quarto particular? – perguntou Roz. Podia arranjar um facilmente.

– Não – disse o tio George. – Gosto de ter companhia. Gosto de ter gente por perto. Entende? De todo modo, o custo é enorme. Nunca tive talento.

– Talento para quê? – indaga Roz.

– Não que nem o seu pai – declarou tio George. – Ele era capaz de acordar com um dólar e terminar o dia com cinco. Quanto a mim, eu pegava esse dólar e apostava num cavalo. Eu gostava de vida boa.

– Onde você conseguiu? – disse Roz.

Tio George a olhou com seus olhos amarelos e secos.

– Consegui o quê? – ele diz com inocência, com astúcia.

– O primeiro dólar – diz Roz. – O que vocês três fizeram durante a guerra, de verdade?

– Você não precisa saber disso – declarou o tio George.

– Preciso – afirmou Roz. – Não tem problema, ele está morto. Você pode me contar, não vou ficar magoada.

Tio George suspirou.

– É, bom – ele disse. – Foi muito tempo atrás.

– Sou eu quem está perguntando – disse Roz, tendo ouvido os tios usarem aquela expressão um com o outro, sempre obtendo o efeito desejado.

– Seu pai era vendedor – disse o tio George. – Ele vendia coisas. Ele foi vendedor antes da guerra, foi vendedor durante a guerra, e depois da guerra continuou a ser vendedor.

– O que ele vendia? – perguntou Roz. Compreendeu que ele não estava falando de geladeiras.

– Para falar a verdade – o tio George diz devagar –, seu pai era um trapaceiro. Não me entenda mal, ele também foi um herói. Mas, se não tivesse sido um trapaceiro, não poderia ter sido um herói. Era essa a realidade.

– Um trapaceiro?

– Fomos todos trapaceiros – disse o tio George, muito paciente. – Todo mundo era trapaceiro. Eles roubavam tudo quanto é tipo de coisa, você não ia nem acreditar... quadros, ouro, objetos que dava para esconder e vender depois. Sabiam o que estava acontecendo, no final pegavam o que conseguiam. É isso que é a guerra... a guerra é roubar. Por que seria diferente? Joe era um homem infiltrado, eu era o motorista, seu pai cuidava do planejamento. Quando nos mudávamos, em quem confiar? Sem ele, nada.

"Então, nós tirávamos as coisas para eles... não de forma legal, com as leis que eles tinham nem preciso explicar a você... mas a gente subornava os guardas, todo mundo aceitava suborno. Para esconder em algum lugar seguro até o final da guerra. Mas como eles sabiam o que era o quê, como sabiam onde íamos guardar as coisas? Então algumas coisas guardamos só para nós. Levamos para outros lugares. Pegamos depois. Alguns deles tinham morrido, então pegamos os deles."

– Era isso o que ele fazia? – exclamou Roz. – Ele ajudou os nazistas?

– Era arriscado – explicou tio George em tom de reprovação, como se o risco fosse a principal justificativa. – Às vezes, levávamos coisas que não devíamos levar. Nós levamos judeus. Tínhamos que ser cuidadosos, passar pelos nossos soldados. Deixavam a gente fazer isso porque, se nos pegassem, o pescoço deles ia junto. Mas seu pai nunca forçou a barra. Ele sabia quando seria arriscado demais. Sabia a hora de parar.

– Obrigada por me contar – disse Roz.

– Não me agradeça – disse o tio George. – É como eu disse, ele foi um herói. Só que algumas pessoas não entendem. – Ele estava cansado; fechou os olhos. As pálpebras estavam frágeis e enrugadas, como um papel crepom molhado. Levantou dois dedos finos e ressecados, dispensando-a.

Roz atravessou o labirinto de ladrilhos brancos do hospital, a caminho de casa e de um drinque forte. Qual conclusão devia tirar de tudo aquilo, das informações novas e duvidosas? Que seu dinheiro é dinheiro sujo, ou que é isso que todo dinheiro é? Não tem culpa, não foi ela que fez aquilo, era apenas uma criança. Não construiu o mundo. Mas ainda tem a sensação de que mãos, mãos ossudas, erguem-se das entranhas da terra, puxando-lhe os tornozelos, querendo de volta o que é delas. E que idade têm essas mãos? Vinte, trinta anos, ou mil, dois mil? Quem sabe onde estivera o dinheiro? *Lave as mãos ao tocar nele*, a mãe sempre lhe dizia. *É cheio de germes.*

Porém, ela não contou a Mitch. Nunca contou a Mitch. Não estaria à altura dele, e ele já estava na vantagem, ele e sua impertinência de dinheiro-velho, seu pretenso escrúpulo jurídico. Recortar cupons do jornal sim, contrabandear judeus não. Ou era nisso que Roz estava propensa a apostar. Ele já desdenhava discretamente de seu dinheiro, embora ela percebesse que ele não tinha problemas na hora de gastá-lo. Mas o dinheiro velho também obtinha lucros do desespero humano, contanto que o desespero, a carne e o sangue estivessem em várias remoções. De onde as pessoas como Mitch pensavam que vinham esses dividendos? E o que dizer sobre as ações do ouro sul-africano que ele a aconselhou a comprar? Em todas as conversas dos dois, havia um terceiro participante: o dinheiro dela, sentado entre ambos no sofá, como um *troll* ou um vegetal praticamente inconsciente.

Às vezes, parecia fazer parte dela, parte de seu corpo, como uma protuberância nas costas. Estava dividida entre o ímpeto de amputá-lo de si, de doá-lo, e o ímpeto de ganhar mais, pois não era ele que a protegia? Talvez o ímpeto fosse o mesmo. Como dissera seu pai, não era possível doar sem antes ganhar.

Roz ganhava com a mão esquerda e doava com a direita, ou era o contrário? No início, ela doava para as partes do corpo, corações por causa do pai, câncer por causa da mãe. Doava ao World Hunger, doava ao United Way, doava à Cruz Vermelha. Isso foi nos anos 1960. Mas, quando o movimento feminista surgiu no começo dos anos 1970, Roz foi sugada por ele como uma bola de poeira pelo aspirador. Ela era visível, era esse o motivo. Tinha notoriedade, e na época não havia muitas mulheres assim, à exceção das estrelas de cinema e da rainha da Inglaterra. Mas também estava preparada para a mensagem, pois já fora atingida duas vezes por sacos de areia por Mitch e suas *coisas*. A primeira vez – a primeira que ela descobriu, em todo caso – foi quando estava grávida de Larry, e mais canalha que isso ele não tinha como ser.

Roz adorava os grupos de conscientização, adorava as conversas sem melindres. Era como colocar o papo em dia com todas as irmãs que nunca teve, como ter uma família numerosa em que os membros, para variar, tivessem alguma afinidade; era como se finalmente fosse admitida em todos os grupos e rodas em que nunca conseguira entrar. Sem mais "papas na língua", sem mais "meu marido é melhor que o seu", sem mais necessidade de fazer rodeios! Podia-se falar qualquer coisa!

Adorava se sentar em círculo, apesar de depois de um tempo perceber que o círculo não era exatamente redondo. Uma mulher falava de seu problema e admitia sua dor, e em seguida outra mulher o fazia, e então era a vez de Roz, e uma espécie de verniz de incredulidade cobria os olhos delas, e alguém mudava de assunto.

O que acontecia? Por que a dor de Roz era de segunda categoria? Demorou um tempo para entender: era seu dinheiro. Sem dúvida, pensavam elas, alguém que tinha tanto dinheiro quanto Roz não podia estar sofrendo. Lembrou-se de uma expressão antiga usada pelos tios: *Meu coração sangra por ele*. Era sempre dita com extremo sarcasmo, em referência a alguém que tivesse dado sorte, o que significava que enriquecera. Esperava-se que Roz sangrasse, mas Roz não podia esperar que sangrassem por ela.

Entretanto, havia uma área na qual Roz era requisitada. Em um movimento constantemente carente de dinheiro, podia-se até dizer que ela era indispensável. Portanto, era natural que recorressem a ela quando a *WiseWomanWorld* estava à beira da falência porque não atraía propagandas extravagantes de batons e bebidas. Na época, era mais que uma revista, era uma amiga; uma amiga que misturava ideais elevados e esperança com o compartilhamento de segredos sujos e chulos. A verdade sobre a masturbação! A verdade sobre o desejo ocasional de bater a cabeça de seus filhos contra a parede! O que fazer quando homens se esfregavam em você por trás, no metrô, e quando você era perseguida pelo patrão em volta da sua mesa, e quando você tinha aquele ímpeto de tomar todos os comprimidos do armário na véspera da sua menstruação! *WiseWomanWorld* era todas as festas de pijama que anos antes Roz sentia que aconteciam pelas suas costas, e era óbvio que tinha de salvá-la.

Os outros queriam que a revista fosse uma cooperativa, como já era. Queriam que Roz simplesmente desse o dinheiro e ponto final, e nada de dedução no imposto, pois seria uma atitude política demais. Também não seria uma ninharia, o investimento necessário. Uma pequena injeção de dinheiro não teria sentido. Se não fosse o bastante, equivaleria a nada, seria até melhor que ela jogasse a quantia no vaso e desse a descarga.

– Nunca invisto em nada que eu não possa controlar – ela lhes disse. – Vocês têm que emitir ações. Daí eu compro a maioria das ações. – Ficaram zangados com ela por causa disso, mas Roz declarou: – Se a sua perna está quebrada, você vai ao médico. Se está com problemas financeiros, recorre a mim. Vocês tentaram do jeito que queriam e não deu certo, e, sinceramente, o livro-caixa está uma bagunça. Tenho conhecimento da área. Vocês querem que eu arrume isso ou não querem? – Sabia que mesmo assim perderiam dinheiro, mas neste caso ela queria pelo menos arcar com os prejuízos da empresa.

Também não gostaram quando Roz pôs Mitch na diretoria e enfiou alguns de seus amigos advogados para lhe fazer companhia, mas esse era o único caminho. Se quisessem sua ajuda, tinham de entender as circunstâncias de sua vida, e se Mitch não pudesse participar, ele iria sabotar. Sua vida familiar se transformaria em uma barafunda de ciladas e armadilhas explosivas, mais do que já era.

– São apenas três reuniões por ano. É o preço que vocês vão ter de pagar – ela lhes explicou.

No que dizia respeito a preços – de acordo com a forma como os preços vinham se comportando, aqui e ali, na história mundial – não era tão alto assim.

– Chamei Zenia para tomar um drinque – Roz avisa a Mitch. Se não lhe avisar, com certeza ele irá se deparar com as duas e se aborrecer por ter sido deixado de lado. Ser uma mulher poderosa não significa que Roz pode pisar com menos delicadeza perto de Mitch. Ela tem de pisar com mais suavidade, tem de se rebaixar, fingir ser menor do que é, desculpar-se por seu sucesso, pois tudo o que faz ganha dimensões mais amplas.

– Quem é Zenia? – indaga Mitch.

– Você sabe quem é, nos encontramos com ela no restaurante – diz Roz. Fica contente por Mitch não se lembrar.

– Ah, sim – diz Mitch. – Ela não é que nem a maioria das suas amigas.

Mitch não gosta muito das amigas de Roz. Ele acha que são um bando de feministas de pernas peludas que odeiam homens e andam com chicotes na mão, pois houve uma época, logo que ele assumiu o cargo na diretoria da *WiseWomanWorld*, em que elas eram assim. É em vão que Roz lhe explica que todo mundo era assim naqueles tempos, que era uma tendência, e que os macacões eram um *fashion statement* – não que Roz tenha usado macacões, pois pareceria uma caminhoneira. Ele tem discernimento, sabe que não eram meros macacões. As mulheres da *WiseWomanWorld* o aturavam por causa de Roz, mas sua presença não as deixava contentes. Não deixavam que ele lhes dissesse como serem boas feministas, por mais que ele tentasse. Talvez por ele ter dito que elas deviam usar humor e charme, caso contrário os homens teriam medo delas, e elas não estavam dispostas a fazer charme, não por ele, não naquele momento. Ele devia ter ficado bastante traumatizado com aquela fase inteira; embora fosse passível de tentar algumas manobras e táticas próprias.

Roz se recorda do jantar que organizou para comemorar a reestruturação da *WiseWomanWorld*, quando Mitch sentou-se ao lado de Alma, a editora-geral, e cometeu o erro de tentar passar a mão na perna dela sob a mesa enquanto conduzia uma discussão teórica exageradamente animada com Edith, a *designer*. Pobre coitado, ele pensou que Roz não imaginaria. Mas um olhar para a posição do braço de Mitch – e seu rosto umedecido, ruborizado, de aspecto engordurado, e o franzido dos cenhos de Alma e os vincos formados em volta de sua boca – já dizia tudo. Roz observou com um interesse furioso Alma enfrentando o dilema: se devia aguentar aquilo porque Mitch era marido de Roz e ela não queria pôr o emprego em risco – um fator em que Mitch se fiara com outras, no passado – ou se devia chamar sua atenção. Os princípios venceram, além do ultraje, e Alma lhe disse, ríspida, mas em voz baixa:

– Eu não sou flautim.

– Perdão? – disse Mitch, distante, educado, blefando, mantendo a mão debaixo da mesa. O pobrezinho ainda não tinha percebido que as mulheres tinham de fato mudado. Em priscas eras, Alma teria sentido culpa por atrair esse tipo de atenção, mas agora é diferente.

– Tira essa sua mão imunda da minha perna ou eu te apunhalo com o garfo – sibilou Alma.

Roz passou a tossir para encobrir o que tinha escutado, e a mão de Mitch se ergueu no ar como se tivesse sido escaldada, e depois dessa noite ele começou a se referir a Alma com pena e preocupação, como se ela fosse uma alma perdida. Uma viciada em drogas ou algo assim. "É uma pena aquela garota", dizia com tristeza. "Tem tanto potencial, mas o temperamento dela é um problema. Seria bem bonita se não fosse a carranca." Dava a entender que talvez ela fosse lésbica; ainda não tinha descoberto que isso não era mais um insulto. Roz esperou tempo suficiente para manter o decoro e então mexeu os pauzinhos para dar um aumento a Alma.

Mas é assim que Mitch tende a ver as amigas de Roz: como carrancudas. E ultimamente, desmazeladas. Não resiste a comentar como seus rostos estão caindo, como se o dele não estivesse, embora seja verdade que os homens saem impunes quando ficam com a aparência envelhecida. Talvez seja vingança: suspeita de que Roz e as amigas falem sobre ele pelas costas, ou o analisem e sugiram curas para ele, como se fosse uma dor de estômago. Está bem, no passado isso era verdade, quando Roz ainda achava que podia mudá-lo, ou quando suas amigas achavam que ela mesma podia mudar. Quando ele era um projeto. *Largue ele*, elas diziam. *Expulse o babaca de casa! Você pode se dar a esse luxo! Por que você continua com ele?*

Porém, Roz tinha seus motivos, dentre eles os filhos. Além de ainda ser ex-católica o bastante para ficar nervosa em relação a divórcio. Também não queria admitir para si que cometera um erro. Além de ainda ser apaixonada por Mitch. Portanto, passado algum tempo, ela parou de discutir sobre ele com as amigas, pois o que ainda havia a dizer? Era um impasse, e remoer as soluções que ela sabia que jamais usaria fazia com que ela sentisse culpa.

E então as amigas pararam de vestir macacão, e saíram da revista, e começaram a usar terninhos sob medida que anunciavam que estavam "vestidas para o sucesso", e perderam o interesse em Mitch, e passaram a discutir sobre exaustão, e Roz pôde se permitir sentir culpa por outras coisas, como ser mais dinâmica que elas. Mas Mitch continua dizendo "Você vai almoçar com aquela velha desmazelada que odeia homens?" sempre que uma das amigas daquela época ressurge. Sabe que ela fica irritada.

Ele tem um pouco mais de tolerância em relação a Charis e Tony, talvez porque Roz as conhece há muito tempo e porque são as madrinhas das gêmeas. Porém, ele acha Tony excêntrica e Charis maluca. É assim que as neutraliza. Pelo que Roz sabe, ele nunca deu em cima de nenhuma das duas. É possível que não as encaixe na categoria de "*mulher*", mas sim em alguma outra, sem definição clara. Uma espécie de gnomos assexuados.

Roz liga para o escritório de Tony no Departamento de História.

– Você não vai acreditar – ela anuncia.

Há um momento de silêncio enquanto Tony tenta adivinhar em que ela não deve acreditar.

– É provável que não – ela diz.

– A Zenia voltou à cidade – declara Roz.

Outra pausa.

– Você andava falando com ela? – indaga Tony.

– Encontrei com ela por acaso num restaurante – diz Roz.

– Não é possível se encontrar com Zenia por acaso – afirma Tony. – Fica de olho aberto, é esse o conselho que eu te dou. O que ela anda tramando? Com certeza está tramando alguma coisa.

– Acho que ela está mudada – diz Roz. – Está diferente de como ela era.

– Pau que nasce torto morre torto – declara Tony. – Diferente como?

– Ah, Tony, você é muito pessimista! – diz Roz. – Ela me pareceu... ah, mais legal. Mais humana. Ela virou jornalista freelancer, está escrevendo sobre questões femininas. Além disso – Roz diminui o tom da voz –, os peitos cresceram.

– Acho que peitos não crescem – diz Tony, hesitante, já tendo investigado a possibilidade antes.

– É bem provável que não – diz Roz. – Estão fazendo um monte dos artificiais hoje em dia. Aposto que foi implante.

– Não seria nenhuma surpresa – retruca Tony. – Ela está aumentando a capacidade de combate. Mas com peitos ou sem peito, se cuide.

– Vou só tomar um drinque com ela – diz Roz. – Tenho que tomar, na verdade. Ela conheceu o meu pai durante a guerra. – Não se podia esperar que Tony compreendesse toda a implicação de tal afirmativa.

Então ninguém pôde dizer, mais tarde, que Roz não foi avisada. E ninguém o disse, e também ninguém disse que Roz *foi* avisada, pois Tony não era uma dessas amigas insuportáveis que dizem "bem-feito" e nunca lembrou a Roz das precauções que insistiu para que ela tomasse. Mas, quando a situação piorou, a própria Roz se lembrou. Você entrou na história de olhos abertos, ela se repreendia. Lerda! O que foi que te seduziu?

Agora ela sabe o que foi. Foi a Soberba, o mais fatal dos Sete Pecados Capitais; o pecado de Lúcifer, a fonte de todos os outros. Presunção, falsa coragem, bravata. Deve ter pensado que era uma espécie de domadora de leões, uma espécie de toureira; que podia obter êxito onde as duas amigas fracassaram. Por que não? Sabia mais do que elas na época, pois conhecia suas histórias. Uma pessoa prevenida vale por duas. Além disso, confiava demais em si mesma. Devia ter imaginado que seria comedida e sagaz. Devia ter imaginado que podia lidar com Zenia. Pensando bem, antigamente tinha essa mesma atitude em relação a Mitch.

Não que tenha sentido a soberba dominando-a na época. De jeito nenhum. Era essa a questão com os pecados – eles se fantasiavam, conseguiam se disfarçar de tal modo que você mal os reconhecia. Não havia pensado que estava sendo arrogante, somente cordial. Zenia queria agradecer, por causa do pai de Roz, e seria muito errado da parte de Roz lhe negar a oportunidade.

Havia outro tipo de soberba, também. Queria se orgulhar do pai. O pai cheio de defeitos, o pai astuto, o pai vendedor, o pai trapaceiro. Contava pedacinhos de sua história durante a guerra quando era entrevistada para perfis em revistas, Roz a Prodígio dos Negócios, *como você começou, como você conjuga os diferentes aspectos da sua vida, como você lida com a creche, como seu marido encara isso, o que você faz em relação às atividades domésticas*, mas, mesmo ao falar dele, seu pai o herói, seu pai o salvador, sabia que estava enfeitando, jogando uma luz de bondade sobre ele, pregando medalhas póstumas ao seu peito. O próprio pai tinha se recusado a discutir sobre isso, sobre essa parte obscura de sua vida. *Para que você precisa saber disso?*, ele dizia. *Aquela época acabou. As pessoas podem ficar magoadas.* Aguardando Zenia, estava bastante nervosa em relação ao que poderia descobrir.

46

Quando Zenia finalmente vai tomar o drinque – ela não teve pressa –, já é sexta-feira e Roz está esgotada porque a semana fora horrível no escritório, excesso de informação à décima potência, e as gêmeas escolheram este dia para cortar o cabelo uma da outra porque querem ser punks, embora tenham apenas sete anos, e Roz tinha planejado exibi-las para Zenia, mas agora elas parecem ter um caso grave de sarna, e não dão sinais de arrependimento, e de todo modo Roz acha que não deve demonstrar raiva porque não deve passar às meninas a noção de que a beleza é a única coisa que conta e que a opinião dos outros sobre como devem dispor de seus corpos é mais importante que a delas mesmas.

Portanto, depois do primeiro grito de surpresa e consternação, ela tentou agir como se tudo fosse normal, o que de certa forma era, embora sua língua tivesse se tornado um mero toco por tê-la mordido com tanta força, e reprimiu por zelo o desejo intenso de mandá-las tomar banho ou brincar na sala de brinquedos, e quando Zenia aparece na porta da frente, usando sapatos incríveis de couro de lagarto, trezentos dólares no mínimo, e com saltos tão altos que suas pernas se estendem por um quilômetro, e um engenhoso terno de seda fúcsia e preto com o quadril marcado e saia justa acima dos joelhos – Roz está indignada porque minissaias voltaram à moda, o que fazer se você tem coxas de verdade, e ela se lembra dessas saias da última vez, nos anos 1960, era preciso sentar-se com as pernas coladas ou ficaria tudo exposto, o antigamente inominável, o objeto central, o imundo e vergonhoso defeito, o tesouro inestimável, um convite a exames masculinos, a luxuriosos embaraços e olhares de soslaio, à espuma se formando na boca, ao estupro e ao roubo, como as freiras sempre advertiram – ali estão as gêmeas, usando os chinelos rejeitados por Roz, tirados do baú de fantasias, e correndo pelo corredor com o barbeador elétrico de Mitch, atrás do gato, pois querem um mascote punk, apesar de Roz já ter dito que o barbeador estava fora de cogitação e que arrumariam uma encrenca se Mitch descobrisse pelo de gato no aparelho, já é ruim quando Roz não acha o depilador elétrico e usa o barbeador de Mitch nas pernas e axilas e não é cuidadosa a ponto de tirar os pelos da lâmina. As gêmeas não dão atenção porque presumem que ela as protegerá, inventará mentiras deslavadas, se postará diante das balas, e têm razão, é isso o que ela fará.

Zenia as vê e diz "São suas? Elas caíram no liquidificador?" e é exatamente isso o que a própria Roz poderia ter dito, ou ao menos pensado, e Roz não sabe se ri ou chora.

Roz ri, e elas tomam um drinque no jardim de inverno, que Roz se recusa a chamar de estufa, embora sempre tenha desejado uma estufa, uma estufa com miniaturas de laranjeiras, ou orquídeas, que nem nos livros de suspense da década de 1920, do tipo que tem um mapa da mansão inglesa e um X marcando o local onde o corpo é encontrado, em geral na estufa. Mas, apesar de o jardim de inverno ser de vidro e no alto haver uma cúpula vitoriana, ainda é pequeno demais para uma estufa de verdade, e a palavra em si é muito empolada para a voz da mãe de Roz, que sobrevive de forma intermitente na cabeça de Roz e olharia o ambiente com desprezo, embora ele seja repleto de plantas, plantas com expectativa de vida limitada, pois quem exatamente é o responsável por elas? Mitch diz não ter tempo, apesar de ter sido ele quem encomendou toda aquela vegetação; mas o dedão de Roz não é verde, é marrom, o marrom dos juncos murchos. Não é que ela não queira que as plantas vivam. Até gosta delas, embora não saiba diferenciar uma begônia de um rododendro. Mas essas coisas devem ser feitas por profissionais: o serviço das plantas. Eles vêm, olham, regam, jogam fora as que estão morrendo, trazem novas tropas.

Tem um serviço desse no escritório, então por que não ali? Mitch diz que não quer mais estranhos vagando pela casa – está sofrendo de esgotamento decorativo –, mas é possível que goste da imagem de Roz com avental e regador, assim como gosta da imagem de Roz com avental e frigideira, e avental e espanador, apesar de Roz não saber cozinhar nem comida pronta, para que Deus inventaria os restaurantes se quisesse que ela cozinhasse, e ela tem fobia de espanadores, depois de ter sido obrigada a usá-los para poder comer na infância. A constante é o avental, a garantia ao estilo da revista *Good Housekeeping* de que Roz estará em casa sempre que Mitch resolver voltar.

Ou talvez haja outra intenção, outra nuança na culpa que Roz devia sentir, e sente de fato, quanto às plantas destruídas, porque Mitch queria uma piscina em vez de um jardim de inverno, para que pudesse mergulhar num banho purificador de cloro e esterilizar os pelos do peito e matar as frieiras nos pés e micoses na virilha e decomposição lingual que pudesse ter pegado depenando piranhas maduras; porém Roz disse que uma piscina ao ar livre no Canadá era algo ridículo, dois meses de calor sufocante e dez de frio de gelar os ossos, e se recusou a ter uma dentro de casa porque conhecia pessoas que tinham e cujas casas ficavam com cheiro de refinaria de gás em dias quentes devido a todas as substâncias químicas, e haveria um maquinário complexo que quebraria e pelo qual Roz seria, por alguma razão qualquer, responsável pelo conserto. A pior coisa em relação a piscinas, no que dizia respeito a Roz, é que se fica perto demais do campo. Animais selvagens caem dentro delas. Formigas, mariposas, e coisas parecidas. Como o lago da colônia de férias, ela ficava se debatendo e de repente aparecia um inseto, bem diante do seu nariz. Nadar, na opinião de Roz, é muito arriscado para a saúde.

Zenia gargalha e diz que concorda plenamente, e Roz continua a falar porque está tensa por rever Zenia depois de tantos anos, ela se lembra da reputação, da aura de veneno verde que envolvia Zenia, da incandescência invisível, toque-a e você acabará se queimando; e ela se lembra da história, dos relatos de Tony e Charis. Tem de caminhar com cuidado, não é de se estranhar que esteja tensa, e quando está tensa ela fala. Fala e também come, e também bebe. Zenia pega uma azeitona e mastiga com gosto, Roz devora tudo e abastece o martíni de Zenia, e se serve outro copo, e oferece um cigarro, as palavras jorrando de sua boca como tinta de uma lula. Camuflagem. Fica aliviada ao perceber que Zenia fuma. Seria insuportável caso ela fosse magra, e bem-vestida, e sem rugas, e linda, e ainda por cima não fumasse.

– Então – diz Roz, quando já passou vergonha o bastante para considerar que o gelo foi quebrado. – Meu pai. – Pois é isso o que ela quer, é este o motivo da visita. Não é?

– Sim – diz Zenia. Ela se inclina para frente, põe o copo na mesa e apoia o queixo na mão, pensativa, e franze um pouco a testa. – Eu era só um bebê, é claro. Então não tenho lembranças reais daquela época. Mas, antes de morrer, minha tia sempre falava do seu pai. De como ele nos tirou dali. Acho que, se não fosse por ele, eu teria virado cinzas.

"Foi em Berlim. Era lá que meus pais viviam, num bairro bom, num apartamento decente... era um daqueles edifícios antigos de Berlim que tinham mosaicos de ladrilhos no saguão de entrada e escadaria de degraus compridos e corrimão de madeira, e com quarto de empregada e varanda com vista para o pátio, para estender as roupas molhadas. Eu sei porque vi... eu voltei. Estive lá no final dos anos 1970, tive um serviço em Berlim... a vida noturna de Berlim, para uma revista turística, você sabe como é, cabaré sexy, boates de strip tease bizarras, os telefones dentro de tabelas. Portanto, tirei uma tarde de folga e achei o lugar. Eu tinha o endereço, tirado de uns papéis antigos da minha tia. Todos os prédios em volta eram mais novos, foram reconstruídos depois do bombardeio, o lugar inteiro foi praticamente derrubado; foi incrível, mas aquele edifício antigo continuava lá.

"Toquei todos os interfones e alguém abriu a porta, entrei e subi a escada, que nem meus pais devem ter subido centenas de vezes. Toquei no mesmo corrimão, virei nas mesmas curvas. Bati à porta e, quando ela se abriu, falei que uns parentes meus já tinham morado ali e pedi para dar uma olhada – falo um pouco de alemão por causa da minha tia, mas meu sotaque é meio antiquado –, e as pessoas me deixaram entrar. Era um casal jovem com um bebê, foram muito gentis, mas não pude ficar muito tempo. Eu não conseguia aguentar, os quartos, a luz entrando pelas janelas... eram os mesmos quartos, era a mesma luz. Acho que pela primeira vez meus pais se tornaram realidade para mim. Tudo, tudo virou realidade. Antes disso, não passava de uma história ruim."

Zenia para de falar. É isso que as pessoas fazem geralmente quando chega a parte difícil, Roz aprendera.

– Uma história ruim – ela instiga.

– Isso – diz Zenia. – A guerra já estava em andamento. As coisas estavam em falta. Minha tia nunca se casou, havia tão poucos homens depois da Primeira Guerra que muitas mulheres não puderam se casar, então ela via a nossa família como a família dela e costumava fazer coisas por nós. Fazer papel de mãe, era assim que ela falava. Então, num certo dia, minha tia foi ao apartamento dos meus pais; estava levando pães que ela mesma tinha feito. Ela subiu a escada como sempre... havia um elevador, um daqueles elevadores que parecem uma gaiola de ferro, eu vi... mas não estava funcionando. Quando estava para bater à porta, a porta do apartamento da frente se abriu, e a mulher que morava ali... a minha tia a conhecia só de vista... a mulher saiu, segurou seu braço e a puxou para dentro. "Não entre ali, não tente entrar ali", ela avisou. "Eles foram levados embora."

"'Levados embora, para onde?', a minha tia perguntou. Não perguntou por quem, isso não era preciso perguntar.

"'Não tente saber', disse a mulher. 'É melhor não tentar.' Ela estava comigo porque minha mãe viu que eles estavam chegando, tinha olhado pela janela e os viu andando na rua, e quando eles se viraram na entrada do prédio e começaram a subir a escada ela imaginou para onde estavam indo e correu pela porta dos fundos, passou pelo quarto de empregada e pela varanda de trás, comigo envolta num xale – as varandas dos fundos eram grudadas – e ela bateu na porta da cozinha da mulher, e ela me pegou. Tudo aconteceu tão rápido que ela mal sabia o que estava fazendo, e é bem provável que, se tivesse tido tempo para pensar, nunca tivesse feito algo tão arriscado. Ela era uma mulher comum, obediente etc., mas acho que, se alguém empurra um bebê para o seu colo, não dá para recuar e deixar a criança cair no chão.

"Só eu fui salva, os outros foram levados embora. Eu tinha um irmão e uma irmã mais velhos. Era muito mais nova que eles, a temporã. Tenho uma foto deles; é algo que minha tia trouxe com ela. Olha..."

Zenia abre a bolsa, depois a carteira, e pega um instantâneo. É um retrato quadrado com margem branca e grande, a imagem pequena e desbotada: uma família agrupada, pai, mãe, duas crianças pequenas e uma mulher mais velha, um pouco afastada. A tia, presume Roz. Ambos os filhos são louros.

O que impressiona Roz é o quanto eles parecem contemporâneos: as saias acima dos joelhos das mulheres, do final dos anos 1920? começo dos anos 1930? – os chapéus modernos, a maquiagem, poderia ser o visual retrô de alguma revista de moda de hoje em dia. Apenas as roupas das crianças são arcaicas; as roupas e os cortes de cabelo. Terno e gravata e costeletas e parte de trás curtos para o menino, e vestido espalhafatoso e cachos para a menina. Os sorrisos eram meio tensos, mas os sorrisos eram assim, naqueles dias. Eram sorrisos de quem se vestira bem. Devia ser uma ocasião especial: férias, feriado religioso, aniversário de alguém.

– Isso foi antes da guerra – declara Zenia. – Foi antes das coisas ficarem feias de verdade. Nunca fiz parte desse mundo. Nasci logo depois do início da guerra; fui um bebê de guerra. Bom, isso é tudo o que eu tenho, essa foto. É tudo o que sobrou deles. Minha tia procurou, depois da guerra. Não restou nada. – Ela põe a foto de volta na carteira com muito cuidado.

– E a tia? – indaga Roz. – Por que não a levaram também?

– Ela não era judia – explica Zenia. – Era irmã do meu pai. Meu pai também não era judeu, mas depois que as leis de Nuremberg foram aprovadas ele foi tratado como se fosse, pois era casado com uma judia. Caramba, nem minha mãe era judia! Não em termos de religião. Na verdade, ela era católica. Mas dois de seus quatro avós eram judeus, então ela foi classificada como *mischling*, primeiro grau. Uma mestiça. Sabia que existiam graus?

– Sabia, sim – diz Roz. Então Zenia é mestiça, que nem ela!

– Alguns dos *mischlings* sobreviveram por mais tempo que os judeus de verdade – diz Zenia. – Meus pais, por exemplo. Imagino que tenham pensado que isso não aconteceria a eles. Viam-se como bons alemães. Não tinham contato com a comunidade judaica, portanto nem ouviram os boatos; ou, se ouviram, não acreditaram neles. É surpreendente o que as pessoas se recusam a acreditar.

– E a sua tia? – pergunta Roz. – Por que ela foi embora? Se ela não tinha nenhum sangue judeu, não estava a salvo? – Embora, pensando bem, *"a salvo"* é uma expressão tola para se usar em tal contexto.

– Por minha causa – esclarece Zenia. – Uma hora ou outra, iam descobrir que meus pais tinham três filhos, e não dois. Ou então algum vizinho da minha tia poderia me ver ou me ouvir e nos delatar. Um bebê, na casa de uma mulher solteira que pouco tempo antes não tinha bebê nenhum. As pessoas adoram fazer denúncias, você sabe. Elas se sentem moralmente superiores. Meu Deus, como odeio essa hipocrisia presunçosa! As pessoas dando tapinhas nas costas das outras por assassinato.

"Então minha tia começou a procurar um jeito de me tirar dali, e aí se deparou com um mundo completamente diferente – o mundo subterrâneo, o mundo do mercado negro. Ela sempre viveu acima do chão, mas teve de entrar naquele outro mundo para me proteger. Não há nenhum lugar no planeta em que este mundo não exista; você só precisa dar uns passos para o lado, desce uns degraus, e ali está, lado a lado com o mundo que as pessoas gostam de considerar normal. Lembra dos anos 1950, lembra da tentativa de fazer um aborto? Bastavam três telefonemas. Contanto que você pagasse, claro. Você era levado até o fim da linha por alguém que conhecia alguém. Na Alemanha daquela época, era assim, para coisas como passaporte, mas era preciso tomar cuidado com quem você falava.

"A minha tia precisava de documentos falsificados que declarassem que eu era filha dela com um marido que morrera na França, e ela conseguiu; mas não passariam por um exame mais minucioso. Olhe só para mim! Estou longe de ser ariana. Meu irmão e minha irmã eram louros, e meu pai tinha cabelo claro; minha mãe também. Devo ser uma espécie de atavismo. Então ela sabia que tinha de me tirar dali, tinha de sair dali imediatamente. Se a pegassem, ela seria condenada por traição, já que estava me ajudando. Que grande traição! Jesus, eu só tinha seis meses!"

Roz não sabe o que dizer. "Coitada de você", que é o que murmura diante das histórias de problemas no trabalho ou contratempos pessoais ou catástrofes românticas, quando lhe são contadas por amigas, não parece dar conta desse caso.

– Que horror – ela diz.

– Não sinta pena de mim – diz Zenia. – Eu mal estava consciente. Não sabia o que estava acontecendo, então não foi um problema para mim; mas devo ter percebido que as coisas tinham mudado e que minha mãe não estava mais por perto. De todo modo, minha tia entrou em contato com o seu pai, ou melhor, com os amigos do seu pai. Foi por meio do homem que arranjou os documentos para ela... aquele homem conhecia alguém que conhecia uma outra pessoa, e depois de investigá-la e arrancar um tanto de dinheiro dela, passaram-na adiante. Todos os mercados negros funcionam assim. Tente comprar drogas, é o mesmo esquema: você é investigada, te passam adiante. Por sorte, minha tia tinha algum dinheiro, e o desespero dela devia ser bem convincente. Como eu já disse, ela nunca foi casada, portanto eu me tornei a causa dela; ela arriscou a vida por mim. E também pelo irmão. Na época, ela não sabia que ele tinha sido morto, achava que talvez ele fosse voltar. E, se ele voltasse e ela tivesse fracassado, o que ela iria lhe dizer?

"Portanto, seu pai e os amigos dele tiraram-na dali, passaram pela Dinamarca e depois pela Suécia. Disseram que era relativamente fácil. Ela não tinha sotaque nem nada, e parecia totalmente alemã.

"Minha tia foi uma espécie de mãe para mim. Ela me criou, fez o melhor que pôde, mas não era uma mulher feliz. Foi arruinada, destruída mesmo, pela guerra. A perda do irmão e da família dele, além da sensação de culpa – por não ter conseguido impedir nada daquilo, por ter participado, de certa forma. Ela falava muito do seu pai... de como ele foi um herói. Isso lhe deu um pouco de fé. Então eu costumava fingir que o seu pai era meu pai, e que um dia ele voltaria para me buscar, e eu me mudaria para a casa dele. Eu nem sabia direito onde ele morava."

Roz estava praticamente aos prantos. Ela se lembra do pai, do velho crápula; fica contente em saber que seus talentos questionáveis tiveram bom uso, porque ele ainda é seu genitor preferido, e ela recebe com prazer qualquer oportunidade de pensar bem dele. Os dois martínis não estão ajudando no departamento "caia na real". Quanta sorte ela mesma teve, com os três filhos e o marido, o dinheiro, o trabalho, a casa. Como a vida é injusta! Onde estava Deus quando tudo aquilo acontecia, na sórdida Europa – a injustiça, a brutalidade impiedosa, o sofrimento? Numa reunião, era onde Ele estava. Sem atender ao telefone. A culpa jorra de seus olhos. Gostaria de dar algo a Zenia, alguma coisinha pequena, para recompensá-la pela negligência de Deus, mas o que poderia ser adequado?

Então ela escuta uma voz baixa, uma voz baixa e clara como água gelada, bem no fundo do pensamento. É a voz da experiência. É a voz de Tony. *Zenia mente*, diz ela.

– Você se lembra da Tony? – solta Roz, sem parar para pensar. – Tony Fremont do McClung Hall? – Como ela pode ser tão imbecil, tão *merda*, a ponto de questionar a história de Zenia, ainda que dentro de sua cabeça? Ninguém mentiria sobre uma coisa como aquela. Seria cruel demais, seria cínico demais, seria quase um sacrilégio!

– Ah, sim – ri Zenia. – Já faz milhões de anos! Tony e sua curiosa coleção sobre a guerra! Soube que ela já escreveu alguns livros. Ela sempre foi uma pessoinha brilhante.

Pessoinha brilhante faz com que Roz se sinta, em comparação, grande e obtusa. Mas ela segue adiante, arrastando-se.

– A Tony me disse que você é russo-branca – ela declara. – Prostituta infantil, em Paris. E Charis disse que sua mãe era cigana e foi apedrejada até a morte por camponeses romenos.

– Charis? – questiona Zenia.

– Ela se chamava Karen – diz Roz. – Você morou com ela em Island. Você disse a ela que tinha câncer – acrescenta, pressionando-a de forma implacável.

Zenia olha pela janela do jardim de inverno e beberica o martíni pela borda do copo.

– Ah, sim, a Charis – ela diz. – Temo ter contado horríveis... nem sempre eu falava a verdade, quando era mais nova. Acho que tive algum transtorno emocional. Depois que minha tia morreu, passei por uma fase complicada. Ela não tinha nada, dinheiro nenhum; vivíamos num quarto embaixo de um prédio comercial. E, quando ela faleceu, ninguém me ajudava. Isso foi em Waterloo, nos anos 1950. Não era um bom lugar ou uma boa época para órfãos que não se encaixavam na sociedade.

"Portanto, parte do que contei a Tony era verdade, realmente trabalhei como prostituta. E eu não queria ser judia, não queria ter ligação de nenhum tipo com aquilo tudo. Acho que eu estava fugindo do passado. Vamos deixar o passado no passado, não é? Até fiz plástica no nariz depois que fui para a Inglaterra, consegui um emprego numa revista e pude pagar a operação. Acho que eu tinha vergonha. Quando fazem essas coisas com você, você sente ainda mais vergonha do que teria caso as tivesse feito com os outros. Você acha que talvez tenha merecido; ou que devia ter sido mais forte... capaz de se defender, ou algo assim. Você se sente... como se tivesse sido espancada.

"Então inventei um outro passado para mim... era melhor ser russo-branca. Acho que se pode chamar isso de negação. Vivi com um russo-branco por um tempo, quando eu tinha dezesseis anos, portanto eu tinha certo conhecimento sobre eles.

"Com a Karen – com a Charis –, eu devia estar passando por uma crise de nervos. Eu precisava ser cuidada; meu analista diz que é por minha mãe ter sido levada embora. Não devia ter falado que tinha câncer, porque eu não tinha. Mas eu *estava* doente, de um outro jeito. Karen fez maravilhas por mim.

"Não foi bom – foi terrível, suponho, contar essas história. Devo desculpas às duas. Mas acho que não poderia ter contado a elas a história verdadeira, o que realmente me aconteceu. Elas não teriam compreendido."

Ela lança um olhar demorado, bem do fundo de seus olhos profundamente índigos, e Roz se comove. Ela, Roz – só ela –, tinha sido escolhida, para entender. E ela entende, ela entende.

– Depois que fui embora do Canadá – diz Zenia –, a situação piorou. Tive grandes ideias, mas ninguém partilhava delas. A minha aparência não ajuda, sabe? Os homens não te veem como pessoa, eles só veem o corpo, portanto é isso o que você mesma acaba vendo. Você vê seu corpo como uma ferramenta, algo a ser usado. Meu Deus, ando cansada dos homens! É tão fácil distraí-los. Para atrair a atenção deles, é só tirar a roupa. Depois de um tempo a gente quer algo que seja mais desafiador, entende?

"Trabalhei como *stripper* por mais ou menos um ano – foi nessa época que fiz a plástica nos seios, o homem com quem eu vivia pagou – e adquiri uns hábitos ruins. Primeiro foi cocaína, depois heroína. É incrível que eu não tenha morrido. Talvez eu estivesse tentando, por causa da minha família. É de se imaginar que, por eu não tê-los conhecido, eu não iria sofrer. Mas é que nem nascer sem uma perna. Existe uma *ausência* terrível.

"Levei muito tempo, mas enfim consegui me aceitar. Lidei com o problema. Fiz anos de terapia. Foi difícil, mas agora eu sei quem sou."

Roz está impressionada. Zenia não se esquivou, não foi evasiva ou demonstrou vergonha. Ela confessou, ela admitiu, ela reconheceu. Isso mostra – o quê? Honestidade? Boa vontade? Maturidade? Alguma qualidade digna de admiração. As freiras davam muito valor à confissão, tanto valor que uma vez Roz confessou que colocara um cocô de cachorro na chapelaria, o que não era verdade. Entretanto, não liberavam você do castigo por causa da confissão – ela apanhou de correia mesmo assim, e, quando você confessava ao padre, era preciso pagar a penitência –, mas ficavam com uma impressão melhor de você, ou pelo menos é o que diziam.

Além disso, Zenia rodou o mundo. O mundo grande, maior do que Toronto; o mundo profundo, mais profundo que o laguinho onde Roz é um sapo grande e resguardado. Zenia faz com que Roz se sinta não apenas protegida, mas também complacente. Suas próprias batalhas foram tão insignificantes.

– Você se saiu muito bem – diz Roz. – Quer dizer... que história! É um ótimo material!

Está pensando na revista, pois esse é o tipo de história que gostam de publicar: inspiradora, uma história de sucesso. Uma história sobre a superação de medos e obstáculos, sobre enfrentar a si mesmo e se tornar uma pessoa sã. É como a matéria que publicaram dois meses antes, sobre uma mulher que lutou contra a bulimia até vencê-la. Roz acha difícil resistir a histórias sobre a ovelha perdida que deixou o Céu mais alegre. Há uma história na tia, também: a *WiseWoman-World* preza as heroínas da vida real, mulheres comuns que tiveram uma coragem extraordinária.

Para seu espanto, e também seu horror, Zenia desata a chorar. Lágrimas enormes caem dos olhos, que permanecem abertos e fixos em Roz.

– É – ela diz. – Acho que tudo se resume a isso. É só uma história, só material. Algo para ser usado.

Roz, pelo amor de Deus, pare de falar besteira, pensa Roz. Miss Tato de 1983.

– Ai, querida, não foi isso o que eu quis dizer – ela diz.

– Não – diz Zenia. – Eu sei. Ninguém faz de propósito. É só que, eu sou tão infeliz. Já vivi à margem, fiquei tanto tempo por aí; tive que fazer tudo sozinha. Não consigo me dar bem com os homens, todos eles querem a mesma coisa de mim, não posso mais fazer esse tipo de concessão. O que estou dizendo é que você tem tudo isso, você tem casa, marido, tem seus filhos. É uma família, você pisa em terra firme. Nunca tive isso, nunca fiz parte de nada. Minha vida sempre coube numa mala; ainda hoje vivo sem saber como vai ser o dia de amanhã, é isso o que é ser *freelancer*, e minha energia está se esgotando, entende? Não existe uma base, não existe estabilidade!

Como Roz estava errada em relação a Zenia! Agora ela a vê sob nova luz. É uma luz tempestuosa, uma luz lúgubre, uma luz solitária, chuvosa; em meio a ela, Zenia continua sua batalha, atormentada pelos homens, empurrada pelos ventos do destino. Não é o que parece, uma mulher de carreira bela e bem-sucedida. Ela é uma desamparada, uma desamparada sem teto e sem rumo, ela está vacilando à margem, está caindo. Roz abre o coração e abre as asas, as asas de anjo feitas de papelão, as asas de pomba invisíveis, as asas acolhedoras e amorosas, e lhe dá abrigo.

– Não se preocupe – ela diz, no seu tom mais suave. – Vamos dar um jeito.

47

Mitch passa por Zenia na entrada, quando ela está saindo, e ele chegando. Ela lhe faz apenas um frio e breve aceno com a cabeça.

– Sua velha amiga é bastante hostil – ele comenta com Roz.

– Discordo – diz Roz. – Acho que ela está apenas cansada.

Ela não quer dividir a assombrosa história de vida de Zenia com ele. É uma história que foi contada a ela, para ela, somente para os seus ouvidos, de uma excluída a outra. Somente Roz pode entendê-la. Mitch não, pois o que ele sabia sobre ser um excluído?

– Cansada? – indaga Mitch. – Ela não me pareceu muito cansada.

– Cansada dos homens dando em cima dela – explica Roz.

– Não acredito nisso – diz Mitch. – Em todo caso, eu não estava dando em cima dela. Mas aposto que ela gostaria se eu desse. Ela é uma aventureira, tem jeito de ser.

– Aventureira... – diz Roz, calmamente. Mitch tem tamanho conhecimento que sabe dizer o que uma mulher está pensando pelo formato das nádegas. – Aventureira e aventureiro... não significam a mesma coisa? – Roz está brincando, ela sabe que a coisa da terminologia feminista o deixa louco. Também se considera uma aventureira, pelo menos em alguns aspectos de sua vida. Os financeiros. *"Galante aventureiro"* era uma expressão usada antigamente.

– Não – declara Mitch. – Aventureiros vivem de expedientes.

– E aventureiras? – pergunta Roz.

– Vivem de peitos – afirma Mitch.

– Ponto final – diz Roz, rindo. Jogou verde para colher maduro.

Mas ele está errado, pensa Roz, ao se recordar. Zenia também vivia de expedientes.

Este foi o começo do fim do casamento, embora não tenha percebido na época. Ou talvez tenha sido o fim do fim. Quem sabe? O fim devia estar chegando havia muito tempo. Essas coisas não acontecem de repente.

No entanto, Roz não saberia disso por meio de Mitch. Naquela noite, fez amor com ela com uma premência que não demonstrava fazia bastante tempo. Nada de calma voluptuosa, nada de rolar de um lado para o outro como uma morsa altiva: era agarrar e apertar. Não havia nada que ele quisesse que ela lhe desse, ele é que queria conseguir. Roz percebe que está sendo mordida, e fica mais satisfeita que insatisfeita. Não sabia que ainda era irresistível.

Uma semana depois, ela organiza um jantar no início da noite, no Scaramouche, para si e Zenia e a atual editora da *WiseWomanWorld*, cujo nome é BethAnne, e elas ingerem salada de *radicchio* e legumes exóticos escaldados e massas engenhosas, e analisam o currículo de Zenia e sua pasta de matérias de revistas. Primeiro, há as escritas quando fazia parte da equipe de uma revista de moda inovadora, na Inglaterra. Mas ela largou o emprego porque se sentia muito presa, e também porque queria escrever mais sobre temas políticos. Líbia, Moçambique, Beirute, os territórios palestinos; Berlim, Irlanda do Norte, Colômbia, Bangladesh, El Salvador – Zenia esteve na maioria das regiões de conflito de que Roz consegue se lembrar, e algumas que não consegue. Zenia as diverte com incidentes, de pedras e balas que passaram raspando pela sua cabeça, de câmeras quebradas por policiais, de escapadas milagrosas em jipes. Ela cita hotéis.

Muitas das matérias são assinadas por outros nomes, nomes masculinos, porque, como diz Zenia, a essência delas é controversa, incendiária até, e ela não queria abrir a porta no meio da noite e se deparar com um matador árabe ou irlandês, ou um israelense, ou um traficante de drogas enfurecido do outro lado.

– Não gostaria que isso se espalhasse – ela diz –, mas foi por essa razão que voltei ao Canadá. É uma espécie de porto seguro para mim... entendem? A situação estava ficando um pouco *interessante* demais para mim, lá fora. O Canadá é um lugar... tão *amável*.

Roz e BethAnne se entreolham. Ambas estão bastante animadas. Uma repórter política das zonas de conflito ao redor do mundo, bem diante delas; e uma repórter política mulher, além disso! É claro que precisavam acolhê-la. Para que servem os portos seguros? Não escapa à atenção de Roz que o antônimo de "interessante" não é "amável", e sim "tedioso". Entretanto, hoje em dia o "tedioso" tem algo a oferecer. Talvez devam exportar um pouco de *"tedioso"*. É melhor que levar um tiro na cabeça.

– Adoraríamos que você escrevesse uma matéria para a gente – declara BethAnne.

– Para falar a verdade – diz Zenia –, estou meio que esgotada por enquanto, no que diz respeito a matérias. Mas tenho uma ideia melhor.

Sua ideia melhor é ajudá-las no departamento de propaganda.

– Analisei a revista e percebi que vocês não têm muitas propagandas – declara. – Vocês devem estar perdendo dinheiro, muito dinheiro.

– É verdade – concorda Roz, que sabe exatamente quanto, pois o dinheiro que estão perdendo é o dela.

– Acho que posso dobrar o número de propagandas em, digamos, dois meses – diz Zenia. – Tenho experiência nisso.

Ela cumpre o que disse. Roz não sabe bem como aconteceu, mas em pouco tempo Zenia está participando de reuniões editoriais, e quando BethAnne se ausenta para ter outro bebê, criando um vácuo no comando, o cargo é oferecido a Zenia, pois quem mais – seja sincero – é igualmente qualificado? Quiçá Roz tenha preparado o terreno para ela. Mais provável; era o tipo de tiro ridículo no pé que tinha o hábito de dar naquela época. Parte do projeto "salve a coitada da Zenia". Prefere não lembrar dos detalhes.

Zenia foi fotografada, uma foto charmosa com uma roupa com decote em V; é publicada na página do editorial. As mulheres calculam sua idade e se perguntam como ela consegue ainda estar com aquela aparência tão boa. A circulação aumenta.

Agora, Zenia vai a festas, muitas festas. Por que não? Ela tem *schlep*, tem influência, tem – os homens do conselho adoram dizer – colhões. Afiada como uma navalha, brilhante como um diamante, e também tem um belo físico, eles nunca resistem a acrescentar, o que faz com que Roz vá para casa e feche a cara diante das pernas onduladas como casca de laranja que vê no espelho, e em seguida se repreenda por fazer comparações detestáveis.

Algumas das festas que Zenia frequenta são dadas por Roz. Roz supervisiona o trânsito dos lotes de folheados e champignons recheados, e cumprimenta os amigos com abraços e beijos no ar, e observa Zenia interagindo com toda a sala. Ela interage de verdade, por completo; parece saber instintivamente quanto tempo cada pessoa vale. Gasta alguns de seus instantes preciosos com Roz, no entanto. Ela a puxa para um canto e murmura, e Roz murmura de volta. Qualquer um que as observasse pensaria que conspiram.

– Você é muito boa nisso – Roz diz a Zenia. – Sempre acabo passando horas presa por conta de alguma história infeliz, mas você nunca fica acuada.

Zenia lhe sorri.

– Todas as raposas gostam da porta dos fundos. Gosto de saber onde fica a saída. – E Roz se recorda da história de quando Zenia escapou da morte por um triz, e sente pena dela. Zenia sempre chega sozinha. Ela vai embora sozinha. É triste.

Mitch também interage com a sala. Surpreendentemente, ele não interage com a parte onde Zenia está. Via de regra, flertaria com todo mundo; flertaria com um saluki, caso não houvesse nada mais à disposição. Gosta de ver o próprio charme refletido nos olhos de todas as mulheres do local; vai de uma para a outra como se fossem arbustos e ele o cachorro. Mas se mantém afastado de Zenia e, quando ela está olhando, trata Roz com excesso de atenção. Encosta a mão nela sempre que possível. *Equilibrando-se*, Roz pensa mais tarde.

Roz fica cada vez mais inquieta. Há algo de errado no rumo que as coisas tomaram, mas o que poderia ser? Ela se propôs a ajudar Zenia, e parece ter ajudado, e sem dúvida Zenia é grata, e está tendo um bom desempenho; almoçam juntas uma vez por semana para rever as coisas, e assim Zenia pode pedir o conselho de Roz, já que Roz lida com a revista há muito mais tempo que ela. Roz desdenha da própria reação, considerando-a um simples ciúme. Normalmente, se algo estivesse incomodando-a, algo que não soubesse identificar ao certo, discutiria o assunto com Tony ou Charis. Mas não pode fazê-lo, pois agora é amiga de Zenia, e talvez elas não compreendam este fator. Talvez não entendam como Roz pode ser amiga de alguém que é – encare os fatos – inimiga delas. Podem ver isso como uma traição.

– Ando pensando nisso – Zenia declara na reunião seguinte do conselho diretor. – Ainda estamos perdendo dinheiro, apesar dos novos anúncios. Parece que não conseguimos fisgar os esbanjadores... as empresas de perfumes, os cosméticos, a alta-costura. Para ser sincera, acho que a gente precisa mudar de nome. O conceito com o qual estamos trabalhando tem muito o estilo dos anos 1970. Estamos na década de 1980... muitas dessas posturas antigas já ficaram para trás.

– Mudar de nome? – indaga Roz, com lembranças ternas da cooperativa dos primeiros anos. O que terá acontecido com aquelas mulheres? Onde estão? Por que perdeu o contato com elas? De onde vieram todos esses terninhos de mulheres de negócios?

– Isso – diz Zenia. – Fiz uma pesquisa pequena. Nos daríamos melhor com *WomanWorld*, ou, melhor ainda, só *Woman*.

É óbvio aos olhos de Roz o que está sendo abandonado. A parte da sabedoria, em primeiro lugar. E também o mundo. Mas como ela poderia contestar o *Woman* sem insinuar que há algo de errado em ser mulher?

Portanto, Zenia muda o nome, e pouco depois a revista também muda. Muda tanto que Roz mal a reconhece. Lá se foram as empreendedoras maduras, as histórias de lutas para superar o machismo e montes de adversidades. Lá se foram também as matérias sobre cuidados com a saúde que não mediam as palavras. Agora há cinco páginas duplas sobre a moda da primavera, e novas dietas e tratamentos capilares e cremes antirrugas, e questionários sobre o homem de sua vida e se você está ou não lidando bem com seus relacionamentos. Essas coisas são irrelevantes? Roz seria a última a dizer que são, mas com certeza tem algo faltando.

Não almoça mais com Zenia uma vez por semana: agora, Zenia é muito ocupada. Ela é uma abelha operária, tem um monte de damas de ferro na fogueira. Então, na reunião seguinte do conselho, Roz a pressiona quanto à mudança do conteúdo.

– Essa não era a ideia inicial – ela diz.

Zenia lhe dá um sorriso amável.

– A maioria das mulheres não quer ler sobre outras mulheres que alcançam seus objetivos – ela explica. – Isso faz com que elas se sintam um fracasso.

Roz percebe que está ficando com raiva – com certeza foi um comentário sarcástico direcionado a ela –, mas se controla.

– Então, sobre o que elas querem ler?

– Não estou falando de intelectuais – diz Zenia. – Estou falando da mulher comum. A mulher comum que compra revistas. De acordo com o nosso estudo demográfico, elas querem ler sobre que visual devem ter. Ah, e sexo, claro. Sexo com os acessórios certos.

– Quais são os acessórios certos? – pergunta Roz, em tom amistoso. Ela acha que vai sufocar.

– Homens – diz Zenia. Os homens do conselho diretor riem, inclusive Mitch. Tanto pior para Roz. Uma imagem passa por sua cabeça, de Zenia usando luvas pretas com franjas e punhos largos, assoprando a fumaça do revólver, colocando-o de volta no coldre.

Roz é a acionista majoritária. Poderia mexer os pauzinhos, poderia marcar as cartas, poderia forçar a saída de Zenia. Mas não tem como fazer isso sem parecer uma bruxa vingativa.

E vamos encarar a realidade: eles estão ganhando dinheiro, finalmente, e o dinheiro fala mais alto.

Um dia, Mitch some. Ele simplesmente some, num estalar dos dedos, num piscar de olhos. Sem prelúdio, sem sinais, sem cartas deixadas à vista, nada do habitual. Mas, olhando para trás, Roz percebe que ele devia estar sumido havia algum tempo.

Aonde tinha ido? Tinha ido viver com Zenia. Todo um cortejo, todo um romance, acontecera bem debaixo do nariz de Roz, e ela não notara nada. Devia estar acontecendo havia meses.

Mas não, não é isso. Mitch lhe explica – ele parece querer lhe explicar – que foi tudo de súbito. Inesperado para ele. Zenia foi a seu escritório numa noite, depois do expediente, para consultá-lo sobre finanças, e então...

– Eu não quero saber – declara Roz, familiarizada com os prazeres da narração. Não tem a intenção de dar-lhe essa satisfação.

– Só quero que você entenda – pede Mitch.

– Por quê? – indaga Roz. – Que importância tem isso? Quem se importa se eu entendo ou não?

– Eu me importo – afirma Mitch. – Porque ainda te amo. Amo vocês duas. Isso é muito difícil para mim.

– Vai tomar naquele lugar – diz Roz.

Mitch entrou na casa quando Roz não estava. Chegou furtivamente porque não conseguia encará-la. Chegou e partiu, quieto como um ladrão, e retirou coisas: os ternos que ficavam na porta espelhada do armário do quarto, as roupas de velejar, as melhores garrafas de vinho, as fotos suas. Roz voltaria para casa depois do trabalho e encontraria esses vácuos, esses incisivos espaços eloquentes, onde costumava haver algo de Mitch. Mas deixou alguns itens para trás: um sobretudo, o anoraque, uns livros, as botas velhas, caixas disso e daquilo no depósito do porão. O que aquilo devia significar? Que ele estava em dúvida? Que ainda estava com um pé na porta? Roz quase desejou que ele levasse tudo de uma vez, que não deixasse rastros. Por outro lado, onde havia botas havia esperanças. Mas esperança era o que havia de pior. Enquanto tivesse esperança, como levaria a vida adiante? Que era o que as mulheres na sua situação eram constantemente incentivadas a fazer.

Mitch não pegou nada que não lhe pertencesse. Não pegou nada que Roz tinha comprado para a casa, comprado para que eles compartilhassem. Roz ficou surpresa ao notar como foi pequeno o envolvimento dele nas compras, como foram poucas as decisões que ele a ajudara a tomar; ou, olhando por outro lado, como ele contribuíra pouco. Bem, como ele poderia tê-la ajudado? Ela sempre se antecipou a ele; notava uma necessidade ou um desejo e supria na mesma hora, com um aceno de seu talão de cheques mágico. Talvez isso o tenha ofendido depois de um tempo, sua munificência, sua generosidade, seus montes de pérolas, suas emanações. Pedi, e dar-se-vos-á. Droga, Mitch nem pedia! Ele só precisava ficar deitado no gramado de boca aberta enquanto Roz subia na árvore e a balançava para as maçãs douradas caírem.

Talvez este tenha sido o truque de Zenia. Talvez tenha se apresentado como o vácuo, como a fome, como o pote vazio de um mendigo. Talvez a posição que tenha adotado fosse a de joelhos, os braços erguidos pedindo esmola. Talvez Mitch quisesse a oportunidade de jogar algumas moedas, uma oportunidade jamais proporcionada por Roz. Ele estava cansado de receber, de ser perdoado, de ser salvo; talvez quisesse dar e salvar um pouco. Melhor que uma bela mulher de joelhos seria uma bela mulher agradecida de joelhos. Mas será que Roz não tinha sido grata o bastante?

Parece que não.

Roz se rebaixa. Ela cede ao apetite corrosivo por sordidez e contrata uma detetive particular, uma mulher chamada Harriet; Harriet a húngara, a respeito de quem soube, muitos anos antes, por meio de tio Joe, que tinha algumas ligações com húngaros.

– Só quero saber o que eles andam fazendo – ela explica a Harriet.

– Que tipo de informação? – indaga Harriet.

– Onde estão morando, o que fazem – diz Roz. – Se ela é real.

– Real? – diz Harriet.

– De onde ela veio – diz Roz.

Harriet descobre o suficiente. Suficiente para tornar Roz mais infeliz do que já está. Zenia e Mitch moram numa cobertura com vista para o porto, perto de onde Mitch ancora o barco. Assim, podem dar breves velejadas nele, supõe Roz, embora não imagine Zenia sujeitando-se a isso com frequência. Molhar-se, lascar o esmalte da unha. Não tanto quanto Roz se sujeitava. O que mais eles fazem? Saem para comer, comem em casa. Zenia faz compras. O que há de interessante?

A questão sobre Zenia ser ou não real é mais complicada de se resolver. Aparentemente ela não nasceu, pelo menos não sob este nome; mas como ter certeza, se boa parte de Berlim virou fumaça? Pesquisas em Waterloo não revelam nada. Ela não foi à escola lá, ou não foi com o nome atual. Ela sequer é judia? Fica a critério de cada um, diz Harriet.

– Mas e a foto? – indaga Roz. – A família dela?

– Ah, Roz – diz Harriet. – Fotos existem a dar com o pau. Quem garante que aquelas pessoas eram mesmo a família dela?

– Ela conheceu o meu pai – insiste Roz. Ela reluta em entregar os pontos.

– Eu também conheci – retruca Harriet. – Ora, Roz, há alusões a tudo isso em todas as entrevistas que você já deu na vida. O que foi que ela disse sobre ele que uma menina de doze anos com imaginação fértil não seria capaz de inventar?

– Você tem razão – suspira Roz –, mas havia tantos detalhes.

– Ela é muito boa – concorda Harriet.

Londres se revela uma cidade mais frutífera: Zenia de fato trabalhou para uma revista dali; aparentemente escreveu alguns dos artigos que alegara serem de sua autoria, embora de modo algum tenha escrito todos. Aqueles sobre roupas, sim; os das zonas de conflito político, não. Os que foram assinados com nomes de homens parecem ter sido feitos pelos homens em questão, apesar de três dos cinco estarem mortos. Ela teve uma breve passagem pelas colunas de fofocas quando seu nome foi ligado ao de um ministro; a expressão "boa amiga" foi usada, e houve uma subsequente alusão a casamento, mas este não ocorreu. Em seguida, houve um escândalo quando veio à tona que Zenia estava vendo um adido cultural soviético na mesma época. "Vendo" era um eufemismo. Houve um monte de xingamentos políticos, e a habitual caça às bruxas e calúnias dos tabloides ingleses. Depois do incidente, Zenia desapareceu.

– Ela realmente viajou por todos esses países? – diz Roz.

– Quanto dinheiro você quer gastar? – pergunta Harriet.

Saber da fragilidade da fachada criada por Zenia não ajuda Roz em nada. Ela está num beco sem saída. Se contar para Mitch sobre as mentiras, vai dar a impressão de que o faz por ciúme.

É ciúme. Roz está tão enciumada que não consegue pensar com clareza. Em algumas noites, chora de raiva, em outras, de tristeza. Ela perambula numa névoa vermelha de ira, numa neblina cinza de autocomiseração, e se odeia por ambas. Ela invoca sua teimosia, sua disposição para lutar, mas quem exatamente é o inimigo? Ela não pode lutar contra Mitch, pois o quer de volta. Talvez se conseguir se controlar por tempo suficiente, tudo chegue ao fim. Mitch vai faiscar como churrasco debaixo de chuva, vai voltar para casa como já fez antes, querendo que ela o desenrede de Zenia, querendo ser salvo. E Roz o fará, apesar de que dessa vez não será fácil. Ele tinha violado algo, um contrato não escrito, uma espécie de confiança. Nunca tinha saído de casa. As outras mulheres foram um jogo para ele, mas Zenia é um negócio sério.

Poderia acontecer de um outro jeito: Zenia iria se livrar de Mitch. Ela o atiraria pela janela, assim como ele fizera com várias. Mitch teria a punição merecida. Roz seria vingada.

Em público, Roz mantém o sorriso, o sorriso cheio de dentes. Os músculos da mandíbula doem com isso. Ela quer preservar sua dignidade, se fazer de valente. Mas não é tão fácil, com o peito rasgado e o coração exposto para que sem dúvida todos vejam; o coração, que está em chamas e despeja sangue.

Não pode esperar muita pena das amigas, aquelas que sempre lhe diziam para largar Mitch. Agora, ela percebe o que queriam dizer: *Largue ele antes que ele te largue!*

Mas não as escutou. Ao contrário, ela continuou a interpretar a assistente do atirador de facas, com a roupa cintilante, com os braços e pernas abertos, imóvel e sorridente enquanto as facas batiam na parede, delineando os contornos de seu corpo. *Se você estremecer, morre.* Era inevitável que um dia, por acidente ou de propósito, ela fosse atingida.

Tony lhe telefona. Charis também. Ela percebe a preocupação em suas vozes: elas sabem de alguma coisa, elas já ouviram. Mas ela as repele, guarda distância. Um pingo da compaixão de ambas neste momento a mataria.

Passam-se três meses. Roz ergue a coluna, cerra os lábios e trinca as mandíbulas com tanta força que tem certeza de que os dentes estão sendo triturados até virarem tocos, e tinge o cabelo de marrom, e compra uma roupa nova, um terninho de couro italiano num opulento tom vermelho-alaranjado. Tem casos decepcionantes com alguns homens. Rola de um lado para o outro com eles, hesitante, constrangida, como se o seu quarto estivesse pronto para ser usado: ela sabe que está atuando. Espera que as notícias a respeito de sua temerária infidelidade cheguem aos ouvidos de Mitch e ele se contorça, mas qualquer contorção que tem se dá na privacidade de sua própria casa, se é que o ninho da víbora pode ser chamado assim. Ou pior: talvez ele não esteja se contorcendo. Talvez esteja contente com a possibilidade de que um bode expiatório azarado a tire de suas mãos.

Harriet telefona: acha que Roz pode gostar de saber que Zenia está vendo outro homem, à tarde, quando Mitch não está em casa.

– Que tipo de homem? – indaga Roz. A adrenalina corre pelo cérebro.

– Digamos apenas que ele usa jaqueta de couro preto e dirige uma Harley, e que já foi preso duas vezes, mas nunca foi condenado. Falta de testemunhas dispostas a colaborar.

– Preso pelo quê? – pergunta Roz.

– Tráfico de cocaína – declara Harriet.

Roz pede um relatório por escrito, enfia-o num envelope e o envia anonimamente a Mitch, e aguarda a conclusão da história; e ela de fato se conclui, pois numa segunda-feira, pouco antes do horário de almoço, Harriet telefona para o escritório.

– Ela pegou um avião – afirma Harriet. – Três malas grandes.

– Para onde? – diz Roz. Seu corpo inteiro está formigando. – Mitch estava com ela?

– Não – responde Harriet. – Para Londres.

– Talvez ele a encontre lá depois – diz Roz. Ora, ora, pensa ela. Tchauzinho, ovelha negra. Três malas cheias.

– Imagino que não – diz Harriet. – Ela não estava com esse visual.

– Com que visual ela estava? – indaga Roz.

– O dos óculos escuros – descreve Harriet. – O visual "lenço em volta do pescoço". Eu apostaria dinheiro no olho roxo, e aposto mais ainda como ele tentou estrangulá-la. Ou alguma outra pessoa. Diria que, segundo as aparências, ela está fugindo.

– Ele vai atrás dela – afirma Roz, que não quer criar expectativa. – Ele está obcecado.

Mas naquele fim de tarde, ao entrar em casa, ao chegar à sala de estar, com os tapetes rosa e roxos e sutis toques esverdeados, uma retomada dos anos 1940 com nuanças pós-modernas, se depara com Mitch, sentado em sua poltrona preferida como se nunca tivesse ficado longe dali.

Sentado em sua poltrona preferida, pelo menos. Mas quanto ao *longe*, sim, foi onde esteve. Muito longe. As cinzas de um planeta de uma galáxia distante. Parece ter vagado pelo espaço sideral, um lugar frio e vazio onde existem coisas com tentáculos, e conseguido por pouco voltar à Terra. Um semblante aturdido, um semblante de quem levou um golpe na cabeça. Atacado, o rosto o primeiro a ser empurrado contra o muro de tijolos, enfiado à força num porta-malas, atirado seminu à margem pedregosa da estrada, e ele nem viu quem foi que lhe fez isso.

A alegria toma Roz de súbito, mas ela a reprime.

– Mitch – ela diz, com seu melhor tom de voz de fêmea. – Querido, o que houve?

– Ela foi embora – declara Mitch.

– Quem? – diz Roz, porque, embora não vá pedir um grama de sua carne, não neste momento crítico, ela quer sim um pouco de sangue, só uma ou duas gotas, porque está sedenta.

– Você sabe quem – diz Mitch, com a voz engasgada. É tristeza ou fúria? Roz não sabe dizer.

– Vou te trazer um drinque – ela diz. Ela serve um drinque para cada um e se senta de frente para Mitch, numa poltrona igual à dele, a posição normal deles para conversas como esta. Conversas para resolver as diferenças. Ele vai explicar, ela ficará magoada; ele vai fingir se arrepender, ela vai fingir que acredita. Eles se encaram, dois trapaceiros das cartas, dois jogadores de pôquer.

Roz começa.

– Para onde ela foi? – indaga, apesar de saber a resposta; mas quer saber se ele sabe. Caso não saiba, não será ela quem lhe dirá. Ele que contrate o próprio detetive.

– Ela levou as roupas dela – declara Mitch, numa espécie de gemido. Ele leva a mão à cabeça, como se sentisse dor. Então ele não sabe.

O que se espera que Roz faça? Condoa-se do marido porque a mulher que ele ama, que ama em vez de amá-la, caiu fora? Que o console? Que o beije para que ele melhore? Sim, é isso mesmo. Chega perto de fazer exatamente isso – Mitch parece tão devastado –, mas recua. Ele que espere.

Mitch olha para ela. Roz morde a língua. Um tempo depois, ele diz:

– Tem outra coisa.

Zenia, ao que parece, forjou alguns cheques da conta operacional de *Woman*. Ela roubou todos os saques a descoberto permitidos. Quanto? Cinquenta mil dólares, mais ou menos; mas em cheques de menos de mil dólares. Ela os descontou em bancos diferentes. Ela conhece o sistema.

Roz calcula: ela pode arcar com isso, e o sumiço de Zenia, a esse preço, sai barato.

– Que nome ela usou? – ela pergunta. Ela sabe quem são os executivos signatários. Para cheques pequenos como esses, são a própria Zenia ou um dos três membros do conselho administrativo.

– O meu – diz Mitch.

Haveria como ser menos cristalina? Zenia é uma piranha fria e traiçoeira. Nunca amou Mitch. Só queria o prazer de ganhar, de tomá-lo para si, de tirá-lo de Roz. Além do dinheiro. Isto é óbvio para Roz, mas, ao que parece, não é para Mitch.

– Ela está metida em alguma encrenca – anuncia ele. – Preciso encontrá-la. – Ele deve estar pensando no traficante de cocaína.

Roz se descontrola.

– Ah, me poupe – ela exclama.

– Não estou *te* pedindo para fazer nada – diz Mitch, como se Roz fosse ser malévola demais para lhe dar uma mão. – Eu sei de onde veio o envelope.

– Você não vai atrás dela – diz Roz. – Será que você não entendeu a mensagem? Ela esfregou os espinhos dela em você. Ela te fez de idiota. Ela mentiu, roubou e te traiu, e ela te descartou. Acredite: na vida dela não há espaço para incautos usados.

Mitch lhe lança um olhar de profundo desagrado. É muita verdade para ele. Não está acostumado a ser dispensado, a ser traído, pois isso nunca tinha lhe acontecido. Talvez, pensa Roz, eu deva dar aulas.

– Você não entende – diz ele. Mas Roz entende, sim. O que ela entende é que, independentemente do que tenha acontecido antes, nunca havia ninguém mais importante para Mitch do que ela, e agora há.

Harriet telefona: Mitch tomou o avião das noites de quarta-feira para Londres.

O coração de Roz endurece. Para de arder e gotejar. A laceração no peito se fecha sobre ele. Ela sente uma invisível mão ali, esticada como uma atadura, mantendo seu corpo fechado. É isso, ela pensa. Isso finalmente o rasga. Ela compra cinco livros de suspense, tira uma semana de férias, e vai à Flórida, e se estira sob o sol, chorando.

48

Mitch volta. Ele volta da caçada. Volta no meio de fevereiro, depois de ter telefonado; depois de marcar um horário na agenda, como qualquer cliente ou peticionário. Ele aparece na porta de Roz com o casaco de pele de carneiro, parecendo um saco vazio. Na mão, traz um melancólico buquê de flores.

Por isto, Roz tem vontade de chutá-lo – será que acha que ela vai se vender tão barato? –, mas está chocada com sua aparência. Está desgrenhado como um bêbado de banco de praça, a pele está cinza devido à viagem, olheiras pretas circundam-lhe os olhos. Ele perdeu peso, a pele está flácida, o rosto começa a ficar encovado, que nem um velho sem a dentadura, que nem as abóboras de Halloween das crianças dias depois que o feriado já terminou, e as velas dentro delas já derreteram. Este amolecimento, este afundamento em direção a um vazio nuclear úmido.

Roz sente que deve ficar parada no vão da porta, uma barreira entre o ar frio que ele traz consigo e sua casa quente, bloqueando-o, fazendo-o permanecer do lado de fora. As crianças precisam ser protegidas deste resto, deste eco decadente, desta cópia obscura do pai verdadeiro, com seus olhos cavados e sorriso de papel amassado. Porém, ela lhe deve pelo menos uma audiência. Calada, pega as flores – rosas, vermelhas, um escárnio, pois ela não se ilude, paixão não é o que ele sente. Não por ela, de qualquer forma. Ela o deixa entrar.

– Eu quero voltar – ele lhe diz, percorrendo com os olhos a sala de estar ampla, de pé-direito alto, o domínio espaçoso que Roz criara, que um dia também tinha sido dele. Não *Você me deixa voltar?* Não *Eu quero que você volte para mim.* Nada a ver com Roz, nenhuma menção a ela. É a sala o que ele está reivindicando, o território. Está profundamente enganado. Acha que tem direitos.

– Você não a achou, não é? – diz Roz.

Ela entrega o drinque que lhe preparou, como fazia antigamente: um uísque *single malt*, sem gelo. Era disso que ele gostava, muito tempo atrás; é o que ela tem tomado atualmente, e em quantidades maiores do que deveria. O gesto de entregar o copo a ele a acalma, pois é um velho hábito dos dois. A nostalgia por ele a segura pelo pescoço. Ela luta para não engasgar. Ele está de gravata nova, que lhe é desconhecida, com pavorosas tulipas em tom pastel. As impressões digitais de Zenia estão por todos os lados, como marcas de queimaduras invisíveis.

– Não – responde Mitch. Não olha para ela.

– E se tivesse achado – diz Roz, voltando a se endurecer, acendendo o próprio cigarro, pois não vai pedir que ele o faça, já que estão muito além desses galanteios extravagantes, além de ele não estar se inclinando para a frente com o braço esticado –, o que você teria feito? Espancado com todas as suas forças, ou colocado os advogados em cima dela, ou dado um beijo bem molhado nela?

Mitch olha na sua direção. Não consegue olhá-la nos olhos. É como se ela fosse semi-invisível, uma espécie de borrão pairando no ar.

– Não sei – ele diz.

– Bem, pelo menos você está sendo sincero – retruca Roz. – Estou contente porque você não está mentindo para mim. – Está tentando manter um tom de voz suave para evitar a rispidez amargurada. Ele não está mentindo, não está fazendo nada contra ela. Não existe *ela*, no que lhe diz respeito; não faria diferença nenhuma se ela não estivesse ali. O que quer que ele esteja fazendo, está fazendo consigo mesmo. Ela nunca se sentiu tão inexistente na vida. – Então, o que é que você quer? – É melhor perguntar, é melhor saber logo o que estão lhe pedindo.

Mas ele faz que não com a cabeça: ele também não sabe. Nem sequer bebe do copo que ela lhe serviu. É como se não pudesse aceitar nada que viesse dela. O que significa que não há nada que ela possa lhe dar.

– Talvez você possa me dizer, quando você descobrir.

Agora ele finalmente olha para ela. Só Deus sabe quem ele vê. Um anjo vingativo, uma gigante de braço nu e espada – não é possível que seja Roz, a Roz carinhosa e emplumada, não da forma como a encara. Seus olhos estão assustadores porque ele está assustado. Estava se cagando de medo, dela ou de alguém ou de algo, e ela não aguenta nem olhá-lo. Em tudo o mais que vinha acontecendo, durante todos os anos que ele passara brincando de Entra e Sai com as Vagabundas, e ela se enfurecia com ele e chorava, ela sempre dependeu de que ele não se apavorasse. Mas agora há uma rachadura nele, como a rachadura de um vidro; um pouco de calor e ele se espatifa. Mas por que seria função de Roz varrer os cacos?

– Me deixe ficar aqui – ele pede. – Me deixe ficar na casa. Posso dormir lá embaixo, na sala de recreação. Não vou te incomodar.

Ele está suplicando, mas Roz só percebe em retrospecto. Naquele instante, acha a ideia intolerável: Mitch no chão, num saco de dormir, que nem as amigas das gêmeas quando vão em grupo dormir na casa dela, rebaixado à transitoriedade, rebaixado à adolescência. Trancado do lado de fora de seu quarto, ou, ainda pior, sem vontade de entrar nele. É isso – ele está rejeitando-a, rejeitando seu corpo grande, sôfrego, desajeitado, ardente e maciço; não é mais bom o bastante para ele, nem mesmo como colchão de plumas, nem mesmo como alternativa. Ele deve achá-la repugnante.

Mas ainda lhe resta um pouco de orgulho, embora só Deus saiba como ela conseguiu mantê-lo, e se vai permitir que ele volte, terá de ser em todos os aspectos.

– Você não pode me tratar como uma parada no meio da estrada – ela declara. – Não pode mais.

Pois seria exatamente o que ele faria, ele se mudaria, ela serviria almoços nutritivos, o alimentaria, o colocaria de pé outra vez, e ele restabeleceria suas forças e iria embora, embora em seu escaler, embora em seu galeão, atravessando os sete mares em busca do Santo Graal, da Helena de Troia, de Zenia, observando pelo telescópio, alerta à sua flâmula de pirata. Roz vê isso nos olhos dele, concentrados no horizonte, e não nela. Ainda que ele voltasse, que entrasse em seu quarto, sob as cobertas cor de amora, dentro de seu corpo, não seria Roz quem estaria embaixo dele, em cima dele, do lado dele, nunca mais. Zenia roubara algo dele, a única coisa que ele sempre mantivera escondida, a salvo de todas as mulheres, inclusive Roz. Chame-a de sua alma. Ela a tirou do bolso dele quando ele não estava vendo, com a facilidade com que se revira um bêbado, e olhou-a, e mordeu para ver se era de verdade, e desdenhou dela por ser pequena demais, e depois jogou fora, pois é o tipo de mulher que quer o que não tem, e consegue o que quer, e daí despreza o que consegue.

Qual é o segredo dela? Como faz isso? De onde isso vem, esse seu inegável poder sobre os homens? Como os agarra, interrompe seus passos, lhes dá uma rasteira, e os vira do avesso tão facilmente? Deve ser algo bem simples e óbvio. Ela lhes diz que eles são únicos, depois revela que não são. Ela abre o capote com bolsos secretos e lhes mostra como o truque de mágica funciona, e isto, no final das contas, não passa de um truque. Só que a essa altura eles se recusam a enxergar; eles acham que a Fonte da Juventude é real, apesar de ela esvaziar as garrafas e enchê-las de água da bica, bem diante de seus olhos. Eles querem acreditar.

– Não vai dar certo – Roz diz a Mitch. Não está sendo vingativa. É simplesmente a verdade.

Ele deve saber que não, pois não implora. Deixa-se afundar dentro da roupa amarrotada; o pescoço diminui, como se houvesse um peso permanente mas inexorável empurrando sua cabeça.

– Acho que não – ele concorda.

– Você não tem mais o apartamento? – pergunta Roz. – Não é lá que você está morando?

– Não posso continuar lá – afirma Mitch.

Sua voz tem um tom de acusação, como se fosse uma grosseria, uma crueldade da parte dela sugerir algo assim. Será que ela não percebe o quanto doeria ficar no lugar onde vivera com sua querida fugitiva, o lugar onde haveria lembranças de sua amada sumida em todos os cantos, o lugar onde ele fora tão feliz?

Roz compreende. Ela mesma vive num lugar assim. Mas obviamente ele não pensou nisso. Aqueles que sentem dor não têm tempo para a dor que causam.

Roz o acompanha até a porta, até a entrada, ajuda-o a colocar o sobretudo, o que quase a mata, pois o sobretudo também pertence a ela, ela o ajudou a comprá-lo, ela dividiu a vida que ele tinha dentro dele, daquele couro de bom gosto, daquela pele de carneiro, que antigamente continha um lobo tão perverso. Não mais, nunca outra vez; agora ele é desdentado. *Pobre cordeirinho*, pensa Roz, e aperta bem os punhos porque não se deixará ser feita de boba outra vez.

Ele sai, sai no crepúsculo gélido de fevereiro, sai para o desconhecido. Roz o observa indo em direção ao carro estacionado, um pouco vacilante apesar de não ter tocado na bebida. As calçadas estão congeladas. Ou talvez ele tenha tomado alguma coisa, alguma espécie de comprimido, um calmante. É provável que ele não devesse dirigir, embora não seja mais dever dela impedi-lo. Diz a si mesma que não precisa ficar apreensiva por causa dele. Ele pode ficar num hotel. Algum dinheiro, ele tem.

Ela deixa as rosas vermelhas no aparador, ainda envoltas no embrulho floral. Que murchem. Dolores vai vê-las amanhã e em seu coração censurará Roz pelo desleixo, os ricos não sabem quanto custam as coisas, e as jogará no lixo. Ela enche outro copo de uísque e acende outro cigarro, depois pega os álbuns de fotos antigos, aquelas fotografias que tirou sem parar em festas de aniversário no quintal, em formaturas, nas férias, nos invernos sob a neve, verões no barco, para provar para si mesma que eles de fato formavam uma família, e se senta na cozinha para vasculhá-las. Fotos de Mitch, em cores não vivas: Roz e Mitch no casamento, Mitch e Roz e Larry, Mitch e Roz e Larry e as gêmeas. Ela procura alguma pista em seu rosto, algum prenúncio da catástrofe que se abatera sobre eles. Não acha nada.

Algumas mulheres na mesma situação pegam a tesourinha de unhas e cortam fora a cabeça do homem em questão, deixando apenas o corpo. Algumas cortam o corpo também. Mas Roz não agirá assim, por causa das crianças. Não quer que elas se deparem com uma foto do pai decapitado, não quer assustá-las mais do que já assustou. E de qualquer forma não daria certo, pois Mitch ainda estaria nas fotografias, um contorno, um vulto em branco, ocupando parte do espaço, assim como ocupa ao seu lado, na cama. Ela nunca dorme no meio da cama, ainda dorme em um dos lados. Não consegue ocupar o espaço inteiro.

Na geladeira, presos com ímãs em forma de gatos e porcos sorridentes, estão os cartões de São Valentim que as gêmeas fizeram para ela na escola. As gêmeas andam grudentas atualmente, querem-na por perto. Não gostam que ela saia à noite. Não esperaram o Dia de São Valentim, levaram os cartões para casa e entregaram logo, como se houvesse urgência. São os únicos cartões que ela vai receber. Provavelmente, serão os únicos que receberá de agora em diante. Devem lhe ser suficientes. Por que ela deveria querer corações brilhantes, lábios incandescentes e respiração ofegante, na sua idade?

Saia dessa, Roz, ela se diz, você não está velha. Sua vida não acabou.

Só parece que acabou.

Mitch está na cidade. Está por perto. Ele vai ver as crianças, e Roz dá um jeito de não estar em casa, a pele formigando o tempo todo por ter consciência de sua proximidade. Quando entra em casa depois que ele se vai, sente seu cheiro – a loção pós-barba, o treco inglês feito de urze, será que ele salpicou algumas gotas pela casa só para chamar sua atenção? Ela o vislumbra em restaurantes, ou no iate clube. Para de frequentar estes lugares. Pega o telefone, e ele está na linha com um dos filhos. O mundo inteiro é uma armadilha explosiva. Ela é o explosivo.

Os advogados dos dois conversam. É sugerido um acordo de separação, mas Mitch se esquiva; não quer Roz – senão estaria ali, não estaria, outra vez na porta de casa, não estaria ao menos pedindo? –, mas também não quer separar-se dela. Ou talvez esteja apenas barganhando, talvez esteja tentando elevar o preço. Roz range os dentes e mantém-se firme. Isso vai lhe custar caro, mas vale a pena cortar a amarra, o nó, a corrente, seja lá o que for essa coisa pesada que a reprime. Você tem de saber quando sair do jogo. De todo modo, ela está ativa. Mais ou menos. Mas já esteve melhor.

Ela se consulta com uma psiquiatra para ver se pode se aperfeiçoar, se transformar numa nova mulher, uma mulher que não se importe mais. Gostaria de ser assim. A psiquiatra é uma pessoa legal; Roz gosta dela. Juntas, as duas lidam com a vida de Roz como se fosse um quebra-cabeça, uma história de suspense com solução no final. Organizam e reorganizam as peças, tentando fazê-las se encaixarem melhor. Estão esperançosas: se Roz conseguir entender de que história está participando, elas poderão identificar os desvios errados que fez, poderão reconstituir seus passos, poderão mudar o final. Elaboram uma trama provisória. Talvez Roz tenha se casado com Mitch porque, embora na época Mitch fosse muito diferente de seu pai, ela sentiu que no fundo eram iguais. Ele iria traí-la assim como o pai traíra a mãe, e ela o perdoaria e o aceitaria de volta assim como fizera a mãe. Ela o resgataria, repetidas vezes. Ela interpretaria a santa, e ele, o pecador.

Só que os pais terminaram juntos e Roz e Mitch não, então qual foi o erro? Zenia foi o erro. Zenia alterou a trama de Roz, do resgate para a fuga, e quando Mitch quis ser salvo outra vez Roz não estava mais disposta a fazê-lo. De quem era a culpa? Quem devia ser responsabilizado? Ah. Será que Roz não achava que gastava muito tempo repartindo a culpa? Será que, talvez, ela se culpasse? Em suma, sim. Talvez ainda não seja capaz de deixar Deus de fora disso, nem a noção de que está sendo punida.

Talvez a culpa não seja de ninguém, sugere a psiquiatra. Talvez essas coisas simplesmente aconteçam, assim como acidentes de avião.

Se Roz quer tanto que Mitch volte – e ao que parece ela quer, agora que compreende melhor a dinâmica da relação dos dois –, talvez seja uma boa ideia pedir que ele vá à terapia. Talvez deva perdoá-lo, pelo menos até este ponto.

Tudo isso é bastante razoável. Roz pensa em dar o telefonema. Está quase com coragem de fazê-lo, está quase lá. Então, num mês de março garoento, Zenia morre. É morta no Líbano, na explosão de uma bomba; volta dentro de uma lata e é enterrada. Roz não chora. Pelo contrário: ela se regozija intensamente – se houvesse uma fogueira, dançaria ao seu redor, tocando um pandeiro, caso providenciassem um. Mas depois disso fica com medo, pois Zenia é, acima de tudo, vingativa. Estar morta não vai alterar este fato. Ela vai dar um jeito.

Mitch não está no funeral. Roz estica o pescoço, tentando achá-lo, mas há apenas um bando de homens desconhecidos. E Tony e Charis, é claro.

Ela se pergunta se Mitch ficou sabendo, e, se sim, como está lidando com isso. Precisa sentir que Zenia foi tirada do caminho, como um casaco de pele comido por mariposas, um galho de árvore caído no meio da rua, mas não sente. Zenia morta é uma barreira maior que Zenia viva; no entanto, como diz para a psiquiatra, ela não sabe explicar por quê. Poderia ser remorso porque Zenia, a rival odiada, morreu, e Roz desejava sua morte, e Roz está viva? É possível. *Você não é responsável por tudo o que acontece*, declara a psiquiatra.

Não há dúvida de que agora Mitch vai mudar, aparecer, reagir. Acordar, como se de uma hipnose. Mas ele não telefona. Não dá nenhum sinal, e já é abril, a primeira semana, a segunda semana, a terceira. Quando Roz enfim liga para o advogado dele para saber onde ele está, o advogado não diz. Fez menção a uma viagem, ele se recorda. Para onde? O advogado não sabe.

Mitch está no lago Ontário. Faz um tempo que está lá. A polícia encontra seu barco, o *Rosalind II*, à deriva com as velas dobradas, e depois de um tempo o próprio Mitch é lançado à costa de Scarborough Bluffs. Está de colete salva-vidas, mas nessa época do ano a hipotermia devia tê-lo levado à morte rapidamente. Devia ter escorregado, eles lhe dizem. Escorregado e caído na água, e não deve ter conseguido subir no barco. Estava ventando no dia em que saiu do porto. Um acidente. Se fosse suicídio, não estaria de colete salva-vidas. Estaria?

Estaria, estaria, pensa Roz. Essa parte, ele fez pelas crianças. Não queria lhes deixar um fardo ruim. Ele as amava o suficiente para tomar tal providência. Mas sabia tudo sobre temperatura da água, ele lhe dava aulas sobre isso com bastante frequência. O calor do corpo se dissipa, rápido como um piscar de olhos. A pessoa fica entorpecida e depois morre. E foi o que ele fez. Roz não tem dúvida de que foi proposital, mas não fala nada. *Foi um acidente*, afirma para as crianças. Acidentes acontecem.

Ela tem de pôr ordem nas coisas dele, claro. Catar as bugigangas. Limpar a bagunça. Afinal de contas, ainda é sua esposa.

O pior de tudo é o apartamento, o apartamento que ele dividia com Zenia. Ele não voltou lá depois que ela foi embora, depois que partiu para a Europa na tentativa de achá-la. Algumas de suas roupas ainda estão no armário – os ternos esplêndidos, as belas camisas, as gravatas. Roz dobra as roupas e põe na mala, como fizera muitas vezes. Os sapatos, mais vazios que o próprio vazio. Pode estar em algum outro lugar, mas não ali.

Zenia é uma presença mais forte. A maioria de seus pertences não está ali, mas há um penhoar chinês, seda rosa com dragões bordados, jogado em cima da poltrona do quarto. Ópio, pensa Roz, sentindo o aroma. É o cheiro o que mais incomoda Roz. Os lençóis revirados ainda estão sobre a cama desfeita, há toalhas sujas no banheiro. A cena do crime. Nunca devia ter ido ali, é uma tortura. Devia ter mandando a Dolores.

Roz desiste de ir à psiquiatra. É o otimismo o que a aborrece, a crença de que as coisas podem ser consertadas, o que no momento parece ser apenas mais um fardo. Tudo isso e ela ainda deve ter esperanças? Obrigada, mas não, obrigada. *Então, Deus*, ela fala sozinha. *Esse foi um belo número. Me enganou! Orgulhoso de si? O que mais você está guardando nas mangas? Quem sabe uma guerra bacana, um genocídio – ei, que tal uma ou duas pragas?* Ela sabe que não devia falar assim, nem consigo mesma, é provocar o destino, mas isso a ajuda a chegar ao final do dia.

Chegar ao final do dia é o principal. Ela deixa duas negociações de imóveis pendentes em suspenso; não está em condições de tomar decisões importantes. A revista se administra sozinha até que ela tenha tempo de vendê-la, o que não será muito difícil, pois, desde as mudanças feitas por Zenia, estão tendo lucro. Se não conseguir vendê-la, vai fechá-la. Não tem ânimo para continuar com uma publicação que faz declarações tão exageradas, declarações que ela mesma fracassou em incorporar de modo tão calamitoso. Ela não é a supermulher, e *fracasso* é a palavra-chave. Obteve sucesso em muitas coisas, mas não naquilo. Não em ficar ao lado de seu homem. Pois se Mitch se afogou – se não havia nada que ainda o fizesse desejar viver –, de quem foi a culpa? De Zenia, sim, mas também dela mesma. Ela devia ter se lembrado do pai dele, que tomou o mesmo rumo sombrio. Devia tê-lo deixado voltar.

Chegar ao final do dia é uma coisa, chegar ao final da noite é outra. Não consegue escovar os dentes no esplêndido banheiro com duas pias sem sentir Mitch ao seu lado, não consegue tomar banho sem olhar se suas pegadas úmidas molharam o chão. Não consegue dormir no meio da cama cor de amora, porque, mais do que nunca, mais do que quando ele estava vivo mas em outro lugar, ele está quase ali. Mas não está ali. Está sumido. É uma pessoa sumida. Ele foi a algum lugar onde ela não pode alcançá-lo.

Não consegue dormir na cama cor de amora de jeito nenhum. Ela se deita, levanta, põe o roupão, desce a escada e segue até a cozinha, onde vasculha a geladeira; ou anda nas pontas dos pés pelo corredor do segundo andar, escutando a respiração dos filhos. Agora, mais do que nunca, está preocupada com os filhos, e eles preocupados com ela. Apesar de seus esforços para tranquilizá-los, de dizer-lhes que está bem e que tudo vai se ajeitar, ela os assusta. Ela percebe.

Deve ser o tom monótono de sua voz, o rosto despido de maquiagem e disfarces. Ela arrasta uma colcha pela casa para o caso de o sono resolver aparecer. Às vezes adormece no chão, na sala de recreação, com a televisão ligada para lhe fazer companhia. Às vezes ela bebe, na esperança de relaxar, de cair no sono. Às vezes funciona.

Dolores pede demissão. Diz que achou um outro emprego, um que oferece fundo de pensão, mas Roz não acredita que seja isso. É o azar; Dolores tem medo de se contagiar. Roz vai substituí-la, encontrar outra pessoa; mas depois, quando conseguir pensar. Depois de ter dormido um pouco.

Ela vai ao médico, o clínico geral, o mesmo que usa no caso de as crianças estarem com tosse, e pede comprimidos para dormir. Só para conseguir sobreviver a este período, ela declara. O médico é compreensivo, concede os comprimidos. A princípio, toma cuidado com eles, mas começam a não funcionar tão bem e toma mais. Uma noite, toma um punhado, além de um uísque triplo; não por vontade de morrer, não é o que ela quer, mas sim pela simples irritação por estar acordada. Ela acaba no chão da cozinha.

É Larry quem a encontra, ao voltar da casa de algum amigo. Ele chama a ambulância. Está mais velho agora, mais velho do que devia estar. É responsável.

Roz recobra a consciência e se vê sendo conduzida por duas enfermeiras robustas. Onde ela está? Num hospital. Que fraqueza, que vergonha, ela não pretendia acabar num lugar assim.

– Preciso ir para casa – ela diz. – Preciso descansar um pouco.

– Ela está voltando a si – diz a da esquerda.

– Você vai ficar bem, querida... – diz a outra.

Faz muito tempo que Roz não é *ela* ou *querida*. Há um lampejo de humilhação. E ele cessa.

Roz voa para fora da bruma. Sente os ossos do crânio, finos como a pele; dentro deles o cérebro está inchado e cheio de polpa. Seu corpo é escuro e vasto como o céu, os nervos alfinetes de luminosidade: as estrelas, longas fileiras delas, balançando como algas marinhas. Poderia boiar, poderia afundar. Mitch estaria lá.

Em seguida, Charis está sentada a seu lado, ao lado da cama, segurando sua mão esquerda.

– Ainda não – diz Charis. – Você precisa voltar, não é a sua hora. Você ainda tem coisas a fazer.

Quando é ela mesma, quando está normal, Roz vê Charis como uma paspalhona encantadora – vamos falar a verdade, ela não é nenhuma polímata – e em geral desdenha de sua metafísica diáfana. Agora, entretanto, Charis estende a outra mão e segura o pé de Roz, e Roz sente a dor do luto percorrendo-a como uma onda, ao longo do corpo e pelo braço até a mão, e indo para a mão de Charis, e saindo. Depois, sente um puxão, uma arrancada, como se Charis estivesse muito longe, na costa, e tivesse algo nas mãos – uma espécie de corda – e puxasse Roz para si, para fora da água, a água do lago, onde quase se afogou. Existe vida ali: uma praia, o sol, uns vultos pequenos. Os filhos, acenando, gritando para ela, embora não os ouça. Concentra-se em respirar, em forçar o ar a descer até o pulmão. É forte o bastante, vai conseguir.

– Sim – afirma Charis. – Você vai conseguir.

Tony se mudou para a casa de Roz para ficar com as crianças. Depois que Roz recebe alta do hospital, Charis também se muda para lá, só por um tempo; só até Roz se recompor.

– Você não precisa fazer isso – protesta Roz.

– Alguém precisa fazer – Tony responde, rápida. – Alguma outra sugestão? – Já ligou para o escritório de Roz e avisou que ela está com bronquite; e também laringite, portanto não pode falar ao telefone. Chegam flores, e Charis as põe em vasos e esquece de colocar água. Ela vai à loja de alimentos naturais e traz várias cápsulas e essências, que ou dá para Roz tomar ou esfrega na pele dela, e alguns cereais matinais feitos de sementes desconhecidas que precisam ser muito bem fervidas. Roz fica ávida por chocolate, e Tony lhe contrabandeia um pouco. – É um bom sinal – ela diz a Roz.

Charis trouxe August consigo, e as três meninas brincam de Barbie no quarto de brinquedos das gêmeas, brincadeiras violentas em que a Barbie parte para a guerra e conquista o mundo e dá ordens a todos, e outras brincadeiras em que ela tem um fim horrível. Ou calçam os chinelos velhos de Roz e passeiam escondidas pela casa, três princesas numa expedição. Roz se alegra ao ouvir suas vozes altas de novo, as discussões; as gêmeas andavam quietas demais.

Tony prepara xícaras de chá e, para o jantar, ensopado de atum à moda antiga, com queijo e batatas Chips por cima, Roz imaginava que tais coisas haviam sumido do mundo, e Charis massageia os pés de Roz com essência de hortelã e óleo de rosas. Diz para Roz que ela é uma alma intensa, com ligação com o Peru. Essas coisas que lhe aconteceram, que parecem uma tragédia, são as vidas passadas se resolvendo. Roz precisa aprender com elas, pois é para isso que voltamos à Terra: para aprender.

– Você não deixa de ser quem é na próxima vida – explica –, mas acrescenta coisas. – Roz morde a língua, pois está voltando a si e acha isso uma diarreia, mas jamais sonharia em dizê-lo, pois Charis tem boas intenções, e Charis lhe prepara banhos com paus de canela e folhas boiando, como se Roz tivesse virado uma canja de galinha.

– Vocês estão me deixando mal acostumada – Roz diz a elas. Agora que se sente melhor, fica incomodada com o rebuliço. Normalmente, é ela quem age assim, que faz as coisas de fêmea, que cuida. Não está habituada a ser a receptora.

– Você passou por uma jornada complicada – diz Charis, em tom delicado. – Você usou muita energia. Agora pode deixar para trás.

– Isso já não é tão fácil – diz Roz.

– Eu sei – diz Charis. – Mas você nunca gostou de coisas fáceis. – Ao dizer *nunca*, ela está querendo dizer *não nos últimos quatro mil anos*. Que é mais ou menos a idade que Roz sente ter.

49

Roz se vê sentada no chão do porão à luz de uma lâmpada descoberta, um prato vazio a seu lado, um livro infantil aberto sobre os joelhos. Vira e revira a aliança de casamento, a aliança que outrora significava que era casada, a aliança que a oprime, girando-a no dedo como se a desatarraxasse, ou então esperasse um gênio aparecer do nada e resolver tudo por ela. Devolver as peças a seus devidos lugares, endireitar tudo; fazer com que Mitch deslize para debaixo das cobertas de sua cama, onde ela o encontrará quando subir – limpo, e cheiroso, e penteado, e perspicaz, cheio até a borda de mentiras carinhosas, mentiras que ela percebe, mentiras com as quais consegue lidar, vinte anos mais jovem. Outra chance. Agora que sabe o que fazer, fará melhor. *Me diga, meu Deus – por que não temos direito a ensaios?*

Há quanto tempo está ali embaixo, se lamuriando sob a luz fraca? Tem de subir a escada e enfrentar a realidade, seja ela qual for. Tem de se recompor.

Ela o faz apalpando os bolsos do roupão, onde sempre deixava um lenço antes de as gêmeas bani-los. Como não acha nenhum, seca os olhos na manga laranja, deixando um borrão preto de rímel, e depois enxuga o nariz na outra manga. Bom, quem vai ver, além de Deus? Segundo as freiras, ele preferia lenços de algodão. *Deus*, ela lhe diz, *se você não quisesse que enxugássemos o nariz na manga, você não teria nos dado mangas.* Ou nariz. Ou lágrimas, já que é assim. Ou memória, ou dor.

Ela põe o livro dos filhos na prateleira. Devia doar estes livros a alguma obra de caridade, ou talvez emprestá-los – deixá-los soltos no mundo para que distorçam a mente de alguma criancinha, enquanto espera os próprios netos surgirem. Que netos? *Fique sonhando, Roz.* As gêmeas são novas demais e de qualquer forma devem virar pilotas de *stock-car* ou mulheres que vão viver no meio dos gorilas, algo destemido e não procriador; quanto a Larry, ele não tem pressa nenhuma, e, se as mulheres *faux* com que se engraçou até hoje forem uma amostra do que o futuro lhe guarda no departamento de noras, Roz prefere não criar expectativas.

A vida seria tão mais fácil se ainda existissem casamentos arranjados. Ela iria ao mercado de casamentos, dinheiro na mão, pechincharia com um casamenteiro de confiança, garantiria uma boa noiva para Larry: inteligente mas não mandona, doce mas não ingênua, e com estrutura pélvica larga e costas fortes. Se seu próprio casamento tivesse sido arranjado, será que as coisas teriam sido piores do que foram? É justo mandar as jovens inexperientes para a floresta selvagem para que se defendam sozinhas? Meninas com ossos largos e quiçá pés que não sejam dos menores. Uma coisa que ajudaria seria uma mulher sábia, uma velhinha encarquilhada que saísse de trás de uma árvore, que aconselhasse, que dissesse *Não, este não*, que dissesse *A beleza é superficial*, tanto nos homens quanto nas mulheres, que fosse capaz de enxergar o coração. Quem conhece o mal que se esconde no coração dos homens? Uma mulher mais velha conhece. Mas com que idade esse tipo de sabedoria é adquirido? Roz sempre espera que brote dela, cresça ao longo de seu corpo, assim como acontece com marcas da idade; mas ainda não aconteceu.

Ela se levanta com dificuldade e sacode o pó do traseiro, um erro porque as mãos estão cheias de poeira do livro, como percebe tarde demais, ao olhá-las, depois de encontrar uma traça amassada presa à sua bunda coberta de veludo, e só Deus sabe os seres que rastejaram por seu corpo enquanto estava sentada, inventando quimeras. *Quimeras*, palavra de sua mãe, uma palavra tão antiga, cujas raízes datam de tanto tempo atrás, que embora todo mundo saiba o que significa, ninguém sabe de onde veio. Por que se presumia que inventar quimeras era uma atividade de preguiçosos? Ler e pensar também era inventar quimeras, para a mãe. *Rosalind! Não fique aí inventando quimeras! Varra o vestíbulo!*

As pernas de Roz adormeceram. A cada passo que dá, o formigamento as percorre. Ela coxeia em direção à escada do porão, fazendo intervalos para estremecer. Quando chegar à cozinha, abrirá a geladeira, só para ver se não há nada que ela queira comer. Não jantou direito, quase nunca janta. Ninguém para cozinhar para ela, ninguém para quem cozinhar, não que já tenha cozinhado algum dia. Ninguém para quem pedir comida. Comida deve ser partilhada. Comer sozinha pode ser que nem beber sozinha – uma forma de atenuar a dor, de preencher os vazios. O vazio; o contorno oco em forma de homem deixado por Mitch.

Mas não haverá na geladeira nada que ela queira; ou melhor, talvez haja algumas coisas, mas não vai se rebaixar tanto assim, não vai comer colheradas do jarro da calda de chocolate com rum, como já fez antes, ou atacar a lata de *pâté de foie gras* que está guardando para sabe-se lá qual ocasião mítica, junto com a garrafa de champanhe que esconde nos fundos da geladeira. Há um bocado de legumes crus, alimentos com alto teor de fibra que comprou num rompante de virtude nutricional, mas que neste momento não a atraem. Roz prevê o destino deles: aos poucos, virarão uma gosma verde e laranja na gaveta, e depois ela comprará mais.

Talvez seja uma boa ideia ligar para Charis ou Tony, ou para ambas, convidá-las para irem lá; pedir asinhas de frango apimentadas do *tandoor* indiano, em Carlton, ou bolinhas de camarão, vagem ao alho e *wonton* frito de seu restaurante chinês preferido, em Spadina, ou ambos: fazer um pecaminoso banquete multicultural. Mas Charis já deve ter voltado para Island, e já escureceu, e não gosta de imaginar Charis sozinha à noite, pois pode haver ladrões, e Charis é um alvo tão óbvio – uma mulher de meia-idade de cabelos compridos andando por aí com várias camadas de tecidos estampados e esbarrando nas coisas – que seria mais fácil que usasse uma placa na testa *Leve minha bolsa*, e é raro Roz conseguir convencê-la a pegar um táxi, mesmo quando se oferece para pagar a corrida, pois Charis desata a falar sobre o desperdício de gasolina. Talvez pegue um ônibus; ou pior, talvez resolva vir andando, passando pelas áreas ermas de Rosedale, em meio às fileiras de mansões que imitam o estilo georgiano, e seja apanhada pela polícia por vadiagem.

Quanto a Tony, ela estará em casa, na fortaleza torreada, preparando o jantar de West, uma caçarola de talharim ou alguma outra receita de *The Joy of Cooking*, edição de 1967. É estranho como Tony foi a única delas que realmente acabou com um homem. Roz não entende bem: mini Tony, com seus olhos de filhote de pássaro e sorrisinho ácido, e, é de se imaginar, a sensualidade de um hidrante, mais ou menos com as mesmas proporções. Mas o amor é estranho, como Roz já aprendeu. E talvez West tenha ficado tão assustado com Zenia na juventude que desde então nunca mais ousou olhar para outra mulher.

Roz imagina com desejo um retrato do jantar na casa de Tony, depois resolve que não tem exatamente inveja, pois West, um homem de corpo de espantalho, cabeça esquisita, queixo comprido, não é o que ela gostaria de ter sentado diante de si à mesa. Mas está contente por Tony ter um homem, pois Tony é sua amiga e queremos que nossos amigos sejam felizes. Segundo as feministas, as que vestiam macacões, nos primórdios, homem bom é homem morto, ou ainda melhor: homem nenhum; entretanto, Roz continua a desejar às amigas que se alegrem com eles, esses homens que supostamente lhes fazem tão mal. *Conheci uma pessoa*, uma amiga lhe conta, e Roz dá um grito de puro prazer. Talvez seja porque é difícil achar um homem bom, então, quando alguém encontra um, é uma verdadeira celebração. Mas é complicado, é quase impossível, porque ninguém sabe mais o que é um "homem bom". Nem mesmo os homens.

Ou talvez seja porque grande parte dos homens bons foi devorada por devoradoras de homens como Zenia. A maioria das mulheres desaprova as devoradoras de homens; não tanto pela atividade em si, ou pela promiscuidade envolvida, mas sim por causa da avareza. Mulheres não querem que todos os homens sejam devorados pelas devoradoras de homens; querem que sobrem alguns para que também possam comê-los.

É uma visão cínica, digna de Tony, mas não de Roz. Roz tem de conservar um tanto de otimismo, pois precisa disso; é uma vitamina mental, que a mantém viva. "A Outra Mulher estará *conosco* em breve", as feministas diziam. Mas quanto tempo ainda vai demorar, pensa Roz, e por que ainda não aconteceu?

Enquanto isso, as Zenias do mundo circulam pela Terra, exercendo seus ofícios, limpando bolsos masculinos, satisfazendo as fantasias masculinas. Fantasias masculinas, fantasias masculinas, será que tudo passa pelas fantasias masculinas? Em cima de um pedestal ou de joelhos, é tudo fantasia masculina: a de que você é forte o bastante para aceitar o que eles distribuem, ou então fraca demais para fazer algo a respeito. Até fingir que você não está satisfazendo fantasias masculinas é uma fantasia masculina: fingir que é invisível, fingir que tem vida própria, que pode lavar os pés ou pentear os cabelos inconsciente do observador sempre presente do outro lado da fechadura, espreitando pelo buraco da fechadura na sua própria mente, se em nenhum outro lugar. Você é uma mulher com um homem dentro observando uma mulher. É seu próprio voyeur. As Zenias do mundo estudaram essa situação e aprenderam a tirar proveito dela; não se deixaram moldar pelas fantasias masculinas, foram elas mesmas que as fizeram. Tomaram atalhos para os sonhos; os sonhos das mulheres também, pois mulheres são fantasias para as outras mulheres, assim como são para os homens. Mas fantasias de outra espécie.

Às vezes Roz fica desanimada. É sua própria dignidade que causa isso, a pressão de ser agradável, de ser ética, de se comportar bem; são os raios de bom comportamento, de bondade, de fofurice cacarejante de boa moça brilhando em volta de sua cabeça. São suas boas intenções. Se ela é tão digna, por que não está se divertindo mais? De vez em quando, tem vontade de jogar fora o manto silenciador de Dona Generosidade, parar de pisar em ovos com seus escrúpulos, se soltar, não em atitudes pequenas como faz agora – alguns xingamentos mentais, um pouco de verborragia maldosa –, mas sim algo grande de verdade. Um pecado colossal e totalmente desprezível.

Sexo casual teria dado para o gasto antigamente, mas sexo singelo e corriqueiro mal conta hoje em dia, é apenas outra forma de terapia cognitiva ou ginástica calistênica, ela teria de dedicar tempo a excentricidades sanguinárias. Ou alguma outra coisa, algo sorrateiro, e arcaico, e complexo, e cruel. Sedução seguida de envenenamento lento. Deslealdade. Traição. Enganações e mentiras.

Para fazer isso, precisaria de outro corpo, não é preciso dizer, já que o que ela tem é desajeitado demais, pesadamente honesto, e o tipo de perversidade que tem em mente exigiria graciosidade. Para ser realmente malévola, teria de ser mais magra.

Espelho, espelho meu,
Quem de nós é a mais perversa?

Perca uns quilinhos, fofinha, e talvez eu possa te ajudar.

Ou talvez, em vez disso, possa adotar uma bondade sobre-humana. Camisas de cilício, estigmas de Cristo, auxílio aos pobres, uma espécie de Madre Teresa enorme. Santa Roz soa bem, apesar de Santa Rosalind ter mais classe. Uns espinhos, um ou dois órgãos do corpo num prato, para demonstrar o quanto foi martirizada: um olho, uma das mãos, um mamilo, mamilos eram os preferidos, os homens da Roma Antiga pareciam ter obsessão por cortar os seios das mulheres, mais ou menos como os cirurgiões plásticos. Consegue se ver com uma auréola, com a mão languidamente parada sobre o coração e véu, ótimo para queixos flácidos, e os olhos voltados para cima, em êxtase. São os extremos que a atraem. Bondade extrema, maldade extrema: as habilidades necessárias são similares.

De qualquer modo, gostaria de ser outra pessoa. Mas não qualquer uma. Às vezes – ao menos por um dia, ou até mesmo uma hora, ou, caso nada mais seja possível, bastariam cinco minutos –, às vezes gostaria de ser Zenia.

Ela manca ao subir a escada do porão com os pés formigando, um passo de cada vez, segurando-se no corrimão e se perguntando se é assim que será quando tiver noventa anos, se chegar até lá. Finalmente chega ao alto da escada, abre a porta. Aqui está a cozinha branca, exatamente como a deixara. Tem a sensação de que passou muito tempo longe dali. Vagando, perdida, no bosque escuro, com suas árvores retorcidas, enfeitiçada.

As gêmeas estão sentadas nos bancos altos, diante do balcão, vestidas com shorts por cima das calças de malha, um buraco estiloso em cada joelho, tomando vitamina de morango em copos compridos. Bigodes rosa adornam os lábios superiores. O pote de iogurte congelado derrete perto da pia.

– Caramba, mãe, você está parecendo um acidente de carro! – diz Paula. – O que é esse treco gorduroso na sua cara?

– É só a minha cara – responde Roz. – Ela está se soltando.

Erin pula do banco e corre até ela.

– Senta aí, meu bem – ela diz, parodiando a própria Roz em seu estilo maternal. – Você está com febre? Vamos ver se a sua testa está quente!

As duas a empurram pela cozinha, colocam-na sentada em num banco. Molham um pano de prato e limpam seu rosto...

– Ah, sujinha, sujinha! – Fica óbvio para as gêmeas que ela chorou, mas é claro que não falam nada. Em seguida, tentam fazê-la beber uma das vitaminas, rindo e gargalhando porque a situação é engraçada aos olhos delas, a mãe como um bebê grande, elas como mães. Esperem só, pensa Roz. Esperem até eu começar a perder a sanidade e começar a babar, e vocês terem de fazer isso de verdade. Aí não vai ter graça.

Mas que fardo deve ser para elas, a sua desolação. Por que não fariam cara de palhaças para encobrir a angústia que sentem? É um truque que aprenderam com ela. É um truque que funciona.

O TOXIQUE

QUIXOTE

50

Tony está tocando piano, mas nenhuma música é emitida. Seus pés não alcançam os pedais, as mãos não transpõem as teclas, mas ela continua a tocar porque, se parar, algo terrível acontecerá. No ambiente, há um cheiro seco de queimado, o cheiro de flores nas cortinas de chita. São rosas grandes, abrem e fecham as pétalas, que agora se assemelham a brasas; já se alastram para o papel de parede. Não são as flores da própria cortina, elas vieram de outro lugar, algum lugar do qual Tony não se lembra.

Sua mãe entra na sala, onde escurece, os saltos dos sapatos batendo no chão, usando o chapéu marrom e o véu manchado. Senta-se no banco do piano ao lado de Tony; seu rosto bruxuleia, obscurecido, os traços borrados. A mão de couro, fria como névoa, roça o rosto de Tony, e Tony se vira e se agarra a ela, se agarra ferozmente porque sabe o que acontece a seguir; mas da parte da frente do vestido, a mãe tira um ovo, um ovo que cheira a alga marinha. Se Tony puder ficar com o ovo e guardá-lo num lugar seguro, o incêndio na casa cessará, o futuro poderá ser evitado. Porém, a mãe ergue o ovo no ar, acima de sua cabeça, de brincadeira, e Tony não tem altura suficiente para alcançá-lo. "Pobrezinha, pobrezinha", diz a mãe; ou seria *pobre gêmea*? Sua voz soa como o arrulho de um pombo, reconfortante, implacável e infinitamente pesaroso.

Em algum lugar longe de sua vista, as flores cresceram de forma descontrolada, e a casa está em chamas. A não ser que Tony consiga parar o incêndio, tudo o que já houve irá arder. As brasas invisíveis soltam um som palpitante, como penas ondulando. Um homem alto está parado na esquina. É West, mas por que está vestido com essas roupas, por que o cabelo é preto, por que está de chapéu? Há uma mala a seu lado, na calçada. Ele pega e abre: está cheia de lápis apontados. *Erpmes arap*, ele diz com tristeza; embora queira dizer *Adeus*, pois Zenia está ali na porta, enrolada num xale de seda de franja comprida. No pescoço há um talho cinza rosado, como se sua garganta tivesse sido cortada; mas, enquanto Tony observa, ele se abre, depois se fecha quase todo, e ela vê que Zenia tem guelras.

Contudo, West está indo, ele está passando o braço em torno de Zenia, ele está virando-se de costas. Lá fora, o táxi os aguarda para levá-los à colina coberta de neve.

Tony precisa impedi-los. Ela estende a mão mais uma vez, e a mãe põe o ovo dentro dela, mas agora o ovo está quente demais devido ao incêndio, e Tony o deixa cair. Rola até um jornal e se quebra, e o tempo escorre de dentro dele, molhado e vermelho-escuro. Há tiros vindo dos fundos da casa, e botas marchando, e berros numa língua estrangeira. Cadê seu pai? Em frenesi, ela o procura, mas não está em lugar nenhum, e os soldados já estão ali para levar sua mãe embora.

Charis está deitada na cama com coberta de videiras sobre fundo branco, os braços esticados ao lado do corpo, palmas abertas, olhos fechados. Por trás dos olhos, está totalmente alerta. Sente o corpo astral saindo de si, erguendo-se reto e permanecendo suspenso acima dela como uma máscara tirada de um rosto. Ele também veste uma camisola branca de algodão.

Com que tenacidade habitamos nosso corpo, ela pensa. Em seu corpo de luz – transparente como gelatina –, ela atravessa a janela e segue para o porto. Abaixo dela está a balsa; ela mergulha e segue em seu encalço. Ao seu redor, ouve o rufar de asas. Ela olha, esperando gaivotas, e fica surpresa ao ver um bando de galinhas voando pelo ar.

Chega à outra margem e flutua por cima da cidade. À sua frente há uma janela ampla, a janela de um hotel. Para encostada ao vidro e agita os braços por um instante, como uma mariposa. Em seguida, a janela derrete que nem gelo, e ela a transpõe.

Zenia está ali, sentada numa poltrona, usando uma camisola branca igual à de Charis, penteando o cabelo nebuloso diante do espelho. O cabelo se retorce como brasas, como galhos de cipestres escuros lambendo o céu, se quebrando com eletricidade estática; faíscas azuis tremulam nas pontas. Zenia vê Charis e lhe faz um gesto, e Charis se aproxima cada vez mais, e vê ambas lado a lado no espelho. Em seguida, as bordas de Zenia se dissolvem como uma aquarela sob a chuva, e Charis se funde a ela. Ela desliza nela como uma luva, a veste como um vestido de pele, olha através de seus olhos. O que enxerga é ela mesma, ela mesma no espelho, ela mesma com poder. Sua camisola esvoaça com o vento invisível. Sob seu rosto há os ossos, cada vez mais escuros no espelho, como raios X; agora pode ver as coisas em profundidade, agora pode se transformar em energia e atravessar objetos sólidos. É possível que esteja morta. É difícil se lembrar. Provavelmente é um renascimento. Ela estica os dedos das novas mãos, se perguntando o que farão.

Ela flutua até a janela e olha para fora. Lá embaixo, entre as luzes das flamas e inúmeras vidas, há uma queima lenta; seu odor permeia o quarto. Com o tempo, tudo é consumido pelo fogo, até pedras podem ser consumidas pelo fogo. No quarto atrás de si, existe a profundidade do espaço sideral, onde os átomos são soprados que nem cinzas, nascidos dos inquietos ventos interestelares, as almas exiladas, reconciliando...

Alguém bate à porta. Ela vai abrir, pois é a camareira com toalhas. Mas não é, é Billy, de pijama listrado, o corpo envelhecido, inchado, o rosto em carne viva. Se ele tocá-la, ela se despedaçará como um monte de couro apodrecido. São seus novos olhos que fazem isso. Esfrega e puxa o rosto, tentando sair desses olhos, desses olhos escuros que ela não quer mais. Mas os olhos de Zenia não saem; estão presos a seus olhos como as escamas de um peixe. Assim como um vidro escurecido, eles turvam tudo.

Roz está andando pela floresta, em meio aos troncos quebrados e os arbustos pontiagudos, usando um vestido de marinheira que é grande demais para o seu corpo. Sabe que o vestido não lhe pertence, nunca teve um vestido desses. Os pés estão descalços, além de frios; a dor os percorre, pois o chão está coberto de neve. Há uma trilha diante dela: uma pegada vermelha, uma pegada branca, uma pegada vermelha. Na lateral, há um arvoredo. Muitas pessoas já passaram por este caminho; deixaram cair coisas que carregavam, uma lanterna, um livro, um relógio, uma mala que caiu aberta, uma perna com sapato, um sapato com fivela de diamante. Cédulas de dinheiro voam aqui e ali, como papéis de bala jogados fora. As pegadas levam a uma trilha em meio às árvores, mas ninguém aparece. Sabe que não deve segui-las; há algo ali, algo de assustador que ela não deseja ver.

No entanto, está segura, pois aquele é o seu jardim, as esporas murchando, pretas por causa do mofo, desamparadas na neve. Há também crisântemos brancos, mas não estão plantados, estão em vasos prateados e cilíndricos, e ela nunca os tinha visto. Todavia, é a sua casa. A janela dos fundos está quebrada, a porta balança, destrancada, mas ela entra mesmo assim, passa pela cozinha branca onde nada se mexe, passa pela mesa com três cadeiras. A poeira cobre tudo. Vai ter de limpar aquilo, pois sua mãe não está mais ali.

Ela sobe a escada dos fundos, os pés dormentes formigando. O corredor do segundo andar está vazio e silencioso; não há música. Cadê seus filhos? Devem ter crescido, devem ter saído de casa, devem estar morando em outro lugar. Mas como pode, como ela pode ter filhos adultos? É jovem demais para isso, é pequena demais. Há algo de errado com o tempo.

Então escuta o barulho do chuveiro. Mitch deve estar lá, o que a enche de alegria, já que ele passou tanto tempo longe. Quer correr para lá, para saudá-lo. Pela porta aberta do quarto, o vapor forma ondas.

Mas ela não pode entrar, pois um homem de sobretudo bloqueia o caminho. Uma luz laranja brota de sua boca e narinas. Ele abre o casaco e exibe um sagrado coração, também laranja, brilhante como uma abóbora iluminada por dentro, bruxuleando ao vento que surgiu de repente. Ele levanta a mão esquerda para impedi-la. *Freira*, ele diz.

Apesar das aparências, apesar de tudo, ela sabe que este homem é Zenia. Do teto, começa a chover.

51

Já anoiteceu. Cai uma agradável garoa fria, e as lojas, com as vitrines iluminadas, e as ruas escuras com os reflexos de néon vermelho têm um aspecto molhado, escorregadio, que Tony associa a capas de chuva de plástico, cabelos oleosos e batom recém-aplicado – um visual ambíguo, excitante. Carros passam chiando, repletos de estranhos, a caminho de algum lugar desconhecido. Tony caminha.

À noite, o Toxique é diferente. As luzes são mais turvas, e velas grossas em recipientes de vidro vermelho bruxuleiam em cima das mesas; os trajes dos garçons e garçonetes são um pouco mais ultrajantes. Há alguns homens de terno, jantando; empresários, imagina Tony, mas estão acompanhados pelas concubinas em vez das esposas. Gosta de pensar que homens assim ainda têm concubinas, apesar de provavelmente não as chamarem desse modo. Amantes. Namoradas principais. Amigas especiais. O Toxique é onde se levaria uma amiga especial, mas talvez não a esposa. Mas como Tony vai saber? Não é um mundo do qual participe. Há mais homens de jaqueta de couro do que há durante o dia. Há um murmúrio suave.

Olha para o relógio de números grandes: a banda de rock só se apresenta às onze, e a essa hora espera ter saído dali. Já aguentou barulho demais em casa; hoje ela teve de ouvir todos os trinta minutos de uma tortura auricular, montada por West e mostrada a ela a todo volume, acompanhada de consideráveis gestos com os braços e expressões de regozijo. "Acho que terminei" foi o comentário de West. O que ela poderia dizer? "Que bom", foi o que ela conseguiu inventar. É uma expressão que se encaixa em qualquer situação, e pareceu-lhe suficiente.

Tony é a primeira a chegar. Nunca jantou no Toxique, somente almoçou. O jantar foi de última hora: Roz telefonou ofegante e disse que havia algo que precisava muito falar. A princípio, sugeriu que Tony e Charis fossem à sua casa, mas Tony chamou atenção para o fato de que seria complicado fazê-lo sem carro.

Não gosta muito de ir à casa de Roz, de todo modo, embora as gêmeas de Roz sejam – em teoria – suas prediletas. Antigamente, se arrependia de não ter tido filhos, embora não tivesse certeza de que teria sido muito boa nisso, levando-se em conta Anthea. Mas ser madrinha lhe serviu melhor do que ser mãe – em primeiro lugar, por ser mais intermitente –, e as gêmeas enchem-na de orgulho. Têm uma agudeza deslumbrante, assim como sua outra afilhada, Augusta. Nenhuma delas é o que se poderia chamar de discreta – todas ficariam à vontade montadas a cavalo, cavalgando de pernas abertas, os cabelos esvoaçando, percorrendo os prados, sem fazer concessões. Tony não sabe muito bem como adquiriram tamanha autoconfiança, os olhares que miram sempre para frente, as línguas cômicas mas desprovidas de remorso. Não têm nem um pouco do acanhamento que era antigamente intrínseco nas mulheres. Ela espera que galopem pelo mundo com muito estilo, mais estilo do que ela mesma foi capaz de adquirir ao longo da vida. Têm sua benção; mas a distância, pois de perto Augusta lhe causa um leve arrepio – está muito decidida a ter sucesso –, e as gêmeas se tornaram gigantescas; gigantescas, além de desleixadas. Tony tem um pouco de medo delas. Podem acabar pisando em cima dela por engano.

Portanto, dessa vez foi Tony quem sugeriu o Toxique. Roz deve ter algo para falar, mas Tony também tem o que dizer e é adequado que seja ali. Pediu a mesa de sempre, a do canto, junto ao espelho escurecido. À jovem moça, ou talvez moço, que surge ao seu lado, vestida de collant preto com um cinto de couro grande e cheio de tachas e cinco brincos prateados em cada orelha, ela pede uma garrafa de vinho branco e uma de Evian.

Charis chega na mesma hora que as garrafas, com a pele estranhamente pálida. Bem, pensa Tony, sua pele sempre está estranhamente pálida, mas esta noite está mais ainda.

– Hoje me aconteceu uma coisa muito estranha – diz a Tony, tirando o suéter de lã úmido e o chapéu de tricô felpudo. Mas não é incomum que Charis diga isso, portanto Tony simplesmente concorda com a cabeça e lhe serve um copo de Evian. Mais cedo ou mais tarde, vão ouvir a história do sonho em que pessoas reluzentes estão sentadas em árvores, ou a estranha coincidência envolvendo número de ruas ou gatos idênticos a outros gatos cujos donos eram conhecidos de Charis, gente com quem ela não tem mais contato, mas Tony prefere esperar a chegada de Roz. Roz é mais tolerante com essas banalidades intelectuais, e é melhor em mudar de assunto.

Roz entra agitada acenando e fazendo iuhu, vestida com uma capa de chuva vermelho-bombeiro combinando com o chapéu.

– Judas! – ela exclama, tirando as luvas roxas. – Vocês não sabem o que eu tenho para contar! Vocês não vão *acreditar*! – Seu tom é de consternação, e não de júbilo.

– Você viu a Zenia hoje – diz Charis.

Roz fica boquiaberta.

– Como você sabe? – ela indaga.

– Eu também a vi – anuncia Charis.

– E eu também – declara Tony.

Roz desaba na cadeira e fita as duas, uma de cada vez.

– Tudo bem – ela diz. – Contem.

Tony aguarda no saguão do Arnold Garden Hotel, que não teria sido o seu escolhido. É um edifício sem graça dos anos 1950, blocos de cimento na parte externa e um monte de vidro laminado. De seu ponto de vista privilegiado, ela consegue ver, através da porta dupla dos fundos, o pátio pontuado por jardineiras enormes e onde, num canto, há uma fonte redonda grande que não funciona nessa época do ano e é encimada por fileiras de sacadas com grades de lâminas de metal pintadas de laranja. O toldo e a placa de latão pós-modernos na fachada do hotel são apenas um complemento: a essência do Arnold Garden são aquelas sacadas. No entanto, grandes esforços estão sendo feitos: acima de Tony surge um arranjo suspenso de flores púrpuras secas e arames e leguminosas esquisitas, desafiando os inexperientes em matéria de estética a chamá-lo de feio.

O pátio e a fonte devem ser a parte do jardim do Arnold Garden, conclui Tony; mas se questiona a respeito do Arnold. Será Arnold como sobrenome de Matthew, aquele das tropas ignorantes que atacavam à noite? Ou será Arnold como sobrenome de Benedict, traidor ou herói, dependendo do ponto de vista? Ou talvez seja o primeiro nome e se refira a algum membro antigo da câmara municipal, um respeitável homem dos bastidores a quem amigos chamavam de Arnie. O saguão, com as gravuras emolduradas de ingleses rotundos que caçavam raposas, com casacas rosas, não dá nenhuma dica.

A poltrona em que Tony se senta é escorregadia e feita em couro com um gigante em mente. Seus pés não tocam o chão nem quando fica na ponta do assento, e se desliza para trás até apoiar as costas, os joelhos não se dobram na beirada do assento, e as pernas ficam esticadas, que nem as pernas de uma boneca de porcelana. Consequentemente, adotou um meio-termo – uma espécie de posição encurvada –, mas não está nem um pouco confortável.

Além disso, apesar do discreto paletó azul-marinho, os sapatos confortáveis e a falta de personalidade da gola de Peter Pan, ela se sente bastante visível. As más intenções devem estar salientes no corpo inteiro. Tem a sensação de que lhe nascem pelos, pequenos tocos perfuram a pele de suas pernas como os espinhos de um ouriço, novelos aparecem ao redor das orelhas. É Zenia quem está fazendo isso, o empenho em localizar Zenia: está fundindo seus neurônios, reorganizando as moléculas de seu cérebro. Um demônio branco e cabeludo é o que ela está virando, um monstro com presas. Talvez seja uma transformação necessária, já que fogo deve ser combatido com fogo. Mas todas as armas têm dois gumes, então haverá um preço a pagar; Tony não vai sair inalterada.

Dentro de sua imensa sacola, carrega a Luger do pai, desentocada da caixa de enfeites de Natal onde em geral fica guardada, lubrificada e carregada segundo as instruções do manual de armamentos dos anos 1940 que copiou na biblioteca. Teve o cuidado de usar luvas enquanto fazia as fotocópias, assim não deixaria impressões digitais, só por via das dúvidas. Caso mais tarde tentem responsabilizá-la. A arma em si não é registrada, pelo que ela sabe. Afinal de contas, é apenas uma recordação.

A seu lado, há outro instrumento. Tony aproveitou uma das diversas propagandas de ferramentas que são jogadas no seu gramado para comprar uma broca sem fio acompanhada de chave de fenda com desconto de um terço do preço. Nunca usou um aparelho desses. Também nunca usou uma arma. Mas para tudo há uma primeira vez. A ideia inicial era usar a broca para entrar no quarto de Zenia, se fosse necessário. Desaparafusar as dobradiças da porta, ou algo assim. Mas lhe ocorre, sentada ali no saguão, que a broca também é potencialmente letal, e pode ser usada. Se conseguisse matar Zenia com uma broca sem fio, que policial teria a esperteza de descobrir?

O roteiro real, porém, está obscuro em sua mente. Talvez deva primeiro atirar em Zenia e depois terminar com a broca: o contrário seria inconveniente, pois teria de esgueirar-se por trás de Zenia com a broca e depois ligá-la, e o zunido a denunciaria. Um assassinato ambidestro é sempre uma possibilidade: revólver na mão esquerda, broca sem fio na direita, como faziam com os floretes e as adagas no final da Renascença. É uma ideia interessante.

O problema é que Zenia é bem mais alta que Tony, e Tony, obviamente, miraria na cabeça. Retaliação simétrica: o padrão de Zenia é atacar suas vítimas no ponto de maior vulnerabilidade, e o ponto mais vulnerável é o mais estimado, e o ponto mais vulnerável de Tony é o cérebro. Foi assim que caiu na armadilha de Zenia, para início de conversa: era essa a tentação, a isca. Tony foi ludibriada pela própria vaidade intelectual. Imaginou ter encontrado uma amiga tão inteligente quanto ela. "*Mais inteligente*" nem era uma categoria.

O amor de Tony por West é seu outro ponto de maior vulnerabilidade, portanto é lógico que é por meio de West que Zenia vai atacá-la agora. É a fim de proteger West que ela está fazendo isso, na verdade – ele não sobreviveria se cortassem outro pedaço de seu coração.

Não contou seus planos a Roz ou Charis. Ambas são pessoas de boa índole; nenhuma das duas aceitaria violência. Tony sabe que ela mesma não é uma pessoa de boa índole, sabe disso desde criança. Ela age como se fosse, na maior parte do tempo, pois em geral não há razão para não fazê-lo, mas ela tem outra personalidade, uma que é mais cruel, escondida dentro de si. Não é apenas Tony Fremont, é também *Tnomerf Ynot*, a rainha dos bárbaros, e, em teoria, capaz de muitas coisas das quais a Tony, em si, não seria. *Egdirb ed ebulc! Egdirb ed ebulc! Não faça concessões*, pois a fim de proteger os inocentes, alguns precisam sacrificar a própria inocência. Esta é uma das regras da guerra. Homens têm de fazer coisas difíceis, têm de fazer coisas difíceis de homens. Coisas de homens difíceis. Têm de derramar sangue, assim os outros podem viver suas vidas plácidas amamentando seus bebês e remexendo seus jardins, e criando harmonias inarmônicas, sem nenhuma culpa. É pouco comum que as mulheres sejam convocadas para cometer atos que pedem tanto sangue-frio, mas isso não significa que são incapazes de cometê-los. Tony trinca os dentes pequenos e conjura a mão esquerda, e espera que ela funcione em caso de emergência.

Diante do rosto, segura o *Globe and Mail*, aberto na seção de economia. Entretanto, não está lendo: está vigiando o saguão à espera de Zenia. Vigiando e ficando nervosa, pois não é todo dia que faz algo tão arriscado. Para diminuir a tensão, para adquirir um distanciamento crítico, ela dobra o jornal e pega as notas de aula da bolsa. Repassá-las vai ajudá-la a se concentrar, vai refrescar sua memória: não dá essa aula desde o ano passado.

A aula é uma das preferidas dos alunos. É sobre o papel das vivandeiras através das eras, antes e depois das batalhas – eram úteis como corpos de aluguel, vítimas de estupro, como produtoras de bucha de canhão, no alívio da tensão, atuando como enfermeiras, psiquiatras, cozinheiras e lavadeiras e com suas habilidades para pilhagens pós-massacres e para dar fim a vidas –, com uma digressão sobre doenças venéreas. Segundo os boatos, o apelido dos estudantes para tal palestra é "Mãe Coragem encontra Pinto Malhado", ou "Meretrizes e Cicatrizes"; em geral, atrai um contingente de engenheiros visitantes, que estão ali interessados nas imagens, pois Tony sempre exibe um impressionante filme educativo. É o mesmo que o exército mostrava aos novos recrutas na época da Segunda Guerra Mundial para incentivar o uso de camisinhas, e expõe muitos narizes em decomposição e genitais masculinos verdes, com pus. Tony se acostumou ao riso nervoso. *Ponham-se no lugar deles*, ela lhes dirá. *Imaginem que são vocês. E agora: é menos engraçado?*

Naqueles tempos, a sífilis era considerada uma ferida causada por autoflagelação. Alguns homens usavam DSTs para serem mandados para casa por invalidez. Você podia ir para a corte marcial por pegar doença venérea, assim como aconteceria se atirasse no próprio pé. Se a ferida era a doença, então a arma era a prostituta. Mais uma arma na guerra dos sexos, a prostituta dos sexos, a crueza dos sexos, a *guerra crua dos sexos*.

Talvez tenha sido isso o que West achou tão irresistível em Zenia, Tony sempre imaginara: que ela era crua, que fazia sexo com crueza, enquanto Tony era apenas do tipo cozinhado. Escaldada para tirar o risco da selvageria, o gosto forte de carne sangrenta. Zenia era gim à meia-noite, Tony era ovos no café da manhã, e mesmo assim dentro de oveiros. Não é a categoria em que Tony preferiria se encaixar.

Ao longo de todos esses anos, Tony se absteve de perguntar a West sobre Zenia. Não queria perturbá-lo; além de ter medo de saber mais a respeito dos poderes de atração exercidos por Zenia, a respeito de sua natureza e amplitude. Mas depois do retorno de Zenia, não se conteve. À beira de uma crise, tinha de saber.

– Você se lembra da Zenia? – perguntou a West durante o jantar, duas noites antes. Comiam peixe, um *sole à la bonne femme* do livro de *Receitas básicas da culinária francesa* de Tony, para acompanhar a travessa de peixes do campo de batalha de Pourrières.

Por um instante, West parou de mastigar.

– É claro – ele disse.

– O que é que *foi* aquilo? – indagou Tony.

– O que é que foi o quê? – retrucou West.

– Por que você... você sabe. Por que você foi com ela. – Tony sentiu a tensão dominando-lhe o corpo inteiro. *Em vez de mim*, ela pensou. *Por que você me abandonou.*

West encolheu os ombros, depois sorriu.

– Não sei – ele disse. – Não me lembro. De todo modo, isso foi há muito tempo. Agora ela está morta.

Tony sabia que West sabia que Zenia não estava nada morta.

– É verdade – ela disse. – Foi por causa de sexo?

– De sexo? – repetiu West, como se ela tivesse acabado de mencionar algum item da lista de compras que tivesse esquecido, mas não fosse importante. – Não, acho que não. Não exatamente.

– Como assim, "não exatamente"? – questionou Tony, mais ríspida do que gostaria de ser.

– Por que a gente está conversando sobre isso? – disse West. – Isso não tem importância nenhuma, agora.

– Tem importância para mim – disse Tony, em voz baixa.

West suspirou.

– Zenia era frígida – ele afirmou. – Ela não podia fazer nada quanto a isso. Sofreu abusos sexuais na infância, por um padre da Igreja Grega Ortodoxa. Eu tinha pena dela.

Tony ficou boquiaberta.

– Igreja Grega Ortodoxa?

– Bem, ela tinha ascendência grega – declarou West. – Era imigrante grega. Ela não podia contar a ninguém sobre o padre, porque ninguém acreditaria. Era uma comunidade muito religiosa.

Tony mal podia se conter. Sentiu uma euforia estridente e indecorosa crescendo de si. Frígida! Então foi isso que Zenia falou para o coitado do West! Não condiz nem um pouco com certas confidências que Zenia outrora achava adequado dividir com Tony a respeito de sexo. Sexo é um enorme pudim de farinha com passas, uma mistura de deleites saborosos, cujos prazeres ela enumerava enquanto Tony escutava, excluída, o nariz contra o vidro. Tony imaginava perfeitamente o cavaleiro branco West, inspirando e expirando, obediente, dando o melhor de si, tentando salvar Zenia do feitiço malévolo jogado pelo perverso e inexistente padre grego ortodoxo, enquanto Zenia se divertia como nunca. Provavelmente lhe dizia que fingia orgasmos para agradá-lo. Culpa em dobro!

Teria sido um desafio para ele, é claro. Incitar a Donzela de Gelo. O primeiro homem a explorar com êxito aquela região polar. Mas era óbvio que não havia como ele vencer, pois os jogos de Zenia eram sempre manipulados.

– Nunca soube disso – ela disse. Fitou West com os olhos bem abertos, tentando parecer solidária.

– É, bem – disse West. – Ela achava muito difícil falar disso.

– Por que você terminou com ela? – indagou Tony. – Da segunda vez. Por que você saiu de casa? – Agora que cruzaram o limite do tema nunca mencionado, agora que West estava falando, podia pelo menos aproveitar.

West suspirou. Olhou para Tony com algo semelhante a vergonha.

– Para ser sincero – ele disse, e hesitou.

– Sim? – incentivou Tony.

– Bem, para ser sincero, ela me expulsou. Ela disse que me achava entediante.

Tony ficou tão estarrecida que quase soltou uma gargalhada. Talvez Zenia tivesse razão: de certo ponto de vista, West *era* entediante. Mas o alimento de uma mulher é o tédio de outra, e West era entediante do mesmo modo que crianças eram entediantes, e do mesmo modo que eram interessantes também, e era isso o que uma mulher como Zenia jamais perceberia. Em todo caso, o que era o amor verdadeiro se ele não suportasse um pouquinho de tédio?

– Você está bem? – West perguntou.

– Engasguei com uma espinha – explicou Tony.

West abaixou a cabeça.

– Acho que eu sou entediante mesmo.

Tony sentiu remorso. Foi cruel por achar aquilo engraçado. Não era engraçado, pois West sofrera uma mágoa profunda. Ela levantou-se da mesa e, por trás, pôs o braço em volta de seu pescoço e encostou a bochecha contra o topo da sua cabeça escassamente coberta.

– Você não é nem um pouco entediante – ela disse. – Você é o homem mais interessante que eu já conheci. – É verdade, já que West foi de fato o único homem que Tony conheceu na vida, em todos os aspectos que contavam.

West ergueu o braço e acariciou-lhe a mão.

– Eu te amo – ele disse. – Eu te amo muito mais do que amei Zenia.

O que é muito bom, pensa Tony, sentada no saguão do Arnold Garden Hotel, mas, se é mesmo verdade, por que ele não me disse que Zenia telefonou? Talvez ele já a tenha visto. Talvez ela já o tenha arrastado para a cama. Talvez ela esteja com os dentes no pescoço dele, neste exato momento; talvez esteja sugando seu sangue enquanto Tony fica ali sentada naquela poltrona de couro esquisita, sem nem saber para onde olhar, pois Zenia pode estar em qualquer lugar, pode estar fazendo qualquer coisa, e por enquanto Tony não sabe de nada.

Este é o terceiro hotel que ela tenta. Passou outras duas manhãs no saguão do Arrival e do Avenue Park, sem obter nenhum resultado. Sua única pista é o número do ramal, aquele que West rabiscou e deixou ao lado do telefone, mas ela hesitou em ligar para todos os hotéis e usá-lo porque não quer alertar Zenia, quer surpreendê-la. Também não quer perguntar por ela na recepção, pois não tem dúvida de que Zenia está usando um nome falso; e depois que Tony perguntar e lhe disserem que não há ninguém com aquele nome hospedado ali, vai parecer suspeito ela continuar sentada no saguão. Além disso, não quer ser lembrada pelos funcionários, caso mais tarde Zenia seja encontrada chafurdando numa poça de sangue. Portanto, simplesmente permanece sentada, tentando passar a impressão de que aguarda uma reunião de negócios.

Sua teoria é a de que Zenia – que tem o hábito de acordar tarde – alguma hora precisará sair da cama, precisará pegar o elevador até o térreo, precisará atravessar o saguão. Claro que Zenia é capaz de passar o dia na cama ou de se esgueirar pela escada de incêndio, mas Tony está apostando na lei da média. Mais cedo ou mais tarde – supondo-se que Tony esteja no hotel certo –, Zenia aparecerá.

E então? Então Tony vai saltar ou escorregar da poltrona, andar com pressa até Zenia, gorjear um cumprimento, ser ignorada; vai correr atrás de Zenia enquanto ela se lança pelas portas de vidro. Ofegando, o revólver antiquado e a broca estúpida tilintando na bolsa, alcançará Zenia andando a passos largos pela calçada.

– A gente precisa conversar – soltará Tony.

– Sobre o quê? – dirá Zenia. Neste momento, ela simplesmente apressará o passo, e Tony ou terá de trotar de um jeito ridículo ou desistir.

Este é seu pesadelo, só de pensar nele Tony já fica vermelha diante de sua futura humilhação. Há outra situação imaginária, na qual Tony é persuasiva e ágil e Zenia é capturada, na qual são extravasadas algumas de suas fantasias mais violentas, embora hipotéticas, e que inclui um belo buraco vermelho plantado com muita competência bem no meio da testa de Zenia. Mas, no momento, Tony não leva muita fé nisso.

Não está tendo muita sorte em tentar se concentrar nas notas de aula, então volta à seção de economia do *Globe* e se força a ler. *Ogerpmesed o atnemua. Ahcef anisu.* Há um quê eslavo nessas palavras. Ou eslavo, ou finlandês, ou da língua de alguma tribo de cabelos desgrenhados de Plutão. Enquanto Tony as saboreia, sente a mão tocar-lhe o ombro.

– Tony! Até que enfim você apareceu! – Tony levanta a cabeça, depois abafa um guincho digno de um roedor: Zenia está inclinada sobre ela, com um sorriso caloroso. – Por que você não me ligou antes? E por que você está aqui sentada no saguão? Deixei o número do meu quarto com o West!

– Bom – diz Tony. Sua mente luta para tentar encaixar todas as peças. – Ele anotou e perdeu o papel. Você sabe como ele é. – Atabalhoada, se desenreda da poltrona de couro, que parece ter criado ventosas.

– Eu disse para ele *fazer* você me ligar *imediatamente* – declara Zenia. – Foi logo depois que eu te vi no Toxique. Acho que você não me reconheceu! Mas telefonei e avisei a ele que era muito importante.

Não está mais sorrindo: começa a adotar uma expressão que Tony reconhece muito bem, algo entre a carranca e o estremecimento, desesperada e ao mesmo tempo acossada. O que significa que Zenia quer alguma coisa.

Agora, Tony encontra-se em estado de alerta, em seus dedos internos. Suas suspeitas mais sombrias estão sendo confirmadas: obviamente esta é uma história alternativa, uma história tramada por Zenia e West para o caso de Tony desconfiar deles, ou de esbarrar com Zenia em algum lugar improvável, tal como o quarto da própria Tony. A história é que aquela mensagem era destinada a Tony, e não a West. É uma história astuciosa, tem as pegadas das patas de Zenia do começo ao fim, mas West deve estar sendo conivente. A situação é pior do que Tony imaginara. A podridão cavou mais fundo.

– Vamos – diz Zenia. – Vamos subir para o meu quarto; vou pedir café. – Pega o braço de Tony. Ao mesmo tempo, examina o saguão com os olhos. É um olhar de ansiedade, talvez até de medo, um olhar que Tony não esperava ver. Ou esperava?

Ela estica o pescoço, perscrutando o rosto ainda estupendo de Zenia. Mentalmente, lhe acrescenta algo: um pequeno "x" vermelho marcando o lugar certo.

O quarto de hotel de Zenia não tem nada de marcante, exceto a amplidão e a organização. A organização não é do feitio de Zenia. Não há roupas à mostra, malas espalhadas, bolsas de cosméticos na pia do banheiro, pelo que Tony pôde ver de soslaio. É como se ninguém vivesse ali.

Zenia tira o casaco de couro preto e liga pedindo o café, em seguida se senta no sofá verde-pastel florido, cruzando as intermináveis pernas cobertas por uma meia-calça preta, acendendo um cigarro. Usa um vestido trespassado de jérsei que fica justo no corpo, no tom púrpura de *blueberries* cozidos. Os olhos escuros são enormes e, Tony percebe agora, sombreados pela fadiga, mas o sorriso cor de ameixa ainda se move de jeito irônico. Parece mais confortável ali do que no saguão. Ergue a sobrancelha para Tony.

– Há quanto tempo não nos vemos – ela diz.

Tony está confusa. Como deve agir? Seria um erro demonstrar sua raiva: iria advertir Zenia, deixá-la na defensiva. Tony embaralha suas cartas internas e descobre que na verdade não está com raiva, não neste momento. Está é intrigada, além de curiosa. A historiadora que existe dentro de si a domina.

– Por que você fingiu ter morrido? – indaga. – O que foi aquela história toda, com as cinzas e o advogado de mentira?

– O advogado era de verdade – declara Zenia, expelindo fumaça. – Ele também acreditou. Advogados são muito crédulos.

– E? – incita Tony.

– E eu precisava sumir. Acredite, tive meus motivos. Não foi só por dinheiro! E eu *tinha* sumido, armei uns seis becos sem saída para quem tentasse descobrir meu paradeiro. Mas aquele pateta do Mitch ficou me perseguindo, ele simplesmente não parava. Ele estava atrapalhando minha vida de verdade. Ele era tão persistente! Ele também tinha dinheiro, contratou pessoas; e não foram amadores, não. Ele ia me achar, estava chegando perto.

"As pessoas sabiam disso; as outras pessoas, aquelas que eu não queria ver. Fui uma mulher má, fiz uma trapaça com uns armamentos que afinal não estavam onde eu disse que estariam. Não recomendo... os tipos que lidam com armamentos passam a te desdenhar, principalmente os irlandeses. Em geral, são vingativos. Descobriram que só precisavam ficar de olho em Mitch porque, cedo ou tarde, ele me descobriria. Era a ele que eu precisava convencer, assim ele desistiria. Assim largaria do meu pé."

– Por que Beirute? – pergunta Tony.

– Se a ideia era ser morta por acidente numa explosão, existe lugar melhor para escolher? – diz Zenia. – Aquele lugar era decorado com pedaços de corpos; havia centenas que nunca foram identificados.

– Você sabe que o Mitch se suicidou – diz Tony. – Por sua causa.

Zenia suspira.

– Tony, vê se cresce – diz ela. – Não foi *por minha causa*. Fui só uma desculpa. Você acha mesmo que ele não estava só esperando uma? A vida toda, eu diria.

– Bom, a Roz acha que foi por sua causa – declara Tony, de um jeito pouco convincente.

– O Mitch me disse que dormir com Roz era que nem dormir com um caminhão de concreto – afirma Zenia.

– Que crueldade – retruca Tony.

– Só relatando o que ouvi – diz Zenia, com frieza. – O Mitch era detestável. A Roz está bem melhor sem ele.

O comentário chega perto do que a própria Tony pensa. Ela se pega sorrindo; sorrindo e deslizando para baixo, voltando, entrando naquele estado do qual se lembra bem. Parceria. Par-ceria. O time.

– Por que nós, no funeral? – pergunta Tony.

– Decoração da vitrine – diz Zenia. – Tinha que ter alguém do lado pessoal. Amigas antigas, sabe? Imaginei que vocês fossem curtir. E tudo que a Roz soubesse, Mitch também ficaria sabendo. Ela garantiria que ele recebesse a notícia! Era ele que eu queria. Mas ele tirou o corpo fora. Devia estar abatido pela dor.

– Aquele lugar estava abarrotado de homens de capote – diz Tony.

– Um deles era meu. Conferindo as coisas para mim, vendo quem estava lá. Tinha uns dois que eram da oposição. Você chorou?

– Não sou de chorar – diz Tony. – A Charis fungou um pouquinho. – Está envergonhada, agora, pelo que as três falaram, e pela alegria que sentiram e as mesquinharias que pensaram.

Zenia ri.

– A Charis sempre teve miolo mole – diz ela.

Batem à porta.

– É o café – anuncia Zenia. – Você se importa de abrir?

Ocorre a Tony que Zenia deve ter algumas razões para não querer abrir portas. Uma onda de apreensão percorre sua espinha.

Mas de fato é o café, entregue por um homem baixinho e de rosto marrom. Ele sorri, e Tony pega a bandeja, rabisca a quantia da gorjeta na conta, fecha a porta devagar e passa o fecho de segurança. Zenia deve ser protegida das forças que a ameaçam. Protegida por Tony. Neste momento, neste quarto, com Zenia finalmente encarnada à sua frente, Tony mal se lembra do que fez na última semana –

como tem andado às escondidas em estado de fúria e frieza, com uma arma na bolsa, planejando egoisticamente assassinar Zenia a sangue-frio. Por que ela teria vontade de fazer isso? Por que alguém teria? Zenia passa pela vida como uma proa, como um galeão. Ela é magnífica, é singular. É a lâmina afiada.

– Você disse que precisava falar comigo – diz Tony, abrindo uma brecha.

– Quer rum no seu café? Não? – oferece Zenia. Ela desenrosca uma garrafinha do frigobar, derrama uma boa quantidade na própria xícara. Franze um pouco o cenho e fala mais baixo, como se lhe fizesse uma confidência. – Sim. Eu queria te pedir um favor. Você é a única pessoa a quem eu posso recorrer, de verdade.

Tony espera. Volta a se sobressaltar. Preste atenção, ela diz a si mesma. Ela deveria sair dali, imediatamente! Mas que mal pode fazer escutar? E ela está ansiosa para saber o que Zenia quer. Dinheiro, provavelmente. Tony pode simplesmente negar.

– Só preciso de um lugar para ficar – declara Zenia. – Não aqui, aqui não é uma boa. Pensei em ficar com você, só umas duas semanas.

– Por quê? – diz Tony.

Zenia move as mãos com impaciência, espalhando cinzas de cigarro.

– Porque estão procurando! Não os irlandeses, eles estão no caminho errado. São outras pessoas. Ainda não estão aqui, nesta cidade. Mas vão chegar. Vão contratar profissionais daqui.

– E por que não procurariam na minha casa? – diz Tony. – Não seria o primeiro lugar aonde iriam te procurar?

Zenia ri, o riso familiar, caloroso, e fascinante, e despreocupado, e desdenhoso da estupidez dos outros.

– O último lugar! – afirma ela. – Eles fizeram o dever de casa, eles sabem que você me odeia! Você é a esposa. Eu sou a ex-namorada. Eles jamais iriam acreditar que você permitiria que eu ficasse lá!

– Zenia, quem exatamente são essas pessoas e por que estão atrás de você?

Zenia dá de ombros.

– O de sempre – diz ela. – Eu sei demais.

– Ora, anda – diz Tony. – Não sou uma criança. Demais sobre o quê? E não venha me dizer que é mais saudável eu não saber.

Zenia se inclina para a frente. Fala em voz baixa.

– O nome Projeto Babilônia significa alguma coisa para você? – ela pergunta. Deve saber que sim, sabe qual é a área de conhecimento de Tony. – O supercanhão do Iraque – ela acrescenta.

– Gerry Bull – complementa Tony. – O gênio da balística. É claro. Ele foi assassinado.

– Para não dizer coisa pior – diz Zenia. – Bem. – Ela assopra fumaça, olhando para Tony de um jeito quase tímido, um olhar de dança do leque.

– Não foi você quem o matou! – exclama Tony, horrorizada. – Não foi você! – Não pode acreditar que Zenia realmente matou uma pessoa. Não: não consegue acreditar que uma pessoa que está sentada à sua frente, num quarto real, no mundo real, de fato matou alguém. Essas coisas acontecem nos bastidores, em outro lugar; são inerentes ao passado. Aqui, neste quarto de cores californianas com seus móveis insípidos, com sua neutralidade, seriam anacronismos.

– Não fui eu – diz Zenia. – Mas sei quem foi.

Está acendendo outro cigarro, está praticamente acendendo um atrás do outro. O ar que a rodeia está cinza, e Tony está um pouco zonza.

– Os israelenses – diz ela. – Por causa do Iraque.

– Não foram os israelenses – Zenia retruca rapidamente. – Isso é só para desviar a atenção. Eu estava lá, participei do projeto. Fui apenas o que se poderia chamar de mensageira, mas você sabe o que acontece com os mensageiros.

Tony sabe, sim.

– Nossa – ela diz. – Meu Deus.

– A melhor saída – declara Zenia, resoluta – é contar tudo para algum jornal. Tudinho! Aí então não vai fazer diferença me matarem, não é? Além disso, consigo uma grana, e não vou dizer que ela não seria bem-vinda. Mas ninguém vai acreditar em mim sem que eu tenha provas. Não se preocupe, eu tenho a prova, não está nesta cidade, mas está a caminho. Então imaginei que eu poderia ficar escondida com você e com o West até a minha prova chegar. Eu sei como ela está vindo, sei quando. Eu ficaria quietinha, não iria precisar de nada mais que um saco de dormir, posso ficar no andar de cima, no estúdio de West...

Tony fica atenta. A palavra *West* crepita em sua mente: é essa a chave, é isso o que Zenia quer, e como Zenia sabe que West tem um estúdio e que ele fica no terceiro andar? Ela nunca entrou na casa de Tony. Ou será que entrou?

Tony se levanta. As pernas estão trêmulas como se tivesse acabado de ser afastada de um penhasco íngreme, em desintegração. Como ela chegou perto, de novo! A história toda sobre Gerry Bull não passa de uma grande mentira, uma lorota feita sob encomenda. Qualquer pessoa poderia ter remendado tal história lendo a *Jane's Defence Weekly* e o *Washington Post*, e Zenia – conhecendo os pontos fracos de Tony, seu gosto por novidades em matéria de tecnologia armamentista – deve ter feito exatamente isso.

Não existe vendeta, não existem *eles*, ninguém está atrás de Zenia, fora o credor. Ela quer é arrombar o castelo de Tony, sua casa blindada, seu único porto seguro, e arrancar West de dentro dele como se ele fosse uma lesma. Ela o quer fresco e sinuoso, atravessado na ponta do seu garfo.

– Acho que não vai ser possível – diz Tony, tentando manter a voz estável. – Acho melhor eu ir embora.

– Você não acredita em mim, não é? – diz Zenia. Seu rosto ficou sereno. – Bom, saia correndo com a sua indignação virtuosa, sua metidinha a besta. Você sempre foi uma tremenda hipócrita, sempre teve duas caras, Tony. Uma merdinha egoísta, presunçosa e pedante com pretensões megalomaníacas. Você acha que tem uma mentalidade aventureira, mas me poupe! No fundo, você é uma covarde, você se esconde naquele seu chiqueirinho burguês com a sua coleçãozinha de cicatrizes de guerra deformadas, você senta em cima do coitado do West como se ele fosse uma porra de um ovo que você acabou de pôr! Aposto que ele morre de tédio, sem ter mais ninguém além de você para enfiar aquele pinto enfadonho! Meu Deus, deve ser a mesma coisa que foder um gerbo!

O suave manto de veludo de Zenia caiu; por baixo dele, há brutalidade crua. É este o som de um punho no instante em que dá o golpe. Tony está parada no meio do quarto, a boca se abrindo e se fechando. Não emite nenhum som. As paredes de vidro se fecham ao seu redor. Em sua loucura, pensa na arma dentro da bolsa, inútil,

inútil: Zenia tem razão, ela nunca seria capaz de puxar o gatilho. Todas as suas guerras são hipotéticas. Ela é incapaz de agir de verdade. Mas agora a expressão de Zenia muda, da raiva à astúcia.

– Sabe, eu ainda tenho aquele trabalho final, aquele que você forjou. Era sobre o mercado de escravos russo, não era? É bem a sua área de sadismo deslocado, todos os cadáveres de papel. Você é uma necrófila em torre de marfim, sabia? Você devia tentar um cadáver de verdade uma hora dessas! Quem sabe eu não ponho o trabalho no correio, mando para o seu precioso Departamento de História, crio uma merda para você, um pequeno escândalo! Eu ia ficar bem contente! Que fim teria a sua integridade acadêmica?

Tony sente os objetos rombudos passarem raspando pela sua cabeça, o chão dissolver sob os pés. O Departamento de História ficaria satisfeito, ficaria mais do que feliz em desaboná-la e expulsá-la. Tem colegas, mas não aliados. A ruína se aproxima. Zenia é pura malevolência sem freios; quer escombros, quer terra seca, quer vidro estilhaçado. Tony se esforça para se afastar da situação, para enxergá-la como se fosse algo que aconteceu muito tempo antes; como se ela e Zenia fossem apenas duas figuras miúdas em um tapete cheio de migalhas. Mas talvez seja isso o que a história é, quando está em andamento: pessoas furiosas gritando umas com as outras.

Esqueça a cerimônia. Esqueça a dignidade. Dê as costas e fuja.

Tony caminha, trêmula, em direção à porta.

– Tchau – ela diz, com toda a firmeza possível; mas sua voz, aos próprios ouvidos, soa como um guincho. Tem um instante de pânico por causa da fechadura. Ao acelerar o passo, espera ouvir um rosnado selvagem, a batida de um corpo pesado contra a porta. Mas não há nada.

Ela desce de elevador com a estranha sensação de que está subindo, e serpenteia pelo saguão como se estivesse bêbada, esbarrando nos móveis de couro. Há diversos homens fazendo check-in na recepção. Sobretudos, pastas, deve ser uma convenção. À sua frente, agiganta-se o arranjo de flores secas. Estende o braço, observando a mão esquerda alcançar as flores, quebra um caule. Algo tingido de púrpura. Dirige-se até as portas, mas descobre estar na fileira errada, a que dá para o pátio e a fonte. Não é esta a saída. Está desorientada, virada do avesso no espaço: o mundo visual parece estar misturado. Gosta de ter as coisas ordenadas de forma clara dentro de sua cabeça, mas não estão nem um pouco ordenadas.

Enfia o ramo surrupiado na bolsa e mira a porta de entrada, e a atravessa tremendo, e finalmente chega ao lado de fora, respirando no ar frio. Havia tanta fumaça lá em cima. Ela balança a cabeça, tentando clareá-la. É como se estivera dormindo.

52

Não é exatamente assim que Tony conta a Roz e Charis. Ela pula a parte sobre o trabalho final, apesar de tomar o cuidado de incluir todas as outras coisas ruins que Zenia disse a seu respeito. Ela inclui a arma, que tem um peso importante, mas deixa de lado a broca sem fio, que não tem. Inclui sua fuga humilhante. No final do relato, ela mostra o ramo púrpura, como comprovação.

– Eu devia estar meio louca – diz ela. – Por pensar que eu de fato seria capaz de matá-la.

– Não tão louca assim – diz Roz. – Não por *querer* matá-la, em todo caso. Ela causa isso nas pessoas. Você teve sorte em escapar de lá com os dois olhos, é o que eu acho.

Sim, pensa Tony, examinando-se. Nenhum órgão visível faltando.

– A arma ainda está na sua bolsa? – pergunta Charis, angustia-da. Não gostaria que um objeto tão perigoso colidisse com sua aura.

– Não – responde Tony. – Fui para casa depois e coloquei de volta no lugar.

– Foi um bom plano – diz Roz. – Agora é você, Charis. Quero ser a última.

Charis hesita.

– Não sei se devo contar a história toda – declara.

– Por que não? – indaga Roz. – Tony contou. Eu vou contar. Vamos lá, não guardamos segredos umas das outras!

– Bem – diz Charis –, tem uma coisa da qual você não vai gostar.

– Ora, bolas, provavelmente não vou gostar *de nada* – diz Roz, em tom jovial.

Sua voz está um pouco alta demais. Charis se recorda da Roz de antigamente, aquela que desenhava rostos com batom na barriga e a movimentava, na Sala Comunitária do McClung Hall. Talvez Roz esteja animada demais.

– É sobre o Larry – afirma Charis, com tristeza.

De súbito, Roz recupera a sobriedade.

– Não tem problema, querida – diz ela. – Já sou grandinha.

– Ninguém é – retruca Charis. – Não de verdade. – Ela toma fôlego.

Depois que Zenia apareceu no Toxique naquele dia, Charis passou cerca de uma semana pensando no que deveria fazer. Ou melhor, ela sabia o que deveria fazer, mas não sabia como se preparar para fazer. Além disso, precisava se fortalecer espiritualmente, pois um encontro com Zenia não seria algo casual.

O que ela antevia era as duas travadas por um impasse. Zenia iria atirar faíscas vermelho-sangue de energia; o cabelo preto iria crepitar como gordura queimando, os globos oculares estariam cereja, iluminados de dentro para fora como os de um gato diante de faróis. Charis, por outro lado, estaria calma, ereta, cercada por um brilho delicado. Ao seu redor, estaria desenhado um círculo de giz branco, para manter afastadas as vibrações malévolas. Ela ergueria os braços, invocando o céu, e de seu corpo sairia uma voz semelhante a sinos tilintando: *O que você fez com o Billy?*

E Zenia iria se contorcer, e estremecer, e resistir, mas, dominada pela superioridade do campo de força positiva de Charis, seria obrigada a responder.

Charis ainda não estava forte o bastante para esse teste de resistência. Sozinha, talvez nunca ficasse. Teria de pegar algumas armas emprestadas de suas amigas. Não, não armas; apenas blindagem, pois não se imaginava partindo para o ataque. Não queria machucar Zenia, não é? Queria apenas que Zenia devolvesse o bem que lhe roubara; a vida de Charis, a parte em que Billy existia. Queria o que era seu de direito. Só isso.

Revirou algumas das caixas de papelão no quartinho do segundo andar, que foi depósito, depois quarto de Zenia, depois sala de brinquedos e quarto de August, e agora era um quarto vago para hóspedes, caso houvesse algum. Na verdade, ainda era o quarto de August; era ali que ficava nas visitas de fim de semana. Nas caixas, havia um monte de coisas que Charis nunca usou e tinha a intenção de reciclar. Achou um presente de Natal de Roz – um par de luvas pavoroso, de couro com punhos de pele verdadeira, pele de animal morto, nunca conseguiria usá-lo. De Tony, achou um livro, um livro escrito pela própria Tony. *Quatro causas perdidas*. Era todo sobre guerra e matança, assuntos céticos, e Charis nunca conseguiu se envolver na leitura.

Levou o livro e as luvas para o primeiro andar e os pôs em cima de uma mesinha sob a janela principal da sala de estar – onde receberiam os raios de sol que combateriam seus lados sombrios – e pôs seu geodo de ametista ao lado deles, e cercou-os de pétalas secas de calêndula. A este arranjo acrescentou, depois de refletir um pouco, a Bíblia da avó, sempre um objeto potente, e um bloco de terra do próprio jardim. Meditava perante essa coleção por vinte minutos, duas vezes por dia.

O que ela desejava era absorver os aspectos positivos das amigas, as características das quais carecia. De Tony, queria a clareza mental; de Roz, o metabolismo de altos decibéis e a capacidade de planejamento. E a língua ferina, porque assim, se Zenia começasse a ofender Charis, ela conseguiria pensar em algo neutralizante para dar como resposta. Da terra do jardim, queria o poder que existia sob o solo. Da Bíblia, o quê? Só a presença da avó já bastaria; as mãos, a luz azul com poder de cura. As pétalas de calêndula e o geodo de ametista tinham o fim de conter essas diversas energias, além de canalizá-las. O que tinha em mente era algo concentrado, que nem um raio laser.

No trabalho, Shanita percebe que Charis está mais distraída que o normal.

– Tem alguma coisa te incomodando? – ela pergunta.

– Bom, mais ou menos – diz Charis.

– Quer abrir as cartas?

Estão ocupadas projetando o interior da nova loja. Ou melhor, Shanita está projetando, e Charis está admirando os resultados. Na vitrine, haverá uma enorme faixa de papel pardo com o nome da loja escrito com lápis de cor, "como se fosse letra de criança", explica Shanita: *Scrimpers*. Em ambas as pontas da faixa, haverá um arco grande, também de papel pardo, de onde sairão serpentinas retorcidas.

– A ideia é que tudo pareça bem básico – diz Shanita. – Meio que feito em casa. Acessível, entende? – Ela vai vender os mostruários de madeira de bordo polida a mão e comprar outros feitos de tábuas rústicas, com os pregos à mostra. O visual "caixote de laranja", como ela chama. – A gente pode continuar com algumas das pedras e gosmas de ervas, mas vamos ter de colocar essas coisas lá atrás, e não na vitrine. Luxo não é o nosso apelido.

Shanita está atarefada encomendando novos itens para o estoque: pequenos kits para criar vasos com jornal reciclado para transferir mudas de plantas, outros kits para criar os próprios cartões de Natal com recortes de revistas, e mais outros kits com flores prensadas e películas retráteis para se fazer cartões com o uso do secador de cabelo. Composto de refugos de cozinha numa caixa de madeira orgânica é um dos itens; além disso, há kits de bordados para capas de almofadas que incluem flores do século XVIII, uma fortuna se você comprá-las já prontas. Há também moedores de café a manivela, belos aparelhos de madeira com gaveta para o café moído. Utensílios elétricos pouco importantes na cozinha, declara Shanita, não estão mais em voga. O esforço físico está de volta.

– A gente precisa é de coisas que fazem coisas pelas quais você teria que pagar bem mais – diz Shanita. – Nosso tema é economizar. Olha, conheço esse troço de trás para frente, fiz isso a minha vida inteira. O negócio é que ninguém nunca me disse o que a gente pode criar a partir de um milhão de elásticos.

Resolveu também mudar o uniforme delas: em vez do tom pastel com estampa florida, vão usar aventais de lona de carpinteiro, na cor bege, e bonés quadrados de papel pardo dobrado. Um lápis atrás da orelha completará o visual.

– Para mostrar que estamos falando sério – diz Shanita.

Apesar da admiração que está demonstrando, pois toda criatividade deve ser apoiada e não há dúvida de que as ideias são criativas, Charis não tem certeza se vai se adaptar. Será complicado, mas terá de tentar, porque quais outros empregos existem por aí, principalmente para ela? Talvez nem sequer consiga um trabalho como arquivista; não que queira um, ela não considera o alfabeto um modo preciso de classificar as coisas. Mas caso continue, terá de ser mais contundente; terá de tomar as rédeas. Ser séria. Vender ativamente. Shanita diz que serviço e preço competitivo são os lemas do futuro. Isso, e também a contenção dos custos indiretos. Pelo menos não têm dívidas.

– Graças a Deus nunca peguei muitos empréstimos – diz ela. – Os bancos não me concedem empréstimo, a bem da verdade.

– Por que não? – indaga Charis.

Shanita joga o cabelo para trás – que hoje está solto, penteado num único cacho comprido e brilhante – e lhe lança um olhar desdenhoso.

– Você tem direito a três palpites – diz ela.

Fazem um intervalo à tarde, e Shanita prepara um refresco de limão que têm em estoque, e abre as cartas para Charis.

– Grande acontecimento, em breve – anuncia. – O que eu vejo é... a sua carta é a Rainha de Copas, certo? Vejo a Sacerdotisa cruzando o seu caminho. Significa alguma coisa?

– Significa – responde Charis. – Vou obter vitória?

– O que é essa *vitória*? – diz Shanita, sorrindo-lhe. – É a primeira vez que ouço você falar essa palavra! Talvez seja uma boa hora para você começar a falá-la. – Ela examina as cartas, abre mais algumas. – Parece mesmo uma vitória. De qualquer forma, perder, você não vai. Mas! Tem uma morte. Não tem como evitá-la.

– Não é a Augusta! – diz Charis. Está tentando analisar as cartas sozinha: a Torre, a Rainha de Espadas, o Mago, o Louco. Mas ler cartas é algo que ela nunca conseguiu fazer.

– Não, não tem nada a ver com ela – afirma Shanita. – É uma pessoa mais velha. Quer dizer, mais velha que ela. Mas é ligada a você de alguma forma. Você não vai ver esta morte acontecendo, mas é você quem vai descobrir que ela aconteceu.

Charis se apavora. Billy, deve ser. Ela vai se encontrar com Zenia, e Zenia lhe dirá que Billy morreu. É isso o que ela sempre temeu. Mas vai ser melhor do que não saber. Há um lado bom nisso, também, porque, quando for a sua vez de fazer a transição e estiver no túnel escuro, a voz de Billy será a primeira que escutará. Será ele quem a ajudará, no outro lado. Ficarão juntos, e ele não conseguiria encontrá-la desse jeito, se não tivesse morrido antes.

Saber da Sacerdotisa cruzando seu caminho a ajuda. E também se encaixa, pois agora, enfim, ela chegou ao dia escolhido, o dia certo para confrontar Zenia. Ela se deu conta disso assim que se levantou da cama, assim que enfiou o alfinete diário na Bíblia. Caiu em Revelações 17, o capítulo sobre a Grande Meretriz: *A mulher estava vestida de púrpura e de escarlate, e adornada de ouro, pedras preciosas e pérolas; e tinha na mão um cálice de ouro, cheio das abominações, e da imundícia da prostituição; e na sua fronte estava escrito um nome simbólico: A GRANDE BABILÔNIA, A MÃE DAS PROSTITUIÇÕES E DAS ABOMINAÇÕES DA TERRA.*

Por trás dos olhos fechados de Charis, o vulto tomou forma, a silhueta – carmesim nas bordas, com cintilações de luz dura como diamante. Não deu para ver o rosto; mas quem poderia ser, senão Zenia?

– Foi por isso que achei que isso estava tão... bem, tão certo – Charis explica para Tony.

– Que o que estava certo? – indaga Tony, paciente.

– O que você disse. Sobre o Projeto Babilônia. Assim, não pode ser uma mera coincidência, não é?

Tony abre a boca para dizer que poderia, mas volta a fechá-la, porque Roz lhe deu uma cutucada por baixo da mesa.

– Continue – pede Roz.

Charis se arrasta pela cidade, respirando o lixo industrial transportado pelo ar. Passa pelo BamBoo Club, com os grafismos caribenhos em cores fortes, passa pelo Zephyr, com as conchas e cristais, um lugar em que geralmente entra e olha coisas, mas por onde hoje passa sem mal olhar, passa pela loja de histórias em quadrinhos Dragon Lady, às pressas porque tem um prazo. É seu horário de almoço. Normalmente, não reserva muito tempo para almoçar porque este é o horário de maior movimento, mas a loja foi fechada por alguns dias, enquanto os balcões novos e os arcos de papel pardo são postos no lugar, portanto hoje pôde abrir uma exceção. Pediu a Shanita meia hora extra; vai compensar saindo mais tarde algum dia depois da reabertura da loja. Isso lhe dará tempo de ir até o Arnold Garden Hotel, de encontrar-se com Zenia e perguntar o que precisa perguntar, de obter uma resposta. Supondo-se que Zenia esteja no hotel, é claro. É sempre possível que ela tenha saído.

Ao se vestir de manhã, ao tomar banho em seu banheiro onde venta bastante, ocorreu a Charis que, embora soubesse o nome do hotel, não sabia o número do quarto. Ir ao hotel e investigar era uma possibilidade, andar pelos corredores e tatear as maçanetas; talvez conseguisse captar as correntes elétricas tocando o metal, sentir a presença de Zenia nas pontas dos dedos por trás da porta certa. Mas o hotel estaria repleto de outras pessoas, e elas criariam estática. Poderia facilmente cometer um erro.

Então lhe passou pela cabeça, durante a travessia de balsa até o continente, que havia alguém que sem dúvida saberia em qual quarto Zenia se hospedara. O filho de Roz, Larry, saberia, pois Charis já os vira entrar no hotel juntos.

– Era essa a parte que eu não queria te contar – Charis diz a Roz. – Aquele dia no Toxique? Eu esperei no Kafay Nwar, do outro lado da rua. Eu os vi saindo. Segui os dois. Zenia e Larry.

– *Você* os seguiu? – indaga Roz, como se alguma outra pessoa também os tivesse seguido, e ela soubesse quem.

– Só queria perguntar a ela sobre o Billy – explica Charis.

Roz dá tapinhas na sua mão.

– É claro! – ela diz.

– Eu vi os dois se beijando na rua – declara Charis, em tom de desculpa.

– Está tudo bem, meu amor – diz Roz. – Não se preocupe comigo.

– Charis! – diz Tony, com admiração. – Você é muito mais sagaz do que eu imaginava! – Imaginar Charis andando na ponta dos pés atrás de Zenia a enche de prazer, por ser tão improvável. Zenia podia até ter suspeitado de que alguém a seguia, mas com certeza não pensou que fosse Charis.

Quando Charis chegou à loja, naquela manhã, e depois que Shanita saiu para pegar trocados no banco, ela telefonou para a casa de Roz. Se alguém atendesse, sem dúvida seria Larry, pois àquela hora as gêmeas estariam na escola, e Roz, no trabalho. Tinha razão, foi Larry.

– Oi, Larry, é a tia Charis – disse ela. Sentiu-se um pouco tola por se chamar de tia Charis, mas tratava-se de um costume que Roz iniciara quando as crianças eram pequenas e que nunca fora abandonado.

– Ah, oi, tia Charis – respondeu Larry. Pareceu não estar completamente acordado. – A mamãe está no trabalho.

– Ah, mas era com você mesmo que eu queria falar – disse Charis. – Estou procurando a Zenia. Sabe a Zenia? Talvez você se lembre dela, de quando você era pequeno. – (Que idade Larry devia ter na época?, ela se pergunta. Não tão pequeno. Quanto Roz havia lhe contado, a respeito de Zenia? Espera que não muito.) – Nós fizemos faculdade juntas. Eu vou me encontrar com ela no Arnold Garden Hotel, mas perdi o número do quarto. – Era uma grande mentira; sentiu culpa por isso, e ao mesmo tempo ficou ressentida com Zenia por colocá-la nessa situação. Esse era o problema de Zenia: ela forçava as pessoas a se rebaixarem a seu nível.

Fez-se uma longa pausa.

– Por que perguntar para mim? – Larry disse, por fim, cauteloso.

– Ah – diz Charis, exagerando sua falta de clareza habitual –, ela sabe que eu tenho memória curta! Ela sabe que não sou muito organizada. Ela disse que, se eu perdesse o número, era para te ligar. Ela disse que você sabia. Desculpe se te acordei – acrescentou.

– Que idiotice da parte dela – disse Larry. – Eu não sou a central de atendimento dela. Por que você não liga direto para o hotel? –

Era uma resposta estranhamente grosseira, para Larry. Via de regra, ele era mais cortês.

– Eu teria ligado – explicou Charis –, mas, você sabe como é, o sobrenome dela não é o mesmo de antigamente e infelizmente esqueci qual é o novo. – É uma suposição, a história do sobrenome novo, mas é uma suposição correta. Uma vez, Tony disse que Zenia provavelmente mudava de sobrenome todos os anos. Roz retrucou, Não, todo mês, ela deve ter se inscrito no Clube Nome-do-Mês.

– Ela está no 1.409 – afirmou Larry, de mau humor.

– Ah, deixa eu anotar – disse Charis. – Catorze-zero-nove?

Queria soar o mais confusa e desmemoriada possível; o máximo possível como uma tola gagá, o mínimo possível como uma ameaça. Não queria que Larry ligasse para Zenia e a alertasse.

O significado do número do quarto não escapa à sua atenção. Hotéis, ela sabe, nunca numeram o décimo terceiro andar, mas ele existe mesmo assim. O décimo quarto é, na verdade, o décimo terceiro. Zenia está no décimo terceiro andar. Mas o azar incutido nesse fator pode ser contrabalançado pela sorte do nove, pois nove é o número da Deusa. Mas o azar vai se unir a Zenia e a sorte a Charis, pois Charis tem o coração puro – ou tenta ter – e Zenia não. Fazendo cálculos na mente e vestindo-se de luz, Charis chega ao Arnold Garden Hotel, caminha sob o toldo intimidante e entra pelas portas de vidro emolduradas por latão brilhante, como se fosse simples dar este passo.

Fica um instante parada no saguão, tomando fôlego, ambientando-se. Não é um saguão ruim. Embora haja muitos móveis feitos de animais mortos, fica satisfeita ao notar que há também uma espécie de retábulo de vegetação: flores secas. E depois das portas de vidro laminado dos fundos há um pátio com uma fonte, mas a fonte não está ligada. Gosta de ver o espaço urbano tomando um rumo mais natural.

Então, de repente, tem um pensamento desanimador. E se Zenia não tiver alma? Deve haver pessoas assim no mundo, pois no momento existem muito mais seres humanos do que já existiram, ao todo, desde que a humanidade surgiu, e, se as almas são recicladas, devem existir algumas pessoas vivas atualmente que não receberam uma, numa espécie de jogo das cadeiras. Talvez Zenia seja assim: desalmada. Apenas uma casca. Neste caso, como Charis vai conseguir lidar com ela?

O pensamento é paralisante. Dominada por ele, Charis permanece imóvel no meio do saguão. Mas agora não pode voltar atrás. Fecha os olhos e visualiza seu altar, com as luvas e a terra e a Bíblia, apelando para seus poderes; em seguida, ela os abre e aguarda um presságio. Num canto do saguão, há um relógio de pêndulo. É quase meio-dia. Charis fica observando até que os dois ponteiros se juntem, apontando para cima. Então entra no elevador. A cada andar, o coração acelera mais.

No décimo quarto andar, na verdade, décimo terceiro, ela para diante do 1.409. Uma luz cinza-avermelhada vasa pela fresta da porta, empurrando-a para trás com uma força palpável. Põe a palma da mão contra a madeira da porta, que vibra numa ameaça silenciosa. É como um trem passando a distância, ou uma explosão vagarosa ao longe. Zenia deve estar ali.

Charis bate à porta.

Passado um instante – durante o qual sente os olhos de Zenia nela, através do olho mágico de vidro –, Zenia abre a porta. Está usando um dos roupões do hotel, e os cabelos estão enrolados em uma toalha. Devia estar tomando banho. Mesmo com o turbante felpudo na cabeça, é mais baixa do que nas lembranças de Charis. É um alívio.

– Eu estava me perguntando quando você chegaria – declara ela.

– Estava? – diz Charis. – Como você sabia?

– O Larry me falou que você estava a caminho – explica Zenia. – Entra.

A voz é monocórdia, o rosto cansado. Charis fica surpresa com o quanto parece velha. Talvez seja porque não está maquiada. Se a esta altura Charis não soubesse que era melhor não tirar conclusões precipitadas, pensaria que Zenia está doente.

O quarto está uma bagunça.

– Só um minutinho – interrompe Tony. – Repita esta parte. Você esteve lá ao meio-dia, e o quarto estava uma bagunça?

– Ela era muito bagunceira quando morou comigo, aquele tempo, em Island – diz Charis. – Ela nunca ajudava a lavar a louça nem nada disso.

– Mas quando estive lá, um pouco mais cedo, tudo estava muito arrumado – afirma Tony. – A cama estava arrumada. Tudo.

– Bem, não estava – diz Charis. – Havia travesseiros no chão, a cama estava toda desarrumada. Xícaras de café sujas, batatas *chips*, roupas jogadas. Havia um copo quebrado na mesa de centro, no tapete também. Era como se tivesse havido uma festa que durou a noite toda.

– Você tem certeza de que era o mesmo quarto? – indaga Tony.
– Talvez ela tenha tido um ataque de nervos e quebrado alguns copos.

– Ela deve ter voltado para a cama – palpita Roz. – Depois que você foi embora.

Todas levam essa possibilidade em consideração. Charis prossegue:

O quarto está uma bagunça. As cortinas floridas estão fechadas apenas pela metade, como se tivessem sido puxadas recentemente para evitar a luz. Zenia pisa nos objetos esparramados no chão, senta-se no sofá e pega um cigarro entre as dezenas que estão espalhadas em volta do copo quebrado, na mesa de centro.

– Eu sei que não devo fumar – murmura, como se falasse consigo mesma –, mas agora, isso pouco importa. Sente-se, Charis. Estou contente por você ter vindo.

Charis se acomoda na poltrona. Este não é o confronto carregado que vinha imaginando. Zenia não está tentando se esquivar dela; no máximo, está levemente satisfeita por Charis estar ali. Charis se lembra que precisa descobrir sobre Billy, onde está, se está vivo ou morto. Mas é difícil se concentrar em Billy; mal se recorda da aparência que Billy tinha, enquanto que Zenia está sentada bem ali, à sua frente. É estranho vê-la em carne e osso, finalmente.

Agora, ela sorri abatida.

– Você foi tão boa comigo – declara. – Sempre quis pedir desculpas por ter ido embora daquele jeito, sem me despedir. Foi uma atitu-

492

de muito desatenciosa. Mas eu era dependente demais de você, estava deixando que você tentasse me curar em vez de investir minhas energias em mim mesma. Eu precisava ir embora para algum lugar, ficar sozinha para conseguir me concentrar. Isso foi... bem, eu recebi uma espécie de mensagem, entende?

Charis está estupefata. Talvez tenha errado a respeito de Zenia, ao longo de todos esses anos. Ou talvez Zenia tenha mudado. As pessoas podem mudar, elas podem escolher, podem se transformar. Ela acredita profundamente nisso. Não sabe muito bem o que pensar.

– Você não tinha câncer de verdade – ela diz, por fim. Seu intuito não é fazer uma acusação. Só precisa ter a certeza.

– Não – diz Zenia. – Não exatamente. Mas eu *estava* doente. Era uma doença espiritual. E estou doente agora. – Faz uma pausa, mas, quando Charis não lhe pergunta, ela continua: – É por isso que voltei... pelo serviço de saúde pública. Não podia arcar com o tratamento em nenhum outro lugar. Disseram que estou morrendo. Deram-me seis meses.

– Ah, que horror – diz Charis. Está olhando os contornos de Zenia para ver de que cor é sua luz, mas não está conseguindo visualizá-la. – É câncer?

– Não sei se devo te contar – responde Zenia.

– Não tem problema – retruca Charis, pois e se Zenia estiver falando a verdade, dessa vez? E se de fato estiver morrendo? Ela está com um tom meio acinzentado, em volta dos olhos. O mínimo que Charis pode fazer é ouvi-la.

– Bom, a verdade é que eu tenho AIDS – Zenia diz e suspira. – É uma idiotice. Eu tinha um hábito ruim, alguns anos atrás. Peguei usando uma agulha suja.

Charis engole em seco. Isso é terrível! E o Larry, então? Ele também vai ter AIDS? *Roz! Roz! Venha rápido!* Mas o que Roz poderia fazer?

– Não seria uma má ideia passar um tempinho, algum lugar tranquilo – diz Zenia. – Só para colocar ordem na cabeça, antes, você sabe. Algum lugar tipo Island.

Charis sente o puxão familiar, a velha tentação. Talvez não haja esperança para o corpo de Zenia, mas o corpo não é o único fator. Ela poderia hospedar Zenia, como fizera antes. Poderia ajudá-la a caminhar para a transição, pôr luz ao redor dela, poderiam meditar juntas...

– Ou talvez seja melhor eu simplesmente cuidar disso sozinha – Zenia diz, calma. – Comprimidos ou algo do gênero. Estou condenada, de qualquer forma. Então, para que ficar esperando?

Na garganta de Charis, sentimentos conhecidos fervem. *Ah, não, você tem de tentar, você tem de tentar ser positiva...* Ela abre a boca para fazer o convite, *Sim, venha*, mas algo a impede. É o olhar que Zenia lhe lança: um olhar decidido, a cabeça inclinada para o lado. Um pássaro mirando uma minhoca.

– Por que você fingiu para mim, o câncer? – indaga.

Zenia ri. Endireita a coluna. Deve saber que está perdida, deve saber que Charis não acreditará nela, sobre ter AIDS.

– Tudo bem – ela diz. – É bom mesmo a gente acabar logo com isso. Em poucas palavras, eu queria que você me deixasse entrar na sua casa, e esse pareceu ser o jeito mais fácil.

– Foi uma maldade! – diz Charis. – Eu acreditei em você! Fiquei muito preocupada contigo! Tentei te salvar!

– Sim – diz Zenia, alegre. – Mas não se preocupe, eu também sofri. Se eu tivesse que tomar mais um copo daquele suco de repolho nojento, eu morreria. Você sabe o que eu fiz quando cheguei ao continente? Na primeira oportunidade, saí e comi um prato enorme de batata frita e um belo bife malpassado, bem suculento. Eu seria capaz de inalá-lo, de tanto desejo que eu tinha de carne vermelha!

– Mas você estava mesmo doente, alguma coisa você tinha – Charis diz, esperançosa. Auras não mentem, e a de Zenia estava enferma. Além disso, não quer pensar que todos aqueles legumes foram desperdiçados.

– Existe um truque que você deve conhecer – retruca Zenia. – É só cortar toda a vitamina C da sua dieta que você fica com os primeiros sintomas de escorbuto. Ninguém espera escorbuto, não no século XX, então não identificam.

– Mas eu te dei montes de vitamina C! – diz Charis.

– Tente só enfiar o dedo na garganta – declara Zenia. – Funciona que é uma maravilha.

– Mas por quê? – pergunta Charis, desesperada. – Por que você fez isso? – Ela se sente tão espoliada: espoliada da própria bondade, da própria disposição de ser útil. Uma idiota.

– Por causa de Billy, naturalmente – esclarece Zenia. – Nada pessoal, você foi apenas o meio que quis usar para me aproximar dele.

– Porque você estava apaixonada por ele? – palpita Charis. Pelo menos isso seria compreensível, pelo menos haveria algo de positivo no que aconteceu, pois o amor é uma força positiva. Ela entende estar apaixonada por Billy.

Zenia gargalha.

– Você é uma romântica imbecil – diz ela. – Com a idade que tem, você já devia ter mais discernimento. Não, eu não estava *apaixonada* por Billy, mas o sexo era divertido.

– Divertido? – repete Charis. Na sua experiência, sexo nunca foi divertido. Ou não era nada, ou era dolorido; ou era opressivo, colocava-a em risco; foi por isso que ela o evitou todos esses anos. Mas não era *divertido*.

– É, pode ser uma surpresa para você – zomba Zenia –, mas tem gente que acha divertido. Não você, eu já percebi. Pelo que o Billy falou, você não seria capaz de reconhecer a diversão nem se ela estivesse bem debaixo do seu nariz. Ele estava tão sedento por sexo bom que pulou em cima de mim praticamente na hora em que entrei naquele seu barraco patético. O que você achava que a gente ficava fazendo quando você estava no continente dando aquelas aulas chatíssimas de ioga? Ou quando você estava lá embaixo preparando nossos cafés da manhã, ou no quintal dando comida para aquelas galinhas débeis mentais?

Charis sabe que não pode chorar. Zenia podia ter sido *sexo*, mas Charis era *amor*, para Billy.

– O Billy me amava – ela diz, sem certeza.

Zenia abre um sorriso. Seu nível de energia está alto no momento, o corpo zumbindo como uma torradeira quebrada.

– O Billy não te amava – diz ela. – Acorda! Você era o vale-refeição dele! Ele comia à sua custa apesar de ter dinheiro; ele vendia haxixe, mas imagino que você nem tenha percebido. Ele te achava uma vaca, se é isso o que você quer saber. Ele achava que você era tão burra que ia parir uma idiota. Ele te achava uma cadela apatetada, para ser mais exata.

– O Billy jamais diria uma coisa dessas – retruca Charis. Tem a sensação de que uma rede de arames pontudos e quentes está sendo apertada em volta de seu corpo, o couro cabeludo arde, rompendo a pele.

– Ele dizia que transar contigo era que nem meter num nabo – prossegue Zenia, implacável. – Agora me ouça, Charis. É pelo seu próprio bem. Eu te conheço, posso imaginar como você tem gastado seu tempo. Vestindo camisas de cilício. Brincando de eremita. Sonhando acordada com Billy. Ele não passa de uma desculpa para você; assim você evita a vida. Desiste dele. Esquece ele.

– Não dá para esquecer ele – afirma Charis, com um fio de voz. Como ela pode ficar ali sentada e deixar que Zenia destrua Billy? A memória de Billy. Se perdê-la, o que lhe sobrará de todo esse tempo? Nada. Um vácuo.

– Presta atenção: ele não merece – diz Zenia. Parece exasperada. – Você sabe por que eu estava ali, na verdade? Para virá-lo do avesso. E, acredite, foi fácil.

– Virá-lo? – indaga Charis. Mal consegue se concentrar; sente como se levasse tapas na cara, de um lado e depois do outro. *Dê a outra face.* Mas quantas vezes?

– Virá-lo, como se vira uma casaca – diz Zenia, explicando-lhe como se ela fosse uma criança. – O Billy virou um informante. Ele voltou para os Estados Unidos e delatou todos os amiguinhos de mente incendiária, aqueles que ainda estavam aqui.

– Não acredito em você – reage Charis.

– Não me interessa se você acredita ou não – declara Zenia. – É a verdade, mesmo que você não acredite. Ele entregou os amigos para se livrar de uma enrascada e ganhar uma grana. Eles pagaram lhe dando uma nova identidade e um empreguinho sórdido como espião de terceira categoria. Ele também não era bom nisso. Da última vez que esbarrei com ele, em Baltimore, ou sei lá onde, ele estava muito desiludido. Ele virou um viciado em LSD e alcoólatra chorão, e além disso ficou careca.

– Foi você quem fez isso com ele – sussurra Charis. – Você o destruiu. – Billy de ouro.

– Cascata – retruca Zenia. – Foi isso o que *ele* disse, mas eu mal torci o braço dele! Só lhe disse quais eram as opções. A opção de Billy ou seria essa, ou algo bem pior. No mundo real, as pessoas optam por salvar a própria pele. Você pode contar com isso, nove entre dez vezes é o que acontece.

– Você estava na Polícia Montada – diz Charis. É essa a parte mais difícil de acreditar: é tão incoerente. Zenia no lado da lei e ordem.

– Não exatamente – diz Zenia. – Sempre fui uma agente independente. O Billy foi uma oportunidade que eu vi. Naqueles grupos de liberais santarrões preocupados em ajudar os fugitivos do serviço militar o que mais tinha era agente infiltrado, e eu tinha conhecidos, então consegui dar uma olhada nos arquivos. Eu me lembrei de você do McClung Hall... tinham um arquivo sobre você também, embora eu tenha explicado a eles que era um desperdício de papel, sem falar do dinheiro suado dos contribuintes: era como fazer um arquivo sobre um pote de geleia... e eu contei com o fato de que você ia se lembrar de mim. Não foi difícil arrumar um olho roxo e aparecer na sua aula de ioga. Você se encarregou do resto! Agora, se você não se importar, preciso me vestir, tenho coisas para fazer. O Billy mora em Washington, aliás. Se você quiser encenar uma alegre reunião entre ele e a filha desconhecida, será um prazer te dar o endereço.

– Acho que não – diz Charis. As pernas tremem; por um instante, tem medo de se levantar. As mentiras de Billy perturbaram sua mente. *Apague a fita*, ela diz para si, mas ela não se apaga. Percebe que não tem nenhuma arma, nenhuma arma que funcione contra Zenia. Só o que Charis tem como esteio é o desejo de ser boa, e a bondade é uma ausência, é a ausência de maldade; já Zenia, tem a história real.

Zenia encolhe os ombros.

– A decisão é sua – declara. – Se eu fosse você, eu o riscaria da minha lista.

– Acho que eu não consigo – diz Charis.

– Faça como quiser – diz Zenia. Ela se levanta, vai até o guarda-roupa e olha os vestidos.

Há mais uma coisa que Charis deseja saber, e reúne suas forças para perguntar.

– Por que você matou minhas galinhas? – indaga. – Elas não faziam mal a ninguém.

– Eu não matei suas malditas galinhas – declara Zenia, virando-se para ela. Parece se divertir. – Foi Billy que matou. E ele adorou fazer isso. Saiu na ponta dos pés antes de amanhecer, enquanto você ainda estava na terra dos sonhos, e cortou a garganta delas com a faca de pão. Disse que estava fazendo um favor a elas, pela forma como você as mantinha naquele seu galinheiro imundo. Mas a verdade é que ele as odiava. Não só isso, mas também riu muito imaginando você entrando no galinheiro e encontrando as galinhas. Uma espécie de pegadinha. Ele se divertiu a valer com isso.

Algo se parte dentro de Charis. A raiva a domina. Tem vontade de apertar Zenia, apertá-la e apertá-la pelo pescoço até que a vida de Charis, a vida que imaginara para si mesma, todos os aspectos bons de sua vida, engolidos por Zenia, jorrassem como a água de uma esponja. A brutalidade de sua própria reação a assombra, mas ela perdeu o controle. Sente o corpo tomado e cercado por uma luz incandescente; asas de brasas projetam-se dela.

E então ela está atrás das cortinas floridas, perto da porta que se abre para a sacada, fora do próprio corpo, assistindo. O corpo permanece ali. Outra pessoa o comanda agora. É Karen. Charis consegue vê-la, um âmago escuro, uma sombra, com os cabelos compridos e desgrenhados, agora grande, agora enorme. Vinha esperando todo esse tempo, todos esses anos, por um momento como este, um momento em que pudesse voltar ao corpo de Charis e usá-lo para matar. Move as mãos de Charis na direção de Zenia, as mãos que bruxuleiam com uma luz azul; é irresistivelmente forte, avança em Zenia como um vento silencioso, a empurra para trás, pela porta da sacada, e o vidro quebrado se espalha como gelo. Zenia é púrpura e escarlate e reluz que nem joias, mas não é páreo para a sombria Karen. Ela levanta Zenia – Zenia é leve, é vazia, é cheia de doenças e é podre, é sem substância como papel – e a atira pelo parapeito da sacada; fica olhando-a cair, cair da torre, e bater na beirada da fonte, e explodir como uma abóbora velha. Escondida atrás das cortinas floridas, Charis brada, melancólica: *Não! Não!* Não ao derramamento de sangue, não aos cães comendo os pedaços no pátio, não quer nada disso. Ou quer?

– Em todo caso, isso é história antiga – diz Zenia, informalmente.

Charis está de volta a seu corpo, está no controle dele, está levando-o até a porta. Nada aconteceu, afinal. Com certeza, nada aconteceu. Ela se vira e olha para Zenia. Linhas pretas irradiam dela, como os filamentos de uma teia de aranha. Não. Linhas pretas convergem nela, tendo-a como alvo; logo estará enredada. No centro delas, sua alma voa, uma mariposa pálida. Afinal de contas, ela possui alma.

Charis reúne todas as suas forças, toda a luz interior; ela a invoca para o que tem de fazer, pois será necessário muito empenho. O que quer que Zenia tenha feito, por pior que tenha sido, ela precisa de ajuda. Precisa da ajuda de Charis, no plano espiritual.

A boca de Charis se abre.

– Eu te perdoo – é o que se ouve dizendo.

Zenia gargalha, furiosa.

– Quem você pensa que é? – diz ela. – Que importância teria para mim você me perdoar ou não? Enfia seu perdão! Arrume um homem! Arrume o que fazer da vida!

Charis enxerga sua vida da mesma maneira que Zenia deve enxergá-la: uma caixa de papelão vazia, derrubada na beira da estrada, sem ninguém dentro. Ninguém que mereça ser mencionado. De certo modo, esta é coisa mais dolorosa de todas.

Ela conjura o geodo de ametista, fecha os olhos, vê cristal.

– Eu tenho o que fazer da vida – afirma. Ela endireita os ombros e vira a maçaneta, segurando as lágrimas.

Só ao atravessar o saguão, trêmula, em direção à porta de entrada, passa pela cabeça de Charis a ideia de que talvez Zenia estivesse mentindo. Talvez tenha mentido sobre Billy, sobre as galinhas, sobre tudo. Já mentira para Charis antes, e fora tão convincente quanto desta vez. Por que não estaria mentindo agora?

53

Roz se inclina para o lado e passa o braço em volta de Charis, abraçando-a.

– É claro que ela estava mentindo – diz ela. – O Billy não diria essas coisas. – O que ela sabe a respeito de Billy? Nem um fragmento, nunca o conheceu, mas está disposta a lhe dar o benefício da dúvida, pois o que custa fazê-lo, e de todo modo ela deseja melhorar a situação. – A Zenia é maliciosa. Ela diz essas coisas só de curtição. Ela só queria te incomodar.

– Mas por quê? – diz Charis, à beira das lágrimas. – Por que ela faria isso, por que falou essas coisas? Ela foi tão negativa. Fiquei magoada de verdade. Agora não sei mais o que pensar.

– Está tudo bem, meu amor – declara Roz, dando outro abraço em Charis. – Ela que vá para o inferno! Não vamos convidá-la para as nossas festas de aniversário, não é?

– Pelo amor de Deus – diz Tony, pois Roz sempre vai longe demais, e Tony está achando a cena excessivamente infantil para o seu gosto. – A situação é grave!

– Sim – concorda Roz, retomando a seriedade –, eu sei que é.

– Eu tenho o que fazer da vida – afirma Charis, piscando os olhos molhados.

– Você tem uma vida interior bastante rica – diz Tony, com firmeza. – Mais rica do que a da maioria das pessoas. – Revira a bolsa, acha um lenço amassado, entrega-o a Charis. Ela assoa o nariz.

– Agora é a minha vez – anuncia Roz. – A sra. Corpão Maduro encontra a Rainha da Noite. Na escala de aproveitamento, não tirei dez.

Roz está no escritório, andando, andando. Sobre a mesa, há uma pilha de arquivos, tanto arquivos de projetos como de doações para caridade, os Fígados, os Rins, os Pulmões e os Corações, todos clamando por atenção, isso sem mencionar as Mulheres Sem Teto e as Esposas Espancadas, mas terão de esperar, pois para doar é preciso ganhar, ele não cresce em árvore. Devia estar pensando no projeto Rubicão, como apresentado pela Lookmakers. *Batons para os anos 1990* é o conceito que estão propondo, o que Boyce traduz como Colas Orais para Nonagenárias. Mas Roz não consegue trabalhar nisso, está muito preocupada. Preocupada? Exaltada! O corpo é uma sauna abastecida com hormônios, o interior da cabeça é um lava-rápido, com todas aquelas escovas chiando, espuma voando, visão obscurecida. Zenia está vagando, e só Deus sabe por onde! Pode muito bem estar escalando a lateral deste edifício neste exato instante, com ventosas presas à planta dos pés, como uma mosca.

Roz comeu todos os bombons Mozart, fumou todos os cigarros, e um dos defeitos de Boyce, o único, na verdade, é que ele não fuma, então não pode roubar um rolo de tabaco dele, opa, desculpe o trocadilho; de toda forma, seus pulmões são tão limpos quanto o dos compulsivos. Talvez a nova recepcionista do térreo – Mitzi, Bambi? – tenha um maço escondido; poderia ligar lá para baixo, mas seria muito degradante, a Dona Chefa subindo as paredes por causa de um cigarro.

Não quer sair do prédio agora, pois está mais ou menos na hora de Harriet, a detetive, telefonar. Roz pediu que ela ligasse todos os dias, às três da tarde, para informá-la de seus progressos. "Estamos reduzindo as possibilidades", foi tudo o que Harriet disse nos primeiros dias. Mas ontem, falou:

– Há duas possibilidades. Uma é o King Eddie, a outra é o Arnold Garden. As pessoas que conseguimos... as pessoas que gentilmente concordaram em identificar a foto... todas elas têm certeza de que é ela.

– O que te faz pensar que você tem que escolher? – diz Roz.

– Perdão? – diz Harriet.

– Aposto qualquer coisa que ela tem quartos nos dois hotéis – declarou Roz. – Eu faria a mesma coisa! Dois nomes, dois quartos. – *Todas as raposas gostam da porta dos fundos.* – Cadê o número dos quartos?

– Espere até nós checarmos um pouco mais – diz Harriet, cautelosa. – Eu te informo. – Era evidente que visualizava uma situação desagradável: Roz arrombando o quarto de um estranho, arremessando móveis, acusações e bafejando fogo, e Harriet sendo processada por ter lhe dado o número do quarto errado.

Portanto, agora Roz está enganchada, seja lá o que isso signifique. Algo de conhecimento da mãe, já que a expressão era dela. Faz uma anotação mental para perguntar a Boyce sobre isso, e se sacode, e senta-se diante da mesa, e abre o arquivo "Batons para os anos 1990" com os comentários de Boyce. Gosta do plano empresarial, gosta das projeções; mas Boyce tem razão, o nome em si está errado, pois vão querer expandir os negócios para além dos batons. Uma sombra que também diminua pálpebras inchadas seria uma revolução, ela compraria, e se é algo que ela compraria, é certo que muitas outras mulheres também comprariam, se o preço for adequado. Além disso, é preciso tirar "os anos 1990". Por enquanto, os anos 1990 não foram nada bons, apesar de só ter se passado um ano, então para que enfatizar o fato de que estão todos presos nessa década?

Não, Roz concorda – lendo as notas organizadas de Boyce à margem da proposta, ele é muito talentoso, esse garoto – que devem optar pela viagem no tempo, um pouco de história, o grande H, por meio da associação aos nomes de rios. As mulheres sempre acham mais fácil se imaginar num romance em alguma outra era, uma era anterior aos vasos com descarga, banheiras de hidromassagem e moedores de café elétricos, uma era em que um bando de criados tuberculosos e com rugas prematuras teriam de lavar as cuecas dos homens, se eles a tivessem, a mão, e esvaziar comadres e ferver a água em caldeirões enormes, em cozinhas infestadas de ratos, e pisar os grãos de café como se pisam as uvas. Roz prefere sempre aparelhos elétricos. Aparelhos com garantia, e uma diarista confiável que vá à sua casa duas vezes por semana.

Quanto às propagandas, quer que tenham muitas rendas. Rendas e máquina de vento, para que os cabelos esvoacem, criando aquele visual dramático tipo "incêndio de Charleston". Vai ser de grande ajuda fotografar as modelos de certo ângulo, com a câmera voltada para cima. Como estátuas, monumentais, contanto que não dê para ver dentro das narinas, que é o problema que Roz sempre teve em relação a heróis de bronze montados a cavalo. Pensou em mais um nome de rio, outra cor: "*Athabasca*". Uma espécie de rosa meio bronze. Ulceração misturada com exposição ao sol. Como você fica no Norte sem filtro solar.

O telefone toca, e Roz praticamente cai em cima dele.

– Harriet – anuncia Harriet. – É o Arnold Garden, com certeza, quarto 1.409. Eu mesma fui lá e fingi ser uma camareira levando toalhas. Não há dúvida.

– Ótimo – diz Roz, e anota o número do quarto.

– Tem uma coisa que você precisa saber – declara Harriet. – Antes de ir correndo para lá.

– O que é, onde os anjos temem pisar? – indaga Roz, impaciente. – O que é?

– Parece que ela está tendo um caso, ou algo assim, com... bom, com um homem muito mais novo. Ele esteve com ela no quarto quase todos os dias, segundo a nossa fonte.

Por que Harriet soa tão reticente?, pensa Roz.

– Não me surpreende nem um pouco – diz ela. – A Zenia seria capaz de roubar qualquer coisa, inclusive berços. Contanto que o cara seja rico.

– Ele é – diz Harriet. – Por assim dizer. Ou vai ser. – Ela hesita.

– Por que você está me contando isso? – indaga Roz. – Não me interessa saber com quem ela anda trepando!

– Você me pediu para descobrir tudo – retruca Harriet, em tom de censura. – Não sei muito bem como te contar isso. O jovem em questão parece ser seu filho.

– O quê? – exclama Roz.

Depois de desligar, pega a bolsa, entra no elevador e ganha a calçada numa marcha acelerada, o mais perto que consegue chegar da corrida com seus sapatos malditos. Entra na Becker's mais próxima, compra três maços de du Mauriers, rasga um deles com os dedos trêmulos, e acende com tanta rapidez que quase ateia fogo no cabelo. Ela vai matar Zenia, vai matar! O desaforo, a petulância, o *mau gosto* consumado, ir atrás do pequeno e indefeso Larry, Larry filho de Mitch, depois de dar fim ao pai dele! Bom, algo similar a dar fim. *Vá azucrinar alguém do seu tamanho!* E Larry, alvo fácil, coitado; tão solitário, tão confuso. Provavelmente se lembra de Zenia de quando tinha quinze anos; provavelmente se masturbava pensando nela, naquela época. Provavelmente a acha glamourosa, e carinhosa, e compreensiva.

Zenia é muito habilidosa no departamento de glamour e compreensão. Além disso, vai lhe contar algumas histórias das dificuldades que passou, e ele vai pensar que ambos são órfãos da tempestade. Roz não aguenta!

A fumaça é filtrada por seu corpo, e depois de um tempo se sente mais calma. Volta ao escritório, a cabeça fritando pouco a pouco. O que exatamente, que merda ela deve fazer?

Ela bate à porta de Boyce.

– Boyce? Você se importa de me ajudar a pensar por um instante? – indaga.

Boyce se levanta de modo cortês e oferece uma cadeira.

– Pedi, e dar-se-vos-á – cita ele. – Deus.

– Essa eu conheço bem – diz Roz –, mas não tenho conseguido bons resultados com Deus ultimamente, no departamento das respostas. – Ela se senta, cruza as pernas e pega a xícara de café dada por Boyce. A linha que reparte seu cabelo é tão reta que quase dói, parece ter sido feita a faca. A gravata tem patos minúsculos. – Vou te contar um caso hipotético – anuncia ela.

– Sou todo ouvidos – diz Boyce. – Diz respeito às Colas Orais?

– Não – responde Roz. – É uma história. Era uma vez uma mulher que era casada com um homem que costumava pular a cerca.

– Alguém que eu conheça? O homem, quero dizer.

– Com outras mulheres – prossegue Roz, determinada. – Bom, a esposa aguentava pelo bem dos filhos, e de qualquer forma essas coisas nunca duravam muito tempo porque as outras mulheres não passavam de brinquedinhos sexuais de dar corda, ou pelo menos era isso o que o marido falava. Segundo ele, a nossa heroína era seu verdadeiro amor, a menina dos olhos, o fogo de sua lareira, e assim por diante. Aí um dia aparece uma piranha... desculpe, uma *pessoa* mais ou menos da mesma idade que a esposa, só que, tenho que admitir, bem mais bonita, apesar de que os peitos dela eram falsos, mas isso fica entre nós dois e essas paredes.

– Ela anda em beleza, como a praga – diz Boyce, solidário. – Byron.

– Exatamente – diz Roz. – E ela também era esperta, mas, se fosse homem, diriam que ela era uma idiota. O que estou querendo dizer é que não existe nome feminino para isso, porque *"cadela"* não dá nem para o começo! Ela conta uma certa história de que era meio-judia, que era órfã de guerra e foi salva dos nazistas, e a nossa heroína, que é toda coração, acredita e lhe arruma um emprego; e a Dona Peito-Dirigível finge ser a amiga agradecida de nossa personagem, e mostra-se indiferente ao marido, dando a entender, pela linguagem corporal, que o acha menos atraente que um anão de jardim, o que, no final das contas, era a verdade verdadeira.

"Enquanto isso, nossas duas amiguinhas fazem um monte de almoços gostosos, em que discutem notícias mundiais e a situação da empresa. Então, a moça começa a transar com o Doutor Suscetível pelas costas da Dona Pateta. Para a Dona Lollapalooza, aquilo não passa de um *caso* – ou pior, uma tática –, mas para ele é uma coisa importante, é finalmente a sua grande paixão. Não sei como, mas ela conseguiu. Considerando-se o homem que era e o fato de que milhares antes dela tinham tentado, mas não conseguiram, ela não era nada mais nada menos que brilhante."

– Genialidade é a capacidade infinita de causar dor – declara Boyce, sombrio.

– Isso mesmo – concorda Roz. – Então ela engana todo mundo para chegar ao comando do negócio em questão, que é uma empresa de médio porte, e num piscar de olhos ela já está morando com o Doutor Dedos Pegajosos, e estão vivendo juntos no Ninho de Amor do Ano, deixando a esposinha às traças, remoendo seu coraçãozinho ferido. E é isso mesmo o que ela faz. Mas a paixão arrefece, para a Vampira, não para ele, quando ele descobre que ela tem se encontrado com um motoqueiro garanhão e faz um escândalo por causa disso. Então, ela falsifica alguns cheques... usando a assinatura dele, sem dúvida copiada dos inúmeros bilhetinhos babões que ele lhe deixava... e some com o dinheiro. Isso esfria a paixão dele? Galinhas têm peitos? Ele vai atrás dela como se suas calças estivessem ligadas na tomada.

– Conheço o enredo – diz Boyce. – Acontece em todas as classes sociais.

– A Dona Mão-Leve some – continua Roz –, mas, pouco tempo depois, ela reaparece dentro de uma lata de sopa. Aparentemente, ela sofreu um acidente horrível e virou comida de gato. Ela é plantada em um cemitério, não que eu... não que minha amiga tenha derramado alguma lágrima... e o Doutor Tristeza rasteja atrás da esposinha, que não arreda o pé e se recusa a aceitá-lo de volta. Bom, dá para dizer que ela estava errada? Puxa, ela já tinha aguentado o bastante! Então, em vez de ir a um psiquiatra, o que ele devia ter feito muito tempo antes, ou arrumar um novo brinquedinho sexual, o que é que ele faz? Ele morre de amor, não pela Dona Doméstica, mas sim pela Dona Quadris Fogosos. Então ele sai de barco no meio de um furacão e se afoga. Talvez ele tenha pulado. Vai saber.

– Uma pena – diz Boyce. – Corpos são bem melhores vivos.

– Tem mais – diz Roz. – Vem à tona que essa mulher não estava morta. Estava só brincando. Ela reaparece e dessa vez fisga o único filho... o único e amado filho homem... dá para imaginar? Ela deve ter uns cinquenta anos! Ela fisga o filho da mulher que ela roubou e do homem que ela praticamente matou!

– Que história bombástica – murmura Boyce.

– Olha, eu não escrevi o enredo – explica Roz. – Só estou te contando, e não preciso de crítica literária. O que eu quero saber é... o que você faria?

– Você está perguntando *para mim*? – diz Boyce. – O que *eu* faria? Primeiro, eu me certificaria de que ela é mesmo uma mulher. Poderia ser um homem travestido.

– Boyce, é sério – retruca Roz.

– Eu estou falando sério – diz Boyce. – Mas o que você quer mesmo saber é o que *você* deve fazer. Não é?

– Em suma – concorda Roz.

– A obsessão é a melhor parte da coragem – diz Boyce. – Shakespeare.

– Que significa?

– Que você vai ter de se encontrar com ela – suspira Boyce. – Pôr para fora. Ah, Roz, tu és terrível. Faça uma cena. Grite e xingue. Diga o que você pensa dela. Acerte os ponteiros; acredite, é necessário. Caso contrário, o verme invisível que voa na tempestade achará tua cama de alegria carmesim, e seu amor secreto tua vida destruirá. Blake.

– Acho que sim – diz Roz. – Não confio em mim mesma, é só isso. Boyce, o que é "estar enganchado"?

– É estar preso numa moldura de madeira cheia de ganchos, onde a roupa é pendurada para secar – explica Boyce.

– Não ajudou muito – diz Roz.

– Mas é o que significa – diz Boyce.

Roz parte para o Arnold Garden Hotel. Pega um táxi porque está agitada demais para dirigir. Nem precisa perguntar na recepção, abarrotada do que parecem ser vendedores em viagem de negócios; ela simplesmente dá passos rápidos pelo saguão deplorável, com os sofás de couro retrô espalhafatosos e arranjos florais cafonas *circa* 1984 que parecem ter sido tirados de uma daquelas matérias estilo "faça você mesma" da *Canadian Woman*, e a visão para o pátio desleixado e a fonte de cimento através das portas de vidro, isso está para "jardim" assim como comida congelada está para "alimento", e entra direto no elevador acolchoado com plástico imitando couro.

Durante todo esse tempo, está ensaiando: *Será que não bastou um só? Você vai matar o meu filho também? Tire as patas do meu filho!* Ela se sente uma onça defendendo o filhote. Pelo menos é isso o que supostamente as onças fazem. *Eu vou soprar e bufar*, ela ruge internamente, *e vou derrubar sua casa!*

Só que Zenia não foi uma mulher de ter casas. Só de invadi-las.

No fundo de sua mente, há outra conjuntura: o que acontecerá quando Larry descobrir o que ela fez? Afinal de contas, ele tem 22 anos. Já faz tempo que atingiu a maioridade. Se quiser trepar com animadoras de torcida ou cães são-bernardo ou mulheres fatais velhas como Zenia, o que, na verdade, ela tem a ver com isso? Ela imagina seu olhar de desprezo paciente, exasperado, e hesita.

Toc, toc, toc, ela faz à porta de Zenia. Só de fazer barulho já recupera a força. *Abra, sua porca, sua nojenta, e me deixe entrar!*

E clique-claque, alguém está vindo. Uma fenda da porta é aberta. A corrente foi passada.

– Quem é? – diz a voz grave de Zenia.

– Sou eu. Roz. É melhor você me deixar entrar, se não vou ficar parada aqui e gritar.

Zenia abre a porta. Está vestida para sair, com o mesmo vestido preto decotado que Roz se lembra de ter visto no Toxique. O rosto está maquiado, o cabelo solto, ondulado, fazendo e desfazendo cachos indóceis em volta de sua cabeça. Há uma mala aberta em cima da cama.

– Uma mala? – indaga Tony. – Eu não vi mala nenhuma.

– Eu também não – diz Charis. – O quarto estava arrumado?

– Razoavelmente arrumado – diz Roz. – Mas isso foi no fim da tarde. Depois que vocês estiveram lá. Talvez a camareira tenha arrumado.

– O que havia na mala? – pergunta Tony. – Ela estava fazendo a mala? Talvez o plano dela seja ir embora.

– Estava vazia – diz Roz. – Eu olhei.

– Roz! – exclama Zenia. – Que surpresa! Entra... você está ótima!

Roz sabe que não está ótima: de todo modo, *está ótima* é o que dizem para mulheres da sua idade que ainda não estão mortas. Zenia, por outro lado, está ótima de verdade. Mas ela não envelhece nunca?, Roz pensa com amargura. Que tipo de sangue ela bebe? *Só uma ruga, só uma ruguinha, meu Deus; será que é tão difícil assim? Explique de novo: por que os perversos prosperam?*

Roz não faz rodeios.

– O que você pensa que está fazendo, tendo uma coisa com o Larry? – diz ela. – Você não tem nenhum, nenhum *escrúpulo*?

Zenia olha para ela.

– Uma *coisa*? Que ideia deliciosa! Foi ele quem disse isso?

– Ele foi visto entrando no seu quarto de hotel. Mais de uma vez – declara Roz.

Zenia abre um sorriso gentil.

– Foi visto? Não me diga que você colocou aquela húngara atrás de mim outra vez. Roz, que tal você se sentar? Toma um drinque ou algo assim. Nunca tive nada pessoal contra você. – Ela mesma senta-se no sofá florido com uma timidez afetada, como se nada estivesse acontecendo; como se fossem duas matronas respeitáveis prestes a começar o chá da tarde. – Acredite, Roz. Meus sentimentos por Larry são apenas maternais.

– Como assim, maternais? – retruca Roz. Ela se sente idiota permanecendo de pé, então se senta na poltrona que faz conjunto com o sofá. Zenia está à procura de seus cigarros. Acha o maço, balança: está vazio. – Pegue um do meu – oferece Roz, com relutância.

– Obrigada. Esbarrei com ele por acaso, no Toxique. Ele se lembrou de mim... bem, ele devia, ele tinha... quantos anos? Quinze? Ele quis conversar comigo a respeito do pai. Foi comovente! Você não tem sido muito aberta com ele nesse assunto, não é, Roz? Garotos precisam saber sobre os pais; precisam saber de alguma coisa boa. Você não acha?

– Então, o que exatamente você tem dito a ele? – pergunta Roz, desconfiada.

– Só coisas boas – afirma Zenia. Ela abaixa os olhos, com modéstia. – Acho que às vezes é melhor distorcer um pouco a verdade, não é? Não me custa nada, e o pobre do Larry parece querer um pai que ele possa admirar.

Roz mal pode acreditar no que está ouvindo. Na verdade, não acredita. Deve haver algo mais, e há.

– É claro que, se a situação se prolongar, as coisas podem ficar complicadas – diz Zenia. – Posso me esquecer e acabar contando umas verdades. De como o pai do coitado do Larry na verdade era um babaca perturbado.

Roz vê vermelho. Ela de fato o vê, uma bruma vermelha tampando seus olhos. Uma coisa é ela criticar Mitch, outra coisa é Zenia fazê-lo!

– Você o usou – diz ela. – Você o deixou sem nada, você acabou com a vida dele e depois o jogou fora! Você é responsável pela morte dele, sabia? Ele se suicidou por sua causa. Acho que você não tem o direito de julgá-lo.

– Quer saber? – diz Zenia. – Quer mesmo saber? Depois que eu disse a ele que não ia dar certo, porque ele era bobo demais... Caramba, eu mal conseguia respirar, ele era muito controlador, eu não tinha vida própria, ele queria saber o que eu tinha comido no café da manhã, queria entrar comigo no banheiro toda vez que eu precisava fazer xixi, estou falando sério! Ele praticamente tentou me matar! Passei semanas com marcas no pescoço; a sorte é que não fiquei melindrada e dei um chute no saco dele, com toda a força possível, para que ele me largasse. Aí ele ficou chorando por mim; queria que nós dois fizéssemos um pacto de suicídio idiota, assim estaríamos juntos na morte! Ah, que divertido! Vá se foder, eu falei para ele! Então não ponha a culpa em mim. Lavei as mãos.

Roz não suporta escutar isso, ela não suporta! Pobre Mitch, reduzido a isso. Um serviçal abjeto.

– Você podia tê-lo ajudado – disse ela. – Ele precisava de ajuda! – Roz também poderia tê-lo ajudado, claro. Teria ajudado, se soubesse. Não teria?

– Não dê uma de puritana – diz Zenia. – Você devia me dar uma medalha por ter feito ele parar de te encher. O Mitch era um sanguessuga, um doente. O que ele queria de mim era perversão sexual... queria ser amarrado, queria que eu usasse lingerie de couro, e outras coisas, coisas que ele jamais pediria a você porque ele te via como a esposa angelical. Os homens ficam assim depois de uma certa idade, mas era um exagero. Não posso te contar nem a metade, era tão ridículo!

– Você o seduziu – retruca Roz, que a essa altura quer sair correndo do quarto. É humilhante demais para Mitch. É diminuí-lo demais. É doloroso demais.

– Mulheres como você me dão nojo – diz Zenia, com raiva. – Você sempre foi dona de coisas. Mas você não era a dona dele, sabia? Ele não era um *bem* que Deus te deu! Você acha que tinha direitos sobre ele? Ninguém tem direito nenhum, a não ser que o conquiste!

Roz respira fundo. Perca a calma e perderá a luta.

– Pode ser – diz ela. – Mas isso não muda o fato de que você se aproveitou dele.

– Seu problema, Roz – diz Zenia, mais tranquila –, é que você nunca deu nenhum crédito àquele homem. Você sempre o viu como uma vítima das mulheres, um joguete na mão delas. Você o tratava como um bebê. Já lhe ocorreu que Mitch era responsável pelos próprios atos? Ele tomou as próprias decisões, e talvez elas não tivessem nada a ver comigo, nem com você. Mitch fez o que quis fazer. Arriscou a sorte.

– Você deixou as cartas marcadas – afirma Roz.

– Ah, faça-me o favor – responde Zenia. – Se um não quer, dois não fazem. Mas para que brigar por causa do Mitch? Vamos voltar ao assunto principal. Tenho uma proposta a te fazer: talvez, para o bem de Larry, seja uma boa ideia eu sair da cidade. Larry não seria o único motivo... vou ser franca com você, Roz, preciso ir embora da cidade de qualquer forma. Estou correndo risco aqui, então estou te pedindo também em nome dos velhos tempos. Mas no momento não posso arcar com os custos disso; não vou esconder que a situação está se complicando. Partiria na velocidade de um raio se tivesse, digamos, uma passagem de avião e dinheiro para gastos pessoais.

– Você está tentando me chantagear – diz Roz.

– Não precisamos dar nomes feios – diz Zenia. – Tenho certeza de que você entende a lógica.

Roz hesita. Devia comprar a ideia, devia comprar o sumiço de Zenia? E se não o fizer? Qual é a ameaça, exatamente? Larry não é mais criança; já deve ter imaginado muitas coisas a respeito de Mitch.

– Acho que não vai dar – ela diz, devagar. – Tenho uma proposta melhor. Que tal você ir embora de qualquer forma? Eu ainda posso te pôr na cadeia por desfalque, sabia? E tem aquela história da falsificação de cheques.

Zenia franze os cenhos.

– Você dá importância demais ao dinheiro, Roz – ela retruca. – Na verdade, o que eu estava te oferecendo era proteção para você mesma. Não para o Larry. Mas você não merece proteção. Aqui vai a verdade verdadeira, então. Sim, estou trepando com o Larry, mas é apenas um caso sem importância. O Larry não é meu amante acima de tudo, o Larry é acima de tudo meu vendedor. Fico surpresa por aquela inábil daquela sua detetive particular não ter percebido, e estou mais surpresa ainda por você não ter percebido. O filhinho da mamãe tem inflado seu ego inexistente se aventurando no tráfico de coca, a droga recreativa preferida dos riquinhos. Ele está negociando, está revendendo para os amigos bem de vida. Também tem feito uma amostragem pesada do produto... sorte a sua se ele não acabar sem nariz. O que você acha que ele faz no Toxique, todas as noites? Aquele lugar é notório! Ele não faz isso só pelo dinheiro... ele gosta! E você sabe do que ele mais gosta? De agir pelas suas costas! De passar a perna na mamãe! Tal pai, tal filho. O garoto é problemático, Roz, e o problema dele é você!

Roz faz-se de morta. Não quer acreditar em nada disso, mas partes fazem sentido. Ela se lembra do envelope de pó branco que achou, se lembra dos segredos de Larry, os brancos na vida do filho que ela não consegue preencher, e o medo a inunda, acrescido de uma enorme porção de culpa. Será que foi superprotetora? Será que Larry está tentando livrar-se dela? Será que é uma mãe devoradora? Pior: será que Larry é um viciado sem salvação?

– Portanto, se eu fosse você, pensaria duas vezes – desafia Zenia. – Porque, se você não pagar pela informação, haverá quem pague. Acho que daria uma bela manchete, não é? *Filho de cidadã proeminente preso em apreensão de drogas em hotel*. Seria facílimo arranjar isso. O Larry confia em mim. Acha que preciso dele. É só eu assobiar que seu filhinho vem correndo com os bolsos cheios. Ele é uma gracinha, sabe. Ele tem um bumbum lindo. Vão adorá-lo na prisão. Qual é a sentença hoje em dia? Dez anos?

Roz está perplexa; não consegue absorver tudo. Ela se levanta da poltrona e vai até a janela, até as portas que se abrem para a sacada. Dali, vê um pedaço em meia-lua da fonte, lá embaixo. Ainda não tinha sido esvaziada; folhas secas boiam dentro dela. É provável que o hotel esteja carente de funcionários, devido à recessão.

– Preciso falar com ele – ela diz.

– Se eu fosse você, não faria isso – retruca Zenia. – Ele vai entrar em pânico, vai tomar uma atitude precipitada. Ele é amador, vai acabar se entregando. E no momento ele deve muito dinheiro aos fornecedores. Sei quem são e não são pessoas legais. Não vão gostar se ele jogar tudo no vaso e der descarga. Não vão receber o pagamento, e em geral reagem mal nesses casos. Também não gostam quando as pessoas são pegas e falam sobre eles. Não brincam em serviço. Seu filhinho Larry pode sofrer consequências terríveis. Na verdade, pode acabar em uma vala, com alguns órgãos faltando.

Isto não pode estar acontecendo, pensa Roz. O doce e sério Larry, em seu quarto de menino com os troféus da escola e os retratos de barcos? Zenia é mentirosa, ela se faz lembrar. Mas não pode se permitir descartar sua história, pois e se – pelo menos dessa vez – for verdade?

A ideia de ver Larry morto é insuportável. Ela jamais sobreviveria. Essa ideia se aloja como uma lasca de gelo em seu coração; ao mesmo tempo, tem a sensação de que foi teletransportada para alguma novela medonha, com iniquidades secretas, intrigas sinistras e câmeras em ângulos ruins.

Ela poderia esgueirar-se atrás de Zenia, acertá-la na cabeça com uma luminária ou algo do gênero. Amarrá-la com meia-calça. Fazer com que pareça um assassinato ligado a sexo. Já leu muitos romances ordinários com cenas assim, e bem sabe Deus que seria plausível, é exatamente o tipo de fim sórdido que uma mulher como Zenia merece. Ela povoa o quarto de detetives, detetives que fumam cigarro enquanto espanam os móveis em busca de digitais, as digitais que ela tomará o cuidado de limpar...

– Não trouxe meu talão de cheques – diz ela. – Trago amanhã.

– Traga em dinheiro – diz Zenia. – Cinquenta mil, e é uma pechincha; se não fosse a recessão, pediria o dobro. Notas velhas e pequenas, por favor; pode mandar por mensageiro, antes do meio-dia. Mas não para cá, eu te ligo de manhã e digo onde. Agora, se você não se importar, estou com um pouco de pressa.

Roz pega o elevador para descer. De repente, sente uma dor de cabeça lancinante, e além disso está indisposta. É o medo e a ira, revirando dentro dela como uma porção de salmonela. *Então, Deus, a culpa é minha ou não é? É essa a cruz dupla que tenho de carregar? Então você deu com uma das mãos e agora está tirando com a outra? Ou talvez você ache que isso é uma piada!* Passa por sua cabeça, não pela primeira vez, que se tudo faz parte do Plano Divino, Deus deve ter um senso de humor bastante distorcido.

54

– O que você vai fazer? – indaga Tony.

– Pagar – diz Roz. – Que escolha eu tenho? Em todo caso, é só dinheiro.

– Você podia falar com o Larry – sugere Tony. – Afinal, a Zenia mente desbragadamente. Ela pode estar inventando tudo.

– Primeiro, eu pago – diz Roz. – Depois a Zenia pega o avião. Aí eu falo com o Larry. – Tem a impressão de que nem sempre Tony compreende, no que diz respeito a crianças. Mesmo 5% de verdade já seriam demais; não pode correr o risco.

– Mas o que você vai fazer quanto a *ela*? – pergunta Charis.

– Quanto a Zenia? – diz Roz. – Depois de amanhã, ela já vai estar em outro lugar. Pessoalmente, gostaria que ela fosse removida de modo permanente, que nem uma verruga. Mas não imagino que isso aconteça. – Está acendendo outro cigarro na vela do suporte de vidro vermelho. Charis solta uma tossidela tímida e afasta a fumaça balançando a mão.

– Não imagino – diz Tony, devagar –, que haja algo que possamos fazer quanto a ela. Não podemos fazê-la sumir. Mesmo se ela for embora, ela vai voltar se tiver vontade de voltar. Ela é um fato inevitável. Ela simplesmente *existe*, que nem o tempo.

– Talvez a gente deva agradecer – sugere Charis. – E pedir ajuda.

Roz gargalha.

– Agradecer pelo quê? *Obrigada, Deus, por criar Zenia? Mas da próxima vez nem se dê ao trabalho?*

– Não – esclarece Charis. – Porque ela está indo embora e nós ainda estamos bem. Não estamos? Nenhuma de nós cedeu.

Não sabe bem como explicar. O que ela quer dizer é que ficaram tentadas, todas elas, mas não sucumbiram. Sucumbir seria matar Zenia, ou física ou espiritualmente. E matar Zenia significaria tornar-se Zenia. Outra forma de sucumbir seria acreditar nela, abrir-lhe as portas de casa, deixar que as enganasse, permitir que as destruísse. Foram um pouco destruídas, mas foi porque não fizeram o que Zenia queria.

– O que eu quero dizer é que...

– Acho que entendi o que você quer dizer – interrompe Tony.

– Certo – diz Roz. – Então, vamos agradecer. Sou sempre a favor disso. A quem vamos agradecer e o que faremos?

– Uma libação – declara Charis. – Temos tudo o que precisamos aqui, até a vela. – Ela ergue a taça, em que restam cerca de dois centímetros de vinho branco, e derrama uma gota nas sobras rosa de seu Sorvetes Sortidos. Em seguida, curva a cabeça e fecha os olhos por um instante. – Pedi ajuda – diz ela. – Para todas nós. Agora vocês. –

Também pediu perdão, também por todas elas. Acha que é o correto, mas não sabe explicar por que, então não faz menção a isso.

– Não tenho certeza se isso é uma boa ideia – diz Roz.

Ela entende a necessidade de celebração, bata na madeira para não ser um ato precipitado, mas gostaria de saber qual o Deus que está sendo invocado ali, ou melhor, qual versão de Deus, para que possa se resguardar dos raios que os outros podem lhe jogar. Mas ela derrama o vinho. Bem como Tony, que sorri, um pouco tensa, com seu sorriso de "morda a língua". Se fizéssemos isso três séculos antes, ela pensa, todas nós seríamos queimadas em estacas. Zenia seria a primeira, no entanto. Sem dúvida, Zenia seria a primeira.

– É só isso? – ela pergunta.

– Eu gosto de espalhar um pouquinho de sal na chama da vela – declara Charis, espalhando o sal.

– Só espero que ninguém esteja vendo – diz Roz. – Porque quanto tempo nós ainda temos até que comecem a nos considerar três bruxas loucas com certificado e tudo? – Ela está se sentindo um pouco tonta; talvez seja por causa dos comprimidos de codeína que tomou para a dor de cabeça.

– Não olhem agora – diz Tony.

– Bruxas não são tão ruins assim – retruca Charis. – A idade é só uma questão de atitude. – Está olhando fixo para a vela, de um jeito sonhador.

– Diga isso à minha ginecologista – diz Roz. – Você só quer ser bruxa para poder misturar poções.

– Ela já mistura – diz Tony.

De repente, Charis se empertiga na cadeira. Os olhos ficam arregalados. A mão cobre a boca.

– Charis? – diz Roz. – O que foi, querida?

– Ai, meu Deus – exclama Charis.

– Ela engasgou? – pergunta Tony. É possível que Charis esteja tendo um infarto, ou uma espécie de convulsão. – Bata nas costas dela!

– Não, não – diz Charis. – É a Zenia! Ela está morta!

– O quê? – diz Roz.

– Como você sabe? – indaga Tony.

– Eu vi na vela – afirma Charis. – Eu a vi caindo. Ela estava caindo na água. Eu vi! Ela morreu. – Charis começa a chorar.

– Meu bem, você tem certeza de que não está só fantasiando com um desejo seu? – pergunta Roz, com delicadeza. Mas Charis está absorta demais em seu sofrimento para escutá-la.

– Vamos – diz Tony. – Vamos ao hotel. Vamos averiguar. Se não – ela diz para Roz, por cima da cabeça de Charis, que agora está apoiada nas duas mãos, balançando-se para frente e para trás – nenhuma de nós vai dormir direito esta noite. – É verdade: Charis vai ficar aflita por não saber se Zenia está morta, e Tony e Roz ficarão aflitas por Charis. Vale a pena darem um pequeno passeio de carro para evitar isso.

Enquanto vestem os casacos, enquanto Roz paga a conta, Charis continua a soluçar em silêncio. Em parte, é o choque; o dia inteiro foi um choque, e este é um choque ainda maior. Mas em parte é por ter visto mais do que contou. Não viu Zenia apenas cair, um vulto escuro girando no ar, o ar esvoaçante como plumas, o arco-íris de sua vida serpenteando para fora dela como uma névoa cinza, Zenia diminuindo até virar escuridão. Também viu alguém empurrá-la. Alguém empurrou Zenia da beirada.

Embora não tenha visto claramente, pensa que sabe quem era a pessoa. Era Karen, que ficara para trás, por alguma razão; que ficou escondida no quarto de Zenia; que esperou até que Zenia abrisse a porta da sacada e foi para trás dela e a empurrou. Karen assassinou Zenia, e a culpa é de Charis por afastar Karen, por separá-la de si, por tentar deixá-la de fora, por não aceitá-la, e as lágrimas de Charis são lágrimas de culpa.

Esta é só uma das formas de explicar o fato, é claro. O que Charis quer dizer, explica para si mesma, é que desejou a morte de Zenia. E agora Zenia está morta. Um ato espiritual e um ato físico são iguais, do ponto de vista moral. Karen-Charis é uma assassina. Tem sangue nas mãos. Está impura.

Elas entram no carro de Roz, o menor. Há uma certa demora enquanto Roz tenta achar alguém, para estacionar o carro; enquanto Roz reclama com o homem que enfim é providenciado, o Arnold Garden não é exatamente eficiente no que diz respeito ao serviço. Então, as três chegam ao saguão. A essa altura, Charis já se recompôs, e Tony segura seu braço para lhe dar apoio.

– Ela está na fonte – sussurra Charis.

– Shh – pede Tony. – Veremos em um instante. Deixe que a Roz se encarregue da conversa.

– Estive aqui esta tarde, avaliando o hotel como possível local para uma convenção, e acho que esqueci minhas luvas – diz Roz. Resolveu que seria um erro dizer que estão procurando Zenia, pela possibilidade remota de Charis ter razão; não que Roz acredite nisso por um instante sequer, mas ainda assim. De todo modo, se ligarem para o quarto e ninguém atender, o que isso provará? Nada sobre a morte. Zenia poderia ter fechado a conta.

– Com quem você conversou? – diz a mulher atrás do balcão.

– Ah, foi só uma conversa introdutória – diz Roz. – Acho que deixei a luva ali fora, no pátio. Na beirada da fonte.

– Nós sempre deixamos a porta trancada nesta época do ano – declara a mulher.

– Bom, esta tarde ela não estava trancada – afirma Roz, em tom agressivo –, então eu fui lá dar uma olhada. É um belo pátio para se fazer coquetéis, ali em volta da fonte, foi isso o que eu pensei. A convenção seria em junho. Aqui o meu cartão de visitas.

O cartão gera um efeito salutar.

– Está bem, sra. Andrews, vou pedir que destranquem a porta para a senhora imediatamente – diz a mulher. – De fato, usamos muito o pátio para coquetéis. Também poderíamos fazer um bufê de almoço para a senhora, lá fora; no verão, colocamos mesas. – Ela gesticula para o porteiro.

– Será que você poderia acender as luzes lá de fora? – pede Roz. – Devo ter deixado minhas luvas caírem na fonte. Ou elas poderiam ter sido jogadas pelo vento.

A ideia de Roz é que o lugar inteiro esteja iluminado que nem uma árvore de Natal, assim Charis verá, claro como o dia, que Zenia não está em parte alguma. As três saem pela porta de vidro e param juntas, aguardando a iluminação.

– Está tudo bem, querida, não há nada aí – Roz sussurra para Charis.

Porém, quando as luzes se acendem, holofotes em cima e também sob a água, ali está Zenia, boiando de rosto para baixo em meio às folhas secas, o cabelo espalhado como uma alga marinha.

– Meu Deus – murmura Tony.

Roz sufoca um berro. Charis não solta nenhum som. O tempo se dobrou sobre si mesmo, a profecia se concretizou. Mas não há cães. Então ela compreende. *Nós somos os cães, lambendo seu sangue. No pátio, o sangue de Jezabel.* Tem a impressão de que vai vomitar.

– Não toque nela – diz Tony, mas Charis precisa tocá-la. Ela estende o braço, abaixa a mão e puxa, e Zenia gira lentamente, e olha para elas com seus olhos de sereia.

55

Não está realmente olhando para elas, porque não pode. Os olhos estão voltados para dentro da cabeça: é por isso que estão brancos, como olhos de peixe. Está morta há algumas horas, ou pelo menos é o que a polícia diz ao chegar.

Os funcionários do hotel estão muito preocupados. Uma mulher morta na fonte não é o tipo de publicidade de que precisam, principalmente quando os negócios já estão em baixa. Aparentemente, pensam que a culpa é toda de Roz por ter sugerido que acendessem as luzes, como se isso tivesse feito Zenia se materializar na fonte. Mas, como Roz frisa para o porteiro, à luz do dia seria pior: os hóspedes estariam tomando o café da manhã em seus quartos, iriam à sacada para tomar ar fresco e fumar um cigarro, olhariam para baixo, e imagine só o alvoroço que seria.

Por terem descoberto o corpo, Tony, Roz e Charis têm de esperar. Têm de responder a perguntas. Roz toma conta da conversa e logo insere a história das luvas; não seria prudente dizer à polícia que foram correndo para o Arnold Garden Hotel porque Charis teve uma visão enquanto contemplava uma vela. Roz já leu tantos suspenses que sabe que tal história colocaria Charis imediatamente sob suspeita. Não somente a polícia acharia que ela é completamente maluca – bem, pensando objetivamente, Roz entende –, mas também que é uma maluca capaz de empurrar Zenia da sacada com as próprias mãos, e depois ter amnésia, seguida de um ataque de culpa que gere uma visão psicodélica.

No fundo da mente de Roz, há uma lasca de dúvida: talvez eles tenham razão. Houve tempo bastante para Charis voltar ao hotel antes de aparecer para o jantar no Toxique. Poderia tê-la matado. Assim como Tony, que foi sincera quanto às suas intenções homicidas. Assim como a própria Roz, por sinal. Sem dúvida, as digitais das três estão no quarto inteiro.

Talvez tenha sido alguém que não conheçam. Um desconhecido, um desses contrabandistas de armas insistentes, condizente com a história que Zenia impôs a Tony. Mas Roz não dá crédito a isso. No entanto há uma possibilidade pior, bem pior: pode ter sido Larry. Se o que Zenia falou era verdade, ele teria uma boa motivação. Ele nunca foi uma criança violenta, preferia se afastar das outras a discutir; Zenia, porém, podia tê-lo ameaçado de alguma forma. Podia ter tentado chantageá-lo. Ele podia estar drogado. O que Roz realmente sabe a respeito de Larry, agora que ele é adulto? Ela precisa ir para casa o mais rápido possível e descobrir o que ele andou tramando.

Tony arrastou Charis para o canto, para tirá-la da área de risco. Só espera que Charis se cale a respeito da visão que teve, que – Tony tem de admitir – foi bastante apurada, apesar de ter acontecido algum tempo depois do fato. Mas o que realmente aconteceu? Tony enumera as possibilidades: Zenia caiu, Zenia pulou, Zenia foi empurrada. Acidente, suicídio, assassinato. Tony tende a acreditar na terceira hipótese: Zenia foi assassinada – com certeza – por uma pessoa ou algumas pessoas desconhecidas. Tony está satisfeita por ter levado o revólver para casa, em caso de haver marcas de tiro, apesar de não ter visto nenhuma. Não acha que Charis poderia tê-la assassinado, pois Charis não é capaz de matar nem uma mosca – pois crê que as moscas possam ser habitadas por alguém com quem se teve uma ligação em uma vida anterior –, mas não tem tanta certeza quanto a Roz. Roz é geniosa e às vezes impetuosa.

– Alguém conhecia esta mulher? – pergunta o policial. As três se entreolham.

– Sim – responde Tony.

– Todas nós a visitamos hoje, mais cedo – responde Roz.

Charis começa a chorar.

– Nós éramos as melhores amigas dela – declara.

O que, pensa Tony, é uma novidade. Mas por enquanto terá de ser o suficiente para explicar a situação.

Roz leva Charis de carro até o terminal das balsas e depois leva Tony para casa. Tony sobe a escada que dá para o estúdio de West, onde ele está conectado a duas de suas máquinas por meio de fones de ouvido. Ela desliga a aparelhagem.

– A Zenia ligou para cá? – ela pergunta.

– O quê? – diz West. – Tony, o que foi?

– É importante – diz Tony. Ela sabe que soa agressiva, mas não consegue evitar. – Você andou falando com a Zenia? Ela esteve aqui? – Acha a ideia de Zenia rolando no tapete com West, cercada pelos sintetizadores, extremamente repugnante. Não: insuportável.

Talvez, pensa ela, tenha sido o West. Talvez ele tenha ido ao quarto de Zenia no hotel para suplicar e implorar, na esperança de fugir com ela outra vez, e Zenia riu dele, e West perdeu a calma e a arremessou da sacada. Se foi o que aconteceu, Tony quer saber. Quer saber para que possa proteger West, pensar num álibi irrefutável para ele, salvá-lo de si mesmo.

– Ah, sim – diz West. – Ela ligou, sim, não sei... deve ter uma semana. Mas não falei com ela, ela deixou um recado na secretária eletrônica.

– Dizendo o quê? – indaga Tony. – Por que você não me falou? O que ela queria?

– Talvez eu devesse ter mencionado – diz West. – Mas eu não queria que você se machucasse. Quer dizer, nós dois achávamos que ela estava morta. Acho que eu preferia que ela continuasse assim.

– Sério? – indaga Tony.

– Ela não queria falar comigo – afirma West, como se soubesse o que Tony está pensando. – Ela queria falar com você. Se eu tivesse atendido ao telefone e falado direto com ela, eu diria para ela esquecer; eu sabia que você não ia querer vê-la. Eu anotei... o lugar onde ela estava hospedada... mas achei que as coisas tivessem se encerrado, então joguei o papel fora. Ela sempre foi um problema.

Tony sente que está amolecendo.

– Mas eu a vi – conta ela. – Eu a vi esta tarde. Ela parecia saber que seu estúdio é no terceiro andar. Como é que ela sabe, se nunca veio aqui?

West abre um sorriso.

– Está na minha secretária eletrônica. *"Terceiro andar, Ventos Contrários"*. Lembra-se?

A esta altura, ele já se desfez dos fios e está de pé. Tony se aproxima dele, e ele se curva como uma cadeira dobrável, passa os braços nodosos em torno dela, beija-lhe a testa.

– Gosto quando você fica com ciúme – diz ele –, mas não precisa ficar. Ela não significa mais nada.

Mal sabe ele, pensa Tony. Ou então sabe e está fingindo não saber. Apertada contra seu torso, ela o cheira para ver se ele andou bebendo muito. Se tivesse bebido, iria se denunciar sem deixar rastro de dúvida. Mas não há nada além do cheiro suave de cerveja que lhe é habitual.

– Zenia morreu – ela conta a West, em tom solene.

– Ah, Tony – diz West. – De novo? Eu sinto muito. – Ele a embala em seus braços como se fosse ela que precisasse ser consolada, e não ele.

Quando Charis chega em casa, ainda abalada mas sob controle, há uma luz acesa na cozinha. É Augusta, aproveitando um feriado prolongado, fazendo uma visita. Charis fica contente em vê-la, embora preferisse ter tempo de fazer uma arrumação antes de sua chegada. Nota que Augusta lavou a louça dos últimos dias e tirou algumas teias de aranha grandes, mas teve o bom-senso de não desmontar o altar meditativo de Charis. Entretanto, ela o percebera.

– Mãe – diz ela, depois que Charis a cumprimentou e pôs a chaleira no fogo para preparar o chá da hora de dormir –, o que esse bando de pedras e esse monte de terra e folhas estão fazendo na mesa da sala?

– É meditação – esclarece Charis.

– Cristo! – murmura Augusta. – Não dá para colocar em outro lugar?

– August – diz Charis, lacônica –, a meditação é minha, e a casa é minha.

– Não fale assim comigo! – diz August. – E mãe, é *Augusta*. Este é o meu nome agora.

Charis sabe disso. Sabe que deve respeitar o novo nome de August, pois todo mundo tem o direito de se renomear de acordo com a orientação interior. Mas escolheu o nome original de August com tanto amor e carinho. Ela lhe deu o nome, foi um presente. É difícil abandoná-lo.

– Vou fazer muffin – ela diz, numa tentativa de reconciliação. – Amanhã. Aqueles com semente de girassol. Você sempre gostou deles.

– Você não tem que ficar me dando coisas, mãe – diz Augusta, num estranho tom adulto. – Eu te amo de qualquer jeito.

Charis sente os olhos marejarem. Faz tempo que Augusta não diz nada tão afetuoso. E ela acha difícil de acreditar – que alguém possa amá-la mesmo quando ela não está tentando. Tentando descobrir o que os outros precisam, tentando ser valiosa.

– É só... eu me preocupo contigo – ela diz. – Com a sua saúde. – Na verdade, esta não é a parte que a preocupa em Augusta, mas substitui outras coisas, mais espirituais. Embora a saúde também seja algo espiritual.

– Não brinca – retruca Augusta. – Toda vez que venho para casa, você fica tentando me entupir de hambúrguer vegetariano. Eu tenho 19 anos, mãe, eu cuido de mim, eu como refeições balanceadas! Por que a gente não pode simplesmente se divertir? Ir dar uma caminhada ou coisa assim.

É raro Augusta querer passar um tempo com Charis. Talvez Augusta não seja totalmente difícil, não seja completamente laqueada e reluzente. Talvez tenha um ponto fraco. Talvez em parte ela seja Charis, no final das contas.

– Você se importou muito, de não ter pai? – pergunta Charis. – Quando era pequena? – Fazia muito tempo que estava para fazer essa pergunta, apesar de temer a resposta, pois sem dúvida era a culpada por Billy ter ido embora. Se tivesse fugido, a culpa era sua por não ser atraente o bastante para segurá-lo; se tivesse sido raptado, a culpa era sua por não ter cuidado melhor dele. Agora, no entanto, tinha outras perspectivas possíveis a respeito de Billy. Quer Zenia estivesse mentindo, quer não, talvez tenha sido melhor Billy não ter continuado ali.

– Queria que você parasse de sentir tanta culpa – declara Augusta. – Talvez eu tenha me importado quando era pequena, mas olhe para os lados, mãe, estamos no século XX! Pais vão e vêm... um monte de crianças de Island não teve pai. Conheço gente com três ou quatro pais! O que estou querendo dizer é que poderia ter sido pior, não poderia?

Charis olha para Augusta e vê a luz ao seu redor. É uma luz dura como um mineral e também suave, um brilho cuja luminosidade parece-se com a de uma pérola. Dentro das camadas de luz, bem no âmago de Augusta, há uma pequena ferida. Ela pertence a Augusta, não a Charis; cabe a Augusta curar-se.

Charis sente-se absolvida. Põe as mãos nos ombros de Augusta, delicadamente para que Augusta não se sinta presa, e beija-lhe a testa.

Antes de ir para a cama, Charis medita a respeito de Zenia. Precisa fazê-lo, pois, apesar de ter pensado muitas vezes em Zenia com relação a si mesma, ou a Billy, ou até a Tony e Roz, nunca considerou de fato o que Zenia era em si e por si só: a zenianidade de Zenia. Não tem nenhum objeto, nada que pertença a Zenia, em que se focar, então apaga as luzes da sala e olha fixo pela janela, para as trevas, para o lago. Zenia foi enviada a sua vida – foi *escolhida* por ela – para ensinar-lhe algo. Charis ainda não sabe o quê, mas com o tempo vai descobrir.

Consegue ver Zenia nitidamente, Zenia deitada na fonte, com os cabelos nebulosos flutuando. Ao observá-la, o tempo se reverte, e a vida retorna a Zenia, e ela se levanta da água e voa como um grande pássaro, subindo até a sacada laranja. Mas Charis não pode segurá-la ali, e ela volta a cair; cai, girando devagar, em seu próprio futuro. Seu futuro como pessoa morta, como pessoa que ainda não nasceu.

Charis se questiona se Zenia retornará como ser humano ou como outra coisa. Talvez a alma se quebre que nem o corpo e apenas partes renasçam, um fragmento aqui, outro fragmento ali. Talvez em breve muitas pessoas nasçam com um fragmento de Zenia dentro delas. Mas Charis prefere pensar nela inteira.

Passado um tempo, ela apaga as outras luzes do primeiro andar e sobe. Antes de se deitar na cama de coberta de videira, pega o caderno de papel cor de alfazema e a caneta de tinta verde e escreve: *Zenia voltou para a Luz.*

Espera que seja verdade. Espera que Zenia não continue pairando, sozinha e perdida, lá fora, na noite.

Depois de deixar Tony, Roz vai para casa o mais rápido possível, pois está morrendo de preocupação, e se houver cocaína escondida pela casa inteira, guardada em saquinhos de plástico no meio das folhas de chá ou no pote de biscoitos, e se encontrar o lugar cheio de cães farejadores e homens chamados Dwayne, que se dirigirão a ela como "madame" e dirão que estão apenas fazendo seu trabalho? Ela até cruza um sinal vermelho, coisa que não costuma fazer, embora todo mundo pareça fazê-lo hoje em dia. Tira o casaco na entrada, tira os sapatos aos chutes e vai atrás de Larry.

As gêmeas estão na sala de recreação, assistindo a uma reprise de *Jornada nas estrelas.*

– Saudações, Mãe Terra – diz Paula.

– Talvez ela não seja a nossa mãe – diz Erin. – Talvez seja uma replicante.

– Oi, crianças – diz Roz. – Já passou da hora de vocês irem dormir! Cadê o Larry?

– A Erla fez nosso dever de casa – retruca Erin. – Esta é a nossa recompensa.

– Mãe, o que houve? – pergunta Paula. – Você está horrorosa.

– É a velhice – diz Roz. – Ele está em casa?

– Ele está na cozinha – diz Erin. – A gente acha.

– Comendo pão e mel – diz Paula.

– Essa é a Rainha, sua burra – diz Erin. As duas dão risadinhas.

524

Larry está sentado em um dos bancos altos, ao lado do balcão da cozinha, vestido com jeans e camiseta preta e de pés descalços, bebendo uma garrafa de cerveja. Diante dele, em outro banco, está Boyce, elegante em seu terno; também está tomando cerveja. Quando Roz entra, ambos erguem o olhar. Parecem igualmente ansiosos.

– Olá, Boyce – diz Roz. – Que surpresa! Há algo de errado no escritório?

– Boa-noite, sra. Andrews – diz Boyce. – Não no escritório, não.

– Tenho uma coisa para discutir com o Larry – explica Roz. – Se você não se importar, Boyce.

– Acho que o Boyce devia ficar – diz Larry. Tem um semblante abatido, como se não tivesse passado numa prova: deve haver alguma verdade na história de Zenia. Mas o que Boyce tem a ver com isso?

– Larry, estou preocupada – declara Roz. – O que você tem com a Zenia?

– Quem? – exclama Larry, com excesso de inocência.

– Eu preciso saber – diz Roz.

– Sonho com Zenia em seu covil castanho – Boyce murmura para si.

– Ela te contou? – pergunta Larry.

– Das drogas? – diz Roz. – Ai, meu Deus, é verdade! Se você trouxe drogas para dentro desta casa, quero que você as tire daqui, imediatamente! Então você *estava* tendo uma coisa com ela!

– Coisa? – questiona Larry.

– Coisa, caso, tanto faz – diz Roz. – Santo Deus, você tem ideia de quantos anos ela tem? Você não sabe o quanto ela foi cruel? Não sabe o que ela fez com o seu pai?

– Coisa? – diz Boyce. – Imagino que não.

– Que drogas? – diz Larry.

– Foram só umas poucas vezes – diz Boyce. – Ele estava experimentando. Meu nariz dói, e um torpor letárgico atormenta-me o juízo. Keats. Ele parou, agora... não é, Larry?

– Então você não era traficante dela? – indaga Roz.

– Mãe, era o contrário – explica Larry.

– Mas a Charis te viu beijando a Zenia, bem no meio da rua! – diz Roz. Sente-se muito estranha por falar assim com o próprio filho. Sente-se uma velha bisbilhoteira.

– Beijando? – diz Larry. – Nunca a beijei. Ela estava sussurrando no meu ouvido. Ela estava me dizendo que estávamos sendo seguidos por uma velha maluca. Talvez tenha parecido um beijo, para a tia Charis, pois aquela mulher com certeza era ela.

– Não beijando, mas sibilando – diz Boyce. – Tipo "não boiando, mas afundando". Stevie Smith.

– Boyce, fica um minuto de boca calada – pede Larry, irritado. Parecem se conhecer bem melhor do que Roz presumira. Achava que só tinham se visto uma vez, no Baile de Pais e Filhas, e depois alguns acenos com a cabeça no escritório, quando Larry chegava e saía. Parece que não.

– Mas ia muito ao quarto de hotel dela – afirma Roz. – Disso eu tenho certeza!

– Não é o que você está imaginando – diz Larry.

– Você sabia que ela morreu? – pergunta Roz, tirando o ás da manga. – Acabei de chegar de lá, eles a pescaram da fonte.

– Morreu? – diz Boyce. – De quê? Picada de cobra autoinfligida?

– Vai saber – diz Roz. – Talvez alguém a tenha jogado da sacada.

– Talvez ela tenha pulado – diz Boyce. – Quando amáveis mulheres cedem a desatinos e descobrem tarde demais que os homens traem, elas pulam de sacadas.

– Só peço a Deus que você não esteja envolvido nisso – declara Roz para Larry.

Boyce responde na mesma hora:

– Ele não poderia estar, ele nem chegou perto dela esta noite. Ele estava comigo.

– Eu estava tentando convencê-la a não fazer aquilo – explica Larry. – Ela queria dinheiro. Eu não tinha o suficiente e não podia te pedir mais.

– A não fazer o quê? Dinheiro para quê? – indaga Roz. Está quase aos berros.

– Contar a você – diz Larry, entristecido. – Eu achei que podia manter em segredo. Não queria piorar as coisas... achei que você já estava transtornada demais, por causa do papai, e tudo.

– Judas Iscariotes, para não me contar *o quê*? – grita Roz. – Você vai me levar à morte! – Soa exatamente como a própria mãe. Apesar de tudo, tão doce, o Larry tentando protegê-la. Ele não quer chegar em casa e encontrá-la caída no chão da cozinha, como aconteceu uma vez. – Boyce – ela diz, com mais delicadeza –, você tem um cigarro?

Boyce, sempre a postos, lhe entrega o maço e acende o isqueiro para ela.

– Acho que está na hora – ele diz para Larry.

Larry engole em seco, olha fixo para o chão, a expressão resignada.

– Mãe – ele anuncia –, eu sou gay.

Roz sente os olhos saírem da órbita como os de um coelho estrangulado. Por que ela não viu, por que não percebeu, qual é o seu problema afinal? A nicotina adere a seu pulmão, realmente tem de parar de fumar, e então ela tosse, e a fumaça sai em ondas de sua boca, e talvez esteja prestes a sofrer um infarto precoce! É isso o que ela vai fazer, cair estatelada e deixar que os outros lidem com isso, pois está além das suas possibilidades.

Mas vê a angústia nos olhos de Larry, e a súplica. Não, ela pode lidar com isso, se conseguir morder a língua com bastante força. A única questão é que não estava preparada. Qual é a coisa certa a dizer? *"Eu te amo mesmo assim"*? *Você continua sendo o meu filho? E os meus netos?*

– Mas todas aquelas vagabundas que você me fez aguentar! – é o que ela inventa. Agora entende: ele estava tentando agradá-la. Tentando trazer uma mulher para casa, como se fosse uma espécie de certificado de que passara numa prova, para mostrar à mamãe. Para mostrar que fora aprovado.

– Um homem só pode fazer o seu melhor – diz Boyce. – Walter Scott.

– E as gêmeas? – sussurra Roz. Estão em idade de formação; como ela lhes contará?

– Ah, as gêmeas sabem – declara Larry, aliviado por estar coberto em pelo menos um canto. – Elas descobriram rápido. Disseram que tudo bem. – Faz sentido, pensa Roz: para elas, as cercas que rodeiam os currais dos gêneros, antes tão inflexíveis, são apenas um monte de arame enferrujado.

– Pense nisso desta forma: a senhora não está perdendo um filho, está ganhando um filho – diz Boyce, com carinho.

-- Resolvi fazer faculdade de Direito – anuncia Larry. Agora que o pior já passou e Roz não morreu nem explodiu, ele parece estar aliviado. – A gente quer que você nos ajude a decorar o nosso apartamento.

– Querido – diz Roz, tomando fôlego –, seria um prazer. – Não é que ela seja preconceituosa, e seu próprio casamento não foi um ótimo argumento em favor da heterossexualidade, e Mitch também não, e ela só quer que Larry seja feliz, e se é assim que ele planeja sê-lo, tudo bem, e talvez Boyce seja uma boa influência e faça com que ele cate as próprias roupas do chão e o mantenha longe de encrencas; mas foi um longo dia. Amanhã, ela será verdadeiramente amorosa e tolerante. Esta noite, a hipocrisia terá de bastar.

– Sra. Andrews, a senhora é espelho do gosto e modelo dos costumes – diz Boyce.

Roz abre bem as mãos, levanta os ombros, deixa caírem os cantos da boca.

– Me digam – diz ela. – Que escolha eu tenho?

Homens de capote fazem uma visita. Querem saber várias coisas a respeito de Zenia. Qual dos três passaportes é real, se é que algum é. De onde ela veio, de fato. O que estava fazendo.

Tony é informativa, Charis vaga; Roz é cuidadosa, pois não quer Larry envolvido. Mas não precisava se preocupar, pois nenhum daqueles homens parece ter o mínimo interesse em Larry. O interesse deles é nas duas malas arrumadas de Zenia, deixadas em cima da cama de um jeito impecável, uma delas contendo onze saquinhos de plástico de pó branco, ou é o que dizem. Um décimo segundo saquinho estava aberto ao lado do telefone. Não era coca: era heroína, e 90% pura. Estão alertas com seus semblantes imóveis, os olhos de pedras inteligentes, à espreita de pontadas, de sinais de informações que traiam a culpa.

Também estão interessados na agulha achada na sacada, continuam eles, e no fato de que Zenia morreu de overdose antes mesmo de chegar à água. Será que podia estar experimentando a substância sem saber da potência incomum do que estava comprando, ou vendendo? Havia marcas de seringas no braço esquerdo, mas pareciam ser antigas. De acordo com os capotes, acontecem cada vez mais overdoses como essa; alguém está inundando o mercado de produto com alto índice de octana, e mesmo os experientes não estão preparados.

Não havia digitais de ninguém na agulha, exceto as de Zenia, lhe dizem. Quanto ao salto de anjo até a fonte, ela poderia ter caído. Era uma mulher alta e o parapeito de lâminas de metal da sacada era baixo demais para ser considerado seguro; o padrão devia ser melhorado. Algo do gênero é possível. Se ela estivesse debruçada. Por outro lado, a heroína poderia ter sido plantada. Podia ter sido um assassinato.

Ou talvez tenha sido suicídio, Tony lhes diz. Gostaria que eles acreditassem nisso. Ela lhes diz que talvez Zenia não fosse uma pessoa saudável.

Claro, dizem os homens de capote, educadamente. Sabemos disso. Achamos as receitas na mala dela, rastreamos o médico. Aparentemente, Zenia tinha um cartão do sistema de saúde falsificado, além de alguns passaportes falsos, mas a doença em si era bastante real. Seis meses de vida: câncer de ovário. Mas não havia bilhete de suicídio.

Tony lhes explica que não haveria mesmo: Zenia não era do tipo que escrevia bilhetes.

Os homens de capote a olham, seus olhos pequenos cintilando com ceticismo. Não engolem nenhuma dessas teorias, mas não têm nenhuma outra, nenhuma que seja convincente.

Tony vê como será: Zenia vai se revelar esperta demais para os homens de capote. Vai excedê-los em termos de esperteza, assim como sempre excedeu todo mundo. Ela se descobre satisfeita com isso, até mesmo orgulhosa, como se sua fé em Zenia – uma fé que não percebia ter – fosse agora justificada. Eles que suem! Por que todo mundo deveria saber de tudo? Não é como se não existissem precedentes: a história transborda de gente que morreu em circunstâncias obscuras.

Todavia, sente-se obrigada, por uma questão de honra, a relatar a conversa sobre Gerry Bull e o Projeto Babilônia, embora não seja apenas a honra o que a impele: ela tem grandes esperanças de que, se Zenia foi assassinada, tenha sido por profissionais, e não alguém que ela conheça. Os homens lhe informam que estão reconstituindo os passos de Zenia, da melhor forma possível, por meio de suas passagens de avião; não há dúvida de que ela esteve em lugares esquisitos nos últimos tempos. Mas nada é conclusivo. Apertam-lhe a mão e vão embora, pedindo a Tony que telefone caso saiba de mais alguma coisa. Ela diz que o fará.

Ela é deixada com a perspectiva improvável de que todas as três histórias mais recentes de Zenia – ou ao menos partes delas – podem ser verdadeiras. E se os pedidos de ajuda de Zenia eram mesmo pedidos de ajuda, dessa vez?

Depois que a polícia termina, é feita a cremação. É Roz quem paga, pois quando ela localiza o advogado, aquele que organizou o funeral de Zenia da primeira vez, ele fica bastante aborrecido. Encara como uma ofensa pessoal o fato de que Zenia decidiu ficar viva durante todo aquele tempo sem consultá-lo. O testamento dela foi validado na primeira vez, não que houvesse o que validar, já que ela não deixara nenhum patrimônio, somente uma pequena herança para um orfanato próximo a Waterloo que afinal não existia mais, e além disso ele nunca tinha sido pago. Então o que elas esperavam dele?

– Nada – responde Roz. – Tomaremos todas as providências.

– Bom, e agora? – ela diz para Tony e Charis. – Acho que vamos ter que cuidar de tudo. Ao que parece, ela não tem nenhum parente.

– Exceto nós – diz Charis.

Tony não vê razão para contradizê-la, pois Charis crê que todo mundo é parente de todo mundo por meio de algum tipo de sistema de raízes invisível. Ela diz que se encarrega das cinzas até as três resolverem que providência seria a mais adequada. Põe a lata contendo Zenia no porão, na caixa de enfeites de Natal, embalada em papel de seda vermelho, ao lado da arma: não conta a West que ela está ali, pois se trata de um assunto feminino.

DESFECHO

DESECHO

56

Portanto, agora Zenia é História.

Não: agora Zenia se foi. Está perdida e desaparecida para sempre. É pó espalhado, soprado pelo vento como germes; é uma nuvem invisível de vírus, algumas moléculas, se espalhando. Só será história se Tony decidir transformá-la em história. No momento, é amorfa. Um mosaico quebrado; seus fragmentos estão nas mãos de Tony, porque está morta, e todos os mortos estão nas mãos dos vivos.

Mas o que Tony deve fazer dela? A história de Zenia não tem consistência, não tem dono, é apenas um boato, passando de boca em boca e mudando no caminho. Como com um mágico, você via o que ela queria que você visse; ou então você via o que você queria ver. Ela fazia isso usando espelhos. O espelho era quem quer que estivesse assistindo, mas não existia nada por trás da imagem bidimensional além de uma camada fina de mercúrio.

Até o nome Zenia pode não existir, como Tony sabe por ter pesquisado. Ela tentou descobrir seu significado – *Xenia*, palavra russa para "hospitaleiro", uma palavra grega ligada à ação de um pólen estranho sobre uma fruta; *Zenaida*, que é a filha de Zeus e o nome de duas mártires cristãs da Antiguidade; *Zillah*, hebraico, uma sombra; *Zenóbia*, a rainha guerreira de Palmira, na Síria, do século três, derrotada pelo imperador Aureliano; *Xeno*, grego, um estrangeiro, como em "xenófobo"; *Zenana*, hindu, o aposento das mulheres ou harém; *Zen*, uma religião meditativa japonesa; *Zenda*, um praticante oriental de magia herética – foi o mais perto a que chegou.

A partir dessas alusões e presságios, Zenia se inventou. Quanto à verdade a seu respeito, ela é inalcançável, porque – segundo os documentos, em todo caso – ela nem sequer nasceu.

Mas por que se dar ao trabalho, na época atual – Zenia mesmo diria – com um conceito tão quixotesco quanto o da verdade? Toda história séria tem pelo menos metade de truque de prestidigitador: a mão direita acenando com seus fragmentos medíocres de fatos, à vista de todos, para que averiguem, enquanto a mão esquerda se ocupa dos próprios segredos tortuosos, bem escondidos no fundo dos bolsos ocultos. Tony fica desarrumada com a impossibilidade de fazer uma reconstituição exata.

E também pela sua inutilidade. Por que ela faz o que faz? A história já foi um edifício sólido, com pilares de sabedoria e um altar à deusa Memória, a mãe de todas as musas. Agora a chuva ácida e os bombardeios terroristas e os cupins a invadiram, e ela se assemelha cada vez menos a um templo e cada vez mais a uma pilha de escombros, mas antigamente tinha uma estrutura significativa. Supunha-se que tivesse algo a ensinar às pessoas, algo benéfico; uma vitamina boa para a saúde ou um provérbio de biscoito da sorte escondido em seus relatos amontoados, em sua maioria narrativas de ambição, violência, crueldade e desejo de poder, pois a história não tem muito interesse por quem tenta ser bom. A bondade, de qualquer forma, é problemática, já que um ato pode ser bom na intenção mas ruim no resultado, como mostram os missionários. É por isso que Tony prefere as batalhas: numa batalha, há atos certos e atos errados, e é possível distingui-los conhecendo o vencedor.

Porém, antigamente supunha-se existir uma mensagem. *Que isso lhe sirva de lição*, os adultos sempre diziam aos filhos, e os historiadores aos leitores. Mas as narrativas da história realmente ensinam alguma coisa? De modo geral, pensa Tony, é provável que não.

Apesar disso, ela ainda se arrasta adiante, ainda entrelaça seus palpites bem-informados e suas conjecturas plausíveis, ainda se debruça sobre os pedaços de realidade, os cacos de louça e pontas de flechas quebradas e contas de colares manchadas, organizando-os dentro dos moldes que imagina teriam criado um dia. Quem se importa? Quase ninguém. Talvez seja apenas um hobby, algo a fazer num dia de tédio. Ou então é um ato de desafio: essas histórias podem até ser esfarrapadas e puídas, remendadas com sobras sem valor, mas para ela também são flâmulas, hasteadas com uma certa insolência vistosa, balançando corajosamente, embora de forma inconsequente, vislumbrada aqui e ali por entre as árvores, nas estradas das montanhas, em meio a ruínas, na longa marcha em direção ao caos.

Tony está no porão, no meio da noite, porque não tem vontade de dormir. Está usando camisola e meias de lã e as pantufas de guaxinim, que finalmente chegaram às suas últimas caminhadas, embora não façam caminhadas, e as caminhadas que dão sejam com as pernas dela. Um deles perdeu o rabo, e agora só existe um olho, entre eles. Tony se acostumou a ter olhos nos pés, como os olhos dos egípcios da Antiguidade, pintados na proa de seus navios. Oferecem-lhe orientação extra – orientação espiritual extra, pode-se dizer –, algo que Tony está passando a acreditar que lhe seja necessário. Talvez quando estas pantufas baterem as botas ela compre outras, outras que tenham olhos. Há várias opções de animais: porcos, ursos, coelhos, lobos. Ela acha que vai comprar lobos.

O mapa tridimensional da Europa foi rearrumado. Agora, está na segunda década do século XIII, e o que depois será a França está sendo destroçado por guerras religiosas. A essa altura, já não são mais os cristãos contra os muçulmanos: são os cristãos contra os cátaros. Dualistas, os cátaros acreditavam que o mundo era dividido entre as forças do bem e as forças do mal, o espírito e a carne, Deus e o Diabo; acreditavam em reencarnação, e tinham orientadores religiosos mulheres. Já os católicos rejeitavam o renascimento, consideravam as mulheres sujas e acreditavam, baseando-se na lógica, que como Deus era, por definição, todo-poderoso, o mal era, em última análise, uma ilusão. Uma divergência de opiniões que custou muitas vidas, embora houvesse mais coisas em jogo que apenas teologia, como, por exemplo, quem iria controlar as rotas comerciais e a colheita de oliva, além das mulheres, sobre as quais estavam perdendo o domínio.

Carcassonne, fortaleza de Languedoc e dos cátaros, tinha acabado de ser conquistado pelo sanguinolento Simon de Montfort e seu exército brutal de católicos, após um cerco de quinze dias e a carência de fornecimento de água. A matança em amplo espectro veio em seguida. Entretanto, o foco principal do interesse de Tony não é Carcassonne, mas sim Lavaur, atacada logo depois. Resistiu por sessenta dias sob a liderança da castelã da fortaleza, Dame Giraude. Depois que a cidade finalmente sucumbiu, oitenta cavaleiros foram abatidos que nem porcos, e quatrocentos defensores cátaros foram queimados vivos, e a própria Dame Giraude foi jogada em um poço pelos soldados de Montfort, com um monte de pedras atiradas sobre ela para evitar que ela saísse de lá. A nobreza na guerra ganha nome próprio, pensa Tony, pois é tão rara.

Tony escolheu o dia 2 de maio de 1211, véspera do massacre. Os católicos sitiados são representados por feijões, os defensores cátaros por grãos de arroz branco. Simon de Montfort é o homem vermelho do Banco Imobiliário, Dame Giraude é o azul. Vermelho para a cruz, azul para os cátaros: era esta a cor deles. Tony já comeu alguns dos feijões, o que, a rigor, não devia ter feito até que a batalha terminasse. Mas mordiscar a ajuda a se concentrar.

O que Dame Giraude pensou ao olhar para além das muralhas, avaliando o inimigo? Devia saber que era impossível vencer a batalha, que sua cidade e toda a sua população estavam condenadas. Será que entrou em desespero, será que rezou por um milagre, será que se orgulhava de si por ter lutado pelas suas crenças? Ao assistir a seus correligionários sendo fritados no dia seguinte, deve ter sentido que havia mais indícios que provassem suas próprias teorias da existência da maldade do que de Montfort.

Tony estivera lá, vira o terreno. Pegara uma flor, uma espécie de ervilhaca de caule rijo; a colocara dentro da Bíblia, a colara em seu álbum de recortes, sob a letra "L", de Lavaur. Comprara um suvenir, uma almofadinha de cetim com enchimento de lavanda. Segundo os habitantes do local, Dame Giraude ainda está lá, ainda dentro do poço. Era tudo o que pensavam em fazer, naquela época, com mulheres como ela: jogá-las dentro de poços, ou atirá-las de precipícios ou parapeitos – algum castigo inexoravelmente vertical – e vê-las se esparramarem. Talvez Tony escreva a respeito de Dame Giraude, um dia. Um estudo sobre comandantes militares mulheres. *Mãos de ferro, luvas de veludo*, poderia chamá-lo. Mas não existe muito material.

Não quer continuar esta batalha no momento; não está com disposição para carnificina. Ela se levanta da cadeira e enche um copo de água; então, por cima da Europa do século XIII, ela abre um mapa de ruas, um mapa do centro de Toronto. Aqui está o Toxique, aqui está Queen Street, aqui está o prédio comercial reformado de Roz; aqui está o terminal de balsas, e a ilha plana onde a casa de Charis ainda está de pé. Aqui está o Arnold Garden Hotel, que agora é um enorme buraco cercado de barro, local de uma futura construção, pois hotéis decadentes se tornam baratos, e alguém fez um bom negócio. Aqui está o McClung Hall e, mais ao norte, a casa da própria Tony, com West dentro, na cama do segundo andar, suspirando baixinho durante o sono; com o porão, com o mapa tridimensional, com o mapa, com a cidade, com a casa, com o porão, com o mapa. Mapas, pensa Tony, contêm o solo que os contém. Em algum lugar desse espaço que retrocede infinitamente, Zenia continua existindo.

Tony precisa do mapa pelo mesmo motivo que sempre usa mapas: ajudam-na a enxergar, a visualizar a topologia, a se lembrar. Agora, ela está se lembrando de Zenia. Ela lhe deve esta lembrança. Ela lhe deve um final.

57

Todo fim é arbitrário, pois o fim é onde você escreve *"Fim"*. Um ponto, um símbolo de pontuação, um sinal de estase. Uma alfinetada no papel: é possível olhar do outro lado e ver, através dele, o início de outra coisa. Ou, como Tony explica aos seus alunos, *O tempo não é uma substância sólida, como a madeira, e sim fluida, como a água ou o vento. Não é cortado sistematicamente em pedaços do mesmo tamanho, em décadas e séculos. No entanto, para nossos propósitos, temos que fingir que é. O fim de qualquer história é uma mentira com a qual todos nós concordamos conspirar.*

Um fim, portanto. Dia 11 de novembro de 1991, às onze horas da manhã, a décima primeira hora do décimo primeiro dia do décimo primeiro mês. É uma segunda-feira. A recessão se intensifica, há boatos sobre a falência de grandes empresas, a fome se alastra na África;

no que um dia foi a Iugoslávia, há um rixa étnica. As atrocidades se multiplicam, governos balançam, fábricas de automóveis diminuem o ritmo e param. A guerra do Golfo acabou, e as areias do deserto estão maculadas por bombas; os campos petrolíferos ainda queimam, nuvens de fumaça preta rolam acima do mar oleoso. Ambos os lados alegam terem vencido, ambos os lados perderam. É um dia escuro, encoberto pela neblina.

As três estão na proa da balsa que escuma em seu caminho pelo porto, com destino a Island, arrastando a escuridão temporária de seu sulco. Do continente, ouvem vagamente o som de clarins e de tiros abafados. Uma salva. A água é mercúrio na luz perolada, o vento é fraco, frio, mas brando para a época do ano, o mês. O mês de intervalo, o mês de galhos nus e da respiração presa, o mês da bruma, o silêncio cinzento antes do inverno.

Mês dos mortos, mês do retorno, reflete Charis. Ela pensa nas algas cinza balançando, sob a água venenosa, sem malícia, no fundo do lago; nos peixes cinza com grânulos químicos crescendo dentro deles, flutuando como sombras; nas lampreias com os dentes ásperos e bocas sugadoras, ondulando por entre a carcaça de carros lançados à água, as garrafas vazias. Pensa em tudo que caiu ali dentro, ou que foi jogado. Tesouros e ossos. No início de novembro, os franceses enfeitam os túmulos da família com crisântemos, os mexicanos com cravos-de-defunto, criando uma trilha dourada para que os espíritos achem seus caminhos. Enquanto nós usamos papoulas. A flor do sono e do esquecimento. Pétalas de sangue derramado.

Cada uma delas tem uma papoula enfiada na parte da frente do casaco. Plástico fino, mas quem seria capaz de resistir, pensa Roz, apesar de ter gostado mais das de tecido. É como aqueles narcisos terríveis para o câncer, em breve cada flor será ligada a um órgão ou doença. Tremoços de plástico para o lúpus, columbinas de plástico para a colostomia, liliáceas de plástico para a AIDS, mas você tem de comprar as malditas florzinhas, isso evita que você seja abordado toda vez que colocar os pés fora de casa. *Já tenho um. Está vendo?*

Foi Tony quem insistiu neste dia em especial. Dia dos Mortos de Guerra. Dia das Papoulas Vermelhas. Tony está ficando mais bizarra a cada minuto que passa, na opinião de Roz; por outro lado, todas elas estão.

Dia dos Mortos de Guerra é bem apropriado, pensa Tony. Quer fazer jus a Zenia; mas não está relembrando apenas Zenia. Está relembrando a guerra, as pessoas mortas por ela, na época ou depois; às vezes, as guerras levam muito tempo para matar as pessoas. Está relembrando todas as guerras. Anseia pela ideia de cerimônia, de decoro; não que esteja obtendo muita cooperação das outras. Roz vestiu-se de preto, como ela pediu, mas se enfeitou com um lenço vermelho e prateado. *O preto destaca minhas olheiras*, ela justificou. *Eu precisava de outra coisa perto do meu rosto. Combina com o meu batom – este é o Rubicão, que acabou de ser lançado. Gostou? Você não se importa, não é, querida?*

Quanto a Charis... Tony olha de soslaio para o recipiente que Charis carrega: não a urna cafona de bronze com imitações de alças gregas, vendida no crematório, que na verdade mais parece uma taça, mas sim algo ainda pior. É uma floreira feita à mão, altamente artística, sarapintada com vários tons de lilás e marrom, doada a Charis por Shanita, tirada do estoque da Scrimpers, onde acumulava poeira havia anos. Charis insistiu para que usassem algo mais significativo que a lata que Tony guardava no porão, então, antes de comprar o bilhete de balsa, elas transferiram Zenia da lata para a floreira, na cafeteria Second Cup. Roz despejou; as cinzas estavam mais pegajosas do que Tony imaginara. Charis não aguentou olhar, pois podia haver dentes. Mas, a esta altura, ela já recuperou a energia; está debruçada na grade da balsa, o cabelo claro se espalhando, parecendo a carranca de um navio navegando de ré, e embalando a floreira chocante com os restos mortais de Zenia. Se os mortos voltam para se vingar, pensa Tony, a floreira, por si só, já servirá de motivo.

– Você diria que estamos no meio do caminho? – pergunta Tony. Querem que estejam sobre a parte mais profunda.

– Parece que sim, querida – responde Roz. Está ansiosa para acabar logo com isso. Quando chegarem a Island, irão à casa de Charis para um chá e, Roz espera e confia, uma espécie de almoço: um pedaço de pão caseiro, um biscoito de trigo inteiro, qualquer coisa. De todo modo, terá gosto de palha – aquele arroz integral, espantosamente saudável, sem gosto de batom, que é a típica nota de fundo de tudo o que Charis cozinha –, mas vai ter comida. Ela trouxe três bombons Mozart na bolsa como uma espécie de suplemento antivitamínico e alternativa à inanição. Pretendia levar champanhe, mas esqueceu.

Vai ser uma espécie de velório, as três reunidas em volta da mesa redonda de Charis, mastigando as comidas assadas, acrescentando migalhas de pão integral às já caídas no chão, pois a morte é uma fome, um vazio, que é preciso preencher. Roz pretende falar: será a sua contribuição. Tony escolheu o dia e Charis o recipiente, então Roz ficará encarregada dos vocais.

O engraçado é que ela de fato sente tristeza. Vai entender! Zenia era um tumor, mas também era uma parte importante da vida de Roz, e sua vida já passou da metade. Não logo, mais antes do que gostaria, começará a se deitar com o sol, a definhar. Quando Zenia for lançada ao lago, Mitch irá junto, finalmente; Roz enfim será viúva. Não. Será algo mais, algo além disso. O quê? Ela vai esperar para ver. Mas tirará a aliança de casamento, pois Charis diz que ela reprime a mão esquerda, e é com esta mão que Roz vai ter de contar, agora.

Ela sente mais uma coisa que jamais imaginou que sentiria, em relação a Zenia. Por estranho que pareça, é gratidão. Pelo quê? Quem há de saber? Mas é o que ela sente.

– É melhor derramar as cinzas ou jogar logo tudo? – indaga Charis. Tem o desejo oculto de guardar a floreira para si: ela tem uma energia forte.

– O que você faria com a floreira depois? – pergunta Tony, olhando-a com firmeza, e, depois de um instante, durante o qual imagina o vaso cheio de flores, ou vazio numa prateleira, emanando uma luz vermelha sinistra em ambos os casos, Charis responde:

– Você tem razão. – Seria um erro guardar a floreira, seria prender Zenia à Terra; já viu os resultados disso, não quer uma reprise. A mera ausência de corpo não seria empecilho para Zenia; ela simplesmente usaria o de outra pessoa. Os mortos voltam sob outras formas, pensa ela, porque nós permitimos que voltem.

– Então lancem os ferros – diz Roz –, a última a chegar é uma fedorenta podre! – Em que diabos ela está pensando? Água fria! Colônia de férias! Olha que mudança de humor! Sem falar no mau gosto. Quanto tempo de sua vida ainda gastará se exibindo, tentando arrancar risadas dos outros? Que idade você tem de atingir para que a sabedoria caia como um saco plástico em cima da sua cabeça, e você aprenda a ficar de boca fechada? Talvez ela não chegue nunca. Talvez as pessoas fiquem mais frívolas com a idade. *Seus olhos, os olhos antigos e brilhantes, estão alegres.*

Mas o que está em jogo aqui é morte, e morte é Morte, com "M" maiúsculo, não interessa de quem seja, então se acalme, Roz. Ela está calma de qualquer forma, é só o modo como as coisas saem de sua boca. *Morda minha língua, Deus, não tinha a intenção de falar isso. É só o meu jeito.*

Tony lança um olhar irritado para Roz. Ela gostaria mesmo era de uns tiros. Uns tiros de canhão ritualísticos, a bandeira a meio mastro, uma única nota de corneta tremulando no ar prateado. Outros combatentes mortos têm isso, então por que não Zenia? Ela imagina momentos solenes, vinhetas de campos de batalha: o herói se apoiando em sua espada ou lança ou mosquete, olhando com um pesar nobre e filosófico o oponente recém-morto. De graduação igual, nem é preciso dizer. *Eu sou o inimigo que você matou, meu amigo.*

Tudo muito bem, no caso da arte. Nas batalhas de verdade, o mais provável é um roubo rápido do relógio de bolso e o corte de orelhas para levar de lembranças. Retratos antigos de caçadores com um pé em cima de uma carcaça de urso, brincando com a cabeça arrancada da triste fera faminta e onívora. A redução do inimigo sagrado a tapete, sendo que todos os quadros e poemas são uma espécie de cortina de decoro para despistar o discurso de regozijo que se passa atrás dela.

– Vamos lá – ela diz a Charis, e Charis impulsiona ambos os braços e mãos e a floreira para longe de seu corpo, por cima da grade, e há um estouro cortante, e o vaso se parte em dois. Charis solta um gritinho e põe as mãos para trás como se tivesse se queimado. Olha para elas: há uma leve coloração azul, um bruxuleio. Os pedaços do vaso se espatifam contra a água, e Zenia se arrasta em uma nevasca longa e ondulante, como uma fumaça.

– Santo Deus! – diz Roz. – O que causou isso?

– Acho que ela bateu na grade – diz Tony.

– Não – diz Charis, com a voz baixa. – Ela se partiu sozinha. Foi ela. – Entidades podem causar coisas assim, podem afetar objetos; fazem isso para chamar atenção.

Nada que Roz ou Tony possam dizer mudará sua opinião, então nada dizem. A própria Charis está estranhamente serena. Agrada-lhe saber que Zenia tenha presenciado o momento em que suas próprias cinzas foram espalhadas, fazendo-se notar. É um símbolo de sua continuidade. Zenia agora ficará livre para renascer, para ter outra chance de vida. Talvez da próxima vez tenha mais sorte. Charis tenta desejar-lhe o bem.

Apesar disso, ela treme. Segura as mãos que lhe estendem, uma em cada lado, e as aperta com força, e desse jeito deslizam até o cais de Island. Três mulheres de meia-idade vestidas de preto; mulheres de luto, pensa Tony. Aqueles véus tinham um propósito – aqueles véus fora de moda, grossos e pretos. Ninguém via o que estavam fazendo por baixo deles. Você podia estar morrendo de rir. Ela não está, no entanto.

Nenhuma flor brota no fundo do lago, nenhuma brota nas áreas asfaltadas. Contudo, Tony precisa de uma flor. Uma erva qualquer, pois, por mais que tenha ocupado um lugar em sua vida, Zenia também esteve na guerra. Uma guerra não oficial, uma guerra de guerrilhas, uma guerra que talvez não soubesse que estava travando, mas uma guerra ainda assim.

Quem foi o inimigo? Que erro do passado ela buscava vingar? Qual era o seu campo de batalha? Não era em um só lugar. Estava no ar que a rodeava, na textura do mundo em si, ou não estava em nenhum lugar visível, estava entre os neurônios, as minúsculas chamas incandescentes do cérebro que se acendem e se apagam. Uma flor elétrica seria o tipo certo para Zenia, uma flor radiante, letal, como um curto-circuito, um cardo de aço fundido deteriorando-se em uma explosão de faíscas.

O melhor que Tony consegue é um ramo de rosa silvestre tirado do quintal de Charis, já murcha e quebradiça. Ela a pega às escondidas, enquanto as outras entram pela porta dos fundos. Vai levá-la para casa e prensá-la, depois colará no álbum de recortes. Vai colocá-la bem no final, depois de Tallinn, depois de Valley Forge, depois de Ypres, porque é sentimental com relação a pessoas mortas, e Zenia está morta, e embora ela fosse muitas outras coisas, também era corajosa. De que lado ela estava, não importa; não para Tony, não mais. Talvez nem houvesse lados. Podia ter estado sozinha.

Tony contempla Zenia, acuada na sacada com sua mágica falha, balançando na lâmina afiada, o saco de truques finalmente vazio. Zenia a olha lá de cima. Sabe que perdeu, mas quais são os seus segredos, ela continuará sem contar. Ela é como uma estátua antiga desencavada de um palácio minoico: há os seios fartos, a cintura fina, os olhos escuros, o cabelo sinuoso. Tony a segura e a vira ao contrário, sonda e questiona, mas a mulher de rosto de louça envernizada não faz nada além de sorrir.

Ela escuta risos vindos da cozinha e o alarido dos pratos. Charis está preparando a comida, e Roz conta uma história. É isso o que farão, cada vez, ao longo de sua vidas: contar histórias. As histórias desta noite serão sobre Zenia.

Ela era de alguma forma parecida conosco?, pensa Tony. Ou, invertendo o ponto de vista: Somos de alguma forma parecidas com ela?

Em seguida, abre a porta e entra para unir-se às outras.

Este livro foi impresso na Editora JPA Ltda.
Av. Brasil, 10.600 – Rio de Janeiro – RJ
para a Editora Rocco Ltda.